中国艺术研究院
基本科研业务费项目

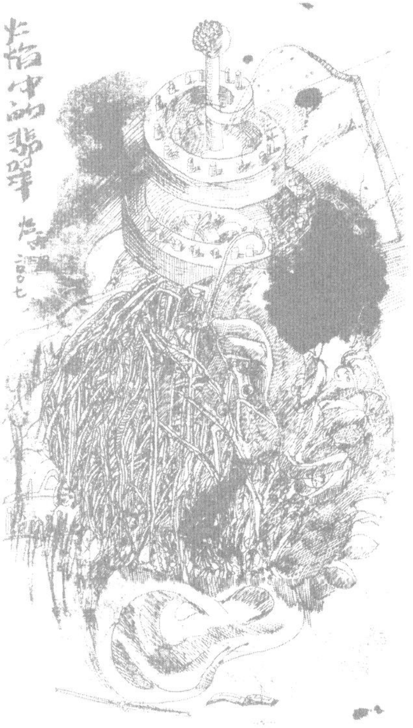

行走，观想与表达

第一辑　新疆的生活

韩子勇　著

文化藝術出版社
Culture and Art Publishing House

图书在版编目（CIP）数据

行走，观想与表达 / 韩子勇著. -- 北京 : 文化艺术出版社, 2024. 11. -- ISBN 978-7-5039-7759-6

Ⅰ. I267

中国国家版本馆CIP数据核字第20242QE630号

行走，观想与表达

（全四辑）

著　　者　韩子勇
责任编辑　丰雪飞　廖小芳　刘　颖
责任校对　董　斌
书籍设计　李　响　姚雪媛
出版发行　文化艺术出版社
地　　址　北京市东城区东四八条52号（100700）
网　　址　www.caaph.com
电子邮箱　s@caaph.com
电　　话　（010）84057666（总编室）　84057667（办公室）
　　　　　84057696—84057699（发行部）
传　　真　（010）84057660（总编室）　84057670（办公室）
　　　　　84057690（发行部）
经　　销　新华书店
印　　刷　北京启航东方印刷有限公司
版　　次　2025年4月第1版
印　　次　2025年4月第1次印刷
开　　本　787毫米×1092毫米　1/16
印　　张　44.5
字　　数　410千字
书　　号　ISBN 978-7-5039-7759-6
定　　价　268.00元（全四辑）

总目录

第一辑　新疆的生活

第二辑　木卡姆

第三辑　文学的风土

第四辑　瀚海焚风

目录

第一辑 新疆的生活

在新疆

被大漠、关山重重遮挡的新疆，给人留下的印象是感性的。

绚丽歌舞、瓜果美食、民族风情这三样，像古代的鸣镝，只能发出明确简单的信号。缺乏耐心的当代人，不耐烦“很久很久以前”这样的开头，于是我们很难说清稍微复杂点的事物。不要说木卡姆这样庞大、久远、陌生的音乐遗产，就是面对当下生活，也时常有见多识广、受过相当教育的“口里人”，在饭桌上问：你是维吾尔族吗，骑骆驼上班吗，住毡房吗，新疆有多大？……

新疆是一个让人无限好奇而又使人显得十分幼稚的地方。面对复杂的深处，人们放弃复杂，直取表象。面对历史云烟和雪山大漠，常常语焉不详，脑子里一片空白，不知从何说起。

空间拉长时间，时间放大空间。在这样一个历史久远、疆域辽阔、民

西域

韩子勇
纸本水墨　29 厘米 × 45 厘米　2021

族众多、文化丰富的伟大地域，需要更长一些的耐心和踽踽独行，才能走完爱与真相的旅程。需要像玄奘西行那样，穿越西域的深处。也许，那时，蓦然回首——灯火阑珊的地方，会有她隐隐一线芳踪。

那么，我们上路——

新疆的“疆”

直到今天，人类活动仍然是在地球上，而且大部分人的活动范围十分有限，不能“全球化”地飞来飞去。一个在中国沿海城市打工的乡下妹子，手中缝制的贴牌服装可能穿在英国绅士的身上，她存身的地方，可能就是嘈杂的工厂与拥挤的宿舍——梦中回到清苦的乡下，醒来在缝纫机前飞针走线。

世界越是连成一体，故乡在一个人精神文化的版图上就越是醒目。

在内地或国外，异域的生活的影像，瀑布般从车窗划过。恍惚中，我看到一些似曾相识的景物，飘散着只有故乡才散发出的模糊气息，神情一振，马上又下意识地压住——像黎明时从旧梦中初醒，贪恋那份中年人对虚假往事的依依不舍，生怕惊飞栖息一树的时光之鸟——但马上，就被明亮而尖锐的理性刺痛：那是别处，是别处的生活、陌生的田园。是啊，这一小片可怜的、误植在异乡的田园，如同戈壁蜃景，诱惑疲惫的身心。有时候，在大街上毫无规律的人流中，我会突然盯住一个背影，是父亲、母亲、兄弟、亲友？赶紧走几步……他们怎么出现在这里？好像认不出我了，毫无反应。所有的老人都那么相似，互为替身。一种今生来世的熟悉与陌生，让我震惊、难过，立刻决定去父母那儿看看，看看他们在不在。

渐渐变老的事物，模糊而相似，悄悄向同一个地点集中。总有一天，一切归了大堆。只是在最后消融中，我要竭力记住，记住风化、消失的样子。在另一个世界，另一个更加遥远的地方，天地那样暗，那样静，没有风，幻影重重，我看不清，熟悉的陌生的，都变成一个样子。我想问问，问问只有亲人才知道的隐秘，以此找出我的亲人。话说出来，马上消失得无影无踪。我喊，嘴里满是虚无的沙子。也许，这就是幽冥世界，亲人不得见，一切陌生到极致。孤苦伶仃，一无所有。故乡是心灵圣地，是沉陷的记忆，偏僻隐匿，黑暗甜蜜。令人惆怅、忧伤、难舍难分的故乡，血气蒸腾的心，岁月的风向标，艰难燃烧的风中之烛，照亮还乡小径。

作为自然之子，自然地理仍是物质世界与心灵世界的重要因素。生产方式决定社会生活，是我们生存其间的环境。而自然地理影响生产方式，自然地理是最重要的物质世界和客观基础——越是上溯久远，越是如此。2004 年，在云南大理召开的中国民族民间文化保护工作会议上，我的发言，以对“疆”字的解说，叙述故乡的自然地理。

“疆”——仿佛专为说明新疆而设。这个字，左右结构，左西右东：

危险来自西方，“疆”之“弓”，一次次向西张开。弯弯曲曲的“弓”，像5600多公里的漫长边境，那片“弓”中之土，忽里忽外，提醒在近代被一系列不平等条约割让的土地，面积之大，足可立国。

2004年，我去一个中亚国家。火车向西，一过阿拉山口，景观大变，林高草密，湖泊成串，气象壮阔，好一派中亚大草原的原始风光，让人不禁感慨万端。沙俄掠走的土地，不仅面积广巨，质量尤其胜过我今天的故乡。“弓”字告诉我们，我们这个国家，失败在火器盛行的工业时代。汉唐开疆拓土，不输于漠北马镫弯弓，到晚清，积贫积弱、形势大变，再翻不过身来，一败再败于西方的来复枪。

“弓”字还告诉我们，中央王朝在西域有漫长屯田史。自西汉开始的西域屯垦戍边，断断续续，绵延两千多年。从政治、军事、社会而言，代表中央王朝的有效经略；从文化、文明、人群而言，源源不断地为西域注入中原文明。直到今天，绝无仅有的新疆生产建设兵团大部分团场，仍由北至南，分布在边境线。兵团是我的血地，我在团场生活18年。

“疆”字右边是“三横两田”。“三横”由上至下，代表三条山脉：阿尔泰山、天山和昆仑山。这是多么大的“三横”呀！在新疆行走，不管走几天、几月，茫茫天宇下，漫漫旅途中，“天似穹庐，笼盖四野”——围拢成圆弧的地平线上，至少有一脉大山远远相随。山顶雪线，银蛇颤动，逶迤天际。这雪线，如老人的眼睛，似乎为了看得远些、再远些，努力眯成一条缝，静静俯视脚下辽阔大地，俯视大地上的沧桑变幻和踽踽行旅——你始终躲不开她的注视，始终在她寓言般的视线里。

“三山夹两盆”。上“田”为北，是准噶尔盆地；下“田”为南，是塔里木盆地。天山，果断把新疆一分为二，北面是“北疆”，南面是“南疆”。就这样，新疆自然地理的骨架，166.49 万平方公里的土地，写出一个大大的“疆”字。

游牧阿尔泰

继续拆解，先说阿尔泰山脉。

阿尔泰山脉大部分在境外。中国境内的阿尔泰山，是她伸向东方的脑袋。

中央电视台《新闻联播》后播出《天气预报》，地图上这个高高翘起的“鸡尾巴”，就是阿尔泰山。她的羽毛被来自乌拉尔山和西伯利亚的强劲水汽，吹成“屁股花”。夏雨阵阵，冬雪纷纷，这里是新疆降水最多、植被最好的地方，也是新疆最丰饶的牧场、肉库。中国唯一流入北冰洋的水系——额尔齐斯河，就发源于这里。这条穿行于白桦树和碎石河床上、清澈见底的蓝水晶之流，是中国最美的河。

阿尔泰是一座文化之山。

历史上，它是驰骋于亚欧大陆北方游牧带的骑马民族的重要纠结点，一个远离农业文明和强大中央王朝的藏匿点，一个供无数的游牧部族舔舐伤口、休养喘息、收拢部众、积攒厮杀力量的肥地沃土和理想之地。

阿尔泰山自古以来盛产黄金。古代突厥人称之为 Altuntara，在蒙古、哈萨克语中则音变为 Altai，意皆为“金”。我国古代汉文典籍将之意译为“金微山”或“金山”。现存的细石器表明，远在八九千年以前，这里就有人类活动。公元前 7 世纪中叶，中亚草原游牧群体开始进入历史的舞台，阿尔泰山脉位于亚欧大草原中部，成为各种游牧力量活动的枢纽。

最早记录这个地方的，是游历了中亚的古希腊人阿利斯铁阿斯（著有叙事诗《独目人》）。古希腊史料所述的“看守黄金的格里芬人”，似乎就是阿尔泰山的古部落。林梅村先生认为，先秦典籍中记载的“秃发国”和“一目人”，与古希腊文献中的“秃头阿尔吉帕人”“独目阿里马斯普人”，有着隐约的呼应和对接。“独目人的族名 Arimaspu 确为塞语名称。前一部分 arima（一）相当于阗塞语的 arma（孤独的），后一部分 spu（目）则相当于阗塞语的 spasa（观察者），那么斯基泰人对独目人的称谓意为‘孤独的守望者’。”

之后，汉代的匈奴呼衍王出入“金微山”。而后，柔然又把“金山”作为主要活动区域。突厥崛兴，“金山”也是其重要的发祥之地，由柔然的“锻奴”起而立国，并由此东征西战，创建赫赫突厥汗国。突厥汗国分裂后，臣属于西突厥的“葛逻禄”主要活动于“金山”西南，之后又归于蒙古帝国的窝阔台、察合台统辖。12 世纪，契丹贵族耶律大石在辽国灭亡前夕率领少数部众出逃，在“金山”的额尔齐斯河流域重整旗鼓，建立包括中亚和天山南北的西辽王朝——喀喇契丹。随后，喀喇契丹与塞尔柱帝国联军在卡特万草原会战并大胜，使西亚诸国“谈契丹色变”，并造成历史性误会，中亚之人和俄罗斯，至今普遍以“契丹”的各种音译来称呼中国。

维吾尔族最重要的典籍之一，尤素甫·哈斯·哈吉甫于 1069—1070 年在喀什噶尔完成的哲理性诗剧《福乐智慧》，就是“奉献给东方的君主桃花石·布格拉汗”的。书中有“褐色大地披上了绿色丝绸，契丹商队又将桃花石锦缎铺陈”的句子。长春真人丘处机来西域会见成吉思汗，仍听见“桃花石诸事皆巧。桃花石，谓汉人也”的赞赏。而“桃花石”一词，据中外学者的意见，就是“拓跋氏”的音译，“拓跋”正是鲜卑宇文部后裔。甚至连隋文帝独孤皇后、唐高祖李渊母独孤氏，都是汉化的鲜卑后裔，隋、唐皇族一脉，是标准“混血儿”。

成吉思汗六渡金山。旌旗翻飞，铁骑成云，率蒙古大军西征，开山辟路，四十匹神骏拖着华丽的宫帐大车，隆隆驰过阿尔泰的大道。一个世界历史上绝无仅有、横跨欧亚大陆的帝国，就这样被游牧的铁蹄、箭镞、雄心、热血耕耘出来。明清两代，这里先后属于瓦剌、准噶尔汗国的势力范围。今天，此处则是哈萨克、蒙古、汉、回诸民族的生息地。总之，这里一直是游牧民族的“安乐窝”和“洞天福地”。

历史上，战争是游牧生活重要内容。

很难想象，那些流散于旷野长风之中，孤独地哼着忧伤的长调，尾随于羊群之后，过着简单困苦的生活，善良、可怜、待人热情的牧人，怎么就呼风唤雨、摧枯拉朽，把一个个古老而强大的政权打趴在地。人类漫长的冷兵器时代，马镫和弓箭组成的军旅，代表机动、速度和力量，如同今天的特种部队。无论多么庞大精良的农人武装，在这样原始而生猛的骑兵面前，都显得不堪一击。不可一世的秦始皇，据翦伯赞先生的观点，其祖先也是游牧的羌人，深晓游牧民族的厉害，一统江山之后，甚至要把城墙修到草原的边缘，为的是阻挡匈奴。游牧民族向中发展、向内凝聚，箭镞飞向繁华富庶之地的不断试探，几成历史规律。

反复上演、剧本如出一辙、残酷血腥而又无聊乏味的连续剧就这样开始了。如同凛冽的西北季风，一个个骑马民族，周期性地从欧亚大草原深处，挥鞭南下，冲击着中原的中央王朝、恒河流域的文明和古罗马的层层关隘。

星天旋转

诸国争战

连上床铺睡觉的工夫也没有
互相抢夺、掳掠

这段卫拉特蒙古的英雄史诗《江格尔》中的句子，形象地说明游牧力量亢奋时的样子。不知疲倦的蒙古大军席卷亚欧，所到之处，富庶的城镇顷刻变为废墟，宏丽的庙宇瞬间化为火海。一个城破之后死里逃生的不花剌人惊魂未定地这样说："他们到来，他们破坏，他们焚烧，他们杀戮，他们抢劫，然后他们离去。"在这场蒙古旋风之中，先后有40多个国家、700多个民族归顺蒙古帝国。

不管是匈奴还是蒙古，无论游牧者统治的疆域消长盈缩，总有几个不变的"原点""老巢""根据地"：强盛时从这里出发征服世界，溃散时又龟缩此处。这样的"原点"星罗棋布，在欧亚北方游牧带连成一线。比如鲜卑人从大兴安岭北段的"嘎仙洞"出发，而黄河河套地区曾经是匈奴的历史摇篮，著名的蒙古高原，几乎就是众多北方游牧民族的"老窝子"，是其最重要的历史舞台和牢固后方。

一些冗长拗口、写法不一、难懂难记的地名、山名、河名、族名、人名，连同相关的习俗文化，如花花绿绿的补丁，打满了汉文典籍。称雄于蒙古高原的游牧民族，得意时狼烟突起，从这里南下、西进，搅得鸡飞狗跳、周天寒彻，落败时退缩漠北深处，消失得无影无踪。幸亏守着一个与之打打停停的中央王朝，高度发达的历史意识，留下了文字的记述。否则，这些来如风、去无影的牧人，真要被“长生天”和草原母亲春绿秋黄的宽广袍衫遮掩得严严实实，化为悄无声息的巨大谜团。

一个有趣的现象是，在大时光的消磨中，游牧线不断地往北退缩，这样的“原点”也不断北移。越是深居漠北，更原始、更新鲜，也更有战斗力的部族，越是后来居上、有着更大的机会：这些“披发左衽、穹庐毡帐、食肉饮酪”的后起之秀，瞄准日益成熟的农业社会的果子，“扶摇直下”，直到把自己消融在农民世界的稠人广众中——“征服者被征服”，进入农耕区的游牧统治者，很快汉化，融入农业文明，一般是在50年之后，就谙熟农耕之道，成为儒家文化的坚定的维护者，据关守隘，凭借城池之险，徒劳抵御着他们的后继者——新的游牧力量的进攻。几千年过去，牧人数量变化不大，少见城郭和地面上的变化，到今天依然地广人稀，而农人世界却人满为患，市井如沸。

这些“原点”“老巢”和“根据地”，多是山高、林茂、水丰、草密之地，而其中以阿尔泰山最为典型。古代金山，居于亚欧北方草原带之十字路口，东进、西攻、南下、北上，自由挥洒的空间比较大，而相距其他大势力较远。众多游牧势力麇集于此、养精蓄锐，成为共同祖源地，就不足为奇了。

公元91年，东汉大破北匈奴于“金微山”，失去了阿尔泰山的北匈奴西进东欧。就是这批欧洲人称之为“匈人”的匈奴，公元451年在首领阿提拉率领下攻入高卢，与西罗马军团对决于巴黎东南的特尔瓦。这一切连串反应，像多米诺骨牌，匈奴人的西迁，加速罗马帝国的灭亡和整个欧洲的民族大迁徙。

按照语言学的分类，一般认为，我国北方潮水般消长激荡的游牧民族，几乎统属于阿尔泰语系。匈奴、突厥、回鹘、黠戛斯、哈萨克等，属于阿尔泰语系的突厥语族；而鲜卑、柔然、室韦、契丹等则属于阿尔泰语系的蒙古语族。

在卫拉特蒙古的英雄史诗《江格尔》中，多次提到阿尔泰山，而且“江格尔可汗”的理想国——“宝木巴国”的核心区域，就是阿尔泰——至少，“江格尔”的勇士们要为他们的圣主“江格尔”建造的宫殿是在阿尔泰。

美如开屏孔雀的阿尔泰山西侧
生长着万年的旃檀
在万年旃檀的中间
杂生着珍珠宝石树，起舞婆娑
紧靠着五百株万年旃檀
为圣主江格尔建造一座

勇士们用黄金、珊瑚、象牙、珍珠和宝石，为“江格尔”建造了一座“离天上的白云还差三指”的宫殿。在今天阿尔泰山脉的崇山密林和山间草地上，找不到“江格尔奇”们用空前的想象、巨大的愿望和最华丽的辞藻建造的“宫殿”。

我不相信建立皇皇帝国的游牧统治者，没有永垂不朽、青史留名的意愿。“风流总被雨打风吹去。”用不着雨打风吹，他们自己就是“雨打风吹”——他们对待历史的方式，如同自身存在的方式，是否仍在大时光的上游飘忽不定、“逐水草而居”，是否在用另一种我们所不熟悉的方式传递千古之谜？

《参考消息》的一则有趣的信息是，欧洲一个研究机构的研究结果，根据DNA测定，从血缘看，成吉思汗的蒙古在全世界留下了最多的遗传基因。目前，这里留下的是岩画、鹿石、青铜器、铁器、草原石人、石棺墓和大型石堆墓。阿勒泰地区青河县三道海子附近有30多座石堆墓，其中最大的当数什巴尔库勒石堆墓。该墓直径60多米，高20米，用石量应当在两万多立方米，这是个浩大的工程，外围还附以多层石圈，并有十字形石道相连。这个巨石构成的金字塔，从上空俯视如同巨大的车轮平放在草原上，景象壮观。在中亚草原，这个石堆墓，是此种文化类型中最大的一座，简直就是由无数黑石块堆垒而成的小山。

不过，这些人工的大石堆，是不是墓，还得两说。联想到广泛流布的岩画上的众多车轮图案和后来这一带高车人的频繁活动，说它是平放的车轮形象，也不是没道理。小麦、青铜冶炼、车轮等均发祥于古代两河流域的文明，由此东传。中亚草原带的某个游牧部族联盟，接过滚来的车轮，继续向东滚去，由此被中原命名为“高车一族”。高车是广泛活动于阿尔泰、漠北、河西走廊和青海的游牧民族。

“高车”这个部族名，直接源于草原游牧民族的高大的、车辐众多的木质车轮。青海诗人、新诗的杰出代表——昌耀先生有一首1957年创作的诗歌，专写此物：

从地平线渐次隆起者
是青海的高车。

从北斗星宫之侧悄然轧过者
是青海的高车。

而从岁月间摇撼着远去者
仍还是青海的高车呀。

高车的青海于我是威武的巨人

青海的高车于我是巨人之轶诗。

关于这座石堆墓，近年来多有媒体炒作，一些时髦的说法甚至附会到了“世界征服者成吉思汗”的身上。林梅村先生认为，这个“巨石冢”可能是“独目人”部族酋长的墓，而林学堂、吕恩国则认为，这是当时草原上盛行的萨满教的祭祀圣地——太阳神殿。

据和田人毛拉·艾斯木吐拉·穆吉孜所著《乐师史》记载，阿尔泰也是伊斯兰教文化中伟大学者法拉比的出生地。《乐师史》这样说：“阿尔泰巴拉沙衮是艾甫纳斯尔·法拉比的出生地”，而日本学者岸边成雄在其《音乐的西流》、苏联学者巴托尔德在其《中亚突厥史十二讲》认为，法拉比是突厥人，而西突厥活动的范围正是以阿尔泰山为核心区域。

法拉比（约 870—950）是伊斯兰教文化历史中伟大的百科全书式的学者，“精通教义学、教律学、经义、圣训，也精通医学、哲学、修辞学、诗词、国际象棋和音乐。在音乐学科方面，他造诣很深，不但亲手创造了卡龙，自己能够制弦弹奏，并且将此乐传给了其他乐师和自己的学生。他创作了‘拉克’‘乌夏克’及其间奏曲，并在世界上加以传播……他著有《乐师书》。书中写道：‘乐曲没有明言的共鸣声音，则是在人们的灵魂里点燃精神之火的因素。诗词、民谣一旦与此融为一体，乐曲的秘密就会变得明晰起来’，‘一百年来，以祈祷都未能得到的乐趣，将从我的钢丝上得到’”。

法拉比继承发展了阿拉伯文化、突厥民族的文化和古希腊、罗马的文化，西方文艺复兴是从阿拉伯文献那里找到久违的地中海的文明的。法拉比的音乐体系对今天影响很大，他创造了用阿拉伯语名称图形谱记录的规则，对各个国家和地区的木卡姆艺术，有复杂、深刻的影响。

法拉比，也称艾甫纳斯尔·法拉比，全名是穆罕默德·依本·艾甫纳斯尔·艾勒·法拉比。西方学者认为他是阿拉伯的哲学家、音乐理论家，我国《辞海》条目也这样解释。这样说主要因为他用阿拉伯文著述，但不是说用阿拉伯文著述就是阿拉伯人。麻赫默德·喀什噶里的《突厥语大词典》，也是用阿拉伯文所写，但他出生在喀什乌帕尔村，晚年也生活在那里，其“麻扎”是当地群众的朝拜圣地。阿拉伯的“五弦乌德琴”是法拉比加了一根弦，“五弦”是龟兹人发明的乐器，法拉比能为阿拉伯的四弦加一弦，说明他熟悉龟兹五弦。

关于法拉比的身世、族属，众说纷纭，争论不休。许多国家、地区和民族的学者都在为自己的民族和国家“拉郎配”，成为热闹的景观。也许，这是很难彻底说清、很难统一认识的历史之谜。这种“拉郎配”，与历史上潮起潮落的游牧力量总是比较短命、文化剧烈变迁或者断裂、缺乏充分记述有关。

阿尔泰的深山之中，有太多的历史秘密和千奇百怪，如同微微颤动的渊面，光天之下，天地旋转，魅影重重。

游牧的大时光，潮水般退去。

祥和、平静，深山美人般不为人知的阿尔泰，正被小康社会日渐兴盛的游客围观。封闭了漫长岁月的阿尔泰，如一坛刚刚开封的老酒，甘洌清纯，醇香四溢，醉人心脾。成吉思汗西征时留下的蒙古人后裔——图瓦人和他们的木头房子，一到旅游旺季便塞满天南地北的游客，景区内的一小盘清炖羊肉，敢要你很多钱，而且不能有意见，因为能吃到嘴里已经是不错的了，许多人还站在旁边翘首以待呢——尽管这几乎是一只肥羊的价钱。

为了最美的风景，这的确不算什么。

人类净土喀纳斯，如同思想政治工作的高手，如同高效的安慰剂，化解所有的怨气。忘掉消费主义的斤斤计较、脑满肠肥的沉重肉身吧，就像歌里唱的："亲爱的，你慢慢飞，穿过丛林去看小溪水"——喀纳斯湖在等着你呢。同时，还应该想到，布尔津县的许多领导，由于整整一个夏季，不得不待在山上应付南来北往之客，已经被山风吹成黑人，他们和家属两地分居，"翠花们"很生气，后果很严重。

在阿勒泰地区博物馆中，有一具原始的滑雪板，讲解员介绍这是人类最早的滑雪板。滑雪板上蒙有一层马小腿的皮毛，油滑粗硬的毛顺向时，减少摩擦阻力，加快速度，猛一转身、马毛逆向，可以起到刹车的作用。遥望历史，冬季的阿尔泰雪深一两米，万山岑寂，林间谷地，闪动着一个个操阿尔泰语的古老族群，好一派雪原景致。日本和苏联的滑雪教科书认为，阿尔泰是人类滑雪活动的起源地，这里的岩画有早期人类滑雪的图案。2022 年，由我主持的建设三年终于落成的中国工艺美术馆（中国非物质文化遗产馆），为配合北京冬奥开幕的开馆大展“中华瑰宝——中国非物质文化遗产和工艺美术展”，中央序厅入口处有一件镜面玻璃钢装置作品《从阿勒泰到北京》，配以马皮滑雪板。其中的人物造型，就是组合挪用阿勒泰滑雪岩画和北海滑冰，请来阿勒泰民间艺人，表演楚儿和呼麦，古朴深幽，为冬奥增添一缕思古之情。

除了滑雪板，在布尔津县的一家餐厅里，还可以看近两米长的大红鱼标本。这几年借助媒体，传得最凶的就是喀纳斯湖的湖怪，中央电视台专门拍摄了大型纪录片《深湖魅影》，未有明确结论。这两年，又有人要带潜水设备，一探这隐秘世界。

面对大好湖水，多有内地“泳”士，到此欲畅游一番，但被接近冰点的一汪寒水吓退。曾有一个内地“泳”士，来此参加全国广播学会的一个会议，不听当地人劝阻，游了一个来回，一年后此人殁。肉后酒足，心火之苗炽盛，毫无防备，当胸浇以千年冰水，寒气渗入骨髓，阳寿尽矣。

关于“湖怪”，当地传说久矣。曾有湖边饮水的牛羊被“湖怪”吞噬。

这个中国最深、湖光变幻莫测的喀纳斯湖，曾引得大量科学工作者前来踏勘。一个差强人意的科学解释是："湖怪"是学名叫"哲罗鲑"的大红鱼。我的一个曾经在阿勒泰地区生活了30多年的老上级，说过的一个名山逸事倒是真的：在"反修防修"、意气风发、斗志正酣的年代，一架苏修直升机，油尽灯枯之后，慌不择路，只好落在山上。当地哈萨克族牧民挥舞马鞭，围斗不止，生擒"苏修"飞行员。传来传去，传成这直升机是被牧民用套马杆套下来的。

如果来阿尔泰，建议在10月中下旬来。阿尔泰山最好的风景，只有大雪封山前的十几天时间。这时，"长生天"命令所有的树木燃烧起来，天地骚动，轰轰烈烈，仿佛有一只巨手，从天空泼下辉煌繁荣的色彩，一棵棵白桦树爆炸般喷射出绚烂疯狂的光焰，似乎之前的季节只是用来成长和积累力量，好在瞬间挥霍掉全部的青春生命。

向美而亡，激情如飞蛾扑火。这，让我想到一个词：牺牲。

准噶尔的"草"与"苗"

在阿尔泰山脉和天山山脉之间，是准噶尔盆地，即"疆"字的上"田"。

准噶尔盆地的核心部分，是古尔班通古特沙漠，蒙古语的意思是"三堆芨芨草滩"。这里是芨芨草、梭梭和骆驼刺的世界。芨芨草就是古代边塞诗中常提到的“白草”，一墩一墩，其茎细长，劲直柔韧，如密集的箭杆的怒放。过去，当地常有人用芨芨草扎成大扫帚，直到兰新铁路建成，交通物畅，这种扫帚才被更耐用的竹扫帚取代。竹扫把耐用，我初见竹子，是从这扫帚上识其枝叶。

总体说，准噶尔盆地的自然条件，特别是植被情况，要比塔里木盆地好过许多。历史上，这里是传统的游牧区，现在有水和地势平缓的土地，早已开发成连片的农业区，深山、浅山和盆地深处半荒漠的地方才是牧区。游牧农区交相混杂，以及相对发达的交通线和密集城镇，是北疆的特点。新疆经济发展战略上有一个词：天山北麓经济带，指的就是乌鲁木齐、昌吉、沙湾、呼图壁、石河子、奎屯、乌苏、独山子、克拉玛依、塔城这条线。

我出生的那个团场，就在准噶尔盆地边缘，奎屯农7师123团。一到冬天，大雪铺地，连队边闲置的破房子，不知哪一天，就搬来几户哈萨克族牧民。早晨干冷的空气中，飘来异样的奶香和膻味。老乡的牛、羊和骆驼，在连队每家每户的柴火垛、林带和被厚雪掩盖、只露草尖的条田乱窜。它们一定是迷路了，走走停停，东张西望。抽空吃一点庄稼秸秆和地上的树叶。就像乡下人第一次进城，迷迷瞪瞪，魂不守舍，充满疑惑与好奇。这里曾是游牧民族的冬牧场，连队的位置，正是过去牧民们传统的“冬窝子”：土地平整、背风、雪浅、牲畜有草可吃。

牧区和农区互补，大家相安无事。这些混迹于连队的牛、羊、骆驼，这些会活动的“肉”，在计划经济的年代，十分安全。生产建设兵团的体制、纪律和公有制观念，已经渗到血液里，人们连粗粮也吃不饱，很少有肉可食，却从没有人打这些门前屋后的牲畜的主意。牛、羊、骆驼们，也是吃哪睡哪。悠闲的哈萨克族人，留几头奶牛拴在房前屋后，供日常喝奶之用，基本不太管流窜在各处的牧畜。春天到了，要转场到山上夏牧场了，才会找齐牛、羊、骆驼，打点不多的家当零碎，上路转场。

我们这些十几岁的孩子，寒假一个重要乐趣，就是合伙逮住几头牛犊子，拴在自家门前的沙枣树上，得空就骑上，胡冲乱窜、横冲直撞，摔下再骑上，乐此不疲。骑完了舍不得放掉，拴好，抱一堆苞谷秸秆喂着，完全比对亲弟弟要好。有时玩腻了，也打骆驼的主意。但听大人说，骆驼发怒喷出的唾沫有毒，让人皮肤发痒、长癣、溃烂。同时，骆驼对我们这些“半桩子”而言，也显得过于高大、陌生。因此，几次欲下手，围住了这些林带里努力吃树叶的大家伙，但终究畏缩不前，悻悻而去。

夏天的时候，在连队也看到骑在马上、绝尘而去的哈萨克牧民。骑在马上的他们，多少有些令人生畏。这些从山上的夏牧场匆匆而来的陌生人，还奇怪地穿着冬天的大皮裤，带着浓烈的青草气息和羊皮袄的味道。在我们的眼中，他们与冬天里缩在连队旧房子里的老乡似乎并不一样，显得威风神气多了。

夏牧场的生活肯定充满暗示与活力。有一段时间，我们这群孩子用竹条作弓，从竹门帘上抽下细竹条，化开臭油，焊上小钉子，躲在门前林带的柴垛里射马，想看到人翻马仰的场面。当然是十次九空，偶尔射中一次，就吓得怪叫一声作鸟兽散，生怕那些哈萨克牧民骑着高头大马追打过来。我们哪里知道，怎会有从马上摔下的牧人呢？

这个孩子气的游戏，是否也隐含两种文化的、心理的关系呢？后来，我见过一些主政一方的哈萨克族领导，已在城市生活多年，一到夏天仍然心里痒痒，隔三岔五往山上跑，回来时精神焕发，一副心满意足的样子。农耕社会的封建文人，进城做官，无论官多大，最后都告老还乡，回到他出发的地方——耕读的田园才是他真正的家。而游牧民族对夏牧场的眷恋，也使他可以抛弃城市，找到自然之子的感觉。《大唐西域记》有云："夫人有刚柔异性，言音不同，斯则系风土之气，亦习俗之致也。"也许，农人的地气在田园，牧人的地气在山上的夏牧场。气失神伤，魂飞魄散。隔段时间去接接地气，是有道理的。

如果说农业文明是大河文明，大河的泛滥与治理，催生中央集权国家，那么游牧文明是以草原中的山岳为原点，山岳是进退出入的原点。村落、族群、文化，就像野生动植物，由心灵、肉体和观念构成的水土，环环相扣，暗藏天机，出生、成长在哪片地方，多少有一定之规。虽经千年万年不断驯化，看上去似乎已经脱胎换骨，但一不留神还会"返祖"，所谓“江山易改，本性难移”。

今天的维吾尔木卡姆艺术，主要出现在沙漠绿洲的生活环境之中。但木卡姆的文化基础，应该包括绿洲农耕文化和草原游牧文化。无论历史上“西域大曲”的时代，还是“西域大曲”这个名称被“木卡姆”覆盖以后，新疆的历史始终都有草原游牧与绿洲农耕两支力量，穿插交织，鼓动激荡，潮水般涨落起伏。新疆的民族、生活和文化，始终都在草原游牧与绿洲农耕——如磁铁两极所构成的一个强烈的磁场之中。与南北的农耕与游牧相对应，东西方向的丝绸之路，把东西方文化连接起来。这样，我们如同得到一个空间上大大的、旋转摆动的“十”字，游牧力量主要呈南北向，当然也有“西来东去”或“东来西去”，但丝绸之路在大的视域里，在宏观上，是东西的轴向。

从“西域大曲”到“木卡姆”，它的发展变化，就是这“十”字转动、融合的结果：可以在各种木卡姆中，找到游牧文明的内容，“刀郎木卡姆”就特别明确、显著；也可以看到，“木卡姆”这个名称，包括其中一些木卡姆的具体名称以及歌词内容、音乐风格、习俗方面，受中原、阿拉伯、波斯地区文化和伊斯兰教文化东渐后的一些影响。当然，即使在“西域大曲”的时候，丝绸之路的东西文化交流和南北穿插交织的游牧与农耕文化，已经是非常重要的四个“影响极”。

在史料中经常看到和研究者经常提及的，是西域音乐对中原、对中央王朝的影响，无论是皇家官史、史家个人的记述，还是文人们诗词歌赋中点点滴滴的津津乐道，这一点都非常明显。但中原音乐对西域的影响往往被忽视，这一方面是研究者的疏忽，西域自身的史料记述远非完整系统，“礼失求诸野”的田野考察，又旷日持久、难以断定。另一方面，也是因为 18 世纪末期，西方的目标不一、心怀各异的探险家们，在西域的猎获激起阵阵涟漪，中亚的学问由此而热，西人先入为主的学术架构，立于“西方中心论”的支点上，学术上的强弱对比，形成套路，又影响我国的研究者——在地理上和文化上，比较习惯“由西向东”的视线和“流向”。其实不仅是音乐，在其他方面，也有这种现象。事实上，在更为长久和连续的历史时间内，中华文明一直是更为高耸的“文化水塔”，东方的滋养，东方的灌输，东方文化的水量和持续力，对西域更具有决定性的力量。

还有一个重要因素，就是任何一种文明的历史记述，都比较留意“进来”的东西，忽视“出去”的东西。有点“嫁出去的闺女，泼出去的水”的意思，走了就走了，漠不关心。中原文化的辐射和影响半径，在汉族知识分子那里，留意不够。古老的谦谦君子之风，或者说过分的虚怀若谷，使我们的自我评价更倾向于打折、低估，更重视别人、他者、遥远之处，以“出口转内销”的方式展开对自己的评价。

从多个音乐研究者那里和我自己一知半解的音乐知识和音乐感受上，有一点感性的认识，就是哈密、和田、巴州、阿克苏等地的音乐中，特别是民歌里，可以找到西北地区民歌乃至中原戏曲的元素——从根本上说，音乐及其他，万事万物，影响都是双向的，绝对的独处、孤立，真正的纯而又纯、一尘不染，是不存在的，是形而上学。

总之，草原行国和绿洲城郭，东方和西方——四种文化力量构成木卡姆的文化背景和文化基因。但木卡姆毕竟最终落实在绿洲生活之中，落实在一个历史上信奉过多种宗教，现在有不少信仰伊斯兰教的维吾尔族中间，是维吾尔文化的重要组成部分，木卡姆的文化血缘，应该说主要是绿洲生活的因素在起作用。历史上“西域大曲”是如此，后来“木卡姆”时也是如此。

天山半岛

“疆”字中间的一横，是“天山”——“天尔塔格”。

新疆的“三山”之中，天山无疑最为重要，是新疆地理的脊梁，是新疆之书的书脊。天山，承上启下，与昆仑山和阿尔泰山隔“盆”相望，东到新疆的东大门哈密，西从伊犁入哈萨克斯坦，绵延数千公里，占有最重的分量，在新疆的历史地理中位置显赫。

这里被日本学者松田寿男称之为沙漠瀚海中的“天山半岛”，“有一个不能等闲视之的作用，就是引导草原游牧民族流入绿洲，并使之转变为农业民族”。最典型的例子是回鹘汗国溃散后，公元840年，回鹘人从漠北西迁南下，入主天山南北，与绿洲上的原住居民混合而成现在的维吾尔族，并从一个游牧民族演变为农耕民族。

以农业民族的眼光来看，巨大的山脉，往往是阻碍。但在游牧者那里，水草相连的山脉，正是可以驰骋的高速公路。特别在西域的沙海戈壁、大漠热风中，天山是干旱世界和生命禁区的生命孔道，历史上活跃于西域的每一个游牧力量，无不借此东去西来、北上南下。天山千千万万细小褶皱中今天可能已不为人所知的一条条马道，筛子般漏出一股股箭镞铁骑，显影游牧力量在西域的影响。

天山，是历史转折高速公路，是牵动西域的神经血脉。这种历史文化的“导管”的作用，不仅体现在新疆，作为一座跨国山脉，在它西段的中亚诸国也上演过同样的故事。松田寿男的结论是，“天山路通往亚洲的所有地方。古代亚洲具有代表性的势力，全都与天山路相联系，并以此十字为中轴而进行活动”。

作为“亚洲心脏”的天山山脉，被赋予丰厚的历史意义：

匈奴侵入天山南北，是为了联合羌人对汉朝构成北、西、南三面合围，而张骞凿空是为联络大月氏，“断匈奴右臂”，打破合围，确保丝绸之路畅通；

柔然将天山南北作为粮草财源，突厥汗国也把天山南北作为其行政中心之一；

“大唐雄风置安西。”不仅现在的新疆，昭武九姓——现在中亚的许多国家，都归其管辖。其开放的气度和恢宏的视野，使中央王朝的事业和疆域，步入辉煌；回鹘汗国在内乱、流疫、黠戛斯人的打击下，据天山而入农耕，最终与当地原住居民合流，形成今天新疆的维吾尔族；

不可一世的成吉思汗的儿子——察合台，正是以西天山的“阿力麻里”（今伊犁一带）和天山北麓的“别失八里”（今吉木萨尔县）为中心，建立了察合台汗国；

向着太阳升起的地方，向着西天山隘口——土尔扈特部不堪沙皇压迫，从伏尔加河流域，毅然率部东归，冲破围追堵截，长途跋涉，杀出一条血路。出发时17万人，死伤多半，回到伊犁只剩下7万人，牲畜皆无，族人形容枯槁，衣衫褴褛，“其幼孩有无一丝寸缕者”；

游牧民族的迁徙征战、离合分聚，把天山同世界的其他地方联系起来：公元前150年左右大月氏自天山西迁，瓦解大夏，并在中亚、古印度一带建立贵霜王朝，正是由于贵霜王朝的推动，佛教东传，成为世界性宗教；

公元7世纪初，自天山西进的柔然部众，号角齐鸣，枪戟蔽日，攻打东罗马帝国都城拜占庭；1219年，二十万蒙古大军汹涌澎湃，聚集伊犁河谷，听从成吉思汗西征号令……

诗人、散文家、新疆当代汉语文学最重要的代表之一——周涛先生，在一篇散文中记述，浏览天山，判断山河，从天山的褶皱，看出古代操阿尔泰语系的突厥民族的形貌神情。其实天山蕴含的，远过于此。天山的神山圣水，彰显中华诸民族的共相——这座以天为名的山，见证天崇拜的广谱信仰、天命天道、敬天法祖的丰厚内容。

玄奘在《大唐西域记》中，把当时的世界分为四类：南为“象主之国”——指印度；西为“宝主之国”——泛指波斯、大食、大秦和西域绿洲圈；北为“马主之国”——指北方游牧圈；东为“人主之国”——指中央王朝的中华腹地。“南象主则暑湿宜象，西宝主乃临海盈宝，北马主寒劲宜马，东人主和畅多人。”象主之国，“躁烈笃学，特闲异术，服则横巾右袒，首则中髻四垂”；宝主之乡，“短制左衽，断发长髭，有城郭之居，务殖货之利”；马主之俗，“毳张穹庐，鸟居逐牧”；人主之地，“风俗机惠，仁义照明，冠带右衽，车服有序，安土重迁，务资有类”。玄奘的描述准确精当，比照西域，“人主”“马主”和“宝主”，还有“象主”的“特闲异术”，都曾在这里争奇斗艳，此消彼长，融会流布。但，总体来说，中央王朝对西域的经营最为持之以恒、绵远悠长。“人主之国”的韧性，隐约如历史之“经线”，一以贯之，气息深厚。而每当“经线”气若游丝，陷于内乱自顾不暇、力有不逮而废弛收缩之时，“马主之国”的轻灵闪动、迅疾易变，如“鸟居逐牧”，沿“三座大山”，飞来飞去，落脚在西域的绿洲。众多游牧力量，“走马灯”般轮番登场，你方唱罢我方唱，及时穿插，以色彩缤纷、不断变幻的“纬线”，与一以贯之的“经线”密密交织。如此，终成正果，归于一统，大成中华历史之锦绣，使西域如中华披风的壮美一角，飘动在时光的长河。

在西域的历史上，由于南疆绿洲孤岛般的分散情状，较少产生大的联合力量，这里重演的是，如同长城内外的老故事：从漠北西来、从北疆南下的游牧力量，在平息了内部纷争后，沿着丝绸之路和连接南北疆的天山马道隘口，一次次潮水般覆盖绿洲城郭，建立游牧性质的地方政权。除羌之外，现在知道的、出现在新疆的最早的族群，是《汉书·西域传》中的“塞种”或“塞人”，古波斯语称之为“saka”。“saka”本来就有游荡、游牧的意思，这支游牧力量，后因从河西走廊西迁的大月氏的冲击，从阿尔泰山、天山草原和盆地绿洲大规模迁徙，大部分退到帕米尔高原一带，月氏、乌孙、匈奴、鲜卑、柔然、高车、铁勒、嚈哒、突厥、回鹘、蒙古……如出一辙地重复着熟悉的剧情。

与中原腹地不同的是，西域绿洲的农耕力量如此分散，不比始皇帝留下的“大一统”，可以被后来者反复演用。经过一段时间的调适，总有翻身的机会并直捣漠北老巢。而且，中央王朝与游牧力量在争夺西域经营权时，不弃不离，坚持到底，只要实力允许，便放手一试，仅屯田政策，自汉在轮台、尉犁始，就绵延几千年，因而更富成效。若单以某个曾经出现过的游牧力量集团而论，据有西域的时间，都远远无法与中央王朝相比。而且，“鸟居逐牧”、变幻无常、如风如云的游牧集团自身，越是到了后来，越是从文化到肉体，更彻底地融入“大一统”的中央集权，如契丹、鲜卑等。中国统一的历史和中华民族的形成，是向中汇聚、向内融合，农耕与游牧，如千年夫妻，讲起婚姻史，纷争也罢，恩爱也罢，打到肉里、爱到骨里，你中有我、我中有你、血缘混杂，最终不分彼此、融为共同体。

农人、牧人、商人，农民活动半径最小。束缚在田园中的农民，对土地有宿命的理解，理解的大自然是驯熟和物化的，集中映现在脚下不变的、生死相依的土地上。失地的农民则成流民，是危险的一群，是历朝历代动摇封建统治的活跃力量。除了流民力量，还有一支动摇中央王朝统治的重要力量，就是游牧势力。牧人是自然之子，有最大的活动半径，山川土地是流动而野性的，牧人和自然的关系最直接，生存节奏似乎也被自然规定：在历史的大碾盘里显得飘忽不定，是一些细微、坚韧、敏感、不易捕捉、传导迅速，但又难于坚持、极易散断的疲惫的北方的神经。古典时代的商人，沟通乡野与城镇、农民与牧人。特别是利润更为丰厚的所谓行商，掌握比较全面的社会性知识，多是一些见过世面、精于算计之人。我们眼中的“天山半岛”，不仅是“草原行国”的乐园，由于丝绸之路的培育，它也是漫长古典时代最杰出的丝路商人活跃的舞台。“牧”和“商”，加上作为商业驿站的片片绿洲，天山、西域——这块亚欧大陆的腹地，集中了最多的文化因素。天山的意义在于它如同搅拌器的叶臂，快速旋转划动，把三种生产生活方式，把牧人、商人、半农半牧半商的绿洲主人，连在一起。

啊，塔里木

“疆”字的下“田”，是塔里木盆地。塔里木盆地是装满沙子的大容器。

这个大容器有53万平方公里，是中国最大的内陆盆地，里面共有9条河流，从盆地周边的天山、昆仑山、喀喇昆仑山、帕米尔高原向盆地中心汇聚流淌，大部分最终汇入并构成中国最长的内陆河——塔里木河。盆地四周的河流，共发育80多块绿洲，大一点的有上万平方公里，小的不足1平方公里。正是这些大大小小的绿洲，负载着历史上的绿洲城郭。

新疆给人的印象，是地广人稀。地广是不毛之地的沙漠、戈壁广，把沙漠、戈壁算进来，与人口总量比，人显得稀。其实新疆人烟稠密，特别是在南疆绿洲，人口密度不让江南的市井阡陌。著名的和田绿洲，人均土地不足一亩。新疆绿洲人口的增长，主要在新中国成立后。新中国成立后，特别是近40年，新疆进入稳定繁荣时期，相对宽松的少数民族生育政策，使绿洲人口密度后来居上。十几年前，在新疆第一人口大县莎车，参加木卡姆艺术节，我在街上看到稠密的人群，宛若陷入一个繁荣沸腾的大城池。

在新疆漫漫沙漠、戈壁长路上行车，最初上路时的兴奋、热情，被枯燥单调、无边无际的雄浑壮阔，抚平、稀释、浇灭……突然进入绿洲，仿佛重返人间，看到稠密、鲜活、发育健康、浓烈如诗、香醇如酪，一浪一浪迎面而来的人流，你会觉得绿洲像个大会场、大巴扎、大节日，原来沙漠、戈壁上的人，终年都在这里晃荡、赶集、过节呢。面积广大的塔里木，留给人们的可耕地，就是80多个墨绿色的小点。而由9条河流汇聚而成的塔里木河，串起这80多个墨绿色的点，像康定斯基的抽象画，随意、诗意地挥洒在黄褐色的牛皮纸上。

《大唐西域记》中的佛家世界，赡部洲中心是“阿那婆答多池”——即龙池。“龙池在香山（昆仑、葱岭）之南、大雪山之北，周长八百里。龙池东面银牛口，流出殑伽河（恒河），入东南海；池南面金象口，流出信度河（印度河），入西南海；池西面琉璃马口，流出缚刍河（阿姆河），入西北海；池北面颇胝师子口，流出徙多河（叶尔羌河，塔里木河最大支流），入东北海”“或曰潜流地下出积石山，即徙多河之流，为中国之河源云”，即黄河。

古人把塔里木河与黄河联系起来，塔里木河消失于罗布泊之后，沙下潜行，最后出积石山，“伏流出焉”，成为人们常见的黄河形象。也因此，认为黄河的源头在昆仑山，黄河之水天上来。直到清朝宫廷派出寻找河源的大队人马，才搞清河源不在西域。“塔里木河”这个名称确定于清代。“塔里木”，在古突厥语中是“注入湖泊的沙漠之水”，现代维吾尔语则是“田园”或“耕地”的意思。

塔里木河，是横亘在塔克拉玛干大沙漠中的一道绿色屏障，沿河岸形成厚厚的胡杨林。胡杨林中曾出没过老虎，19 世纪末 20 世纪初，西方的探险者还对这种活跃于胡杨树林中的老虎有过记述，维吾尔人中有叫“尧勒瓦斯”的，意思是“老虎”。至于狮子，与佛教有关，历史上西域曾有“五方狮子舞”。有舞蹈研究者认为，汉地的狮子舞，是从西域传入。狮子是佛教中的吉瑞之兽，是佛陀释迦牟尼的坐骑之一。佛教在西域曾炽盛如春花，这“五方狮子舞”，应该是佛教文化的遗存。“五方狮子舞”，今天也主要保留在从罗布泊迁出、信仰伊斯兰教相对较晚的尉犁县维吾尔人中间。我在尉犁县，听县文化部门的同志收集到的罗布人的民歌，忽然听到一首民歌，完全就是内地寺庙旁小店里播放的梵呗。这让人安静的佛唱，完整地保留在罗布民歌中。维吾尔人有叫“阿尔斯兰”的，是以“狮子”自名。在伊斯兰教文化中，狮子有什么文化渊源，不太清楚。不过，叶尔羌汗国的一位汗王，就叫“狮子汗”。狮子代表“雄心”“气魄”，拿破仑曾比喻过去的中国，是“沉睡的东方雄狮”。狮子群居，成群出现，打猎时讲究合作，有集体主义精神，与中国文化的和合观念相通。胡杨就像棕黄色的塔克拉玛干大沙漠中的狮子，有形而上之感。胡杨纷披的树形，像瀑布般流泻的金色鬃毛，一团一团，厚厚实实，显示未经梳理的自然美。胡杨给人的感觉，就该在沙漠里。我莫名觉得，胡杨和沙漠，性格、形象相通。沙漠喂养胡杨，沙漠衬托胡杨，沙漠也埋葬胡杨。没有胡杨的沙漠，死气沉沉，不美，失去灵性。同样，胡杨如果长在别处，好像也少了兀自独立的韵味，有明珠暗投、大材小用、生不逢时，被浪费了、耽搁了、发挥不出优势的感觉。胡杨和沙漠，如同母子，血肉相连。漫漫沙海之中，胡杨象征不屈不挠的绿色生命，被认为是“站着生长一千年，死后不倒一千年，倒而不朽一千年”的英雄树。为什么长命百岁？为什么死而不倒？为什么倒而不朽——是舍不得沙漠，是爱得忠贞，是不愿意把沙漠扔在荒凉孤独的世界里。我在新疆带的最后一位博士生杨月梅，毕业论文，即是梳理、分析、研究胡杨的文化与艺术形象。最初，我建议她研究双语文学写作，结果半途而废。后来她说想以胡杨为题，我觉得选题过于边缘，又过于具体、少有文献及前述研究，失之简单，难以深入。但那时我已到北京工作多年，又从国家艺术基金管理中心到中国艺术研究院工作，千头万绪，自顾不暇。接她电话，只能是即兴的电话交流，这样的交流，缺乏准备，很难系统指导，只是提醒她注意资料、文献的广泛收集，理论提升的难点，以及学术规范上的要求，等等。再后来，我工作更忙，交流更少——我甚至忘了此事，基本放任自流，弃如胡杨，任其自由生长、自生自灭，不抱希望了。谁知延学几年，终于寄给我她的论文。细看一遍，颇为感动，也颇有感触。好像无意弃置的小苗，以为多半夭折或半死不活，多年后竟悄悄长成大树。这样一个本难做成博士学位论文的选题，竟让她写成一本有趣的书。都说胡杨不成材，但唯其环境艰难，虚无之境的努力，也就生发别样的意义。

罗布人使用的独木舟——卡盆，是用整棵粗大的胡杨树干掏空而成，孔雀河古墓沟墓地的“太阳墓”——用竖埋的木桩构成太阳和放射的光芒——用的也是胡杨木，2005年中国十大考古发现中的“小河墓地”，大量的船形棺和彩绘立柱，用的也是胡杨……现在的胡杨树，主要用于审美。张艺谋的电影《英雄》，古树黄叶间翻打的场面就是在胡杨树林中拍摄的，胡杨是树中网红，大批如袋鼠般的摄影家，为胡杨金灿灿的秋色所沉醉。塔里木盆地的胡杨离不开塔里木河，过去由于上游的大规模开发，下游断流，胡杨树如沙漠火海中的凤凰，灰飞烟灭，这些年从博斯腾湖的千里调水，为的是抢救这道绿色屏障。

历史上，塔里木河结束的地方，就是游移之湖罗布泊——罗布淖尔。古代典籍称之为“盐泽”“泑泽”“蒲昌海”“牢兰海”。塔里木河有“无缰野马”“乱河”的声名——塔里木河似乎也有“游牧”的秉性，经常改道，因而这个外形极似“大耳隆”的湖，被斯文·赫定认定是：就这样漂来漂去。而亨廷顿认为是随着气候干湿变化的“盈亏湖”，陈宗器则认为是随注入河水分配情况而迁移的“交替湖”。居于湖边的楼兰国彻底湮灭后，得识罗布泊真面目的人很少。19 世纪末，罗布泊之谜，引起西方一些学者争论不休。直到 20 世纪 70 年代，上游开发造成断流，美国的卫星图片说明此湖已经干涸，国人才知道古书中所载烟波浩渺的罗布泊，已经消失了。明暗相间的耳轮线和地质调查证明，罗布泊是渐次干涸的。

这里是彭加木失踪的地方。在那个没有新媒体的年代，官方大规模的搜寻和新闻报道，让人热血沸腾、不能自已。尔后坊间神秘的猜测更是激起阵阵涟漪——一种最离奇荒诞的版本是：这个“苏修特务”被老“毛子”的飞机接走了。这里也是我国第一颗原子弹爆炸成功的地方，由于当时我们在团场讲的河南话和科技知识的缺乏，以及小孩子莫名其妙的兴奋，都把“核武器”误读为“黑武器”——一种像黑夜一样可以笼罩大地、使人间进入永夜的武器。我至今觉得，这个误读，还挺准，更接近核武器的实际效果。罗布泊在我的印象中，一直是和“黑武器”相联系的地方。伴随旅游探险的热潮，上海人余纯顺光天化日之下，离奇地命亡沙漠，又引起媒体一阵的热炒。

自古以来，罗布泊就是个谜一样的地方：遥远、神秘、敏感，引人入胜，牵动想象的神经。直到世界上第一条沙漠公路南北纵贯塔克拉玛干大沙漠，沙海闪现石油之光，勘探石油的大马力沙漠车隆隆开进瀚海，一人多高的大轮子狠狠地轧出人字形车辙，印章般盖满如屁股般优美起伏的沙丘，人们才得以轻易靠近罗布泊。进入20世纪末，更因为钾盐开发，这里有了一个新的建制镇——楼兰镇。“众臀”簇拥下的罗布泊，果真生殖力顽强，枯树抽新条，千年冷灰，重续人间香火。

塔里木盆地的大部分是沙漠，沙漠与神有缘。犹太教、基督教、伊斯兰教皆起源于沙漠绿洲的环境。佛教诞生于热带，四季如一季。生如死、死如生，生死一体。所有的树是一个树，所有的绿是一个绿，如沙漠一样是无方向的、均质的。极度繁荣与极度荒凉，迷失于热带和迷失于沙漠，差不多。这些都是人迹罕至之处。人间的方向消失之后，天国的方向直插内心。宗教的土壤，似乎总是和森林、沙漠、高寒的大山这些极端地理现象有关。四季变换、温润宜人、人烟稠密、尘世的发展一日千里的大河三角洲，缺乏大自然的严峻考验，“此岸”的力量是如此强大，沉溺其中的快乐，使人忘记向死而生的“彼岸”。

作为宗教与古代语言的“走廊”和“博物馆”的西域，几乎沉淀了亚欧大陆各种宗教和语言的影子。宗教与语言的变迁、层积，是如此之厚、之多样复杂，许多宗教与语言的传播假借原住居民之手，最典型的是历史上曾经十分活跃、尔后融合消失的商业民族“粟特人”。

“粟特人”居于费尔干纳盆地，未建立一个统一帝国，善在夹缝中处理政治逆境，周旋各大势力之间，这样的命运，也造就其特殊的生存本领。“粟特人”是丝绸之路上的商业能手和语言天才，是中亚和北方草原上游牧民族的“教师”，除了商业渔利、参与游牧民族政事，也“兜售”文字、历法、宗教和筑城的知识。“有一个突厥词汇——‘城市’（Kart）——原先就是来自粟特语。”《唐会要》记“康国”说：粟特人生子，必让口食蜜，手中置胶，希望孩子长大，口说甘言，持钱如胶之黏物。这些商业利益狂热的追求者，同时也无意间成为文化传播的“活雷锋”——在贩运人类早期的奢侈品时，也免费奉送精神的奢侈品。丝绸之路也是“求经传教之路”和“语言文字之路”。塔里木遗落了最多的古代语言——在最安静无声的地方，留下最多的众声喧哗。据统计，新疆发现的古文字种类计有：

汉文文字系统：汉文、西夏文、契丹文、日文；

阿拉米文字系统：佉卢文、婆罗钵文（亦称帕赫列维文、巴列维文）、粟特文、摩尼文、突厥文、回鹘文、希伯来文、阿拉伯文、哈卡尼亚文（又称喀喇汗文）、波斯文、叙利亚文、察合台文、满文、托忒蒙文；

波罗米文字系统：婆罗米文、梵文、焉耆—龟兹文（亦称吐火罗文）、于阗文（亦称于阗塞文）、吐蕃文、吐火罗式回鹘文、八思巴文。

除上述之外，还发现有希腊文和拉丁文。有些古文字文物发现量较大，如汉文、佉卢文、焉耆—龟兹文、回鹘文，有些则量极少，仅见于印章和钱币，如契丹文、拉丁文、日文等。

新疆发现的古代语言包括属上述文字系统的诸语言，属印欧语系的语言：塞语、吐火罗语、犍陀罗语、粟特语、梵语、大夏语、婆罗钵语和帕提亚语；阿尔泰语系的语言：就没有文字的民族而言，乌孙、匈奴、鲜卑、柔然、吐谷浑等的语言都属阿尔泰语系。属该语系的有文字的民族有突厥、回鹘、契丹、蒙古、满族等；汉藏语系的语言：汉语、羌语（羌族没有文字）、古藏语、党项语（即西夏文所表现的语言）；闪含语系的语言：阿拉伯、叙利亚语等。应该指出，新疆所发现的大量汉文文献说明，汉文及汉语是新疆最古老的文字和语言之一。

有人说，只要能读懂丝绸之路上的语言文字，就能搞清许多历史、宗教和文化之谜。疯狂掠夺西域文物的斯坦因，曾引起了欧洲对西域文书的“供不应求”。于是，南疆一名叫斯拉木·阿洪的游方郎中，声称在流沙掩埋的古城中发现一批“古代文书”，引欧洲人蜂狂蝶乱高价求购。阿洪的买卖越做越大，甚至可以“提前订购”，这些惟妙惟肖的“阿洪文书”，让一些学者皓首穷经研究了一辈子。如果阿洪见好就收，不被欲望冲昏头脑，也许不会被识破，那么，西方的博物馆里真会永久保存一种“阿洪文字”供后世研究、瞻仰。

新疆，特别是南疆，是丝绸之路最艰险、最易断的区域，是地图上随时可能消失的“虚线”。浩瀚沙漠只有驼队能够通过，玄奘的《大唐西域记》在地理方位、国俗民情的记载方面相当准确，但在旅途的自然和气候情况的描述上，就陷入魔幻传奇的倾向，绝望昏沉之中常见“热风恶鬼”，玄奘的考验有一半是瀚海戈壁和高原冰山的考验——是西域的考验。而帕米尔的高海拔，也让19世纪末的探险家留下“头疼山”的名讳。但如果没有丝绸之路，世界文明的面貌会有很大的不同，因为丝绸之路，东方与西方的文明，互相接触，如异花授粉，吐异样芬芳。

美国人类学家摩尔根说：“塔里木河流域是世界文明的摇篮，找到了这把钥匙，世界文化的大门便打开了。”在风尘弥漫的绿洲厚土之中，按生产方式和生活类型分类，始终存在三种因素：农业文明、商业文明、游牧文明，而且基本上如五色土般插花交替地累层，出现了历史文化上最复杂有趣、绚丽多姿的情况，这座历史文化的迷宫，吸引着重量级的研究者，使中亚黄金腹地的研究，成为学术上的“奥林匹斯”圣山，每一个要成为“宙斯”的神灵，都要经过“九九八十一难”——以西域为代表的中亚的学问，被视为畏途，成了许多学术大家最后“发言”的地方。

如果说历史上北疆文化的底色是游牧的，那么天山以南的绿洲农业是最重要的人文单元。“宝主之乡”的绿洲圈，其文化含义不限于农业的方式，在更大的范围看，他们是丝绸之路上“有城郭之居，务殖货之利”的商品与文化“中转站”。松田寿男在《古代天山历史地理学研究》中说：

“像这样的国家，虽然具有卓越的经商能力，但在政治力量方面却反而较弱。由于地理上的情况使之难以摆脱小国分立的状态，而没有涌现振兴起来的集团势力。”和平年景中的绿洲，沙漠像厚厚的绝缘层，丝绸之路像一根导线，带来电压不稳的电流。总体上，这里倒符合老子所言的“小国寡民”“清净无为”的状态。比较重要的帖木儿帝国、黑汗王朝，也没有离开游牧者的“遗传基因”，甚至从那种“双都制”的特点，也可以看出两种生产方式、生活方式上的互为倚重。倒是之后的叶尔羌汗国统治者，游牧民族的基因随时间的流逝而渐弱，绿洲农耕者的文化特点相比之下更明显一点。

喀什噶里、莎车，是连片的最大绿洲群，面积有3.6万平方公里，历史上，也正是在这个地方，出现了有一定规模的地方政治集团，而且也是在音乐文化上最具代表性、结构最庞大的“十二木卡姆”的诞生地。绿洲是文明容器，也是人文结构，绿洲的大小，某种程度上决定文明的规模、构架和稳定性。

塔里木盆地的绿洲，因为丝绸之路，因为城郭的特点，披上了一层古代商业文明、城郭文明的薄纱，这里的农民，除了果园和田地，也继承了游牧者“好动”的特点，他们自己或者在东西方商旅的带动下，热衷于驼背上的长途贩运和集市的讨价还价。在唐朝的长安，西域人做官、经商、开酒肆、从事歌舞的有1万多人，以当时长安80万人计，这是个不小的比例。比较有名的诗人，几乎都描述过这一情景，唐玄宗最迷恋的乐器就是西域的羯鼓，而且是大唐数一数二的羯鼓高手。史书记载，唐玄宗经常把宫廷乐队赶走，自己和一二羯鼓手击鼓为乐。就像现在的北京有“京漂一族”一样，在长安的上层和坊间娱乐圈里，来自西域的是“主流的京漂”。商人的队伍也大致如此，喜欢新鲜玩意儿的大唐，甚至在长安专门辟出一个街区，专门安排这些来自西域的商人。

回鹘在漠北时受“粟特人”影响，有比其他游牧民族更强烈的商业意识，商业比较发达，和中原的官方生意和民间生意都做得极好，规模很大，也比较规范，这方面有明确而详细的史料记载。回鹘西迁，与当地传统相结合，重商意识有增无减，在吐鲁番文书中，可以看到大量的交易契约。伊斯兰教的圣城麦加，在沙特阿拉伯的希贾兹境内，是穆罕默德的诞生地和伊斯兰教的发源地，本身就是古代传统商道的会合地。伊斯兰教产生的社会基础中，有鲜明的商业、绿洲农耕和沙漠游牧等元素。伊斯兰教东渐以后，宗教传统也与商业文明暗合，西域的商业文明是一贯的。

这样一些古代商业文明和古代城市、集镇的文化特点，自然而然渗透到木卡姆音乐、歌词当中，我们在歌词中看到的场景、环境，有许多集市里才有的细节，出现的一些物产、用品，琳琅满目、来自各地，而且在一些民间长诗的情节中，也可以明显地感受到。音乐上，木卡姆传播流布的方式，就依赖商道、驼队，把各个分散的绿洲联系起来，木卡姆演奏的场合主要是果园、庭院、麦场、农村集市、富宅、城镇的广场和茶馆饭馆，而且音乐本身也曲折、复杂地透入古代商业文化和古代城镇文明的因素。

祖源昆仑

神话传说中，中华民族文明的发祥是自西向东的。传说非信史，但这虚无缥缈同样耐人寻味。唐代高僧玄奘认为“葱岭者，据赡部洲中”。在佛经中，世界四大洲，昆仑、帕米尔是中心。史学家顾颉刚先生在《中国史学入门》中说，“世界人类最古是在帕米尔高原繁衍起来。以后，从这里分为去亚洲的，去欧洲的，去非洲的若干支”。历史学家任乃强，在20世纪40年代，超越传统史观，提出“异端学说”，认为中华古人类起源于青藏高原，起初只是古羌族，为今日中华版图共同祖先。近代的羌学研究者，追溯羌人的祖地，最终聚焦在“羌塘”。“羌塘”、昆仑山北缘的“若羌”，是古羌人活动区域。

或许，早期人群都或长或短，经历森林、游牧，之后是农业、定居。由简单聚落，进入城郭。按《圣经·旧约》中的说法，亚伯拉罕的两个儿子，一个是放羊人，一个是农民。而人类第一桩谋杀案，所谓“兄弟阋墙”，即在两弟兄之间。

中国有文字记载的时代，从甲骨文开始，而在此以前的时代，或是后人的追述，或流于浪漫传说。据古文献记载，人文初祖伏羲之母华胥因踏巨人脚印“而生庖牺于成纪”，伏羲之后的炎帝（神农）、共工都姓“姜”，是羌人、牧羊人。“炎黄”为同母所生，亦出羌系。建立第一个王朝的禹，“兴于西羌”。活动于“姜水”并以“姜”为姓的华夏祖先，确凿是转入农业定居的“羌”的一支。综合这些缈远的信息，农业的汉族，最早的祖先，是由“羌”的一支，转入农业定居而来，而后文化、技术和社会领先，又不断与“羌”“羌方”冲突、摩擦、融合。羌的分支繁多，今天众多族群，可追溯到羌。继羌人后，“塞人”自西东进，覆盖西域的大部分地区。按林梅村的观点，当古欧罗巴人种的“塞人”，东进新疆，一路覆盖过去，将要进入中原时，正是在河西走廊和青海一带，遭遇羌人的阻挡，停滞下来。

支持中华民族发祥地起于西北的，是浪漫的“传说时代”。“三皇五帝到如今”，“三皇”的“伏羲”，出自昆仑山，活动于甘肃一带。更早一些的创世神话，则更是在昆仑山一带。整个中国神话系统，特别是创世神话，无论神话内容，还是记述时间，昆仑神话系统都在先。黄帝、昊帝、伏羲、后羿、嫘祖、女娲、西王母等赫赫神灵、先祖，均活动于昆仑。昆仑是众神之山，是“帝之下都”。记载中华早期人类活动的典籍，从《山海经》到屈原创作的《九歌》，昆仑都是个“大词”，都躲不开昆仑。周穆王西巡，相会“西王母”，是在昆仑。屈原《九章》，“登昆仑兮食玉英”，屈子向往的神仙居所，在昆仑……西域、昆仑，不是自张骞“凿空”之后，才进入中原的视野和记忆，早期的交流就很频繁。

古代典籍中记述较多的西王母，应该是昆仑山一带原始氏族母系社会的豪酋。《山海经》记载，西王母“其状如人，豹尾虎齿而善啸，蓬发，戴胜，是司天之厉及五残”。可以说是“美”而“蛮”、带一点神秘。古人用字讲究，寥寥数语，往往信息含量很大。这里用“蓬发”，而非一般的两汉文献中，描述北方游牧民族，常用“披发”。“蓬”与“披”，一字之差，判若霄壤。可见，西王母应该有一头蓬松、柔曲、浓密的长发，而且似乎像今天的先锋派时髦女子，高高耸起，做出了一定的形状，比较夸张、夺目，符合当时的“领导形象”。母系时代，部落首领，往往也是萨满，这样的形象打扮，是身份标志。至于“豹尾虎齿”之类，可能是酋长必要的装饰，用最高的战利品和猎获物，炫耀至尊地位。我觉得，那“豹尾”，就是今天仍然出没雪线之上的雪豹之尾。至于“虎齿”，或者是对牙齿的装饰，或者为面具类的东西。两只小虎牙，我们民间的传统中，是褒扬。在今天的日本女青年中，仍很流行有“虎齿”：妩媚中来一点野蛮，浪漫中夹带残酷。“巧笑倩兮，美目盼兮”，《诗经》中形容大美人的《硕人》，是“领如蝤蛴，齿如瓠犀”。“虎齿”在那个时代或今天，都不算难看。至于“善啸”，不仅昆仑女酋，孔子时代的中原，特别是楚地，多“善啸”之人，是隐士、狂徒的标志。孔子率众弟子周游列国时，常遇之，被记在《论语》里。无论哪个族群，早期都是“善啸”的——那是呼朋唤友、壮胆围猎、欢庆兴奋、抒情壮志时的习惯。反映印第安人的影片，白人中埋伏时，往往先听到不绝如缕的“啸”，在山间回响，白人士兵一抬头，就看到山顶岬角豁口露出戴着羽翎、涂着花脸、拉弓搭箭的印第安勇士。“戴胜”是戴“玉胜”，不是戴翎子。昆仑自古出美玉，戴玉的传统，无论后来的中原汉人，还是氏族社会时期的昆仑山的女酋长，都是一致的。至少两汉以前，玉在中原，只有皇族、王室、贵族能用。那时的盗墓贼，偷金缕玉衣，只要金线，任玉片散落在墓室和盗洞中。只因平常之人有此玉，必是盗掘皇族墓，是要杀头的。搞不好，玉在昆仑人氏中，也只有“西王母”这个女酋长能用。这一点，与中原腹地的规矩隐隐相通。

从考古看，玉崇拜的四至范围极广，涵盖今日中华版图。但于阗玉无疑是最著名最贵重者。早在丝绸之路之前，就有玉石之路。中华创世神话、玉文化，追根溯源，是昆仑，玉崇拜和昆仑信仰，都是广谱信仰，覆盖中华早期人群，而且玉与昆仑，形上形下，合而为一。这是不是中华民族代代相传，对祖源地、远古家园的集体意识呢？一个创世神话体系、一个把玩千年的和田玉，都和千里万里外的一座高不可攀的大山联系在一起。这一点，越往上推，越走进时间的深处，越让人震惊。是不是在大洪水之时，就像电影《未来水世界》描述的，在人还没有重新变成海洋动物时，只有这么一片未被淹没的陆地。洪水消退，祖先四散，向东的一支，落脚于河洛，文明草创，溯源追昔，依稀模糊的过去，留下两样：口传的集体意识——昆仑神话和手里攥着的温润美石——昆仑玉，好像一个人，梦里醒来，迷迷瞪瞪，失神中，忆起祖先和遗物。

殷、周，一直到汉，河南南阳的妇好墓、江苏徐州的楚王墓、湖北随州的曾侯乙墓、河南的梁孝王墓和山西的晋侯墓……王族大墓出土的“金缕玉衣”和大量的玉器，所用之玉，多有和田玉。宋应星在《天工开物》中说：“凡玉，贵重者皆出于阗。”从古至今，昆仑美玉，一直被奉为至宝，为上层专擅。世界诸文明，都有过石器时代，可能都曾和玉这样比较硬、比较美的石头有过接触。但像中华民族这样，与玉厮守终身的，恐怕绝无仅有。中华民族对美石的挑选不是今日开始的，是从石器时代，也就是史前文明就开始了。从那时起，就相中了昆仑玉。而且，一定终身，不离不弃，再不移情别恋。汉字中，玉旁的字，是个大家族，且皆是美意。而玉中又特别钟情于昆仑玉。中华民族如同“贾宝玉”，“衔玉而生”，而且衔昆仑玉而生，并以地球上最高的山脉——昆仑为基座，演绎创世神话、祖先功业。

新疆境内的昆仑叫“喀喇昆仑”。突厥语“喀喇”，直译是“黑”，最常用的意思，也是“黑”。但“莽昆仑”“冰山昆仑”，怎么是“黑”呢？这不对。其实，“喀喇”还有一解，是“北方的”“威严的”“伟大的”——中华五方五色，北玄武配色，也是黑，取象为水，用这个意思，才对。这块世界屋脊，是南北极之外，冰川最发达处，万山集结的帕米尔（葱岭、不周山），也是万水之源。我曾在海拔四千多米的马尔洋达坂，找一块石头，喘息坐定，想过祖先为什么把最早的神话放在这里，为什么能在这浩瀚荒寒的地域找到如此美石呢。就是在今天，如果所有关于玉的知识都不存在，只给你物理和形象的描述，就是派万人撒在昆仑山找10年，也未必能找出和田玉来。关于昆仑玉，一定是漫长的历史中，生活在这里的人，才有可能发现这样的美石。昆仑是中华民族的祖源地。昆仑是中华民族的神山圣域，是一座精神之山。中华民族始终一贯的“昆仑情结”，一定还有更深的原因，那永远迷失的黑暗记忆，很可能是中华先民的早期的“集体记忆”或“集体无意识”。要放开视界和想象，不要低估先人，不要囿于个人和后来的尺度，推断上古。地质和气象学说明，8000至10000年前，昆仑山麓和西域地区，自然情况远比今天优越。联系到更早的世界各民族均有的“洪水神话”，被认为是冰川消融的结果，中华大地上远古人类，生存下的，也可能是活动于昆仑的那一支，然后再由此四散流布，只留下神话，从洪荒蒙昧中，闪现雷电般的光，泄露模糊依稀的远古记忆。

这种神话传说，也见于帕米尔高原上的塔吉克人。在塔吉克人的族源传说中，有一个“公主堡”的故事。“公主堡”位于塔什库尔干塔吉克自治县县城以南70多公里处，海拔4500多米，扼守瓦罕走廊入口。塔吉克人的传说中，这里是他们民族诞生的地方。他们认为自己的父亲是太阳，母亲是秦公主。玄奘在《大唐西域记》中记载，“以其先祖之世，母则汉土之人，父乃日天之种，故其自称汉日天种”。传说，波斯王梦见自己脚下出现一轮月亮，找巫师圆梦，巫师要他从东方迎娶一位公主为后，波斯王遣使臣带重礼长途跋涉来到秦国都城，秦王将自己最美的女儿许配波斯王，一路浩浩荡荡返回，因前路发生战事，使臣和将士在路边修起一座城堡安置公主，没想到数月之后战乱平止、准备启程时，公主已有身孕。使臣惊惧，因为无人能接触公主，忙询问贴身侍女，侍女告诉使臣，每天正午，有一束光自太阳而来，与公主幽会，公主遂有身孕。这支队伍进退不得，既怕波斯王怪罪，也不能返回秦地，只能就地安家，扩城立国，推公主为王，这个城堡即是公主堡，公主子孙繁衍成后来的塔吉克人。在伊朗古代史诗《波斯王传》中，也有伊姆思德王娶中国王妃的记载。塔吉克人是中国目前唯一操印欧语系的民族，体质特征与伊朗人同，这则传说，隐约透露的信息，是帕米尔高原自古就是一个多民族活动的地方。

西域之昆仑，这自然巨人，千百年来“西域大曲”和“木卡姆”与之为邻、为友，相互学习。木卡姆中的凛然、贵重和大气，木卡姆的不弃细沙涓流以成大者，木卡姆中“雪晶”般散落的细腻感受，木卡姆“缺氧”般高亢激越、明亮湛蓝的“高海拔”声音，都让我把木卡姆和昆仑联系在一起。曾经的一个夏日正午，在喀什噶尔的公园里，我蹲在那里，静静地看一个山上下来的塔吉克老汉，在树荫下兀自舞蹈。老汉衣衫褴褛，深眼窝，鹰钩鼻子，浓密的眉毛要把眼睛盖住，脖子上有一个乒乓球大小的肉瘤，随扭动的脖颈而滚动，鞋子破一个洞，露出脚趾。他在随录音机里的音乐跳舞，反复不停就是一个动作，是鹰舞中的旋转，右手折小臂上举，左手呈弧度向下倾指……一会儿在树荫里，一会儿在烈日下，面容如婴儿，单纯、灿烂，不含一丁点杂质，黑黑的额头渗出汗水。他跳啊跳啊，停不下来。我蹲在那儿，抽着烟，静静看，内心起伏、震撼。我看了十几年舞台上的新疆歌舞，第一次真正体会到什么是舞蹈……昆仑在远处隐隐现现，古城的正午懒洋洋，录音机嘹亮的旋律中有太多嘶哑的杂音，一个帕米尔高原上下来的老汉，戴着羊皮帽，穿着厚厚的条绒长衫，独自起舞，世界生动无比。询问得知，这是一段塔吉克的木卡姆音乐，老汉是公园里的常客，过一段时间就来一次，一个人在公园跳舞。音乐是有“地基”的。木卡姆在绿洲沙漠里，木卡姆在昆仑“高台”。莎车县卡穹地区的“卡穹赛乃姆”，是山地维吾尔族歌舞，新疆歌舞有一个保留节目，就是“卡穹赛乃姆”。在里面，也可以看到“雪线”，嗅到凛冽、凉爽的天风味道。

沿着玄奘走过的帕米尔高原的一个山谷——瓦罕走廊，继续前行，就到了大唐的“昭武九姓”之域。

2024 年 5 月 19 日，改定

1.新疆附近的新疆

吐鲁番就像乌鲁木齐附近的新疆。

一个随手可取、袖珍的新疆。

一个最先翻到、扉页的新疆。

一个具备新疆基本元素，被哲学家、幻想家和旅行者概括出关键词的新疆。

从乌鲁木齐到吐鲁番，有两个小时车程。在新疆，这是很短的车程。高速公路修通后，去吐鲁番的两日游、多日游，变成一日游。吐鲁番的宾馆冷清了，人群在每一个景点都变成敷衍了事、急死忙慌的冲刺，甚至连晚饭也要赶回乌鲁木齐吃。交通的便利，一度使吐鲁番旅游食宿收入变成负数。

人们的脚步停不下来。扉页被匆匆翻过。名片看过就扔。

不光游客的脚步停不下来，这四十多年，如果用一个字来概括，就是“快”。物质的、经济的速度快，观念、心理、心情也变得快。时间过得快，世界变化快，人老得快。“快”使“慢”更慢、更老，使一切跟不上趟的人和事变得陈旧，使“今天”有了太高太快的折旧率。“快”意味短、压缩、省略、消失、虚无、不……“快”是加速、刺激、浮浅，“快”使快更快，“快”带来痛、迷惘、震惊。

如果一个地域的声音可以测量，中国因为快而动静最大。不光城市是汽车和机械噪声的海洋，景区人声鼎沸，就连夜晚也“今夜无人入睡”。如果飞得够高够远，比如高空迁徙的天鹅，星雨流云中，或许可以听到这辽阔国度的嗡嗡嗡的呼啸声，这是崛起、腾飞、冲锋、跨越的声音，是细胞、生命、地层、山河快速成长、裂变的声音。

“快”也使旅游休闲，处在“旅”的浏览阶段。但，两小时的车程，应该是精彩的短篇小说，而不是猜谜般、歇后语式的小小说。吐鲁番不是小小说，历史上不是，今天也不是。不能当缩写本的名著，不能当压缩饼干。对文明和大地的探访，不能如此轻浮、失礼和浅薄。

在新疆，如果每个景区之间漫长或不算漫长的旅途上，有引人驻足的意外的收获，游历中车轮上的“等待”，就会被额外的心灵“奇遇”塞满，新疆就会更富有细节，而不是："新疆真大，新疆真远，坐车真累。"

但，恰恰是行政区划遮蔽了我们。每个地方的人们，都以为游客是坐互联网过来的，天真而虚拟地期待成群的游客和钞票，天使般一下子出现在眼前，而且赖着不走——除非钱袋已被掏空。而很少考虑新疆枯燥的距离，枯燥的旅途，也能大花开放、惊喜不断。

2.天是空的

左边是山，右边也是山。这个连接乌鲁木齐和吐鲁番的狭长走廊，中间的天，是风的高速公路。

云之路是风之路，云雀之路。尘埃、枯叶、香味、歌声、光……一闪而过的念想、梦和愤怒，被风带走。庄子是写风的大家，一直迷惑世界是不是个洞，否则风从何来呢？从茫茫地平线阴沉晦暗的边缘，到虚无空阔有点发黑的蓝，天是空的。天有神，有日月星辰，有五彩的鸟，变幻的云，一跃而起的闪电……它们都在缥缈无迹的风中。

雪莱在《西风颂》中说：

哦，狂野的西风，秋之实体的气息！
由于你无形地出现，万木萧疏，

似鬼魅逃避驱魔的巫师，

蔫黄，魆黑，苍白，潮红，疫疠摧残的落叶无数，
四散飘舞，哦，你又把有翅的种子
凌空运送到它们黑暗的越冬床圃

不羁的精灵，你啊，你到处运行；
你破坏，你也保护，听，哦，听！
……

我的诗人朋友北野，云游不定，像风，像一朵飘来飘去的云。他有一首《一群麻雀翻过高速公路》也很妙，特别是末句，有神性：

一群麻雀翻过高速公路
你追我赶，好像有什么喜事叼在嘴上
迫不及待地哄抢着

我羡慕其中领头的那一只
它的嗉子最鼓，翅膀最硬

脑袋里的坏点子肯定也最多

但我最爱飞在末尾的那一只
瞧它多么依恋那个群体啊
拼着命也要跟上自己的族类!

而我更爱，麻雀飞过的那片天空
它看着自己的灰孩子被人类仰望
辽阔的爱心里闪着，悲悯的光

在云南大理的“风花雪月”四景中，我最惊讶于天上的云。

这些被风之鞭驱赶的云，大朵大朵、首尾相接、排成队的云，你追我赶，朝东南方快速流动，好像天空有条云的隐秘公路，好像一群壮汉在比赛，好像T台走过霓裳飘扬的美女，去赴盛大的约会。我明白，我头顶是中国西南最重要的水汽通道，这些厚厚实实、饱含水分、川流不息的云，从印度洋而来，说着梵语，散出佛香，披着纱丽，光着脚丫，样子像印度少妇一样，清爽肥腴，颤动丰盈，越过喜马拉雅，长途跋涉，双手合十，一言不发，拖曳长长的裙裾，从头顶匆匆掠过。

这条通往吐鲁番的狭长走廊，风的高速公路，总体情况是：风急云稀，云不成朵，吹成丝、吹成线，吹散了形。

天上云稀，地上草稀，路上人稀。

宽阔的走廊，留给风车舞蹈。

3. 风车　风车　大花开放

达坂城风电场，是国内最早开发风电的地方。

风的高速公路上，椰子树般耸立在旷野的高大风车。

没有云的流动和树的摇动，风就隐形了。

缺乏云彩的新疆天空，空空荡荡。

缺乏树木的新疆大地，空空荡荡。

……使人忘记新疆的风，使人忘记云的道路。

幸好有这么一大片旋转的风车，告诉我们：在头顶，在天空，是风的高速公路，它在和地上的高速公路比赛呢。很明显，天上这条风的高速公路更宽阔、更平坦，有更大通过能力。

过去时常可看见，飞沙走石的路上，昏暗的、风沙弥漫的、充满呛嗓子的土味的空气里，晕晕乎乎，摇摇晃晃，就开过来一辆辆挡风玻璃处挂着毯子、篷布或编织袋的汽车，只在驾驶员坐的地方，可笑地挖一个洞，司机蓬头垢面，眯着眼、探头探脑，奋力开车。

一辆辆被打掉漆皮、打碎玻璃、踉踉跄跄、脸上耷拉着破了一个洞的“面纱”的车，从战场归来，从旧时代归来，从另一个血雨腥风的可怖地狱归来。

搞不清是因为那时的车多是国产车，挡风玻璃不是钢化玻璃，飞石一砸就碎，就散落成玻璃片，只能“以柔克风”，挂上毯子、篷布，聊以自救和自嘲，还是因为现在修了高速路，路面高出地面，沙石贴路而飞，不再直冲玻璃而去。

总之，这些年，再没见过那滑稽可笑、悲壮惨烈的一幕。我还以为这些记忆在不知不觉当中，已经成为历史——直到央视的一则报道：一列开往库尔勒的火车，在吐鲁番百里风区，被春天的大风刮翻，苦不堪言而又让人略感痛快地滚下路基。这也怪，是不是今天的风，好大喜功，专挑大家伙上，擅搞标志性的“政绩工程”，不屑于再和甲壳虫般汽车动手过招了呢？

还有一种车在天上，是风之友，而非风之敌，这就是风车。一种向风开放、对风而歌的车——也更像是花，三瓣一朵的钢铁之花，风之花。花也好、车也好，不如合起来，叫“花车”。

在壮阔的、向着远方缓缓倾斜下去的地平线上，看到这些风车，让人满心欢喜。沿着狭长、宽敞、深陷下去的旷野，成行成片，蜿蜒过来，漫山遍野，亭亭玉立，如少女，如芭蕾舞演员，旋转的叶片，像飞扬起来的超短裙，也像笑脸、像欢迎的鼓掌。

我从法兰克福到巴黎的路上，德国最富饶的巴伐利亚绿茵茵的丘陵地带，看到山头上立有大风车。那风车真是大，牛高马大，个人主义盛行，一个、一个，孤独站立在山头上，站在绿海浪尖上。有点危言耸听，有点危险，有点高处不胜寒要倒下来的感觉。从比例上看，是我们这里的好多倍，显得不真实，像吃了激素、发育过头、三围茁壮的大妖精，很远、很远就可以看到。因为大，就有点笨，可能也因为风小，叶片转动很慢，动作迟缓，心事重重，似乎转累了，要停下来休息，有点忧伤、自恋、卓尔不群的意识。这些大风车，好像肥硕的娘们儿，新寡之后孤零零立于高处，很招摇地翘盼远方虚无的郎君，涕泪涟涟，间或不忘向左右的生猛后生暗送秋波。

我还是更喜欢咱们的风车。

两山夹道，两山拱卫，大戈壁、大场地，列队走来了风车的群体，像第一次参加团体操的孩子，干干净净，天真烂漫，骨感俊秀，清新如春，让人看着亲切、舒服。风车，风车，大花开放。一个坊间笑话是这样的：一个吐鲁番乡下人看到风车，恍然大悟："怨不得乌鲁木齐这么凉快，哇，有这么多电风扇在那儿一刻不停地吹着呢。"

现在的问题是，车子停不下来，好像一篇文章，骨架结构不错但缺乏细节，只能浏览而过。

每次过风电厂，我都在想，如果利用这里两山夹峙、地下水丰富的优势，打上几口井，把风车所及的地面，种上紫花苜蓿，再搞些毡房、绵羊、骏马和骆驼，让沿途而来的车子开进去，吃块瓜、喝点酸奶、吃点烤肉串，骑上马或骆驼，在风车的林带里疯跑一阵，略加修饰和改造，会是一个很好的去处。

更重要的是，能不能给风车多一些颜色，出厂的时候就美饰以花花绿绿、五颜六色的颜色，就真是“超级风车”。搞不好这还是全国、全球首创。

我们的风车，最美的时刻是黎明或黄昏。

如果可能，我还想，能不能在叶子上装一些耗电不多的发光材料，让它在无边夜幕中，在茫茫旷野上，在边疆大戈壁里，出现一个如梦似幻的风火轮的世界，一个光影迷蒙的哪吒闹海的世界，搞不好会成为新疆的地标。让人不管白天还是晚上，都感到震撼的美，都不得不停下来，一通合影拍照。

现在搞建设，主要问题是：看到技术，看不到美术。只有冷冰冰的设计，缺乏并不花钱的想象，不能按马克思所言：“按美的法则来生产。”国外好一点好的城市，整个城市像个大剧场，农区也像园林（似乎英国还真是没有农业部而有园艺部），处处是景，不用买门票，更用不着非要划定一个什么范围，评定什么 3A 级、5A 级风景区。

我们是在建设景区，在生产生活之外，强调出一个有边界的核心区域，同时也在强调“景区”和“非景区”区别：你要美、要休息，到景区去，至于平常的生活、工作范围，脏点、乱点、难看点，那是理所应当。如此这般，就是两个观念、两个要求、两重天。在国内，做到一致、相辅相成的，似乎只有杭州和丽江，走进去，处处是开放的、无界的，被美统一起来。

其实，生活本身，建设本身，应该按美的法则来建设。而且在很多时候，这样建，并不等于多花钱，只是想不到、不愿想、嫌麻烦。再举一个例子，内地居民楼多装空调，但开发商很少留出挂空调的位置，于是不管新建筑还是旧建筑，一栋栋楼房外壁爬满苍蝇一样的小盒子。20年前这样盖，今天还是这样盖，一点不进化。党中央提出“以人为本”，就是既要照顾肉体的方便舒适，又要注意心灵的和谐栖息。

4. 盐湖

车再行，到盐湖。

新疆盐湖虽多，但就近、顺路、区位最好的，属这一处。

多次听朋友说，这里开发出一处盐湖游。人浮于湖面而不沉，可比中东死海，那湖泥还可以让爱美之女士，敷于肤上，美白祛皱。其实，皮肤遇盐水自然变紧，感觉皮紧、肉平、身轻，焕然一新。如果下决心再腌一腌，更可以如腊肉般保鲜不腐——这是笑谈。

首先声明，我不反对盐水浴，也相信专家之言，包括广告中天花乱坠的理想主义的美肤理论。但一想到旁边是化工厂，过去常冒黄烟，路边的红砖围墙上有50年代化工内容的老标语，就怎么也无法动那个凡心，冒险一试。化工厂？盐湖浴场？两个冲突打架的符号嘛。这个地方，要做减法才行。

说到盐，啰唆两句。

记得上初中时，开始注重生活，人们的心思活泛起来，团场很多人家用土盐腌萝卜干。这大粒土盐，是大人从很远的盐湖用自行车驮来的。有一天，我的哥哥也随人去驮盐，天刚亮出发，黑透才回来，驮一袋子土盐，袋子泛一层盐碱，里面的大粒盐还是湿湿的，带着盐湖的腥味，很沉。第二天一早，自行车车圈和掉了漆皮的地方，生一层铁锈，引来父亲一通骂。

那时候，自行车可是宝贝。人们用鲜艳的塑料带，一圈一圈缠好大梁，用稀有的花布拼成各种几何图案，轧成车座套子，辐条也一根根擦亮，出去办事，车要放在能看见的地方，最怕小孩把铃铛拧走，或把车胎扎破、把气放掉。家家备锉刀、胶水和旧车胎，车胎破了，自己动手。学会补胎，几乎是对每一个男人的基本要求。

我大学毕业在机关大院上班，自行车棚下摆很多自行车，一段时间很多自行车都被放掉气，查来查去，听说是个精神不太正常的老汉干的——他喜欢听拔掉气门芯那一瞬的气流声音，害得人们下班时乱成一团，从办公室找打气筒打气。

新疆盐湖虽多，但维吾尔族老乡却不爱吃盐湖里的盐。

他们打馕、做拉条子，多用一种土盐。这种土盐产于沙漠红柳包下，红柳发达的根系把地下盐度很高的水分吸上来，过滤一下，清水养命，盐析出来，像个生物工厂，时间长了，红柳根的土里可结出土疙瘩。老乡从松散的沙土中摸出这些土疙瘩，泡在水缸里，澄出清水，这水又咸又香，打馕、做拉条子时，淋上一点，风味独特。

我比较过，要说好吃，这种沙漠里红柳根边的土盐更好吃，再咸也不蜇嘴、齁嗓子。可惜这土盐不含碘，长期吃容易得大脖子病。

政府提倡加碘盐，可南疆老乡又爱吃他们不含碘、也不花钱的土盐。怎么办？我没有这方面的专门知识，但能不能免费给老乡发一些能溶在土盐水里的碘呢？既照顾口味，又不用花钱、不得大脖子病。

5.歌声中的达坂城

“达坂”是哪个语系、语族、语支的词汇？不清楚。

这是一个在新疆非常突出的地理名称，意思是“路的顶点、路的最高处”。那些翻越阿尔泰山脉、天山山脉、昆仑山脉艰难困苦的羊肠小道，不断上升，总有一个或数个高海拔的地方，这地方开阔，有的终年积雪，空气稀薄，寒风凛冽，人马走到这儿，天地一览无余，接着就是下坡路了——这样的地方叫“达坂”。

达坂也好，这些亘古的羊肠小道也好，有自己千年相袭的名称。这些名称隐蔽在历史的身影中，隐蔽在杂多的语言中，隐蔽在民间深处，隐蔽在记忆旮旯里，就像家族血脉秘不示人的小名、昵称，是一些族群的童年命运和稀薄记忆。

这些名称，躲在主流称呼的阴翳里，和冠冕堂皇、光鲜照人、分贝很高的正规名称相比，幽暗、岑寂、陈旧。有一些无聊飞动的尘埃，有一些阴郁而斑斓的光影，有一些沉睡和沉睡中梦的流动，有一些模糊然而透明、稳定然而晃动、欣然而又神伤的往昔之感。

要真正弄清它，需要广博的书本学问，更需要毛细血管般发达的地方性知识，需要两只脚一步步地丈量。

这些沿盆地的边缘，把绿洲、泉地串起来的小路，这些在山系和高原山谷里穿行的崎岖山道，今天多被砂石路、柏油路、高速公路取代，路名也多以连缀两个主要行政区的简称来命名。

达坂城的达坂，是我所知道的新疆海拔最低的达坂，甚至不配叫达坂。单从地理标准衡量，它不及格。谈不上那令人生畏、使人气短、让心脏就要跳出来的骄傲和辉煌。比如喀喇昆仑上一些被叫作“头疼达坂”的达坂。

我多次路过此处，都对把“达坂”这个词用在此处感到疑惑，但它确凿是以“达坂”命名的“城”，确凿是在新疆和内地最出名的“达坂”。这个在天山一个不起眼的小皱褶穿过的小路，在它刚入山口，路还很低、很平坦的地方，居然提前使用了“达坂”这个名称。这不是瞎胡闹嘛！好像一个出远门、走长路的人，在第一天，就急不可耐地吃光了以后数月的干粮。

达坂城之所以叫达坂城，我想，是因为在近代，乌鲁木齐成为新疆的政治、经济、文化中心。吐鲁番是通往内地、南疆、东疆的三岔口，这段路一马平川、无险可守，而天山的这处小皱褶，这个小山谷、小通道，战略位置突然变得重要，人流、物流繁忙。山不在高、道不在宽、“达坂”不在险峻，扼守此处，可也。更重要的，达坂城的出名，还因为王洛宾改编的维吾尔族民歌《达坂城的姑娘》，传遍新疆和内地。

高速公路未通之前，公路穿达坂城而过。达坂城不是城，是个小镇。沿路两排房，间或有些树、碎田和荒草，虽不多、不大，一样可耕、可牧，更重要的是可逗留、歇息、吃住与交易，可生息少量人群。隐隐约约记得，当时镇中心还有一个让人大失所望的“达坂城的姑娘”的雕塑。早晨从乌鲁木齐上路，如果没吃早饭，车到此处，刚好是早饭时间，可以在此歇一歇，吃些油香、粉汤。从吐鲁番回乌鲁木齐，到了此处，也刚好是中午或晚上的饭点。

这里的油炸大豆曾极其出名，便宜、脆、香。新疆人说的大豆，不是指黄豆，而是内地所说的蚕豆。买一些上车大嚼，一车无语，只有很过瘾的嚼大豆的声音，从口腔传耳膜，惊天动地，没有哪种食物在嘴里碎裂时，能发出这么大的声响。

好的食物，应该是在牙齿的咀嚼下，发出声音的那一种，比如阿克苏的糖心红富士，让人感到食物是活的，有生命，訇然有声，如围猎、战斗，食物的每个细胞都激动紧张起来，绽放它的活力，需要甩开腮帮子去捉杀、撕咬、研碎、吞咽。

吃油炸大豆，费劲，累牙，累嘴。搞不好口腔磨出泡，吃上一会儿，腮帮子都是酸的，基本上可以算是重体力劳动。一段时间电视上常见为了促销而搞的吃辣子、喝啤酒、吞热狗之类的比赛，都是小儿科，我建议搞一个吃油炸大豆比赛，既选出了最棒的大豆，也选出了最有劲的牙口，当然嘴里不能磨出泡。

说到吃，经历过吃不饱、不够吃的岁月，都有一部辛酸史。中国几千年的历史，是吃饭的历史。“民以食为天”，大家见面问一句“吃了吗”，下意识是有吃就好、没吃悲惨。一个人有尊严、人格，是不吃“嗟来之食”，能超越咕噜咕噜的胃，超越真空一样越来越强烈的饥饿贴腹感——对我态度不好、口气不对，就不吃！做到这一点，就很了不起，是君子。

过去说“江山社稷”，这“稷”就是谷子，是“小米加步枪”中的小米，是五谷之首。小米被奉为“谷神”，与土神“社”，合称就是“社稷”。刚解决温饱、进入小康的同志，很容易忘记吃饭问题曾经是基本国情。不要小瞧了这吃，一直到改革开放前，我们还是“吃饭政治”。即使是现在，有了点钱，很多地方还是“吃饭财政”。

记忆中，关于吃，也是印象深刻。兄弟多，口粮标准少，就多吃连队分的红薯。红薯有多种吃法，入冬时把红薯蒸熟，放进大筐，放在房顶冻着，雪天，揭开油布纸，取一些馏馏，是一种吃法；红薯洗净，生切成片儿，晒成干，吃的时候取一些，开水下锅，煮熟时连汤带片盛一碗，是一种吃法；把生红薯堆床下，覆上沙子，可以保鲜较长时间，到冬天，洗净蒸煮，真香；保鲜到冬天的红薯，切成丝，炒了，像炒土豆丝一样，可以菜当粮；至于蒸熟的红薯须子，晾晒干透，放进盛满沙子的铁锅，小火慢炒，炒到焦黄，散出香味，是很好的零食；把红薯蒸出褐色糖稀，是当时小孩最爱的美味，当然父母得有那个闲情雅致。

顺便说一句，人人称道的红薯粉条，就是平常讲的“河南粉条”，记忆中也是20世纪80年代初期，才在新疆流行起来。我估计，在“红薯当家”的时代，可能舍不得用太多的红薯做粉条，过于奢侈，不合算。红薯粉条，配点肥肉片和白菜帮子，多放油炒煮，配上玉米面发糕，很好吃。

后来，定居乌鲁木齐，一入冬，树叶落尽，雪花始飘，满大街都是卖烤红薯的。架子车上放个铁皮炉子，帅哥靓妹围着一堆黑乎乎的烤红薯，挑挑拣拣，吃到嘴黑。一遇此景，我从不吃。我恨红薯，一提起这个词，就心慌，好像又要备战备荒，胃里开始泛酸水。

20 世纪 60 年代出生的人曾经是“素食主义”者。那个“素食主义”，不是今天这样因为“绿色环保”呀，“佛学素心”呀，“节食瘦身”呀之类的原因，完全是因为无奈，没肉吃。时间长了，对肉陌生，好像不是人类的食物，会在意识里，把肉看成动物尸体，很脏。对肉，我曾经的记忆是这样：没吃过肉，对肉没概念。刚一吃会恶心、反胃，边吃边想，这嘴里的肉在活着时候乱跑乱拉、脏兮兮的样子。

记得七八岁时，去一个附近连队河南老乡家，老乡盛情，居然有肉。一碗面条上，放一些白菜肥肉，反复力劝后，被逼无奈吃到嘴里，软不拉几，滑不唧溜，恶心极了，嘴不敢动，膈应得要吐，压住喉咙，悄悄吐回碗里。知道肉是好东西，珍贵着呢，但就是发愁怎么消灭这几片耀眼的食物。想夹出来丢掉，怕大人说。于是，做贼一样，在大人讲话时，趁其不备，把那几个肥肉片用筷子夹住，悄悄塞进八仙桌的一个大缝子里。我估计，事后主人在拉开八仙桌的抽屉时，会奇怪这珍贵的肥肉怎么会掉进抽屉斗里。

在新疆大学上学时，有三样食物特别难忘。

一是食堂早饭时几分钱一块、麻将大小的红豆腐。

一块红豆腐、一个馒头、一碗玉米面糊糊，是每天走出梦乡、走进现实最深情的礼物。红豆腐代表副食，是经典，流淌着鲜艳的汤水，被大师傅从盆里夹出，放进我们的白搪瓷缸子里，如一轮红日，照耀“天之骄子”睡眼惺忪的脸。馒头带着小麦香味，大笼屉蒸出，软硬适中，饱满光洁。（不像现在的馒头，白是够白，就是没味，吃多了胃酸。可能是种麦子的农民上了太多的化肥，也可能面粉厂加工时放了什么东西，后一种可能性大些。那时的面粉，放俩月会捂，结块生虫，吃起来苦，打馕也苦，只能喂鸡。新疆多干燥呀，但面粉仍会捂。现在的面粉放一年，都不捂。不光面粉，现在许多食物都不坏。农业、食品工业的进步，细想很可怕，为了产量、储运、销售便利，牺牲最宝贵的生命原味。）而那碗淡黄色、如同荡漾一层金箔、热气腾腾的玉米糊糊，刚好覆盖、中和、淹没掉嘴里、胃里的红豆腐和馒头。

一个堪称完美的组合。一个简约到极致，也牢固到极致的组合。红、白、黄——淋漓红汤的红豆腐、白中带麦黄的馒头、淡金的玉米糊糊，像三句一节的抒情诗，可以刻在新疆大学学生食堂的门扉上，当格言、当警句、当座右铭。如有机会重回校园，我最想在学生还没有下课前，早一点溜进食堂，像过去一样，面对一排排放碗筷的架子，挑一副大而干净的碗、筷，把这三样宝贝打上，无人打扰，独自享受。快吃完时，人流蜂拥而来，肯定有一个倒霉蛋，因找不到自己的碗筷而骂骂咧咧。

二是拉条子。校园北边的侧门，沿着围墙和小水渠，通三医院，就是后来的友谊医院。在侧门旁，有个卖拉条子的饭铺。那个拉条子之好，奠定了我终身对拉条子的情感，也让我后来终身抱有无法再得的失望和遗憾。

水渠上横架木床当餐桌，哗哗的渠水驱散夏日暑热，头顶柳丝婆娑，一盘拉条子上来，每根面都是活的，晶莹透亮，筷子一挑乱颤。一盘拉条子八毛钱，快毕业时一块二。我从八毛吃到一块二，省一点，一两个星期能吃上一次。放完假从农场回来，第一件事，吃上一盘拉条子，好像是看看饭铺还在不在，这才安心。后来毕业工作，去内地出差回来，一下火车站，等不及回家，先就近吃拉条子。

什么是新疆？拉条子就是新疆。

现在乌鲁木齐的拉条子，江河日下，一根一根的面，是僵的，不会动，而且面心发白，不知道是面粉的问题，还是没醒好。只有在托克逊路边店，才能“忆往昔峥嵘岁月稠”。但现在托克逊的拉条子，一大缺点是菜太油，往面里一拌，油把面糊住了，少了点油肉匮乏时代的清爽滑溜。有时间，我该写篇《拉条子赋》，讴歌一下亲爱的拉条子。

第三样，就是这油炸大豆。

1983年、1984年，校园宿舍楼每到晚上，学生们饥肠辘辘，“今夜无人入睡”，就有一些形迹可疑之人，抱着纸箱，拖着蛇皮袋，一层楼、一层楼爬上爬下，兜售油炸大豆，几毛钱一小袋，惹得人人兴起，迅速买来，拥被大嚼，吃完睡觉。

大豆、大豆，豆中伟大者，也是我中华先民早先驯化植物，被油炸过，耐嚼顶饿，犹如军中压缩干粮，价廉而物美，有声有色又有味，陪我们度过多少个校园之夜。这油炸大豆，滋养多少青春生命——让人一下明白“蛋白质”这个词，记住大豆是蛋白质含量较多的食物。后来各系各班突然兴起勤工俭学，积累班费，为毕业前夕的狂欢和享乐主义储备经济基础。于是，个别学生贩卖油炸大豆，边贩边吃，以贩养吃，吃贩合一，一举两得。

当时，只把油炸大豆和胃，直接对应起来，没有细想过，哪儿来的这么多油炸大豆？只隐隐冒出：不会是东北过来的吧？不是歌里唱过“我的家在东北松花江上，那里有满山遍野大豆高粱”嘛。后来知道，东北大豆，实指黄豆。毕业后参加工作，第一次去吐鲁番，第一次看到达坂城，第一次见到达坂城这么多卖油炸大豆的铺子，马上想起新疆大学的油炸大豆岁月——忍不住冒出一句“我终于找到你了，亲爱的油炸大豆，你这个老练的游击队员，原来在达坂城躲着呢！”

人对吃，总是记忆深刻，又恨又爱。我们这些大腹便便的人，查查出身，很多人有暴食暴饮的恶习，居然源于过去不够吃、吃不饱、吃不好的历史，是历史的嘲弄和报复。在食物匮乏时代积累的对食物的渴望和热爱，又在食物泛滥的时代被食物打倒、谋害。在食物面前，我们多么脆弱，不堪一击。

直到现在，我对一个同学的记忆，是他大学食堂吃炸酱面的样子：一大缸子炸酱面买来，眼睛就再也没离开过缸子，目不转睛、老马识途、七转八绕，在乱哄哄的食堂里找个空位、坐下，摘下厚厚的眼镜、埋头开吃。大有泰山崩于前、烈火烧于后，面不改色、不动窝的执着专注。吸吸溜溜、连绵不绝、风卷残云、吃光喝尽，才会接你的话，才会仰头长喘，一脸幸福灿烂的表情，因为急迫、激动，因为炸酱面蒸腾的热气的吹熏，额头沁出细密的汗珠——整个过程一气呵成，或者整个过程，就是一个完美的句子。多年不见此兄，再一见面，身型果然肥硕有姿，一副心满意足、心宽体胖的好脾气，身体花一样开放。让我暗想，账务自由后，得多少炸酱面才能浇灌出如此发育的生命。

达坂城，毕竟以歌名世。流传最广的，是王洛宾改编的维吾尔民歌《达坂城的姑娘》，得自一个马车夫之口，改编后不胫而走。克里木也有一首，旋律有所不同，叫《马车夫之歌》。两首歌都与“马车夫”有关，与路有关。

新疆的歌，与路有关。

新疆的歌，是大地上的歌，是路上的歌。

戈壁上、沙漠中、荒野间、绿洲里、山谷中……这歌，因寂寞孕育，因孤单生发，因思念、忧伤、无助、疲惫、无聊或者就是想打破沉寂、虚无、地平线、无穷无尽的空旷……漫漫长旅中，一点一点，积累发酵的心绪情感，终于塞满胸膛，无法排遣，蓄积膨胀，不能不爆炸，不能不倾泻，不能不喷涌而出。心为情动，歌为心声，歌为灵魂而响。无歌——要这嗓子干什么?!

王洛宾的贡献，在于“打通”。“打通”不同民族民歌的“隔”，既保持了新疆民歌的地域、民族特点，又使这种个性、差异，找到一个更大的接受美学的平台，使野百合也有春天，传遍世界。

有人小瞧改编，小瞧编词编曲。其实，只有高手才能拨开云雾见青天，一下子找出其中的最好的乐句、闪光点、动机……加以培育、发展、延伸、壮大，流连忘返、一唱三叹。所谓“大学之道，在明明德”，是拭去尘垢、锈斑，让美的晶体露出来，光彩散出来。

高速公路修通后，公路从达坂城边上穿过。再不见“达坂城的姑娘”，再不见油炸大豆。后来达坂城发展旅游，打王洛宾牌，修了设施，在高速路边竖起广告牌，招徕游客，但我一次未去。高速公路太快了，达坂城这一站的位置，好像合不上早中晚的饭点。

这个地方要火起来，应该搞“达坂城歌会”“达坂城民歌节”。

6.后沟

过了达坂城，进入后沟。

后沟为什么叫“后沟”呢？人在东南西北中，何谓前后？

前后，是文化问题。农业民族在平旷沃野，面田而居，山在后。游牧者毡为房、酪为浆，草在山上，田在后。有个笑话是这样，一个阿勒泰牧民去北京，回来后感慨道：“北京好是好，就是偏僻得很。”站在乌鲁木齐人的角度，可以看出“前后观”来。乌鲁木齐没有“前沟”，昌吉一线，一马平川，阡陌田畴——没有“前沟”好，谁也不想前面有条沟，走投无路。

感觉过去后沟树多，沟里雨天水大，汽车沿山根绕来绕去，视线逼仄，每个急转，都担心对面突然冒出个车撞到一起。现在的路，在右侧，路直路高，沟在车下。这个地方限速，多有司机得意之时超速被罚。

后沟山体嶙峋，是天山余脉。像人的指甲、毛发，角质化，似肉似骨，而且凉，好像血气不旺的老人，四肢温度渐低。

7.一马平川的戈壁滩哟

出了后沟，豁然开朗，坦荡无垠，笼盖四野。

想起《冰山上的来客》的歌词：一马平川的戈壁滩哟，放开喉咙好唱歌。

缺啥补啥，新疆干旱，地名用字多带水旁。“戈壁滩”带水。最缺水的“沙漠”带两个水，同时也暗示你：沙漠少水、没有水。“绿洲”有水，理所当然带两个水。形容戈壁滩、沙漠的“瀚海”，带了两个水，发现不够，干脆把“海”也带上。

新疆最多的，是戈壁滩的石头、沙漠的沙子、焦渴冒烟的干山……它们如同“无限”这个词……扑面而来、泛滥成灾、塞满眼眶。但我们对石头视而不见。农耕文明对石头是遮蔽的，看不到，或遗弃石头。在石头最多、最容易利用的地方，也很少用石头盖房子。从古至今，绿洲里的废墟、沙漠湮灭的故城、陨落的遗址，都是树干和枝条扎出结构、糊泥为墙的房子，或夯土铺一层苇子红柳作筋骨的土墙，或减地法直接挖出来的生土建筑。

有人说土房子冬暖夏凉，其实主要是文化的感觉，是时间概念和生命态度的选择。那种树干枝条捆扎出结构，再糊上泥巴盖出的土房子，住上一个时期，就要重盖，但几千年这么下来，重复不断，顽强延续。树木无论过去还是今天，都如此稀缺，但成文化定式。石头俯拾皆是，却视而不见，无人利用。不是完全不用，用石头整个羊圈、垒个围墙还是有的。

西域在文化的底色、在精神心理的根子上，还是东方的，离不开土木结构。好一点、有条件的，特别重大、重要的建筑，就用砖，维吾尔族磨砖工艺的建筑，比如清真寺，就用砖。这一点，新疆与内地一致。

西方是石头，古埃及修金字塔，倾全国之力，用石头。古希腊神殿、祭坛、城郭、运动场……用石头。罗马的城池，街道、浴室、斗兽场……用石头，罗马帝国征服欧洲，把石头的概念带到巴黎和伦敦，欧洲中世纪星罗棋布的城堡，用石头……用石头搭出形态复杂、直冲云霄、风吹雨打而不坏的建筑，用石头铺路、铺广场，用石头雕塑，摆满城市，用石头雕出繁花、纹饰、各种小巧和宏大的构件装点建筑……很多建筑一建就是几十年、几百年。

石头不朽。石头的概念是永恒。用石头作建筑所需时间也超越个体生命的寿限，需一代代工匠持续努力，费时费工，旷日持久……这是一种什么信念、怎样的专注、何等的前赴后继，又是怎样的绝望和希望的交战、放弃和坚持的交战、意义和虚无的交战……直到石头有了血肉、神采、灵魂、气质和个性，直到石头开花、石头生育、石头成长、石头渗入历史沧桑和血泪故事。

巴黎塞纳河有一座桥，桥面行车，略感颠簸。桥面铺的石头，是从巴士底狱拆下来的，在车轮的颠簸当中，让人记住法国大革命的故事。

西方文化，是石头文化，不管气候多冷或多热，坚持用石头。即使筑城之地没有石头，也要从很远运来，在所不惜。圣彼得堡建城时，四周无石，彼得大帝下令每个入城之人，不管贵族、平民，都携带一定数量的石头。其实，欧洲城市，多靠近森林，大树多得是，材质绝佳，但他们选择石头。直到今天，几千年的土木结构，反反复复，大片雕梁画栋毁于战火，毁了建、建了毁，中华大地已经少有良材嘉木，到封建社会后期，连皇帝都是拆前朝殿、盖当朝房，珍贵树材，甚至从南洋输入。

我们还是喜欢木头。木头的温度、硬度、强度、重量、摸上去的感觉，符合中国人的心灵和皮肤。木头源于生命，弯曲柔顺、中正平和、随形就势、结构方便、不伤发肤。石头无情，没生命感，粗糙、强暴、冷硬、简单、不为所动，是不祥之物。我们的文化绕开了石头，选择了木头。

人类石器时代，与石头相遇。到了农耕时代，进入土木的文化，把石头从田中清理出去。西人有很长的狩猎时代，攻打防御，逞强好胜，杀杀打打，贴近石头。改革开放后，西风又盛。中国流行大理石、花岗岩。石材厂很多，这些石头，被机械轰隆隆磨成玉一样光滑的表面和木板一样的厚度，被大量使用。敷于墙面、地面、广场，光可鉴人，是表面用一用石头。但即使是表面用用，马上就有人用科学依据来反驳：大理石、花岗岩有辐射，或这玩意太硬、太凉、太滑，冷冰冰，不适合小孩、老人，隔住了地气。总之，这玩意，大体是停留在大型公共建筑的层次，铺广场，或者宾馆大堂。反正这样的地方，人多势众，反正这样的地方，并不久住。

而且，这种公共建筑，好像和公权力相联系，和铁面无私相联系，正适合石头的冷硬、不讲情面、不通融，用它建法院、剧院、博物馆之类，正好匹配。

一次从阿克苏乌什县，抄一条便道去神木园，跨一个干河滩，我见到很宽很长的一个区域内，遍地是大如斗、大如车、大如象和骆驼的卵石。密密麻麻，乱滚乱爬，如赳赳军阵，汹涌澎湃，一泻千里，犹如进入宇宙洪荒，恐龙时代，要把人淹没。我被惊呆了，回不过神来。

鹅卵石我见过，但如此之大、之密，浑然不觉地遗留在干透的荒漠中的卵石，仿佛是活的，仿佛石头在集合、在开会、在暴动，还是吓一跳。我在想，这是什么年代有这么大的洪水？能搬运一河如鲸巨石，滚动如飞，轰隆隆在激流中滚动，大石磨小，小石磨圆。浑浊的水，石头碰撞的火星，天上的雷声与闪电，斫折的大树，漩涡、泡沫与枯草……多壮观的景色，多大的雨量——那是什么年代？这么多、这么好的石头，天降神材，不被人用。在美丽如诗的小城阿勒泰，一条穿城而过的克兰河，被大大小小的卵石塞满，大小适中，用之不竭，取之不尽，每年洪水都会殷勤送来，不花钱、不费力，如用此石筑城、建房、铺路，搞个石头城，该多么牢固、多么神奇、多么不朽。但多少年过去，基本熟视无睹，不被利用。

我纳闷，没人看到吗？石头呀石头，在中国文化里，还真是不明飞行物，被遮蔽得严严实实。

车过后沟，车过小草湖。大地如磨，一览无余。九州生铁铸大错，一马平川的戈壁滩。戈壁滩，细细地撒上黑色戈壁石。风是热风，盆地是热锅。热锅炒石头，炒到焦黑精瘦。明晃晃的天破了，揭了盖，漏了气，让太阳下来。天，不是蓝，不是白云千载空悠悠，而是茫然无措、昏头昏脑、没有化妆就出门。一天的热气，一地的热气，一身的热气。看一会儿戈壁，眼就花了，头就晕。没有差别，没有方向，没有天地，没有尽头，没有路。大戈壁一隅，被戈壁包围，被荒凉包围，有几亩刺眼的绿，这有一座清真寺，一条小路蜿蜒至此。大戈壁中，这几亩绿，像个奇迹，像汪洋中的一条船。据说，这是回族"哲合忍耶"的一个拱北。大戈壁中，孤零零，一个点。陷落，迷失，坚持，徒步从远方来，被包围、发现，进退失据。

戈壁滩，戈壁滩的石头，在久远的地质年代，在"海西运动"时，有海水荡漾，鸥鸟鸣叫，水沫翻涌……可能还到处摇曳鲸鱼的喷泉，竖立在渊面。

这个戈壁滩，石头小，除了铺路，不堪用。新疆歌舞团为自治区成立50 年大庆献礼晚会《洒满阳光的新疆》排"石头舞"时，要找几十个狭长轻薄、如鞋垫子似的鹅卵石，做舞蹈演员手中乐器。这种乐器维吾尔语叫"它石"。烈日骄阳，坦荡的戈壁冒烟燃烧，热气蒸腾，舞美人员开车而来，费油、费轮胎、流汗、眼冒金星、忙碌多日，无果而返。只能花钱让石材厂磨制。而一般石材厂磨制出的乐器，大小一致，形状一致，厚薄一致，表面滑平，手不好握，晃动起来，声音发闷而且小。不像戈壁石，脆而带金属声。“击石拊石，百兽率舞”——那石，是戈壁石。被太阳暴晒，被火焰炼过，被寒风吹拂，被万年前的海水，日日夜夜反复洗濯，成精成灵，已有生命——“精美的石头会唱歌”。

四十岁以后，我的农民意识冒出来。

想得最多的，是用石头在郊区某个有水有树、交通方便的地方盖个房。而且就用鹅卵石，盖个两三层，地下一层是半地下室。我想得很细，很深入，房子的结构、样子和风格，院子里种什么树，甚至想到上下水怎么处理，洗澡、取暖怎么办，照明怎么解决，怎么用水泥勾缝，用多少钢筋，大概要捡多少车鹅卵石，捡多大的鹅卵石合适，拉上一车要花多少钱，找什么样的民工最省钱，干多长时间可以完工，室内怎么装修和布置，夏天的阳光从哪面墙上的窗户透进来，我的躺椅放在阳光移动的路线上，旁边一大盆绿叶子花，茶几上放着清茶和香烟，我看书，看看就睡了，整天无所事事……没有电话，没人知道，没有事干，饿了到村里买个老乡的土鸡，再买点山坡上种出来的结实细密、煮不化的土豆，乱刀切成大块，弄一堆辣子配上，整一大锅，慢慢煮，天黑透才吃上。

一天繁星，几声狗叫，四野寥廓、虚寂，一小股流浪汉般的野风吹响我院子里的白杨树叶——我知道，有什么来过了，我想和他谈谈，他不理我，斜着肩走，有一根袖管是空的，飘来飘去。于是，进屋睡觉，那个静，让我听到心跳，听到自己的细胞发出蚊子一样的争吵声……

我想得很入神，很幸福，很满意。脑子里出现我的房子了，我已经住进去很多年了。直到车子颠一下，醒过来，回到现实。

在新疆，在漫长的旅途，在热风游荡的旷野，各式各样的戈壁滩，几乎是肯定会遇到的老朋友。它们面容模糊，似曾相识，一望无际地曼延到远方。我一看到戈壁滩上的鹅卵石，就想到我的房子。我曾经真的问过一个用手扶拖拉机拉鹅卵石的农民：从哪拉来的？拉一车要多少钱？

我印象中，这片戈壁滩中有一线清流。水很细、很浅。一两米宽的样子，水深仅没脚踝。水边无草无树，水就裸在戈壁滩上。水像银蛇，在石子间钻来钻去。亮亮的，静静的，从远处逶迤而来，不知要消失在哪里。这一线清流刚好与公路形成十字。

那时车少路糙，车速也慢。漫漫旷野上，就一个孤寂的点，疲惫地挪动。司机昏昏欲睡，木木呆呆。驾驶室没有空调，就开窗让热风吹。炎炎烈日下跑一段时间，发动机开锅了。司机停住车，歇一歇，等车自然凉下来再走。

于是，经常可以在戈壁滩看到，一辆辆的汽车泊在旷野中，司机在车影的阴凉里沉睡，脸上盖一顶鸭舌帽。从干沟的搓板路上过来，走一走，穿过吐鲁番，这个戈壁滩里的一线清流，最为司机所爱，车行水上，再也不愿走，聚很多的车，车也兴奋人也兴奋，表现出动物性。好像快干死的旅人和骆驼，扑倒在意外的清凉世界里。

这一线清流，到哪里去了呢？每次路过此处，我都想问问。记不清是真有此清流，还是我的记忆出了差错。不问也罢，反正已经没有了。反正这清流，已如子嗣的早夭。

8.艾丁湖：万有引力之虹

去吐鲁番的路上看不到艾丁湖。艾丁湖是吐鲁番盆地的锅底，低于海平面 154 米。我也没去过艾丁湖，只看过影像和照片。但每当想到吐鲁番，就会想起艾丁湖，想到这中国第一低地、世界第二低地。也不知道地球上还有多少低于海平面的低地。对吐鲁番，我积蓄最久的狂想是：从渤海湾扯一根结实的管子到这里，利用虹吸作用，让几千里外的海水把艾丁湖灌满。只要计算好艾丁湖的蒸发量，使每年蒸发掉的海水量始终比源源不断流进来海水的略大些，让湖面低于海平面，就可维持虹吸作用……那该是怎样景象，烟波浩渺，孤帆远影，万有引力之虹，沙漠中的人造海洋，“世界第九大奇迹”……是我的想法缺乏常识、荒诞不经、纯属精神病，还是世上的聪明人太多，不屑于在此等小事上费脑筋？

过了戈壁滩，迷茫的深处，盆地远方，就是吐鲁番、鄯善的绿洲。

洋海意象

1. 洋海

不管“洋海”这个名字的原文，是哪种文字、怎么发音、什么意思，我喜欢汉文音译所取的这两个字：“洋海”。它让我联想到海洋，而且给“海洋”这个人人明白的词换了个粗通而略异、充满稚气的新说法：“洋海”。好像一个咿呀学语的婴孩，把刚学会的词，喃喃自语中很可爱地说反了，说出了倒装句，但意思没变，人人明白。

“洋海”——这样说多有意思呀，为我们熟悉的事物蒙上意外惊喜，蒙上一丝陌生感，使老掉牙的事物重新年轻。我第一次在报纸上看到关于洋海考古的新闻，虽不能确切知道具体是哪片地方，但一下记住了这个词。

“洋海”是对“海洋”的装修翻新。

火焰山旁的“洋海”，是万里沙漠戈壁上，翻卷出的一朵浪漫之花。

不死心呀！我们即使在最困难、最绝望的情况下，也为希望保持一线生机。在乌鲁木齐的街头广告牌中，我曾看到一家叫“戈壁春天”的饭馆。“戈壁春天”——这名字多好，戈壁光秃秃的，寸草不生，但也有春天。石头会“发芽”，石头压住的草籽，沾一丝潮气，会发芽。戈壁上的荒草，生命力最顽强。光为“戈壁春天”这名字，也要吃一次。

在新疆，我常常为一个个地名着迷。一些从未去过的地方，芳名远播，早已在心里生根发芽，仅仅为这好听的名字，想知道关于它们的消息，一次次用想象的清水、思念的微风和叩问的冲动，浇灌和抚摸着这些偏僻之境、干旱之域的地名。时间久了，这些名字就散发更多芬芳，开出花朵，甚至结出真实的果实：我会自以为是地向一些不了解新疆的外地人介绍这些遥远之地的情况，那种兴奋、肯定和夸张，常常连自己也迷惑起来——好像去过千次万次，好像就在那里长大，好像是从家园带来的醇香记忆，意识里最怕别人不经意地问一句：你去过吗？你这不是吹牛嘛！这种打击沮丧透顶，简直是无情的戳穿和剥夺，使我在心理上，从良田万顷的老地主，瞬间变成一贫如洗的穷光蛋。

新疆的地名是诗。闪现随意和灵感，透出古奥和多义，有时又像风马牛不相及但十分贴切、大有深意的谜语。新疆的地名，需要穿过多种语言的音变、转义，穿过古老民族风一样的迁徙在语言上留下的蛛丝马迹，穿过漫漶不清但又时时浮现的沧桑烟云……许多地名都有好几种解释和说法，异名同译、同名异译、地名搬家，更是家常便饭。这复杂的血缘关系，密林般遮蔽，沙漠一样掩去痕迹，但过于突兀离奇，又使它欲盖弥彰地返祖和遗传了多种版本信息。

“鄯善”即是地名搬家的典型，而且多次搬家。谁能想到她竟是古楼兰的嫡亲，罗布泊的遗腹子，是塔克拉玛干的一缕香魂。鄯善的洋海呢？这古老的家园，这被时光之水淹没的大地，又该具备怎样的意象？似乎仅仅是对一个地名的好奇，就是这么单纯的理由，我说：“到洋海去看看吧！”——好像说到十分熟稔的故乡，说到淡淡的童年记忆。

于是，车子从吐峪沟乡洋海村平坦的乡村柏油路上下来，像慌不择路的逃犯，摇摇晃晃，开进烈日下的戈壁滩，阳光的海洋，戈壁的海洋，遗忘的海洋。

2.热烈的生，热烈的死

这就是洋海墓地。

在绿洲一侧，与绿洲并肩。

洋海村和洋海墓地，一个如此新鲜生动，一个如此荒凉原始。

世界如此狭小，如此拥挤，如此亲昵。如同打开书页：一面生、一面死。

在最简洁的地方，世界使用对比。真是修辞的极致。是诗，是无言的跨越，是不证自明和不言而喻。是寓言和创世纪。是神话叙事。

没有暧昧无名的荒草，没有涂改和摇摆，没有东张西望、欲言又止。

这是新疆地理的人文精神：干净而彻底，果断而大气。

这是原色和杂色。每一部分都是纯粹的，每一部分又完全不同，这“纯粹”和“混杂”被大胆地放在一起。

洋海村和洋海墓地，一页写着生：极其热烈的生。到处是绿树、孩子、葡萄、雄壮的羊肉和拉条子，拉条子一样的绵延不绝的维吾尔语，花花绿绿仿佛刚刚修葺一新的院门，一堆一堆的房子，房子上摞房子，房子上摞房子再摞上葡萄晾房。

鸽子飞起又落下。驴在叫。肥胖的苍蝇飞一飞，飞累了，身子重，随便找个地趴一趴，休息一会儿。尘埃忙忙碌碌，自由飘浮，好像一些不知疲倦的浅灰小虫，晕头转向，在阳光中舞蹈，随波逐流。

阳光也拥挤不堪，昏花一片。阳光太稠，瀑布一样流泻下来，尖叫着，穿过一层一层的白杨树叶、沙枣树叶，再穿过一层层葡萄藤和葡萄叶，落到院子的地上就变成一地飞溅的光斑。

林带里的水在流，流着流着，就钻进沙质的、疏松的泥土里。沙土粒儿美滋滋地咧开嘴，吮吸着，吐出一串串极细小的泡沫。

安静的热闹，繁荣的寂静，热烈的疲惫——一个耀眼醒目的尘世，一个喷薄而出的尘世。像一个馕坑——馕坑一样紧凑，馕坑一样结实，馕坑一样热腾腾、香喷喷的尘世呀，它火辣辣的胸膛，勋章一样挂满一个挨一个馕，金黄、膨胀、茁壮、红光满面，快要炸裂开的欲望和生，快要炸裂开的繁荣尘世。

一页写着死：一声令下，万物湮灭，躲进阳光下的灰褐色戈壁。旷野洪荒，大时代退潮已久。一个挨一个、漫漶不清的古老坟茔，迷迷蒙蒙的地表，荒芜、干燥、面无表情的风化地表，没有树，没有草。

烈日下的大地呀，整体沉落，力量和方向都是向下的，一动不动，努力向下匍匐，谦卑到极致，好像有个无比威严的君王永远站在面前。这彻底的臣服，甚至要把脑袋扎进地里，只露出屁股，而且，再也不愿起身，身子非常沉重，没有谁能搬动他、扶起他——除非他自觉自愿地站起来。

吐鲁番是中国旱极，是中国年降水最少的地方——年均 16 毫米，而蒸发量在 3000 毫米以上，每年 6 月至 8 月，平均气温 38℃以上。火焰山边的洋海，更热更干。在三尺厚、混合了石粒沙土、无比干燥的土地下，静静横陈着另一个世界。这也是一个稠人广众的世界，一个久远年代的陌生的世界，久远到已经完全忘记了他们，通往时间深处的路已塞绝，只言片语的历史记述留下更多的谜团。剩下都是尘土的工作：尘土钻进他们的棺椁，钻进他们的衣服、头发、眼眶、耳朵、皮肤和骨头里，尘土发挥最擅长的本事，分解、消化、包围、吞噬往日的时光，最后冒出一个词："消失"。

飞驰而去、尘土飞扬、愈来愈远、快要散架的时光之车呀——你怕什么？跑什么？你这永恒的盗贼，你这扬长而去、落荒而逃、浩浩荡荡、衣衫褴褛的虚无之神，还怕什么？还跑什么？在时光打败一切的地方，空旷的戈壁又打败了时光，时间凝滞了，万物再无变化，只剩下空间，坦荡的戈壁，蜃影如苗。

在不同的现场和不同的时刻看到的图片和影像中，我目睹了太多的墓葬和干尸。慢慢地，我感到他们与内地最大的不同，不在文化、形制、葬式、随葬品与内地有怎样的区别，甚至也不在这里过于丰富多彩、体质多样的干尸——这些并不重要，不管是多么不同的东西，只要有足够的信息，都能克服陌生感和异样感，严格说，在信息时代和知识爆炸的今天，世界——千里万里之外也好，千年万年之前也好，不再有真正意义上的不同的东西、陌生的东西，一切知根知底，一切在掌握之中……而这里，怎么说呢——他们好像"天外来客"，是一些失去联系的、孤立的、情况不明的碎片，缺乏谱系的一脉传承、背景的一贯和延续、相关的旁证和记述，他们是一些突兀的、陌生的，然而又是真实呈现的碎片。我们无法复原他们的生活，能够说出的也不多，我们吞吞吐吐、语焉不详，好像回到文明的孤岛，踮起脚尖，无谓眺望。

由于文化变迁、转移、消失过于频繁，记录、传接和连续性严重不足，想象的空间太大了，以至于失去了方向。比如内地挖宋墓，哪怕骨头朽到只剩牙齿，可以胡思乱想，哪怕扯到西门庆、宋江、《清明上河图》、苏东坡或金兀术，实在无聊，想想郭靖、黄蓉、东邪西毒、洪七公也行，反正脑子不会太空，反正有源源不断、真真假假、云里雾里的原料供你东拉西扯……这些墓，能胡扯的不多。我看到考古报告，一堆图和客观说明，下笔万言，结论就是几句话。真是惜墨如金的地方呀！

地广人稀，指空间人文分布。换一种方式和角度，在时间和记述上，也可以说是地广时稀，空间空白加时间空白。好像一部古书，好不容易找到，千万双眼睛盯着，很厚很重，翻来翻去，没几个字，整页整页空着，没法连读、细读。西域史的记述方式，就像游牧方式，散漫无际，缺乏联系，逐水草而居。“蓝蓝的天上白云飘，白云下边马儿跑”……哪儿来的白云、飘到了何处，哪儿来的马儿、跑到了哪里？

西域是通过，“飞毛腿”的通过，“神行太保”的通过，“草上飞”的通过，悠悠白云、万里无云的通过，驼铃洞穿沙漠线、沙漠线淹掉驼铃的通过，绝尘而去的汗血马和箭镞被锈蚀成齑粉的通过。总体而言，这通过，缺乏记述，不知所终，变成消失……也因这样，西域时光之车，似乎是速度最快的一种，一路狂奔，一路颠簸，呼啸而去，冲向时间的深处、虚无的深处，若隐若现、明明灭灭、生生死死，加倍地、高效地陌生着久远的文明。同时，西域时光之车，又像是最慢的一种，它的碎片，被黄沙和大戈壁固定，被干旱迅速脱水，被猛烈的太阳烤成标本，为孤寂、偏僻、稀薄、广阔、人迹罕至……所保鲜、所隔离、所消毒、所固定、所留滞。

来自四面八方的历史力量，相比之下，中央王朝的身影最为频繁清晰，一些关键的记述、遗物、信息，让我们看到华夏文化的大河飞溅的浪花，怎样点点滴滴、打湿这片土地。绿洲中的洋海，洋海里的绿洲——洋海绿洲。生和死，无和有，生死相依，虚实相倚。像一对恋人，一对老友，相依相偎，缠绵悱恻。

3.不朽

旷野上千年荒冢，孤零零一栋白房子——洋海文物保护站。

这个被密密麻麻的坟茔四野围困的建筑，好像从天而降的伞兵，慌乱中落错了地方，发现时为时已晚，进不得退不得。

在这个地下死人成堆的地方，他们居然打了口井，在保护站四周种上了果树苗。在这里的半地下式的地窝子里，我见到最多的干尸。

一层层码好，就像在农村码柴火垛。

一股浓烈的味，我形容不出来，弥漫着。

不愿再想，也不想再看，匆匆退出来，背后好像无数眼睛盯着。

不应该打井，会增加湿度，会改变存放干尸小环境，会影响干尸的保存。

我担心千年的“种子”发了“芽”，万年的“铁树”开了“花”。

也不应该在这死人堆里盖什么保护站，气氛不对，太瘆人。而且死人世界突然冒出个活人的建筑，也不协调。特别是不能一层层地码放干尸，不礼貌。他们不是地下挖出来的坛坛罐罐，他们是我们的同类，应该享有特别的尊严。他们生前可能是亲人、好朋友，可能有辈分和禁忌，可能是情敌、仇人、陌生人，也可能相互之间根本就不讲话……情况太复杂了，最好拉开一点距离。

我不懂文物，但我试图走进他们的心灵。

太阳或星空下，平展四合的地平线下，这是一个多么热闹又多么安静的集体呀，阴阳两界、互不干扰，枕绿洲而眠，观世事沧桑，突然里面添一座建筑，打一口井，每天有人看着。其实，完全可以有另外的办法，即把界线划清，把荒冢管好。如果要挖，发掘的进度和数量不宜太多、太快。

洋海的干尸历史年代久远，形容枯槁，皮肤如纸。我见过最新鲜的干尸，是在奇台县文物仓库，距今也就一二百年。颜色深褐，皮肉较多，好像风干腊肉。据说是淘金的内地人。奇台气候相对湿润，居然也有干尸，新疆的确不朽。

新疆不朽之物甚多。胡杨是不朽第一树，千万年沙漠植物排行榜中，永远列第一，永远是英雄树。民谚说“胡杨生长一千年，死了不倒一千年，倒了不朽一千年”。在塔克拉玛干腹地，在塔里木河故道，一根根直指苍穹的胡杨枯干，成片成林、如枪如戟，定格胡杨最后站立的瞬间，好像呐喊、厮杀、乱叶纷飞、飞沙走石之后，突然静下来，一个声音从天而降，大喊：停！于是，一切停住，留下烈日骄阳、肃穆沉寂、壮烈压抑的一幕。戏散了，音乐停了，观众走了，空空如也，在宽阔平展的流沙的舞台上，太阳的神灯还追光似的亮着，胡杨树的群雕一动不动，在沙漠中伸出的群臂，要牢牢抓住两个字：“不朽。”

4.坎儿井绿、红柳和芦苇

柳树爱水，维吾尔老乡把坎儿井旁的柳树绿荫叫“坎儿井绿”。新疆的柳树，不是“万条垂下绿丝绦”的垂柳。相反，它向上喷发。在磨砖拼花的民居里，抬头看到的“天花板”，是由一根根通直、圆润、白滑的柳棍排列而成。这些胳膊粗的柳棍，来自那些水渠边生长的柳树。老柳树截干伐头，便怒发冲冠般喷发出一根根柳条，因为靠水，柳条便长得极快，够粗够长时，砍下剥皮、一剖为二，一根根密密地排列好，就成为漂亮“天花板”。

柳树喜水易活，生生不息。古人西出阳关，折柳惜别。左宗棠收复新疆，大军所至，广植柳树，誉为“左公柳”。左公柳和坎儿井绿，名异实同。坎儿井是和大运河齐名的伟大水利工程。关于坎儿井，有“东来说”和“西来说”两种。《史记·河渠书》记载井渠法，利用竖井和暗渠结合，形成输水方法。张骞通西域后，井渠法始传西域。在新疆哈密和吐鲁番，特别是吐鲁番，坎儿井至今仍是重要的农业灌溉工程，浇灌簇簇葡萄园。西来说的依据是波斯、中亚等有众多类似的水利设施。我信“东来说”，不仅出于情感，也出于粗略的常识判断。先秦《击壤歌》云：“日出而作，日入而息。凿井而饮，耕田而食，帝力于我何有哉。”中国凿井技术最早，考古所见，西域农耕技术多从中原传来。与中央王朝争夺西域经略的，是匈奴等游牧民族，游牧民族不事农耕，无须灌溉之利。井渠法的目的是农耕，且新疆坎儿井主要自东向西、在东疆的哈密和吐鲁番，地理上与内地近。特别是吐鲁番，几近全无地表水，特殊的地形和极度干旱，井渠之法正可以顺着地势，将盆地边沿的地层水、山泉水，自高处用暗渠顺流引入盆心的沃土，形成可耕的绿洲。坎儿井沿坡而下，一串串坚井口如省略号，井水冬夏不枯，夏凉冬暖，到了盆地中央，出水一个个水潭，吃用不辍，养育千年绿洲。

柳树爱水，红柳也姓“柳”，但爱沙——沙中生沙中死，是固沙宝物。每个沙包都是一个红柳坟。红柳活时，每长一寸，沙随风走，风沙集中火力，掩埋红柳一寸。红柳越高，挡的飞沙也越多，积起的沙包也越大，它的根也越扎越深。这庞大的根系，比露出地面的枝条和红穗更密更多，好像一棵倒着生长的树。红柳不可能长命百岁，终有一天老了，长不动了，地下的水分再也到不了穗梢，红柳一天天形容枯槁，再也跟不上沙漠之春一闪而过的步伐，红柳死了，沙包也停止长高，红柳就躺在自己筑好的沙质棺椁里，千年万年不腐。

绿洲上的打柴人，选一个沙包，开始用一天的时间挖走流沙。那些干燥透顶的红柳根，迷宫一样显露出来，一根一根拆下来，码在驴车上，越码越高，半个沙包里的红柳，竟然码满一驴车。

夕阳西下，沙海波涛汹涌，柴车的黑点在沙线上移动。绿洲上，某个烤肉炉子烧的，可能就是这千年不坏的柴薪。幽幽的火，够硬、够劲，从枝条中咝咝喷射出来，每一朵红焰，都是不灭的精灵，跳动妖娆的舞。

除去红柳，芦苇可能是西北最普遍的植物。“人是一根脆弱的苇管，但却是会思想的苇管。”这句外国哲人的话，被人反复引用。在中国第一部诗歌总集《诗经》中，写芦苇也有名篇《蒹葭》：“蒹葭苍苍，白露为霜。所谓伊人，在水一方……蒹葭萋萋，白露未晞。所谓伊人，在水之湄……”蒹葭，即是水边的植物芦苇。水是柔软和容易消失的东西，水被苇管吸上来，在头顶喷出白白的芦花，白雪弥漫，是北方一景，北方最普遍的花海。

我在古楼兰城的孔雀河故道，见到数百米宽、向一边整齐倒伏，厚厚一层、混凝于冷灰色的盐碱地的千年芦苇，沙卤一体，硬如盐壳，越野车轧过去，未见一丝胎痕，也听不到轧裂的声音，似乎走在水泥上。《汉书》说："鄯善国，本名楼兰……地沙卤……国出玉，多葭苇、柽柳、胡桐、白草。民随畜牧逐水草，有驴马……"葭苇就是芦苇，胡桐即胡杨，白草是芨芨草。

无垠沙原中孔雀河浅湾，罗布淖尔一年一度芦花如雪，安静荒芜的胡杨疏林——古楼兰就是在这样的环境中孤立存在。夹在汉与匈奴间的楼兰王，被抓到长安后无奈道："小国在大国间，不两属无以自安。愿徙国入居汉地"。他一筹莫展，首鼠两端，哨楼烽烟的每一次匆匆来报，都让他面临一次艰难的选择。楼兰湮国后，迁扜泥城（今若羌境内），改名鄯善。今天鄯善县，则在吐鲁番境内。风雨飘摇的楼兰……如芦苇般脆弱、摇曳、多思的楼兰，颤动如丝，幽歌如泣，她叫楼兰，又叫鄯善，如沙般聚，如沙般散，但那如一管芦苇的形象，像梦一样轻，像梦一样远。除非沙海再绿，除非罗布泊再现。罗布泊干涸了，蒸馏出浓稠卤水。几米厚的坚硬盐壳下，是新鲜的卤水。时有重建楼兰城的议论，浮出水面，特别是发现了储量惊人钾盐矿后，再造楼兰城的热议不断。随着钾盐开发进入实质性阶段，已有一条柏油路通向罗布泊一侧，今天的罗布荒原，真有一个新的“小镇”——楼兰，可能是新疆最年轻的“镇”。

楼兰，不朽的名声和诗意，节俭而迷恋，像早夭的少女，焊接在中国古朴苍茫的记忆深处。

5.洋海萨满

洋海干尸中，有一具干尸引人注目，因为这是个萨满。

可以想象，旷野弥漫着神秘肃穆的气氛，这个手持铜斧、胸挂铜镜、腿腕上戴着铜铃、身上挂满铜牌饰的萨满，在食用致幻的麻黄草后，手舞足蹈，口中念念有词，在早晨或黄昏的微光中、在正午燃烧的戈壁上，热烈施法……透过扬起的尘土，周围聚满匍匐在地的洋海人。这个充满魔力的萨满，在地下是不是依然统治着他的臣民，在幽冥世界依然热烈施法呢?

萨满是人神之间的“联络员”，是神灵在人间的“代言者”、精神领袖，统治部族的意识形态和心灵世界。萨满、巫，几乎是各个人类群体必须经过的崇拜阶段，是最早的精神植被。据称，商周之变，由巫到史、巫史合一，礼乐开始占据主流。萨满教的遗俗和观念，渗透到各种精致深厚、仪轨森严、结构复杂的宗教中，今天的许多民族仍信奉萨满教。

人类通往未来的道路有两条，一条是为本能和欲望建设的物质世界，一条是心灵的道路，灵魂和精神的道路。我们有两个自然，一个是显性的，壮丽山河给我们以灵感和衣食之需，另一个是隐性的，由心灵结晶而成的精神世界。在心灵的世界，也有高山峻岭、大河奔流……岩画、巫术、舞蹈、图腾、文字、仪式……同样泰山不坏，江河不竭，传之弥久。

向你致敬了，亲爱洋海萨满。

6. 一堆火焰，火焰一堆

吐鲁番是个盆地。盆里盛三样东西：青沙、浓绿和火焰。

青沙在库姆塔格，浓绿是片片绿洲，火焰在天地舞蹈。吐鲁番是火洲，是火盆，吐鲁番之火天上来，来自太阳、“Kun”。

洋海一侧，是吐鲁番最著名的地理景观——火焰山。火焰山，一堆火焰，火焰一堆。这座不大不小的山，是天山的微缩和纪念，是火焰的物化，虚无之花的红色泥塑。火焰山，比较符合人的视觉尺度：如果再高大雄伟一些，就不能一眼全观，只能坐上车走几天，一段一段地看，要想看出大模样，得在几十公里、上百公里外远观；火焰山大小刚好，看得出山体走势和结构，看得到褶皱向上的扭曲升腾。看不到火焰的细节，也就无所谓火焰山。但如果再小巧低矮一些，则损了山的名头和威严。火焰山尺寸，接近完美尺寸：不能再大，不能再小，它是冲天大火，刚好塞满眼眶，适当的视觉距离、山体的结构、细节，完美统一。好像天地间，突兀地立着遮幅式影幕，人在一里的地方，正好看清楚：蜿蜒而来的钝角三角形山体，沿山脚无数条褶皱颤动着向上扭飘，动感十足，被内在的力量梳理过，由大到小、由粗到细，无数火舌，巨蟒般扭动爬升，汇聚山顶，凝重如塑，静静立在远处，供人观赏评点。

用火是人类的最早的重大能力。火的使用和管理曾是很大的权力。火焰吸引人类的目光和心灵。火焰出现、熄灭、跳动、摇曳，吸引着婴儿。他们目不转睛，小手伸向火焰，要抓住、抚摸这虚无的花。“快把那炉火烧得通红”——孩子们天然喜欢火，母亲做饭，孩子烧火，多半是迷恋炉中火焰。在过去，北方农村的孩子，是如此迷恋火炉，漫长寒冷的冬季，它几乎是另一个母亲，一个或一群孩子围炉而坐，火、光线和温暖……烤热皮肤和心灵。火是孩子第一本书，火焰如此抽象和具象，有最早的哲学、诗、隐喻、暗示。火和艺术、心灵、生存与毁灭、神秘主义、人类基本情感……构成复杂的象征关系，火的教育仅次于日月星空大地海洋。

孩子是天生的“纵火者”。在冬天旷野点燃地头芦絮，在收获的地里点燃秸秆……谁有一盒火柴或者终于找到母亲藏起来的火柴，总会惹出一大串乱子。有多少柴火垛、山林、村庄，被孩子点燃，那些寂寞的岁月，被火焰照亮。相比之下，今天的孩子对火是陌生的，只能玩玩父亲的打火机。

火焰山的色彩，晨昏之际最好。红色洇到石头里，斜射的阴影，土石山体粗粗拉拉的质感结实饱满，大地之上如凝固的火焰的雕塑。而正午火焰山的颜色，像此刻的太阳和天空的颜色一样，是灰烬的颜色，一切烧透了，烧光了，松松散散，显得轻、模糊、虚淡，似乎风化飘散。

火焰山的出名，是因为《西游记》。即使没有《西游记》，这座山也会让人和火焰自然而然地联系起来。这山，它的褶皱，太阳下的形象，它的色彩，太像火焰了。这一点，就是小孩也看得出来。

火焰山是吐鲁番的地理标志，是吐鲁番的魂魄，是盆地的精华，是盆地隆起的优美脊柱线，是瀚海红鲸，淤满浓绿的葡萄沟、木头沟……是它的绿鳍，库木塔格沙漠是它身后绵延不尽的波纹，穿过交河、高昌传奇的城池，游向文明深处。

火焰山，是吐鲁番最杰出的天然雕塑。

7.苏贝希

新疆叫苏贝希、苏巴什的地方很多。都一个意思：水源。在库车有苏巴什古城，有东西昭怙厘寺，鸠摩罗什、玄奘待过的地方。在帕米尔高原的塔什库尔干塔吉克自治区县，有苏巴什达坂……还有许多许多以苏巴什命名的地方。

从洋海，沿火焰山的一条路上去，有一处苏贝希，苏贝希古墓就在一块不大的台地上，上面有一些干坑，正被沙与草虚掩。有水的地方就有绿洲，有绿洲的地方就有人。听到苏巴什这个名字，就是好地方，就有人烟。

鄯善之思

1. 鄯善

《说文解字》中，“鄯”这个字，只一个意思：“鄯善，西胡国也，从善从邑，善亦声。”“邑”字，《说文解字》中说：“国也。从口。先王之制，尊卑有大小，从卪。凡邑之属皆从邑。”周朝封邦建国，分封天下，小国林立，相距十余里、几十里，即一国。所谓“小国寡民”“鸡犬之声相闻，老死不相往来”是也。这个“邑”，秦以后，多指城，小城。一个士族庄园，也可以叫“邑”，“采邑”“食邑”。

《辞海》中“邑”字，有如下意思：“①古代称国为邑。《左传·桓公十一年》：‘君次于郊郢，以御四邑。’②京城。《诗·商颂·殷武》：‘商邑翼翼，四方之极。’③泛指一般城市。大曰都，小曰邑。《荀子·富国》：

‘入其境，其田畴秽，都邑露，是贪主已。’《宋书·周朗传》：‘办骑卒四十万而国中不扰，取谷支二十岁而远邑不惊。’④旧时县的别称，如：邑宰。《汉书·傅宽传》：‘赐食邑雕阴。’颜师古注引孟康曰：‘县名，属上郡。’⑤通‘悒’。忧郁不乐貌。⑥邑落：部落、村落。《后汉书·东夷传》：‘土肥美，背山向海，宜五谷，善田种，有邑落长帅。’《三国志·吴志·黄盖传》：‘皆奔走尽归邑落。’”《辞海》“邑”字第五条，是“邑、悒”相通用，本不该算。但，想到鄯善就想到楼兰，想到楼兰，境遇多少有点“忧郁不乐貌”。故也录上。

《现代汉语规范词典》中，标明“邑”字，是文言文。有两解：“①城市，通都大邑、城邑②指县，邑令、邑境。”

《辞海》中，“鄯”字：“鄯州，鄯善”。在《现代汉语规范词典》中，“鄯”这个字，仅一句：“鄯善，地名，在新疆。”

综合《说文解字》《辞海》《现代汉语规范词典》中的意思，“鄯”这个字，“从善从邑”，合起来解，就是：善良之城郭；善良的小国、小城。善良的部落、村落。

“鄯”这个字，除了古国名、地名外，还是个姓。

当时西域（中亚）胡人，以国为姓比较普遍。楼兰星散，居民外迁，散落于若羌、且末、尉犁、鄯善、哈密、伊吾、青海、甘肃……今天的鄯善县，得名于公元六七世纪楼兰人向高昌一带的大规模迁徙，四千多楼兰人向鄯善的迁徙，甚至还带一个子虚乌有的“海”——蒲昌海，也就是罗布泊，今天鄯善县过去也叫蒲昌县，现在仍有一个乡仍叫“辟展”，“蒲昌”的音转。

历史上楼兰人的迁徙，曾经继续往东，在长安、洛阳也有鄯姓后裔。1931 年洛阳城东三十里天皇岭，发现一处鄯善人的墓，叫鄯月光，为西域胡人后裔。西域人爱月。李白爱月成癖，给孩子的取名有圆月之意。据考证，这个叫鄯月光的妇人，是西域绿洲上某个小国王室后裔。

《辞海》中的“鄯州”一条，很有意思，不妨再录如下：州名。北魏孝昌二年（526 年）置，治西都（隋改名湟水，今青海海东市乐都区）。辖境相当今青海西宁市、湟州、海东市乐都区等地。唐为陇右道采访使及陇右节度使治所。安、史乱后地属吐蕃。北宋元符二年（1099 年）以青唐城（今西宁市）复置鄯州，崇宁三年（1104 年）改为西宁州。这“鄯州”，是封于与鄯善有关的鄯姓王族或将军，或者，当时此地鄯善人众，比较多，地从人名，故叫“鄯州”。鄯善人的外移，刚好包括青海。在历史地理上，青海和西域关系密切。许多民族，流徙西域和青海。而那个“鄯州”，竟然包括今天青海省会西宁。

这种线索，可供语言考古学的专家们去说道说道。鄯姓在今天已经很少。第三次全国人口普查统计资料，抽样统计出现使用频率最多的 505 个姓氏中，没有鄯姓。

感到奇怪的是，《辞海》中的“骆驼刺糖”是一种什么糖呢？骆驼刺是新疆荒漠最普通不过的一种植物。印象中，它和“甜”没有丝毫关系，感觉多刺扎嘴、少汁无味，幸好骆驼嘴厚皮糙，大舌一卷，咀嚼出沫，毫无不适。但鄯善居然有一种“骆驼刺糖”，而且进了《辞海》，有点意外。我问过当地人骆驼刺糖为何物，当地人不明就里。

总结各种解释：“鄯”就是“鄯善”，“鄯善”就是鄯善。“鄯”字无他，就是鄯善。“鄯善”独享一字——“鄯”。

如果地名有昵称、简称，鄯善当然是“鄯”。如同新疆简称“新”。而有的地名就不行，比如“吐鲁番”，不能叫“吐”，“库车”只能是“龟兹”“屈支”等，即不能叫“库”、叫“龟”、叫“屈”。“鄯善”之名是中原王朝所定，应该源于单音节的汉字，或者也是土语的音转？

2.火焰中的翡翠

古代的伊州和高昌就是今天的哈密和吐鲁番。

她们有许多一致的地方，两相比较，高昌在历史文化上似乎分量更重一些。哈密作为新疆东大门，是从河西走廊进入西域的第一个重要绿洲和游牧驻息地。哈密的确是个“门”，是汉民族、农耕民族、东西方的商旅和商业民族、游牧民族、使节僧侣出入新疆的“门”。如果对于游牧民族而言，还有其他通道，可选择的天地甚广，此地只是“侧门”的话，对于中原王朝而言，这个地方几乎是进入西域的唯一的重要依赖。

这块绿洲上，停留过各式各样东来西去的游牧民族，楼兰灭国后，其孑遗的一部分也有到这里的；罗布泊逐渐干涸的年代里，罗布人曾往返几次，最终有一部分也定居此处；回鹘西迁，开始游牧向农耕的过渡，处于甘州回鹘和高昌回鹘之间的哈密，首先经历了由游牧向农耕的过程；蒙古西征和后来的瓦剌兴起，这里也留下了蒙古族。一部分回族也以此为必经之路或干脆留在这里，近代哈萨克族东进，游牧于东天山的草原。

哈密市的绿洲、伊吾淖毛湖绿洲和巴里坤草原，虽然在西域不算开阔，但农耕与游牧类型齐全，加上丝绸之路的商业因素，应该说，哈密像个西域之书的简洁目录，有了索引和缩影的意思。伊州乐、高昌乐、龟兹乐，佛经翻译、佛造像等影响到河西走廊的敦煌曲子、凉州乐、佛造像、佛经翻译，并由此向内地中转、流传。

这个简洁的目录当中，不应忘记一条非常重要的线索，就是无论是过去还是今天，这里是新疆汉化最重的地方。玄奘西行，离开瓜州，渡莫贺延碛，进入西域的第一站，即伊州。夜路荒芜，身心疲惫，急不择路，入一寺庙求助，灯亮神醒之时，发现僧人是内地流落此处的汉人，语言早已半胡半汉，见到老家来人，不胜唏嘘泪下。

此种情况历史上不是少数。坊间有个笑谈：哈密、吐鲁番的维吾尔族长得像汉族，汉族长得像维吾尔族。话虽调笑，未必属实，但隐约透露血缘融合。世界上没有纯之又纯的民族，没有纯之又纯的民族文化。汉族首先是个大杂烩，从四面八方，融入大量活跃的血。每一次，熟透的中原文化开始显得活力不足、僵化陈腐之时，就会加入新鲜力量。草原的力量、游牧的力量、略显原始和粗鄙的力量，率直本真、饱含自然精神、生动自由的力量，如同猎猎朔风，向农耕区域吹拂，这是中华文化的天然防腐剂，使古老的文明在挑战中重新年轻。恩格斯说："只有野蛮人才能使一个在垂死的文明中挣扎的世界年轻起来。"恩格斯在分析西欧封建主义形成时，总是强调蛮族对欧洲征服加速了罗马帝国的崩溃，促成西欧封建主义的形成。

风一样，一个又一个，从北方以北，从更遥远，也更寒冷的草原深处，走出来的游牧民族，一个几乎固定的行动方向，一个历史的宿命，是向南、向南，磁石般向南，与中央王朝的融合摩擦之中，要么泥牛如入海无消息，要么固执带着不驯的野性，折头沿着贯通一线的欧亚草原带，向西而去——匈奴是个典型的例子，除了大量融入汉民族外，阿提拉的向西，甚至直逼巴黎城下……加速东罗马帝国的灭亡。之后，陆续而出、反复上演的游牧部族，几乎沿着这个传统路线，重复历史老路，一次次上演经典的一幕。

而且，仿佛正是在和汉民族的对话和碰撞中，这些"披发左衽、鸟居逐牧”的草原行国，面目渐渐变得清晰，在世界上最为浩瀚的汉文历史典籍中，留下点点记述。这些记述的特点和出现的方式，又像是带有游牧的个性，突兀、闪跳，不知从何而起、不知何时而终，似乎仅仅是一种“路上”的状态、“路上”的逗留。正是这些“残篇断简”，又几乎是研究北方少数民族珍贵的史料——我在中亚一些国家的博物馆的历史介绍中，不断看到来自汉文典籍内容的引证，讲述历史和民族的来路。

“漠北”——这个今天常常使用的词汇，这个人文地理学上超符码，只有另一个词可以相对应，这就是“中原”。“中原”和“漠北”，太极两仪，“负阴而抱阳，冲气以为和”。天旋地动，飞沙走石，恩爱情仇，天上下雨地上流，如同理还乱打不散的老夫妻，构成中华历史、中华文明完整的图形，构成精微复杂、外人难解的历史表情。

欧洲不大一块地方，打几千年，打到许多民族、许多国家，互通语言、互通血缘、皇族你娶我嫁、老百姓你来我往、文化宗教相通相联，地理基本平旷无阻，但近代就是无法形成统一局面。直到两次世界大战之后，逐渐理出个思路：欧共体、欧盟……而中国，统一是主流，汉分三国，三国想的是一统，元、清想的是南下、入关、一统……合时是心体一统，分时是追求心体一统，始皇帝留下的“大一统”，被“农耕”和“游牧”共同继承。中华民族的民族精神，被定义为以“爱国主义”为核心，的确有五千年历史的佐证。

水流走了石头在。“漠北”和“中原”，相比之下，毫无疑问以“中原”为中、为重，是向中发展、向内融合。总而言之，比起各种潮涨潮落的游牧力量，中央王朝对伊州、高昌的经营最为深远和一贯。有时候，即使已经失去对西域许多地方的控制，棋盘之上，仍还有这枚可资利用、可以翻盘的棋子。甚至在内地中央王朝分崩瓦解时，这天高皇帝远的地方，无所适从之下，还建立过汉族势力的地方政权。

也因这样的历史，汉文化渗透到社会的各个方面，从民族本身来说，历朝历代的屯田驻守的兵卒，早已与其他民族，血混一处。这里现存最大的古建筑——哈密回王府，是一座集汉族、维吾尔族、蒙古族三种建筑风格于一体的遗迹。在哈密木卡姆的乐器、音乐和舞蹈中，西北汉文化的味道很浓，特别有意思的是，这里维吾尔族服饰是“右衽”的，绣技自内地传来，花色图案也与内地相通。

楼兰湮灭后，吐鲁番是丝绸之路北道、中道和南道在西域的结点，如同叶子的叶脉交于茎秆，一分为三，构成蛛网般的中亚绢道。

根据出土的葡萄藤和古代文书，这里种植葡萄和棉花的历史久远。

“火洲”是文化的交汇点，它“像一块海绵，它从各个方面吸收精神内容与文字形式……引人注目的是，这个绿洲的传统多么富于国际性，也即五湖四海成一家”[1]。可以说，这里是一个经典的“民族大熔炉”，几千年来一直是个移民城市[2]、一个古典时代的“国际化的都市”，一个世界四大文明交流荟萃、兼收并蓄的地方。在吐鲁番吐峪沟麻扎村，这样一个小村庄，是信徒的圣地。在吐蕃出土的文书中，既有汉文的“四书五经”，也有用十多种文字印刷的各种经文。

在阿斯塔那古墓群中，在为一个姓贾的妇女于公元667年写的墓碑铭文中，有这样的文字：“上天所赋予她的生命是有限的，因为‘正如白驹过隙一样，不会拖延；正如闪电一样，不能留住，岁月也到了它的末端，生命也消耗净尽。（……）翡翠树干枯了。她永远离开了这些时日，永远冲破了（这人世间的）苦难之网’”[3]。回鹘西迁之前，统治吐鲁番的是出身匈奴但已经汉化的麴氏家族。

可以想象，肤色形象各异的面孔，五花八门的语言文字，琳琅满目的

1 ［德］克林凯特：《丝绸古道上的文化》，赵崇民译，贾应逸审校，新疆美术摄影出版社1994年版，第177页。

2 参见宋晓梅《高昌国：公元五至七世纪丝绸之路上的一个移民小社会》，中国社会科学出版社2003年版；［法］莫尼克·玛雅尔《古代高昌王国物质文明史》，耿昇译，中华书局1995年版。

3 ［德］克林凯特：《丝绸古道上的文化》，赵崇民译，贾应逸审校，新疆美术摄影出版社1994年版，第183页。

宗教，使节、僧侣、流民、商人、军卒、文化人和冒险家，塞满这座小城。博望侯张骞，出玉门，行千里，口干舌燥，望吐鲁番绿洲欣然趋步；班氏三辈雄才大略，眼睛向西——班超之孙班勇在柳中城（鄯善县的鲁克沁镇）屯兵驻扎；大诗人岑参军在此领过马料，留下龙飞凤舞的马料账。

对吐鲁番火焰山南洋海墓地、火焰山吐峪沟的苏贝希墓地的发掘人骨线粒体 DNA 研究，在战国前后这一时期此地的古代居民，存在着蒙古人种、古欧罗巴人种，以及这两大人种的混合类型，以欧罗巴人种为主，而吐鲁番市的交河故城则以蒙古人种占优，越往后推，处于交通要道和大人群的地方，人种混合越多越充分，并且以蒙古人种占优。多次的迁徙、交流、碰撞和战争，使这里成为人种混合最彻底、最近于内地的地方。

将这里的古代群体和欧洲群体、中原群体、韩国群体、蒙古群体，以及现代维吾尔人群之间的遗传距离进行计算，可以看出，那一时期的吐鲁番古代人群，处于欧洲和东亚群体之间，与之最近的是现代维吾尔人群。[1] 总之，“早在吐鲁番盆地青铜及铁器时代，已存在有欧亚谱系混合现象的发生，而吐鲁番古代人群比现代新疆土著群体在遗传距离上更接近于欧洲群体。这说明在古代新疆地区，欧洲谱系对当时人群的遗传结构的影响比

---

1 参见崔银秋《新疆古代居民线粒体 DNA 研究——吐鲁番与罗布泊》，吉林大学出版社 2003 年版，第 4、5、121 页。

现代要大，随着西迁的东亚群体逐渐增加，欧洲谱系的影响在新疆地区呈弱化趋势”[1]。这个结论，也是多数体质人类学家比较一致的意见。

在回鹘西迁之前，这里就有回鹘活动。西迁之后，从路径和时间看，吐鲁番更像处在大河水量丰沛的“上游”，有更多的滞留，而越是往南、往西的“下游”，“水量”“水势”越小。因而，与塔里木绿洲的其他地方相比，回鹘人群与当地土著的数量比例，“上游”吐鲁番为高。因此，从体质人类学和对漠北回鹘人群的文化继承与体质遗传上看，倒是吐鲁番、哈密一带的维吾尔族，更多地保留了回鹘的特征，在血缘遗传上，回鹘时期的特征更占优势，在文化上，波斯、阿拉伯和伊斯兰教的元素要淡一些。现在似乎更为“正宗”和“典型”的喀什噶尔一带，原始的绿洲土著——塞人、月氏、乌孙等偏于古代欧洲人种体质的人群，在回鹘西迁后的民族大融合中，比较突出地显示出来。也是由于在10世纪之后，伴随喀喇汗王朝、叶尔羌汗国等地方政权崛兴和文化贡献，特别是伊斯兰教的由此东传，形成以喀什噶尔为“正宗”观念，从而影响至今。

高昌是歌舞胜地，高昌乐名噪一时。王延德出使高昌时，看见当地人“好游赏，行者必抱乐器”“居民春月多游，群聚遨乐于其间”，好一幅高昌

---

1 崔银秋：《新疆古代居民线粒体DNA研究——吐鲁番与罗布泊》，吉林大学出版社2003年版，第122—123页。

歌舞图。从大曲“高昌乐”到“吐鲁番木卡姆”，是顺理成章之事。

3.“我们”也是“遗产”

2007年6月9日，是第二个全国文化遗产日。文化遗产日，纪念遗物，纪念我们基于传统的心灵观念，也是纪念我们的肉体、血脉和精神。

我们为文化遗产设定一个“日”。一年365天里，有一天，是专门让忙碌的人回眸过去、向文明致敬。这个举措，对于我们这个泱泱古国，对于我们这个现代之风强劲吹拂，一天天生动、繁荣、崛起的国度，是庄重的、得体的。

要知道，仅仅是汉字，已经是世界上使用时间最长的古老文字，今天的学生，还能读懂《诗经》《论语》《周易》《楚辞》……清乾隆时编辑的《四库全书》，竟收录古代著作3457种、79070卷。可以说，没有哪一种文明在文化典籍上，能达到这样的纪录——这是我们古老文化的魂和核，而由观念到社会制度、由观念到物质经济、由观念到普罗大众日常生活的，是祖先丰富浩瀚的心灵和面貌，是壮丽山河、勤劳人民之上的另一个云蒸霞蔚的景象：文化中国——这是一条水量丰沛、源远流长，携带着高原的雪晶、创世神话、游牧炊烟……漂浮着稷、粟、稻、中药、香料、农历二十四节气、甲骨文、弦歌和水墨……负载着长城、宫阙、大运河、烽烟驰道、丝绸瓷器指南针火药造纸术印刷术……的文明大河，在东方流过。

中华文化，是以汉文化为主体，包括56个民族在内、多元一体的宏大体系。我们说黄帝炎帝，游牧农耕，甚至更早的东方族群脱于蒙昧、形成聚落之前，和世界其他地方一样，也是游动不居的。夏商周三代，或源于羌，或与羌关系密切。周朝封邦建国，设有专司周边族群事务的官。经历春秋、战国，天下“定于一”，中国第一个统一多民族中央集权的大一统国家——秦，秦也起于西羌，统一中国、文字、度量衡，修驰道、长城，推行郡县制，在中央设三公九卿，其中一卿就是管理少数族群事务。始皇帝多次出巡，看边疆，看天下。汉承秦制，自此以后，这样的统一多民族中央集权的国家模式，断断续续几千年，构成中华民族生生不息以爱国主义为核心的民族精神的重要基础。

从边疆，从四面八方，从众多古代族群，一点一滴，一条条文明之溪，汇成支流、干流，最终汇出多元一体的中华文明大河。中国古代西域，在陆权时代，更是一条中华文明的重要孔道，沟通中西，联系南北，处在文化交流的前沿。这样的格局，直到海权来临，才略有改变。也因此，作为中华文化重要组成部分的西域文化，有着丰富、多样、新鲜、生动的文化因子。一个个风沙中湮灭的古城、烽燧，一具具体质多样、沉睡千年的人体标本，一张张杂驳古奥，甚至在同一张纸上写有多种文字的古代文书，一部部口传心授的民间史诗、民间故事、绚丽传说，一曲曲动听的大曲、歌谣和随歌舞动、灿烂盛开的肢体……见证了统一、和谐、交融、学习的观念、智慧与历史。

无论文化还是我们的肉体，都源远流长、多元一体。很多人忽视了，我们的身体，也是最大的“遗产”。按照一个有趣的算法：一个世代之前，我们有两位先人，就是父亲和母亲，两个世代前我们有四位祖父母，三个世代前我们有八位曾祖父母……以此类推，如果以20年为一个世代，上推10个世代，也就是200年，每个人有1024个先人，上推20个世代、400年，我们先人的数量超过100万，而上推30个世代、600年，每人的先人竟然超过10亿，今天每个人身上流淌着十亿多人的血。越住上推，先人的数量越大，呈几何倍数上升。但实际上，人口的数量，越往上反而越少，几乎也是呈几何倍数地减少。真实的结论只有一个：每个人的先人，实际上是相互重叠、重复计算的，越往上，情况越是如此，就是说，我们相互是真正的亲人。“同胞”这个词，如此真实。在中华民族、中华大地上，在我们推及久远、密如蛛网的血脉关系里，在漫长的岁月深处，我们——我们的先人，血流一处、心心相印。如若不信。去翻翻中华姓氏和中华家族谱牒的流变，怎样由少到多，多少汉族姓氏，来自历史上众多的族群，多少家谱的女性边界处，生发一个个联通更多家族的出口。正如歌里唱的：“56个星座56枝花，56族兄弟姐妹是一家”，是“你中有我、我中有你”。我们既是文化上的血亲，也是身体上的血亲。这就是历史，这就是传统，这就是无法磨灭的、东方的灵与肉。

传统是我们脚下的大地和根，创新是我们头顶的云霓和翅。中华文化有敬老的传统，在愈来愈新的今天，在愈来愈快的今天，在愈来愈好的今天，我们不能忘记祖先，不能遗落文明。传统是我们心灵的血亲，尽管他可能不再新鲜生动、青春亮丽，不再时尚流行、吸引眼球，甚至不再对今天有实际而具体的功用，如同我们日渐老去的双亲，需要的，是我们诚恳的反哺、呵护和尊敬。

文明流过，一瓣心香。为我们的血脉，为我们的传统，为我们的文明。

4.梦幻楼兰

鄯善这个名字，和楼兰有关。楼兰在罗布泊旁边。历史上，塔里木河结束的地方，就是罗布泊——罗布淖尔。《水经注》称之为“盐泽”“泑泽”“蒲昌海”“牢兰海”。塔里木河又有“无缰野马”“乱河”的声名。塔里木河似乎也有“游牧”的秉性，经常改道，因而这个外形极似“大耳隆”的湖，被斯文·赫定认定是：就这样飘来飘去。亨廷顿认为其是随着气候干湿变化的“盈亏湖”，陈宗器则认为其是随注入河水分配情况而迁移的“交替湖”。

楼兰的名气之盛，自古而今。古代诗文中，常以轮台、楼兰代指西域。楼兰、轮台，也曾是西域长史、西域都护府所在地。楼兰是西域三十六国之一，地处丝路要冲。从阳关进西域，经楼兰南下，是丝路南道，楼兰西行至焉耆，则丝路北道。楼兰地处孔雀河尾闾的罗布泊区域（古称“牢兰海”“泑泽”“蒲昌海”“盐泽”），是塔里木盆地东部的汇水中心，曾经水网密布。

楼兰初为匈奴所役。“楼兰”之称，始见于《史记·匈奴列传》，冒顿单于给汉文帝信中所言（前176）：“定楼兰、乌孙、呼揭及其旁二十六国，皆以为匈奴。”“楼兰”之称，自张骞凿空后，出现在中国正史中。公元2世纪希腊地理学家托勒密所著《地理志》，将楼兰称作Khauranai——这个名称来自活跃于丝路的粟特商人。楼兰出土的佉卢文书，常见Krora’ina一词，粟特商人及汉代史家所言的“楼兰”，来自佉卢文地名。公元前60年，西汉在轮台（今轮台县境内）设西域都护府，统辖包括楼兰在内西域地区。曹魏、晋、前凉，在楼兰设西域长史，屯垦戍边，统辖西域，传播农耕技术，维护丝路畅通。公元前77年后，楼兰立新王，改国名鄯善，迁至扜泥城（今若羌县境内）。原来的楼兰城，仍为鄯善的一个重要城郭。东汉至魏晋，楼兰一度为西域长史驻地，同时保留城主管理。《汉书·西域传》：“鄯善国，本名楼兰，王治扜泥城，去阳关千六百里，去长安六千一百里。户千五百七十，口万四千一百，胜兵二千九百十二人。……地沙卤，少田……国出玉，多葭苇、柽柳、胡桐、白草，民随畜牧逐水草，有驴马，多橐它。”

楼兰的居民，族群多样。从出土的户籍资料残片看，屯垦兵卒、家属及“私从”者，占相当比例。其次是楼兰土著人群（长史府下层官吏，亦有楼兰土著出任的情况）、僧侣、商贾等。楼兰生业多样，家畜、葡萄种植与商业、酿酒、农业、制革、兵器制造、纺织等较突出。楼兰有佛教信仰，流行社祭，一年四祭，年终有腊祭风俗。出土的佉卢文，少见反映文化的内容。出土的汉文简牍，有“九九口诀”残件，字体歪斜幼稚，似儿童或初学者所写。另，出土有东汉流行的蒙童教材《急就篇》、《论语》、《左传》、残诗等。楼兰设医曹，出土有医方、药方，涉及寒暑及肠胃之症的多些。楼兰有户籍制、税制、水官、邮行网、司法刑狱，军队负责维持城市治安。

4 世纪末，楼兰渐衰。法显西行，《佛国记》记载此地已“上无飞鸟，下无走兽，遍望极目，欲求度处，则莫知所拟。唯以死人枯骨为标识耳”。玄奘取经归来，所见楼兰“城郭岿然，人烟断绝”。楼兰星散原因，一般认为有如下因素：气候变干、河水改道、丝路改道、瘟疫传播、生态破坏等。

近代，西方所谓探险家，纷沓西域，所掠文物无数，引起轰动。新中国成立后，党和政府在楼兰区域组织多次大规模考古，开展研究和保护。

关于楼兰的典籍、诗词、历史、考古、研究著述，连篇累牍，影响广泛。古人诗文，曾以轮台、楼兰代指西域。楼兰在中国西域史中，是个响亮的名字，有传奇色彩。楼兰的起伏迁散，折射出一段中央王朝经略西域的历史。

楼兰的位置，在西域三十六国中最靠东。中央王朝经略西域，楼兰是先入为主的第一站，战略位置最为关键，与匈奴的争夺最烈、记载最多，声名也最大、最早，因此渐渐成为代表西域的诸多想象之地，这想象经久不息，一路颠簸流沛于诗词歌赋里。19 世纪末、20 世纪初，心思各异的所谓西方探险家，摩肩接踵进入西域，一遍遍洗劫早已废弃、孤陷大漠的荒城。比如，那个因楼兰而成名的斯坦因，连楼兰人的垃圾堆也没放过，细细翻他个底朝天。20 世纪 80 年代，彭加木失踪于罗布泊地区，经报纸广播的传播，激起一圈圈好奇的涟漪。同一时期新疆考古所又在楼兰出土一具女尸，被人唤作“楼兰美女”，坊间又一番添油加醋。再加上罗布泊地区是“核爆区”，我脑子里经常无端由升起的一朵“黑武器”的蘑菇云……围绕着楼兰的各种八卦和知识络绎不绝。这片干涸、荒芜、难以接近的遥远之地，被各种传闻、心思和目光一次次浇灌，迷幻出一层层的浪漫、敬畏、向往和神秘。

我去楼兰两次，都是从迪坎上路。2006 年，五一大假，我和诗人沈苇、作家卢一萍来到鄯善。县委书记算是低我一级的师弟，对文化格外重视。县委书记，我见多矣。印象中，一般而言，大多脑子里只有稳定和发展，说话做事带几分霸气，体现“初级阶段”特有的焦灼、忧患、急功近利的风格特点。这个位置，不大不小，一方天地，正可以“指点江山”“当家做主”。时间长了，任谁也是眼高于顶、豪气干云作风。GDP 至上、见物不见人，顾不得文化、缺乏细节、率性粗放，少有深思熟虑的执着与沉静，往往是无可奈何的通病。但此兄似乎在这一类基层才俊中，多些绵密与文气，是用政治、经济的眼光看文化，用文化的眼光看政治、经济。在他的“撺掇”下，5 月 2 日，我和沈苇、卢一萍，去了趟楼兰。

早晨 9 点起程，一路经老迪坎、梧桐沟铁矿、碱泉、雅丹群。天凉爽，地寥廓，人迹罕至，自然兀自地流泻元气，地平线蜃苗摇曳，一派鸿蒙初开景象。路上有些稀稀拉拉、潦潦草草的旱地植被，点缀其间。经一颜色黑白相间的山沟，又经一硬壳的盐碱地，龟裂如美术作品，白碱如雪，平旷如磨，无人欣赏，遗世如昨。又有黑色戈壁，石粒撒豆成兵，麻麻点点，十分均匀。有一处雅丹，像极了斯芬克斯，蹲在那里。快到罗布泊核心区域时，还看到老河床上有一脉如尿的细水，蛇一样钻进土里。司机说是孔雀河的末梢。之后，路的痕迹最后完全消失，只有大方向。虽然无路，但司机是老把式，七绕八拐，路平车快，下午 3 点左右，终于抵达若羌县的楼兰文物保护站。

知道我们来，若羌县文体局局长已提前到此。保护站有三个人、两只鸡、一条狗。一面红旗，在空旷沉寂的罗布荒原，轻缓抖动，好像打着古老的旗语。保护站有一排地窝子。地窝子要走近才能发现。它匍匐着，陷没在地里，把自己隐蔽好。地窝子阴凉，有股霉味，沁人心脾。墙和顶，用塑料编织袋蒙严实，接住簌簌落下的沙尘。一溜大通铺，可睡七八个人。电由一块太阳能电池板供应。吃水是半月一次从若羌拉来，装在装涂料的大塑料桶里，放在地窝子可经久不坏。吃过午饭，局长引我们去看一个雅丹上的盗点。一路上局长不断下车，拆去埋在虚土里防盗墓贼的钉板。这一幕，好像又回到电影《地雷战》的情景。

雅丹如沙海中搁浅的群鲸，沿同一个风向，有序排列。车在雅丹下行驶，如入迷宫，极易迷路。此墓在一个大型雅丹顶上，分内外室，外室中间有柱，柱面有壁画，漫漶不清。右侧墓壁绘有独角兽，状若牛，低头、卷尾、前冲，遒劲有力，怒不可遏。左侧墓壁，有胡人打坐合十，两驼相抵，有胡人用长杆分之劝解。墓门对面墙壁偏右有一小门可入内室，此墙左上侧，被盗墓者打穿一洞，棺上彩画和其他随葬品即从此洞偷出。内室骨乱板散，墙壁有众多法轮图案。

据说，这一区域的雅丹上，多有墓，有些早年已被盗。自从建了这个楼兰文物保护站，情况好一些。19 世纪末 20 世纪初，所谓西方探险家，纷沓西域，所掠文物无数。老迪坎村，是从鄯善进入楼兰的最后一小块绿洲，像从鄯善甩出去的飞地、跳板。这个村，在 19 世纪末 20 世纪初，是

鸿蒙

韩子勇
纸本水墨　50 厘米 × 50 厘米　2020

个出向导、骆工的村。

3日7点起床，简单吃了点，在局长带领下我们从保护站去楼兰古城。起初的二三十公里，路尚好，地阔而平，地面是干透坚硬的盐碱壳，遇第二个简易保护点之后，进入艰难路段，雅丹随风向，呈东西发育，一条条如猛龙过江，波澜壮阔。越野车在雅丹上下行走，仰俯不已，在惊涛骇浪颠簸，深切车辙灌满细土，流粉四溅，漫过车顶，玻璃上流沙如瀑。又顷，起风。尘土弥漫。三米之外不见踪影。楼兰长年大风，愈近楼兰，雅丹发育愈典型，风也愈大。一时间，暗无天日，风声似鬼哭狼嚎。丰田越野，号称有最好的密封性，但无奈车的设计，总得有进气的地方，比如空调。如此，凡进气的地方，全被沙尘占据，除非不呼吸。空调喷出的是一股股干燥透顶的粉尘，在车中弥漫，呛人眼鼻。这最后10公里路，硬是走了三四个小时。这种天气下，局长和司机，已然迷路。多次下车，茫然四顾。走走退退，退退走走，让人大骇不已。好在绝望时，隐约见楼兰古城外的铁栅栏，于是直奔过去。

沙尘中飘摇的三间房、佛塔，一地散落的梁木……楼兰啊楼兰，我一时无语。

无数思绪和印象，复杂难言。最突出的，是一废如斯，像另一个沉寂星球的文明。楼兰可配“沧桑”二字。我们趁着黄昏的阴翳和那抹异样的落日余晖，在保护站外闲转。局长绘声绘色说，夜里躺在地窝子的房顶，可以看到美国侦察卫星。他拇指食指快速捏动，说照相机闪光灯一闪一闪，快门咔嚓咔嚓。又说，前段时间，保护站的地窝子半夜有人敲门，一问是个甘肃人，迷路了，在罗布泊转了几天，同伴精神失常自杀了，这一个喝了自己的尿，也快崩溃了，看到保护站的灯光。在这样荒无人烟的地方，半夜有人敲门，也差不多把保护站的人吓得精神失常。后一则故事是真的，报纸有报道。前一则，临睡前才忽然想起，地上不可能看到侦察卫星闪光，更不会听到咔嚓咔嚓快门声——即使在罗布泊、在楼兰。这家伙，说什么呢！

一趟楼兰，人的价值观会微微晃动。个体生命、世俗幸福、今天一切魂牵梦绕孜孜以求者，轻之又轻，被时间消弭于无形。这就是楼兰。那真是令人震撼的往日云烟，最饱满地定义了废墟这个词。废墟处处皆有，但楼兰给我的感觉，是这废墟特别新鲜，无人惊扰的新鲜，保存着完整的时光遗骸。伫立其间，会觉得时光像电焊枪耀眼的弧光，永不停息地从天上溅落下来，嗞嗞作响，万物一点点剥落、堆积，似乎看见形成这尘埃、沙漠世界的自然力量，默不作声又大得吓人。楼兰有开释之能，一些想不开、看不透、斤斤计较、经久缠绕的烦恼，慢慢烟消云散了，放下背负太久的包袱，身心变得无比轻松。楼兰是隐于沙海的伟大老师，它无言的教诲，镌刻在脑回路里，经常想想，会滋养一生。楼兰，足以改变人对生命、生活的理解，它用亘古的、无边无际的荒凉，碰碎短暂的价值和意义的世界。

时间是真正的破烂王，是终极的废墟收集者。所有崭新之物，最后都被它收去，一样不剩。有个“向后看”的群体，与时间这个破烂王相似，就是考古、文物保护、收藏、历史和传统文化的研习者，这些天性恋旧的人，跳进时间的大忘川，一干就是一辈子。人类对废墟的炽热情感，源于起源和终局的同理心。现实如花盛开，迎面撞来，气味浓烈，争奇斗艳。这诸般香香臭臭、苦苦乐乐、喜喜恼恼，逶迤天边，排着队、加着塞儿，一股脑儿堆在你的怀里，满满当当、严严实实，没得挑、无法扔，胡乱堆满你的心里，通过你的身体，你吐出来的、吐不出来的，盈天接地，身后堆成一座山，一座时间的废墟。

那是另一种黯然之花，虚幻庞大，成为背景或背影。时间使人看到越来越多的破绽、错误和失败，它风化油彩、消解顽石、混淆是非，它有另一种气味——虚无的气味。艺术是对时间、对遗忘的抵抗，它想越过遗忘的鸿沟，但谁又能干过时间呢？

丝绸之路也是音乐、舞蹈和美术之路，是玉石和诗歌之路。新疆发现得最早的箜篌，出土于且末的扎滚鲁克家族墓葬。2006 年 3 月，伴着春天和春天的沙尘暴，我第一次实地查看了这个号称最大的家族墓葬。那是在一个平坦的砾石台地上，烈日当空，草树皆无，一大家子的干尸，静静躺在一个不算太大的地下空间里。这个墓里，出土了在汉文古典诗词中久负盛名而现今早已失传的乐器——箜篌。且末县面积19万平方公里，仅次于若羌，居全国第二，超过内地许多省区的面积。著名的塔中油田就在且末县滚滚黄沙的沙漠腹地。且末也是和田玉的故乡，靠近且末的昆仑山老坑，是历史上著名的玉矿。县宾馆大厅放着一块巨大的山料，号称“玉王”。“玉王”朴实无华，让人疑心它只是块石头，只在顶端开了一个“天窗”：一汪深不可测、如春水般润而厚的本色流泻出来，吸摄观者的魄魂，让人禁不住要叫出来声，惊讶于它伪装下的绝美和清纯。那次的且末之行，乘酒兴占打油诗一首：“黄沙埋文明，箜篌久不响。新图连旧画，古今并辉煌。县域称二大，昆仑献玉王。塔中吐红焰，盛世著华章。”

2022年8月6日，离疆10年，再次来到且末，看了扎滚鲁克家族墓葬，在托乎拉克庄园欣赏了歌舞、吃了水果，成诗一首：

我是且末，且末是我

箜篌低回，沙在落
车尔臣蜿蜒远去
张骞远去，玄奘远去
昆仑和阿尔金远去

有人疯跑，有人睡觉
四脚蛇吐一下信子
大时代浓郁如水，烟波浩渺
洪荒之花骄阳似火

大洪水消退后是万年大旱
甘草、大芸、麻黄和锁阳
这大地精虫，瀚海孑遗，衔枚疾行
叮叮当当，火石飞溅，凿空不已

噢，我是你的骨中骨，肉中肉
你是我的沙中沙，瓜中瓜
是扎滚鲁克、托乎拉克、阿西克
是大枣和沙枣无限喷涌

是一切梦想浑圆的事物
是沙丘、圆月、葡萄和乳房
是旋风、玉石、印着青痕的屁股
是菩萨、金刚、指肚上的簸箕和斗

大地洗劫一空。圆在线
蜃苗初露，波光粼粼
白杨的甬道如梦如醒
路多长，痛苦和欢悦就多长

我是且末，且末是我

扎滚鲁克家族墓葬出土的箜篌，曾被考古界认为是最早的箜篌。这一纪录一直保持到洋海古墓群发掘出年代更早的箜篌才被打破。箜篌这种从西域传到内地的乐器，大名鼎鼎，后来逐渐消失了。但这个名词像一具不朽的干尸，一直留在各种各样的词典里。她和《荷马史诗》中描述的地中海的竖琴，堪称姐妹。洋海发现的箜篌，是萨满手中施法的法器，她那美妙神秘的声音，缠绕多少灵魂，沟通人神两界。

1900 年 3 月，年轻的维吾尔族小伙奥尔得克，在罗布荒漠意外地从一座废墟上捡到了许多件木雕残片等古物，他怎么也不会料到，次年，就在他的引导下，经瑞典地理学家斯文·赫定在此发掘出土了大量的汉文、佉卢文木简和纸文书，以及精美的织物、木质建筑材料等实物，从而证实了就是在这座废墟下，竟掩埋着一座沉睡了 1600 余载的楼兰王国故址。

过早湮灭的罗布泊地区的人群，由于北亚、东亚游牧力量后来“断流”，使这一带的古代居民，比较单一地保留了古代欧洲人类型的特征。孔雀河下游的古墓沟墓地，东距罗布泊 70 公里，这里出土的人骨和器物，据碳 14 测年，距今约 3800 年，属于青铜时代。据王炳华、韩康信等人的研究，这里这一时期的居民，属于欧洲人种（即高加索人种），与南西伯利亚、哈萨克斯坦、伏尔加河草原和咸海沿岸分布的青铜时代的居民，同属原始欧洲人种的古欧洲人类型。而且，他们是迄今所知的欧亚大陆上时代最早、分布位置最靠东面的古欧洲人类型。这个判断是基于对人骨的 DNA 测定，实际上，这一人群的活动可能是更往东至河西走廊一带，只是由于气候开始湿润的原因和年代较早，遗留的人骨较少，特别是这一人群的不断西迁，留给今天的检测样本很少。

古墓沟一带墓主人无一例外，都随葬有草编小篓，篓内多谷类、小麦和麻黄草。这里的小麦标本是中国境内发现得最早的小麦标本，而麻黄草在当时人群的心目中占有重要位置，有致幻作用，广泛生长于新疆荒漠地带。我胡乱猜想，麻黄草是否被罗布荒原上的古代居民用于通灵的祭祀和巫术活动——总之，新疆古墓中广泛发现的麻黄草，是一种精神物品，或用于追求神灵，或用于寻找快乐，缓解尘世的痛苦。

罗布泊地区是楼兰历史的摇篮。罗布泊作为塔里木盆地的最低点，是盆地的汇水中心。楼兰，这早已湮灭的文明，无论在过去还是在今天，给人留下太多未解之谜。其实在大沙漠深处，很早就埋在流沙之下的古城还有许多，比如圆沙古城、米兰古城、出土“五星出东方利中国”的尼雅古城，但哪一座也没有楼兰的名气大——在兴旺的时代，它是西域文明的摇篮之一，是众多西域城郭的中心，从敦煌可以直下楼兰，其地理位置有点像后来的吐鲁番，是丝绸之路的“三岔口”，是控制丝绸之路中道、南道的枢纽，汉与匈奴争夺西域的第一个焦点是楼兰。班超在此地一举击杀匈奴使节，以区区三十六骑，纵横西域诸国。西汉曾在这一带的伊循屯兵，有大量驻军，中央王朝经营西域的中心，第一站是楼兰。

西汉通西域前，这里是楼兰国，楼兰国王被傅介子击杀后，更国名为鄯善，伊循屯兵之后，鄯善势力南撤，楼兰被鄯善取代，楼兰仅指城名。还有一种意见，“楼兰”一词，源于对“牢兰海”的称呼，是泛指楼兰地区。[1]总之，国名、城名、湖泊名称和地区名称的混用，使这里迷雾重重。活跃了几个世纪的楼兰，消失于4世纪后的史书典籍。但人们对楼兰的兴趣早在她消失不久就开始了，层层迷雾一直延续到近代。随着斯文·赫定、斯坦因、贝格曼、亨廷顿、橘瑞超、黄文弼、陈宗器等人对楼兰的再发现，楼兰引起欧洲学术界和中国学术界的极大热情。而一具被称作“楼兰美女”的干尸，也引起广泛的遐想。加之人们对楼兰消失之谜的猜想、对古代气候的探究和罗布泊性质的关注，楼兰的名气在它消失之后反而

1 参见孟凡人《楼兰新史》，光明日报出版社 1990 年版，第 16 页。

更大。

20世纪90年代末，新疆考古所曾在楼兰发掘出保存非常完好的婴儿古尸，这个婴儿现存新疆博物馆，70多厘米长，毛发棕黄细茸，双眸紧闭睫毛卷翘，头戴浅色毡帽，身上包粗毛织毯，脚穿软皮靴。身旁放草编小篓。篓里放麻黄草。活脱脱一个洋娃娃的标本，真真喜煞人也。我每次陪人去新疆博物馆，都被这个孩子吸引住。我伟大祖国，堂堂中华，物阜民丰，种类齐全，少了这样的宝贝儿，还真是个缺憾。西域繁杂的人种、文化、物类，为吾国添彩，不能漏算。

今天，楼兰越来越被艺术化和诗歌化了，如同一个吞噬时间和物质的黑洞，附丽了许多想象和猜测，是众多消失了的文明的代表。

5.波斯坦，波斯坦[1]

根据科斯定理，400毫米等降雨线，是一道分开农民与牧民的“篱笆”：长城就在这条“篱笆”上。超过400毫米的降水，是适宜农耕的区域，低于400毫米的降水，只能游牧。人类历史很大一部分内容，在农民政权和游牧政权之间展开，两种生产方式的矛盾，是苗和草的矛盾，而农

1 “波斯坦”，维吾尔语“绿洲”的意思。

民和牧民，不是天然的，是被自然所规定的古老生产方式创造出来的。

但绿洲是个例外。这里有最大的蒸发量和最小的降水量，但绿洲更多地依靠雪水河、泉水和坎儿井。半农半牧一直是古老的传统。

你在什么位置，在什么时间——你就是什么。

新疆是一个地理单元很多样的地方。这样的“位置”很多，但最有说服力的“位置”——就是绿洲。塔里木盆地面积远比准噶尔盆地面积要大，塔里木盆地边缘，分布大大小小、星罗棋布的绿洲。绿洲是天山、昆仑山摔向滚滚黄沙和漫漫戈壁的块块翡翠，是塔里木、吐鲁番这两大盆黄汤里漂浮的绿色菜叶。每一片绿洲蝌蚪般拖着一根冰凉的雪水河的尾巴，这尾巴或长或短、或粗或细，连接身后庞大山系亘古不变的冰冠。融化的雪水，决定绿洲大小，能走多远，能到沙漠的哪里。另一方面看，这些雪水河又是“没有尾巴的河”，在下游消失的地方，摊成绿洲的薄饼，夏季冰雪消融水势凶猛，冬天基本断流，多为季节性河流。

绿洲的孤立性封闭性，“在最初的时期，起到保护、组织、统治绿洲生活的‘蛋壳’的作用”（松田寿男语）；后来，绿洲是沙海的“冲浪板”——丝绸之路在它最易散断的、沙漠的“虚线”部分，绿洲是唯一的承接者；海上贸易兴起之后，这些飞地、这些绿洲，成了真正的沙海孤岛，是欧亚大陆的偏僻腹地。近代，这里成了“天之所忘”的地方，中华文明的中心彻底南下东移，游牧的袭扰由清一代渐少，西方列强来自海上，中国面临“千古未有之变局”，再不是熟悉的老对头、老冤家。西北，特别是新疆，陷入世外烟云般的沉寂萧条。

也在此时，19世纪末20世纪初，心怀各异的探险家、文化大盗一窝蜂般，如入无人之境，窜入西北，掀起所谓“发现”热潮，疯狂掠夺文物，充实他们的博物馆和研究机构，西人所谓“中亚学”和西域的研究，并不是纯洁无辜的，他们关于此地的知识谱系，有着一个不太光彩的出身。平静看待这段中国文化的“伤心史”，痛彻心髓的是时运和政治。

雪与沙、冰与火、有与无、生与死……这些矛盾的元素锤炼出绿洲、绿洲上的生命和文明，以及最基本的精神特征。在塔里木盆地和吐鲁番盆地，物象以“元素”的形态直接裸露着，有着物的“洁净”与“纯粹”，被天然“抽象”和“概括”出来：亿万沙粒是一个沙粒，是塔克拉玛干，是库姆塔格；所有的方向是一个方向，被高山合围的圆，弥消锐利的指示，把目光引向天空；所有的火是一种火，缺乏云层遮盖的天空，把太阳直接送到缺乏植被的大地之上，雪山的冰水直冲而下，赶来帮忙；所有的“有”是一个“有”，如同沙子和坎儿井绿，没有过渡，没有暧昧，没有中间状态，好像经过一个大筛子反复筛选出来；所有的“无”是一个“无”，河流通向沙漠，老人走进“麻札”，沙海像巨大的裹尸布，埋葬无数文明的过往。

总之，这个地方，山就是山的海洋，在葱岭挤成一堆，高耸入云，是

“屋脊”中的“屋脊”；她是大漠就大得无边无际，是“进去出不来”的“死亡之海”；是绿、是生命，就是人间乐园，在沉静中展开曼妙的歌舞，在绿叶间挂满奇花异果。

许多人对绿洲的作用和功能有细致讨论，但忽略了一点，即绿洲本身对文化的“收留、汇聚和保鲜机制”。如同沙漠完整保存一座古城和一具古尸——她炼狱般的温度，使新鲜的肉体和古代文明迅速“脱水”，如同制作标本的大师，手法熟练，用高温杀菌，用细沙掩埋，不露痕迹地迅速撤离。偏远孤立的绿洲之舟，杳无音讯的大漠深处，这一切如此诡秘。被沙漠包绕的绿洲，她活态绵延的文明，因为丝绸之路而接纳大量文化信息——许多差异太大的文明，甚至需要此处的转译、消化、稍许的加工，然后继续前行。这个“二传手”在丝绸之路气若游丝、弃断塞绝的时候，又较少被打搅、改变、流失，从而完成“保鲜”的工作。直到现代交通和通信，改变绿洲封闭面貌。

一只小鸟握于掌心，可以感受她细碎快捷的脉搏，如湍急溪水，如流畅琴键，微观而激越的跳动，让你辨别出那是可以飞翔的灵魂。而一只大象的心跳，被庞大的骨骼、血肉和厚厚的皮毛埋葬。动作缓慢的大象，她的心跳如在深深地下敲响低音鼓，地上的人不为所知。她燃烧的内部和心脏，如我们看不到的地核，只有惊天动地的火山喷发，才让我们感到沉静中的力量。大象的内心，的确不是日常景象。

小岛如果是小鸟，欧亚大陆就是大象。位于大陆中心的西域，就是大象的心脏。那么，请屏息聆听她久违的心跳：怦——怦怦，缓慢、微弱、遥远的声音从黄沙下传出，那是一些陌生而新鲜、异样而熟悉、丰富繁杂而纤毫毕现的古老文明。处于亚洲深处的新疆，处于沙漠深处的绿洲，处于绿洲深处的文明，在历史和时间深处，闪烁它迷人的光辉，一时不易辨清。绿洲是什么？什么产生于绿洲？什么经过了绿洲？什么消失于绿洲？什么留在了绿洲……

漫漫旅途之中，从早晨到下午，汽车似乎是靠着不竭的惯性，在一望无际的大戈壁上飞行，不知道在什么地方才会结束。静静的荒野只有车轮有规律的摩擦声，即使你开到飞快，也像甲壳虫在上帝的沙盘挪动。大地就这样干熬，万物在坚持、在忍受，在度过它最后一秒钟。再没有水分，一切都干透了，熟透了，榨出最后一丝水汽。渐渐地，天地无比地苍老，颜面风化成齑粉，晃一晃就要散架，就尘烟乱飞，就要朽成尘埃，化作漠风。蓬草、骆驼刺、红柳、碱蒿、芨芨草们，化装成一无所有的叫花子，低调谦卑、蓬头垢面，混迹于荒滩沙石之中，才能躲过这无形的袭击。

唉，这再也打不起精神的宇宙万物，在呻吟、疲惫中，昏昏欲睡。

什么也不想，心思涣散着，走着走着，仿佛配合似的，就有尿意，就想方便一下。于是，停车，路边解决，好像是看看天地蒸腾的万物已经成了什么样子，看看这弥留之际的世界，有没有活过来的可能。热风中，一股石灰和生皮子的味道扑面而来，这废弃之地果真被洗劫一空，让人有故国洪荒、恍若隔世的熟悉与陌生，感到自己太显眼，感到自己被发现了，成为窥视的目标，被无形地围困，被浪潮般的空旷、沉寂、虚无的大军淹没。于是，赶紧钻进车里继续飞驰。

黄昏来临，天地间闪现一抹绿色，车轮不由自主地加快速度，滑进去、滑进去，像一个困极了的人，迷迷糊糊地钻进被窝。斜射的光，从正午的白炽，变成温柔可爱的炭焰，甚至可以捧掬啜饮，好像酒后少妇，红晕一片，风情万种，透过路旁白杨树，在路面留下光影的栅栏，明明暗暗。有瓜摊在路边出现，有青纱帐在水汽中碧绿滑动，有不多的羊只三三两两晚归，有驴车占据马路中央旁若无人慢行，驴车上的汉子全不理会地昏睡，一个个农家小院木门紧闭或虚掩，一切按部就班又无所事事，毫无意义又生命盎然……一种忧伤、甜蜜、慵懒和沉醉的感觉是这样强烈，这是经历洪荒的销蚀后再次回到家的感觉，贞静、成熟、发酵般盛开的绿洲，散发馥郁香气的绿洲，接纳和拥抱远道而来、踉踉跄跄的旅人。

多少次漫漫戈壁路、多少次日暮乡关时准时出现的绿洲，多少个你记不住的乡野远村、绿洲白杨，每次都是这样——使人上瘾和受用，几乎是世上最复杂、最难忘的享受。这世外桃源，这用沙漠密封的人间乐土，几乎要把人埋葬，几乎要把外界遗忘。

绿洲就这样，她的规模与大小，与心灵和身体相宜，不像大平原的无边无际，让人无法拥抱，出入随意而无痕迹。绿洲有一个很好的沙漠的边缘，有一个很好的生死对比，就像奇迹在大地出现，这样突然，这样不可思议。

人类的可耕地——农人的家园，形态多样，但没一样像绿洲这样，刚好和她的反面——沙漠比邻而居。这种反差对比，使绿洲更“绿”，给人们更强烈的感受，更值得怜爱珍惜。绿洲是沙漠分配给人类的家，是幼失双亲的“孤儿”，绿洲是坚守和躲避、快乐和忧伤、诗与思的集合体。绿洲是极致的景象，是“有”和“无”、生与死的苦修者。

各种绿洲中，西域的绿洲最广泛、典型。因为它有最大的盆地和沙漠，在一个少有水汽的大陆腹地。这片绿洲中出现的木卡姆，也经过绿洲和沙漠的锤炼和挑选。产生“西域大曲”和“木卡姆”的自然元素和地理环境，如果只取一样，就是绿洲——但不要忘记，绿洲是相对于沙漠而言的，木卡姆强烈的音乐情感，来自自然元素和地理环境上的极致，木卡姆音乐美学和歌词美学的彻底性，来自自然元素和地理环境上的极致——木卡姆的温度，是沙漠热海的温度，木卡姆的忧伤中，有沙漠浩瀚的虚无，木卡姆无比浓烈的甜美、欢愉和沉醉，是绿洲无比浓烈的甜美、欢愉和沉醉。自然的元素给予木卡姆的影响是隐喻而深刻的，对木卡姆的理解，包含对绿洲和沙漠——独特自然环境的理解。自然的美学、自然的精神，是木卡姆美学的主题之一。

戈壁路

韩子勇
纸本水墨　50 厘米 × 50 厘米　2019

一个外国人这样写过绿洲："当我说出一个绿洲的名字，那些音节就将记忆中的景物召回到眼前，使我依稀见到古老道路和那儿熟悉的生活。听见一个绿洲的名字，粪堆所冒出的辛辣味道就又回到鼻下，鞋子里又有了沙砾磨脚的感觉，骆驼商队通过的声音又飘到耳边，绿洲生活的景象历历在目，猛烈的乡愁贯穿我心。有人说，一个赶骆驼的人老了，离开沙漠的路，他必不可居住在听得见商队声音的地方，因为，如果他在自己的灶边听见驼铃深沉的叮当，他会站起来走出家门，往那沙漠旷野去，不知所终。"绿洲，太像路边的家，是"封闭"和"打开"的代名词，是出门远行和返乡之路，即使没有一间房屋，没有一个亲人，这个家，也已经被完成。一只脚踏进沙漠，一只脚留在绿洲。就像生死之间无数次穿梭，反复地体验，积累出情感与回忆，积累出极致。

在去楼兰路上最后一站的老迪坎，这小小的绿洲，是一个完美的句号。

桑树，井渠，果园，沙枣树，老房子，安静的尘土和混合了各种气味的空气……少量的、几乎马上能全部熟悉，并召集到一起的住户，如此地僻静，自给自足。我新疆生活的最大缺憾，是没能找一个像老迪坎这样的小绿洲、小村落，一掌之大，安安静静住上一年，从春到冬，记录生活、交往、各色人等，记录细枝末节。我相信，不用动脑子，不用想结构，只是老老实实地记录眼中的一切，就会引人入胜。

这样的绿洲生活，本身就是杰作，有诗与思的本质。

6. 沙漠的锤炼

我想起太阳的强光直射下的沙土中的一截白骨。

可能是马的、骆驼的，也可能是一个儿童的，那么洁净，不含一丝恐惧感。死亡就是解散、消失、蒸发。那鲜活富有弹性的皮肤、红珊瑚般的血脉、柔顺的发丝，跑到哪里去了？这被时间之手剔得如此干净、光滑的一截白骨，半掩在黄沙之中，被挑选出来，如同一根筷子，一根银笛，遗落在荒沙、旷野。

第一次去交河故城，最强烈的印象、最主要的发现是：整个城郭连一根草都不生。故垒西边，干干净净，寸草不生。一切新的可能被时间之手剔除了，灰飞烟灭。其中缘由，一直未得到专家口头上或文字上的解释。

这是被火之舌舔舐后难以消化而吐出来的一根白骨、一座土城。这火力旺盛、极度干旱的地方，如烧红的铁锅，能把人晒成肉干。这块亚欧大陆遥远的腹地，这块海洋水汽不易到达的地方，留下最多的干尸，就像沙漠中散布的、平时眼睛看不见的草籽，默默等待遥遥无期的雨水。一想到在我们这块地方的地下，还埋着几千年前的完整的尸骸，静静躺在用整根胡杨木掏挖出的棺材里，身上、脸上落满沙土，快散架的尸体没一丝水分，就想到他们还没有消失，还没有过去，还在等待和延缓着什么。一具具干尸躺在那里，这些几千年前的男男女女，重新暴露在光天化日之下，让人想到，除了所谓“灵魂不死”的观念，肉体也可以不朽。除了“人干”之外，我们还可以看到大量、普遍的干果——葡萄干、杏干、无花果干、沙枣干、哈密瓜干……“干”是真干，不含水分，不再腐烂，是自然之火迅速脱水完成了保鲜。

和湿润的大河流域三角洲繁荣的绿，连绵的生，不断的多，不断的乘和加，不断的变和有，永恒的腐败、发酵、繁殖、孕育有所不同；沙漠绿洲是剔除和取消，是除和减，是无。二者如同水火，如同生死。世界三大宗教，两大宗教诞生在沙漠，一个诞生在热带雨林，热带雨林是地上极端的水、极端的生、极端的变，是植物的深海中抽象出来的幽暗元素，如同不变均质的沙漠、如同无。与水向下的浇灌和再生不同，火是向上的毁灭和提炼，这片沙漠、戈壁、极端干旱的地域，有着提炼和挑选的功能。对植物的挑选、对动物的挑选、对人的挑选、对文化和精神的挑选。它以少胜多，拒绝中庸，拒绝含混暧昧，是火焰的形象和向上升腾的气流，它倾向于纯粹、极致，倾向于唯一性和至上性。

在新疆，车子开出县城或村子，几百米，就是戈壁和沙漠。但所有这些景象，都没有鄯善县城与库姆塔格沙漠那样触目。一边是浓绿，一边是黄沙。它们用不着过渡，就那样公开摆着，好像一个奇迹在现身说法。触手可及的滚滚黄沙，波涛汹涌的滚滚黄沙，如同一件丝质的披风，滑动，飘逸，色泽纯正……鄯善，沙漠的锤炼，你有一件极美的披风，青色的沙，黄色的沙，灰色的沙，流过绿翡翠。

7.悠悠维吾尔

鹘是一种鸟。

一种体形不算太大的猛禽。我想，它应该就是游隼。

今天阿拉伯人架在胳膊上、用来打猎、主要是抓野兔的鸟儿。哈萨克、柯尔克孜的男人，戴着大皮帽子、穿着羊皮筒子，骑在马上，胳膊上架的，也是猎隼。

这是一种生活在中国西北干旱荒漠地带的猛禽，是一种国家保护动物。这些年国门开放，曾有人网了猎隼，过海关时，给猎隼灌几盅白酒应付检查，走私到海湾地区，一只猎隼据说可卖一万多美元。

维吾尔的祖先，曾向中央王朝提出改名要求，从“回纥”改为“回鹘”，取鹘鸟的“勇捷回旋”之意。生活于漠北的回纥王，一定非常熟悉和热爱这种鸟。准确地说，也曾像游牧的哈萨克、柯尔克孜和阿拉伯半岛的贝都因人那样，打猎时胳膊上架一只鹘鸟。而且，可能也听从了身边熟悉汉文化的谋士的建议，改一字，由“纥”变为“鹘”，读音基本相同，就使一个民族获得勇捷矫健的形象。

现在维吾尔男子舞蹈中旋转的形象，我以为，和对此鸟的集体记忆有关。

特别是刀郎舞蹈，那手臂前后摆动的动作、肩膀和脖颈猛烈转动，配合越来越快、越来越震撼的音乐，像极了鹘鸟猎隼，得其神韵。有人会觉得，塔吉克的鹰舞，也是模仿天上强悍的飞禽——雄鹰，动作会不会雷同？我可以准确告诉大家，不会。只要你熟悉这两种鸟儿的飞翔习性，就知道，同是飞，感觉却完全不一样。鹰是大幅度的盘旋翱翔，动作慢，翅膀这时几乎不动，只在翅尖有小的振荡。这也应了塔吉克舞蹈在模仿鹰的动作时，手指尖一直不停地抖动。鹘的盘旋飞翔，翅尖没有这种抖动，鹘的动作集中在翅肩，因此刀郎舞最难的，是转身要快，转身时肩胛骨迅速有力地扭动。鹘比鹰小许多，但比鹰更快，我们常说的一个武打动作是“鹞子翻身”，鹞子虽小，但可以抓鸽子，靠的是动作快、突然。鹘亦如此，刀郎舞的转身，肩胛扭动之快、之突然，可能取之猎隼飞翔的灵感。

游牧民族，或者有很长游牧历史的民族，在舞蹈上耸肩、抖肩的动作都很丰富，包括蒙古族。西人至今有耸肩的习惯，他们崇拜鹰。汉民族重担在肩，铁肩担道义，手拉肩扛，肩膀最吃力，老被压着，生活中、舞蹈中，肩都不是抒情的，而是叙事的，不是诗的灵光闪动，而是历史坚硬结构。

历史上，在唐词中大量写到的胡旋舞、胡腾舞，这“旋”和“腾”，由回鹘公元840年的西迁和南下，进入天山南北，是否伴随西域的鼓声，千流百转，遗韵至今呢？

悠悠维吾尔。“袁纥”“韦纥”“乌纥”“回纥”“回鹘”“畏兀儿”“伟吾尔”“伟兀儿”等，都是维吾尔的古称，由“Uygur”这一名称与Uygur同源的一个字转读而来，意思是“联合”“协助”或“归依者”。

公元前3世纪到公元3世纪的600多年里，在“丁零”“丁灵”“丁令”或“狄历”这个名称下分为两部，一部在贝加尔湖南游牧，一部在阿尔泰的额尔齐斯河与巴尔喀什湖之间游牧，常与匈奴冲突。

4世纪后，汉族史书称其为“铁勒”“赤勒”“敕勒”，又因其车轮高大而叫“高车”。东部铁勒中有“袁纥”“韦纥”，西部铁勒有“乌护”“乌纥”，后统归于“回纥”。常与鲜卑、柔然冲突。

7世纪时，首领菩萨以五千铁骑大破突厥。回纥崛起，始于菩萨。主体部分活跃于色楞河与鄂尔浑河流域之间，在天山一带的回纥，为840年的回纥西迁奠定基础。回鹘的主体是“九姓回鹘”，又与其他游牧部落组成外九部，又称“九姓乌古斯”。骨力裴罗于公元744年开国，744年至840年的回鹘汗国时期，回鹘为盛，武力曾达中亚细亚。这一时期为游牧经济，在与唐朝的绢马、茶马贸易中表现出杰出才能，积累了大量财富，信奉萨满教。回鹘汗国重用“粟特人”，从“粟特人”那里改信摩尼教并向唐朝传播摩尼教，向粟特人学习工商技能。根据对在蒙古国发现的著名的《磨延啜碑》和《九姓回鹘可汗碑》的识读，这时使用的是突厥文，又叫“叶尼塞—鄂尔浑文”。

公元840年，由于种种原因，回鹘国破，分三路西迁：一支入驻河西走廊，初依吐蕃，后以甘州（张掖）为中心建甘州回鹘，10世纪时，甘州回鹘的人口有30万。

另一支迁到喀什和中亚楚河以南葛逻禄的驻地，并在10世纪至12世纪建立喀喇汗王朝（黑汗王朝），以巴拉沙衮（古称碎叶）和喀什噶尔为都城，在布拉格汗时期推广伊斯兰教，之后向叶尔羌河流域进发，又借兵大食，西征于阗，开始漫长的传教扩张。后期的喀喇汗王朝，以喀什噶尔为其文化中心，涌现《福乐智慧》和《突厥语大词典》等重要典籍。1128—1129年，喀喇汗王朝被西辽耶律大石侵占。

回鹘西迁时，主力一支迁至西州，都城是吐鲁番东部70公里的“喀喇和卓”，夏宫在别失八里（今吉木萨尔），信奉佛教。元代人认为西州是回鹘的嫡系。西州回鹘东至甘肃，南至于阗，1001年向西分布到龟兹（库车）。西州回鹘后来隶属西辽，13世纪以后归属蒙古察合台汗国。

回鹘西迁后，渐与当地土著融合，形成现代维吾尔族。西迁之后的回鹘，在经济文化获得巨大发展，经济上由游牧文化变为农耕文化，一种新的文化机制形成，商业贸易上的才能得到更大发展，手工业也日渐兴盛，逐渐抛弃古突厥文（叶尼塞—鄂尔浑文），开始采用粟特人的字母发展成古回鹘文。除主要用回鹘文外，在吐鲁番地区，也以叙利亚文、汉文、蒙文、藏文、波斯文、梵文、吐火罗文、西夏文与突厥文来写经文，有时一种文献用四五种文字书写，在吐鲁番使用的语言文字曾有 17 种之多，其中以回鹘文、汉文、梵文为多，而且此时木版印刷兴盛，敦煌曾发现公元 1300 年时的回鹘文木刻活字。当时的契丹小字也是受回鹘文的影响发展出来，蒙古族后来也采用回鹘字母，这一影响最终到达东北的许多民族。从 11 世纪开始，受伊斯兰教影响，又采用阿拉伯字母。

回鹘西迁后的几百年，由“鸟居逐牧”的游牧生活而绿洲农耕的农业定居生活，由萨满教而摩尼教、佛教，再伊斯兰教，语言文字也由“叶尼塞—鄂尔浑文”、古回鹘文，然后又采用阿拉伯字母，大量引入阿拉伯、波斯词汇……并融合绿洲上各式各样的原住族群——应该说，这个过程剧烈而重大，今天新疆维吾尔族文化基因和文化面貌，包含这一变化中的诸因素。

在喀什噶尔，艾提尕清真寺的广场上，每年古尔邦节都有盛大的萨满舞，而和田、喀什等地的民间巫术也影响到生活中的许多方面，和田民间的“皮尔舞”，就源于驱魔祛病之类的巫术，甚至在全疆大量的古老清真寺里，柱雕、顶绘，多有浓郁的佛教风格的莲花图案与底座，而在哈密、吐鲁番的清真寺，有汉族庙宇和蒙古包的风格。对天、太阳、树、火、狼的崇拜也是普遍而内在的，吐鲁番麻扎村（吐裕沟）“圣人墓”的洞底深处，有摩尼教遗留的燃灯习惯。这个被公布为中国历史文化名镇名村的地方，家家户户的两扇对开的木门上方，有一对汉族风格的木头门档。在阿瓦提和许多地方，农民自酿一种叫“穆塞来斯”葡萄酒，农民在酿制发酵中，添加鸽子肉、草药和一些动物的血。当然，在歌舞、绘画、雕塑等艺术中，更可以看到多种文化的累层，可以看到此地的和东西方文化艺术的多重基因。回鹘是和隋唐关系密切的游牧民族，漠北时期的文字是受汉的影响，竖行右起。回鹘西迁，加深中原内地与西域的关系。

这种类似“沙拉”、半生不熟的结构，新鲜、感性、多样，富于差别和质感。如此丰富的历史文化内容，如同备齐了所有珍贵的原料，木卡姆正是在这复杂多样、新鲜刺激、五彩纷呈的因素中成长壮大的，如同千流归大海，有一个难忘的容量和形象。

一口气拉拉杂杂、说完深处的新疆，好像说到我四世同堂、家口众多的亲人。如果有分身术、如果能消化自己，我愿自己灵肉飘撒在她的每一处，投身于大时光的长河，目睹这伟大、美妙的文明的全流域。

深处的人群

生死旷野

作为一个生于斯、长于斯的新疆人，我对父母心中的中原故土没有多少印象，仅在 18 岁那年回过一趟豫南老家。

那时正值雨季。20 多天细雨斜飞，空气弥漫着挥之不去的水汽。红薯在地里泡得肿胀，轻轻一提就从泥水中脱出。白雾笼罩阡陌，尚未收获的黑豆在裂开的豆荚里又生出芽。老屋门前的椿树，如一蓬到处漏水的绿色塑料管。湿漉漉的柴草从灶口流出一团团青烟。自行车车瓦塞满讨厌的黏土。我的奶奶，手拿烧火棍，指着黑沉沉的天，煞有介事地诅咒老天爷。在老家，这样指天骂地的权力，似乎属于辈分高、年岁大的人。

我们终于放弃出门探亲的打算。

这种情境下，老屋里的闲聊，成为故乡雨中常见的风景。比如，赶早集的人，要等鸡叫头遍才好上路。此时阳气上升，阴气消散，百鬼避退，黑潮退去的大地显露人间舞台，阳间的故事得以上演。比如，村边石桥边，有一个“布袋精”，专门诱惑黎明前的夜行者，稍生贪念背到身上，口袋会越来越重，无法脱身而被压死。诸如此类的劝诫故事，在新疆我偶尔从闲书中读得。但那是印刷品，都在纸面上，故事地点和时间，在别处和过去，不像这里有现场感，有异样的触动。

我自以为我是新疆的土著，苍茫荒野中生出的星罗棋布的兵团农场并不比我的年龄大几岁。如果不做广大久远的联想，比如汉唐的屯垦，我以为，我与我身边的生活，有一种创世纪性质，是源、是第一次。我们就是这块土地上年轻的祖先。我几乎可以很无知地说：我们没有历史，我们就是历史，而在此之前，这里的过去是空白，是没被耕种的生地。所谓阴阳两界的概念，所谓死的积累与繁殖，所谓紫色的，潮湿幽暗的，如同发酵的——握可成团、散可成粒、沟通生死的息壤，都是虚妄的文言，没在口语中流通。

少年时在团场挖菜窖。越挖越深，没过头顶，直到两米多的样子。潮湿的地气从大地深处向上吹拂。喘息之余，用铁锹铲平窖壁，发现新鲜的土层没被碰过，没被弄乱，每一层都叠放得那么干净、纯粹，不含杂质，如同大自然芬芳的衣裳，第一次打开，没被穿过。偶尔，挖出一两个隐士般蛰伏于深土中的虫子，半天动一下，似睡似醒。或者，遇到一两根光滑、红白，吸管般插入地下、吮吸水分的苇根，一咬，甜丝丝的。绝不像内地那样，田里干活，随便翻翻地，就能碰到什么秦砖汉瓦或朽腐的碎骨。我生活的土地，是尚未打开的白纸，不是被涂改、擦搓、弄皱、撕破、有许多污渍的作业本。

记不清谁说过：故乡就是埋葬了亲人的地方。死亡是重要的。死亡使你认识过去，死亡使你有历史感，死亡使你与时间解除联系。向死而生，没有死亡的历史，是不完整的历史，一片没有亡灵召唤的土地，就像患了失忆症，充满悬念和虚无。

少年时，我所在的团场，对坟地有一个奇怪的称呼："规划外"，或者"归化外"？到底哪几个字我也弄不清，当时没有人及时给我以适当的指点。不过，那个年龄，即使有人指点，也还是不明白。这种只记了音，不知道字和意思的词句，在我偏僻农场、偏僻生活、偏僻童年中，是那么多。《沙家浜》中，郭建光有一句唱："要学那——泰山顶上——一青松"，我懵懵懂懂，哼唱很多年，始终不知道拖了长音、很怪气的"要学那"，是什么意思。隐约觉得"要学那"，是个什么了不起的人，站在泰山顶上，旁边还有棵大松树。跌跌撞撞、漫无目的的童年，似乎只适合在荒野中淌着清鼻涕地尖叫、追打、疯跑。"规划外"（归化外）也这样，一个人死了，小孩便模仿大人，半认真、半玩笑地说："去规划外了。"

死亡需要积累。那些离连队较远、稀稀拉拉点缀了几个“土馒头”的坟地，的确是荒僻所在，是荒僻中的荒僻，仿佛有一条无形的边界，阻止人们抵达。这地方，往往只有一个大致的方位，没有像样的路，偶尔被走出来，还没走平走实，就被风沙和荒草掩埋。在清冷的早晨或压抑的黄昏，在泛着白碱、长满蒿草的荒野，在几棵半死不活的歪脖子榆树所指示的地方，几道拖拉机轧出的歪歪扭扭、深深浅浅、乱七八糟的车辙，通向那些寂寞的尸骨。那个年代，荒野一张白纸，连队在急速的规划建设中，家属区、条田、道路、林带、水渠……井井有条，整齐划一，所向无阻，好像铺展开来的工笔画，一切按部就班。连队居民比较年轻，几乎全是新组建的小家庭或者单身汉，很少有老人、有盘根错节的家族关系，辈分简单，除了父母，就是同为职工的叔叔阿姨们，很少有不工作的家属。大人拿着农具，一起上班、一起下班，晚上住在一排一排的土坯房里，过着没有差别个性的半军事化农业生活。这样的生活性质，排除自由散漫，死亡就好像是个意外，无组织无纪律，未经批准，在规划之外，猝不及防。死亡往往与两类人有关：献身革命和建设的烈士或出身不好的“社会渣滓”。这样的人，印象深的有两个，一个是马医助，一个是红卫兵。

马医助姓马，是新疆和平解放时国民党“九二五起义”的一个兵，连队职工把这批人称为“老九”。在那样一个缺医少药的偏远连队，马医助称得上是鹤立鸡群、非常神秘的专业人士。特别是“医助”这个很少听到的称呼，特别高大上，感觉比医生还要高级。很多年后，我在讲师团评上助教，仍觉得“医助”的档次要高级很多。听大人讲，我蹒跚学步时，这个马医助曾给我治过病。这病说来也简单，就是母亲在割麦子时，把我放在了大田边的毛渠里，我一个人在地头吃馍馍，馍馍沾上了麦芒，麦芒刺进嗓子。正在割麦子的母亲，听到我的哭叫，挟着我一路小跑，到连队卫生室。好一个马医助，胆大心细，临危不乱，用小镊子连拔三根麦芒，手到病除，围观者啧啧称奇。

马医助后来死了，上吊死了。那时我七八岁了，对死完全无知，跟着一群孩子兴奋无比，过节一般去看林带里的吊死鬼。胆大一点的孩子在同伴的怂恿下，迟疑、慌乱中，硬着头皮冲上去，给他手中塞了一把麦草，然后兔子般蹿回来。我们一群孩子，围着这个吊死鬼，高兴地跳着、转着、怪叫着：“捞了一把稻草——捞了一把稻草——”朝他吐口水、投土块，如同某个热带小岛上的一群蒙昧的食人生番，正在夜晚沙滩上的篝火旁围住一个俘虏，热切地等着要吃他的肉。和许多孩子一样，这是我第一次见到死。对死亡的无知、轻度恐惧和由轻度的恐惧激起的好奇与兴奋，以及把孩子们憋了一冬天的屋子里解放出来的春天，使这一切变成一场情绪盎然的户外游戏。马医助死前靠着树抽了很多烟，地上积了一堆的烟屁股。人们说是经过了激烈的思想斗争。马医助真实的名字，我至今不知道。直到很大了，才悟出我记忆中的河南口音所回荡的这个音节。所谓

“医助”者，可能是国民党旧军队留下的专业职称，如同主任医师、助理医师之类的头衔。而那个“捞了一把稻草”的，是“捞了一把救命稻草”，这也是稍大后突然明白。

我经常想起，我和一群孩子，在返家的路上，蹦蹦跳跳，下意识地反复叫喊着：“捞了一把稻草——捞了一把稻草——”瘸腿小兽般欢快起伏，穿行于20世纪60年代末的一个春天的下午，穿行于弥漫着沙枣花浓郁的、使人喘不过气的香气之中。松软的林间腐殖土散发的潮气，弄得我的脚掌很舒服，沙枣花的香气使人兴奋，闻久了又中毒般昏昏欲睡。后来读孔子的《论语》，曾皙所谓“莫春者，春服既成。冠者五六人，童子六七人，浴乎沂，风乎舞雩，咏而归”，不知为啥，一下子使我回忆起这快要淡忘的旧事，莫名其妙觉得有相似之处。要不然，在那样一个年龄，我怎么独独记住了那个永远带着来苏水味的男吊和沙枣花香的春天呢？

我想象，在沙枣花飘香的春天，受到冲击和刺激的马医助，从批斗现场迷迷糊糊往家走。快到家门时，邻居或路人还向他打了个内容暧昧的招呼。但马医助此时已忘记了回答，他看了一眼家门，擦掉流到下巴上的鼻血。这时，一阵奇香飘来，他扭过头，循着香味鬼使神差走到离家不远的这片沙枣树林中，拣一棵粗大的沙枣树靠着坐下。麻雀叽叽喳喳的叫声，“臭姑姑”一长一短报告春天已经来临的叫声，此起彼伏。一阵阵扑面而来的沙枣花香，渗进他鼻孔里受伤的黏膜，呛人的涩香几乎要让他呕吐，一种隐约的暗示涌上蒙羞的生命。他解下腰带，从容地把自己吊在粗大的横枝上。躯体剧烈抽搐，晃动着沙枣树，米粒般的小黄花，春雨般洒落在马医助乱蓬蓬的头发里、肩膀上，使他看上去更像一个突兀的死亡的果实。

那个年代，自杀是可耻的，叫“自绝于人民”。而上吊这种自杀方式，不仅可耻，而且滑稽。这样一件“林间小品”，这样的死，多么孤独，没有得到一个悼者，甚至没能吓退一个孩子。我猜测，它甚至给亲人带来不屑、丢脸和四处袭来的嘲弄。和《聊斋志异》神秘哀艳的女吊不同，20 世纪 60 年代垦荒者的疏林中，沙枣花的香气，浓郁得可以埋葬一个绝望中的生命。

我想说，沙枣树不是死亡之树，沙枣树是我的童年之树。尽管我从课本中学习了著名的《白杨礼赞》，但白杨依然无法取代我对沙枣树的感情。白杨仅仅是人到中年后短暂的情人，沙枣树才是指腹为婚、从小长大的结发妻子。

沙枣树全身是宝。在新疆所有树叶中，沙枣树的树叶，是羊最爱的美食。冬天，经常可以看到放羊的老汉，袖着手，臂弯夹一根长棍子，走走停停，高举长棍，打落树梢的枯叶。羊们只管静静把嘴伸进雪里，仔细吃掉浮在雪上的每一片枯叶，吃完后又抬头望着老汉，“咩咩”叫上几声，胡须上沾着雪粒，老汉便取棍再打，头上身上落满树上掉落的积雪、枯叶，也懒得拍打掉。沙枣树的刺，是我童年的玩具。可以当别针，特别是裤子挂破了、露出屁股时，用它应急别一下，可以免去被起哄。当然用它扎人、扎自行车车胎，也再好不过。大人们在果园四周，种满密密的沙枣树丛，企图挡住偷果子的孩子。这样的围墙，总被孩子扒出可钻进钻出的洞。记得有次偷桃子，用小背心兜出来，未熟的毛桃引出奇痒，只好脱下背心在渠里洗澡，晚上回家，想起母亲新做的布鞋，落在了渠埂，挨了顿打。沙枣树生长缓慢，木质坚定深沉，木纹油光斑斓如虎皮。虽很难找到稍直一些的树干，难做栋梁，但用其做出的家具经久耐用，越擦越亮，绝不变形开裂。沙枣树的胶是黏合各种东西的天然胶水，树胶晾干后，形色质地如琥珀。据说，用开水化开后梳头，能像今天的摩丝一样，做出各种牢固的发型。春天，沙枣花开过后长出的青沙枣，是铁丝弹弓源源不断的子弹。这样的子弹，曾在教室、露天电影院横飞，把皮肤打出久久不退的红印。上学路上，把青豆子掐去一半，放学时就能在剩下的半粒青豆上，吃到一点黏稠的蜜。到了冬天，沙枣变成通透的暗褐色，透过绷紧的表皮，能看到凝滞的、红糖般褐色的肉。这时，爬到树梢，荡秋千一样，在尖叫声中用身体的重量把它柔韧的树梢压断，身体随折断的树梢一同从半空摔下，从厚厚的雪地里爬起来，捋满一口袋的沙枣。沙枣是童年最主要的零食，尽管抓一把狂吞时来不及吐核而噎得翻白眼、吃多了还可能拉不下屎。当然，也会留一些粒小、干皱、质量不好的沙枣给“沙枣鸟”吃，然后再想办法吃这种个头比鸽子略小的“沙枣鸟”。在糖果几乎是童话的年代，沙枣是孩子们最容易到手的零食。沙枣熬出的糖稀，让我们接近糖果的童话，是最甜的东西，直到糖精这种更加令人不可思议的化工品出现之后。

沙枣树，这种生长在盐碱地中、树叶一面浅绿一面银灰、总好像半死不活的怪树，这种一年一度使中亚大地弥漫着浓郁的刺鼻子香气的香水之树，也是我亲爱的童年之树，被尽情地榨取、蹂躏后，又在富庶年代和我成年之后，被彻底抛弃，成为生命中生生不息的爱和痛。

红卫兵的死，我未亲见。只是上高中时，天天路过他在校园里的墓。那墓用水泥砌成，用水泥这种先进材料建一个东西，在我当时生活的团场非常之少，所有的石头都生在人之前，只有水泥，是在人之后才生出来的石头。水泥本身已是惊异，何况是墓，更何况那墓裂出了一个大缝，牵引好奇的目光，要趴上去探个究竟，又被缝隙吹出凉气吓得退后。

在一个个燠热的夏日正午，万物困倦。正是热烈、沉寂、熊熊燃烧的午睡时光。空气中，似乎弥漫着细细的、无所不在的、神秘的“呲——呲——”声。不是虫鸣、不是风声，没有方向、找不到出处，静听时那声音便消失了，一转脸那声音又聚拢过来。曾经有一段时间，我被这若有若无的声音迷惑，以为是幻听，以为是耳鸣。思忖良久，我以为弄明白了这声音：天地为炉，烈日为焰，人间的大火来自天上，如同地狱之火来自阴冥，万事万物如同炉中的炒货，这声音是那最后一点点水分蒸发出来时发出的天籁。沙漠边缘的团场，偏僻平静的生活，就像烧红、不为人知的铁锅，干旱区域的地景，万籁俱静，远处地面的热气，使地平线虚幻而扭曲，阳光下的柏油路面，好像出现一个个水洼，车轮飞驰，水洼不断消失又不断出现。如果幸运，还能看到沙漠戈壁著名的蜃景，影影绰绰树与村庄闪动在波光里，断断续续的湖、河、树、矮房子和绿洲，迷惑每一个旅者。

每个地方，都有它背景性的声音。我想，某一种鸟儿，比如天鹅或大雁这类高瞻远瞩、行止高贵，有坚定飞翔路线的候鸟，甚至可能会听到地球自转的嗡嗡声。人渐年长，那新鲜洁净、灵敏如初、空空如也的耳朵，渐渐塞满世声尘障：亲人的恸哭、书本的无声教条、世间冤情、情人倾诉、上司怒斥、小人泼脏，还有那永不休止的日常聒噪。如同一台过度磨损的留声机，它发出的，不仅仅是唱片的声音，也有唱机本身的机械杂音，不能高保真地接收和发送外部世界的信号，它已被过度过量的信号损害了，就像有了裂缝的竹笛。

我现在明白“耳根清净”这个词的真正含义。声音是有分量的，声音不会消失，人世各种各样的声音，一旦听够了，积累到一定的数量，就会被它压垮，不是想躲就能够躲避开的。哪怕逃进深山斋戒苦修，那些已经在心底扎根、日夜生长着的声音，仍会纠缠不休，无端在耳边响起、回荡。

有许多童子灵异的观念，认为小孩能看到一些大人看不到东西，能听到一些大人听不到的声音，能穿透阴阳两界。有地域特色的一个是：一个荒地里的旋风，就是一个孤魂。这旋风七拐八拐，绕来绕去，没有方向，像是弯腰寻找什么遗失的东西，捡起一路的枯草、碎叶、烂报纸，拿到眼前仔细翻看，并把这些破烂装订成册，卷成一根柱子。这柱子时直时斜、时高时低、时粗时细、时快时慢。旋风骤然而起，骤然而衰，旋风是荒原上最常见的一景。连队里大人撞上，往往“呸”上一口，觉其晦气。据说七八岁的男孩，如果这时脱鞋追赶，像扣蚂蚱、扣蟋蟀那样，将其扣住，旋风会瞬间而败，颓散一地，并在鞋里遗一摊黑血。每一个旋风就是一个鬼，一个孤魂，只有还是纯阳之身的小男孩能看见。

很长一段时间，我们一群孩子乐此不疲。一见旋风就追、就脱鞋。但旋风的路径全无规律，好像跳着桑巴舞，且退且叫“来呀，来呀”，诱我们去追。终于，追上的时候少，丢掉的时候多，更没有扣出什么血。后来读“大漠孤烟直，长河落日圆”的句子，马上想到的却是“举鞋追旋风，一扣不得见”。孤烟，我们叫它旋风。这荒野上神出鬼没的主人，干旱地区披头散发的流浪汉，经常无端而起，三三两两地出现在离我们不远的地方，和我们若即若离，好像要告诉什么内心的秘密。

那种关于童子灵异，能听到、能看到成年人世界以外的东西的观念，如果剔除掉过分的穿凿附会，孩子的感官肯定如空山幽谷、灵敏如弦，的确能感受到成人所不能感受的东西。现在想来，那如蛇信般的“咝咝”声，是多么纯净清澈，是新鲜的耳膜和生命初心所测得的大自然最细微的响动，是今生难求的静。在神秘的“咝咝”声中，一个人静静走过校园里的水泥墓，禁不住要往这墓上想。头别开，眼睛硬不看，也觉得已经看到了或被看到了，觉得那裂缝中正喷出一股一股腐败带毒的凉气，而这时白杨树林带，无端哗哗翻响，好像喋喋怪笑，让人在大太阳下也毛发耸立。革命、青春、死亡、水泥墓、水泥墓中腐败的尸骨、早夭的不祥、仍在狂热斗争的厉鬼……所有这一切，构成重重幻象。从教室窗户，望着这座水泥墓，教室里时时爆发的狂嚣与骚动隐去，浑然不觉、吱吱嘎嘎埋头板书的老师隐去，女同学悄然膨胀的胸脯和疲惫迷离的眼神隐去……恍惚之中，一个身穿浸有血迹的白衬衣、蓝裤子、臂戴红袖标、红唇白面、眼中冒着惕厉和仇恨的火焰的幻影，在空荡荡的操场上上下翻飞，如芭蕾舞中的主角，做斗争、拼杀造型。优美的定格、高难度飘飞、衣袂带风的潇洒姿态，又像今天《卧虎藏龙》中竹梢恶斗的那一段，只不过竹梢变成白杨树梢，灿烂阳光下多了一层化不开、驱不散的阴气。直到下课铃突然响起，他倏地如青烟，从水泥墓的裂缝吸入，校园再次被教室涌出的人流塞满。

如同团场中学里的白杨树，白杨树构成的绿色屏风，把天山南北的绿洲隔成一个个方块。白杨树，少女之树。树干如玉腰，向上的、收紧的枝条，渐次高举，玉臂般伸向苍穹那深不可测的蓝。白杨树，少女之树。挺拔、苗条、骄傲，喜欢站成一排挽臂而出，哗哗哗放肆地说笑着，旁若无人、顾盼自美在辽阔的大地走过。

白杨树是集体主义的少女。她们一同出生，一起长大，一同消失，被集体砍伐。白杨树长得极快，被蓝天深邃的、令人眩晕的引力召唤，这怒放的绿色火焰，很快耗尽青春的生命。白杨树没有中年和老年，仿佛没有出嫁、没有生育，心比天高、命比纸薄，站立守候在路旁、地边、水渠两侧，一起夭折的女人。它使我们想起今天这座城市里，那些年轻时招人耳目、标新立异，年长时遍寻不见、好像被时间蒸发掉的独身女人。

沉思边缘

对死的思考，最是艰难。这不是个轻松的问题。那种以轻松、调侃或看似娓娓道来的条分缕析，实际都是局外者无关痛痒的回避。它甚至不是作为问题出现，而是尾随在身后的影子，有时堵在面前，有时以为甩掉了，突然又斜插出来，与你对质。周涛中年时，写过一首诗：《在死亡的岸边歌唱》。老年时有一次闲聊，又说过一个词：老境围城。这个骄傲的人啊，预感了无援的绝境。老是体验，无法向下传授。所有年长者，谈起老，都不会有真正的倾听者——年轻人排斥这个话题，年老者只想说给别人听，但老都老了，谁又想加重不快呢？海水是聚在一块的，无法把海水分开，再回到各自的源头。海水那么多、那么大，是地球上最多的一群，密不可分，无言无语，孤独得要命。老年是最后一门艰难的功课，没“教科书”，没“辅导老师”，没人“批改作业”，“同学”也越来越少，只能独自完成这门必做的功课，没人能完美毕业，真是很不容易。

老年是突然来临的。50岁前，我没想到过老。忘了人会老，自己会老。过了55岁，经常惶惑，怎么就老了呢？早上起来，不再精神焕发，满血复活。出门上班，油然而生厌烦情绪，觉得光线也不那么亮了……总之是昏昏欲睡，老境围城，而且是无涯的孤城，陷在茫茫大荒，看不到敌人在哪儿，今天射支箭，明天打一炮，眼睁睁看着坚不可摧的城池，就要被攻破，但毫无办法，连投降的资格都没有，不知在哪、向谁受降。人生四季，一次来过，最难是老年。少年时，很多人会有生死之问：问人生意义、生命价值、个体存在的必要，到青春期又会经历一次心灵危机，阴翳的心绪，阴晴不定，但很快被明亮浩荡的洪流冲得无影无踪，于是便以为是虚惊一场，感觉有点可笑，一切不成问题。55岁后，那草蛇灰线，原来一直远远尾随呢，只是在热闹的生命里蛰伏下来，现在它醒了，来了，再也甩脱不掉。李白在《春夜宴从弟桃花园序》说：“夫天地者，万物之逆旅也；光阴者，百代之过客也。”曾经的“况阳春召我以烟景，大块假我以文章”，变得昼短夜长，只剩永夜前的“秉烛夜游”“吾人咏歌”。

与战争中的死亡不同，死亡更多是零散的日常，个体的，孤立无援的，日渐消磨、消失，徒劳的挣扎、绝望与等待，毫无办法的无可奈何，与知识、理性、信仰无关，它就是虚无，对存在的拷问，以无法验证的方式给出的许诺。

儿童不知死，因为不自觉，无自我，少年就不一样了。我十二三岁的时候，有那么一两年，死的念头，蛇一样缠住。时常无缘无故冒出这样的问题：死后怎样？死后的世界是怎样的？我不在的世界怎样？死是怎么一回事？有另一个世界吗？什么是虚无？如果从没有过我，是什么感觉？我是必要的吗？这一切怎么回事？这些模模糊糊、乱七八糟的问题，长时间纠缠我，我想很久、很入迷，一个也解不开，但又很上瘾。时常一个人，悄悄溜到离家不远的地头，躺在田边宽阔的林带里，树叶洒下斑驳光斑，落在脸上身上，我眯着眼，留一道缝，感受阳光穿透眼皮留下橘红色的风暴，长时间沉醉在时而悲伤、时而快乐、时而恐惧、时而忧虑的情绪中。有时被翻江倒海的思绪压得喘不过气，身体随情绪激动得发抖。这样一些突然产生、长久停留、没有答案的问题，在心里扎下了根，不断发酵，不时冒出来，如无边泥沼，没有尽头。每隔几天，就得去林间空地独自倾倒一下。这个过程，说不上是甜蜜的烦恼，还是残酷的享受，直到脑袋发疼发涨、疲惫又毫无结果，不知不觉酣睡林间，一觉醒来日头西斜，才站起来，浑身轻松回家。每经历一次，都像大病初愈，都像逃脱了悄悄伸来的无形魔手，后怕、欣喜、一身轻松但虚弱不堪。

突然有一天，大概半年之后，我发现，好久没有再去那块林间空地了。那些恼人的问题，烟消云散、无影无踪，不再突然冒出来、无休无止折磨我了。惊涛骇浪般的危机，就这样过去了。我好了，和别人一样了。这难言的秘密，深深埋在心底，没人发现，也怕人知道。直到今天，我还暗自庆幸，当时没有神魂出窍，鬼牵手般试一试把自己吊在树上，验证那有关“生前死后”的永恒之谜。我隐隐觉得，在远方，在人群深处，曾有过这样不明原因的死，让活着的人百思不得其解。

厌世是怎样发生的，是怎么一回事？是生命自有的吗？一些鲸鱼冲上海滩，一群鸟突然坠落，一棵树莫名干枯，一片树叶从绿油油的大树上脱落……但更多的鲸鱼、鸟、树、树叶，坚持下来了，在生的旅途没掉队，没走失，没陷入莫名的虚无之境。时空似乎有这样透明的裂隙、孔洞和岔道，人们看不到，总有些人，误打误撞，就躲藏到另一个地方，无影无踪。

我是不是厌世者，不知道，但我是个局外人，总感到格格不入，有些走神、不知所措、想退到万里之外，和一切解除关系。即使卷入生活和社会旋涡，还能看到头顶上的元神在招手，想象那不是我，我已经离开那里了，不辞而别。我不能在持续的热闹中待太久，下意识觉得热闹之处，也是危险之处，不能让热闹缠身，意思意思就得了，不能让热闹融化掉，我得留下自己，哪怕只剩一粒细小的核，一点烧黑的炭、残渣和余烬，我也想尽快把它挑出来，放到远远的地方，凉着，盼望还能发芽。我腻味熟悉的环境，对闯入新环境又充满恐惧，有逃跑的念头。如果不是我已经生活了这么久，如果不是压身的重负无法推脱，如果不是不坚持下去就可能伤害爱我的人和我爱的人、让他们感到失望，我真想说一声："我不干了。"我想说，我不是厌世者，也不是热情的人，永远只有三分钟热度，然后就开始悲观，看穿一切，怀疑意义和价值，打退堂鼓。人潮涌涌，沧海横流。我是掉队者，在追赶中动摇，为向前追还是向后跑苦恼不已。如果让我挑一种人，我欣赏的是有百折不挠、一往无前、自强不息、积极进取而又不被污染扭曲人格意志的人。我欣赏、羡慕的，是我所缺的。但欣赏归欣赏，羡慕归羡慕，要补己不足何其难也。这胎里带的缺陷，后天的努力只能掩盖、回避、警惕、自我提醒，略略弥补已是非常不易了，谈何克服？也许，这想法本身就是错的，已经包括在缺陷里，是缺陷的一部分。

我还清楚地记得上学前的样子。我是那样喜欢行动迟缓的老人，喜欢在岁月里渐行渐慢、一点点被挤到外围，被大队人马甩到身后，再也无法赶上队伍的人。那时，团场的连队里很少有老人，只有极个别的，从内地投奔儿女的老人。这些老人不算职工，不参加大田劳动，能帮到儿女的家务事也很少，没菜园可种，无家禽可养，人们习惯吃食堂，实在是无所事事。大人不在家，我常跟他们在林带里拾干柴，依偎在旁边，陪他们蹲在山墙根消磨时光，听一些与己无关、听不明白的事。记得有一次，尿湿了棉裤，遵从他们的指导，手扶山墙撅起屁股，指望初春的暖阳将棉裤晒干。我垂下头，透过裤裆，天旋地转，我仿佛获得一个新视角。童年和老年，落叶和根，生和死……试着靠近、依恋，狗一样嗅一嗅，咂摸彼此生命、命运、时间的气味。“阴阳割昏晓”，生长与消退，见证、留念、合影，扶持、抚慰、暗示，否定之否定，螺旋同时上升下降，涨潮和退潮的两条白线，荡漾在渊面。

我清楚地记得第一次上学时的情景。大约是在夏日的下午，课前的第一遍铃声响过。四栋平房围起的校园静悄悄，孩子们课间疯跑腾起的尘埃还没落定。我被大人领着，走进一间教室。我看见，阴凉的教室乱哄哄一片，一群孩子在嬉闹、围打一个脏兮兮的女孩。那女孩缩在墙角瑟瑟发抖，孩子们抡起的书包，此起彼伏，落在她的头上、她抱着脑袋的胳膊上。另一些小孩若无其事，东倒西歪在座位上。我不知所措，一定是吓坏了，不想进、退缩着，被一把按在最后一排的空位上。直到有门旁一个探风的孩子，嚷嚷道：“老师来了！”那些闹腾的孩子，小兔子一样，尖叫着回到座位上坐好。这一幕景象，一直压在心底，最终影响我对学校的看法。我是“闯入者”，糊里糊涂吸入一个小小紊流，来到陌生的现场。我是“迟到者”，来到这里时，这里已经乱成一片了、不可收拾了。而这一切，似乎是因为我的到来：我看见了——看见即存在，不是这样吗？生命即看见，命运即看见，不是吗？今天看见更多、更远，一切的一、一的一切，预先被狠狠压缩、压缩成一个个点，拿到眼皮前，然后点燃——砰！砰！砰！无数威力巨大的炮仗，编成万响长鞭，持续炸开，逼你看见，火光、硝烟、纸屑落满胸腔，到处是焦痕和烧糊的味道，信息化加深现代性，信息爆炸、血肉横飞，灵魂出窍，而老师不来，老师永远消失了，老师还可能是那个卖力卷制炮仗的人：喃喃说，多卷点、多吃点、快快长大、长大也当一名教师。

对世间一切，我们都是“闯入者”“迟到者”。我们“进来”的时候，这里已经乱成一片、不可收拾了。我们不可能仅仅旁观，我们是有责任的，但无能为力。在这时，我希望那个通风报信的小孩再次出现，嚷嚷道：“老师来了！”……但“老师”已经永远地离开了我们，就好像从来不曾存在过一样。那么，我希望，有先来一步的，告诉我，该怎么办。

面对呼啸而过的时光和世界，我们都是“迟到者”。时间已经过了许久许久，无数世代出现又消失，看不到历史的尽头，也看不到未来的尽头，仅仅是其中的一瞬。英雄时代结束了，除了遥远的星空，没有什么是新鲜的。一流的生活和世界已经消失，我们生活在一个二流的世界。我们都是“迟到者”，不应对发生的一切负责，但我们又是有责任的，过去和未来的一切绝不是完全与我们无关。生活不是从我们开始的，也不会在我们身上结束，如同循环往复、永不停歇、浩瀚无边的接力赛，我们不可能跑第一棒、得到平等的起跑条件、不会拉开太大的距离；也不可能跑最后一棒、撞上红线、不管好坏都知道最后的成绩。我们是已经进行了漫长时间、人烟稠密、秩序混乱、有你没你都在跑、手里有棒没棒都得跑的一群。

面对呼啸而过的时光和世界，我缺乏行动。物质匮乏稀薄的时代，人们的私有物品很少，连队每隔一段时间，搞“公物还家”活动，人们把临时借用但长期占用的东西——主要是家具之类，交到操场集中点，或者在冬季的严寒里，组织忆苦思甜，熬一大锅冻白菜帮，淋点醋，大人小孩每人一大碗。大喇叭里播放着“天上布满星，月牙亮晶晶，生产队里开大会，诉苦把冤申……”每张脸都被碗里的热气熏红，大家不笑，但也不悲，倒有一丝压抑的兴奋——群体活动最易结构出整体，整体战无不胜，特别是这块土地没有过去，没有历史，没有敌人，没有切近的记忆负担，只有来自五湖四海的新人，使这样的活动更有演剧的特点。物质匮乏、私有物品匮乏，带来单纯、平等和洁净，一切是敞亮的、公共的、辽阔而不被遮蔽的，像所有多子女的父母一样，挥洒对子女粗糙、简陋、顾此失彼的爱。当意识到只有生命是属于我，是私有的，只有我的生命才可能构成对亲人的伤害，只能在想象中完成抗议和报复：取消它，看亲人悲切的泪眼，感受征服的满足。于是，对死亡的想象和沉醉，成为少年虚拟的要挟手段，成为独自享受的精神大餐。

有一次听父母闲聊，说我刚出生的头几天差点死掉，父母以为我死了，没气了，就放在屋外的柴垛上。正在吃饭时，忽听到小孩哭声又抱了回来。这个不经意听到的往事，让我神伤许久，更加陷入虚无之中。也许，生命并不是一件持久的利器，并不像我认为的那样，对别人哪怕至亲，那样重要。生死之间，紧紧相连，惊愕趋于冷淡。即使遥远的伟人已死，偏僻之地的我们仍活着，毫发不损。这样的死，表达哀悼和悲痛仍然是个人的重大社会权利，是为己而生的情感。所谓江河异色，日月同悲，是文化修辞。

经过那个年代的中国人，对周总理、毛主席逝世的个人记忆肯定很丰富，每个人都对那特别的日子有独特的印象。1976 年的一个早晨，当总理逝世的消息通过电波从遥远的北京传到偏僻的新疆的一个兵团团场的普通家庭时，它惊醒了一个少年无边无际的晨梦。我透过厨房弥漫的蒸汽，从母亲的悲恸和抽泣中，感到异样。接着就听到连队大喇叭，传出低缓的哀乐和中央人民广播电台播音员节制的悲怆。

几天之后的一个上午，我在穿过连队的操场去上学时，看到一群人围着一堆的花圈。花圈被点燃，火焰冲天，满天的灰之蝶被上升的气流带到天上，又纷纷扬扬地飘落下来，落到人们的头上、身上，大人们哭声一片。这时，我看到，看管连队坟地的老头双掌拍地，绕着火堆疾走，号啕大哭，呼天抢地。这一幕惊人的景象使我印象深刻，我第一次看到这么多不相关的男人、女人在集体哭泣，好像生活突然显露它不寻常的秘密。

特别是那个看管坟地的老头，那个一年四季面色青紫，有着灰白色乱糟糟的长头发、长胡子的老头，那个浑身散发着“坟气”的老头，他的类似阿拉法特的松弛下垂的下嘴唇，更像是涂了一层黑色的唇膏。在少年的印象和社会传说之中，他被描述成可怕的疯子，由于职业的缘故，一个人孤零零地住在连队家属区之外，神出鬼没，骑着一辆破旧的自行车，不知道整天做些什么。我多次亲眼见他有一个奇怪的动作，就是去坟地的路上，每走上一二百米，会突然停下自行车，两手并在一起，放在眼睛上，用拇指和食指做出一个望远镜的样子，四处眺望。他在看什么？这种只有小孩子打仗时才习惯模仿的把戏，放在一个看坟地的老头身上，被认为极具暗示性，好像是观察和放牧着坟地四处游荡着的魂灵。他经常突然做出怪相吓唬小孩，说不上是一个不甚正经的大人开了一个多少有些过分的玩笑，还是真的在他内心有着轻微的仇恨和憎恶。总之，在少年生命里，他的孤僻、诗意和内心世界，是一个无法进入的谜，也许这种怪癖和疯癫只有在坟地才能得到说明和化解。

守墓人与秋天的粮场上的守夜人不同。守墓人尽管主要在白天活动，但他自身似乎已经是一块浓得化不开的夜色。而身披棉大衣、手持电筒和木棒，在深秋的星光辉映下，在堆满玉米或麻袋的粮库旁转来转去的守夜人，则像被世俗化为丰收之神，恫吓夜幕之中渐渐逼近的鬼魅。

经历了焚烧花圈的事情，看到他独出众人的表现，孩子们似乎也改变了对看坟地老头的敌对态度。作为那片坟地的国王，他被推上人与非人的边界，是自由穿行于阴阳两界的魔法师，是孩子们恶意的猜想附会的对象。总理的死，模模糊糊让我感到，他是我们这个小地方理所当然的总理的“守墓人”，并且是大人们对总理的集体情感的“护法师”，甚至他的职业也从此蒙上一层优越和神圣的光泽。守墓人，多么有诗意的职业呀，大学的时候对朦胧诗的疯狂迷恋，使我经常遐想：对于写作而言，一些无聊的课堂教育，也许并不比守着一大片坟地，白天看看碑文、夜晚在坟地边安静的窝棚里看书写诗更有益。

总之，在一个遥远地方，一个可敬的伟人的逝世，引起普遍的不安、焦虑、忧伤。但 14 岁的我，只是一个旁观者，我只做了一件事，就是像懂事的少年那样，在这样的时刻，初步知晓了这件事的严重性，避开我还无法完全理解的情感，保持安静，尊重大人们的情绪和周围的气氛。

生活在别处

对死的概念，有一个规模性的认识，是在城市。那时在新疆大学读书，快到毕业的那一年，夏天酷热难当，无聊至极。我和两个朋友突然兴致勃发，想到要去郊区的东山公墓看看。“去看看他们”——也许是早就暗暗潜藏的愿望，只不过没有明确地意识到这点，快要毕业离开这个城市了，如果还有什么牵挂不下，就是在这宏大的城市人流和繁荣的街市背后，还少了一堂必修课，少了一处必定存在的风景。它公开着，如同隐匿；它存在着，如同消失。这不公平。一路走，一路打听，我们特意别上校徽，拿一把小号，不时吹出《金蛇狂舞》的旋律，嘻嘻哈哈，显得形迹可疑。现在想来，为什么要带把小号呢，这无意之举有什么深意呢？是壮胆、招魂、巫师的法器，还是毫无意义的娱乐……终于到了东山公墓，东山公墓的景象使我大吃一惊：正午的烈日下面，没有树的遮掩，裸露的、一眼望不到头的起伏的山坡上，密密麻麻布满坟墓。

我对城市缺乏经验，对城市周围的坟地更是缺乏了解。城市是个什么也留不住的地方，是消费主义的象征。一切都是现成的、自动的、隐秘的。看不到过程，或者，只有过程。你来了，你走了，没有什么是属于你的。一听易拉罐，喝了，扔了，就消失了。一辆易拉罐一样的夏利车，坐了，下来，车走了，下次即使凑巧再次坐上它，也不会认出来。人也这样，街上人来人往，熙熙攘攘，没几个是你认识的，交际或公关居然成为一项专门的活动，在这种活动中，一下可以认识许多人，交换名片、推杯换盏、称兄道弟，很亲热的样子，但也许再也不会见到他们。就是再次见到了，还是认不出，记不住。一切神不知、鬼不觉，悄悄来、悄悄走。

这回我发现，它到底还是留下了一些不变的东西。它们不在城市里，而是在它的边缘，堆积着它最主要的排泄物：坟茔、花花绿绿的垃圾堆、冬天拉来的污雪和与环境相衬的拾荒者、盲流、乱草和孤树，生活中模模糊糊的可疑分子。它们是这座城市已经死亡和正在死亡的部分，但它们离城市不远，与城市拥抱在一起，与城市一起成长、发育或腐烂，一不留神就开始偷情。

东山公墓，烈日下连绵起伏、错落有致的坟茔，我像走进了另一个繁荣的市镇。只是，他们不会搬来搬去、老换房子和邻居，不会像酒桌上的朋友那样刚认识就永远消失。他们永远在一起，一块块墓碑是他们的地址门牌和身份号码，坟挨坟、丘连丘，头挨头、脚挨脚，固定在时间之外，不会再有任何变化。

枯草荒冢中，我的眼里游满光斑，仿佛有一群青灰色的蝴蝶在强光中飞来飞去。很多坟墓已经非常久远，破败陈旧，塌陷的地方露出朽木的碎块，灰绿色的荒草上说不清是萌生了一层白毛还是落上了尘碱。草丛下隐藏着几个不知是什么动物挖出的洞，好似一个个枯眼在永恒探寻。而我脚下的坟丘已经混乱一片，他们的亲人早已停止了悼念中的修饰，甚至可能早已淡忘了埋在这里的亲人，毕竟太久了，他们和人间彻底失掉了联系。

这就是东山公墓，在这个热闹繁华、拥挤不堪的城市边上，赫然连着一个同样拥挤、繁盛、热闹的市镇，死亡的市镇，尽管看不到一个活的目标，绝望的寂静之中，只有夏季里火一般的空气蛇一样吐出“咝咝”声，让我感到死亡的强大和隐秘的热闹。站在连片的坟茔间，我已无立足之地，好像冒失的闯入者，无意中进入一个陌生、强大的帝国。我有点失魂落魄，感到一阵莫名的惊慌，有一种被巨大的空虚分解销蚀的感觉。回来的路上，我突然意识到，已经死了这么多人。浮土之下的枯骨纵横，早已连成一片，他们之间才是真正的亲人、情人、同志和朋友。脑子里突然冒出那个词：“规划外”？或者“归化外”？我试着演绎这么一个故事。

铁流西进。成千上万身经百战的军人在和平解放了新疆后，一纸命令，就地转业，铸剑为犁，屯垦戍边。亘古的荒原燃起篝火，地窝子里，因为强体力劳动而充血的手，在马灯的光影中晃动，在图纸上规划着农场的未来：家属区、连部、合作社、邮电所、食堂、加工厂、学校、操场、礼堂、武器库、马圈羊圈、副食厂……最后用阿拉伯数字为土地编号命名：4 号地、8 号地……就像大比例军事地图标注的那样。

但他们忽略了一件事，就是坟地。按照他们的性格和作风，如果当时想到这件事，一定会在图纸上标上一个符号加以规定，他们曾是军人，有铁的纪律，最有谋略和计划性。然而，在潜意识里，因为曾经目睹过太多的死亡和牺牲，敌人早已消灭干净，便有一种不自觉的暗示，以为死亡不再发生，从和平降临、握住开荒的犁把的那一天，死亡这个关键词，就被勾掉了。殊不知，在突然的、剧烈的、成规模的牺牲消失后，日常生活中

荒路

韩子勇
纸本水墨　29 厘米 ×45 厘米　2020

缓慢的、零星的，然而是持久的死亡依然存在。

这个不能原谅的错觉不久就造成了混乱：某一天的黎明或者黄昏，有着铁一样身体的某个硬汉，一阵剧烈疼痛之后不治身亡，追悼之后，尸体被拖拉机拉着，驶向荒野，人们被悲痛弄乱了的思绪突然清醒过来：埋在哪里呢？规划好的地方都是活人的地盘，只能在规划图纸以外找一片荒地。这是一个意外。他们活着的时候是高度集中、有组织的军阵，而死亡的地方却留下这么一个奇怪的名字："规划外"。好像永远从人间退役而又没有得到阴间的收编，真正成了四处溃散、迷失方向、无人招呼的散兵游勇、孤魂野鬼。如果我少年时听到的不是这三个字，而是"归化外"，可能更让好事的学问家体味出更多的意思，也许某个"后现代"的先生会说：归化外？太好了，死了就脱离了人世的归化。用这词描述死亡太准确了，更有精神关怀和终极色彩。但我倾向于它是"规划外"而非"归化外"。

死亡的确无法"规划"。它不期而至，在忙碌的人群里圈定它的猎物。一般而言，人们倾向于把它放在和生命相对立的位置上，认为它是一种局部的、零星的、偶然的、短暂的势力。平常，人们更愿意假设死亡是一次意外，好像是一件不该发生的事，好像一切原本可以避免，只是由于我们还不够小心，才招致如此的厄运。面对亲友、同事和不相干的人的死，我们都会发出如此的叹息，认真检讨死亡的原因：如果能早一点检查出这个病，如果平时多留意一点，如果当时小心一点……这种根深蒂固的愿望，这种对生命的无限惋惜，化作一掬悲伤的泪水，从我们的指尖滑落，构成最真实、也最虚妄的情感之一。

死亡不可避免，它和生命一样强大，是生命的另一半，时刻尾随于我们身后，像个老到的猎人，长时间打量他的猎物。但面对东山公墓那久远、庞大、新鲜或破败的连绵起伏的坟丘，我依然感到震惊和焦虑。这是一个兴旺发达、绵延不绝的家族，隐藏多少不为人知的神秘故事，它是我们的过去，又是我们的将来，我不能装着没看见这一切。如果说东山公墓密密麻麻、连绵起伏的坟丘，更像“群体的死”“百姓的死”“高度概括的死”“大面积的、连续不断的、集体的死”，那么，帝王将相、才子佳人、猛士列女的坟丘就像“个别的死”“标题性的死”“夸张放大、突出显示的死”。

后来，我看到了北京十三陵的定陵地宫，我大失所望。它总的来说太生活化、戏剧化了。大片流光溢彩的地上建筑与地下建筑连为一体，缺乏死亡的庄重。除了整个工程靡费大量银两，让人感到吃惊之外，作为表征，它与死亡的本质相去甚远。突然觉得，这个空荡荡的地下石头建筑，略加改造是个不错的地下掩体；装上灯光与音响，也完全可以开办一个地下舞厅；安上座位、点缀些花草摆设，又有小姐袅袅婷婷端来咖啡，就是个不错的咖啡厅，而且生意一定兴隆。坟墓的形制与死亡观念有关，地下的世界是地上的世界反映。就我个人而言，那些一小堆黄土、几蓬乱草的小坟茔更让我感到真实、自由和亲切，如果连死亡也戒备森严，生的拘束也就可想而知。

在湖南的马王堆博物馆，那种瑰丽的、飞翔的、碧绿的、水乡泽国的死亡意象，是那么古老，又是那么新鲜。好像还在繁殖，好像正在发芽，有一种水淋淋的诗意。看完了马王堆汉墓，游张家界的那些日子，四处塞满的绿，潮湿蠕动的绿，空气一样灌满沟沟坎坎的绿，使我觉得死亡也可以是碧绿的。如同气候和风土，被水淹渍的不仅是水稻，还有尸体，它们都会发芽，或使人想到发芽。我习惯了风沙、荒野和干燥热风的眼睛，有点不适应，有点不知道往哪儿看。

新疆之爱

我的新疆之爱，已经到了这样的时光：再也离不开脚下的土地，不管它多么偏僻，多么落后，多么使人黯然神伤、英雄气短。

在拙作《西部：偏远省份的文学写作》中，我把“西部：物象与视知觉”作为展开整个研究的第一个话题。地域的经验、自然的形式、集体心理结构……是我思索文艺问题的基石。人总有个开始的地方，有生命的血地。我不是乡土主义、民粹主义者。这个被一般哲学家们视为多少有点狭

紫禁城

韩子勇
纸本水墨　30 厘米 × 45 厘米　2017

隘和保守的地方，正是我沉思的温柔之乡。正如后期印象主义画家高更在描绘塔希提岛生活的一幅作品中所选的标题：“我是谁？我从哪里来，到哪里去？”这样的疑问被混沌一片的生活淹没，使人们多少轻视和忽略了脚下沉郁空旷的大地。

苍茫旷野、人生使命，的确是灵魂前行所要拉紧的巨缆。

有一天，我忽然比较了出差前的两种不同的情绪。如果是口里，总显得犹豫、矛盾、无所谓，刚到目的地就想买好返程机票，似乎去是为了回。时间不要太长，最好办完事即回。主人好意安排、热心介绍的景点不会马上消失，机会总是有的。如果是去新疆境内的州县，一丝不易觉察的兴奋渐渐高涨，好像时光流转，漫漫长途之中一种失而复得的景象、人群、微小的心灵波澜，在期待中到来或落空，如蚁行血脉，唤醒淤堵的各个环节。

我在想，我老了吗？真的只能终老故里而少有出门的热情？米兰·昆德拉说，“生活在别处”，我的生活是在此处。我想到李白，这个生于中亚腹地蓝色大湖——巴尔喀什湖旁碎叶城里的诗人，豪情万丈，仗剑远游。挽长江、黄河两条东方的大河并辔而行，从西到东，追随大唐江山的每一缕朝晖与晚霞。而我不行，在交通极为便利的今天，有人把地球比喻成愈来愈小的村寨，名山大川或过去人类极少驻足的荒林僻地均成热闹的景点，思绪与情感如浮萍游移聚散，但牢靠而不掉色的，只有脚下。无奈之余，且贾余勇，我只能说：“我的新疆之爱：纵到底、横到边。”

一个人对地域的偏爱无可争议。从情感上说，血地无从选择，故乡无从选择，祖国无从选择。古代神州的游子也好，今天的海外同胞也好，行政规定和实利考虑只是强制或半强制的形式，而心灵的归宿是唯一的。科学可以没有国界，艺术也常常在不同的国度和人群中穿行，但科学家、艺术家是有祖国的。我从不相信“世界艺术家”“世界艺术”之类的说法。老屠格的《白净草原》就是俄罗斯的，尽管草原到处都有。作为祖国华美的披风上瑰丽的一角，我的新疆之爱是纵到底、横到边的。

难道它还不够大么？它盛下过多少英雄豪杰、圣贤名流。地形足够有利、前景不可限量，配得上任何俊杰。“纵到底、横到边”，160 多万平方公里的河山，有莽莽昆仑，有漠漠平沙，有蓝色的额尔齐斯河，有奇花异卉、珍果无数，有从右向左书写的文字，有热烈忧伤、繁复喧嚣的歌舞，有吹拂千年的丝绸古道东西风……它是那么繁荣又是那么落后，它是世界的前排又是世界的后排，潮水涌来又退去，开风气之先又落风气之后。如果运道是一圈长跑，命若丝弦，声渐稀落，就会有新的开始。而且，这大道，已经在我们的视线里。

难道它还不够大么？于我，充盈于此，已经感到力不从心。艺术的冲动和生命力，源于生活，源于生活之爱，源于“纵到底、横到边”的爱的世界，它的最大敌人是厌世和情感冷漠。

对脚下的土地情感冷漠的家伙成不了艺术家。对生命和生活情感冷漠的家伙成不了艺术家。对底层老百姓情感冷漠的家伙成不了艺术家。我在一次访谈时说："文学写作是心灵的手工作坊，文学是心灵的故乡。"新疆是作家、艺术家的天堂，具有得天独厚的"资源优势"，自然的形式、肌理、质地、格局和内在的精神暗示，有一种纯粹性和至上性，它已经被上帝之手从含混暧昧中"抽象"出来，有着鲜明的形象和气质，我们应该追随这种强烈的自然精神。

这种自然精神扑面而来，随处流泻。

从精河到三台，热风、颠簸、枯燥的荒漠、白碱晃眼，眼睛干得要不断地眨，就要闭上之时，一个春天的大湖奇迹般从天而降，波光潋滟，在阳光里变幻。这不是大有深意的安排么？这不是历经困苦之后的《欢乐颂》的高声合唱么？这不是绝望与希望交战到最后、那暗中有力的支援么？继续上"松树头"，天山的列兵迎来，如同与美的会师。天山的塔松，那种别样的审美感觉，那成列相连的青春气质，那种如剑如戟、壁立危岩、前仆后继的气势，与别处绝不相同。它不是松中"丈夫"，伟岸、沉雄、苍劲有力；也不是散淡闲人，东一棵，西一株，或立或卧，旁逸斜出，透着仙风道骨。它简直就是从雪山呼啸而来、挽臂而出、不乱队形、衣袂带风、走向浅山的童子军、少先队。还有，远看天山草皮的那种随坡就势、绷紧的骨感，是薄而干净，你甚至能感觉到草皮之下山石堆垒的气

大雪满昆仑

韩子勇
纸本水墨　29 厘米 × 46 厘米　2019

韵走势、骨节的凸凹相扣，而非臃肿不堪、脂肪过剩、青草垛般一团化不开的绿。天山是骨感少女，如同它的松，有一种青春之美。

这样蓬勃的青春气质，仿佛专门挑选出来，与一泻千里的沙漠、戈壁、死亡和虚无对照，使它们都能够突出出来，被人发现和记住、使人印象深刻。这大有深意的安排，正是火的提炼和浓缩、神的抽象和概括、长生天的平衡与协调。把最单调与最神奇放在一起，把生与死放在一起，启迪人的心智，滋养人的精神，使人知善恶、辨真假、明美丑。

隐匿的风景

是在天山的崇山峻岭之中。

是在伊犁河谷的新源县的那拉提风景区。

花花绿绿的游客、齐腰深的青草和鲜花、塔松和蓝天上盘旋的雄鹰、大盆子里热气腾腾的清炖羊肉、远处山腰间若有若无的灰蓝色的岚烟和被冰川与松针过滤过的清风，构成一种细浪般短暂而有节奏的欢乐。

游客旋风般来，如同细碎急切的舞步，留下惊讶、欢呼、草地上的撒野、胡言乱语的赞叹、空酒瓶和一大堆没啃干净的羊骨头，然后旋风般离去。这样一种景象，是夏季的天山山间草原上最常上演的一幕轻喜剧。拈花惹草的游客是抒情风格的主角，绿树白雪的画幕旁活动着为游客们服务的牧民和他们的毡房，当轻微的酒精气味开始与青草和从大山的雪冠上吹下的凉气发生奇怪的反应时，一场略显凌乱和匆忙的短剧也即将结束。

之后是短暂的宁静。又有一只小羊、玩具般的小羊，被一双粗大的手游戏般地掐断了带着水声的“咩咩”的颤音。小羊的皮被麻利地扒下，在皮与肉剖离的一霎间，锋刃所至，发出撕绫子一样的响声。小羊的皮被麻利地扒下，如同脱下一件要洗的白毛衣，遗落在一边。红白相间的肉体在草地上被简单地分割成块，再放进盛满冰水的大铁锅。这些冰水是从旁边的小河里取来的，而河水几个小时前可能还是山顶的冰川的一部分。草地，草地上吃草的小羊，汁液丰富的小羊肉，就这样和雪山上的融水相遇了。锅里的冰水升腾起一串串细小的水泡，新鲜的肉块渗出血沫。再过几个小时，这一切就变成一大锅肉汤，它们被匆忙塞进胃里，在年轻或衰老的胃膜上胡乱地糊上一层羊油。这样，老练的游客就知道喝再多的烧酒也不会醉倒。

这样一个过程给我的感觉，好像是这些美的热爱者不仅用眼睛欣赏了美景，而且还把它作为一种具体的食物吃进了肚子里。事实上也的确如此，在以后的日子里，如果和人聊起这次旅游，大家除了会赞叹雪山那个大空调，塔松、草地和清新的空气外，一定还会提起映衬在白雪绿树下的这锅羊肉。然而，我要说的不是这些，是另一个让人略感惊愕的事。

还是在伊犁河谷的新源县的那拉提。一辆丰田小面包像一只受惊的小白兔，蹦蹦跳跳从铺满青灰色碎石的简易公路上开下来，开进这个七八排用红砖垒成的平房的风景点。在车靠近平房时，一只绑在老树根上供游人欣赏的苍鹰扇动翅膀，似乎要挣脱皮绳子。在风景点，这只鹰被当成一条狗来养，但待遇明显地不如一只狗。它只维持了游人非常短暂的兴趣，大家路过这里的步伐稍稍慢了一下，其中一个说了句："没想到鹰会这么小。"其他人附和说："是呀！是呀！"就走开了。一种模模糊糊的意识刚涌上来，还没有变得清晰，就隐去了。我敢说，没人会真正记住这只拴在树根上的大鸟。它离我们太远又太近，显得如此不真实。

其实，在看到这只鹰之前，在来那拉提的路上，就是闻名新疆、让人望而生畏的穿越天山的独库公路上，我们这队人马曾看到过一只鹰。它是一只雏鹰，如同一个俘虏，被风雨驱赶到路边的一块崖石上。崖石的下面是雨雾弥漫的深渊般的峡谷，谷底夹着湍急的河水，好像一只怪兽要从陷阱中蹿出来，发出吼叫和喘息声。当我们的丰田面包车摇摇晃晃路过那里时，先是看到一只黑熊慢腾腾地横过马路，被高山缺氧弄得昏昏欲睡的司机先喊了句：黑熊！之后就把车速放慢。于是大家就看到那只圆滚滚、旁若无人地从我们面前穿过的熊，它甚至没有稍稍扭头看我们一眼，就钻进了风雨之中。

"天厌之，天厌之。"作为人，有时候是一种多么无聊的动物。

仿佛是为了印证我这种念头，有人就发现了那只鹰，浑身湿透地缩在那里。我不明白，它为什么没有找一块能避风雨的岩石。在这样的大峡谷中，找一个稍好一点的地方应该不难。摄影家最先下车，他不是想用脖子上挎着的相机拍这个落汤鸡，而是要爬上这两三米高的岩石捉住它带回广州。但他高估了缺氧时身体的反应能力，脚下一滑、差一点掉进万丈深谷。当我们把他瑟瑟发抖、如一张牛皮纸一样贴在崖石上的身体揭下来时，听到被他蹬落的风化石块落在谷底的回声。大家脸色发白地离开这只离群索居、父母恼气的悲伤的雏鹰。看来，这只落汤鸡所具备的高度仍然要超过我们这群无聊的游人，它内心的风雨是个谜，它在引用里尔克的话："啊，我的上帝，我的头上没有屋顶，雨落在我的眼里。"游人是轻薄与健忘的，某种程度上，他们更喜欢把鹰绑在树根上的这种方式，然后说："是啊！是啊！没想到它会这么小。"

在那拉提的那天下午，我们看到一些帽子上插着羽毛的哈萨克姑娘走来走去，一群哈萨克小伙子在山坡的草地上围坐在一起喝着白酒，说着我们听不懂的话语。仔细观察，好像是有一个人在激动地说着什么，另一些人在劝解，他们的马也在身后围成一圈吃着青草。这样的景象，基本上是草原生活的一个标准照。悠闲、矛盾、华丽、落寞和一种缓缓渗出的贫穷的意味，漠然地交融在一起。我带来的广东客人们，以老实温顺作为首选条件，终于选好了自己的马匹，他们在尖叫、兴奋和嬉闹中散开，相互照应着摆姿势、照相，间或夸张地举起鞭子在对方的马屁股上来上一下。这一切是如此安详、充足、心领神会，甚至可以闭上眼睛，引诱一下草原上特有的睡意。

好像有一只无形的手，趁人不注意的时候，悄悄地把每个人的手表往前拨了一下：天山山谷的黄昏总是突然降临。从喝酒的哈萨克小伙子们那里，传来带着哭声的伤感的歌声，其中的一个泪流满面，有几个哈萨克姑娘在外围不安地走来走去。这时，流泪的哈萨克小伙子，起身上马，细碎的马蹄声将他带入松林。稀稀拉拉的游客回到简陋的小平房，在锅里的羊肉没熟之前，大家坐在门前的水泥凳上，抽着烟，闲聊着马背上的新鲜的感受，消磨着黑夜来临前的美好时光。

这时，一阵越来越大的哭声、诉说声吸引了大家的注意力，几个孩子开始用哈萨克语大声喊叫，一些人开始慌乱地往平房后面的几个哈萨克住家跑去，男男女女的哭声、急切的讲述声混合成一片。我们从景区管理员的口中得知，刚才那个喝酒、唱歌、流泪的哈萨克小伙子，因为失恋，就在我们房后的松林里上吊自杀了。哭声、沉重的情绪、叹息、不安、震惊和不可思议，在辽阔谷地里的小小景区堆积着，被天山惊艳的一角秀色包裹着，被临时的小平房、流动的毡房、散发湿气的青草、箭镞般整齐排列的塔松和光影浮动的天宇埋藏着，推向辽远、荒僻、虚无和遗忘的尽头。

那一刻，我体会到“无常”这个词的含义。仿佛是个寓言，命运通过它特有的方式，面对面，几乎就要开口，说出它永久缄默的箴言。九天降临的美与阴曹地府升起的死，如同相约已久，但总是失之交臂的情侣，突然拥抱在一起，让人惊诧不已。它要说明什么呢，美的脆弱，命运的神秘莫测，生的幻灭；是让人警觉、自省、收起放纵，还是暗示及时行乐？

十几分钟后，两匹报丧的快马沿着碎石铺成的小路，箭一样射向远山，消失在谷地的垭口。景区隐现在黄昏的山影之中，从头顶天空中散射下来的光线愈来愈弱，配合着日益沉落的心情，要把人带向无知的墨色。一切都太快了，如同盛大的演出来不及换场和谢幕、来不及洗去脸上的油彩，甚至来不及鼓掌或悲伤，就被暗中的一击，中断了精心准备好的安排，散发出不可遏制的衰败气息。

半个多小时后，从昏暗的垭口来了一哨小小的马队，他们把死者放上一辆简易的马车，马车的车帮上坐上了一个哈萨克老妇人和两个小孩。在这小小的马队的簇拥下，伴随着断断续续、愈来愈弱、疲惫枯竭的哭泣声，又一次走向被日益深厚的夜色埋葬的谷地的垭口。按照当地的葬俗，死者一般不过夜，他们要赶在日落之前掩埋死者。时间是那么紧迫，从谷地远望山峰，墨色已浸到山腰，夕阳的光线日益微弱，只有山顶保留一块孤岛般的亮光。

这个夜晚，天山的某个无名的小山坡上，一块草皮会被铁锹轻轻破开，掺和着松针的腐殖土，浸入了夜色、水汽、惊讶和细小石粒的天山之壤，会成为这个失恋的哈萨克青年永恒不移的穹庐。变动不居的游牧生活在现代浪潮的浸染下日益式微，千百年来山地哈萨克人的平埋的坟茔，如同逐水草而居的游牧生活一样，缺乏固定的、明显的标记，早已说不出确凿的具体地点，早已是天山山脉的一部分。而愈益普及的定居时代的到来，会使这个哈萨克小伙子的微小人生和新鲜的坟茔一样，被彻底遗忘。如同世世代代哈萨克人的遗骨一样，被青草覆盖，被风雪覆盖，被日月星光覆盖，构成天山之壤中游牧者悠远绵长的生命谱系。

隐蔽的死亡，袭击了偏僻之境平静开放的生活。好像一件从祖母那里传下来的普通而珍贵的瓷瓶，传到手中时，光滑、细腻、圆润的瓶口突然出现了一道缝。

那细小的破裂声如无形的微芒，刺透我们的心。

拉钩上吊

人过四十，就有一种被时间甩到后面的感觉，再也无法与其同行。必须时时提醒自己，才能追上社会不断加快的步伐。“走在时间前面的人”——不，如同这天山谷地的黄昏，总是比你想象的更早地降临。天光微淡，高处的光线再也无法照亮山顶，太阳沿着雪线一点点收回它的恩泽。谷底是那种清晰可见的暗，湿漉漉的潮气从青草里散发出来。天山之夜的来临，如同有一只大手高举着墨，一杯一杯不停地浇下来。墨，渗透着，扩散开，把谷地从一幅层次感很好的水墨画，最终变成伸手不见五指的一团漆黑。一切都过去了，黑夜如同大剂量的、反复使用的止痛药，掩盖着不幸，就好像什么也没有发生。

人过四十,一些生命和生活的边边角角提前风化解散了，从记忆和视野中消失。甚至不会知道他们是何时消失的，不知不觉就不见了，没有留下任何痕迹。突然就感觉到，人世如此广阔，如此深不可测，当面发生和亲身经历的一切，仅仅是它非常小、非常小的一部分。生命和生活，原来如此偏僻、如此盲目，根本不存在什么中心和高处。什么是命运？也许，对局限的承认就是命运吧。承认有你不知道的力量，一点一滴地改变着你的努力，一点一滴地改变着你所追求的结局。最终，你得到的，只有很少的一部分是你真正想要的，绝大部分是莫名的力量强加予你的，而且不会收回。不管你是否想要，不管你是否喜欢。你和你的生命如同被篡改过的赝品，无法找回，无法修复，而且也无法退还。

最后，遥远的地平线上，出现了一个黑点。那黑点渐渐变大，来到你的跟前，你仍然看不清楚，但可以闻到它若有若无的喘息。仿佛所有的清算都要等他来才行，只有他说了算。但他忙着呢，别着急，他不会落下一个人，谁也别想赖皮，“拉钩上吊”……

2024 年 3 月改定于北京

烟酒经

老段说，“新疆最冷的地方是富蕴，富蕴最冷的地方是可可托海”。

老段是我的老上级，今年退休了。老段退休前我可不敢叫他“老段”，只偶尔在心里这么叫他——说实话，我多想就这么叫他呀。“老段”这个称呼，显得亲热，显得“哥们儿”……但我不敢叫，现在也只是在文章里这么叫叫。我发现，我写文章的胆子，比我做人的胆子大一些。嘴上不敢说的话，用笔敢写出来。

我的心灵，比我自由。

算了一下，我的学生时代，由于经常转学，小学、初中、高中、大学，同学不超过三年。时间一久，所有的同学都似曾相识，面容模糊。有些人竟然有从小学到大学一直在一起的同学，我羡慕他们。除了家人，和我在一起待的时间最长的就是老段了。工作上我直接向他汇报，他直接指挥我。虽然我也偶尔向别的领导汇报，但主要是向他汇报，虽然他也指挥别人，但可能指挥我最多。

他是一个多么喜欢热闹的人哪！现在退休了，肯定感到寂寞。我能想象他在北京的大街上怎样无所事事地瞎转悠。他终于回到了故乡，回到了他在新疆常常念叨的胡同、四合院、豆汁、国槐和京腔京韵，但和那些东西再见面时，肯定多少变了些味儿。

好东西是交流出来的。好东西除了真的好，还要分享和交流。缺乏交流，不能和别人说一说，不能汪洋恣肆地神吹胡聊，不能和朋友不着边际地吹一吹、侃一侃，恶狠狠地夸一夸，那也是白搭，也会褪色，也会让人淡忘。我想，那些他从新疆带去的、无比钟爱的“伊力特”，静静地躺在地下室里，没有他和朋友专注而高亢的划拳声、笑闹声，那些落上了尘埃的“伊力特”，只是静静待在瓶子里——那些火焰般燃烧的伊犁河的“水”呀，也会感到无限的寂寞。

一瓶存放在地下室的美酒的寂寞，和一个老人在陌生城市里永远封存的遥远之地的回忆的寂寞，是那样相似。醇香、幽暗、平静的液体装满酒瓶，偶尔会有一些细碎的泡泡，闪着亮，咕噜——咕噜——从瓶底升上来，然后慢慢碎掉。就像深夜飘忽不定的记忆，就像京城夜空中滚滚红尘，最终还是被更高更蓝的帷幕盖得严严实实。

老段特别爱喝酒，老段就是一瓶酒。

现在，他像一个远征的战士或流放的囚徒，年轻时离开故乡，年老了，带着他永远的“俘虏”和“战利品”——妻子、酒、回忆和一个显得有点多余的电话号码本，又回到故乡北京。他像一个大醉一场的人，醒来后有那么一会儿，不知道自己身在何处，现是何时，昨晚和谁喝酒，又怎么样迷迷糊糊回到了家里。

他能准确分辨各种酒的牌子和真假。老段如果不是一瓶酒，怎么能如此准确地认清各种牌子的酒呢。他们之间一定商量好了，有暗号，就像老朋友见面，一见如故：“来了您哪。”如果是假酒，它不接话，一接，也露馅儿，让人上头，呕吐，胃里烧得难受。

在边疆，领导是假酒假烟的主要消费者。官越大，名贵假酒假烟也最多。当然，根据魔鬼定律，特别大的官例外。名酒名烟流动性大，买的不喝、喝的不买，有的可能已经被送过好几手。想想这些名酒名烟也怪可怜的，孤儿一样被隆重地送来送去。是真的还好，临了，被喝了、抽了，还能落句好。是假的，败了大家的兴，大家碍于情面当面不说，在心里不免要骂上几句。

情况经常是这样：一瓶名酒上来，喝上几口，大家疑疑惑惑不说，直到酒往上翻，头晕晕乎乎，才确认大事不好，但还是坚持不说。第二天醒来上班，借着不散的宿酒之气，和同喝之人通个电话，一致肯定是假酒：交流相似遭遇，痛斥假酒之害，只有请客之人蒙在鼓里。有经验的人，被请时点酒会根据主人实力挑选适当的牌子，明明感觉他可能只有一两瓶存放了好几年也舍不得喝，当成宝贝来收藏，就等领导来品尝，但说不上是真是假的名酒，最好不点，不如点比较可靠的“老树根”之类让人放心。

记得有一年过年前，一人给我茅台，是带小箱子的那种。我能喝酒，但不热爱，缺乏真挚感情。一见这么贵重的礼物，客人一走，就想到过年送给老段。一是老段对酒一往情深，二是级别也和这酒般配。记得送酒那晚，老段用眼瞄一下箱子，说我应该孝敬父母。过了几年，又有人送我这种小箱子装的茅台酒，我打开看看，发现这玩意包装虽豪华，又是密码又是黄绸子包着，但好像并不是通常所见的正品茅台的样子，而是什么“茅台王子”。我一下子明白了，这“王子”即使不是假冒，但也肯定不是正厂所出，顶多是个庶出的“偏王”“亲王”“郡王”之类，血统上差远了。

回想起来，老段眼光老到，只一瞄包装，就知假冒。而且，现在想来，这样的“王子”肯定不是“一进宫”，所以用不着老段再对这“王子”来个三堂会审：“盘问”“考证”“扒下裤子看胎记”。其实如我当时处境，送箱“伊力特”，也会比这“王子”的效果好，起码真实性有保证。

老段大学一毕业就从北京到了阿勒泰。

在新疆，阿勒泰是个喝酒的好地方。虽然在哪里都可以喝酒，但阿勒泰无疑最适合喝酒。这里冷，偏僻安静，空气好，有水有树，一到冬天大雪如被，万物岑寂，人也开始无事可做，好像上帝专门选出这么一块地方、留出这大段的空闲时间，让人好好喝酒。

酒是农业社会的产物，但是游牧社会的宠物。城市、工业社会，严格说不是最佳的美酒时代。所谓的信息社会，就更不是。信息社会应该叫“分神社会”，精力无法集中。而喝酒最需要集中精力，你连喝酒精力都不集中，推而广之，干工作也如此。我最烦那种一喝酒就拼命打电话的人，也最烦喝酒时接电话大声报告对方自己在哪哪哪喝酒、和谁谁谁喝酒的人。

酒是神秘之物，经不起这么折腾。

今年年初，到可可托海。真是美镇如诗，仿若隔世。这个一点也不热闹的镇子，好像成千上万的矿工刚刚撤走，厚厚的积雪覆盖了往昔峥嵘岁月稠。一个“老毛子”风格的电影院完好如旧，简直可当文物。我对镇里书记说：“新疆像样的老建筑少，50 年就是历史，将来再有钱也盖不出这种味道的老房子。这个电影院，无论如何也不要拆。”伴着脚下咯吱咯吱雪声，过一座用巨木和小胳膊粗的钢筋捆扎起来的老桥，书记用脚跺着粗大的桥板，夸耀说，这几年新建的水泥桥被洪水冲毁好多次，但这座开矿初期修的老桥，至今仍是牧民转场的通道。大家对老桥肃然起敬，好像是面对走过长征、硕果仅存的红军老战士，一通拍照合影。

过了老桥，废弃的大矿坑像巨大的酒盅，盛半杯冰雪，冰层下面是微微荡漾的地层水。在似乎无人来过的矿史陈列馆，谷牧副总理挥笔题写的馆名赫然在目，还是老牌子，没有换成今天我们常见的密密麻麻挂满会议室一面墙的黄铜皮牌子。这一切令人心神震动，在这偏僻之境，我依稀看到共和国矿业隐秘的青春史。

小时候听大人讲，为了向苏联还债，全国人民勒紧裤腰带。我们出口的苹果，“老毛子”用铁丝窝成圈，一个一个地量。大的不要，小的也不要，不大不小、刚好过去才行。我们恍然大悟，怪不得极少见到好的苹果，原来供小孩子吃的苹果都被“老毛子”拿去了，而且挑三拣四。于是就恨得牙痒痒，也馋得牙痒痒。牙根直冒酸水，这酸水流进记忆。甭管真假，“老毛子”用铁丝窝成圈量苹果的事我记住了，并不去细想在那个以粮为纲的火红年代，团场的广阔大田，哪舍得种苹果这种奢侈之树。直到今天，我还能想起，只要是装过一次苹果的木箱子，甭管后来又装啥，也不管过了多久，一揭箱盖，溢出一股久久不散、扑面而来的香甜。直到今天，在所有水果中我最爱吃苹果，好比忆苦思甜，百吃不厌。

一则消息上说，苹果是世界上种植最普遍的水果。苹果代表水果，是不用翻译的通用语，就像“人民”这个词，真正是大众化的东西。但在我看来，苹果是果中之王、果中贵族。过去看电影《英雄儿女》，政治部主任在坑道里，要把王成牺牲的消息告诉王芳——也就是自己失散多年的女儿，先慢慢削了一只苹果。这个细节我一下子记住，就觉得苹果至少是军政治部主任这一级才吃得，或者是像王成这样英雄的妹妹、首长的女儿才吃得。而且，在剧中，苹果这东西，竟然是削皮吃，而不是连皮大口啃。这种水果不是果中贵族是什么。

脑子中模模糊糊、真真假假闪过这一幕，看完满室生辉的矿石标本，特别是价值连城、神乎其神、被认为改写了元素周期表的“额尔齐斯石”，离开时翻开皱巴巴的留言簿，发现最后一条观众留言，似乎也是在好几年前了。我心神大振，写下“珠光宝气，美我大地”八个字。今天的可可托海啊，没有了矿业的喧闹，雪稠人稀，万物如僵如雕、如被冻住，这一大片苏式小楼埋在林带和厚雪中，偏僻、寂寞而优雅。

在回来的路上，轮胎在雪中歪歪扭扭地滚切。好像喝醉之人扶着墙，脚下打着八叉。我一下子想起老段来。“可可托海”——这个名字的发音，就像是个喝酒的好地方。可可托海，这个季节，树枝都被冻脆了，雪都冻干了，干燥得像沙子，捏不到一块儿。而空气无比清澈、凛冽，天空湛蓝，像被酒精擦洗过。这个季节，寂静之中只有我们的心脏，在纯净的冬天的氧气刺激下，更加热烈地跳动。这寒冬腊月的可可托海，如同着一袭白色婚纱的新嫁娘，等待美酒的浇灌。不喝酒，真是太可惜了。

老段喝酒如斗牛，真正豪情万丈。痛说革命家史，挥斥跳梁小丑，疾恶如仇，决不让人代酒。一次，一下属眼见形势吃紧，急忙勤王救驾，以矿泉水悄悄给老段斟上。老段举杯刚入口，勃然大怒：“你搞什么名堂！”众皆愕然，救驾者也羞愧难当。酒品如人品，酒场如战场，酒令如命令。

酒，使英雄更英雄，使狗熊更狗熊。美酒不是无情之物，它使性情中人焕发光彩，也使平庸之辈颓唐失态。少年时读《水浒传》，其中有一句说："酒乱性，色迷人"，应该是"酒不乱性人自乱，色不迷人人自迷"。寂寞英雄，借酒助兴张扬正气，宵小之辈，借酒闹事丑态百出。真正是"物以类聚，人以酒分"。老段不在，新疆文艺界之酒圈，显然今不如昔。

老段有酒友老刘。同是北京人，都是桌上客。一个在阿勒泰被冰雪锤炼成铮铮铁骨，一个在喀什噶尔被沙尘打磨得绵里藏针，两人相映成趣，酒量也罕有敌手。更妙是桌上斗法，言语你来我往。老段高音大嗓，如京剧里的黑头，话多而快，火药味十足；老刘酒到酣处，脑门放光，话少而精，好像隐藏的狙击手，笑眯眯，冷不丁来一句，以静制动。如今，老段不在独留老刘，一桌酒菜也暗淡无光。天下没有不散的宴席，美酒独斟，话少酒长，好一个绵绵无尽、终有散时。

中国南北文化不同，酒文化大异其趣。一般说来，北方人喜欢斗酒豪饮，酒场如集市，一桌酒下来，边喝边叫人，总是人数越来越多，有时候简直要"后排就座"，喝得天昏地暗，场面失控，犹如群殴，讲究横扫千军，一醉方休。而南方多见二三人小盅低语，慢条斯理，菊黄人淡，如谈情说爱，弯月如钩，柳斜脚轻，讲究的是薄醉微醺。

有一年在兰州开诗会，我见一宁夏西海固的诗友，一大杯烈酒入肚后，紧抿嘴唇，似乎怕溢散了宝贵的酒气，不使有一点浪费。那个贪婪之相，好像天上的雨终于落在干焦的西海固，每一滴都被吸收，但地皮还是干的，没下过雨一样。

相比北方惨烈，南方又是另一番景致。有一年在酒乡绍兴领鲁迅文学奖，游览临县风景点，曾饱灌黄酒，索性舍车就船，坐乌篷船行三十里，半日桨声，直抵绍兴宾馆楼下。南方啊，怎么有这么多的水，水围着地，地托着水，以水为路，以船代步，下身是软的。这个中国的“下水”，也善于用黄酒悄悄把人“拖下水”，“软刀子杀人”：不吐不闹，不晕不叫，外表看完好如初，但头变轻，腿发软，笑嘻嘻，没脾气——好厉害的黄酒。

新疆是葡萄酒的故乡。“葡萄美酒夜光杯”。每个地方酒风不同，酒俗有异。维吾尔兄弟喝酒，先吃一点黄面、抓饭、薄皮包子之类垫一垫，好像冲锋前仔细擦亮怀中的老枪。然后，七八个杯子放在盘子里，一一倒满，接过盘子的人把酒分掉，至于分给谁全无一定之规，好像分给谁都是对的，都是胡大的恩赐或荣誉，不见有提意见和推辞不受的。而每个人接酒后，杯不落桌，一口喝掉，交回空杯，没多少虚言客套。这是比较正式的酒场，有时就是一个小碗，一碗一碗地倒，一圈一圈地喝，一人不喝下面就不好进行。一般说来，少有推辞，大家对酒的态度是爱，推杯换盏，多多益善。真遇到不能喝、不想喝的，也没有太多勉强，大家报以怜悯的目光，好像看一个身体有缺陷的人，顶多再说一句玩笑话“沙依玛洪”，心里却想：少一个分享者，正好！

哈萨克兄弟喝酒，先吃手抓肉，再喝酒。酒解肉腻，肉助酒量，酒肉交织，相消相长，正是肉后喝酒、犹如神助。过去牧业点昏暗的合作社里，多是用大缸装散酒，哈萨克大汉骑马而来，皮帽子、皮大衣上挂一层白霜，口吐白气，就是为了一杯酒。合作社的营业员用铁皮提子从缸里打一提子酒，倒进有棱的玻璃杯，来者倚着木头柜台，一饮而尽。那时对酒的数量有一个称呼，要三公分酒、五公分酒，一说全明白。

蒙古族兄弟的酒，总是和长调一起到来。上马酒、下马酒，酒过地皮湿。金碗银碗，敬天敬地，情浓酒香，伴随长调与哈达，一个个敖包，一个个穹庐，变成草原上倒扣的大酒碗。酒风大盛的时候，你到草原上办事，最好是上午，因为一过中午人都醉了，什么也说不清、谈不成。

在新疆，一个城市，怎么能没有几个醉卧街边的酒鬼呢。只可怜是春秋两季，新疆气候变化无常，“胡天八月即飞雪”，每年都会有一些衣衫单薄的酒鬼，黄昏中醉卧街头，被突降的暴风雪冻死在僻街小巷。反过来想，这些向酒而死的家伙，这些酒坛“烈士”，比死在医院、身上插满管子、饱受折磨、痛不欲生的人幸福多了。

在南疆绿洲民间，有一种农民自酿的葡萄酒，阿克苏叫“穆塞莱斯”，和田叫“麦扎甫”。据说农民在酿制中往里面加鸽子肉、公鸡血之类，酒色暗红，入口酸甜，但后劲极大。有一年夏天的中午，在阿瓦提县喝了几大杯“穆塞莱斯”，乘车去乌什县，头晕入睡，身体发烫，血气蒸腾，被体内热浪激醒后，身上一身汗水，喉中喷火，再张嘴说话，发现嗓子哑了。这“穆塞莱斯”，又被戏称“没事来事”，许多人刚一喝，觉得不过如此，放松警惕，大杯豪饮，一旦发觉不行了，就真是不行了，无法自制，无法装腔作势地硬撑到酒场结束，而且大醉久不醒。新疆作家陈漠，为此酒鼓与呼，极力推荐。现在此酒已工业化生产，但酒稀、味淡、性软，要喝真正的“穆塞莱斯”，还是要喝绿洲乡间的土酒。

新疆汉族，来自天南地北，酒桌十个人，可能代表七八个省，与口里相比，新疆汉族比较能喝。但是，和少数民族兄弟一比，还是差一截。大多数人对酒的感情多在接待和人情上面，劝酒文化发达，办法极多，一杯酒有许多说辞和理由——而且，酒场上多少有试探的成分、斗的成分、比的成分，仿佛以酒为谍，秘密派出去深入敌后，侦探别人的底子，以把别人灌醉为荣，以自己喝醉为耻，以别人出洋相为荣，以自己坚持不住“现场直播”为耻，把酒当枪使，总给人利用酒、醉翁之意不在酒的感觉。说一个人厉害，最高评价就是基本不醉，以醉为丑，视烂醉如泥为奇耻大辱，似乎醉是不好的，但喝酒不就是为了醉吗？头都不晕，说话如常，情绪毫无变化，那有什么意思。当然，酒后闹事，兴风作浪，酒后轻浮，满嘴跑火车，谁都讨厌。但酒后如酒前，心如静水，波澜不兴，又有点像阴谋。

记得刚工作那几年，钱少酒贵人有闲。一日喝高，行至南门转盘前，秋天的阳光晒得人头皮发烫，而转盘内大树如伞，树荫成片，再也走不动了，不由自主翻过栅栏倒在树下大睡。醒来已是月明星稀，胃里面、脑子中，清清爽爽，澄明一片，全无酒意。我要说，那时的酒真好，那时的身体真好。更重要的，是那时的心境真好，了无挂碍，简简单单，喝酒就是喝酒，喝酒为了高兴。不似今日，得费心琢磨请喝之人、同喝有谁、为何而喝。场场鸿门之宴，桌桌十面埋伏，让人放心不下。真遇到“就是喝喝”，反倒有点受宠若惊、不敢相信。

社会有多么复杂，美酒就有多么难喝。

是什么时候，喝酒变得被动、喝酒不是喝酒、喝酒使人难受了呢？是什么时候宴无好宴、酒无好酒，一切变得困难了呢？有多少美酒，变得无比沉重、味同吞毒、疑窦重重。又有多少酒场，凶险无比、如履薄冰，如同京剧折子戏《三岔口》对打，一点点摸索、小心翼翼求证，双手划动于人际关系的刀光剑影之中。

在平均主义、大锅饭时代，人们解决的是无酒可喝的问题。在市场经济、公平竞争时代，人们解决的是为谁而喝的问题。“在山泉水清，出山泉水浊”，我们接过前辈手中传下来的美酒，要站好今天这班岗，还真不容易。

真怀念一干人等，兴冲冲骑车侵入林荫草地，拧下自行车铃铛，掏出一瓶光皮酒，打开半包水果糖，如果还有花生，那就好上加好，就可以吆五喝六，打发浮生半日的逍遥时光。那是青春的禁忌游戏，那是美酒的少年时代。真怀念新疆大学宿舍楼下，林中传来彻夜不息的嬉笑醉闹，快乐如同打碎的玻璃瓶，见证阳光下燃烧的生命。真怀念美酒与生命一同律动，美酒与一次次人生的大悲大喜相搀相扶，美酒渗入记忆，美酒加入欢乐与愤怒的美好时光。

今天变得费劲。今天变得迟疑。今天变得东张西望、心神不宁。有什么事情，值得你心花怒放或心碎不已，应该忘我投入、大醉一场？非不能也，是不为也。那高悬于顶的决心，延宕太久太久。似乎只有完全陌生的环境，完全陌生的酒友，比如出差，比如多年老友的邂逅，比如临时相凑的布朗运动，才解除禁忌，大喝特喝，把一切忘脑后……渐渐地，脑子中贴满告示，全是于酒不利的负面消息，如同无数战败的传言，如同陷入重围、四面楚歌的项羽，开始了全面的溃逃撤离。

我虽对酒的兴趣不大，但嗜烟。酒是围坐而饮，一片狼藉，混乱如泥。烟是一人之物，如自恋和手淫，相对单纯。我之抽烟，始于高中。上高考补习班时，时间紧、任务急、度日如年，真正是“烽火连三月”，长途奔袭加疲劳战术加百米冲刺，恨不得打开脑袋把书本上的知识直接倒进去。这期间，我学会了抽烟提神，而且一年中眼睛近视到三百度。到大学曾用烟斗抽烟丝，烟丝便宜，被同学叫“烟斗”。也曾夜半三更，偏逢无烟之时，两眼放光，搜寻墙角、桌下、地板缝，把自己抽过的烟头一一捡来、剥出、烟丝卷好再抽一遍，好像一个吝啬鬼挖地三尺，认真打扫灰飞烟灭的古战场。

如此这般，烟雾缭绕，如怨鬼缠身，从一天几支到一天半包，从一天半包到一天一包，从一天一包到一天两包……从糟糠之妻，到审美疲劳，再到厌烦无比而又无法脱身。

烟的质量当然是有差距的，但对于我这样烟瘾极大的人来说，中档以上的烟，其实在口感上的差别不大，这一点可能与酒不同。比如10元一盒的“雪莲王”，一点不比30元一盒的“中华”差——我感觉新鲜的“雪莲王”，比放上一两年的“中华”可能还要好些。那时无冰箱，新疆天气干燥，陈烟烟丝丧失柔韧变得干草一般，香气散尽，自然不如新烟新鲜有味。我看烟好坏，就是捏。捏一下烟杆，柔和、软硬适中、无烟梗子、弹性好，这烟不管什么牌子，差不了。最好的烟，就是烟杆饱满、透气，捏扁了，一捋，又很圆整，弹性很好，窝成圈也不会断，这烟就是上品。打个不雅的比方，这种区别，就像捏一个小姑娘的胳膊和捏一个老太婆的胳膊，手感完全不一样。

我抽“美登”好几年。直到有次去石河子出差回来，随同的同事回来给厅长闲聊，说我抽“美登”，还把烟大模大样放在酒桌上，而且得寸进尺，用“美登”给主人让烟，让他们感到多少有些没面子。厅长学给我听，我才意识到原来公开抽“美登”，是让同事们的颜面无光的事。熟悉之后就有人送烟，而且一段时间送的都是“雪莲王”，我不解其奥，问可问之人，人家说你抽什么牌子的烟别人就送什么牌子烟，不相信换个牌子试试。一试，果然不爽，传为笑谈。原来送烟之人果然心细。

但我基本上还是抽“雪莲王”。为什么？我发现牌子上去了之后，质量很不稳定，真真假假让人头疼。也是，酒烟同理，越是好牌子，越是良莠不齐。不是人家送假的，是不知道什么是真的。一条好烟，可能也是别人送来，家里放了一两年，思忖半天大胆送给领导，结果还是假烟。就是真烟，新疆气候干燥无比，放的时间长了，质量也下降大半，倒不如地产的“雪莲王”，时鲜经济，因价低倒是无假烟。

更何况，天下没有只进不出的道理。“雪莲王”的优点是，还可以送内地来的领导、朋友、艺术家，不管牌子硬不硬，总是新疆的土特产，永远理直气壮拿得出手。我甚至把“雪莲王”送给巴基斯坦的部长和朝鲜一位大领导，朝鲜同志在机场贵宾厅送我，当着翻译和记者的面，说“韩团长，您送我的烟收到了，谢谢”（我曾有幸作为中国艺术团团长出访朝鲜，接待规格很高，机场手持花束的欢迎队伍能排出好几百米）。我们每个人都带着朝鲜送的“人参酒”欢喜回国。看来东方国家的传统是一致的，官方是这样，民间也是这样。

我们东方文化呀，永远是和合文化、人情社会，不像西方什么都是

AA 制，你的我的，分得很清楚，个人主义盛行。但人情社会的一个缺点，就是礼物转手太多，容易给假货钻了空子。如果人人都是自买自享自用，我相信至少假货会少点。

不管健康专家们怎么看，我觉得烟酒是水土的灵魂、大地的精华。它们一个以水的形态呈现，一个以火的形态呈现。烈酒如钻石，少而精，不可能天天喝。钻石可作戒指，戴在玉指上，摇曳于脖颈，总之是点缀、是身份标识。红酒如水晶，主要是环境、情调，是日常内里，没有谁是蹲在墙根、就一根大葱喝红酒的。水晶可以作吊灯挂在天花板，为华屋添光。啤酒如玻璃，大众文化，顿顿喝，吹喇叭，消暑解渴。比赛的是胃有多大，每个人座位旁有多少个空瓶子而坚持不上厕所。玻璃可以镶在窗户上，大规模使用，透光观景，碎了马上换，不可惜。

你也可以这样说，烈酒如诗，字字珠玑，美而短暂，青春热恋，让人昏头昏脑。红酒如散文，优雅闲适，餐前一杯，餐后一杯，随时开始，随时结束，犹如中年寻情，形散神不散。啤酒如小说，并且是长篇小说，千言万语，一泻千里，挺而不倒，欲罢而不能。

而烟呢，烤烟是内敛的炭火，毛茸茸的焰，柔和到快要化了，嫩而老到。莫合烟是向外的烈火，简直要烧起来，噼啪作响，火星飞溅，一人抽烟，全屋人咳嗽，而且夹着烟的手要离身体远一些，似乎捏着一根导火索，时间长了，胸前衬衣免不了弹洞累累，好像战场归来。混合型的外烟，就像“鬼佬”的眼睛，是蓝火苗，那个感觉和西餐差不多，一个主要特点就是——怎么说呢——就是：生的多、熟的少。“混合型”？混合来、混合去，根本没弄熟嘛！

烟酒之花盛开在青春之域，皆出于膏腴丰饶的地方。在世界，是拉美。拉美林茂，地球之肺，天天被豪雨洗碧，故有古巴雪茄名世，香魂缭绕。如果不是农业开发较晚，林多粮少，没有酿酒原料，除了甘蔗与朗姆酒，这地方还应该出好酒才对，真可惜了亚马孙河那丛林之中汪洋一片的清流。在中国，是南方，特别是云贵川三省。咱们中国的名烟名酒基本都产在南方，南方水汽充沛，杂树生花，多峰多洞，泉石叮咚，凸凹有形，温柔多情，如二八少女。这样的青春土地，才能开放出馥郁的烟酒之花。

就是在新疆，“伊力特”也出在有“塞外江南”之称的伊犁河谷，合乎风水理论。伊犁是新疆自然条件最好的地方，当然能生育美酒之花。总的来说，你得承认，土地如人，也是有年龄的，太老了不行，像黄土高坡、罗布泊，明明已经人老珠黄、闭经绝育，你非要硬整，也是“白求侃”。唐玄奘过西域戈壁后，在《大唐西域记》中留下一个词：“热风恶鬼”，正是形容这更年期脾气暴躁的大地母亲。但，太老的土地另有妙用，一个轮回结束了，另一个轮回才刚刚开始，年轻人有活力，但年老者多积蓄。上帝在苍老的不毛之地，往往另有深意，比如沙漠之下多有石油一类的矿产。

烟酒是人类的精神食粮，都不是为了肉体。烟酒也是性情之物，冷漠的人不会喜欢。烟酒平衡人类精密钟表一样日益发达的理性和节奏。烟酒表明人这个物种还有弱点，不完美，精神空虚，有点虚无主义或者怀疑一切。烟酒是造物主在人那里的自留地。烟酒是日益被塞满的生命中的一块长满杂草的荒地——总不能都整整齐齐种上庄稼吧。烟酒对肉体有用吗？没用！酒这种像水的东西越喝越渴，烟这种像雾的东西还挺呛人。烟酒是庞大的精神体系或者一条最简单的常识吗？不是！喝高了，抽多了，还使人更加迷糊犯困。那，烟酒到底是什么——烟酒什么都不是。

你可以这样对人群分类：喝酒的人和不喝酒的人，抽烟的人和不抽烟的人，喝酒又抽烟和不喝酒也不抽烟的人，以及只喝酒不抽烟或者只抽烟不喝酒的人。

有一次，北京飞巴黎，我十几个小时没抽烟，在机场等行李时，想抽又怕罚款，忽然发现一些黑人兄弟，三五成群、旁若无人吞云吐雾，我如蒙大赦，咱总不能比黑人兄弟还差吧，就抽了起来。结果只吸两口，浑身发软，天旋地转，要靠到柱子上才能稳住如坠之躯。我被这两口香烟击中了，烟，实在是厉害，我怕你了。

在今天，当个烟民也真不容易，待遇和做贼差不多，鬼头鬼脑，精神紧张，健忘、迟钝，多少有点精神萎靡。我的经验，烟民要想生存，主要是心要细，脸皮厚，见缝插针，装糊涂，硬着头皮抽。一次长途跋涉从国外回来，终于踏上我们香港的土地，精神为之放松，到了酒店大堂等着办手续，先抽一支，只两口，就被要求到门外去抽——而且那个穿着制服的男伙计，对着空空如也的大堂狂喷空气清新剂。

激情燃烧的岁月呀，也是烟酒燃烧的岁月。这青春土地结出的精华，也只和青春的生命为伴。年龄一过，强喝硬抽，好比老夫娶少妻，竭泽而渔，不是啥好事，只能误我害我。

不用人说，烟的危害我知道，我没有真正戒过烟，是因为这个对手太强大了，在我还没有准备好时不能轻易发起冲锋。我得慎重对待，争取一役全胜。否则，戒烟也能戒上瘾，反复戒，反复抽，循环往复，生命不息，戒烟不止，人生会充满挫败感。我佩服的伟人邓小平，生前最后一个敌人就是烟，而他居然一戒成功。这个老人，真是充满力量感。有人说："小平戒烟戒晚了，戒烟后手抖了，不如不戒。不戒，还可能踏上回归后的香港大地。"此话我信。戒烟如抽烟，也有最佳年龄段，最好在45岁，最晚50岁以前。如同探险，也要预留回程的时间、体力与给养，过了这个点，还想回，就回不来了。

我争取明年戒烟——这篇文章，算是戒烟之前我们恩恩怨怨的总清算吧。

中国艺术研究院
基本科研业务费项目

行走，观想与表达

第二辑　木卡姆

韩子勇　著

文化艺术出版社
Culture and Art Publishing House

目录

第二辑 木卡姆

琴弦上的家园

巨灵如风
我是破烂王
篝火是我的宝座
窝棚是我的宫殿
世界在我眼中一如废墟
我的左脸已被情火烧伤
右脸仍在唱情歌
……

这段歌词，引自新疆艺术研究所的木卡姆田野调查资料。

已经麻麻花花的影像资料，像荒弃已久的绿洲，盐碱和沙石悄悄侵蚀到地面……但画面中无名歌者的吟唱，像水淋淋的翡翠树，一下把心底照亮。对，就是它，那个西域音乐的精魂，风沙中，旷野上，在一片片绿洲游荡的——激情的旋风……

从一幅画开始

在以维吾尔木卡姆为题材的美术作品中，以哈孜·艾买提的油画《木卡姆》最为出名。这幅画是新疆美术界名副其实的经典，现藏中国美术馆，流传广泛，影响久远，曾获第六届全国美展银奖。许多人第一次见到它——大部分人只是看过它的印刷品，就永远记住了它。

哈孜·艾买提是新疆本土油画艺术的奠基者之一，曾任中国美术家协会副主席。他早期的另一幅力作是《罪恶的审判》。在我主持策划的艺术活动中，曾两次郑重地使用这幅作品。一次在《春满天山》新疆民乐交响音乐会上，被制成大幅天幕，作为音乐会主景，在音乐旋律和舞台灯光的映射下，仿佛有两支乐队同台演奏，美轮美奂。排练前，我从画面中找到灵感，要求乐团尽可能恢复绿洲上的音乐传统，乐队在舞台上的呈现，不再按西洋乐队的方式，组成对称、枯燥的方阵，而是像在家中的庭院、茶

A- 哈孜 · 艾买提的油画《 木卡姆 》

馆的大木床、打麦场、果园子、草地上那样，自由自在地随意组合，或立或卧、或踞或坐，演奏员演奏时，随着音乐，前仰后合、左摇右摆，都可以。我们取消了指挥，取消了钢管座椅，取消了谱架和话筒，舞台铺了手工地毯，演出的服装也不再是统一的、制服化的、点缀些民族特色的衣衫，而是根据年龄、身份、身材和所演奏的乐器，一人设计一套。乐手不再像过去那样，呆若木鸡、面无表情，他们是角色、人物，有身份，他们的身体必须加入表演，他们自身就是一件乐器，一个在音乐的洪流中跌宕起伏、翻卷绽放的肉身。

这样一个做法，在后来的大型歌舞创作中，比如《洒满阳光的新疆》等，几成通例，得到延续、贯彻和发展。

第二次是在向联合国教科文组织提交《中国新疆维吾尔木卡姆艺术》为“人类非物质文化遗产代表作”的文本中，我提议，选择这幅画作为最重要的插图，为文本提供形象的佐证。

来过新疆、细心的人会发现，维吾尔族是肢体语言最丰富的民族之一。

他们的说话、对谈，双手、眼神、眉毛、脑袋……整个上半身，都会参与进来。表情之丰富，手势之繁杂，那样具有感染力，优雅的、活泼的、夸张的、羞涩的、欢乐或哀伤的……一人一样，又风习暗通。仅仅是眉毛的挑动、指尖的划飞、手掌的翻送回抚、手臂的挥举收合、眼睛的流光回转，似乎就有无限变化和兴味。他们无法不动声色、面无表情、整张脸似乎僵住、只剩一个嘴的黑洞的那种表达。即使你听不懂他们的语言，甚至隔着玻璃——听不到他们在说什么，仅仅是旁观，静静地看，也能感到语言的丰富变化、情绪的跌宕起伏。即使是两三人的对谈，甚至是悄悄的耳语，都有动态的、画面感的、丰富而充沛的面目表情和肢体语言。没法忽视这样的交谈，尽管听不懂，但一样被感染，进而艳羡，好像面对一桌大餐，闻到味了，但一次次扑空。我注意到，一些能操流利维吾尔语的汉族，说维吾尔语时，其表情和手势也会渐渐多起来。是民族天性，使一种语言表达是这样，而不是那样，还是语言塑造民族天性？怎么说呢，汉语好像自言自语的平畴旷野，辽阔无声，而维吾尔语，更像海边浪花飞溅，难得平静。这是一种不加掩饰的语言，嘴在说，整个生命在……多少次，已经忘记了他或她，到底说些什么。也许，对方需要的，就是一个听众，一个宣叙机会——不知不觉，我忘了听，仅仅在看，在欣赏这些表情、手势和身体的前倾后仰，怎样天衣无缝、恰到好处地穿插到忽高忽低、忽急忽缓的语音中间，随着语音舞蹈、和着句子闪动。这仅仅是说，是静海远远浮来白浪的线，如果唱呢？如果有音乐呢？那就必须舞蹈，惊涛拍岸。

《木卡姆》这幅画，很好地抓住了大家惯见熟闻但熟视无睹的特点，把音乐用画面表达出来。不是所有的乐队的演奏形象，都适合入画；不是所有的声音，都能入画。如果是一支交响乐队，统一、暗色的服饰，分列式的场面，整齐划一的动作，虽有高堂华灯、流彩帷幕，画起来也无趣呀。

新疆民族文化，有两个核：诗与乐。代表新疆少数民族传统文化最高成就的作品，非诗即乐。而且，诗乐相通、歌舞相通、乐舞相通。先哲圣贤们，用诗歌记事，不管是文人创作或者民间叙唱，总是热衷于用诗来表达。英雄史诗、民间流传的“达斯坦”，繁星般涌动隐现的诗人的谱系和血脉，二行诗、四行诗，《福乐智慧》那样的诗剧，就连《突厥语大辞典》也没忘了在释词解句之后，再加一首诗来说明和渲染。《拉失德史》，也时不时穿插诗句和乐舞场面。不管什么学者，在哪个领域用功和著述，似乎都首先是个诗人。诗像盐，出现在几乎一切的食粮中。就是今天，一个学者的纪念或研讨，保不准就会上来个发言者，用念上一首致敬的诗，来表达他的理解、意见和赞美。他的分析、判断、评价、说明……变成诗的欲念、抒情、象征。这是多么热爱诗、企图把所有的辞章都变成诗的民族呀，一有机会就试图用诗说话，语文的百花园，不分季节、土壤，总是开满了诗的花朵，葱郁的植物长着长着，就开出诗的花朵，结出诗的果实。

能和诗一比的，就是音乐。诗与歌、与乐，就像男人与女人，不可分、不能分，分开了，就不再是完整的世界。几乎是自动的、现成的、顺理成章的，为诗配乐，为乐填诗，搞不清谁主谁次、谁先谁后，总会走到一起，一同出现。诗与音乐，一体两面，交相辉映。一把琴，伴随一部长诗，几天几夜，要唱出来，这样才得体、这样才完整、这样才真实。十几种乐器，伴随更多的诗、更多的歌，手势、动作也开始变成舞蹈，相互缠绕、追逐、拥抱……合成一体，天荒地老，再也不能分开。由音乐引出舞蹈，舞蹈是身体之诗，音乐是言语之诗，诗、乐、舞，心、手、情，是西域的日月与星辰。

西域的神秘、浪漫和不可知，西域的感性、丰沛和孩子气，西域的极致、忧伤和享乐主义，就在于她如此长时间地停留在以诗、乐、舞为中心的古典时代的青春期里，定格在童年、少年、青年的生长阶段，不愿长大，不愿进入成年，拒绝成熟或衰老。这种情状，一方面是因为她宿命般地处在诸个大文明、大帝国的边缘地带。这一边缘地带，是如此的辽阔，如此的鞭长莫及，地理多样而严酷，族群稀薄而多元，其自身的可耕地、宜居地，支离破碎，多为沙漠、戈壁和山脉所包绕、所隔离，很难发育成体量庞大、结构紧凑、集中稳定、连成一片的社会势力，族群的进进出出，文化的剧烈变迁，历史进程的摇移反复，中断、剧变、停滞、孤立……这个失孤的少年，有漂泊的意味，随遇而安和血性冲动成为注定的性格。

回到音乐，再看看乐器，看看音乐的肉身。这些绿洲上散发着果木香味的乐器，精致的、粗陋的，镶了兽骨、铜片、玉石、塑料……组成各种图案的，或者就是用最简单的木工工具，刨刨锯锯，组装而成的，它们或大或小，或长或短……新鲜的，还带着原色的木纹、刮削的刀痕，有些年岁的，已经为脸上汗水、泪水、羊油、阳光和风沙、干燥的空气所打磨，包了浆，油黑发亮……没有两个完全一样的乐器，没有严格的一定之规，就像核桃树上的果实千差万别，每个乐器匠人，都随时准备即兴发挥，随材就势，那么随意。有时，它们的差别也太大了，但没人会在意，或者试图搞出个标准。也许，每次些微的偏差，正是一种丰富呢。于是，随处可寻的果木，羊或驴的皮、肠，戈壁上好听的石片，马尾和雄鹰的翅骨……化成音乐的肉身，不需要多么专业的制琴师，木匠们都会弄出自己心爱的乐器。这么多，这么普遍，好像馕、瓜果、沙漠和戈壁，好像阳光、空气和风，好像荒野上的路、飞蓬和旋风……好像已经成为公共产品，再穷的人、再破的屋子，乞丐、流浪汉、阿希克、巴依，痛苦的人或快乐的人，都可能会有一件随身的乐器。与琴为伴，琴随人走，挂在墙上，抱在怀里，饭桌上、茶馆里、驴车上、庭院里、马背上，甚至地头劳动的间隙，到处可以看到乐器，到处响起音乐的旋律……就这样，诗与乐与舞，男人与女人与家与生活，沙漠与绿洲，苦与乐，生与死……这些一样的词，一样的内容，只能连着读、一起说，一分开就不再完整、不再完美。

在一个结构中集中了最多音乐、诗歌和舞蹈的，是木卡姆。它是风味小吃中的烤全羊，是一大锅肉汤中最大的肉块，是巴扎中的主麻日巴扎……木卡姆源自绿洲，是绿洲人民的心声，可以用八个字来描述她的珍贵：绿洲玫瑰，沙漠甘泉。

在亚欧大陆腹地，在这片离海洋最远的土地上，在祖国的西部边疆，在欧亚大陆深远的内部，总是偏僻而荒凉，仿佛是上天巨大的暗示和补偿——在这里，埋藏了它最重要的音乐瑰宝——木卡姆。

我想，有时候老天爷的心思，和一个平凡农妇的心思是一样的：作为补偿，把最大的恩泽，给予生活在贫瘠土地上的儿女；把最重要的东西，埋藏在最不易被发现的地方。

在漫漫戈壁和滚滚黄沙的不断逼近中，绿洲的顽强存在是个奇迹；

在大自然沉寂严峻的目光注视下，木卡姆的高声歌唱是个奇迹；

在单调和荒僻的天地间，木卡姆是一大片耀眼、华丽、繁荣的音乐宫殿。

我看过许多有关木卡姆题材的美术作品，只有哈孜·艾买提的油画最接近木卡姆的本质和形象：

木卡姆是燃烧的。巨大的激情要覆盖无垠的瀚海，即使已经疲惫，已经变成灰烬，也比沙漠更广大，更炽热。

木卡姆是忧伤的。沙海多么广大，绿洲就多么孤独。簌簌而下的热泪要把绿洲和戈壁打湿，令人心碎不已。

木卡姆是沉思的。沙塔尔琴缓缓拉出“穹乃额曼”长音，黄铜般的歌喉唱出绿洲上的歌谣和刻骨铭心的爱情故事。

木卡姆是狂欢的。“麦西热甫”是绿洲上的狂欢节，欢乐的飓风横扫一切，使奄奄一息的病人和最绝望冷漠的家伙，也争相加入这浩大的歌舞，甚至连地下的亡灵也被惊醒，拔地而起、翩翩起舞。

木卡姆是繁复的。它的节奏和篇幅是对起伏不定、无穷无尽的沙漠的模仿，急音繁节，一浪高过一浪，相互追赶、相互缠绕、相互抽打，直到被埋藏在众声喧哗的暴风骤雨之中。

木卡姆如此庞大绵长。“十二木卡姆”全部唱完，竟然需要一天一夜的时间，而几百年来如此鸿篇巨制不见诸曲谱，仅仅依靠民间艺人们“口传心授”。这需要多么巨大而持续的热情，才能穿越漫长时间的风吹雨打。

木卡姆之所以难以描绘，是因为声音比色彩更抽象；木卡姆之所以难以描绘，是因为木卡姆比最大尺幅的绘画更庞大、无休无止；木卡姆之所以难以描绘，是因为木卡姆是如此多样、矛盾和复杂。它是规律性结构和即兴演奏的完美统一，是理性与激情的有机结合；它是古老的又是青春的，它是快乐的也是忧伤的；它是结结实实的鸿篇巨制，又是生长于心灵和记忆的精神之风；它是存在的，又是虚无的；它是节制、耐心的，又是挥霍、随意的；它是优雅、精致的，又是质朴、野性的；它是叙事的，又是抒情的……它是风、雅、颂，是歌、舞、诗的综合体。

哈孜·艾买提的油画《木卡姆》，用他精心提炼的二十几个木卡姆艺人形象，铺满整个画面。他们身形不一，神情各具，每个人演奏的动作和表情，都深深地沉醉在音乐里，随风摇曳、随波逐流，不能自已。他们从田间地头走来，从饭馆走来，从烤肉摊子上走来，从铁匠铺里走来，从肠子一样弯弯曲曲的小巷走来，从乡村学校走来……从各个阶层和各种职业走来，他们或是须眉如雪的耄耋老者，或是皮肤黧黑的乡村壮汉，或是仪态俊朗的后生。木卡姆在他们手中、心中、目光中展开，他们自身已经成为一件发出美妙音响的乐器，已经变成不绝如缕的旋律。

这些音乐的圣徒，这些满怀家传珍宝、四处给人展示的艺术的阔佬，这些绿洲阡陌上幸福的家伙，这些从音乐的大河源，顺流而下、一路漂泊、来到今天的“阿希克”们（苦修者，痴迷者），这些历经风吹雨打又完好如初、成功躲过时间的偷袭、竟然从造物主那里走私天堂美乐的勇敢的人……整整一个军团，或庄重、或诙谐、或兴奋、或沉醉、或深思、或忧伤，集合在我们面前，操琴弄乐，高唱低吟，演绎千百年来的绿洲往事。

《木卡姆》这幅画，博大、丰富、庄重、绚烂，画面流沛音乐的崇高感，使每一种色彩、结构、线条、形象，都被一把无形的篦子，细细地篦过一遍，被木卡姆的宏大旋律统一起来，密密地编织、梳理、抚平，为和谐、忘我、向上升腾的氛围所笼罩。

如果只能选取一种艺术样式，作为西域文化的代表，那么，音乐无疑具有其他艺术样式无法比拟的宗主地位，代表西域文化的最高成就。音乐是西域的绝响，是西域艺术的核。音乐结晶出肉体的舞蹈，音乐调动起灵魂的歌唱，音乐贯穿了英雄史诗，音乐弹唱出民间故事，音乐铺陈了宏大的仪式，音乐吸附众多的古典诗作……甚至连阿訇在邦克塔上的宣礼诵颂，也是悠远的高音长调。

西域音乐正像沙漠戈壁中，没有标记、暗藏经纬、看不见、摸不着的丝绸之路，它在心灵中，在血液里，在神魂颠倒的记忆深处，在庙堂之上，在乡野底层，在日常生活，在经典时刻，在渴望与绝望、欢悦与忧伤的风矢雨箭的交战之中……无论是历史，还是今天，在中华文化版图上，西域出产的神妙艺术，影响最大者，莫过音乐。

木卡姆不仅是维吾尔人最重要的音乐文化遗产，也是中华文化瑰宝，不仅保存了沙漠绿洲民族的音乐文化基因，也饱含大量的东西方音乐文化交流荟萃的信息。

木卡姆是新疆的、中国的，也是世界的。

鲜花盛开的长旅

20世纪80年代末，我在写作《西部：偏远省份的文学写作》一书时，写到“叙事与抒情”，有这样一段话：“各民族在其童年都是天然的抒情家，都首先把抒情作为最初的‘立言’手段，它夹杂在仪式、巫祝、原始崇拜之中，是‘记述’祖先功业的最基本的形式之一。你可以这样认为，人类最初的形式感觉是关于抒情的，人类最早的、有意无意的创作都带有抒情的性质。”[1]

至今我仍然觉得，抒情能力的大小有无，是人类心灵精神是否健康的重要标志。而西部，特别是新疆，这片亚洲大陆干燥的腹地，这个沙漠、戈壁、绿洲、冰山的老家，到处摇曳、晃动着抒情的喷泉，铺陈、挥霍着

1　韩子勇：《西部：偏远省份的文学写作》，百花文艺出版社1998年版，第36页。

沙漠的锤炼（谷雨配画）

心灵的奢华……新疆，正有一个漫长的“抒情世纪”。

当今天的青年只能用华服美钻为礼物，向异性表达爱慕时，怎么还能想起那些月光下、在姑娘的窗前抱琴彻夜吟唱的情痴呢？在名词、动词、形容词……甚至连介词都必须兑换成利益的今天，怎么能够相信，人类曾有过一个仅为心灵的“弦歌时代”?

被孔老夫子誉为“思无邪”的“诗三百”，地中海的波浪和岩石养育的荷马史诗，柯尔克孜人山谷里的《玛纳斯》和卫拉特蒙古的英雄史诗《江格尔》，篇篇都是可唱的歌谣，人人都是杰出的歌者。我理解的音乐，不是平民百姓的奢侈品和职业艺术家们的“象牙塔”。真正的音乐，由人民创造，被人民享受，是绿洲阡陌上的日常生活。如同盐、麦子、果子和风，是生命的基本元素。

在新疆，艺术和生活是不可分的。不是像现在“生产”和“生活”的分离日趋严峻的那种情况：艺术成为一种职业，“他娱”是通常惯例，欣赏者和表演者被分开，是两类不同分工中的人群，工作时间和文化休闲时间是两个截然不同的时段，艺术出现的时间、地点、方式、习惯套路和我们观赏时的种种要求，都被有形无形地规定好了，有一套标准“程序”和“格式”——没有谁会蠢到分不清农民和音乐家、吃饭和听交响乐的界线。

在新疆，在没有任何先兆、暗示、提醒、计划、鼓励、怂恿的情境下，突然就盛开歌舞的天地，让人惊喜不止。歌声和舞蹈渗透到日常生活的肌理，随现随灭、随灭随现，是心灵的闪现和肉身的冲动，无拘无束。

我曾为西部文学归纳过一个现成的原型母题：“在路上”。

盘古、后羿、共工、女娲、伏羲——这些高原旷野上的众神，在路上；周穆王的辚辚车仗驮着西王母优美的起合唱答，在路上；丝绸包裹着的“赛里斯国”，在路上；羊脂玉携带着莽莽昆仑，在路上；塞克、月氏、乌孙、羌、匈奴、汉、柔然、高车、嚈哒、吐谷浑、铁勒、突厥、吐蕃、回鹘、蒙古、锡伯、索伦……向东向西向南向北，衣袂带风，裙裾飞扬，在路上；张骞、班超、细君、解忧、玄奘、鸠摩罗什、苏祇婆、哥舒翰、马可·波罗、纪晓岚、左宗棠、林则徐……在路上；汉文、西夏文、契丹文、佉卢文、梵文、粟特文、吐火罗文、于阗文、摩尼文、回鹘文、阿拉伯文、突厥文、希腊文、八思巴文……在路上；萨满教、祆教、佛教、道教、摩尼教、景教、伊斯兰教……在路上；葡萄、核桃、哈密瓜、石榴、苜蓿、棉花、小麦、胡萝卜……这些奇花异果，以芳香甜美的灵巧身姿，或飞行或匍匐，在路上；茶叶、麝香、龙涎香、安息茴香……散发着或浓烈或清雅的气味，在路上；农耕术、造纸术、养蚕缫丝术、指南针、掘井术、火药、筑城术……在路上；汗血马带着西凉乐、伊州乐、高昌乐、龟兹乐、于阗乐、康国乐、悦般乐、疏勒乐、安国乐，载歌载舞，风驰电掣……在路上；解放大军、支边青年、库尔班·吐鲁木、万桐书、王洛宾，“内高班”的少男少女、10万拾花农民、温州商人、俄罗斯“倒

音乐如同盐、麦子、果子和风，是一些生命的基本元素（谷雨配画）

爷”……在路上。

西域枯燥无比的大戈壁之路，同时也是鲜花盛开的长旅。当肉体被风沙解散，自然归于元素，大地呈现真相，裸露的心灵就开始歌舞。

在新疆浩如烟海的音乐文化中，维吾尔木卡姆艺术无疑是篇幅最为巨大的。

这是一座音乐的宫殿：

20 多种美妙的乐器弹奏出千千万万的音符、曲调和乐段，几十位古典诗人小心捧出心灵的篇章，野生的民间长诗和民歌民谣也风尘仆仆地赶来，加入这浓烈绮丽、质朴明亮、飞翔起舞的歌词，无数年轻或苍老的躯体在音乐中旋转起伏，把广袤的土地变成鲜花盛开的海洋……这些冥冥之中为上苍所钟爱和圈定的“材料”，最后组建成一大片非人工的“宫殿”——这“宫殿”，在天山南北的一片片绿洲上，如星辰闪烁，鳞次栉比，首尾相连，熠熠生辉，使古老的土地成为歌之城、乐之都、舞之域、诗之海。

如果把音乐比作星光灿烂的夜空，木卡姆就是燃烧的银河；如果把音乐比作沙子，木卡姆就是无边无际的塔克拉玛干；如果把音乐比作绿洲上的树木，木卡姆就是绿洲上随处可见、哗哗歌唱的白杨。

西域有许多不可思议之物，如同传说和奇迹的故乡。说到艺术，最不可思议的传奇之一，就是维吾尔木卡姆艺术。木卡姆艺术，是广泛出现于中亚、南亚、西亚、北非等多个国家和地区的音乐文化现象，其中以沙漠绿洲地区最为典型。木卡姆，为略显神秘和遥远的伊斯兰披上华丽多情的锦衫——你可以说："哦，万物非主，唯有真主，无所不在的真主，在一粒沙中，也在木卡姆里，这人间神曲，这心灵礼物。"

一般认为，"木卡姆"这个词是从阿拉伯词汇"木卡玛赫"(Makamah)借用来的，意思是"聚集、集中、集合"。关于"木卡姆"一词的语义解释，众说纷纭。

周吉先生梳理各家意见，大致有九种：

一、位置说。即歌唱者在"哈里发"面前所站立的台子。此说难以服人，音乐在阿拉伯帝国早期是被禁绝的，在后来的奥斯曼帝国时期，也很难享有如此殊荣。

二、规则、法律、模式说。在维吾尔语中"木卡姆一词……在更广的领域，也以诸如'木卡姆里有''木卡姆里没有''与木卡姆吻合''与木卡姆不吻合'等外延而被使用。木卡姆一词在更高的形式上以'完美无缺''十全十美''赶上了木卡姆'等等意思而被使用"。

三、乐音、音位、调式说。因为乐师左手指位的不同可以奏出不同的音阶，从而形成不同的调式。苏联的大百科全书，取此种说法。

四、曲调说。维吾尔语中木卡姆一词就有曲调的含义。

五、旋律类型说。

六、特定时空及“特殊作曲手法”说。

七、音乐体裁、套曲、大曲、乐种说。

八、散板说。维吾尔族民间艺人习惯将木卡姆对应成散板乐曲，你请他唱木卡姆，多数情况下他为你先唱散板曲调。

九、即兴演唱（奏）方法说。

在向联合国教科文组织报送的世界非物质文化遗产申报文本中，这样定义维吾尔木卡姆：“‘中国维吾尔木卡姆’，是流传于中国新疆各维吾尔族聚居区的各种木卡姆的总称，是集歌、舞、乐于一体的大型综合艺术形式。现代维吾尔语中，‘木卡姆’一词主要指‘大型套曲’，此外还具有‘法则’‘规范’‘曲调’‘乐曲’‘散板序唱（奏）’等多种含义。但在维吾尔人特定文化语境中，‘木卡姆’已经成为包含文学、舞蹈、说唱、戏剧及至民族认同、宗教信仰等各种艺术成分和文化意义的词语。”

在中国大百科全书出版社 1997 年出版的 13 卷《维吾尔十二木卡姆》的总序中，这样描述：“维吾尔族十二木卡姆，是中华民族灿烂文化宝库中的一块瑰宝，是勤劳而具有创造精神的维吾尔人民的智慧结晶，也是一部用音乐语言叙述维吾尔人民各方面生活的文化艺术百科全书。它巧妙地运用音乐、文学、舞蹈、戏剧等各类艺术形式，表现了维吾尔人民绚丽的生活……音乐的表现既具有抒情性与叙事性，也具有音乐与诗歌和谐统一的特点……作为木卡姆重要组成部分的‘穹乃额曼’，在古代称作‘大曲’。公元4世纪，在这些‘大曲’中，首先是‘伊州大曲’，然后是龟兹、高昌、疏勒、于阗等地的‘大曲’，相继传入中原地区……12世纪之后，‘大曲’这个名称逐渐被阿拉伯语‘木卡姆’所取代。无论‘木卡姆’在词源学上有何含义，实际上它是一个专用名称，表示经过规范的、置于一定系统的、一整套大型音乐套曲。14世纪，由于古维吾尔文‘察合台语’中大量吸收和使用了阿拉伯语、波斯语，所以在文学、艺术、音乐领域，乃至在木卡姆中也开始部分地使用阿拉伯语、波斯语名称。”[1]

从世界范围内的木卡姆现象来看，这种音乐文化多是出现在沙漠绿洲的人文环境中，伴随古代经常的民族大迁徙，多有游牧与农耕的两种文化基因，是一种规模结构相对大型、演唱演奏比较即兴、民间色彩突出的音乐遗产。

由于阿拉伯帝国兴起和伊斯兰教的传播，受阿拉伯语的影响，这种音乐遗产多以阿拉伯术语“木卡姆”相称，并在风格和内容上受到影响。这种影响，甚至渗透到每套木卡姆的具体名称。但是，应该指出，各国各地各民族的木卡姆，有非常大的不同，情况千差万别——由于民族文化的历

1 转引自阿不都秀库尔·穆罕默德伊明《论维吾尔古典音乐〈十二木卡姆〉》，杨金祥译，新疆人民出版社1985年版，第4页。

史不同，时代特色和地域特色起了决定性作用，民族的文化个性在木卡姆中是主要的。

我国汉族学者和维吾尔族学者，根据大量史料考证，一般认为汉唐盛行的“西域大曲”，与维吾尔木卡姆有直接源流关系。

最早出现“大曲”一词，是张骞带回中原的“摩诃兜勒”，梵语意思即是“大曲”。现在“十二木卡姆”每一部的第一部分“穹乃额曼”，维吾尔语仍是“大曲”的意思。据著名学者关也维、阿不都·秀库尔考证，“木卡姆”一词最早出现在新疆，公元4世纪前后用龟兹文（吐火罗文）记述的《阿拉纳米的故事》中，就有“木卡姆”的龟兹原语Maka-ykne（Maka-yakne）。在龟兹语中，Maka是大的、大量的、多数之意，ykne一词则指曲调、乐曲，Maka-ykne是“大曲”之意。相比而言，阿拉伯语的“木卡姆”一词的出现是很晚的事。

维吾尔族木卡姆艺术，是以音乐为贯穿骨干，集歌、舞、乐于一体的大型综合艺术遗产。它的唱词主要由古典抒情诗“格则勒”、民歌民谣、民间长诗组成，内容包罗万象，反映社会生活的各个侧面。如同各种艺术所擅长的题材领域那样，爱情生活在歌词中占有重要位置。

维吾尔木卡姆的代表——“十二木卡姆”中的每一部木卡姆，都由三部分构成：第一部分是“穹乃额曼”（系列叙咏歌曲、器乐曲、歌舞曲）；第二部分是“达斯坦”（系列叙事歌曲、器乐曲）；第三部分是“麦西热甫”（系列歌舞曲）。在典雅华丽的音乐“穹乃额曼”之上的，是同样典雅的中世纪文人的抒情律诗“格则勒”[1]；情节曲折动人的民间叙事长诗，则由木卡姆音乐的第二部分——“达斯坦”来贯穿；活泼热烈的民间歌舞构成木卡姆的第三部分——“麦西热甫”。

就像一个美人，聪慧善思、有着迷人记忆、睫毛闪动爱意、发辫缠绕的柔情的脑袋，是“穹乃额曼”；柔软的腰身、绿洲上的绰约身影、显露民间之心和大地故事的，是“达斯坦”；充满修长的动感和青春的力量，体现速度和激情，走遍绿洲、处处留下欢乐的海洋的，是她足尖之上的“麦西热甫”。

木卡姆是音乐大家族中的鸿篇巨制，是用音符写就的心灵史书，没有哪个个人的作品可以达到如此的长度。从木卡姆那里，我们可以知道，人类的激情竟然可以持续如此之久，人类对音乐的热爱，竟然可以结晶成喀喇昆仑般的崇山峻岭。

横贯欧亚、连接四大文明的丝绸之路，也是木卡姆之路。西域位于丝绸之路要冲，是这个星球上最为典型的沙漠绿洲环境，是漫漫长途中最为艰辛的一段，西域通则丝路通。在这条人类陆权时代最为艰险的漫漫长

1　格则勒（Gazal），维吾尔诗歌的一种形式，即两行诗。头两行一个韵，后边诗句中的第二行押头两行的韵。爱情赞美诗常用这种形式。

旅中，因为有音乐相伴，有木卡姆相伴，而步步生花，成为鲜花盛开的长旅。

木卡姆，是一条鲜花盛开的长旅。

十二木卡姆·穹乃额曼

可以这样认为，“十二木卡姆”——这十二部大型套曲，是十二条通往天国的大路。

它从缓慢起伏的漠野，进入台地、浅山。

望山跑死马，你就耐着性子，端直直往前走吧。

苍凉、古朴、悠扬、开阔的天地间，容得下无限的心事，盛得住岁月沧桑。

只此一人的踽踽独行，只此一人的慢慢咀嚼，心绪颤向天边，往事随风飘散，大荒中的独处，弦歌中的漫步。

这一段就像“孤旅”和“前卫”，是“一个人的出发”，是源和起点，是回忆、决绝和告别，是独处与沉思。这就是“十二木卡姆”的第一部分：“穹乃额曼”——“大曲”部分。“十二木卡姆”中每一部的第一部分，都是“穹乃额曼”。

“穹”是维吾尔语的音译，意思是“大”，这个字选得真好。“乃额曼”是维吾尔语“曲子”的音译，“穹乃额曼”即是“大曲”之意。音译所用的这个汉字“穹”，就是“天穹”“苍穹”的“穹”，大到不能再大，是天之下，是敞开和扩散，是向外的、室外的、弥散的……所以“穹乃额曼”，你也可说它是“苍穹下的曲子”。

“穹乃额曼”是“十二木卡姆”中最长的部分，占到每部木卡姆的三分之二左右，历史最为久远，与汉唐时期的“西域大曲”有直接的源流关系。先有“西域大曲”，后有“木卡姆”，“西域大曲”和“木卡姆”，可以说是西域大型古典音乐作品发展中的两个阶段，名称不同，形态有变，但基本的源流关系是明确的、一致的。

“十二木卡姆”是维吾尔木卡姆中的代表，结构最为完整、庞大。16世纪叶尔羌汗国的阿曼尼莎汗王妃和首席宫廷乐师卡德尔汗，曾收集整理出16套，现在存世的共有12部大型套曲，每部两小时左右，全部演唱将近24小时。现在收集到的，只有20多小时，从结构上看有一定缺漏。缺漏也是一种美，引起遐思和猜想，有了悬疑和对比，如同美人痣，如同维纳斯的断臂和狮身人面像破去一块的鼻子，如同神的有意疏忽和留给人的永恒作业，是时间的足迹和容颜。

“十二木卡姆”由拉克木卡姆、且比亚特木卡姆、斯尕木卡姆、恰哈尔尕木卡姆、潘吉尕木卡姆、乌孜哈勒木卡姆、艾介姆木卡姆、乌夏克木卡姆、巴雅特木卡姆、纳瓦木卡姆、木夏吾莱克木卡姆、依拉克木卡姆[1]共12部大型套曲组成。

20世纪80年代后，在木卡姆研究者们认真的探讨和艰苦努力下，阿曼尼莎汗的作品《依希热提恩格兹》（激动人心的乐章）得以发现。这部木卡姆包括11种曲调，配有92首古典诗歌、20首民歌。同时，作为"十二木卡姆"的跋或结论的"阿比倩希曼"[2]和作为"十二木卡姆""穹乃额曼"部分的一个曲目"穆斯台扎特"[3]也得以发现，它们包括39种曲调，配有244首古典诗歌。另外，"拉克木卡姆""且比亚特木卡姆"的一些曲调被发现，使这几个木卡姆得以补充和完善。新发现的"依希热提恩格兹"与

1 "拉克"，第一部木卡姆名称，纯、专有之意，也称作"莱格"，在波斯语中表示脉搏、动脉。"且比亚特"，第二部木卡姆名称。"斯尕"，第三部木卡姆名称，第三级、位置。"恰哈尔尕"，第四部木卡姆名称，第四级、位置。"潘吉尕"，第五部木卡姆名称，第五级、第五位、五、第五。"乌孜哈勒"，第六部木卡姆名称，（自己的）境况、处境、悲哀、痛楚。"艾介姆"，泛指非阿拉伯国家和非阿拉伯人，通常指伊朗和伊朗人，第七部木卡姆名称。"乌夏克"，第八部木卡姆名称，情人们、恋人们。"巴雅特"，古突厥人的部落之一，第九部木卡姆名称。"纳瓦"，第十部木卡姆名称，声响、声音、（鸟）鸣叫。"木夏吾莱克"，第十一部木卡姆名称，意为十分刺激。"依拉克"，第十二部木卡姆名称。

2 "十二木卡姆"最后部分的名称，泪水、眼泪之意。

3 "穆斯台扎特"，"十二木卡姆"中"穹乃额曼"部分的一个曲目名称，搭配、穿插，某些维吾尔诗歌在每行末尾根据阿鲁孜韵再配上半行诗的一种诗歌形式。

“十二木卡姆”的“阿比倩希曼”“穆斯台扎特”等曲目，被收录在“十二木卡姆”的第十三部书——《〈阿比倩希曼〉与〈依希热提恩格兹〉》一书中。

“十二木卡姆”主要流传在新疆的南疆地区和北疆的伊犁河谷，“伊犁木卡姆”是“十二木卡姆”的变体，“吐鲁番木卡姆”也受到“十二木卡姆”的照耀和恩惠，在许多方面与“十二木卡姆”相类似。但是，不能用“十二木卡姆”来指称全部的维吾尔木卡姆。“刀郎木卡姆”和“哈密木卡姆”与“十二木卡姆”之间的差异还是很大的。维吾尔木卡姆的起源、发展和变迁，尽管是相互影响、相互作用下完成的，但应该说是多元并存的网状结构——它不是从一点出发、四散开来，而是如同孤岛般天然分布的片片绿洲，音乐文化的发展并没有统一在单一的力量结构之中。“由于维吾尔族群体范围的部落众多，分布的地域广阔，所以其文化与音乐具有多层次、多源流的特点。”[1]

在修改向联合国教科文组织报送的《中国新疆维吾尔木卡姆艺术》申报书时，大家反复讨论，最后确定，还是以《中国新疆维吾尔木卡姆艺术》来申报，而不是用“十二木卡姆”这个名称——“维吾尔木卡姆”这个名称，其概念内涵，在语义和事实上，更加周延一些。

---

1 《维吾尔十二木卡姆》“总序”，铁木尔 · 达瓦买提著。

维吾尔木卡姆分布表

	分布区域
十二木卡姆	喀什市、莎车、和田市、库车、伊宁市、乌鲁木齐市
吐鲁番木卡姆	吐鲁番市、托克逊、鄯善、乌鲁木齐市
哈密木卡姆	哈密市、伊吾、乌鲁木齐市
刀郎木卡姆	阿瓦提、巴楚、麦盖提、乌鲁木齐市

“穹乃额曼”的开始部分，没有舞蹈，一般也很少用到新疆各式各样的鼓，而以弦乐和叙唱为主，多为一个独唱加以少量呼应性的伴唱，声调和缓悠扬，低回之处呜咽如诉，高亢之时撕云裂帛。

“穹乃额曼”曲调优雅庄重，风韵古远深邃，有“雅乐”性质。在一些地方的民间艺人中，能演唱“穹乃额曼”的艺人才叫“木卡姆奇”。在漫长的历史岁月中，随着社会转型和审美情趣的变化，“穹乃额曼”消失最快、最多。民间艺人们所演奏传唱的，多是更加接近民间生活内容与场景的“达斯坦”和“麦西热甫”。木卡姆作为非物质文化遗产的濒危性，也主要体现在“穹乃额曼”的后继乏人。

“穹乃额曼”的歌词，多是历代文人的诗作。“十二木卡姆”共填唱了209首古典诗作，其中以古典诗人纳瓦依的作品为最多，选入53首。此外还有麦赫尊、麦西胡力、麦西热甫、鲁提菲、瞿里利等。这些格律诗同时也是维吾尔古典文学的重要遗产。

这些诗歌华丽优美，情感饱满强烈，文学价值高，充分反映民族性格和心灵温度。特别是那种结结实实的力量感、那种强烈卓异的美和一泻千里的激情，被密集的意象和重重叠叠的辞藻包裹托举，在音乐旋律的携带下，如同金丝绒餐布上的盛宴，美不胜收、香气扑面。请看“十二木卡姆”中的第七套“艾介姆木卡姆”的“穹乃额曼”部分，从“序曲”到“太孜”的完整歌词：

序曲 · 显赫的帝王

世界上曾出现过许多显赫的帝王，
而你如霍斯热维[1]般宽仁大度，真是盖世无双。

你是一位千载难逢的国之明主，
太平盛世得益于你的长寿健康。

你要制定出仁爱信义的法度，

1　霍斯热维（Husraw），一指国王、统治者、最高统治者；二指古伊朗君王之一。

使黎庶无忧无虑，乐享安康。

为了赢得美人的爱，我吞血咽泪，
恰似穷人以自己的心血挣钱一样。

美人，你那新月般的眉毛已使我折腰，
我怎能仰视你那太阳般光辉夺目的面庞，

每当我把你的身材、樱唇、秀发称颂，
我的心就愈是充满无边的感伤与惆怅。

正如圣人艾沙[1]的气息能起死回生一样，
只要美人莅临，就能给阿亚兹带来安康。

——阿亚兹

1 艾沙（lysa），又译“伊萨”或“尔撒”。《古兰经》故事人物，安拉的六大使者之一，相传他就是圣母麦尔彦之子。据说艾沙圣人以“灵气”能使死人复活。在古典文学作品中，把情人的樱唇比喻为能赋予人生命的“埋希哈”。“埋希哈”意指能使人复活，能赋予人生命。在《古兰经》中，也称其为“埋希哈”。

太孜 · 心儿，欢欣吧

心儿，欢欣吧，活力已注入你的躯体，
抑郁的生命，欢喜吧，永恒的生机业已来临。

仙女归来了，使我这苦闷的人欣喜若狂，
忧愁一扫而光，我的躯体获得了新的生命。
智慧啊，快集中你的兵力，忍耐啊，快把你的废话抛弃，
禁忌啊，你别再吹牛，使世界激奋的情人已经莅临。

当我们离别时我曾让心与她为伴远行，
而今心已回归，说明冷酷的人亦已来临。

这位女王隐秘地来到，我这痴心的人并不知情，
如若不是仙女，她缘何不见形影。

悲愁如命运所悉，生命被死神宽宥，
天堂的奇葩将来到我萎谢的花园安身。

乐师啊，调弦演奏吧，纳瓦依你快引吭高歌，
萨克[1]若剩下一滴连罚九杯，当代的主宰已光临。

——纳瓦依

太孜 · 在山顶竖起金旗

清晨，太阳大帝在山顶竖起金旗，
以其光芒给蓝天勾勒出各种线条。

无形的仆役利用晨曦展开的银翅，
将其每一根翎羽为笤帚把天房清扫。

克尔白[2]的经师时时为真主将齐克尔吟诵，

1 萨克（Saki），斟酒的人，酒保，把盏者。

2 克尔白（ka' ba），意为"立方体形的房屋"。中国伊斯兰教亦称其为"天房"。指麦加"圣寺"内的一座方形石殿。用麦加近郊山上的灰色岩石建成。殿的四角依所朝方向，分别称伊拉克角、叙利亚角、也门角和黑色角（因"黑色"靠近该角而得名）。殿门位于东北墙，离地约两米。殿内以大理石板铺地，三根木柱支撑房顶。石殿由金线绣着《古兰经》经文的黑锦罩幕覆盖。据伊斯兰教传说，该殿由阿丹依照天上的原形而建；因洪水泛滥遭毁，由伊卜拉欣与其子伊斯玛仪重建。

婆罗门在庙坛上宣讲着佛法的奥妙。

当女偶像偶然把龙涎香味的青丝梳理，
长老从天房掉头出走去寻访佛教寺庙。
乐师们弹奏艾尔盖农[1]时而激越，时而细腻，
对弦中之意无须诠释，真正的行家全然知晓。

谁若横卧在情人幽巷的炉灰上啜上一口残羹，
倒觉得胜似帕里顿、素赖曼在殿上宴饮逍遥。

追欢逐乐者明白生命对自己薄情寡义，
于是征歌逐舞频频将美酒向杯中斟倒。

朋友，时代的无知稚子挥舞苦难的大刀，
砍向狮子般的勇士，结果连自己也被砍倒。

1 艾尔盖农（Arganun），古西域已经失传的一种乐器。

纳瓦依曾多年称雄诗域，作为一代诗王，
贫困的艾尔西则在语言的国度里常年探宝。

——艾尔西

如此华美贵重、激情振荡、器宇恢宏的诗歌，与“穹乃额曼”的音乐可以说是珠联璧合，相得益彰。如果与“刀郎木卡姆”“哈密木卡姆”多选用民歌民谣的歌词作一点对比，就更能够感受到这种差别。从这一点也可以看出，这种对文人创作的选择，说明“十二木卡姆”，是经过专业乐师和文人系统整理的结果——“穹乃额曼”的歌词，在未经乐师和文人们整理前的民间状态是什么样子，可能永远是历史之谜了。

但是，如同经典的文化艺术常有的命运那样，生于民间，死于庙堂。“穹乃额曼”歌词中大量使用的“格则勒”，是源于波斯、阿拉伯的一种律诗形式，与古代突厥民歌的传统文学样式有相当的冲突。“随着伊斯兰教的传入，在一些文学作品中，阿拉伯、波斯语借词日渐增多。到后察合台文学时期，阿拉伯、波斯语借词，在文学作品中所占比例，有时甚至高达

80%—90% 以上，成为一种脱离口语的、艰涩难懂的书面语了。”[1]“由于突厥语的语言结构特点和阿拉伯特有的诗歌体系格格不入，因此作为木卡姆艺术中的歌词，就不得不大量用波斯、阿拉伯语词甚至词组。结果造成后来木卡姆诗作中对外来语的借用达到十分惊人的程度。”[2] 即使在当时，作为歌词的“格则勒”，其混有大量阿拉伯、波斯词汇的书面语，已经与维吾尔族一般民众的口语有相当距离。随着维吾尔语言文字在其后的变迁，这种夹杂大量外来词汇的古代察合台语，今天的维吾尔族群众更加是不解其意，造成理解上的困难，影响了这一古典音乐遗产的民间传承。

“穹乃额曼”本身也能独立成章，由环环相扣的一系列乐段组织。

一开始是深沉、优美、抒情性极强的“木凯迪曼”[3]（散板序唱，序曲），每部木卡姆都有“散板序唱”。作为“穹乃额曼”序曲，“散板序唱”决定着该部木卡姆的“母调”，是一部木卡姆中各类曲调的基础和主干。在主乐师舒展悠扬的“萨它尔”琴声中，“木卡姆奇”洪亮如黄铜般的喉咙唱起“格则勒”，没有伴唱，也不打手鼓，自由的散板如同慢慢抽动一匹绚

1 王茜、刘国防等:《维吾尔族：历史与现状》，新疆大学出版社 2005 年版，第 13 页。

2 周菁葆:《丝绸之路的音乐文化》，新疆人民出版社 1987 年版，第 265 页。

3 “木凯迪曼”，“十二木卡姆”中“穹乃额曼”部分的第一个曲目名称。序曲；领头（兵）；序，序言，前言。

烂的艾德莱斯绸，缠绵于恬静的沙漠和绿洲。

“散板序唱”之后，艺人们打起手鼓，齐声慢唱“太孜”[1]，旋律在“怒斯赫”[2]乐段变化发展，逐渐展开，进入热烈欢快的“大赛里坎”[3]、“朱拉”[4]、“赛乃姆”[5]、“小赛里坎”，乐曲进入高潮。之后，是“盘西路”[6]和作为收尾曲的“太克特”[7]。“太克特”是木卡姆从“穹乃额曼”部分过渡到第二部分“达斯坦”的桥梁。

“穹乃额曼”的曲调大部分是抒情曲，其旋律在“达斯坦”中也交织出现，“达斯坦”是其继续和发展，并转移到叙事方面。应该说，“穹乃额

---

1 “太孜”，“穹乃额曼”部分一个曲目名称。是木卡姆按一定的乐曲程序排列的乐段，篇幅较大，深沉缓慢，是一个完整的乐章。

2 “怒斯赫”，“穹乃额曼”部分一个曲目名称。表示变体的意思，篇幅较大。原本、原件、原著；样式、样品、花样。

3 “赛里坎”，“穹乃额曼”部分一个曲目名称。情趣、快乐、活泼、轻快，有舞蹈味道的乐曲，其歌词主要由民间歌谣和文人律诗组成。

4 “朱拉”，“穹乃额曼”部分一个曲目名称。光、光泽、闪耀、鲜明、辉映的意思，这里引申为欢乐。朱拉适合在婚礼上演唱。

5 “赛乃姆”，“穹乃额曼”部分一个曲目名称。偶像、美人、情人，美丽、可爱的意思，在木卡姆一般是舞蹈形象的音乐。维吾尔民间长诗《艾力甫与赛乃姆》中的女主人公，即阿巴斯国王的女儿，艾力甫的情人。

6 “盘西路”，“穹乃额曼”部分一个曲目名称。古代歌曲中四行体民歌。

7 “太克特”，“穹乃额曼”部分一个曲目名称。连接，强调，使某一件事得到促进的建议。

曼”本身已经自成体系，脱胎于“西域大曲”的器宇和格局，有一个复杂完整的结构，已经是要素完美、跌宕起伏的大型音乐遗产。

“穹乃额曼”在木卡姆中，是命运之门的叩响，是始和源，是创世纪，是雄浑苍茫的无限展开，它在时间上是向后的，是音乐的神话与寓言的时代。

十二木卡姆·达斯坦

如果说“穹乃额曼”是深入的孤旅，散漫无际，面对天地的独白，心灵的自言自语，那么“达斯坦”就是叙事的海洋。曲折的故事和激荡的情感，如同一道道的陡坡，千回百转，令人肝肠寸断。节奏在加快，不断加入的补充、询问、交流、关切和渲染，如一人之踽踽独行遇到久违的知音、同伴，大家一起上路。天堂之路呈现优美之弧，像一张紧绷的弓，要把一颗破碎燃烧的心射出。

“达斯坦”——维吾尔语的意思是“叙事诗”。是源于波斯语的借词，在波斯语中有故事、小说、逸事、传说、童话、神话、曲调、旋律、音乐等含义，“最初它是指乐器的品位、音色和和弦等含义，后来演变为乐器伴奏演唱的各类故事都称‘达斯坦’”（伊敏·吐尔逊）。“达斯坦”这一体裁，在维吾尔、乌孜别克、哈萨克、柯尔克孜、土耳其、土库曼、阿塞拜

天堂之路呈现优美之弧，像一张紧绷的弓，要把一颗破碎燃烧的心射出（谷雨配画）

疆、塔塔尔等突厥语诸民族的民间文学中广泛存在。在新疆的许多少数民族中，有大量的民间口传长诗——“达斯坦”，初步统计在800部以上，以哈萨克族为多，可谓真正的“长诗之乡”。作为音乐体裁形式，木卡姆中的“达斯坦”，是指叙事歌谣的套曲，其歌词就是民间长诗。

“达斯坦”是木卡姆中的第二部分，“十二木卡姆”中除了“依拉克木卡姆”和“斯尕木卡姆”外，其他10部木卡姆都保留了“达斯坦”，大部分由三四个“达斯坦”组成，依次为“第一达斯坦”“第二达斯坦”“第三达斯坦”“第四达斯坦”……每个“达斯坦”之间有间奏曲，间奏曲多为民间音乐家的“即兴创作”，取材于歌曲曲调，加以变化和递进，结束时重复歌曲主题唱段。间奏曲往往是无歌词的舞曲。“达斯坦”内容广泛，既有英雄业绩、人道主义、纯真爱情，也有控诉性和劝诫性的道德内容，揭露残酷的封建制度，表现爱情悲剧的社会历史环境，传达强烈的爱憎情感。

“达斯坦”是百姓之诗、民间之诗，是绿洲弦歌和田野吟唱，深受群众喜爱，内容与曲调适合绿洲生活的情景。“达斯坦”中的歌词多为民间爱情长诗，这些爱情多不是甜美如意、顺风顺水、花前月下、卿卿我我的那种，对恋人思念烈火般燃烧不能自已、呼天抢地，有时简直是人间酷刑，而命运如此多蹇，这爱情的甘冽与惨痛，被推向极致——如果情感可以用温度计测量，这里，我们可以清楚地感受到近乎燃烧的炽烈情感。

20世纪50年代，从木卡姆艺人那里收集到的“达斯坦”中的歌词，只有两部长诗的片段。1995年，维吾尔十二木卡姆研究会和维吾尔古典文学研究组织47位专家，分4个小组，制定11项学术原则，对歌词进行了第三次系统整理和核对，收录了更多的维吾尔族民间长诗。

“达斯坦”选用的民间长诗主要有《艾力甫与赛乃姆》《莱丽与麦吉侬》《帕尔哈特与西琳》《玉素甫阿合买提》《赛乃拜尔》《法鲁赫王子与古丽鲁赫公主》《乌尔丽哈与海米拉江》《尼扎木丁王子与热娜公主》《古丽夏与瓦莱克》等13部民间长诗。其中，又以《艾力甫与赛乃姆》影响最大，在“十二部木卡姆”中分布最广。维吾尔木卡姆的“达斯坦”部分，选用的民间长诗，多为四行体，这种诗歌形式继承了维吾尔古代民歌的传统。

在这些民间长诗中，最感人的是爱情题材的长诗。一部部民间长诗，如同一颗颗燃烧的心脏，在音乐的烈风中，噼啪作响，挣扎扭动。也因为表现爱情的内容占有较大的比重，感人至深，在很大程度上给人形成这种印象，就是木卡姆是伟大的表现爱情题材的音乐遗产。

热烈忧伤的“达斯坦”，繁复不已、一唱三叹的“达斯坦”，秾丽多姿、千娇百媚的“达斯坦”，吹过一片片绿洲，彻夜的长歌热舞，塑造着优美的民间，展开人间的幸福，同时也是千古流传的爱情教材。

请看“十二木卡姆”的第二部——“且比亚特木卡姆”的“达斯坦”

部分，“第一达斯坦”和“第二达斯坦”的歌词：

第一达斯坦 · 我抓破胸膛痛哭悲伤

我抓破胸膛痛哭悲伤，
寸断的肝肠被泡进苦汤。
我一一细诉了自己的境况，
会有好心人来同情相帮。

吃够苦头我才走进你的花园，
做园丁我未将苹果、石榴品尝。
感谢真主让我又见到了你，
是真主把你向我奉上。

我跳进河中是为了躲避祸殃，
苦难总时刻不离我身旁。
情人你且听听我这痴情人怎样，
是真主将这命运降在我们头上。

你是赛乃拜尔的忠诚恋人，
我的生命愿为你而牺牲。
我若将所写的归结为一句话，
背信弃义之人对谁信义忠诚？

——长诗《赛乃拜尔》

第二达斯坦

你那遮遮掩掩散乱飘逸的乌发下，
隐藏着你太阳般光艳照人的面庞。

瞥见你唇边的美人痣，我的心儿狂跳，
像笼中之鸟焦急地扑扇想飞出胸膛。

丽人哟，你的容颜是内涵深邃的典籍，
穷我毕生，著书万卷，亦难诠述精当。

你的眼睛单枪匹马将世界劫掠一空，
你进行的千万次夜袭陷我于长夜的恐慌。

当问“情义”何解，你以起死回生的樱唇作答，
像圣人创造奇迹给我生命注入神奇的力量。

有位园丁何其怪诞，清晨与花儿独酌，
将夜莺之心炙烤难耐，使其痛苦万状。

吟诗作歌的诗人在词汇的花坛徘徊徜徉，
选择最优美的诗行，点缀他卷首的诗章。

酒宴并非得安排在白昼，肌肤如玉的萨克，
皓月当空的夜晚也可把酒斟上。

尽管不明事理者把癫狂的翟里利严加封锁，
可真理光辉熠熠，是真理永远不可遮挡。

——翟里利

某种意义上说，维吾尔族是诗歌与音乐的民族，诗歌和音乐浩如烟海，而叙事体裁的作品相对较少，像小说这类叙事体裁，多是解放以后才出现，散文也是解放后才有一定规模。史书除较长的《拉失德

史》外，一般篇幅很短，《拉失德史》也出现较晚。在某种意义上，木卡姆，特别是“十二木卡姆”，就是一部用音乐和诗歌写就的史诗，而“达斯坦”对叙事功能的强化，更起到穿越时光、传递人道、深播情感的作用。

随着伊斯兰教东渐，伊斯兰文化、阿拉伯文化的流入，“西域大曲”逐渐被“木卡姆”这个名称取代。“维吾尔族木卡姆”这个名称覆盖了“西域大曲”之后，经历两次大规模整理。第一次是16世纪，在叶尔羌汗国的宫廷，大规模收集整理散落在各个绿洲上的木卡姆，使之更加系统化，主要是规范“穹乃额曼”的音乐结构，并把民间歌词替换成当时社会上层流行的文人诗作；第二次是1879年，喀什著名民间艺人艾里姆·赛里姆、莎车民间艺人赛提瓦尔地等人，把当时各个绿洲的叙事音乐“达斯坦”和“麦西热甫”这种民间歌舞娱乐形式，有机地组合在“穹乃额曼”之后，使传统的“大曲”更丰富博大，富于表现力，形成了流传至今的“十二木卡姆”基本形态。

在南疆的广大农村，“达斯坦奇”或一人、或多人结伴，在果园、地头和村巷，拉着“艾捷克”，弹着“热瓦甫”，唱起民间长诗，传播人间故事。激越之处人人动容，欢乐之时载歌载舞，使平静的绿洲回荡着悠扬的琴声。

“达斯坦”是人生的中途，是上升之旅，柳暗花明，曲径通幽。向下看，浅山及远的大地已陷入微光之中，“穹乃额曼”已漫漶在大光阴之中，如同我们的父辈和远祖；向上看，壁立千仞，峰回路转，峰顶上那一抹强光中的祥云，如红旗飘动，仿佛在召唤奋勇的攀登者。

十二木卡姆·麦西热甫

“麦西热甫”如同天堂之路最后一段笔直的陡坡，它由整整一块巨石构成。

“麦西热甫”是“欢乐颂”和“狂欢节”，主要的原料就是激情四射的欢乐、旋转开放的身体、高亢颤动的歌声、沉醉迷人的气氛。经历了热烈忧伤的爱情和曲折坎坷的人生，灵魂变得如此沉重又如此轻盈，所有一切被塞得满满当当，筋疲力尽的生命啊，还有没有最后喷发释放、纵身一跃的可能？

“麦西热甫”一词，源自阿拉伯语，意为聚会、场所，现在维吾尔族民间专门用其来称谓群众性娱乐聚会。“十二木卡姆”中的“麦西热甫”，多由短小、热烈、欢快、自由的2—7首歌舞曲组成。

在维吾尔族群众极为普及的“麦西热甫”中，木卡姆的某些组曲是以

『麦西热甫』是绿洲上的『欢乐颂』和『狂欢节』，是绿洲上的一种生活方式和文化传统（谷雨配画）

“赛乃姆”的名义演奏的，这种“赛乃姆”地域特色浓郁，如“喀什赛乃姆”“伊犁赛乃姆”“哈密赛乃姆”“库尔勒赛乃姆”“卡穹赛乃姆”等。艺术家们根据民间“赛乃姆”加以提高再创造，将它搬上大剧场的舞台。新疆歌舞团的保留节目中，就有多种地方的“赛乃姆”作为单个节目出现，往往是一台歌舞晚会的开场和收尾，气氛之热烈、场面之宏大、歌舞元素之丰富，往往起到烘场、压轴的作用。

大家在修改向联合国教科文组织报送的《中国新疆维吾尔木卡姆艺术》申报书时，“麦西热甫”部分，我改动的一个地方，就是把它比拟成绿洲上的“狂欢节”。木卡姆可以在各种自然场合和人工环境——比如饭馆、宅院、打麦场、果园、茶馆、广场和剧院演奏。除了剧院之外，各种自然和人工环境中，维吾尔族的歌舞娱乐聚会，都可以叫举办“麦西热甫”。当然，在各种“麦西热甫”里，可以只是一般的民间歌舞而不演唱木卡姆，也可以以“摘遍”的方式，挑出人们喜爱的木卡姆片段来展现。但对于木卡姆来说，“麦西热甫”就是其在民间的最主要表现场合。

“麦西热甫”的确是绿洲上的“欢乐颂”和“狂欢节”，是绿洲上的一种生活方式和文化传统。

“麦西热甫”的举办时间，既有传统节日这种的历史性的社会公共时间，像“古尔邦节”的“麦西热甫”、“诺鲁孜节”（春节）的“麦西热甫”；可以随季节气候变换而举办，像哈密地区的“青苗麦西热甫”、阿瓦提的秋天农民用葡萄酿制的土酒“穆萨莱斯”酿成时举办的“新酒麦西热甫”、丰收时麦场上的“丰收麦西热甫”等；也可以是个人时间中的经典时刻与功能的需要，个人生活中有了喜事、大事，可以举办“麦西热甫”，包括像道歉、邀请、和解这样有明确的功能需要的事，也可以举办“麦西热甫”。在一些地方的乡村，对一个人的惩罚，就是不让他参加“麦西热甫”——而且这是很重的惩罚，直到他改好，让大家满意，才能重回到“麦西热甫”这个欢乐团圆的大家庭。

“麦西热甫”的唱词多为短小的民歌、民谣，节奏适合欢快的舞蹈，随手鼓的鼓点反复变化，舞蹈也趋于热烈。作为“十二木卡姆”中的“麦西热甫”，不同于一般的歌舞娱乐，它在结构上与木卡姆的其他部分浑然一体，作为一个完整的音乐遗产的高潮部分出现，大家载歌载舞，一起参加，气氛异常热烈。

这直上云霄的欢乐，是绿洲上随时出现的节日，人们释放生存的压力和日常生活的磨损与淤积，摆脱规则、习惯、硬壳与辎重，仿佛充电和重新年轻。“麦西热甫”，充分反映出维吾尔族积极、向上、乐观、幽默的天性。

请看第十套木卡姆《纳瓦木卡姆》中“第二麦西热甫”的歌词：

第二调

把一钱铁放进水里，
它也绝对浮不起来；
伤透了的一颗心，
用金子也换不回来。

原以为马在园子里，
可它却跑到了河滩上；
我们同胞七姊妹，
其中的一个在何方？

大麦呀，小麦呀，
轻风可把它们与麦草分开来；
兄弟姐妹手足情深，
只有死亡才能将他们分开来。

——民歌

“麦西热甫”可能来源于维吾尔族鄂尔浑回鹘汗国时期的某种仪式。

草原游牧民族的聚会，有着特别的社会和文化功能。“鸟居逐牧”、分散于广大区域、不断迁徙之中的牧人，把对天地祖先的祭拜、传统的重复和传承、生产生活物品的交换、歌舞娱乐文化活动，包括政治的结盟、战争的动员、胜利的庆祝等一系列的要求，统统放在草原上的盛大聚会之中。直到今天，游牧民族这一草原盛会的习惯，仍然得以保持。

从漠北西迁的回鹘人，在绿洲定居农耕后，游牧文化与绿洲农耕文化调和统一。在歌舞艺术中，“麦西热甫”这种文化形式与文化空间的广泛流行，是否也与历史大河上游的传统习俗有关呢？特别是古尔邦节时喀什噶尔的大清真寺前广场上的“麦西热甫”，成千上万人跳“萨满舞”，整齐划一、不断重复的简单动作，最后构成一种肃穆包裹激动、激动冲破肃穆的张力气氛，在节制和放纵之间，在欢乐和压抑之间，形成巧妙的平衡。

这一盛大的出演，让人体味到古老遗风。

刀郎木卡姆·刀郎人

不管怎样，因为一名生于四川、现在新疆工作、艺名叫“刀郎”的汉族青年歌手，对新疆民歌的成功翻唱，伴随着他的歌声流行于大江南北——“刀郎”这个词迅速普及，走红。一些不熟悉新疆民族文化情况，特别是维吾尔族“刀郎文化”的朋友，可能还会望文生义，以为“刀郎”就是人名，而且意思就是“身带小刀的小伙子”。再加上新疆农村的维吾尔族小伙，的确有腰带小刀的习惯——为的是吃肉、吃瓜果方便，就使相当一部分内地朋友，对“刀郎”这个词的理解错上加错，以为就是唱《2002年的第一场雪》的歌者的艺名。

如同“停靠在八楼的二路汽车”一样，这是个美丽的误会。一个热爱新疆音乐的歌手，出于自恋和善意，鲁莽地给自己取了一种新疆区域文化的名称作为艺名，算不得天大的罪过。他取此名时可能有讨巧的成分，但说他一开始就想借此扬名谋利，有点言过其实了。一是在此之前，“刀郎”“刀郎人”“刀郎文化”在新疆之外的知名度并不高，可能极个别熟悉和研究过维吾尔文化的专门家知道此意。即使是在当时的新疆，在一般汉族同胞中间，“刀郎”“刀郎人”“刀郎文化”，也远不是人人皆知——准确地说，知道的仍是少数。二是罗林取“刀郎”之名在前，他的走红在后，如果不是他独特的嗓音和唱法，唤醒了一部分歌迷们的审美期待，叫什么讨巧的艺名都没用，都只是通俗歌坛上少数天王、巨星和大腕们默默无闻的“随葬品”。

啰唆这么多，是为了把曲折原委、平地风波讲清楚。我以为，人的取名，总是寄托个人的善意和向往，比如盛中国、盛中华、陈卫东、革命古丽、王富贵、李满仓、安娜、格格、巴特尔之类……以我之见，叫“刀郎”，总比叫“萨达姆”失错之处要少，不必大惊小怪、不共戴天。人们在名称上，永远会有误读。以泉名地，可能此处极其地干旱；起了个胸怀世界的名字，可能是个小心眼。只要别把人人尊敬的共有名称，拿来给一些不雅和讨厌的人与事命名，都不算什么“大不敬”。毕竟，以言定罪的时代一去不复返了。

但是在这里，仍应该郑重说明，“维吾尔刀郎木卡姆艺术”“刀郎文化”，作为刀郎地区的“刀郎人”千百年来创造的非物质文化遗产，与歌手刀郎，并无关系。

“刀郎木卡姆”是独具地方特色的木卡姆，主要流传在传统的“刀郎地区”——塔里木盆地西北边缘的叶尔羌河、塔里木河两岸。主要是喀什地区的麦盖提县、巴楚县和阿克苏地区的阿瓦提县，在叶城、泽普、库车、轮台、库尔勒、吐鲁番、哈密等地，也有其影响。“刀郎”一词，历史上也被译成多郎、多兰、多伦、朵兰、都兰、隋兰、道南，是生活在叶尔羌河、塔里木河两岸和历史上罗布泊地区的一部分维吾尔人的自称。

关于“刀郎人”的历史渊源，学者们说法不一。

据房进激介绍，他就“刀郎”一词请教过包尔汗[1]老人，包老认为“刀郎”是“群”的意思。“他说的不是历史考古意义上的学术界定，而是说他们是一群由独特地域和独特历史所构成的独特生活方式和独特文化艺术的人……刀郎人长期生活在塔里木沙漠南端荒林之中，过着以狩猎为生与世隔绝的原始生活……衣食住等生活方式与外部维吾尔人有着很大的不同，以宗教信仰来说，他们接受伊斯兰教仅是几百年的事，宗教意识较为淡薄。他们的穿着具有明显的古代遗风，类似蒙古服，语言也有所不同，一些歌词就连维吾尔族人也不太懂。刀郎人的歌舞与维吾尔族常见的歌舞差别甚远……刀郎人大概是最后才融入维吾尔人中的一支居民。他们原有的族称、语言、文字逐渐消失，宗教信仰也改变了，只保留下了刀郎人这

1　包尔汉，维吾尔族，曾任新疆和平解放后的第一任新疆省主席。

一称呼。”[1]

一部分学者认为，“刀郎人”源自塔里木盆地的土著。《中国音乐词典》“多郎舞”一条说：“‘多郎’源自古维吾尔语，意为‘群’，是古代塔里木沙漠边缘居民的通称。”《辞海》的解释与此相似。另一些学者认为“刀郎人”是高车的“多览葛”部的后裔，“多览葛”部曾在西域游牧，南迁至南疆绿洲后改为农耕，回鹘西迁后，渐渐融于维吾尔族之中。

也有些学者认为“刀郎人”是蒙古族的后裔，他们皈依伊斯兰教并融入维吾尔族之中。“1877 年库罗帕特金在给普尔热瓦尔斯基的信中，又提到多朗人的情况：‘玛勒巴什堡的周围居住着将近 100 户都兰人，他们从事农业，经询得知，都兰人为准噶尔来的移民，是 100 多年前迁入南疆的。有理由推断他们是卡尔梅特人的亲族’……从库罗帕特金提供的资料可得知，多朗人是蒙古人或卡尔梅特人的亲族，他们是 150 多年前迁入南疆的，他们迁移到南疆来的有 4 万多家……如今，轮台县的大道南公社，就是当年多朗人居住的所在地；我们曾访问过当地的维吾尔老人。他们承认自己是多朗人，先辈是从巴楚一带迁过来的。在罗布淖尔铁干里克地区，原来有一个叫独那里的村庄，也是多朗人的村庄。在靠近库尔勒的尉

1 房进激：《木卡姆与古乐舞》，载刘魁立、郎樱主编《维吾尔木卡姆研究》，中央民族大学出版社 1997 年版，第 165 页。

犁县兴平公社西尼尔大队的社员不少人说自己是多朗人。”[1]

有意思的是，对维吾尔“十二木卡姆”做出巨大贡献的叶尔羌汗国的国王阿不都热西提的妃子阿曼尼莎汗，就出生在刀郎河畔麦盖提一带，一个名叫马赫穆提的贫苦樵夫的家里。刀郎河流域，是维吾尔歌舞的发祥地之一，马赫穆提是这一带有名的乐师。在其影响下，阿曼尼莎汗具有相当的音乐造诣和文学才华，熟悉各种乐器的演奏技巧。一个偶然的机会，阿曼尼莎汗在刀郎河畔，与正在围猎的阿不都热西提国王相遇，成就一段木卡姆发展史上的佳话。首席宫廷乐师玉素甫·卡德尔汗，也是出生于刀郎河流域，成长在与阿曼尼莎汗相似的家庭环境中，其父与阿曼尼莎汗的父亲还有过亲密的交往。玉素甫·卡德尔汗同阿曼尼莎汗一起，对现代形态的“十二木卡姆”的形成做出杰出贡献。有意思的是，关于阿曼尼莎汗的典籍史料，我遍搜无获，《拉失德史》也无记载，田野的传说和今人的塑造，似乎形成确凿无疑的氛围，让人好奇而疑窦丛生。

据说“刀郎木卡姆”也有12套，现在收集到9套，分别是：第一木卡姆“巴希巴雅宛”、第二木卡姆“孜尔巴雅宛”、第三木卡姆“区尔巴雅宛”、第四木卡姆“奥坦巴雅宛（驿站巴雅宛）”、第五木卡姆“勃姆巴

1　胡邦铸:《倒喇与多朗》，载《新疆艺术》编辑部编《丝绸之路乐舞艺术》，新疆人民出版社1985年版，第322—324页。

雅宛（粗弦巴雅宛）”、第六木卡姆“丝木巴雅宛（细弦巴雅宛）”、第七木卡姆“朱拉”、第八木卡姆“多尕买特巴雅宛”、第九木卡姆“胡代克巴雅宛”。

“刀郎木卡姆”结构与篇幅与“十二木卡姆”有较大不同。每套“刀郎木卡姆”都由五个曲子构成：木凯迪曼、且克脱曼、赛乃姆、赛里坎、色利尔玛，后四个曲子都有很强的舞蹈性。在长度上，九套“刀郎木卡姆”全部演奏完，也只有两个多小时。

刀郎木卡姆·自由的乐章

听过“刀郎木卡姆”的人，一定有这样的印象，就是直上云霄的高音颤动不已，在云彩里迅疾而逝，波浪般滑动扩散到天边，这是天之声、云之声、风之声，没有顶，不可能在屋里，它是露天的，一直向上疾飞飘动。即使听不懂维吾尔语，也能感到乐师、歌手们，呼应着、比赛般地、此起彼伏的即兴和声的天赋，他们脖子仰着、再仰着，直到不能再向更高更后的空间伸去……每一个歌词的音节，都简短处理，含混带过，内容似乎已不再重要，那种生命的呐喊，在呐喊本身，至于内容——歌声本身的形象已经是最好的内容。

与“十二木卡姆”不同，“刀郎木卡姆”中的大多数木卡姆，其名称为维吾尔语。这些名称中都有“巴雅宛”，意为“戈壁荒漠、荒野原野”。在刀郎民间，“刀郎木卡姆”这个专家和文化部门经常使用的名称，更多地被当地的老人们叫作“巴雅宛”，“巴雅宛这个称谓，是刀郎木卡姆的总称……他们不说‘唱木卡姆’而说‘喊巴雅宛’”[1]。

在修改《中国新疆维吾尔木卡姆艺术》申报书时，对“刀郎木卡姆”，我加了“野性”一词。在新疆民间流传的各种维吾尔族木卡姆中，“刀郎木卡姆”野性、原始、粗犷，最少文化人的修饰。虽然篇幅很短，结构不是很复杂，但其瞬间震撼力是最强的。这两年维吾尔木卡姆声名渐远，加上社会对非物质文化遗产的重视，多有各路专家引荐木卡姆到国外、内地和港台演出，他们选择民间的木卡姆班社，也多是选择演唱“刀郎木卡姆”的班社。长此以往会造成误解，让外界认为维吾尔木卡姆就是“刀郎木卡姆”，并因此忽视和冷落了“十二木卡姆”。当然，从这里也可以看出，“刀郎木卡姆”所具有的那让人一见着迷的魔力——这一定是让专家们豁然开朗，听到消失已久的人类远古的那种呐喊和呼唤。

“刀郎木卡姆”——“巴雅宛”，是室外的、荒野中的音乐。

根据周吉先生的研究，“刀郎木卡姆”的文化层为：第一层是塔里木盆地绿洲文化；第二层是突厥语族的漠北牧猎文化；第三层为蒙古语族的漠北牧猎文化，有着多元的文化基因和多种的文化层叠。还有一些学者，

1　穆合买提 · 乌斯满:《关于刀郎木卡姆名称的产生及其历史演变》，载新疆维吾尔木卡姆研究会编《论维吾尔族十二木卡姆》，新疆人民出版社 1992 年版，第 223 页。

将“刀郎木卡姆”音乐和舞蹈的解读与具体的狩猎过程联系到一起，认为是比较完整地反映了发现猎物、追踪、召唤同伴、围斗和欢庆的全过程。

“‘多朗（刀郎）麦西热普’须经四个阶段才能完成。全部过程均来表现同野兽斗争和胜利返回的喜悦心情。第一段叫‘且克提曼’（跟踪的意思），跳舞者轻轻踏着手鼓的节奏，开始活动手脚，男的伸长双手，做搜索两侧的动作，表示用手拨开树杆蒺藜，寻找野兽的足迹。女的把一只手背在身后，另一只手高高举过头顶，表示高举火把照明道路。火把由左右手轮换举起，紧跟男人追击野兽。第二段叫‘赛乃姆’（搏斗或较量的意思），随着乐曲的变调，跳舞者开始紧张地活动，做出非常敏捷的动作，表示攻守时拉弓射箭或用木棒长矛与野兽进行搏斗，并常从右到左，从左到右进行巡视防卫，围歼野兽。第三段叫‘赛尼开斯提’（把它消灭的意思），随着曲调的改变，舞蹈形式也随之改变，在这个阶段中，表现野兽四处狼狈逃窜，男女组成包围圈更加猛烈地打击野兽。第四段叫‘色里玛’（欢呼胜利和喜悦的意思），这时全舞达到高潮，随着乐曲速度的加快，跳舞者在原地急速转圈，充分表达了人们胜利后无限喜悦之情。”[1]

维吾尔族著名学者伊敏·吐尔逊先生认为，“现代维吾尔音乐风格和

1 哈德尔·吾守尔：《多朗麦西热普》，提来克·依布拉音译，载《新疆艺术》编辑部编《丝绸之路乐舞艺术》，新疆人民出版社 1985 年版，第 318—319 页。

结构可分两大类：一为荒漠—森林音乐；一为果园—绿洲音乐。但二者的界限并不是绝对的。荒漠—森林音乐使人回想起非常遥远的过去：我们的先辈们生活在游牧时期的物质和精神生活状况。它是适合表现这种状况的艺术形式。果园—森林音乐则表现了我们祖先在社会发展史上定居时期的物质和精神生活状况。荒漠—森林音乐主要由刀郎调式组成”[1]。

“刀郎木卡姆”中的“巴希巴雅宛”是第一部“刀郎木卡姆”，“巴希”意为第一、开头，最早出现的古老木卡姆。其中有这样一段令人难忘的歌词：

孩子在荒野成了鬼魂，
我看到了他的形状，
他成了骨骸躺在那里，
我看到了他的坟墓。

这段歌词说明，在原始时代有过人死后不埋葬，而扔在荒野里的习惯。[2] 孤立解读这段歌词，也像远古的寓言：孩子们整天在荒野游玩，已经

---

1 伊敏·吐尔逊：《略论十二木卡姆的形成》，载刘魁立、郎樱主编《维吾尔木卡姆研究》，中央民族大学出版社 1997 年版，第 50 页。

2 参见穆合买提·乌斯满《关于刀郎木卡姆名称的产生及其历史演变》，载新疆维吾尔木卡姆研究会编《论维吾尔族十二木卡姆》，新疆人民出版社 1992 年版，第 225 页。

忘了回家的路，这些没有家的野孩子们，消失得太久，和荒野混在一起，已经成了鬼魂，大人们看到鬼魂的形状，才发现孩子们已经成了荒草中的骨骸。这该是多么天荒地老、人文稀薄的事。

美是自由的象征。“刀郎木卡姆”是自由的音乐章。

“刀郎木卡姆”——“巴雅宛”，如同野生天成，带着荒野的神秘和泥土的力量，充分显示民间的才华和野性的挚爱。它的乐器也是古老独特的，有着原始草创时的美感和与音乐特点相一致的音色，“刀郎艾捷克”“刀郎热瓦甫”流露出工匠质朴的心机和斫痕，棱角分明，直到被乐师抚握出油脂渗入的包浆，而较多用到的“卡龙琴”，给人以流水般的滑动和心灵的颤音。

“刀郎木卡姆”的歌词也多为民歌、民谣，有《诗经》之风，好过文人矫揉造作的苦吟。

一个少妇在走路，
丝织手帕拿在手；
生人不能拦住她，
我行我素是自由。

你的生命，我的生命，

本是一条命。
为了你呀，我的一切，
可以牺牲。
（副歌）
多情的妇人，巧妇人，
你向哪里奔?
傍黑时分戴着花儿，
要了我的命。

白兔子呀，黑兔子，
它的窝在树林里。
情人你常常来看我，
我也抽空去看你。

你像白苹果的枝条，
是否愿意给我弯腰?
我度日如年单相思，
心中的苦闷知不知晓?

我在炉灰里埋了个鸡蛋，
也许这会儿已经烫干。
我的情人远在他乡，
也许这会儿把我想念。[1]

刀郎热瓦甫，是不定调弹奏的多音色的乐器……从粗弦开始的木卡姆被称为“勃姆巴雅宛”，从细弦开始的木卡姆被称为“孜勒巴雅宛”，从铁弦开始的木卡姆被称为“丝木巴雅宛”。“乔勒巴雅宛”是“刀郎人”从他们自古以来就居住的故乡新迁居到塔里木绿洲时创作的。游牧的“刀郎人”看到新居住地的地理位置，那里的胡杨、红柳等，就编了如下的歌谣：

人们说这里是戈壁，
我看不是戈壁是集市，
胡杨像苹果，
红柳是坟墓。

---

1 麦盖提县刀郎木卡姆研究会、麦盖提县人民政府文化局编：《维吾尔族刀郎木卡姆》，新疆美术摄影出版社 1996 年版，歌词部分。

这个木卡姆，是在戈壁荒野上唱的。木卡姆的这些歌谣都很形象，既实际又有激励的内容。由于它是生活在戈壁荒野的历史条件下产生的，所以被取名为“乔勒巴雅宛”。[1]

伊斯兰教传入之后，唱词有了修改。像每段歌词后常有的“啊，我的心肝，我的美人”被“外，安拉！外，安拉”这样的祈祷词取代：

你像那白玉般的苹果枝，
答应吧，白玉般的少女。啊，我的心肝，我的心肝，
我心中的忧和愁，
你可知道，白玉般的少女，啊，我的心肝，我的心肝。

被改变成了：

你像那白玉般的苹果枝，
答应吧，白玉般的少女。外，安拉！外，安拉!!
我心中的忧和愁，

1　参见穆合买提·乌斯满《关于刀郎木卡姆名称的产生及其历史演变》，载新疆维吾尔木卡姆研究会编《论维吾尔族十二木卡姆》，新疆人民出版社 1992 年版，第 226 页。

你可知道，白玉般的少女，外，安拉！外，安拉!!

从那以后，“外，安拉！外，安拉！外，安拉！”这样的句子，成了“刀郎木卡姆”中的重要成分。这样一种妥协，既符合了宗教要求，又无伤木卡姆的歌词的主要内容，可以使“刀郎木卡姆”不受限制地演唱。

在“维吾尔木卡姆”家族中，不算太长的“刀郎木卡姆”只有两个多小时，体现高音的张力和限度，职业音乐家唱不了它，稚嫩柔弱的音乐学院的学生腔唱不了它，金碧辉煌的高堂华屋里容不下它，只有刀郎区域的农民——这些杰出的民间音乐家，能驾驭这烈火野马。我曾亲见，在麦盖提县央塔克乡（“央塔克”意为骆驼刺）的“刀郎木卡姆”民间班社，几位老艺人因长年演唱“刀郎木卡姆”，而留下疝气的职业病，腹沟处皆有隆起的大包。后得政府的关心而治愈。

如果也以“路”来比拟“刀郎木卡姆”，它舍弃了繁文缛节和过度修饰，是飓风和流云之路，高亢，自由，激越，无拘无束，一个个迅疾的音符引领我们上升，情感心路在天宇盘旋翱翔，使人沉醉于晕眩之中。

吐鲁番木卡姆·火焰的吟唱

“吐鲁番木卡姆”主要流传在吐鲁番地区，其中以鄯善县的鲁克沁镇最为典型。

“吐鲁番木卡姆”目前收集到11套，其录音版本均为第三代、第四代吐鲁番地区的木卡姆传人所唱，而以鄯善鲁克沁镇的艺人的唱本更为完整和典型。由文化部民族民间文艺发展中心、吐鲁番文体局、鄯善县文体局编写，民族出版社1999年出版的《维吾尔古典民间音乐——吐鲁番木卡姆》一书，共收有66首乐曲。

“吐鲁番木卡姆”在结构上，近于“十二木卡姆”的大曲部分。由“木凯迪曼”“且克特”“巴西且克特”“亚朗且克特”“朱拉”“赛乃姆”“赛勒凯”“尾声”这些基本乐段构成。像人们熟悉的风格幽默、滑稽热烈的模拟舞《纳孜库姆》，就在“赛乃姆”部分，赛乃姆由多首歌舞曲组成，伸缩

火焰中的翡翠（谷雨配画）

性很大。

与“十二木卡姆”相比，“吐鲁番木卡姆”与“十二木卡姆”的第一部分“穹乃额曼”（大曲）基本一致，“达斯坦”和“麦西热甫”则比较弱化，若隐若现。从这本书中翻译过来的汉文唱词看，不知是翻译原因还是本来如此，与“十二木卡姆”的“穹乃额曼”部分的唱词对照比较，“吐鲁番木卡姆”的歌词中，选用古典诗人的诗作相对较少，多为民间歌谣。总体来说，“吐鲁番木卡姆”原汁原味的民间性更强一些，不像“十二木卡姆”那样一看便知是经过宫廷乐师和文人们大规模的整理和加工，典雅华丽、篇幅浩大，带有宫廷气象。这样有组织地、不断地整理、添加和续写，层累出十分复杂的情况，又未予以仔细的说明，带来认识上的困难。从出版物的厚度来看，“十二木卡姆”是厚厚的13卷，“吐鲁番木卡姆”和“哈密木卡姆”各为一卷。

“吐鲁番木卡姆”中“多郎木卡姆”《巴西且克特》的“第一歌”的歌词：

过了坎尔琪山[1]，
是一道道滩；
我朗月般的情人，

1 鄯善县境内一座山名。

就来自滩那边。

情人名叫沙日汗，
眼如朗星多好看；
眉毛好像弓样弯，
发如獭毛赛软缎。

情人穿的长裙子，
裙料用的是绸缎，
只要我俩在一起，
戈壁也把天房变。

吐鲁番位于西域丝绸之路的“三岔口”，从哈密而来的人流在这里一分为二，通往西域的南疆、北疆，也因此，从结构上看，“吐鲁番木卡姆”受“十二木卡姆”的影响较大。

据新疆艺术研究所的周吉先生的田野调查，“吐鲁番木卡姆”除了在乐器的伴奏下演唱之外，还有一种鼓吹乐的表演形式。所以，吐鲁番地区的著名木卡姆艺人既能操起“萨它尔琴”自弹自唱，还吹得一手好“苏乃依”（唢呐）……“那是在一个不大的礼堂，人们都坐在围墙根铺着的花毡上，苏乃依的引子开始了，明亮、起伏的散板乐曲召唤来了一批又一批的群众。随即，四个壮实的农民击起三对纳格拉[1]和一只冬巴克[2]，苏乃依在鼓声中继续吹起旋律，一对发音较低的尾鼓击打着乐曲的基本节奏型，另外两对特别是其中发音最高的头鼓在不断地加花，激越的鼓声使我们联想起了古代西域乐舞‘洪心骇耳’的记载。人们随着乐声渐次入围，手舞足蹈，欢笑声、唱歌声此起彼伏。”[3]

在“吐鲁番木卡姆”和“哈密木卡姆”中，各有一套“刀郎木卡姆”。古代西域出现的第一个政治文化中心是楼兰，“楼兰”被汉改名为“鄯善”，一些专家认为，其居民四散，一部分到了吐鲁番地区今天的鄯善县；一部分到了库尔勒地区，主要是轮台县；一部分到了哈密市。

从今天的吐鲁番地区的鄯善县出发，有一条去罗布泊地区和楼兰的捷径，喜欢探险旅游的人之所以多从库尔勒去罗布泊地区，主要因为罗布泊地区在今天的行政区划上归库尔勒所在的巴音郭楞蒙古自治州管辖，办理相关手续要找巴州的管理部门。

目前，专门介绍研究“吐鲁番木卡姆”的书籍、文章比较少。

1　纳格拉，铁腔皮面鼓，以两只不同音高者为一对，手执两棒敲击，也称为铁鼓。

2　冬巴克，低音铁鼓，只用一只，由一人执棒击打乐曲中的强音。

3　周吉:《木卡姆》，浙江人民出版社 2005 年版，第 48 页。

哈密木卡姆·『摩诃兜勒』

有人认为，哈密的巴里坤在汉代是匈奴呼衍王庭。

游牧力量从河西走廊的退走，首先露出来的就是哈密。后来漠北一波一波的游牧力量向西消退，最先进入西域的绿洲，也是在哈密。在楼兰之后，哈密也一直是汉文化在西域的第一前进基地，第二个前进基地就是吐鲁番。伊斯兰教10世纪进入喀什噶尔，由此东进，武力传教，一站一站打下来，直到16世纪才在吐鲁番、哈密占据主导地位。也因此，哈密一直是个多元文化并存、文化积累十分复杂的地方。

古代哈密的“伊州乐”在中原影响很大。

《晋书·乐志》中记载：“横吹有双角，即胡乐也。张博望入西域，传其法于西京，惟得摩诃兜勒一曲。”公元前139年张骞初入西域，屡受挫折，历尽艰险，去时百余人，唯张骞与从者甘父全身得还，不可能顾及

梦幻楼兰（谷雨配画）

乐器与乐曲之事。带回“摩诃兜勒”的可能是公元前123年张骞第二次随大将军卫青西征匈奴。张骞谙熟地理习俗和水草道路，卫青大胜，张骞也因此被封为“博望侯”。当其得胜时，一向心系西域的张骞，带回“胡角”和“摩诃兜勒”显得合理，当时的“摩诃兜勒”可能多用“胡角”吹演。除了张骞学会部分的吹演之技，得胜回朝之际，可能还带回了乐人，否则不可能于戎马倥偬之际，学习复杂的大曲“摩诃兜勒”。就是在哈密这个地方，张骞带回著名的《摩诃兜勒》。

“摩诃兜勒”——这是汉文史书中第一次关于“西域大曲”的记载。历史上有名的《阳关三叠》就出自“伊州大曲”，宋人王灼《碧鸡漫志》说伊州乐是“侧商调里唱伊州”——唐朝在哈密设“伊州”，这种“侧商调”，在今天的“哈密木卡姆”中仍然保留。日本人桑原骘藏推断，“摩诃兜勒”系Maha-Tokhara的音译。Maha出自梵语，是“大”的意思；而Tokhara则是中亚大夏。“摩诃兜勒”是一种以地名为乐名的“大吐火罗乐或大夏乐”，桑原骘藏最终将“摩诃兜勒”解释为“大伎乐”。实际上，“摩诃兜勒”是Maha-dor的音译，按维吾尔新文字拼为Mah-dor。“摩诃”（Mah）在古代西域是许多民族共用词汇，都是“大”的意思，而“兜勒”（Dor）在古回鹘和卫拉特蒙古语中，仍有“歌曲”之意，因此“摩诃兜勒”应译为“大套的歌曲”，或简称为“大曲”。[1]

汉代音乐家李延年就是根据张骞带回来的“摩诃兜勒”，改编创作了二十八曲。《晋书·乐志》记载“李延年因胡曲更造新声二十八解，乘舆以为武乐”。一些专家认为，汉代“相和大曲”中的“艳、趋、乱”也是在“摩诃兜勒”的影响下形成的。“艳”为散曲，是开头部分，“趋”为中板，“乱”是结尾部分的快板。这种结构与“穹乃额曼”的结构趋向大体上是一致的。

关也维先生认为，“木卡姆作为一种古老的民间艺术形式，它的原始形态摩诃兜勒，早于公元前二世纪时就曾流传在现今新疆东部天山以南至罗布泊一带。公元四世纪时，不仅龟兹文献中正式出现木卡姆之名，而且它的音乐已传至汉族中原地区。至公元六七世纪时，木卡姆音乐结构逐渐完善，已成为一种包括有‘艳’（歌曲）、‘趋’（乐曲）、‘乱’（歌舞曲）的音乐歌舞套曲”[2]。“西域大曲”正是维吾尔木卡姆的早期形态。

---

1 参见关也维《木卡姆的形成及其发展》，载《新疆艺术》编辑部编《丝绸之路乐舞艺术》，新疆人民出版社 1985 年版，第 52 页。

2 关也维：《木卡姆的形成及其发展》，载《新疆艺术》编辑部编《丝绸之路乐舞艺术》，新疆人民出版社 1985 年版，第 70 页。

哈密木卡姆·鹘风汉韵

“哈密木卡姆”主要流传在哈密市的陶家宫乡和伊吾的淖毛湖绿洲。

由哈密地区文化处编写，人民音乐出版社1994年出版的《维吾尔古典音乐——哈密木卡姆》一书，共收录了“哈密木卡姆”12套、19个分章，包含了258首乐曲。分别是：一、“琼都尔木卡姆”（我走遍天下）；二、“乌鲁额兜勒木卡姆”（嗨，嗨，月兰）；三、“穆斯台赫扎特木卡姆”（亚勒吾孜托云）；四、“恰尔尕木卡姆”；五、“胡甫提木卡姆”；六、“且比亚特木卡姆”（加尼凯姆）；七、“穆夏威莱克木卡姆”（医治你心病的良药）；八、“乌孜哈勒木卡姆”（代尔迪里瓦）；九、“都尕木卡姆”[（小）你让我好苦]；十、“多郎穆夏威莱克木卡姆”；十一、“伊拉克木卡姆”[（大）你让我好苦]；十二、“拉克木卡姆”（唱吧，我的夜莺）。

在“哈密木卡姆”中，其中第二套木卡姆即称“乌鲁额兜勒木卡姆”。

“摩诃兜勒”在古回鹘语中又称“乌鲁额兜勒”，都是“大曲”的意思。这套木卡姆，又名“嗨，嗨，月兰”。“月兰”原指草原上的一种红花，可能是天山、祁连山一带的山丹花。古代阿尔泰语系诸民族多信萨满教，每到五月末“月兰”花开时，举行传统祭天活动，男女老少围圈而舞。在这种歌舞唱词中，多以“嗨，嗨，月兰”为衬词，于是“月兰”渐渐也有“歌舞”的意思。“荒原上的月兰颤向天边，美好的愿望一定会实现”，这首古歌谣所说的，就是当时原野上的歌舞盛况。

高车是维吾尔族发展演变中的一个阶段，《魏书·高车传》记载，“高宗时五部高车合聚祭天，众至数万，大会，走马杀牲，游绕歌吟忻忻，其俗称自前世以来无盛于此”，游牧民族的草原盛大聚会，功能强烈，意义突出，而“游绕歌吟”是其重要的表现形式。

作为回鹘西迁最先到达的地区，同时作为新疆东大门和接受伊斯兰教和阿拉伯文化较晚的地方，“哈密木卡姆”与喀什地区的“十二木卡姆”在内容、结构、风格上有较大差别，一个最重要的特点是基本以民歌和歌舞曲组成。每套木卡姆都是开始来一段“散板序唱”，后面连缀以 10—21 首当地流传的民间歌舞曲子。

有没有“散板序唱”，在维吾尔族音乐文化中是个重大区别。作为“穹乃额曼”（大曲）中的“散板序唱”，可以说是自古相传的“西域大曲”的重要基因，也是“木卡姆”的重要标志。“散板序唱”本身，其音乐的即兴性、复杂性和演唱时的难度也很说明问题。缺了“散板序唱”，“哈密木卡姆”就近于“民歌套曲”了。晏殊词“重头歌韵响铮琮，入破舞腰红乱旋”，讲得很清楚，“散板序唱”是“重头歌韵”之后，歌舞套曲开始（大曲的结构是进入歌舞的部分叫“破”），音乐的形象转移到舞蹈方面，是“舞腰红乱旋”的酣畅淋漓、尽情尽兴的舞蹈。

总体来说，与“十二木卡姆”相比，“哈密木卡姆”只保留了“穹乃额曼”（大曲）结构中重要的“散板序唱”，而其歌舞套曲，类于“麦西热甫”，所占的比重也较大。其形态、结构、历史渊源上，民间性更强一些。“十二木卡姆”“吐鲁番木卡姆”和“哈密木卡姆”三种木卡姆中，如果以“十二木卡姆”为基准，则“吐鲁番木卡姆”主要取近于“穹乃额曼”的“大曲”的结构，“哈密木卡姆”主要取近于“麦西热甫”的歌舞套曲形式。“哈密木卡姆”歌词的民间性也非常突出。

比如“哈密木卡姆”的第一套：“琼都尔木卡姆”中，第二分章的第十三歌《跳蚤》的歌词：

我的跳蚤是好汉，
在我被子里安眠；
我把它扔进水里，
它向我直翻白眼。

它留着两撇胡子，
蹄子是金刚宝石；
我向它瞥了一眼，
当即把耳朵竖起。

我把它当作公驼，
给它套上了鼻桊；
驮上六个月干粮，
和情人一起骑上。

左吆喝它也不走，
右吆喝它也不走；
松土上它要打滚，
烂泥里它栽跟头。

惹得我怒火上升，
割断了它的咽喉。
出了七十斤精肉，
出了六十斤肥油。

给这个送上一斤，
给那个送上一斤；
剩下的散了布施，
皮子留给我自己。

我把那皮子送去，
交给了艾沙皮匠；
又从他那里要回，
交给了穆沙皮匠。

熟皮子用了六月，
裁皮子用了一年，
阿訇们做了刀鞘，
大娘们做了针囊。

还剩了半张皮子，
我把它送了鞋匠。

这首维吾尔族传统诙谐歌，也被连缀在“哈密木卡姆”的歌曲里，说明“哈密木卡姆”的吸纳能力。

“哈密木卡姆”的名称，除了有“兜勒”“大兜勒”这样古老相传的名称字眼，主要杂以部分“十二木卡姆”名称，还有一些是以当地村镇名为木卡姆的名称。结构上是散曲、歌曲和舞曲，一些乐调细辨有西北民歌味。而且在新疆各处的木卡姆中，只有这里乐队班子有女鼓手，服饰上一个特别的细节是沿用了汉族传统的“右衽”方式，绣花图案和色彩的美学风格也有汉味。

服饰上的“左衽”“右衽”，汉文史书非常在意，这是一个顽固的传统。

远古“华夏”形成初期，“华夏人”自认为，与周围众多羌部、“羌方”的区别，衣服是重要标志。“华夏”这个字眼，就有以服饰来别类辨群的意思——所谓“以貌取人”。“华夏”虽源于羌，但自从有了“华夏”这个群体的“自我意识”之后，比较直观地区别于“羌”的一个特征，就是服饰。因此，汉文史书对周围少数民族的记载，很注意头发如何，帽子如何，衣服的质地是羊毛还是麻布之类，长得什么样子，住的房子是否能移动，吃喝的东西是什么，等等。在衣服上，汉族“右衽”，而游牧民族为了便于上马，一般都是“左衽”。哈密妇女服饰的“右衽”，是个别有意味的细节，反映文化上的汉胡杂糅。

“在木卡姆中填唱汉语歌词，也是‘哈密木卡姆’所特有的现象，说明这里的音乐乃至整个文化与河西走廊，直至中原汉文化的更多的相互影响和交融。”[1]“哈密木卡姆”的乐器“哈密艾捷克”，近似于汉族的胡琴，不同于新疆其他地方的艾捷克。

巨灵如风

因为有了你我的木卡姆，
世界不再荒凉山岭不再寂寞，
漫漫无际的黄沙舒展眉结……

是什么苏醒了呢？
当木卡姆的乐声和歌声响起，
原来这才是世界这才是人间，
充满青春爱情，充满痛苦希望，
这才是生命才是活着的我们……

因为有了木卡姆，永远的木卡姆。[2]

---

1 周吉：《木卡姆》，浙江人民出版社 2005 年版，第 50 页。

2 王蒙的诗《木卡姆》，1978 年作。

新疆以歌舞名世。人们拜倒在歌舞的石榴裙下。许多人对新疆的第一印象来自歌舞，歌舞也是他们关于新疆最醒目的知识和首先切入的话题。在一首又一首新疆民歌中，新疆的形象在人们眼前清晰起来：一个一直不停地旋转的新疆、一个裙裾飞扬的新疆，一个用歌声和舞蹈浇灌的新疆。歌舞是新疆的衣裳、面容、性格和灵魂，也是新疆的气质、神采、魅力和诱惑。

人们关于新疆歌舞的印象，不是今天才形成的。仅唐朝，来自西域的乐工就非常之多。如“唐初有龟兹音乐家白明达，疏勒琵琶能手裴神符；元和年间琵琶手裴兴奴、于阗人尉迟青（德宗时官至将军，善觱篥）、尉迟章（文宗太和中人，善笙）、康国人康昆仑（贞元初人，善琵琶）、康遒（大中初人，善弄婆罗门），曹国人曹保（贞元中琵琶名手）、子曹善才、孙曹纲（三世均为琵琶手），唐末又有曹触新（善弄婆罗门）、曹绍夔（乐令），米国人米嘉荣（元和年间著名歌唱家）、其子米和（又称米和郎、米莱加，咸通中以琵琶著称），米禾稼、米万槌（太和初均以善弄婆罗门著称），石国人石宝山（大中初以善弄婆罗门著称），安国人安万善（开元时诗人李颀曾写诗称赞其觱篥之技）。这里所举的都是当时有名的西域音乐家，至于在教坊和梨园中供职的一般西域乐人，也不是个别现象”[1]。

1　赵铭善：《唐代西域音乐的流行》，载《新疆艺术》编辑部编《丝绸之路乐舞艺术》，新疆人民出版社 1985 年版，第 184 页。

西域歌舞对内地的影响，在历史上，特别是在中央王朝比较强盛、对西域的经营比较有效的时代，远比今天更大。一个简单的对比是，在那些年代，对西域各地音乐均有比较准确的了解，不会把“高昌乐”混同“龟兹乐”或其他绿洲上的音乐。而今天，除了研究新疆歌舞的专业人士，绝大部分人，包括音乐界人士，可能无法分清新疆各地维吾尔音乐的区别和特色——即使在新疆的汉族同胞中，能准确感受到这种差别的人可能也并不多。当然，不同历史时期的社会文化生活中，音乐歌舞的地位有巨大差别，这个对比可能并无太大的意义，但基本判断不会离事实太远——新疆歌舞之乡的美誉，得益于历史上强烈而深刻的印象。

进一步说，这种历史的印象，又得益于丝绸之路，得益于在陆权时代，各种势力对丝绸之路的无限依赖，得益于这条大通道是四大文明相会见面的地方。海上丝绸之路开通之后，特别是在近代，进入资本主义地理大发现和列强们自海上而来的殖民扩张的时候，丝绸之路陷入沉寂，西域成了“天之所忘”的地方，绿洲孤岛真正开始了封闭的时代——也正是在动荡不安的近代，连年内乱严重破坏新疆社会经济，上层社会无暇自顾，百业凋零，文化生活低落，新疆歌舞连同木卡姆艺术，走进了低谷。到解放初期，曾经繁盛的木卡姆艺术，特别是“十二木卡姆”中的“穹乃额曼”部分，到了濒临消失的境地。

艺术的道路，是历史走过的道路。

每一种艺术样式和艺术现象，都有它近乎宿命的历史——从这一点来说，一个历史唯物主义者，必须认清这种历史的大趋势，道德的判断不能替代历史的判断。一种艺术样式也好，一种文化传统也罢，都有其发展、演变的客观规律。但，在规律面前，人并不是消极被动、无所作为的。古典艺术在“古典时代”终结后，以另一种身姿和形象活动于当代，人类文化的血脉就这样薪火相传，穿越大时光的风吹雨打而成为不朽的典范——也因此，我们可以看到人类的道路有两条：一条是围绕深刻的本能，建设欲望的福祉，追求形而下利益的物质之路；一条是提升精神的境界，追求形而上创造的心灵之路。

一切自有安排。

纷乱无比的世象中，渐渐显示锋刃般的玄机——而这，被后人称为历史的秘密。

木卡姆的命运似乎无法挽回，就要滑入时间的深渊，这时，新疆解放了。解放初期，百废待兴的共和国，百废待兴的共和国偏远一隅的新疆大地上，真正能比较全面地掌握木卡姆，特别是“十二木卡姆”的民间艺人，已经非常之少。

解放前，木卡姆艺人的命运十分悲惨：

找我们的人们，

请你们到灾难的戈壁里去寻，

到那背井离乡的山谷和隐居的草原上去问。[1]

木卡姆艺人，凋零枯萎。木卡姆之花，命若琴弦，将成绝唱。

音乐艺术的一个非常突出的特点，是声音的共时性，转瞬即逝。留存音乐的最好办法是培育演奏音乐的人群，而生命如此短暂，人亡艺绝、人去声息，是普遍规律。音乐存留的第二个办法，是保存真实呈现音乐现实的音乐音响资料。在 1877 年秋天爱迪生发明世界上第一台留声机之前，音乐史是无声的，没有第一手的资料。西域的律学虽很早就有苏祇婆的“五旦七声”之说，但由于此地的民族变迁和语言变迁过于频繁和复杂，几乎没有留下乐谱之类的记述资料。一些关于西域音乐的文学性、历史性描述，也多是出现在汉文中的形象描写。而且，木卡姆音乐的即兴性演奏和口传心授的特点，也增加了记述上的巨大困难。即使今天，我们的记音符号，在记述木卡姆的音乐细节时，也遇到许多问题。

也因此，木卡姆的传承，可以说是到了“人亡曲终”“油尽灯枯”的最后关头。赛福鼎同志在解放前陪中共领导人路经喀什时，就曾听一个民间艺人演唱“十二木卡姆”。解放后，当时莎车地区的行署专员哈斯木·坎

1 “巴雅特木卡姆”中“盘西路”的一节歌词。

艺术的道路，是历史走过的道路（谷雨配画）

伯热依，又把这名艺人推荐给已任新疆省政府主席、著名文艺活动家赛福鼎同志。赛福鼎感受到木卡姆命运的转机，王震对他的想法也给予大力支持。于是，新疆向政务院和文化部请求支持，国家派来了以万桐书为代表的音乐家，解决新疆没有音乐研究和记谱人才的困难。

“众里寻他千百度，蓦然回首，那人却在灯火阑珊处。”

这名民间艺人，就是木卡姆艺术大师、杰出的民间艺人吐尔地阿洪[1]。

根据1954年木卡姆大师吐尔地阿洪口述的家庭情况和从其他方面掌握的情况看，这个木卡姆世家到他已是第五代木卡姆传人。第一代传人是“依不拉音卡龙”（即依不拉音阿洪），他是吐尔地阿洪的大曾祖。擅长木卡姆乐器中的重要乐器“卡龙”琴，在民间演奏卡龙上，没有人能超过他，因此在民间被称为“依不拉音卡龙”。依不拉音卡龙的生卒年月不详，在今天喀什地区的莎车县度过一生，活到92岁。每当演奏木卡姆总将歌词解释一遍，是个有学问的“毛拉”，经常骑马云游到和田、叶城、英吉沙、喀什、阿克苏、库车等地，演奏木卡姆，也兼任清真寺的“伊玛目”[2]。

第二代传人是“阿西木沙它尔”（即阿西木阿洪），是吐尔地阿洪的曾

1 “阿洪”准确的汉文译法是“阿訇”。伊斯兰教职，也称“毛拉”，系波斯语音译，原意是教师。过去的教育主要是经文学校的教育，这个词也用来尊称有知识的人。

2 “伊玛目”，清真寺主持。系阿拉伯语音译，意为“表率”“站在前列的人”。

祖父。阿西木沙它尔的生卒年月不详，也在莎车生活，文化程度不高，略识些字，主要从事木卡姆演奏，擅长于“萨它尔”琴的演奏，培养了众多学徒，在民间有“阿西木沙它尔”的美称。他在改进维吾尔乐器方面功劳不小，活到78岁。

第三代传人是“卡吾里卡龙”（即卡吾里阿洪），是吐尔地阿洪的祖父，聪明过人，熟记木卡姆的同时，也弹奏维吾尔各种乐器和民间音乐，活到85岁。

第四代传人是“塔外克古里阿洪”（1843—1931），是吐尔地阿洪的父亲，当年在南疆的木卡姆和音乐界享有盛誉，堪称最有学识的音乐大师和木卡姆大师。塔外克古里阿洪生于喀什，6—16岁，在喀什的伊斯兰经文学校读书，从16岁一直到生命最后一刻，从事木卡姆艺术和培养学徒的事业，他以古典文学先驱纳瓦依、苏伯日、普祖里、奥维达、麦西来甫和维吾尔族诗人的众多诗篇以及维吾尔族民谣，取代木卡姆晦涩难懂的词句，让木卡姆的歌词更加接近民众。塔外克古里阿洪对维吾尔乐器无所不精，最擅长的是“萨它尔”琴，一生在南疆各地演唱，比较频繁的是喀什和英吉沙。培养的学徒中，比较出名的是喀什人艾里木阿洪和色里木阿洪两兄弟、买买提毛拉和莎车人色提瓦里。这些人既是合作者又是他的学徒，组成民间艺人的班社，颠沛流离，驮负着木卡姆和他们自身的命运。塔外克古里阿洪一生结过三次婚，第一房、第二房妻子都没有怀孕，第

木卡姆大师吐尔地阿洪（中间持琴者）

三房妻子是提拉汗，生有两子，长子就是后来的木卡姆大师吐尔地阿洪（1881—1956），次子叫依明阿洪（1883—1949）。塔外克古里阿洪从小教授他们木卡姆，为使其自食其力、独立从事木卡姆事业，给长子吐尔地阿洪划定的活动区域是和田、叶城、莎车、英吉沙等地，给次子依明阿洪划定的活动区域是喀什、阿克苏等地。兄弟俩分手后长期在不同的地方演唱演奏，未能聚会。塔外克古里阿洪晚年凄惨，一贫如洗，活到88岁，在英吉沙县离开人世。

吐尔地阿洪是这个木卡姆世家的第五代传人。吐尔地阿洪出生于英吉沙，在父亲精心教育下，不满6岁的他就开始学习维吾尔乐器。12岁开始学习“十二木卡姆”，参加大大小小的喜庆集会和“麦西热甫”，父亲演奏乐器，他当鼓手，历时4个春秋。4年后，父亲把鼓手之职交给弟弟依明阿洪。吐尔地阿洪20岁时，成了家，也已经掌握了“十二木卡姆”音乐，从此开始四处漂泊，以此为生，独立开始了传授木卡姆的事业。他常常使用的是“萨它尔”琴，“萨它尔”也是“穹乃额曼”演奏中的主奏乐器，琴师边拉边唱，以此开启整个的音乐长旅。

1939年，吐尔地阿洪带着两个儿子和家人迁居叶城，把各地的“木卡姆奇”吸引到自己的周围，但生活仍然每况愈下，衣食难继，不得不几次将心爱的“萨它尔”琴送进当铺。

长夜漫漫，吐尔地阿洪终于熬到新中国成立，被政府请到乌鲁木齐。

他不顾年迈苍苍，倾尽心智才华，把“十二木卡姆”唱给北京来的万桐书等专家。从此，这古老的音乐文化遗产，在油枯灯尽之时，终于熬到和钢丝录音带的见面，刚用上电灯不久的边城，为了保证电压稳定和录音质量的可靠，熄灭了半城灯火……

中华乐舞：歌唱和舞蹈的身体，最美丽

礼乐文明与中华乐舞

中华文化是礼乐文化。圣人制礼作乐，礼序乾坤，乐和天地，教化天下，“乐者，天地之和也。礼者，天地之序也。和故百物皆化，序故群物皆别”(《礼记·乐记》)。礼是天经地义，是最重要的秩序仪规；乐是世间最美的声音，是道德彰显。“志于道，据于德，依于仁，游于艺”(《论语·述而》)，这个“艺”，狭义即指礼、乐、射、御、书、数。

礼和乐，即情和理，概括了人之为人最重要的两个方面。礼和乐，在我们的文明中是连起来读的。我们更强调礼和乐的统一性，是“一生二，二生三,三生万物”，把它看成整体，不是二元对立，所谓“万物负阴而抱阳，冲气以为和”(《道德经·第四十二章》)。中华民族崇尚天人合一、情理合一，“孤阴则不生，独阳则不长”（《幼学琼林》），失礼之情与失情之礼，皆非至情至理。李泽厚讲“情本体”，“情”在我们的文化中，是本体论的一部分。

“不学诗，无以言；不学礼，无以立”（《论语·季氏》），诗礼乐舞是合一的，这是中华文明的一个重要特征。中华乐舞，源远流长。沿着黄河的盘龙虬枝，从九千年前贾湖的骨笛悠扬，到蔚为大观的仰韶彩陶，再到青海的舞蹈彩陶盆，我们仿佛看到“於！予击石拊石，百兽率舞”（《尚书·舜典》）；看到“诗者，志之所之也，在心为志，发言为诗。情动于中而形于言，言之不足，故嗟叹之，嗟叹之不足，故永歌之，永歌之不足，不知手之舞之、足之蹈之也”（《毛诗序》），中国最早的诗歌总集《诗经》，也是诗、歌、乐、舞的总集。继续向西，在新疆呼图壁县的康家石门子岩画——这个一处岩壁上集中了最多舞蹈图案的地方，我们看到了中华乐舞的生动繁茂，它和黄河岸边的舞蹈彩陶盆一样，其舞蹈语汇同样具有“词根”的意味：上肢的左右起伏旋转，让人联想到后来的胡旋舞、秧歌等，有龙行之象。

西域是中华乐舞繁盛之地

河出昆冈，玉出昆冈，乐出昆冈。

自古以来，新疆以歌舞名世，地处丝绸之路要冲的西域，是古代东西方音乐舞蹈交汇之地。相传黄帝的乐官伶伦，裁昆仑之竹为笛，模拟凤鸟鸣叫，造制律吕（《吕氏春秋·古乐》）。周穆王西巡昆仑，与西王母瑶池宴饮，《白云谣》与《黄竹歌》，歌舞唱答，乐而忘返，依依惜别（《穆天子传》）。在唐代，西域歌舞达到鼎盛，玄奘法师称龟兹“管弦伎乐，特善诸国”。百万人口的长安城，是当时世界上最大的都市，来自西域者近十万，除胡商、胡僧外，最多的便是歌舞乐人，宫廷大乐，西域尤多。“胡音胡骑与胡妆，五十年来竞纷泊。”（元稹《和李校书新题乐府十二首·法曲》）唐代乐舞，吹拂着浓郁的西域风，西域曾是中华乐舞的繁盛之地。唐宋以后，斗转星移，海上丝绸之路兴盛，伊斯兰教东传西域，西域渐趋沉寂。特别到了近代，百业凋敝，民不聊生，民间歌舞艺人自顾不暇、自生自灭。直至新疆解放前，当地已没有精通乐理、能听唱记谱、有研究能力的现代歌舞人才。

中华乐舞体现中华文明“五个突出特性”

包括西域乐舞在内的中华乐舞，突出体现中华文明的连续性、创新性、统一性、包容性、和平性。百万年人类史、一万年文化史、五千年文明史，无论是渐得实证的神话传说、大量的出土文物，还是浩如烟海的史料文献，琳琅满目的岩画、壁画……中华乐舞融入中华生产生活，呈现出源远流长、万方乐奏、“多元一体”、生生不息、礼乐合一、以乐化人的社会景象。中华乐舞兴衰变迁的悠长曲线，又总是与中华民族的历史命运、民族融合、交流交往交融的发展轨迹高度一致。每当中华民族取得重大进步、迈入太平盛世的时候，也正是中华乐舞“连续性、创新性、统一性、包容性、和平性”最为彰显的时候。中华乐舞强烈的历史表征特点，构成了反映民族身心状态的审美尺度、艺术符码和精神曲线。

丝绸之路，也是中华乐舞之路，它极大地扩展了中华乐舞的世界联系和历史影响，惊人地合乎“连续性、创新性、统一性、包容性、和平性”五个突出特性的概括提炼。新疆各族人民的乐舞天赋，在党的阳光照耀下真正得到施展。一首传唱至今的歌曲唱道：“越过重重艰难险阻，跨过无数高山大海，战胜严冬驱散风雪，迎来百花盛开。万里长空云消雾散，阳光多么灿烂，受苦的人儿喜笑颜开，在这解放的时代。”（《解放的时代》，铁依甫江作词，于山江谱曲）古老的西域乐舞，在新中国、在新时代，排浪般焕发璀璨的光彩，进入最好的历史时期。

党领导新疆乐舞传承保护和创新发展

以木卡姆为例。木卡姆来源于汉唐大典，是典型的乐舞艺术。每部木卡姆的第一部分，至今仍叫“穹乃额曼”（大曲），它在木卡姆的三部分构成中，篇幅最长，历史也最久。新疆解放前，新疆各族人民，除了与内地人民一样，深受“三座大山”的压迫之外，还遭受着宗教神权的严重压榨，伊斯兰经学教育一统天下，排斥乐舞文化，现代教育发育迟缓。到新疆解放时，偌大的新疆，竟无懂乐理、能听唱记谱、有研究能力的专业人才，民间乐人颠沛流离、自生自灭。承续了汉唐大曲遗韵的木卡姆乐舞艺术，此时已命若游丝，濒临人亡艺绝之境。

中华人民共和国成立后，党和政府高度重视和关心少数民族地区文化事业，在百废待兴、建设新中国的过程中，投入大量人力、物力、财力，有计划、有步骤地开展新疆民族优秀传统文化抢救保护工作，口头传续、濒临消失的民间文化珍宝得以重生。以万桐书为代表的内地学者，在党和政府的领导下，离开内地优渥的环境，奔赴新疆，不畏艰辛，扎根边疆，和新疆的各民族艺人、专家一道，为抢救、记录、整理和研究木卡姆乐舞艺术奉献终身。

“一唱雄鸡天下白，万方乐奏有于阗。”（毛泽东《浣溪沙·和柳亚子先生》）是新中国、是“解放了的时代”，为新疆的民族艺术带来命运的转机——党中央、毛泽东主席、周恩来总理，指示文化部派专家来疆，抢救奄奄一息的木卡姆艺术，为热爱歌舞的新疆人民派来了以万桐书为代表的音乐学家。古老的木卡姆，枯木逢春，重新回到人民中间。1951 年 3 月，春寒料峭，肩负着中央的嘱托和新疆人民的期盼，万桐书等一大批内地音乐家来到新疆。他们一干就是一辈子，跋涉在戈壁和绿洲之间，用生命的甘泉重新汇聚出木卡姆的海洋。“一声何满子，双泪落君前。”这功垂千古的壮举——搜集、记谱、翻译、整理和出版中国历史上第一份十二木卡姆录音，使中华音乐瑰宝木卡姆重新回响在天山南北。

类似抢救木卡姆的故事，在新疆不胜枚举。新疆每一项传统艺术遗产，都是在党的领导下得以传承和发展的。新疆解放前，新疆没有一家专业的艺术机构，没有现代意义的舞台艺术，艺术教育、艺术研究、艺术媒介更是一片空白。那些极富天分的民间艺人，大多没上过学，更谈不上接受专业艺术教育，都是以口传心授的方式习得一技之长，从此卖艺为生，养家糊口，生活在社会的最底层。新疆和平解放之后，特别是在改革开放和新时代，县县设有文化艺术机构、专业艺术团体，新疆的民族艺术，特别是歌舞艺术发生翻天覆地的变化，在创造性转化和创新性发展中，名家名作层出不穷、获奖不断，赴内地和国际广泛交流，“歌舞之乡”的美誉再次响彻神州大地。木卡姆艺术成功列入联合国教科文组织第三批“人类口头和非物质遗产代表作”，新疆成立木卡姆艺术团、研究中心和木卡姆学会，先后设立了6个木卡姆传承中心，创作了一大批木卡姆主题的艺术作品。刚刚开幕的“第六届中国新疆国际民族舞蹈节”，是中国唯一的、专门以乐舞艺术为主题的国际性舞蹈盛会，国内外舞蹈团体的优秀作品轮番上场，艺人们登台献艺，歌如潮、舞如海，新疆人民又迎来舞蹈的盛宴。

抒写中华乐舞新篇章

在建设中华民族现代文明的过程中，新疆乐舞艺术大有可为。以乐化人、以舞和人，歌唱和舞蹈的身体最为美丽。我们从来没有像今天这样，接近中华民族的伟大复兴，中华民族的伟大复兴，归根到底是中华文化的复兴。在中国式现代化的进程中，中华乐舞不仅是社会精神文化生活的重要组成部分，也展现出文旅融合的无限潜力。浸泡在乐舞海洋里的壮丽山河，洋溢着青春升腾的生命力量，构成新疆魅力和气质的重要组成部分，点燃八方游客来新疆壮游的冲动。

习近平总书记说："望得见山、看得见水、记得住乡愁。"在走向现代文明的大道上，在城市化、数字化、智能化的今天，站在远眺的山巅，中国人的心理需求、生活方式正发生美妙的转换：一手伸向星辰大海的未来，一手牵住五千年文明酿就的浓浓乡愁，这也为城乡融合、乡村振兴和文化传承发展，提供强大的势能，创造无限的契机。

在时代的舞台上，中华乐舞一定会不断绽放现代文明新光彩。

2023 年 7 月 22 日于昆仑宾馆

本文系作者在"第六届中国新疆国际民族舞蹈节"论坛上的发言

中国艺术研究院
基本科研业务费项目

行走，观想与表达

第三辑　文学的风土

韩子勇　著

文化藝術出版社
Culture and Art Publishing House

目录

第三辑　文学的风土

物象与视知觉

西部的性质

我们可以从各种不同的领域和角度（譬如审美的、文化的，或者所谓“西部精神”等等）对“西部文学”进行定位，但“西部—文学”这种构词方式却直接泄露了我们所讨论的对象与西部有关。空间定位不仅仅是（文学的）自然基础，一种地域的存在一旦得到命名，就不再是纯粹的物质，经验与梦想、心理与象征、精神与话语等等这些“第二性”的东西就如同喷射的精流遇到了卵体，孕育出一个叫哲学家们寝食不安的牛头马面的怪物。

人类学的材料证明，古人的时空观往往是混沌不分的。在汉朝官方的“太一礼仪”中，有四首合唱的古歌，分别为《青阳》《朱明》《西颢》和

《玄冥》。这四首歌所涉及的自然现象和人事活动恰好与春夏秋冬的时间顺序相吻合，但同时它也表明一种空间观念，分指东西南北。《西颢》中这样写道：

西颢沆砀，秋气肃杀。含秀垂颖，续旧不废。奸伪不萌，妖孽伏息。隅辟越远，四貉咸服。既畏兹威，惟慕纯德。附而不骄，正心翊翊。[1]

西，秋方也。“西颢”为西方之神少皞，原来也是秋天之神。秋天的太阳与傍晚的夕阳相应，成为西方的象征，配以素色“白”。在中国文化中，东西不仅是空间定位的对立，还隐含着互相排斥的两套价值系统。东方为日，为阳，为雄性之王。西方荒远则为月，为阴，为雌性之王。一方是“阳”“男”“中心”“文化”“正统”，一方为“阴”“女”“边缘”“自然”“非正统”，西王母所代表的阴性空间包括整个西北荒漠之域。在《易经》之中，西从“秋”，从“泽”，从“少女”，从“悦”，从“羊”，从“口”，为兑卦☱；而东从“春”，从“雷”，从“长男”，从“动”，从“龙”，从“足”，为震卦☳。从“泽”，为水之源，河之源，中国的江河多为从西向东流去。从“羊”，羊为西部物象，暗示猎狩与游牧。从“悦”，

1 逯钦立辑校：《先秦汉魏南北朝诗》，中华书局 1983 年版，第 149 页。

为悦服、喜悦，倾向于感性。从“口”，为言说，为歌咏，仍倾向于感性。“少女”为少阴，由弱而渐强，暗示阴盛而阳衰。从卦象来看，似乎并不都吻合于西部的经验，但《易经》的玄奥正在这不尽似之中，否则就无从以变。

自古以来，无论中外，西或秋都与“悲”这种情感价值有不解之缘。悲哀失意、伤感凄凉、感时伤怀，草木摇落而衰败，这是一个特殊的方位，这是一个特殊的时段。太阳之死，万物衰亡，焦虑与忧患，恐惧与神秘，都与西方有了象征性的联系，是一种“死亡”与“刑惩”的原型。这种“悲剧性的叙述程式”，是对“牺牲”的模仿，所以西方又与“祭”的观念相联系。同时，作为“秋的丰盈”，又加强着感获与崇拜，祭祀杀牲的血液召唤着复生，冲淡或缓释着对肃杀之气的惊惧。西方主持刑杀的功能，刑与月、与阴有着内在的联系。刑的存在是为了使人畏威，从而“惟慕纯德”，刑神与战神相一致，与猎狩之神相一致。生于西方的炎帝之后蚩尤，就兼有这多重的身份，《太平御览》引《兵书》说：“蚩尤之时，烁金为兵，割革为甲，始制五兵。”蚩尤是“兵”与“刑”的首创者。《易经》也认为，西从金，与战事和死亡相关。同时，西为日落（死亡）之地，从“昏”，也与“战事”“刑惩”和“祭”的气象相一致。由此推出，与西方相一致的物象为植物之死（秋收）、动物之死（游牧与狩猎）、太阳之死（日落）、人之死（战事与刑杀），这种视知觉所构成的心理经验就是悲剧与牺牲。因此，尽管从兑卦的性质来看，虽属少阴，却非柔，而是一种残杀之气的充盈，是以威服德，“正心翊翊”。

原始的西部观念源于古人对西部物象的视知觉，这种朴素的意识尽管十分粗鄙和简陋，但却包含着一个诱人的内核——甚至可以说，它带有某种起源性的因素。后来的发展尽管庞杂而多变，但在根本性的方面，却无法逃脱它的限定与控制。当代西部汉文学的审美精神与文化处境，当然包含着丰厚的历史内容与当代色彩，与我们讨论的原始观念有许多不同，但是在原型的流变与替换之中，仍然可以透过表象寻到一种集体无意识、一种“历史记忆”与“人民记忆”。在这新的改写与重叙之下，古老的物象以回避的方式用新的面具出现。

西部观念中的另一个要素是“大”，这是一种规格或品格性的东西。它不仅是指人文的稀少与地域的辽阔，更是一种大气、一种俯视、一种君临性的自然精神。它在各个方面都是取大的，甚至在细节方面也要求一种大的尺度，要求一种简单的笨重。这是一种相当重要的观念，非常醒目地投射在文学的创造上，它可能失之于简陋，失之于枯燥，失之于空洞，但却不会失之于格局的琐碎和狭小。在许多民族的西部观念中，这种“大”也可以勉强算一个通例。本雅明在《波德莱尔与19世纪的巴黎》中，以他特有的飘忽不定的线条勾勒了“文人”的轮廓，他把他们归于“波希米亚人”：生活的动荡不定、受偶然事件的支配、毫无规律可言、有强烈的

画家谷雨配图

“即兴性”。这种流浪汉式的生活，这种游手好闲者，几乎是西部故事的一个通例，而故事的背景正是一片大而模糊的空旷之地——似乎西部的情况正好逼近“背景”一词的通常含义，只能被作为背景而出现，它的大、它的尺幅只能是背景，能够为一切人物和事件做背景，因为相比之下，再大的主题故事也可以放得下，也显得小。在这样的背景下“张望”一下，余皆恒定，皆不可测，自我的定位只能是“过客”。

我们常说西部文学的美学特征是悲壮或雄壮，我们常常提到西部文学的忧患意识，我们经常触及的西部文学的“太阳”原型，以及“生存”、“逃亡”、“血性”、“生命意识”、文本的“历史色彩”，等等，是不是与“刑”的观念有关呢？是不是与“祭”的色彩有关呢？是不是与“秋”的丰盈与肃杀有关呢？“悲剧的叙述程式”在这里仍起到控制的作用，它把人们的思考逼到一个较大的话题之下，进入终极性、唯一性和至上性的领域。西部的物象，给人的视知觉的经验，有一种强烈的直接性和极端性，宗教、信仰、生存与血性替代了温和的解释，趋一和唯一的特点回拒着含混与模棱两可，这种强态的物象与强态的话语相一致。兑卦从“口”，从“说”，西部应该是产生语言的地方，自然精神对符码的回应特别地计较。面对这样一种物象，肢体会不由自主地舞蹈起来，铜亮的歌喉与祈祷的呢喃在空气中震颤。这自然的语言，这旷野中的文学，这大荒中的盛典，这“刑”与“祭”的热血与冷酷，包含着强烈的“仪式”色彩，包含着“巫”

的疯狂与沉醉，仿佛一次浩大的“通过”，一次圣洁的“完成”，有着特别的“挑选”功能。

自然的形式

文学的形式感，是以现实的形式感为基础的，文学家面对的是一个与人们的经验世界相符合的幻觉世界，在这瑰丽的幻觉世界当中，一定有一条通过实证的隐秘的道路。拉美的魔幻与拉美的历史气质相关，阿尔的强光影响着文森特·凡高对黄色的发现，湿冷而充满浓雾的俄罗斯原野也曾使俄国小说的长句子感染着忧郁的色彩。自然所作用于文学家的，绝不仅仅是表面的背景描写，大段大段的景物在作品中的出现，如果不是别有意味的主题性呈示——而仅仅是一种陪衬——或者被当作叙述在过渡当中的一种不得不做出的交代，那就肯定是一种迟钝、一种缺乏创造能力的表现。景物不是分离的，不是以适当集中的方式压缩在某个自然段中、以花园般的形象供人欣赏的，不是舞台或工具，不是供爱好辞藻的“美文家”用来练笔的地方。或者可以这样说，“景物”这个字眼给人的感觉不对，不应该叫“景物”，它已经被拙劣的文人败坏了，已经使我们所谈论的东西失去了应有的尊严与主动，应该恢复最初的提法——“自然”。自然是切中形式的，它进入文体的内部，控制和影响叙述的方向与速度，影响着作品的形态，是一种整体性的存在。

你是怎么去理解你的对象的，一个地名或地方意味着什么，记忆、感觉、情绪和那种稍纵即逝的念头为什么会出现，它们之间有什么联系——或者，在你下笔之前你的脑子里出现了什么，是一同产生的呢，还是先后用强力胶伪装贴合的。这一点很重要，你不能先找一个地方叫你的人物登场，也不能苦于没有人物登场的地方，即使这一切全部来源于虚构。我想一切也应该有根植的土壤，就像老话中说的那样：人算不如天算，一切不可避免。

自然环境常常被自觉不自觉地当成一种人之外的东西加以利用，这不对。自然是这样地渗透进人们生活的内部，渗透到你的家里，像在西部土路上独行的旅人，他的乱发里夹杂着永远弄不净的沙子。自然是这样地弥漫于人们的生活，有时你甚至不知道它是怎么进来的，而且无法清洗。有时你以为自己已经摆脱了某个地域所强加给你的东西，但一不留神它就流露出来，说："瞧！他是这地方的人。"陈旧的生活，迷人的没落气息，略带忧伤的气质，仿佛是停滞的向后性，一闪而过的快乐和漫长的孤寂，以及那种平和的然而是持续性的销蚀，使人有一种雕塑性的缓慢。

认识到这一点是重要的，特别对于西部。

下面是杨争光的小说《赌徒》开头的那段文字，我们试着分析一下。

脚夫骆驼拉着两匹真正的骆驼在戈壁滩上走着。他不时地吐几口唾沫。干巴巴的风不时扬起一股沙土，直往他的鼻眼里和牙缝里钻，他吐出来，它们再钻进去。它们让他的眉毛、胡子和宽板牙齿都变成了那种浑黄的沙土色。他嚼几下，牙齿间就会磨出一阵“咯噌咯噌”的沙子声。每一次上路的时候，他都要挨个儿拍拍两匹骆驼软乎乎的厚嘴，说：“咱上路吧。”这回也一样，“咱上路吧。”他说，他们就上了路，就走进了戈壁滩。两匹骆驼用那种居高自傲目空一切的眼神看前面，迈开了蹄脚。路是熟路。

“呸……呸！”他吐着嘴里的沙土。

天像个瓦盆。在这种走几天见不着村庄见不着人影的地方，天就是瓦盆。你以为你用不了多久就可以走到天尽头，可是，你耐着性子走吧，天永远是个瓦盆，你永远在瓦盆的正中哩。清一色的沙土，一堆又一堆骆驼草像石头一样往眼窝里砸着。

“呸！”他又吐了一口。“人说坐在井里天有瓦盆大，睁着眼睛胡说哩。走在路上天也是瓦盆大。”他说。没人和他说话他就一个人自言自语。[1]

这一大段其实只有三句话：一个叫“骆驼”的脚夫拉着两峰骆驼在戈

1 杨争光：《赌徒》，《收获》1991年第1期。

壁滩上走，沙子直往嘴里钻，天就是个瓦盆。照正常的叙述速度来看，杨争光这一大段话基本没有得到发展，它停住了，黏住了，好像在首尾相接地打转转。但你不得不承认，这段话写得真好，感觉很准确。“自然”在这里渗入小说的叙述，脚夫、骆驼、天，这个结构非常稳定，缺乏变化的“自然”转为叙述的凝滞与重复，单调而耐久，脚夫的动作是断续的、重复的。关于“天是个瓦盆”的念头是断续的、重复的。漫漫戈壁路没有尽头，沙尘和一堆一堆的骆驼草是断续的、重复的。没有开始也没有结束，一天的路和几天的路完全一样，一切都是熟悉的，没有意外，只有重复。在杨争光的这段话中，叙述结构与自然结构完全一致，一样的频率与节奏，对叙述速度的控制与客观的自然时空相同构，是相互融合的。

同时，这里面还有一种相互映照与隐喻的关系。脚夫骆驼反复吐出混满沙尘的唾沫，沙尘反复进入嘴里，“他吐出来，它们再钻进去”。在静寂的戈壁滩只有一种声响有规律地出现：“呸”声不断。“脚夫骆驼拉着两匹真正的骆驼在戈壁滩上走着。”这句话也十分重要。脚夫反复吐嘴里的沙子，而真正的骆驼无声无息，柔软的蹄脚，软乎乎的厚嘴，居高自傲目空一切的眼神，路是熟路。脚夫骆驼拍拍真正的骆驼，说：“咱上路吧。”这句话又出现两次。于是一个活动的庞然大物无声无息无思无欲地上路，而那个叫“骆驼”的脚夫反复在想“天就是瓦盆”，并不时地自言自语。脚夫的宽板牙齿与骆驼的软乎乎的厚嘴，一个是磨出“咯噌咯噌”的沙子声，一个紧闭不语，脚夫的宽板牙齿外如果有一层厚乎乎的软唇，就是一峰真正的骆驼。

这一段叙述上的重复与凝滞说明什么？被强调的寂寞还是寂寞，但在脚夫与骆驼和戈壁之间有一种温柔与和谐，或者说适应与习惯。“重复”造成一种平静，一种熟稔，没有厌烦与狂躁，大家都耐着性子呢，甚至在互相欣赏，这是一种满足。“自然”与“脚夫”不是强加的额外之物，“自然”包括在“脚夫”这个符码的语境之中，因为“脚夫”有一个绰号：“骆驼”——是“自然”的一种构成。在《赌徒》这部中篇之中，“重复”是大量出现的一种惯例，同时，这部小说的句子又习惯于被“句号”割断，被“句号”割断的短句反而有一种黏性，从而呈示一种细碎的普遍，一种匀质的存在。这种叙述性质是不是特别与“戈壁滩”给人的视知觉相一致呢？当然，“重复”与“短句”的黏性又暗示循环与轮回，与“赌性”这种抽象的存在相一致。可以看出，自然的物象在这里不仅控制和改造了人的性格与思维的特点，而且也深入到叙述的形式与内里。可惜，在西部文学的创造中，这样理解和运用“自然的形式”的作家实在不能算很多，运用比较成功的就更少。

“天就是瓦盆”，这种空间知觉当然不限于西部经验的范围。人对空间的感觉是独特的，只要当人成了双足直立的动物，并且作为凭借视觉行动的人，那么，这种演化的结果就会出现轻微的不安感。人对空间恐惧的东方式的克服，就是：“天就是个瓦盆。”这种使空间封闭化、牢固化的修辞应该源于在旷野中生存的人群。没有植物的遮掩，地平线是一条环形的虚线，匀质的沙砾土和充满迷茫白光的天宇，人烟稀少踽踽独行，相距遥遥的村落或独立房子，这就是我们的视觉基础。深陷于旷野中的观察者被旷野抽空，在哪里都一样，一抬头就是单一而冗长的线条，同质的、裸露的、棕灰的色彩，凝滞的物象，无机的元素，一丁点声响迅速被虚空吸蚀，这就是我们的视觉基础。空间使诸物彼此发生关联，并且使它们具有相对性，在西部这样的荒原上，一座山脉从远处看很小，一条河流是随时会断的虚线，一切都是大比例的。在这大比例的视野当中，人是孤立的，是自然的一个余数，这就是我们的视觉基础。视觉疲惫、迟钝、麻木，缺乏变化的内容使人的视觉认定相当吃力，强光带来晕眩，带来类似失明的灰暗。这样一大段引文其实说的、凸显的就是“走路”。似乎没有哪个区域的小说像西部小说这样关心“走路”，它不是把“走路”当成别的，它回到“走路”本身，使“走路”成为“走路”，成为主体性的内容。“走路”这个行为的真实的目的性消失了，背后的含义、进一步的追问、目的地被取消了，“走路”回到“走路”自身，人的存在似乎变成完成这个行为的工具。全部的故事在“走路”中发生，在“走路”中完结，在“走路”中被揭示。“走路”成了一个心理的、精神的过程，它不需要靠“目的地”就可以说明自身，解释自身。西部小说中各式各样的“走路者”是非常突出的、重要的行为取向。

火辣的骄阳烤晒着沙漠北缘上的这块小淤泥地，红胶土朝旱得透明的蓝空蒸飘着红色的粉末。四野空荡荡的，一眼望去哪里都是无人的荒滩，还有金灿灿的黄沙。在石头荒滩和南边的茫茫沙漠中间，官道穿针引线地通过去了，两头都不知道通到什么地方。[1]

方向感消失了，空间定位开始模糊，红胶土和荒原、强光和蓝空，自然的刑惩。

韩三十八怕的是自己的眼病。现在只要在晒得起烟的地里瞪一阵，咸苦的水就顺着眼角淌个不停。[2]

自然在视觉器官上的另一种存在形式。自然的"瞪"、赤裸，没有表皮的元素。

1　张承志:《北方的河》，北京十月文艺出版社 1987 年版，第 171 页。

2　张承志:《北方的河》，北京十月文艺出版社 1987 年版，第 171 页。

也许因为太阳烧得太毒啦，他想，那村里的人都昏昏蒙蒙的，开口先“啊”上半天。没有村长也没有保长，女人们慌慌张张地只顾上闭大门。问问特古思·沙莱的事更是可笑，人们眯着眼睛打量他，最后就光盯着他的头发。晒昏啦，他又下着结论，想，毒花花的太阳把那些农民晒得头脑迟钝。[1]

眯着眼睛、光盯头发、开口先“啊”上半天、迟钝——自然对行为和思维的改变。牧人也有眯眼的习惯。这是大量的户外劳动给人的影响。《九座宫殿》这部小说的深刻性在于毫不回避地清楚表达了西部的生存环境，在这种环境中，自然在其中的构成是惊人的。西部文学的一个特点是叙述者或被叙物的“自言自语”，这方面的例子不胜枚举。这种“自言自语”区别于一般的人物心理展示，也与意识流技巧无关，可以说形成这种特点的原因在于西部经验中的空间意识。空寂、交流对象的缺乏、物象的匀质、视知觉的疲惫，使注意力专注于内心，感官全部封闭了，只有“自言自语”构成一个可窥视的“出口”。

西部自然地域强烈的“相似性”，使物质的速度趋于消失，使“中心结构”的观念开始动摇，每一个部分都是游移的、通兑的。特别是由于人

1 张承志:《北方的河》，北京十月文艺出版社 1987 年版，第 174—175 页。

文的缺乏，人烟的稀薄，联系的减少，造就一种人与自然的张力结构，这种结构影响到人的心理。在西部小说中，孤村、孤镇、独立房子、旅人，等等，往往构成叙述的单元，而且，故事往往从“生人”的到来，打破宁静开始。这里面有一种“谜”的因素，封闭结构的破坏，中心的转移，方向感的游离，物质速度的变化，使“事件”得以形成，使叙事得到发动。

自然的形式在西部经验中的沉积，以及以此为基础的文学创造，是个大而朴素的话题。西部自然物象的直接性与极端性，完全是个经验的问题，它需要得到语言的解释与说明。譬如宗教与歌舞，譬如民间口传文学的发达（说唱艺术），譬如史诗性的东西（中国三大史诗源于西部）。但要获得严格意义上的文人文化的认知，仍有一段不小的距离，特别是叙事艺术的发育比较迟缓，经验要获得理性的处理，也还需要巨大的努力。

畸零与刑惩

20世纪初，主政新疆的前清廷大吏杨增新在任上时，曾有一语：“西出阳关无好人。”在他看来，西省孤悬塞外，关内人来此为官，多为枭雄阴鸷之人。“西部为流放发配之地”——这种奇怪的观念由来已久，它大约与原始观念的西方模式有隐秘的联系，当然也和某种历史事实给人造成的印象有关：把不守封建文化约定的“获罪之身”从繁华之域清除出去，流配于千里之外的西部荒野。这种过程曾经达到多大的规模，是断断续续间或出现的个例，还是一种十分普遍的行为？我没有做出大致的统计。不过可以肯定，对普通的刑犯不值得如此耗费——在交通极为不便的古代，千里的戴枷长行和押送，既费时又费力，而且花费不菲，可以肯定是不合算的。因此可以猜测，流配于西部荒野的，大多是曾有官位与名分的闻人，譬如林则徐、纪晓岚之类。也正是一种闻人效应，才使得传说可以成立，才使得这种奇怪的观念具有民间性；同时，这一点也反证出流配西部的获罪之身在数量方面不构成普遍意义。更重要的是，用今天的价值尺度与文化观念来衡量这些“刑犯”，可能具有完全不同于过去的认知，如同犯上作乱的流寇在今天的历史教科书中被叫为“起义领袖”。还有一部分不是被封建统治者押解而来的人群，而是被追杀的余脉，贫瘠的西部隐藏和挽留了他们最后的血性。张承志的《西省暗杀考》《九座宫殿》《心灵史》等作品，曾透露或着意表现过这样的情节，白练的小说也曾涉猎过这类社会的秘史，陆天明的小说、周涛的《哈拉沙尔随笔》也都曾有意无意地触及类似的话题。西部是个敞开的容器，只收留“浊世之佳公子”。

最后一种情况比较普遍，也更有代表性，这就是走西口的流民。这类人数量巨大，自古至今一直在延续，几乎成为西部移民史的一个社会原型。这类人流多来自社会的底层，是一些土老百姓，但又的确不同于一般的“难民”，无论在毅力、胆识、血性与勇气方面，还是在文化认同和人格倾向上，都可称为那种历史社会的出类拔萃者。这是一群“逃亡者”，一群置之死地而后生的“逃亡者”，一群从文化秩序中脱离出来的“失根”的人，一群饱含希望与恐惧的赤子。“走西口”，无论在过去还是在现在，都不是轻松的字眼。

焦旱的土地、赤贫的荒原、严酷的气候、浩大而近似虚无的空间、人烟绝迹等等这一切像是一种大限，一种天老地荒的玄幽，一种末路和决绝。这畸零的自然，这弃土废城，只能与流民、刑犯、躲避追杀的亡命之旅相匹配，与自然的“刑惩”相呼应。家破人亡的残缺和文化的决断、戴罪之身的惶惑与羞辱和西行的凄凉与感怀、慌不择路的亡命和热血翻涌的复仇与隐忍……这一切在自然的景况中得到强化。畸零、残损的自然，畸零、残损的人，这双重的“刑惩”与肃杀之气，加强着“悲剧的叙述程式”。

在杨牧最好的诗歌——系列组诗《边魂》中，有这样一节：

仅仅一个不祥的数字
如十三
如十三，如基督徒们避讳的忌日
你说了出来
说出令地心震颤的霹雳

于是都被霹雳卷起，身不由己
揣十三元钞票而来
坐十三次列车而来
为十三年苦役而来
恰恰有个基督徒，十三日西行
十三日婚媾并要做父亲
十三个孩子都在十三日来到世界
十三个孩子十三次遇难
最后都在十三日里平安奏凯……[1]

“十三”构成了畸零与刑惩，并且和全部过程紧紧相连。这种获罪感，这种惊惧和恓惶，这种淡淡的救赎意识，或者说这种与“十三”紧紧相关的忧患，既是自然的物象，又是生命的物象。杨牧这位浪迹者，这位向西的流民，对自我身份的认同，与那个不祥之数“十三”有着不解之缘。周涛也有一首诗，叫《在死亡的岸边歌唱》，视通千里，思接百载，尽管有“歌唱”的豪气，毕竟是站在“死亡”的岸边。陆天明的小说《我住郭鲁郭》中的盲流，张贤亮盛名期的作品《绿化树》《男人的一半是女人》以

1　杨牧：《边魂》，作家出版社 1987 年版，第 141 页。

及《土牢情话》中的“刑犯”，高建群的《遥远的白房子》中介于匪与兵之间的边防军，赵光鸣的《石板屋》和《西边的太阳》中的盲流与流浪汉，张承志《金牧场》中冒着灭顶之灾大迁移的牧民，杨牧的《西域流浪记》……这些以流民和漂泊为主题的作品，都可以看到一种“刑”的存在，都带有某种“畸零”的性质。而这种东西，又往往构成作品的价值判断。

畸零和刑惩，既是形而下的自然物象和人文物象，又是形而上的精神与意识，是与感觉、情绪、心境和潜意识密切相关的，它们构成作品的外表和内里。在陆天明的长篇小说《泥日》中，有三个非常关键的物象：阿达克库都克是一片无际的荒原，阿伦古湖是一汪神秘之水，哈捷拉吉里村是四镇十八村的第一镇，这个镇名的含义是“监狱长”，肖家的祖上就是最早押送流放犯来这里服刑的卫队长官。在这部长篇小说中，权力、刑杀、阴谋、复仇都表现出异乎寻常的残忍、固执与不动声色。无论是仇敌之间，还是兄弟朋友之间，那种刚性的生命意志都冷酷到极点。为了成为“主宰”或“左右局势”无所不用其极，人物的性格和行为都有一种凶狠的畸零特点，为了“残人”不惜“自残”。这部小说正如标题(《泥日》)所透露的，有一种轮回和宿命意识，小说着意安排的魔幻与神秘，似乎也是为了强调这一点。西部的确不是温文尔雅的温柔之乡，这部小说所表现的“刑惩”的观念是令人震撼的，这种“刑惩”在这里是推而广之的一种普遍的存在，是凌驾于“事件”和“人物”之上的一种更为强大的生命意志，接近于宗教在这个方面所阐发的那种抽象意志。在这个意义上，这部小说的全部的实在的叙述，都是一种用于启示的自然物象与人文物象，都是为了隐含的那个西部模式的元叙述：“悲剧性程式”和“畸零”与“刑惩”。

这部小说缺乏适当的温情与感伤，缺乏血统内长幼间起码的亲昵，缺乏人的情感世界的另一极，譬如欢乐、柔情、满足与幸福，等等。这部小说的人物在肢体方面也呈畸零的状态，肖天放的自残与残人（儿子肖大来），寻宝的老兵的疯癫，宋振和畸形的夫妻生活，肖大来与苏丛的病态关系，迺发五对待朱贵钤的态度，朱贵钤与儿子扭曲的关系，血液变白的怪病，乱伦，“水蛭”的情节，神秘的大来娘，蛇，等等。在这些畸零的象征之中，心理或性格的病态超出了可以允许的范围，进入了失常的范畴。譬如作为生产科长的朱贵钤，那种自我强迫的倾向除了社会性的因素外，就是一种标准的心理病态。在西部文学，特别是西部小说中，这种精神或肢体的畸零是一种普遍的存在，譬如《男人的一半是女人》《遥远的白房子》《晚雨》《放马天山》《心灵史》《老旦是一棵树》《三岔戈壁》《环湖崩溃》，等等，它们各有侧重，但都显示了一种极端，或亢奋与癫狂，或迟钝与木讷，或固执如铁，或自卑与残忍到极点。

畸零含有残疾、边余、变态、损坏和缺失的意思，总之不是一种完整的存在，它的强调是以它的放弃为基础的。畸零与刑惩隐约透出一种因果式的联系，但深入的分析可以发现这在更多的情况下是一种并置，无论是作为自然的物象还是作为普遍的社会经验，它们都是相互感染、相互促成的。这种意志之美是狞厉的，包含着奉献与牺牲的语义，接近于雄壮和悲剧，接近于酒神式的自戕与沉醉。

荒原上衣衫褴褛身心憔悴的漂泊者，无助的孤独人，热烈的忧患者，其行迈迈，其心忡忡。这种“刑者”与“智者”的形象是合一的，是净化的，其中存在一个“寻找”的模式。尽管这种“寻找”与“游”、与“逃”、与“陷”常常重叠，含有畸零的意味，但它毕竟是对旧有的文化秩序的逃离，是对灵魂的拷问，是一次价值的背叛。这其中可能具备积极的意义和先锋的色彩，这种情况在张承志的系列小说和散文当中，表现得比较明显。他的那种理性或理想主义的倾向，显得特别贵重，是一种从“底层”（大地、人民）生发出来的，而献身的意识又似乎如宗教般狂热，含有“祭”的庄重与严肃。譬如《大坂》《终旅》《背影》《金积堡》，等等，都有一种孤绝的意味，都有一种“至上”和“最后”的色彩。独行客、孤旅、漫游者，常常构成张承志的叙述主题，而这种意象本身不正是畸零与刑惩的表现吗？如同那些单门独户散布于荒原的独立房子、孤村，都带有唯一的色彩，带有失散的色彩，带有失去归属的隐遁的色彩。从各个角度看，这都是一种“陷”，一种和“绝路”与“大限”相联系的东西，这是一种可能消失与即将消失的事物，是一种古典，是趋于玄冥的过程，如同秋（西方）的收获在另一面上是“干净”与“赤贫”，叶木凋零，一夜霜雪，这是“完成”的仪式，也是轮回的仪式，之后为“寂”，为“藏”。

畸零与刑惩总是背着人的，非公开的。这是因为它处在文化的边缘，是一种需要秘密清除的东西，同时隔离的作用是为了防止诱惑与传染，而“围观”只会动摇对正统的信心，只会对中心化的事物起到解魅的作用。一套文化系统，总含有自我解释、自我证明、自我美化的功能，它需要树立一种形象，而不是为这种形象的合理性提供切实的反证。西部物象与人文的畸零与刑惩，含有“藏”的意味，这不仅表现在自然的风化与湮灭过程，表现在时空的净化与清除作用，而且也表现在信息的隔绝与闭塞，表现在传闻的缓慢滑动与篡改方面，表现在人文分布的零散与无序上，表现在“孤”与“寂”的形态中。所谓西部的神秘与隐秘，正可以从这个意义上再次使用。这就好比是个用于记录的黑匣子，既记录事故（刑惩），也往往随事故一同遭遇损坏。“藏”——是的，西部的人文与物象正是构成一种“藏”的格局，一种“陷”的格局，不仅历史来路的痕迹不甚清晰，现实的去路也往往面临决绝。繁华一时而灰飞烟灭，突然崛起而归于荒寂。一场流疫，一场战事，一次水道的改换与绿洲的沙化，一场白灾，一场族际冲突和劫掠，都可能使全部的积累毁于一旦，对话的缺乏，交流的缺乏，记载的缺乏，使人与自然陷入“自言自语”。

西部文学有一种叙事模式是“在路上”，这种模式与“逃”、与“陷”、与“藏”相关。譬如赵光鸣的大部分小说都是把“主人公”安排在路途之中，张承志就更为典型，张贤亮的《肖尔布拉克》、赵天山的《坠情》、张弛的《甲光》、张曼菱的《唱着来唱着去》、张宝发的《浪迹丝路》、蔡宇知的《湖光》、尹德朝的《沙舐血》、邓九刚的“驼道系列”、周涛的《游牧长城》、唐栋的《兵车行》、李斌奎的《哦，昆仑》、马丽华的《藏北游历》、胡尔朴的《蝶之灰》，等等。“在路上”意味着叙事本身使叙事成为不断边缘化的东西，“出现”与“消失”成为一个反复交替的过程，“呈示”与“隐藏”同构在一条链条之中。这既暗示了一种自然的物象，也暗示了一种人文的境况，从这一点也可以看出一种“元叙述”的控制与影响。在这里，我们可以看到：一种流动的、过程性的、类似于阅读的通过性的视觉经验，怎样变成了一种普遍的感觉基础，并由此影响到认知，影响到一系列极为复杂的思维活动——许多很深奥的东西，都可以找到最简单也最深刻的解释。

异象与灾变

可以认为，“异象”与“灾变”是个顺延性的话题，但它又的确有许多的“溢出”。我无法为“异象”作出一个仔细的分类，它可能的含义和暗示是相互矛盾的。譬如圣人的降临往往要被附会以各式各样的祥瑞，不是紫气伞盖，便是红光满室，或是巧遇龙蛇而妊娠。这种天人的感应在中国的典籍中汗牛充栋、不胜枚举，即使在西人——如奉为至高经典的《圣经》中，也有圣母受孕之类的奇异描写。在中国古代的中央王朝，也有星相家之类官差，亦正亦邪，既搞出了历法、记载了星宿运行那样的严谨科学的东西，也弄出了许多胡言乱语的荒唐附会。这都不是我关心的范围。我的重点是在作为灾变的那类“异象”，是怎样出现在西部经验和西部文学中的。

作为灾变的那类“异象”，是与“畸零”和“刑惩”相联系的一种神秘观念，尽管它也具有一般形态上的暗示、预言、卜算与警告的色彩，但在价值趋向上则涉及毁灭、末日的审判、道德世风的隐忧和报复等等的字眼。获罪感、文化价值的凋零、行将解体的事物、生存误导和死亡意志是它存在的基础。而这种“异象”作为寓言，承担着教化的功能，是智者面具的另一面：刑杀、武虐、匡正、肃己、以慑人心。西部的物象与观念，更多地倾向于此——这不仅因为西方模式的本身就含有“异”的味道，含有“清除”与“反省”的味道，更为重要的是人文正史与稗闻也为人提供了这样一种经验。当然，也是因为在西部，人与自然是这样密不可分地交织在一起，形成了一种“对视”和“直面”的状态，有可能从更细的部分去体察物语，人的心灵的注意力相较之下比别处更容易得到集中，更容易从自身的处境中以凝视自然来寻求解释，而自身处境的“畸零”与“刑惩”也十分方便地在物象（异象）那里找到解释。

无论如何，简言之，“畸零”与“刑惩”本身就是一种异象与灾变。

在贾平凹的中篇小说《晚雨》中，开始有这样一段文字：

这是一条向西倒流的河。当他们得手的时候，一举头就发现了河的对岸有一只狼。狼毛纯白，一动不动地朝这边看着。天鉴担心狼会泅水扑过来，提了板刀准备着，但狼没有过来。而他们大声呐喊，甩石头掷打过去，狼并未惧怕离去。隔着一条河，两厢无碍，小匪已经忘却狼的存在了，听了天鉴的提起，他也懒得去看，只想要给天鉴说话。[1]

之后，这匹如真如幻的“白狼”就始终尾随着“天鉴”，并且似乎只有“天鉴”能看到（感觉）它的存在（他——“小匪”懒得去看）。“白狼”在这里作为一种“异象”，是一种形而上的突变，如同“天鉴”（匪）奇迹般地成为“县令”。这种“属性”方面的改换和“身份”的客串含有一种警示和惩罚的意味（天鉴的自宫），而失去“尘根”的“天鉴”又正映照着畸零与决绝。这部小说人物的名字也很有意思，“天鉴”正含有上苍的鉴别或监督的意味，与“白狼”的功能相对应，而“王娘”作为名声不佳的寡妇却出自底层，冰清玉洁。在这里还可以看到“白狼”与“王娘”似

1　贾平凹:《晚雨》,《十月》1992 年第 4 期。

乎也存在一种暗示或幻化，这不仅因为“天鉴”的失去“尘根”与“王娘”的“寡妇”身份，更可以在小说的具体叙述中找到“王娘”与“白狼”的隐秘联系。在贾平凹的一系列近作中，都有这种神懵懵、雾沼沼，欲云非云、欲雨非雨的色彩，譬如较典型的《太白山记》等等，显得很邪气，很神秘，异象不断，玄幽微微。

张弛也有一种“异象”癖，在他的许多小说之中——譬如《天书》《村谚》《驽马》《金刚般若》《甲光》等，都有一种驱之不散的“异象”描写欲望。中篇小说《甲光》，是一部比较成功的西部小说，写的是西路军惨烈的战事。这部小说多次出现的“异象”似乎都与“战神”有关，甚至题名（《甲光》）也因此而来。这种“异象”（战神）升腾于祁连雪峰，虚实交加，把雪崩与冬季蛇鼠的复醒与逃窜衬托得十分骇人，巨大的光团与轰鸣，马家骑旅的屠戮，西路军的奋拼与困境，马嘶、枪鸣、歌谣与月光等等，这一切混合在一起，构成一幅惨烈的图画。这部小说的“异象”，有一种“中性”的色彩，似乎也暗喻“战神”的渴血，是一种凌驾于敌我双方之上的“刑惩”——这是不是从某个侧面提示西路军的悲剧性结局呢？在《村谚》之中，三个并置的短篇可以说就是直接描写了西部村落的一种怪俗、异俗，而关于“火烧云”的美文，又让我们看到了西部的自然大象，领略到一种犷厉、热烈的非常态的景观。赵光鸣的写作一向比较老实，尽管丰厚的生活经验使他在这方面也有许多的积累，但似乎并不轻易示人。在他的一篇近作《土城子》之中，态度也有转变，作为一场灾变的“异象”与征兆，闪动于“土城子”上空的“怪星”预示着一场难逃的劫难。从感情上、心理上，乃至叙述语言的反讽意味上，西部文学创造中的“异象”出现，是“西部性质”的一部分，是“自然形式”的一部分，更与“畸零”、与“刑惩”有直接关系。

“异象”可以与灾变、刑惩、战事和审判相联系，可以作为对普遍的道德沦落的隐忧而出现，可以作为对生存毁灭的一种暗示和预言。同时，“异象”在西部，还是一种自然的个性，作为一种奇异和少见的现象，它同样具备使人惊诧和震悚的意味，并且与对西部的大感觉相联系。人所诟病或赞美、厌倦或偏好的所谓西部文学的某种“猎奇性”特点，应该说在某种程度上是合适的、合理的，只要运用得当，表现恰如其分，就应当承认是一种值得发扬的品格。

在王观胜获奖的中篇小说《放马天山》中，有这样一些文字，兹录如下：

……那匹马还立在那里。

它似乎不呼吸，就是立着不动，四蹄叉开，嘴顶地。

他没见过这样死去的马。他见过一下子倒在地上，四蹄伸直，脖子贴地死去的马……他围着马转，走到马屁股后面。他看到一大片黑亮黑亮的草原翅蚁，在马屁股里出出进进地忙，正把马肠子一点一点地往出拉。翅蚁的嘴钳上、翅膀上都染着马血。他伸手抓起一把，腮帮子鼓起来，一直把翅蚁捏成一团黑泥……翅蚁越来越多，这些翅蚁在草原上才有……翅蚁越来越多。马耳朵、眼睛上，满都是，把一个棕色马，变成了怪里怪气的黑色。它们要把马掏成一个空壳……他回头看，那匹马在他们脚下很远，仍用嘴顶地，立着，太阳照在马脊背上。背皮已经被翅蚁咬开，变成一条白线……远远就看见那匹马。皮肉都没了，只剩下一副骨架。白的。还是嘴顶地，立着。[1]

这段文字是写实的，是自然的一种“异象”，又带有魔幻的色彩，只有西部才有这样的事物，这样死去的马，这样的翅蚁。整个过程是自然的、平静的，也是畸零的、骇人的，如同主人公强烈的“○”型腿，刚好为一匹马余下位置，如同他严重的痔疮和奇长的手臂，如同他后来的独眼（他竟然把掉出的“眼豆豆”吞进肚里，依据的是一种民间的观念：这样才不祸及幸存的眼睛）。而另一位男主角也带有这样的特点，打斗后的刀口白生生的，不出血，从马上跌下折了一条腿也没有感到痛。还有他们吃羊肉、喝酒时惊人的食量。可以发现，这自然的“异象”与人的“异象”

1　王观胜：《放马天山》，百花文艺出版社 1994 年版，第 107 页。

相一致，并有些许的暗示性，他们是畸零的、惨壮的，又是平静的、自然的，多少还夹杂着生命的愉悦。

张承志的许多小说和散文也带有这样的特点，不同的仅仅是他的文字为自然和人的“异象”修饰了一种理想的光彩，更带有牺牲和献祭的奇异性、神圣性和庄严色彩。陆天明的长篇《泥日》的第一章开头是这样的：

……那天下雨。下大雨，七天七夜。或者五天五夜。也许三天三夜。或者更多。更少。他已经记不清了。他只记得那是一种在阿达克库都克荒原上千古百代都稀罕见的大雨。雨的精液。雨的狂恣。雨的排闼挺进。雨的震颤抽搐。就像是有人把灰白的阿伦古湖一下弄到了天上，又把它猛地折翻，让它倾泻。于是，一千棵一万棵千年的古树同时倾倒。一千匹一万匹千年的老狼同时仰头长嗥。一千座一万座山头同时从乌云密布的半空坠落。一千个一万个部族同时聚集在他们各自神庙的图腾柱跟前，向着火和太阳的升腾，跺动他们一致地戴起了铜镯铜铃铜箭镞的脚板。扭动……于是乎，干旱了千古百代的阿达克库都克水流为患。满坑满谷。满坑满谷地流淌黑的黄的棕栗红褐的泥汤。旋转的江水叫大块大块的陡岸崩坍。草根又一度地肥白……[1]

1　陆天明:《泥日》,《收获》1990 年第 5 期。

这段前后带省略号的文字是整部长篇的第一段，故事就这样开始了。这段描写已不仅仅是单纯的“异象”的呈示。它为整部长篇在叙事、色彩、结构与时空等方面定下了一个原则。敬畏、震悚、惊乱、祈述与祭祀包含在其中，雨水（洪水）在西部异乎寻常，雨水（洪水）在这里有“开始”“起源”的意味，象征孕育与复苏。同时，雨水（洪水）又透出一种毁灭、刑惩、清除（淹没或消失）的意味。这是一个具备矛盾的、双重的结构的“异象”，它既为整部小说的叙述提供了“开始”的特性，又为整个结构或结局定下悲剧性的“完成”。这个“异象”具备了封闭性的特点，它为故事的两个端点划下一条起止线，并且规定了大致的“梗概”内容。其实，这个“异象”为西部文学的叙述提供的启示，远远大于“异象”本身所可能的意义范围。

从上述的引证可以看出，似乎“异象”并不必然地与“灾变”相联系。但同时也可以看出，无论是一种自然的“异象”，还是一种人文的“异象”，或多或少都显示出一种“酷”的意味——如果不把“灾变”的含义理解得过窄，也可认为它与“异象”是密切并置的。

苦难与救赎

“苦难”是西部文学的一个牢固的叙述主题。这种选择是有道理的，它不仅是基于一种基本的自然境况，而且也构成生存经验的重要侧面。这种“苦难”自然与“刑惩”的观念有关，与“自然的形式”和“畸零”的感觉有关，是“异象”的结果的一部分。因此，可以认为“苦难”与“救赎”是个延续的主题变奏。有一种不成文的观念在西部文学的创作中非常普遍：认为每个西部人的生存史都可能是一个非常好的题材——这里的“题材”实际上暗藏着一个认同性的语境，即磨难、奇异、与众不同。张贤亮的一次新疆之游，捧出了《肖尔布拉克》，令新疆文坛大哗，认为这样一个普通的故事，被“客入者”掠获，竟然也引起一片好评。这种“故事”，普遍存在，又不被“本地人”发现，的确令人遗憾。王观胜 1991 年夏季的新疆之旅，也捧出《放马天山》，佳誉如潮并且获奖，这可能又会给新疆文坛带来某种微妙的心理失衡。提出这样的例子，不是画地为牢，其实这些作者与作品也都是属于西部文学的构成。提出这样的例子，只是说明一个明显的事实，即西部的文学可能，特别是作为对“苦难”的价值认同在文学创造上的特殊意义。

诗人昌耀在谈论他与文学的关系的文章《艰难之思》中写道：

我想起一件往事：1958 年 5 月，我们一群“犯人”从湟源去往北山崖头开凿一座土方工程。我气喘吁吁与前面的“犯人”共抬一副驮桶（这是甘青一带特有的扁圆形长腰吊桶，原为架在驴马鞍背运水使用，满载约可二百余斤），我们被夹挤在爬坡的行列中间，默默登行着。我用双手紧紧撑着因坡度升起从抬杠滑落到我这一侧而抵住了我胸口的吊桶，像一个绝望的人意识到末日将临，我带着一身泥水、汗水不断踏空脚底松动的土石，趔趄着，送出艰难的每一步。感到再也吃不消，感到肺叶的喘息呛出了血腥。感到不如死去，而有心即刻栽倒以葬身背后的深渊……

然而我没有死。生命的本性具有先天的沉重。也由此，生命演化出了古今多少深情的文章……

苦难对于一个作家的重要，不在于是否亲历（因苦难而麻木不察的众生不少），而在于能否体察到它与生命的本义的关系与格局。西部是个宗教感较强的区域，这是一种风土使然，也与沉重的生存累积有关，在这种“悲剧性的叙述程式”之中，“苦难”是个永恒的话题。西部文学缺乏快乐的性质，缺乏喜剧的性质，缺乏轻松与消遣，而它的沉重、肃穆、悲壮与忧患，正可以从这自然与人文的苦难表情中得到解释。赵光鸣的《西边的太阳》《石板屋》，张承志的《金牧场》《三岔戈壁》《黄泥小屋》《心灵史》，柏原的《天桥崾岘》，杨志军的《环湖崩溃》，董立勃的《红土黑土》《太阳下的荒野》，邵振国的《麦客》，陆天明的《桑那高地的太阳》《泥日》《我住郭鲁郭》，肖亦农的《红橄榄》，杨牧、昌耀、老乡、林染、张子选的诗，张弛的《甲光》，贾平凹的一系列的小说……这蔚为大观的文学创造，都或多或少或强或弱地透露出作者浓重的苦难意识。“苦难的历程”——一个脱颖而出的字眼，在这些作家、诗人的脑子里留下了印痕，似乎只有这样才能与这片土地相匹配。这种“底层意识”，这种“平民感”，这种触目惊心的生存体验，往往使他们不屑于玩弄技巧，那种类似于倾述的方便、快捷与直接成为叙事的第一选择。或许，这也正是西部文学作为一个流派，其形式缺乏某种所谓的“现代性”的原因之一。

张贤亮的《灵与肉》《绿化树》是关于“苦难”的典型叙事，这种“书生落难型”的小说不仅充斥着整个知青文学，而且是一种源远流长的叙事模式。它带有一个显著的特点，就是对“苦难”的叙述态度的玩味与赞美，尽管这很可疑甚至经不起拷问，但却是一种渗透东西方的传统。即使如《圣经》这种伟大的“作品”，可称得上是叙述“苦难”之大成者，但还是有某种嫌疑。“苦难”与成文的叙述似乎有种不相容性，相比之下的“文字”好像显得有一种说不出的“轻浮”，特别是在以“书生”“文化人”的身份进行叙写的时候，这个特点就仿佛更加表露无遗了，尽管叙事是真实的，态度是严肃而虔诚的，带有强烈的亲历色彩。张承志的“狡猾”在于面对“苦难”的自贬倾向，在于时时警示一种“轻浮”的趣味，他对“文化人”的“攻击”与“不屑”似乎也包含在这里。因此，在张承志的笔下，叙述者与作者有相当一段距离，有某种“伪装性”——尽量使叙述（成文过程）变成等同“平民”似的沉默。他游离于“学者”与“平民”

之间，他不断重复“苦难”的“不可言说性”（尽管这是最成功的言说）、“不可译性”，无论是一种自然景观还是一种人文处境，一到极致他就三缄其口——并且指出这一点（应当沉默）。“书生落难型”的态度使张贤亮在叙写“苦难”时，强调它对人的“磨砺”与“完成”（成人仪式），如他所言的“在苦水中煮三遍”，也就是“苦难”的教化与省思的功能——通过这种过程达到灵魂的救赎。在这里，“平民”（相对于“书生”）、“人民”是一种“母亲”的象征，是一种“收留”与“拯救”，是一种情感的慰藉和理性的启迪。不难看出这种类型的“教化”同样是一种“成人仪式”的模型。而张承志对“苦难”的叙写表现为“感获”，是对“人”的“栽培”。在这里，“苦难”对“人”（非“成人”）充满“父性”，威严、敬畏、带有距离（与“情感”相对），不动声色（“北方的河”）地看你在“苦难”中挣扎、沉沦，最后得以“完成”（成人）。张承志笔下的“苦难”，带有“蒸馏”与“净化”的功能，更趋于宗教性的特点，最后实现对灵魂的“救赎”。

不管是哪一种的对“苦难”的态度，都有一个不可或缺的环节，这就是关于“考验”的原型。“苦难”作为某种形而上的冥冥之物，用于“考验”世人的某种“忠诚”与韧性。因此，“苦难”又与“信念”的观念相关，与“文明”“价值”等等词语相联系，它把“混沌”与“蛮野”、“人性”与“尊严”纠合在一起，最后达到“救赎”的目的。在这里，“苦难”

与“原罪”(或类似于“原罪”的人的“缺陷”)有了某种隐秘的联系，遭受这样的“非人”的痛苦，在潜意识中被认同为人的“获罪”，特别是在原因很难被明确地认识到以前，就会自动强加给自己一个罪名。这种集体无意识也是宗教产生的一个根源。东方有“天将降大任于斯人也，必先劳其筋骨……”之类的说法，是另一种解脱方式。这种解脱方式源于自负的“文化人”的自我安慰，是一种“书生落难型”的呓语，非无知无识的百姓所能想出，普通百姓所认同的是“天惩”、是“命”(还是一种“罪感”)。

关于“考验”的模式，是一个与“刑惩”模式相似的变形，尽管它们的功能有一些分别，一个多少显示着某种程度的“主动”，而另一个则更像意外的“强加”，但直接的感官体验往往是混杂交融的。作为一种普遍存在的物象，既有自然方面的内容，又有人文方面的因素。但总的来讲，由于西部史的某种无序的特点，以及连续性的缺乏和完整的历史意识的发育迟缓，逻辑的、因果性的、共同的理性认知就处于冲淡和冲散的局面。这样，个人或社会群体的苦难经历，就带有物性的特点，带有视觉性的经验性质，就很难达到意识形态的形象化层次——处于“无声”和“沉默”的失语化状况。

一种事物，一种经验或感觉，如果缺乏与之相对应的符码系统，特别是这种符码系统如果不具备中心化的强态，就只能是一种“消失”的东西。文明也是如此，文明的命运很大程度上取决于对符码系统的控制能力，文明的衰落是以符码的解魅为先兆的，“语言”能力的丧失使“实有”变成萎缩的“黑洞”。西部处境暗合着一种变形的“第三世界文化”理论，西部文学对“西部”的重振努力，也必须从最基本的要素着手，而“物象”或“视知觉”，正是这样一种基本的元素。“看”——这种反应，正是一种选择和强调，是一种“注意”，它是诱发和形成语言的“史前举动”。因此，有必要强调这种“内视”，关于“西部的自我”正是在这种顾影自怜的打量中得以产生的。在这个意义上，“自恋情结”是有益的，是逐步走向“成人”的一个必要的过程。这种“镜像”，这种对应，是把“自己”区分出来，从而确立自身位置，获得秩序与价值的一个重要的中介环节。

可以说，这是一种恢复。

垦荒与创世

任何一个地域，总有它矛盾的性质。与“刑”的观念相对，与“流民”的含义相反，与“悲剧的叙述程式”背道而驰，在西流的群体中，还隐隐约约透着一种希望，一种对“新大陆”和“新疆域”的信任。而且这种情形也不是仅仅作为个例出现的，作为一种挽回和拯救，西部这块土地，充满“复生”与“创世”的色彩。杨牧在其诗作《走西口》中写道：

西口不是张家口

是百姓的口

真正的西口是在西

……朝西！朝西！口总是朝西

西风呛得口齿打战

不是为喝西北风

西北风喝得南方浮肿

这才西去

闯出了一路流浪汉

西部，又向来是个活命的地方，逃命的地方，创业与避世的地方。天高皇帝远，西流的人一样的平齐，丢掉过去重新开始，贫汉与贬官、盗马贼与商旅、逃亡者与僧侣、西迁的部族与土著的羊倌……西部是天然的平等派，赐予每个人同样多的机会，惹不起躲得起，广大的空域有那样多的处女地可供开垦，三五成群就是一个简单的世界，独立的院落同样可以活人。有一部小说叫《西望博格达》，一种古老的、西出寻宝的故事有了现代的翻版，而在《西边的太阳》中，落难的盲流是这样地珍视新的生存机会，《我住郭鲁郭》中敏感的“外来客”如此地渴望有一个新的“户籍”，《博斯腾湖的鲜润》中的“打鱼人”已经和那潮湿的湖地有了血脉相通的关系，王蒙《在伊犁》的快乐、幽默与质朴，张贤亮的“牧马人”在苦难的淬砺中对脚下的土地有了全新的认同，陆天明笔下的“谢平”的“归去来兮”，赵光鸣的“远巢”“芳草地”和“尔厘们”的新去处，文乐然《荒漠与人》中的“女画家”，王观胜《放马天山》中的“老溜子”……这些作品和作品中的人物与情思，无不在确立一种新的“故乡”观念——正是在这种观念的支持下，“刑惩”或“畸零”具备了新的色彩和意义：一种健康、感获的情绪升腾起来，这一切都是值得的。

“西天福地”——这个突然蹦出来的字眼似乎与前几节的叙述意象格格不入，但这里面的确有一种不易被人觉察的联系。这种联系与佛教的观念无关，但却可能与“秋”（西方）的丰盈与收获，与“日落之地”的宁静与沉醉有某种相通的东西。尽管作为一种向往（黄金之域），它带有梦幻和童话的性质，或者简直就是一则寓言：对那些经过（苦难）“考验”之人的回报与拯救，但它的确是一个关于英雄的梦想，关于创世的梦想。西部文学的“英雄形象”司空见惯，西部文学是关于“英雄”的成长、落难与最后完成的文学。这样一种文学，这样一种顶天立地的大精神，是西部应有的物象。“走西口”隐含着一个二重结构：落魄、恓惶与渴望、希冀同在，“逃”与“生”并立。所谓“故土难舍”与“家眷的缠绵”基本上是种道德评价、情感评价，是一种文化认知，而于现实的生存考虑方面则是“向西”，属于“行动”范畴。同时，在漫长的信息传递过程中，关于西部的神奇内容，关于黄金之域的点滴传闻，在漫长旅途的终点打扮成一则神话，支持着疲惫的西行者，支持着踽踽独行的流亡队伍。无序的流动，大规模的移民，接力赛一样地散落着，每一块可垦的荒地都燃起篝火，都搭起窝棚，或沉默或歌唱，或舞动或凝滞，构成一幅开天辟地的创世图。孤立的绿岛被沙漠分隔，显得偏僻，也带来安详与宁静，黄尘与炊烟、沟渠与牛羊、坡地的孤树与独立房屋，野地种了又荒，荒了又种，崖畔与风城、枯树与乱石、混杂的语种与质朴的风情、有组织的垦荒团队与土丘后的盲流们的矮棚，各色人等平安相处，敏感如弦而又豁达如鼓。秩序就这样被确定下来，“自然”参与着分工，“自然”划定着属区，“自然”又促使着交流。这一切都像是静物，没有太复杂的背景，没有蛛网般的历史纠葛，关系简单、松散而又坚固，这是一个新组成的时代家庭。

“寻找”的观念，“故乡”的观念，对于这新的群落是一种情感与文化的考验。远方的血统也许要过许多年才会淡漠，但焦灼的心灵安顿下来，生活有了一个新圈子，邻居、朋友、战士逐渐代替同乡同族的位置。“知青”被大范围地挑选与淘汰，留下来的生儿育女变成土著，从事着或高或低的文化事业，更古老的住户引导着后来者的行为尺度。关内的“远巢”变得越来越模糊，渐大的新生儿不再像父辈或祖辈那样关心遥远的血脉，新的归属意识确立下来，悬浮的、过渡的、中介的感觉被落地生根的自我认同取代。口音开始改变，不伦不类之中产生新的传统，生活习惯发生新的整合，子女们不满于长辈沿袭下来的嗜好。习俗中的吻合点越来越多，扬弃、改变与创生和统一，重复中的演化和演化中的重复，一种新的法则被确立下来，成为“本地人”（土著）遵循的尺度。

这里面不会没有“故事”，不会没有危机，不会是一个顺顺当当的发酵与蒸馏过程。摩擦、冲突、裂变与损伤是自然而然的，捍卫与叛逆、争夺与规避、妥协与坚守，这一切毫不犹豫，也决不比别的地方来得逊色。董立勃的小说《太阳下的荒野》，“军官”的一念之差似乎与某种陈腐的非人道的观念有关，这种观念在灼热的荒原上奔突，“新人”并不是一切都是新的，一种东西潜伏下来、蠢蠢欲动，发泄带来毁灭，自尊最后靠自决来维持——那把杀敌的马刀对准自己的心脏，一切荣光随风飘散。而从良的“妓女”，是一个复活的原型，也是对新秩序的考验。“她”作为“困难”出现，是一个“条件”，一个称量的“衡器”，“她”的被毁对于新世界来说，具有隐喻的价值：危险、动荡、乱世、缺乏稳定。陆天明的《桑那高地的太阳》中的“谢平”与“老爷子”的对照，是两种文化的冲突，是改造与克服。这个荒原上的故事与上面的例子有一种相通之处，就是关于“太阳”的意象。“太阳”在这里代表理性、中正和新世界的辉光，是渴望和理想的化身，负有“监督”之责，带着“旁观”“记载”与“史”的色彩。同时，这个意象还有“开始”“起源”的功能，作为这种功能，这是中立的，是冥冥之中的彼岸，它不仅“开始”着创世的喜悦，也“开始”着焦灼与躁动，暗示动荡与不安。在陆天明的另一部长篇《泥日》之中，复调式的故事隐喻着循环：“力巴团”与“独立团”、“白氏”的铁路梦与“迺发五”的大水库以及“尚月”古国的覆灭与珠宝，老满堡联队与地方势力、垦区与索伯县……这些费力编织的“对子”不是没有深意，两种文化的冲突，两种权力空间与语码势力平行交织着。尽管作者也没有给出一个可行的出路与答案，但作为一种文学叙述，作品还是为我们揭示了一个人所不言的“存在”。张贤亮的“马缨花”与“章永璘”，是个关于“拯救”的故事，“章永璘”复活后的“出离”仅仅是“成人”的“远游”吗？这里面有没有文化上的厌倦与背叛？有没有对母体（西部）的不屑与腻烦呢？从作品结局的叙述上的勉强就可以猜出几分。在张承志的《黑骏马》中的“白音宝力格”与“老额吉”和“索米娅”的关系上，也可以看出文化的冲突：“智识者”与“平民”的两种价值模型。在这里，作为“寄养者”（白音宝力格）与“收留者”（老额吉）之间存在着一个纠缠在一起的二律背反，主体的创造之物反对主体，逃离主体，如同“寄养”本身的性质与功能相类似：以认同始，以分离终，认同本身导致分离。在这个类型中，“西部”与“流民”、“土著”与“非土著”、“母”与“子”的析取关系非常明显，“黑骏马”作为一个梦想——仅仅作为梦想，与草原的现实构成富有张力的对比。马原小说中“那个叫马原的汉人”，以反讽的态度看待一切，其伎俩仍是把一种严峻、神奇的境况游戏化。杨争光笔下的“匪”与“民”、唐栋的《红鞋》等，无不含有这样的意味。

可以说，“创世”的魅力正在于此，秩序的确立充满纷争。

“西部的性质—自然的形式—畸零与刑惩—异象与灾变—苦难与救赎—垦荒与创世”，这是一个大致完整的叙述“句子”。在这个“句子”之中，物象与视知觉是一个基本的楔入角度，一生二，二生三，三生无限，全部的演化都源于一个简单的元素。结论当然不会是一种地理或物理的范畴，关于文学的限制排除了可能的歧路。然而，这个“句子”并没有完结，它还需要在新的起点和规模上进行“重复”。

古典的迷雾

提到“叙事”，人们往往联想到小说（在前文化工业时代，可能是走村串市的“说书人”、草原山谷里的史诗传唱者和小镇上的评弹与鼓书艺人）。的确，小说作为文人化的书面创作是相当典型的叙事行为——甚至可以说，所谓小说家就是一群离群索居的“职业叙事者”，奇怪地以叙事为生，出让想象与故事。在相当长的历史岁月里，亚里士多德开创的关于抒情诗、戏剧、史诗的划分，以及后来逐渐衍生和牢固化的类属范畴，无形中使叙事研究局限在小说研究的领域里，为小说所独享。然而，叙事现象是超越文学和文学的具体体裁而存在的普遍事实，它遍布于神话、民间故事、传说、寓言、历史、史诗、绘画、电影电视、社会杂闻与报告材料等各种繁杂庞芜的类型中，甚至，叙述学作为一门在当今影响广泛的学科，它最初所使用的研究材料也大多是民间故事、传说与神话、土著的风俗古谣、寓言等。普罗普对俄罗斯一百个民间故事进行分析后，于1928年出版了《民间故事形态学》一书，这对结构主义和叙述学的发展影响深远。从普罗普、雅各布森、列维·斯特劳斯到格雷马斯、罗兰·巴特、日奈特等，小说都仅仅构成了叙事学研究的一个单元——尽管这是相当重要的单元。其实，在列维·斯特劳斯、罗兰·巴特等大师们的研究中，人间的、文化的、日常性上的研究乐趣要比面对小说家们的创作为多。标语、路牌与火车时刻表、土著人的生活与习俗、妇女的时装和谣言与传说，都构成了决不逊色于研读小说所带来的兴致。可以说，叙事行为或叙述学所具备的潜力和研究价值是哲学的、文化的，它的方法是我们“通过”这个世界的重要途径之一。小说叙事作为“心灵经验”，作为一种区别于“记录”的虚构，它与“叙事”这个字眼的本意有一种奇异的关系，小说叙事无法与具体事实对证。小说叙事是对叙事的模仿、强调和重演：它把普遍的行为孤立出来，使叙事成为叙事自身，使叙事成为表现叙事、结构叙事、展示叙事、直指叙事的自我说明，是叙事行为的演剧形式。

如同叙事一样，抒情甚至可以算作比叙事更为久远的人类普遍原则之一。尽管不能为抒情作品撰写梗概，尽管存在着抒情作品“不可转述”“不可译”的观点，但抒情本身并没有被封闭、孤立或零散敲碎，毫无疑问，抒情无论是作为人的自在状态或者是有意的文化操作，都是久远而普遍的人类现象。甚至可以说，各民族在其童年都是天然的抒情家，都首先把抒情作为最初的“立言”手段，它夹杂在仪式、巫祝、原始崇拜之中，是“记述”祖先功业的最基本的形式之一。你可以这样认为，人类最初的形式感觉是关于抒情的，人类最早的、有意无意的创作都带有抒情的性质。人必然为他的存在所感动、所模仿、所“立言”，这个过程是自然的、由始至终相伴随的，是人类文明的原点、深刻的原因，而非积累完成的人为结果。与叙事相比，在组织化、技术化、规模化、功能化取得决定性的胜利的今天，在管线、网络条分缕析、井然有序的今天，我们总是过低地估计抒情时代的价值，抒情本身也被认为是一种本能的动物性，简单和肤浅的东西，抒情在当代更被认为是近似“病态”的现象，抒情连同抒情作品一起遭到空前的贬低。抒情被当作与贫穷、落后、第三世界、非理性、农业文化、游手好闲、破坏性因素、极端主义、缺乏知识与教养、下等人、弱小生存……相联系的事物，被当作一种“遗迹”、一种未进化好的可怜的“残留物”，是不正常者、“疯子”、有自杀倾向的人、危险事物的同义词。在某些时候，它甚至与同性恋、吸毒、邪教、恐怖分子、怪癖相暗示。真正的、严肃的、事关灵魂的抒情在今天具有“不好意思”的性质，早已退出它传统的领地——广场、礼堂、公共场所、有一定印销量的读物，变成弱小生存者的意识形态，变成隐蔽的、轻易不能示人的个人行为。人们说：瞧！他是个诗人。那意思的背面就等于是说：他是一个无用、无聊的疯子与废物。在消费时代，人们把更多的热情留给了商品世界，而人本身的存在被严重忽视，人们歌颂技术和机器，歌颂名牌和繁琐的发明，人们只有在面对标有高价的物化世界时才唤醒抒情的能力，留给精神和灵魂的是冷漠和无动于衷。

一部抒情史，就像一本人类的“病历卡”，记录着各式各样不被人察的隐疾。抒情的式微和在当代的“缺席”，是否暗示人类的“青春时代”一去不返了呢?

文学作为主动的、职业化的创作过程，给我们一种这样的假象：抒情与叙事仿佛成了少数“游手好闲者”打发无聊时光的借口。那种自然的、普遍的人性大道反而被蒙蔽和淡化了，叙事与抒情成为因人而生的“余物”，成了可以“排除”的东西。还有一种观念是这样的：人的出现是万物为了借助人来表达自己，叙事与抒情是先验的“宇宙结构”，人使这个先验的结构发挥功能，是“上帝”之手拨动的琴弦。应当说，降低或夸大叙事与抒情的功能都无助于认识本象，人在他自己的世界里，叙事与抒情在他自己的世界里，既无法排除也无法僭越。

尽管叙事与抒情是普遍存在的，但文学作为叙事与抒情的艺术，无疑是推动它朝精神的纵深发展的最重要的力量之一。由此，也不难理解，为什么提到叙事与抒情的时候，人们习惯地把它与文学联系在一起。就抒情与叙事而言，通常被当成非此即彼的相对范畴，譬如用它来概括文体与文类的特征，认为小说是叙事的艺术，而诗则被抒情笼罩；或者用它来指称时空，把叙事与时间的观念联系起来，把抒情认定为一种空间上的展布。应当说，这是古典主义留给我们的迷雾之一，它以僵化的二元思维进行敲诈：要么你接受这样的安排，要么就陷入混乱。这种敲诈使叙事与抒情分离成两个绝对的单元：叙事停顿的地方开始抒情，抒情消失之后叙事继续进行。似乎小说故事的不断延续和情节的连贯一致总要以让渡抒情或抒情的缺席为代价，而抒情诗则以严格的叙事回避为原则。叙事与抒情被毫无道理地设定为存在着“结构性的矛盾”。在中国传统的章回小说里，这种安排体现得最为完善，它甚至不惜以“有诗为证”的方式强调两者的区别。现代艺术的贡献之一就是不断地打破古典主义留给我们的关于叙事与抒情的种种清规戒律，突破传统的时空概念，叙事与抒情常常是合一的整体性的存在，它们不再是清清嗓子、重又说起的两套语码，而是密不可分的有机整体。

万物朦胧的渴望

叙事和抒情产生的原因肯定比它所表现出来的现象更为深刻。在西部文学这样一个较为狭窄的领域探求叙事与抒情这一普遍的倾向，应该说隐藏着很大的困难和危险。要么我们仅仅说出了一般性的废话，重复过时的老调，要么就可能置自己于绝对的境地——而那样，也肯定陷入困境与错误。但是，这个话题本身的价值值得人们去冒险。

首先应反问自己的是：西部文学中是否存在独特的叙事与抒情的模式；如果存在，产生这一模式和构成这一模式的基本元素是什么？按照丹纳曾经给定的解释，艺术的风格的存在，总是与种族、地理和时代相关。我想，这一思考的大方向在今天仍然是有价值的。一部或一些作品忧郁而多幻想的性质，或者细腻和清澈的“多水质”的样子，当然不会和自然气候、物质、地理纬度、文化形态以及时代精神的飓风等等有对等的亲缘关系，但是隐蔽的、曲折的、综合而繁琐的冲消或强调肯定是存在的——或者这种存在有点类似于恩格斯所言的“力的平行四边形”。总之，我是先为自己设定这预先的结论才展开讨论的，尽管正确的结论应该是讨论之后才能最后得出。

西部叙事与抒情的碎片浩如烟海，今天的存证是破碎而自相矛盾的，西部历史多创造也多毁坏的过程仿佛孩子气的“捉迷藏”，不会使我们轻易地发现它的身份。但是，总体说来，中国西部诸省有着比其他地方更为久远的“抒情时代”，而叙事冲动与结果则相对乏弱。比较大的文化或文学事件更多地属于抒情的品类，像《福乐智慧》、“边塞诗”、陕北的“信天游”、青海等地的“花儿”、新疆的歌舞、大型套曲“木卡姆”、蒙古族的民歌等。一些经典的民间仪式也多属于抒情的形式而非为了“记述”，像祈雨、迎亲、劝酒、“那达慕”、宣战、狩猎、丧葬、叩问、祈祷、守禁、朝拜、生育、诵经等，都带有“广场庆典”的沉醉色彩。即使源于叙事的一些材料，也多被改装成抒情化的纪事形式，像《玛纳斯》《江格尔》《格萨尔》(《格斯尔》）等三大史诗，都以口头传唱的形式保留亚量级的叙事功能。这种格局甚至影响到今天：西部文学的提出，最初也是由于诗歌的崛起而产生的。在相当一部分西部小说家或散文家那里，抒情也仍然是一个明显的优势，而在叙事策略方面则显然没有什么新的办法。

一个作家、一个文学流派，无论他是否同意，都只能站在传统的立场上进行创造。西部叙事与抒情的历史和西部生活的性质及人文境况密切相关，而自然地理又是人类生活和人类历史活动的基础。西部生活的性质，很大程度上是自然条件制约的结果。在亚洲腹地这干燥的地带上，由于无法受到南来暖流或北冰洋湿润海风的影响，雨量颇缺，树木或沃野只限于局部，有限的河水又限定了耕地的随意扩大。这样，在中国西部存在着三种典型的地理单元：绿洲、沙砾荒原和草地。绿洲生活的“孤岛性质”决定了它的封闭性和孤立性，这种封闭性和孤立性在初期起到了保护组织和统治绿洲生活的“蛋壳”作用。同时，这些便于交通、势如弹丸的大小绿洲也为丝路的存在提供了可能：它们像一些必不可少的“跳板”，构成商道驿站，形成商流、人流、信息流的“据点”。因此，绿洲生活绝不仅仅是一种单纯的农业生活，它的商业意义在相当长的历史时期里被置放在首位，控制商道上的绿洲也就控制了连接欧亚的著名的丝绸之路。于是，各种势力集团总是以争夺绿洲为焦点，绿洲自身的编年史被打断、打散，插入庞杂的相异内容。看上去封闭、孤立的绿洲生活反而形成各种历史力量的旋涡，大大小小的绿洲城郭不断变换着不同种族、不同肤色、不同宗教文化和语言的居住者，时而繁盛一时，时而毁于战火，或者一场瘟疫和水道的改换就能使它趋于湮灭。这样一种历史情境，给人以强烈的无序性、非逻辑性，缺乏对历史的、自然的、民族的和既往文明成果的归属感与认同感，史的意识发育极差。一种浪漫的、悲剧的、神秘的、偏重感性、偏重生命意志、崇尚自由精神的内质流溢出来。这样一种生活性质和历史经验所酿就的总是抒情多于叙事，人或集团的叙事动机因归属感和认同感的缺乏而变得相当幼稚，但感性冲撞与抒情却因过高的历史刺激量而变得极其丰沛。这种情况和典型的中原文化成为对比。在那里，超稳定性的农业生活、漫长有序的皇权统治以及绵远悠长的家族宗法，为叙事提供了极为充足的保证。从平民到皇族都有不断完备和延续的族谱，修史成为一种传统，人们渴望搞清自己的“来路”与“去向”，叙事的冲动因大一统的超稳定结构而变得现实可行。

和绿洲的农业生活相比，绿洲的主人完全不同于中原内地的农民，一部流民史、移民史往往在这里纠结成浓黑的墨团，“三十年河东，三十年河西”的历史生活，使绿洲成为容纳各种“游民”的地方。或许你可以说，绿洲的历史是“轻装简行”的历史，不可能携带更多的叙事重负，而咏叹性的短调则最适宜“旅者”，历史一路穿行、踏歌而去，有抒情的长吟但缺乏细致叙事的可能。如果我说绿洲生活介于农业生活和游牧生活之间可能令人吃惊，但它的确像是从广袤的三角洲平原摔向高山草地间的一块块“飞地”。游牧的军旅南下时据此而停留、休整，农业的皇族北伐时据此而屯兵。历史通过这里时总是加快它的速度和冲力，甩掉辎重，短兵相接，展开角力与肉搏。这是易于歌咏而难以记述的绿洲生活。

那么游牧生活呢？游牧经济显然是一种更为单纯和片面的经济，长期的迁徙、游居，在物质财富的积累和文化的继承方面极其困难。它“饿不死也吃不肥”，但机动性甚好，活动区域广大，而一旦游牧民族的联合得以成功，强悍的马背民族立刻由“牧羊人”变成“武装的军士”，挥师南下。这样一种生活性质无论如何不利于确定牢靠的认同与归属，不利于记述与叙事，它天然地亲近抒情的浪漫主义。它地广人稀，如同海上的渔夫，散居于迷茫的旷野，自由地各自游牧，它把死者的尸体浅埋于草地，坟墓上甚至不留标志，它在牧草萌生的夏季活动于野外，牧草枯死的秋冬则蛰居于穹庐之内，过着分散孤独的生活。在这种纽带松散、地缘关系微薄的贫弱社会，在这种草原的空旷和单调的环境中，它一直和自己的畜群一块儿，过着朴素、孤独、单一的生活，那种经济的和文化的单一、同质状态，几乎根本没有什么年代差别和地域差别。这本身就暗示着一种“浪漫”和“诗意”，一种纯粹的“抒情状态”，周而复始、缺乏交流、缺乏年代与地域观念、缺乏事件的刺激，使叙事行为显得无用而多余，“记述成为不必要的举动”。连祖先的功业也是那么遥远，仿佛只适合传唱——也似乎只有这种传唱是历史行走的遗迹。大草原绿了黄，黄了绿，找不到祖先留下的任何实物，甚至连坟茔也不知去向，没有城郭，没有焦点，匀质分散，历史如游动的白云，有什么好叙事的呢？一切都清浅为优美、悲伤的抒情，而不是字斟句酌的枯燥叙事。

张承志在其中篇小说《黑骏马》的开始，有这样一段耐人寻味的文字：

辽阔的大草原上，茫茫草海中有一骑在踽踽独行。炎炎的烈日烘烤着他，他一连几天在静默中颠簸。大自然蒸腾着浓烈呛人的草味儿，但他已习以为常。他双眉紧锁，肤色黧黑，他在细细地回忆往事，思想亲人，咀嚼艰难的生活。他淡漠地忍受着缺憾、歉疚和内心的创痛，迎着舒缓起伏的草原，一言不发地、默默地走着。一丝难以捕捉的心绪从他胸中飘浮出来，轻盈地、低低地在他的马儿前后盘旋。这是一种莫名的、连他自己也未曾发觉的心绪……在骑手们心底积压太久的那丝心绪，已经悄然上升。它徘徊着，化成一种旋律，一种抒发不尽、描写不完，而又简朴不过的滋味，一种独特的灵性。这灵性没有声音，却带着似乎命定的音乐感——包括低缓的节奏、生活般周而复始的旋律，以及或绿或蓝的色彩。那些沉默了太久的骑马人，不觉之间在这灵性的催动和包围中哼起来了：他们开始诉说自己的心事，卸下心灵的重荷。相信我：这就是蒙古民歌的起源。[1]

张承志的这段描写是精到准确的，对游牧者的生活性质相知很深。特定的游牧情境不仅是民歌产生的重要原因，也是其他抒情形式得以展开的重要依据。如果说到抒情的动因，我想，自然的境况、生存的性质和特殊的心理积淀应该是一些重要的元素。北方民歌与南方的山歌一个重要的区别，是南方山歌的一种戏剧性的因素。这可能与生活方式有关，在南方水网密织的井田里，天然地存在一种结构性的叙事特点，适宜于评弹或者对唱，一些纯抒情的短调也像是传情、调笑或者山水胜境的点缀，隐约透露出功能性含义，不像北方民歌更多的是内在心事的咏叹，随意而为的自然泄露，独白性的生存昭示。南方民歌总给人以这样的感觉：存在一个或一群有形无形的“听众”，而北方民歌则似乎天地间空无一人，是唱给自己的东西，完全剔除了“表演性”的成分。而且，越是往北、往西，越是进入黄土高原、绿洲、草地或峡谷、沙漠，这一点就越是明显。张承志的

1　张承志：《黑骏马》，载《老桥》，北京十月文艺出版社 1984 年版，第 52—53 页。

《黑骏马》中有这样一段文字：

高亢悲怆的长调响起来了，它叩击着大地的胸膛，冲撞着低巡的流云。在强烈扭曲的、疾飞向上和低哑呻吟的拍节上，新的一句在追赶着前一句的回声。草原如同注入了血液，万物都有了新的内容。那歌儿激越起来了，它尽情尽意地向遥远的天际传去。

周涛在其长篇散文《游牧长城》中有这样一段话：

有一天我突然想唱“信天游”，因为我突然想到假如我能放开喉咙不管不顾地在高崖上放歌，会不会显得与这陕北高原稍微和谐一点呢？会不会多少也像一条绥德汉子呢？

黄土高原那样一种巨大的块垒，只能诱发“信天游”式的抒情动因，而半真半假的虚拟叙事则显得缺乏分量。应该说，西北高地所萌生的万物朦胧的渴望，天然地倾向于抒情。而且即使把文人化的创作排除在外，这种抒情仍然以民间的、生存本象的方式顽固地存在着。也因此，古代的“边塞诗”和当代的西部诗总是能够非常直接地继承这强旺的抒情精血，撼动中国的文坛。

至于说到叙事，西北传统的叙事总是转化为史诗和民间说唱的形式。叙事作品的缺乏主要是由于联系松散、交流的困难和叙事本身不能像抒情那样即兴地取得经典的形式。对于散居在高原、峡谷、草地和绿洲上的居民而言，受众群体是这样的不成规模，而叙事则必须有受众，它不像抒情那样仅凭宣泄而无需真实的受众即可完成内心的表达。匆匆的行旅和商队，三三两两的独立房子和间隔的集镇，印刷技术的极度缺乏，偶然的闯入者和孤寂的个体生活，都成为影响叙事完成的障碍。人们苦于飘忽颠簸的生活，一腔心事往往埋在内心，淡漠地处理生命的遭际，要“硬汉”张口细表身世是这样的困难，隐秘的身世几乎是西部生活的常态，公开身体和灵魂的故乡变得非常困难，那种“天边外”和“天涯人”的生存感受似乎不适于随便对外人讲述，而只适合独自地吞咽和承受。应该说，叙事就西部而言，在文人化的创作大规模地确定之先，是一部庞大而隐蔽的秘史，在黑夜中存在，是一种自在而天然的形式。没有得到文字的确认之前，它像埋藏深厚的矿物，未曾发掘。从这个意义上讲，叙事的确有待于“文化者”的到来，叙事的确处于只能被唤醒的结构状态。如此丰厚的叙事材料和如此稀薄的完成形式，只能是自然和生存本身对西部的一次大有深意的安排，这种安排只能在遇合了另一些条件之后才能得以完成和实现。在新中国成立前期直至“文革”结束，社会的状况和对文学一个时期以来的偏颇要求，使西部文学的叙事在客观上处于劣势：这里少有大规模

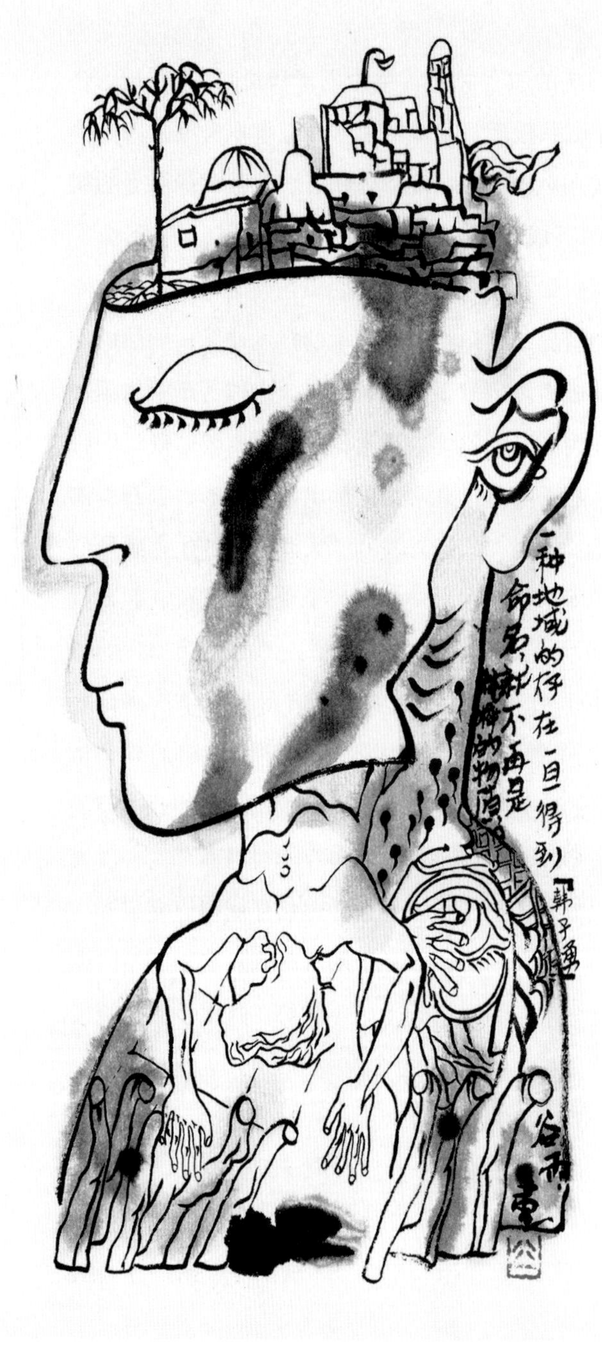

画家谷雨配图

的、长期的革命战争经历（《保卫延安》从一个侧面反证出这一点），而各种社会运动又处于“慢半拍”的情况（“初次权”的丧失）。也许只有新时期的到来，才使西部文学的叙事得以发动，这里极具特点的生存景观才能在更大的范围上成为叙事的良材。

置身于“野外”的叙述人

写作，无论是从事着哪一种形式的写作，它在本质意义上都是一种直接或间接的“公开”：哪怕写作变成一种语言的圈套，是想在统一的视听层面上引起话语的混乱，颠覆多年的陈规或者消解语言世界通行的秩序，这种写作本身也必须表现出某种程度的“公开性”，其实它无法避免地已经在提供着某种可能，完成某种个例。写作的“公开性”立场毋庸置疑，否则就是纯粹的缄默。在西部文学的叙述领域，叙述者的长久缺席，特别是叙事人的历史性空缺，使得西部文学的叙述者在他登场的时刻，有一种特别的“亮相”造型。当然，形成这个特征的原因不仅仅是由于隐匿的叙述者“出台”的需要，但这的确是他采取公开的“全姿态”的原因之一。另外，西部的“边疆文化”的性质，文明与荒野相结合的边疆处境，也使西部小说的叙事缺乏那种精工细作的室内性，缺乏行业的、社会的结构性遮蔽可能造成的掩盖。

在比较传统的诗歌创造领域，或者说那个西部经典的抒情营垒，无论是古代的“边塞诗”，还是当代的西部诗群，都具备着一种“旷野性质”，如同高地上的民歌和广场的舞蹈，在西部的抒情领地里，叙述者特别追求一种视野和空间上的效果，而多少放弃了对“读者”和“听众”应处位置的测定与要求。“大漠孤烟直，长河落日圆”“青海长云暗雪山，孤城遥望玉门关”这样一些被插入各种选本中的诗句，明显有种异样的特征，它置身于“野外”的叙述人所留给我们的显然区别于传统汉诗中的“追忆”性质。我们可以不费力气地感受到，好像那个隐匿的叙述者进入了另一个叙述情境之中，不再是那种“室内化”的、入景如入“后院”的叙写笔调，不再是那种似乎总有“书僮为伴”、与知者“感怀追事”的写作状态，不再是被幽闭在一个有形无形的特定情境之内，去追发无限的诗情世界。传统汉诗的叙述人在西部出现时，仿佛被孤独地流放于旷野，叙述人的距离被无限放大，以至完全抛离了“受体”和“听者”，在不管不顾地独行和歌吟。“室内写作”的叙述人摇身一变，飘泊于旷野，这个过程就像是印象画派革命性地走出画室，把创作直接放在自然的色彩面前，去追逐流动的光影。在当代的“新边塞诗”或“西部诗”中，叙述人置身于“野外”的情境特征被保留了下来，与同时期勃兴的“朦胧诗”的叙述人极端内倾的现象再一次构成有趣的对比，叙述人几乎不约而同地采取大致相仿的叙述姿态，这种姿态公开于旷野，伫立于漠风，不管不顾地抛撒着长短的独白。

由于西部叙事传统的缺乏，西部小说在它开始登场的岁月，往往以抒情的历史主体来影响和控制叙事操作。张承志的《美文的沙漠》里说道：

小说应当是一首音乐，小说应当是一幅画，小说应当是一首诗。而全部感受、目的、结构、音乐和图画，全部诗都要倚仗语言的叙述来表达和表现，所以，小说首先应当是一篇真正的美文。[1]

在张承志的小说主张中，不难看出抒情的重要地位，而故事则遭到空前的轻视。张承志小说的叙述人带有强烈抒情意欲，当这种抒情意欲要附着一个结构性的事件团块时，就不由自主地转为一种历史的抒情力量，变成史诗性的合金。他在《初逢钢嘎·哈拉》一文中谈到《黑骏马》的创作过程，如同诗歌创作那样，他先是有了个意象，有了《黑骏马》这个实记性的草原标题，而后才去找它的结构。他说：

我决定了用民歌来结构它——每节歌词与一节小说呼应并控制其内容和节奏，但写作中我觉得这一结构在限制着我；我决定了用抒情的叙述语

1　张承志：《绿风土》，作家出版社 1992 年版，第 120—121 页。

言来叙述它，但我也发现这种古典的语言并非最有表现力……不管怎样，时至如今我还是感到一种快感。我儿童式地想：反正我总算把这首歌唱出来了。[1]

从这里可以看出，西部传统的抒情主体，在遭际小说这样一个以叙事为主要功能的文类时所存在的那种结构性的矛盾。这种矛盾的化解之法，往往是“历史化的抒情”，“抒情的历史化”，也就是说，承继了“史诗”这样一种在西部有较深传统的文类模式，从而兼顾抒情与叙事的双成。这种倾向的结果，是小说的叙述人具备一种两重性，他要同时赢得“故事”与“诗歌”，他必须为抒情找到一种结构性的载体，必须时刻注意两者的分量与比重。这样的小说叙述人也就逐渐与“故事人”区别开来了，他给予我们的叙述姿态，同样是置身于“野外”的事件操纵者，而不是“斗室”之内的结构策划与虚拟讲述——似乎“斗室”这样一种传统的“叙述场所”，与抒情的“露天演出”本身，总有着性质上的对立。

在陆天明的《泥日》，张承志的《金牧场》《错开的花》，张弛的《村谚》《大围猎》《甲光》，张贤亮的《绿化树》《男人的一半是女人》，肖亦农的《红橄榄》，唐栋的《沉默的冰山》《兵车行》，杨争光的《黑风景》《老

1　张承志：《绿风土》，作家出版社 1992 年版，第 107 页。

旦是一棵树》等一系列重要小说中，抒情的历史化的叙述人一直在控制着西部小说的总体局面，不使它陷入精致、琐碎、纤巧和繁复的故事情节，不使它在语言的谜面上落入对叙述圈套的策划，宁可粗粝一些、简陋一些，也要有一个大的结构性框架，为抒情存留一席空间。因此，西部小说往往把个人故事、家族故事上升为“历史故事”，赋予它时间与空间上的风尘感，西部小说的叙述语言常常是把叙事的“个人性”转化为文化性的抒情言辞。在这里，西部小说的这个大写的叙述人似乎无法待在“斗室”旁观他的精巧营造，而是置身于旷野，俯察人心与世事，挥令事态的跃动，在大的构架内体验历史的精神激情。

卓有成效的西部的散文创造也保留了这个特点。在周涛的《吉木萨尔纪事》《哈拉沙尔随笔》《蠕动的屋脊》《游牧长城》等散文中，在张承志的《绿风土》《荒芜英雄路》《生命如流》《黑火焰树》等一系列的作品里，在马丽华的《藏北游历》《灵魂像风》和贾平凹的多部散文集中，那种大散文的格局呼之欲出，单篇长可成书，短制如碎玉散珠，但无论长篇还是短制，其叙述主体都迥异于内地的那个为千年文化所困所囚的“文化人”。周涛在《散文的前景：万类霜天竞自由》一文中说：“散文的散字，就是散步的散，也是散漫的散，‘铁马秋风大散关’的散。”[1]这样的“散”，不是庭

1 周涛：《游牧长城》，作家出版社 1992 年版，第 176 页。

院、回廊藤架、亭台、钩心斗角的楼阁、森严峻厉的庙堂所能容受的，也不是胜景名山的陪衬与点缀，它的尺度要大得多，简直就是长徙和远征。在这里，西部散文的叙述人同样具备一种置身“野外”的效果，历史与抒情同样构成他基本的叙述语态。西部散文的前景可能绝不弱于“西部诗”，从西部的叙事与抒情的传统情势来看，这个文类似乎更适合这片土地的文化构成与当代要求。

作为“路人”的身份，作为“道路”的讲述者，作为和自然与民间保持亲昵关系的讲述者，作为物态和人口都相对贫弱的讲述者，他们似乎还没有达到具备专门书房、有特别闲暇和写作欲念的层次。用一个不恰当的譬喻，相对于那些职业写作的“法人”而言，西部故事的叙述者仿佛不过是一些“自然人”，缺乏“经营”的准备和策略，缺乏即使是文学的功利之心，缺乏“规模化”的生产与竞争。这种情状在文学写作日益为职业化的惯性所困扰的今天，倒可能是更健康的、更自然的、更有益的。

独立房子 · 侵入者

如同那个置身于“野外”的叙述人，西部文学中小说故事的发动，往往是从“外人”（陌生人、“侵入者”）的“到来”开始的。这个情况有点类似于西部叙述本身：当叙述者是“孤身一人”的时候，他更倾向于“抒情”和“沉思”，当他一旦有了“听众”或“交流者”，他便开始“讲述”。在西部广袤的高地上，大片大片的不毛之地围困着星星点点的绿地，人文的分布孤立、零散和稀薄。孤村、孤镇、孤城以及三五成群或单门独院的“独立房子”，如同在一张巨大的棋盘上不规则散落的点点棋子，联系松散、交流稀缺，他们与自然对话的时间要远比与同类对话的时间为多。在西部有这样一句话：“要饭也得骑着毛驴。”这种稀落的居住景象与内地稠密的村镇、集市构成对比：似乎这里的屋宇也是裸露在“野外”的，没有另一些屋宇的混淆与遮蔽，孤零零像个等待发现的、从“隐身处”跳出来的、呆立于阔地的目标——它把自己公开了，等待“问讯者”的到来。

在王观胜的小说《放马天山》中，第一个叙事单元就是“独立房子”（小窝棚），“独立房子”的四周是戈壁和草原，戈壁和草原的尽头是天山。你可以这样说，这部小说的成立就是从“独立房子”、从马场居民区“分离”出来开始的，尽管小说没有交代为什么会有这样的“分离”，但“分离”出来的“独立房子”，如同从经验、记忆、情绪、日常生活等混沌之物上“切割”下来的创作素材一样，是一种前期的、必要的准备：它首先排除了“不写”哪些，然后再来对付已经被“对象化”的素材。当“独立房子”的主人“老溜子”终于迎来了故事的合作者（“他”）的时候，故事就得到加力和发动，叙事突然变快。意味深长的是，当“独立房子”及其主人与马场居民区达成谅解、合为一体时，故事也只好结束。在赵光鸣的小说《石板屋》中，也有这么一个“独立房子”（“石板屋”），它在“卡卡斯雅矿”旁边。“卡卡斯雅”的维吾尔语意思是“荒凉的地方”，“当地的汉人和回回的土话把这叫‘卡卡子’，就是近乎角落、旮旯或夹缝的意思”。赵光鸣在小说第一节专门对此作了交代，这种交代就意味着实际的叙事已经开始。这部小说的主角是“花儿铁”，应当说是“当地人”，尽管“他”也要去“石板屋”，但“他”与“石板屋”的性质完全一致，应该是“主人”和主人的“居住场所”的关系。这个故事的“侵入者”或“外来人”是一个姓范的河南人，“这人，除了生产队副队长谷发以外，谁也没见过他”。这个陌生的“侵入者”（盲流、“逃犯”）和“花儿铁”们在“石板屋”遭遇，使故事得以发动和完成。这个过程可以把整部小说故事简化为这样一种模式：从人群中“分离”出几个人（故事主角），这几个人被“分离”出来之后就只能、也必须有一个安身的地方，这就是“独立房子”。“独立房子”和它的主人“期待着”一个身份不明的“侵入者”（外来人），他们开始“交谈”“摸底”“互相弄清对方的身份”。于是故事完结，被“分离”出来的“人”与“房子”重又回到原来的地方。这个故事模式刚好暗合了叙事本身的组织过程：“分离”是排除、选择和最后确定题材与人物的过程，在这个过程里，作为伏笔的故事线索也“神龙见首不见尾”地露出端倪（“外来者”），而故事的发生环境如同“独立房子”一样，是有别于生活的“典型环境”，故事的完成（文本的诞生）意味着对生活的艺术还原（“独立房子”和它的主人与整体的生活达成和解，“侵入者”的身份被确定，一切取得平衡）。在赵光鸣的小说里，关于“独立房子”和“侵入者”的角色原型相当固定，他们以变幻的形态反复重演，构成一个又一个耐人寻味的故事。

在张承志的小说《三岔戈壁》中，起首一句即是：

这样的小村庄，其实只是个居民点。几间快坍塌的土坯筑的小屋，在斜阳下孤零零地蹲在戈壁滩中央。漫漫茫茫的戈壁滩流泻般拥过。它们淡黄色的土墙，仿佛不屑理睬这些渺小肮脏的东西似的。[1]

关于这“独立房子”的描写，几乎过一节就有一点，而那个“侵入者”——“他”，既成为旁观的“叙述人”，也成为故事的“发动者”；仿佛既作为“见证”，又成为“被见证”的一部分。在另一部小说《九座宫殿》里，“独立房子”变成了“几间红胶土垒的小屋”。这几间土房构成的小村所处的位置是这样：“官道以南，沙漠以北，上下几百里只有这么一个小村庄。”[2]这部小说的“侵入者”是以考古（寻找“九座宫殿”）为己任

1　张承志：《北方的河》，北京十月文艺出版社 1987 年版，第 157 页。

2　张承志：《北方的河》，北京十月文艺出版社 1987 年版，第 176 页。

的“蓬头发”，“蓬头发”在“独立房子”的主人“韩三十八”眼里是绝对异样的“外来客”和“陌生人”，故事的发展由此得到发动，仿佛是“相识”的过程，相识完结故事也就“散场”。在小说《黄泥小屋》里，张承志干脆以“独立房子”来作标题，而“侵入者”则是“骆驼”，“骆驼”的到来使故事发动起来。在《错开的花》中也有这样的小屋出现，醒目地构成故事的核心活动场所。可以认为，“独立房子”除了代表一种“分离”后的背景外，还是下一次“事件”的暗示，它本身就暗合着一种故事性的结构，必然会有一个“闯入者”使这个结构得以发动，从而成就一次精彩的叙事活动。

在陆天明小说《我住郭鲁郭》中，“郭鲁郭”是一个从团场分散和分离出来的“独立房子”，代表一种人文异数：非中心、非正统、自然、边缘，代表常态生活之外的一种类型，代表疏离、残缺、遗弃和不得认同的东西。而那个发现和提示这一切的“侵入者”就是“我”，就是与这个地方格格不入但又必须被暂时固定于此，仿佛专门用来窥视和交流的“我”。在这些小说中，“独立房子”及其“主人”和“侵入者”都有非常强烈的功能意义，故事的结构与元素、故事的大体形态和题旨传达，几乎都与此有关，他们决定了故事结构性矛盾的基本性质。在杨争光的小说《赌徒》

《黑风景》《棺材铺》[1]中，“独立房子”变为规模极小的“孤镇”“孤村”。“村子在沟坡底下，像随便扔在那里的一堆温暖的旧衣服”(《黑风景》)，“村子”的主人是“六姥”，而扮演“侵入者”角色的，是一群真正的“土匪”。“村庄有个好名字：胭脂铺。村庄不大，直直一条东西街道，房屋像杂乱无章的东西，随便堆放在街道两边”(《赌徒》)，这样的庄子被“骆驼”漫长的、自言自语的、沉寂孤单的旅程一映衬，就变成一个小“点”，一个“独立房子”。值得注意的是，杨争光在《黑风景》和《赌徒》这两部小说中，在写到庄子时，重复地用“随便堆放”这样的字眼，明显地透出作者对“独立房子”这个结构性意象的领悟。“独立房子”是个缺乏稳定性、显得突兀、危机四伏的物象，仿佛已经预知了“侵入者”的到来，故事之弦突然绷紧，引而不发，一发则如摆放整齐的多米诺骨牌，不碰倒最后一块就不会停止。这种有关“独立房子”和“侵入者”的叙事模型，在张弛（《甲光》）、高建群（《遥远的白房子》）、柏原（《天桥崾岘》）、张贤亮（《绿化树》）、张冀雪（《石头城堡》）、贾平凹等西部小说家的叙事活动中，都曾经被运用过。他们或者比较单纯地运用在一部或多部的小说里，或者把它作为模型之一，配合其他形态综合地运用。不管创作者是否意识

1　杨争光：《赌徒》，《收获》1991 年第 1 期；《黑风景》，《收获》1990 年第 1 期；《棺材铺》，《小说家》1991 年第 2 期。

到，这个模式是西部小说叙事中相当普遍的一个类型。

天边外·在路上

和“独立房子”与“侵入者”的故事不同，另一种西部文学的叙述模式是“在路上”。在这个叙事模型中，“侵入者”摇身一变，成为显现性的叙事线索。非常明显，前一种叙事模型基本上是一种“团块型”的结构，而后一种叙事模型是一种“过程性”的结构。其实，不论是哪一种叙事模型，我们都可以在西部普遍的生存经验中找到“元叙述”的影子。西部历来是移民相当频繁的区域，多次成为世界性民族大迁徙的十字路口：乌孙诸部自敦煌冲开血路远徙天山；大月氏在汉武帝时由此西迁到撒马尔罕；塞种人和突厥族从伊犁河谷远走疏勒一带，并往返数回；回纥在晚唐从漠北进入中亚；厄鲁特蒙古诸部冒着箭矢和流疫逐水草曾至西域及伏尔加；不可一世的党项族被战乱扼杀散失惨重；楼兰古国盛极一时而突然湮灭；匈奴、蒙古自漠北南下称雄……这些迁徙无论是征服者或被征服者，都把西北高地当作一个广阔的舞台，上演着不同种族、不同文化、不同生活方式的异常丰富的历史剧目。可以这么说，西北高地的“土著”形成十分薄弱，无论是历史上已经被同化的民族，还是完全消失或今天仍然生息于此的居民，都很难说他们始终如一地聚居于此。这种或有序或无序的人口流动，到今天也不能说已经完全停止了。这种历史的和现实的景象与内地安土重迁的家族聚居相比，构成一种鲜明的对照。也因此，这种生存机制就自然而然地构化为小说艺术的叙事机制。

让我们来拆解一下“在路上”这种叙事模型的基本情况。首先是“离家出走”。“离家出走”在小说叙述人那里往往被夸大成“源于一场有形或无形的变故”，这场变故甚至决定了故事主角“上路”的态度与方式。在西部叙事中，“离家出走”也可能是一种职业的需要：商旅、驼夫、考古者、司机都是如此。有时，“离家出走”也是人类隐而不露的天性使然——“他”的成熟使“他”必然离开父母和故地，而且也只有“上路”才是表现成熟的外在标志。在这种情况下，“离家出走”又转化为“成人仪式”，是对生命历程的一次有效模仿。在这个叙事模式中，故事一经发动，就处在“异地”的环境中，“异地”模糊、可疑、空洞而又游移不定——它在暗示你：在这样的“路途”之中，什么事都有可能发生，而且越是有表面的平静作映衬，就越是引诱你留神突发的事变。应该说，西部文学中的这个叙事类型并不为西部文学所独有，但却为西部文学所惯用，因为在这片高地上的生存经验似乎天然地存在着这么一种实实在在的内部结构。

在杨牧的自传体长篇纪实文学《西域流浪记》和《天狼星下》中，在张承志的小说《金牧场》和《黑骏马》《三岔戈壁》《大坂》《九座宫殿》

《北方的河》中，在邓九刚的“驼道系列”里，在柏原的《西望博格达》中，在邵振国的《麦客》里，在唐栋的《兵车行》中，在张贤亮的小说《肖尔布拉克》里，在张宝发的《浪迹丝路》中，在马丽华的长篇散文《藏北游历》和周涛的长篇散文《游牧长城》《蠕动的屋脊》里，在蔡宇知的《湖光》中，都或多或少地套用着这一现成的西部叙事模型。赵天山的《坠情》、张贤亮的《肖尔布拉克》、尹德朝的《沙舐血》、李斌奎的《哦，昆仑》等小说中，“离家出走”被叙述人划定为一种野外性的职业：“司机”“钻井工人”“士兵”等；张承志的小说则往往设计为“考古工作者”“漫游者”“大迁徙的部落”“红卫兵串联”，等等；周涛、马丽华是把他规定为“观察和沉思者”，成为便捷的叙述线索。有时，这个叙事模型经过简单的改换和倒置，就变成了“还乡”的方式。在赵光鸣的《郎库山那个鬼地方》中，淘金归来、一无所获的“他”所面对的不是外部旅途上的“事变”，而是“家”中生发出的致命隐情。西部叙事中的这种“天边外·在路上”的模式，和“独立房子·侵入者”一样，都使西部文学的叙述人有一种置身于“野外”的效果。张承志的小说，说古道今其重心都在中亚大陆，在中亚的游牧圈和绿洲圈，他的叙事方式，多以社会游历、地理寻胜、人文考古或青春式的生命冲动来结构的。张承志这样转来转去，几乎转遍了中亚版图的每一个重要角落，不管其叙述人假借怎样的名义，大串联也好，插队也好，地理或考古学者也好，都有

"孤独的旅者"的味道。我很怀疑张承志体内是否有一种神秘的精灵支配着他艰忍地转来转去，游牧的精灵？丝路商旅的精灵？中亚史活动方式的精灵？抑或是现代人文化落寞的情状下寻求、追索、朝拜神圣主体的过程？总之，这"在路上"的方式使他满足，使他不断获得新的砥砺。

这种"天边外·在路上"式的叙事模型，为西部小说提供了一种不易觉察的流漫性质，这种结构性的抒情，把故事置放在一个新鲜的过程当中，使它常常处在"激动"的状态，处在一个"发现"和"认识"的过程当中，这一点在张承志等人那里十分明显。其实，在西部诗歌和散文的创作中，也可以找到类似的结构，西部诗有一种"野外"的"动作性"效果，而西部诗的"独自性"和"诵颂感"也体现"过程"的特点。散文就更是如此，几乎是"读万卷书，行万里路"的翻版，很少是一种"书斋"中沉思的结果，文本仿佛不是用笔而是用"行走"来完成的。[1]

周涛在《伊犁秋天的札记》中写道：

这纯粹是一次秋天的散步。倘若把城市当住宅、把自然当庭院，把一年当一天，那么，这种散步该多么有趣、多么必要……我愿意以散步的方

1 有意思的是，近年来在个别出版社的撺掇和部分西部作家的配合下，果然出现了所谓的"行走文学"。

式徐然缓行，或低头漫想，或凝神远望。

这段话明确地道出周涛“思维的姿态”和“叙事的方式”。他接着写道：

这样的散步挺好。

通往博乐的那条三十公里岔道，可以当作一条通往庭院僻静一角的幽径；

昌吉呢，是从住宅走下来时的一个台阶；

到了石河子，就算台阶走完了，踏上了出入庭院的主道；

果子沟应该是院中的一座保留完好的、长满了自然植被的小丘；

赛里木湖这一小池水，在院子里保持着它的清澈和生机；

牛羊、马匹、骆驼、狗和毛驴，是你在散步中遇到的蚂蚁和小昆虫；

只有太阳是原来的，只有月亮是原来的。

这样散步挺好。[1]

周涛的这惊人的描摹，也可以当作他的“写作环境”，他以“行

1 周涛：《稀世之鸟》，解放军文艺出版社 1990 年版，第 168 页。

者”的方式把“所到之处”规划了一番，就变成了优美的叙事。在小说家那里，也有这种“规划”，就是把叙事结构的完成当成一次主角的“旅行”，当主角克服了所有的“困难”时，“旅行”也结束了，故事到此为止。

说到“天边外·在路上”这种叙事模式，不能不提到精神与灵魂的内在漂泊。“漂泊”的含义源于这样一个命题：我们能否与世界达成和解。在“天边外·在路上”这种叙事模式在精神的层面上得以完成的时候，内在精神的漂泊意味就显露出来了：“他”对大众熟视无睹的环境发出质问，深究世界的变迁，不肯臣服于既成势力，带着对存在的疑问在现实面前晃来晃去。他说：“灵魂的家园在哪里？”

如歌的行板

张承志在谈到《黑骏马》这部小说时说：“我总算把这首歌唱出来了。”[1] 他是“用民歌来结构它”从而完成了小说叙事。的确，民歌的、诗的或者抒情性的东西，总是特别深刻地影响到西部的叙事。许多西部作家或者散文家的写作动机，特别是体现在某一部具体作品里的写作动机，在

1　张承志：《绿风土》，作家出版社 1992 年版，第 107 页。

许多时刻可能是为了传达一种抒情性的东西，而非讲述故事。当诗的分行与抽象限制了具象的血肉时，这种抒情渴望转由叙事来完成。这种情况当然影响到作品的成型与效果，在西部小说的浪漫色彩中，作家们频频惊异于神奇的事物，有时候这种“神奇的事物”甚至不是精确的叙事所能传达的，而只能靠诗化的抽象与神秘来暗示，从而表现出抒情与叙事的亲密杂糅。张承志在《金钉夜曲勾镰月》这篇散文中，谈到西部浪漫乐观的血性：

肮脏的小铺里一身油污的大师傅耍着面团在唱。五个人的吉普车里五个人在唱。从库车风尘仆仆开来的长途车里的老婆子在唱。外宾接待室里翻译卡了壳主人忿忿地抓起冬不拉就唱。三个或六个走在一排穿成一模一样的姑娘在唱。待业而且不想好好干活游手好闲的小伙子歪在台阶上在唱。卖香料、孜然、沙枣、杏脯的小贩在唱。阿訇站在唤拜的楼顶在唱。毛驴上的维吾尔老头在唱。骏马上的哈萨克大汉在唱。泥沟里打滚的醉鬼也在唱……我当然懂得这歌。我用了十年时光反复证明了我与这种歌的血缘。[1]

1　张承志：《绿风土》，作家出版社 1992 年版，第 152—153 页。

一种抒情的东西这样深刻地影响了张承志，以至于他在众多的小说当中总是插入大量的民歌小调来强化或完成他的叙事。在《阿勒克足球》《大坂》《骑手为什么歌唱母亲》《白泉》《北方的河》《黄泥小屋》《海骚》《错开的花》等作品里，民歌、诗或宗教性的诵词出没其间，构成小说的华彩乐章，或者直接成为完成小说叙事的动因。在这里，抒情的歌、诗、诵词不是一种点缀，而是一种深化人物性格的东西，是一种题旨性的结构。说张承志小说是“崇高的诗的流体”[1]是有道理的。在张承志的小说中，抒情的写作目的远比叙事为大，而且叙事的节奏、场面的调度和内部的线索与结构几乎总是受到抒情的控制，故事被置放在一个相伴的地位。

在张贤亮的《绿化树》、张弛的《甲光》中，也有类似的情况。在这些作品里，民歌只是露出水面的冰山的一角，其实整体的叙事构造中，都有非常明显的内在激情的驱使。这种激情甚至使张弛在他的长篇小说《汗血马》中，置叙述人以一种“不够冷静”的状态，语言的喷涌、节奏的安排、事件的调度都有一种甩脱的、晕眩的效果。他们仿佛在为某种“异端”的、神秘的东西所激动，不能自持，从而使叙述人的叙事过程处于颤栗的状态。这种“叙事的颤栗”或以整体性的表现，或突出于局部，大量地出现在一部分西部小说家的作品里。在这里可以看到抒情和叙事在“争

1　周政保:《小说世界的一角》，新疆人民出版社 1989 年版，第 220 页。

夺”对西部叙述的控制，那个“叙述人”和“代言者”的位置，分裂性地出现在不同的话语类型当中，完成着极度的扩张。在张冀雪的寓言体小说《石头城堡》里，小说的叙事因抒情的驱动而发生脱离性的变形，充满“惊异”“神秘”和“怪诞”的性质，小说的象征意味主要不是因结构性的暗示而来，而是抒情的颤栗所致，是叙述人自身的叙述状态形成这一效果。这部小说同样充满了整节整节的类似祷词的歌谣，通篇的叙事不像是“讲述”而像是“喧唱”。星辰、旷野、焦渴、成堆的动物尸体和衣衫褴褛的迁徙者、不可知的神秘城堡、灾变和异象、瘟疫、热病般的极端心理……所有这些故事元素都被赋予“激动”的白热化性质，甚至可以立即着手改写为史诗类型的分行文字，或者变成声音的交响和一组色彩淋漓的油画。严格地说，所有的艺术都是抒情的，都带有超越具象的“诗性”，但在各有侧重的文类中，它们所体现的程度是不同的。在西部小说中，这种“浪漫的诗性”尤其顽固，它总是以变化的形态出没于各种文学样式中，也可以说，西部叙事本身，已经渗入了这样的基因。在陆天明的长篇小说《泥日》中，那种内在的“诗意”渗透到家族神秘的血性之中，渗透到人物性格和人物命运里，成为不可解的神秘力量，遥控着叙事的过程。冯苓植的小说《黄风荡》、张曼菱的小说《唱着来唱着去》、杨志军的《环湖崩溃》、董立勃的《太阳下的荒野》等等，都存在着一种结构性的诗意。

也许，是西部文学的抒情传统过于强大，或者是西部人文气质上的一种内在规定，西部叙事上的这种强烈的诗意特点为西部小说蒙罩上了一层抒情的色彩。在各地区、各民族的叙事艺术发展中，都曾经历过一个或长或短的浪漫的抒情时期。也许，西部叙事的发展正处在它的上升期，正经历它的“青春岁月”，不过，我倒是希望这个特点能够持久地保留下去，带到它的盛年和成熟期——因为，一种艺术在健康上的标志之一，正是具备着这样的抒情强度。特别是在当代，在“当代诗性”日益消解的今天，抒情的重要性还意味着一种创造性的冲力，意味着一种文学的能量和生命力，意味着对消费社会的挑战。而文学艺术的消退，总是首先从抒情能力的消退开始的。诗人里尔克说得好：“有何胜利可言——挺住就意味着一切。”抒情的存在，正是“挺住”的一种标志。

“史诗”和“寓言”的叙唱

深度模式是西部小说叙事无法舍弃的一个重要标志。或许是西部人文积累的分散、零碎与稀缺把小说的叙事活动暗地里推到一个“组织化”的过程，或许是在西部的生存经验中时空感受极具完整性与统一性，从而使小说的叙事活动追求一种包容性的结构。总之，对深度模式的追求是西部叙事的一个重要特征。它要求叙事本身有头有尾、中心结构突出、边缘明确、具有气势和冲力、有自我完形能力和相当的风尘感与沧桑感、有一种史诗的效果。也因此，较大的空间跨度与时间跨度、场面与气魄、旷野般的“公开性”、事件的规模形态、内部的驱动力量、整体上的庄重感就成为这类小说的一个特点。深度模式似乎和悲剧有着不解之缘，人类文化的深刻性也似乎总是通过那些巨大的悲剧性沉落来传达的。亚里士多德在《诗学》中说：“悲剧是行动的摹仿。”在小说所追求的史诗品质中，叙事的完成充满着狂飙般的力量感，语言的符号感让位给“实物的愤怒”，叙事所指的沉重分量，使能指之流完全融入了存在本身的变迁之中，叙事变成了有声有色的行动，仿佛不再是纸面上的“符号静物”。

在陆天明的长篇小说《泥日》[1]中，开篇叙事以那场下了七天七夜“在阿达克库都克荒原上千古百代都稀罕见的大雨”为开始。这场非凡的大雨，是荒原“千古百代”的历史上的“第一次”，它在暗示“以后的事件”有一种“不同寻常”的性质，同时也为整个叙事划定了一个醒目的边缘界线，它在说：“我不管大雨以前的事，荒原的历史现在才开始呢。”而小说的结尾，也以“肖大来”幻变为“黑蛇”和“阿伦古湖”上空三团“神秘的黑云”为止，划定了叙事的结束，这个边界同样是醒目、果断和不予解释的。它一下使事件戛然而止，它暗示“阿达克库都克”荒原之后的历史是无意义、无价值的，时空全部的深度已经被浓缩在“大雨”和“黑云”

---

1 陆天明:《泥日》,《收获》1990 年第 5、6 期。

之间的框架里了。提醒人们：注意其中的文字。这种模式在西部的一些小说中是一种叙事惯例，标志着一种叙事的品格和性质。史诗品类的小说总是倾向于终极性的特色，有着自足的绝对权威性，它自成系统，以自身为因果目的，它决定其他而自身不被决定。因此，它在时空上永远是封闭的圆圈，特别强调时空的“起点”与“终点”，强调一种形态性，有着超常的“完整性”和“完成性”。这类叙事的特点是它的无解释性——它拒绝作自我说明和自我拷问，而又企图暗示、指导和安排外在的世界。这种叙事原则使文本带有绝对的权威性，它边缘突出，内部被厚厚实实地包裹起来，固执地阻挡着一切可能的侵入与修改，它的时空特点无可挽回地成为永恒的彼岸——不管它怎样使用和暗示其现实的内容，它在时空上都无法与现实焊接起来，这种叙述总是带有强烈的历史性质，把自己伪装成无法更改的过程的复制。

“搜神志怪”是中国传统小说的一个显著特征，这种特征在今天的小说世界里已经非常稀薄，但在西部小说创作中却仍然明显。和中国传统小说中的“搜神志怪”有所区别的地方，是西部小说中的“异闻异象”多不是世俗社会中的玄谈奇事，它的荒诞、神秘、惊异不是针对正统的人文文化的民间性的反动和消解，而是落于尘外，出没荒野，多与自然有关的东西。也可以说这与西部社会结构比较稀薄，没有形成压迫性力量有关，也可以说这是一种较为粗陋、停留在旷野崇拜和自然阶段的东西。总之，在西部小说“奇异的叙事”中，构成材料和元素的那些内容还没有以拟人的面容出现，还不是混迹于人烟和尘世中的久经人文熏陶的东西，它还带着“自然粗粝的形式和内容”，它还保持着与人的距离和淡漠的陌生性质。在张弛的《汗血马》中，它是“水怪”和“马妖”，而且整个祁连山天涝池的兽群都脱离了动物界的常态，带有神秘怪异的性质；在贾平凹的《晚雨》中，它是若即若离、忽隐忽现的一匹神秘的“白狼”；在陈忠实的《白鹿原》中，则成为一头“白鹿”和与之相对立的另一种奇异的表征“白狼”；在《泥日》中是“水蛙”“黑云”“血液”和“黑蛇”，是“大峡谷”奇怪的水声和古月王国神秘的宝藏。在西部小说里，这些叙事元素不是零零碎碎地出现的，它往往构成一种整体性的状态而具有相当的普遍性。《泥日》中“阿达克库都克”荒原以及“阿伦古湖”“老满堡”“哈捷拉吉里镇”的十几个村子，《金牧场》中的“金牧场”等，都是这样具备“整体的奇异性质”的叙事空间。这种对外部世界所具有的“神奇感”，在西部小说叙事中分布得相当均匀，它既区别于一般的、传统的“搜神志怪”，也不能认定为是“魔幻现实”，它是西部人对自然感受的一种实在的构成——尽管这种构成在小说叙事中被强化、变形和改组。

对自然的关注、对自然与人的关系的聚焦，是西部文学普遍存在的一个显著特征。无论是西部诗、西部散文，或者西部小说，这都是个永恒的主题。这土地，这死寂、恐怖、诡谲、残忍、充溢着未开化之前生命的神秘的土地，这大起大落、粗犷沉雄、衍息着博大精神的土地，“这滋长了开国帝王 / 杀伐征战雄心的土地 / 这盛产大宛汗血马 / 和西域伟男子的土地”[1]，有着一种强烈的形而上的寓意。就自然而言，没有哪块地方像这里一样，自然的参与、自然的色彩对历史文化发展进程的影响和制约如此直截了当地凸显在历史生活的表象和深层。有时候，自然的“故事”整节整节地被载入人的活动历史。许许多多富庶一时的古代城郭和强大骁勇的部族神秘地消失在黄土、流沙和冰雪之下；一座座废弃的城堡在月光下讲述民族流浪的历史；自然的表情覆盖了人们的生存感受，这唯一的启示和命运的主宰似乎凌驾于社会生活的主体之上，生存意识、生命意识呈现梯度加强的序列。所有这些，作为集体记忆深积于灵魂的深渊，形成以崇尚生命强旺质朴的强力为个人价值取向的心理内质。这种西部中国的文化与自然的格局，传达到文学的叙事中，就可能是一种浪漫的、立于旷野的、在天边踽踽独行的、惊异于自然界的叙事格局，一种史诗性、寓言性、象征性的冲动往往跃然纸上，构成叙事活动的内驱力。

史诗般的深度努力，对“奇异叙事”的浓厚兴趣，使这类小说同时带有“寓言”的性质。本雅明说：“寓言在思想之中一如废墟在物体之中。”在杨争光的《赌徒》《棺材铺》等小说中，故事的发动环环相扣，顺理成

1　杨牧等著，郑兴富等编：《边塞三人集》，新疆人民出版社 1993 年版，第 275—276 页。

章，但结局始料不及，不可收拾，带有一种寓言的色彩。它所针对的不是已经被理性判别过的、一清二楚的善恶世界，而是人性的某个脆弱的侧面，是一种生存惯例。譬如那种推而广之的“赌性”，把生命中的偶然与必然，从“青萍之末”的微风开始叙起，直到它变成摧梁折栋的狂澜，才露出叙事的真相。再譬如普遍状态下的“报复与复仇”，好像是一次“能量守恒”的过程，施动者全部的用力，都作用于一个“他”并不完全知晓的“支点”。这个“支点”在开始的阶段是有利于他的，是“四两拨千斤”的加速运转，但最后的结局是他不断施动后的力，在经过“支点”的放大之后，最后反作用于“施动者”本人。在《黑风景》中，全部的“算计”到最后一刻来临前都是成功的，但谜面揭开时让设谜者大吃一惊。《老旦是一棵树》中，最后的“老旦”变成粪堆里迅速幻化出的一棵树，被固定在他做梦也没有想到的位置上。这些精彩别致、叙事严谨而又轻松的小说，透出一种淡漠的、劝谕性的寓言色彩，它所针对的不是重大的历史和社会生存境况，而是一种人人都可能有的生命细节，在这细节上做文章，找到普遍的本象。张弛的小说《汗血马》，深究天人关系，他的《村谚》《甲光》等一系列“奇异的叙事”，都有浓厚的史诗意识和寓言色彩。张冀雪的《石头城堡》，在“叙事的颤栗”之中，那种寓言化的努力十分明显，这部小说和张承志的《九座宫殿》与《金牧场》在大的结构设置上有相仿的一面，都把结局盖得非常严实，不到最后一刻，一直让读者对“目的地”的实在情境将信将疑。可以这么说，是用寓言化的结构来设定一个长久流传、苦苦追寻，但又一无所知的精神与肉体的家园，这可能是批判的、劝谕的，也可以是诵颂的、浪漫的。陆天明的《泥日》中所关注的是“历史的突起物”，是夹在空洞、稀薄、沉寂的长时态的历史过程中的“跃然而起”，是荒原历史中创世纪的那种东西。也因此，他对“事变”开始的前一刻和“事变”停息的后一刻采取“无解释”的“热寂”状态，只用一些神秘的“奇异叙事”来收缩文本，来回拒文本的“来路”与“去向”，从而为这部史诗性的作品添上一层寓言性的色彩：关于“起源”和“终局”都是“不可告人”的，有着神话般的“非解释”性。西部叙事为自己设定的这种“登场”与“谢幕”格局，有一种强调和突出叙事行为本身的效果，它似乎在说：未经叙事之先，这里的一切都是无序的、非组织的；得以叙事之后，一切变得整齐、安稳。文本自身的这种“自我强调”，与西部文本的稀缺、叙事的严重不足有关，因而总是暗示自身的重要。这种情况，刚好和抒情构成对比，西部抒情传统的强大，足以使它能平淡、随意地对待自己，民间抒情形式和抒情作品的自生自灭的“野生”状态，即是这种显现。而诗的崛兴，在一开始又借托传统之力，在“边塞诗”前注一个“新”字即算是个了断。从另一个侧面看，这才是真正的“敷衍”呢，因为两类文本之间有那样悠远得足以淡化这种联系的历史空间。

好大一棵树

如同西部是个比较完整的地理单元与人文单元一样，西部文学的叙事与抒情也自成一格，不易为“外力”的作用所改换和趋同。这一点，无论在诗、散文还是小说那里都相当明显。当内地的“朦胧诗”席卷诗坛、各式各样的现代主义或后现代主义主张潮起潮落的时候，西部诗不为所动，基本保留了它自身特有的抒情形态；在小说领域，从伤痕文学、知青文学、寻根文学、现代派小说、新写实主义、先锋小说到最近的“新体验小说”“新状态小说”，小说主流一变再变，派别林立，然而，西部小说却似乎没有这样明显的阶段性特点，它始终在自己的轨道上运转，有时显得比较寂寞、冷清，有时又抛出几部力作引起内地的注意；在散文创作上，西部有西部的大家，尽管整体数量上略嫌欠缺，但个体的创作水准和影响强度仍是非常可观，周涛、张承志、贾平凹、马丽华等人的散文创作已经在全国引起较大的反响，西部散文正有一个绝好的势头。总之，西部文学作为一个笼统、涣散但又特点突出的文学单元，自有它自身的发展历程。在这片不利于“交流”而适宜于“沉思”的西部高地上，文学创作的“个体劳动”特点显得非常明显，文学观念的变化、叙事套路的相互影响、抒情主体的演化都似乎是一部隐不示人的秘史。

在西部高地荒疏的旷野上，常常会突兀地闪出一棵大树，有时几十甚至上百公里的土地就守着这样一个奇怪、巨大、神秘的植物，仿佛是自然大有深意的安排。西部的文学大家，正是以类似的状态存在着，决绝悲怆，也不乏内在的坚守，这大地的“抒情”与“叙事”通过隐秘的暗示而使作家们有所领悟——我想，西部文学从这里得到的感化与影响，实在比高地之外遥远的观念传递为多。

1998 年定稿

文化的接触和影响

掘根者的谚语

美国著名的人类学女学者露丝·本尼迪克在她的著作《文化模式》的扉页引述了印第安掘根者的一句谚语："创世之初，上帝赐给每个人一杯土，人们从杯里吸取生命的滋养。"[1]文化作为人类活动的踪迹，在今天越来越带有超学科的性质，在它成为社会科学研究热点的同时，也构成了许多人偶然误入但力所不逮的"陷阱"。文化对于西部文学的影响是巨大的，虽然一一指出这种影响显得总是有点生硬和勉强，甚至文不对题和弄巧成拙，但文学体验告诉我们，通过阅读所形成的一般印象和意愿，使我们能

1 ［美］露丝·本尼迪克：《文化模式》，何锡章、黄欢译，华夏出版社 1987 年版，扉页。

够感受到那种普遍的“差异”与“偏离”。这种差异和偏离不是表现在一两部作品上，而是稀薄然而普泛地呈现出一种整体性的倾向。最初，人们把影响西部文学的那些要素与环节简单地归结为某种地理上的因素或所谓“西部精神”，这种方法和思路遭致许多人的反对或不以为然。昌耀更愿意把“西部文学”的强态弱化为“西部的文学”[1]，而内地一些评论家则把当时那种提法的一些内容误读为一种“非当代的、原始的、简陋或蒙昧主义”的聒噪。在“西部精神”方面，过于突出所谓抽空内容的抽象“野性”与“阳刚之烈”，则使话题遁入“阳具式的生理符号”，一种傻大笨粗然而空洞无用的东西。“野性”与“雄性”的词句频频出入文题与诗句，最后则因极度无聊而死亡，让人避用和忌讳。

如果说那时关于“西部文学”的提法，更多的是出于策略上的考虑，是文学的“边疆政策”，是对京畿的文学的中心地位提出一种挑战，从而获得某种格外关注，那么应该说，作为文学策略它是成功的。无论如何，啸聚山林的“西部文学”为当时的中国文学格局造成某种拉动、构成热闹的一景，它的惯性一直延续到今天，颓而不败，败而不死，死而不僵。我们可以把当时的“西部文学”现象譬喻为“恐龙形态”，它的意外死亡是对一次巨大的、主宰性的想象热情的终结。这种文学策略在策略层面取

1　昌耀：《命运之书——昌耀四十年诗作精品》，青海人民出版社 1994 年版，附录部分。

得成功的同时，也造成很难消除的恶劣后果，就是一种文学倡导变成审美强制，使一大批有才分或无才分的写家不由自主地“尽入此瓮”。今天看来，如果说“西部文学”这个概念可以成立，那么支撑这一概念的并非地理上的西部特征和那一大堆奇异的自然景观，或者是某种简单、直露和口号式的所谓“西部精神”。应该说，如果欲认真讨论西部文学这个自在的文学事实，西部文化才可能是真正支撑这一概念的关键性因素。而且，即使就西部文化而言，它对这一地区文学创作的影响也是隐喻式的、繁复的和神秘莫测的——它可以通过叙述话语来指证，也可能表现为某种朦胧的精神欲象；它可以是故事原型的某种习惯套路，也可以如风俗般标出某种写作倾向。总之，我们只能隐约地感到文本背后某种类于集体无意识的黑暗控制，感到一种说不清的心灵制约：我们只能说出我们可能感觉到的事物——无论是对于创作还是对于这一创作的研究，都是如此，只能如此。而实际上，这种限制已经不单单是指西部文学和西部文学研究了，它更深的意义是指人与“神”的区别、短暂的快乐和永恒的痛苦的区别、有限和无限的区别。

文学以揭示人类的生存境况为己任。文学对“存在”的勘测永无止境，西部文学和中国文学或世界文学在这一点上是一致的、无区别的。西部文学对“存在”的勘测之所以是有意义的，是因为从这里、从脚下这片土地同样可以抵达久远的人类灵魂的深处，可以与我们共同面对的

“至上”问题进行对话。福克纳已经这样做了，而且做得极好；马尔克斯已经这样做了，而且做得极好；惠特曼、埃利蒂斯、屠格涅夫、雨果等等这样的文学大师，他们所逼近的目标几乎是一致的，他们存在的必要或者他们魅人的地方，在于他们都有一个独一无二的通道、独一无二的解决方式。对于西部文学而言也是如此，“西部”不是目的，不是旗帜，而是多种解决方式中的一种，是对问题的一种提示。也只能这样理解，西部文学才不是一个狭隘的、守旧的、区域性的、自给自足的文学观念。我不是反对“西部”，我是反对仅仅匍匐于此，把“西部”当成“文学特产”中的一种来兜售。西部是独特的、诱人的，中亚的文化与历史是世界范围内史学界、文化学界研究的热点和难点之一；西部是摄人魂灵的，西部有着这样直观的纯粹性和极端性，仿佛在显示某种方向一般给人以提示。它不是暧昧含混的山水与人群，它有严峻清醒的选择性；它不是陈腐乏味的人文蕴含，它的原始、高贵、神秘和牺牲色彩有着新鲜的信仰力度。它滋生浪漫与传奇，是“奇迹”的诞生之地，它白银与黑铁的英雄时代仿佛仍蛰伏于民间，歌谣与花束、甘泉与舞姿、刀戟与野心、人种的穿流、语言的汇聚、伤与飞、灵与肉、沉醉与狂欢……这些还没有被技术和机器销蚀。也正因西部的诸多诱人之处特别宜于文学所体现的那种天然倾向，才要额外注意不让自己成为一个西部的“展览家”“陈列者”，流连于浅表的繁荣而忘却对“存在”的深入。

目前一些具备先锋色彩的青年创作者之所以对“西部文学”这个说法不以为然，不仅是在策略上不满意这种区域性的定位，更重要的是对以往的西部文学创作和研究中的那种硬往上靠的标签化现象的合理反动：他们一开始就力图摆脱有关西部文学的流行观念的控制，他们对周围的一切有自己的解释，并不拒绝土地的馈赠。譬如杨争光、王刚、曾明了、叶舟、沈苇、杨子、伊沙等。譬如叶舟的《大敦煌》，直逼灵魂与信仰，直逼现代的困境，但取象与字词仍可以感到一种对西部文化的神秘把握。这种把握不再是浅表性、风俗性的东西，而是非常内在，非常根本的。沈苇这个南方之子，对“西部文学”的提法一向有很多保留，但他并不回拒西部的影响，他的一首小诗题为《一个地区》，兹述如下：

中亚的太阳。玫瑰。火
眺望北冰洋，那片白色的蓝
那人傍依着梦：一个深不可测的地区
鸟，一只，两只，三只，飞过午后的睡眠[1]

这里有一种“宽阔”；一种相异的美：玫瑰；正午、鸟和睡眠。你可

1　沈苇：《在瞬间逗留》，百花文艺出版社 1995 年版，第 35 页。

以感受到干燥与缓慢、微芒的刺痛和更为庞大、陌生的神秘的存在，它还没有被惊醒，纷落或起飞的鸟忽近忽远。这是个无人之境，但却被睡眠笼罩，被热意笼罩。而整首小诗散断的句子、细碎的词语，似乎也与西部物象的组合方式、与人文分布相关。这些作家都没有执著于“西部”的那种文学创作意识，“西部”对他们而言不需要着意强调或回避，但其作品中所流露的味道无疑有着一种更为透彻的倾向。

黑格尔在《法哲学原理》的序言中说过这样一个比喻：“密纳发的猫头鹰要等黄昏到来，才会起飞。”西部文学创作与西部文学研究的真正成熟，也许要在表面化的推波助澜完结之后，才会有更为实质性的结果。

有方向的写作

文学写作作为一种高度个人化的精神工作，它的方向性应该是充分开放的，或者简直就是对方向的抵制与冲消，没有形成“垄断”的前提与可能。文学写作无法“组织”，每个人的写作动因、审美趣味、题材选择、题旨表达都表现为一种分散、孤立、断断续续的状态。并且，每个写作者最终的目的不是追求对现有文本世界的认同，相反，他们在各个侧面上都追求一种标新立异、与众不同。当然，这都是从纯粹的理论状态而言的，实际情况恰恰相反，文学写作总是或隐或现、或强或弱地表现出明显的方向性。

影响或规定文学写作方向的主要因素首先是一国或一地的文化模式，这几乎是一种写作个体无法逃逸的控制，人们只能根据现有的文化存在提出问题。在这里，一种文明的特征与这种文明之内的文学的特征是相一致的。当然在文化交流日益频繁的今天，这种一致性越来越呈现丰富多彩的内容，但汉语自身的规定性几乎是绝对的。影响文学写作方向的另一种重要因素是文学自身：文艺思潮、文学流派、对外国文学的吸收与借鉴、在世或不在世的文学大师的强有力的影响等等，这些对写作方向的影响更直接、更迅速一些，潮起潮落的写作风气基本是缘此而生。还有一种影响写作方向的主要因素是当代的政治、社会和当时的社会思潮。在极左思潮的控制下，文学变成政治的附庸，文学的写作方向被强制规定为为现行政治服务。新时期文学作为对文学写作的回归，重新赋予作家以创作自由，而作为对历史的反拨，它不仅拉开了与政治的距离，而且还试图回避对社会的正常反映。但是文学写作走到今天，真正有良知的作家又意识到面对市场环境和转型期所伴生的人文精神的衰微与失范，必须重新调整写作的姿态与目的，于是“有方向的写作”作为一个现实的精神话题又被重新提出来——当然它的性质已完全不同于文学暴死的极左年代。

文学走过的道路是历史走过的道路，它蛇行于历史自身的修辞与更正之中，仿佛在“过激”与“补偿”的两极摆动。

西部文学的写作是一种有方向的写作。特别是在它的肇始期，无论是在创作上还是在研究上，都有一股过于集中和单调的冲力，缺乏丰富的内容和多样性的选择，缺乏一种宽容的承受力。这一点不仅表现在题材选择的直接性与狭隘性上，还反映到审美倾向的排他性和封闭性上。这时西部文学写作的方向性，主要受制于认识上的局限和急功近利的“团队”意识，亦即非文学的、倾重于社会影响的策略意图。也因此，这种方向性带有一种保守的、防御性的色彩，是远离中心结构的边缘集团为了寻求一种“注意”或“平等对话”而采取的一种讨巧的做法。当然，刚刚解冻的文艺思想与审美观念使西部作家一下子从政治的桎梏中解脱出来，很容易从表面直接获得大致类同的有关西部的创作意念：独特的自然景观、丰富的人文资源、边塞的神秘和多民族的生存景观，以及某种豪迈、热情、达观所引起的审美的“性别神话”——男子汉的胸襟与力度，等等。这种反映到西部的文学创作中的相近的选材与叙述风格，一时间相当突出，如箭镞指明写作方向，又迅速被作家和研究者归纳为处于“垄断”地位的文学力量，意外的社会反响更增强这一创作和研究的信心，因此而定为具有宗主地位的文学势力。今天检讨起来，真是有得有失。

当写作方向变成一种僵化的习惯定式的时候，这种写作方向就变成最先觉悟的作家的一种写作“禁忌”了。也因此，西部文学写作方向的策略性与表面化，就自然让位于宽容的文化理解，而西部多姿多彩、异常丰厚的文化蕴藏，就为新的创作者提供多样的写作选择。在陆天明的长篇《泥日》中，庞大、繁复的结构受到文化的控制与修订，它的方向不再是狭长的锐角，它的冲力也绝非单一的构成，人物的命运的整体的叙述仿佛超离于作者的控制而沉重地下滑。这部作品的成功是丰厚的文化力量和命运与灵魂的抗争，全部“出场”的文字细节都“有备而来”，甚至包括其中的魔幻内容。创世的伟大与痛苦、轮回的抗争与无奈、神秘的出场与结局、莫名的艰忍和自戕倾向、对肉体的轻视与轻率、权力与野心、混乱和粗鄙的肉欲、理解的困难与灵魂的焦虑……这样一种文本阅读最后归于对人性与神性的思考，归于对这块土地的文化怀疑——你得承认，这部作品所提出的问题，是把人与土地复置在一起的。张弛的《甲光》《唐塔》与《汗血马》也是如此，他思考的人的大道与天地的自然大道是合一的，他最重要的作品中所流露出的“祁连山情结”不是一种陈腐的风俗，而是人性的限制与圆通，文化在张弛那里是民间性的、非主流的，他所体悟的人的合理的生存总是与神秘的文化观念纠结在一起。王观胜的《焉支山》与《放马天山》也是执著于此，流畅的语言与精确的文化符码的设置天衣无缝。杨争光是西部小说创作中卓有成效的作家，他的故事和故事元素是“省略”的结果，他拨开枝叶，剔去歧路，以最简单也最复杂的笔法讲述一个个生于西部又超出西部的人性故事。杨争光是高妙的寓言家，他缓慢的语态控制反而生出惊心动魄的人性裂变，西部之于他既是形态上的，又是深入内部的，他深晓西部的生存模式与文化意味。张承志的写作方向是这样的强烈，适度的异端色彩使他把文字几乎变成一种“暴力”。在赵光鸣、时培华、张冀雪、王刚等人的创作中也是如此，西部的作家在新时期和新时期以后的年份中，写作方向的强度似乎总比内地要更大一些，纯粹的技术探讨与文体实验始终没有成为主导性的风气，这不知是一种遗憾还是值得庆幸？

西部文学的写作是“有方向的写作”，还表现在它形态的相对稳定上。西部的闭塞可能是原因之一，可能会有些影响，但恐怕不是最主要的原因。因为文学这种“个体经营”不同于搞市场经济，各种信息瞬息万变，而现今之通信技术早已把空间距离的隔绝因素降到了最低点，文学信息本身也不同于《新闻联播》，天天都有得可讲。更重要的，是信息社会的文学创作所全力克服的正是“影响的焦虑”，正是摆脱信息餍足的灭顶之灾。从这一点来讲，西部之于文学创作应该是个并不差，甚至很不错的环境。西部文学作为“有方向的写作”，其中一个重要原因是西部生活与文化的吸附力相当之大，它牵制了作家们对各种写作思潮的旁骛与轻动。即使是一些身处京畿，但以描写西部生活为己任的作家，如陆天明、红柯、张承志（或者某一时期的王蒙）等，他们的作品的方向性仍然较为稳定和强烈，而且，对西部文化的感受性反而更深一层。

西部作家在调整写作方向上是相当迟疑的，也可以说相当艰难，譬如赵光鸣的两本小说集《远巢》和《死城之旅》，其中的作品不能说没变化，但总体上是一种渐进式、微调式的。在他获得较大声誉的《西边的太阳》这部中篇里，也是变与不变参半，反而有被动扭曲的感觉，不是很谐调。其实，他所面临的问题不是“方向”的问题，而是怎样照此更进一步，更极端一些，更纯粹一些。他的《郎库山那个鬼地方》我以为是他最成功的文字，精到的语言、准确的把握和深入的人性与命运的勘测都达到相当高的水准。这是一个准备“复仇”但在最后一刻又不断延宕和放弃的故事，主人公实际上在“最后一刻”被另一种东西控制，全部的设计化为泡影。这个故事有很强的社会学与历史学的阐述性，你也可以稍加改装就认作历史事件前因后果的某个细节。主人公全部的行为说明存在着“两个人”：一个是无所畏惧、浪迹天涯、野性充沛的“淘金汉”，他要解决“污妻之恨”，他有这个能力，他磨刀霍霍并做了适当的准备与安排；一个是临事怯懦、胆小慌乱、瞻前顾后的老实巴交的“户儿家”。你不能要求他具有某种“彻底性”和“纯粹性”，他不断裂变出很多分裂的因子。在这种情况下，你怎么能一下就“认定”和“说出”你的人物呢？他远比你复杂，他击碎你“事先”所“给定”的完满设计：“最后一刻，他不干了”，而且没有什么理由。这部小说提供的怀疑，是对周遭的一切的无从把握之感，它之于西部写作的意义是：作为作家，你所能够“说出”的是什么？有多少？以及你的“叙述权利”。周涛的写作方向也有一个缓慢然而扎实的变动，他所贡献的不是“方向”的反复转动，而是在同一方向下反复“改写”和“重写”的可能。周涛散文之于周涛诗歌是个莫大的进步，这种进步非常明确地反映出一个作家的“发展”的潜力。他不是“出尔反尔”的写家，而是那种能在一处发挥到极致的作家。这种“发展”之所以被人接受，并视为实质性的变化，是因为这绝非重复，而是向事物的纵深和辉煌的秋季挺进。“中年写作”对于他是重要的，“中年写作”与“秋天”，与“归来”“回家”“返乡”之类的精神话题密切相关。罗兰·巴特曾就“中年写作”说过这样一层意思：写作者的心情在感获与迟暮秋风之间，在回忆、遗忘和已逝之物之间，在深信和质疑之间，在词与物的广泛联系和精微考究的幽独行文之间转换不已。周涛的“放肆”与“深责”、与“恐惧”交替出现，果断的句子与精细的纠缠共铸一体，“恨”与“怕”都淋漓尽致。

如果说“青春写作”不是一种真诚的“骗局”，那么，相对于“中年写作”而言，事后的难言之憾也难以避免。“青春写作”以强烈的、近乎天然的“方向性”而著称，“青春写作”自身是否有生理冲动的支持尚无明确的证词，但青春天然的、反复无常的情绪波动、心理特点和浪漫色彩，可以是引发“写作”的触媒。西部文学作为“有方向的写作”，似乎也有经由“青春写作”的狂飙突进而进入果实累累与迟暮秋风之间的转换。这种转换由对“血性”的关注而转入对“存在”的思考，思考“存在”就是思考“死亡”，就是思考人与自身的关系，就是调动文化的理由与背景，质询“我是谁，我从哪里来，我向哪里去”这样的形而上的问题。这是一种深刻的忧伤的调子，夹着灵魂的恐惧和对冥冥彼岸的探寻。就方向感而言，这时的西部文学写作无疑更具有历史和文化的色彩，更复杂与多样，更丰厚与凝重。

词与物，纸与笔，有限与无限，禁忌与避讳，说出的和无法言传的，对写作的思考和写作的完成，都是一些无法消除的矛盾，都可能成为一种“问题”。不再是脱口而出的轻率和狂喜，不再是“生理性名词”的垒堆，不再受流行观念支配而进行赶制。“中年写作”的普遍状态标志着西部文学进入它的成熟期，它的方向性是隐约的、内在的、繁复不已的，这让一些研究者疑心重重、无法下手。

文化的诗性

尽管有关西部文化的探讨文章不少，但给我的感觉它们仍是经验主义的。这也没什么不好。文化是谨慎的话题，于我而言，只能在经验主义层次上使用它，严格的理性探讨，那是文化学专家的事。

人们在各个侧面上感受到一种差异，对于西部文化而言，这种差异的内容更丰富，更混乱，也更难解一些。当你捕风捉影地泛泛而论时，似乎信心十足，似乎即刻就能抓住问题的关键，而当你一旦进入实质性的解析，又感到茫然，感到进退失据。好在，我们所讨论的话题有个具体而实在的载体——西部文学的创造，不必在形而上的时空过久地凌空蹈虚。

翻开世界地图，这块欧亚大陆腹地以棕黄色基调所标志的干燥区域，幻化为一只毛发纷披的怪兽，变化莫测地以残忍暴虐或温驯冷寂而又惊人脱俗的目光凝视着你，像亘古矗立神意森然的斯芬克斯，把异质、陌生的文化密码从沉闷的身躯里释放出来，冲腾升起。无论如何，西部的自然精神是人所面对的一个重要话题，它不是一种暧昧的、含混的、可以妥协和搁置的景观，它在极致上跳跃，有一个不安的、躁动的、几近欲言的灵魂。1995 年之夏，我驱车在新疆的大地上游走，每日三百公里，进山谷中的哈萨克族帐篷，居维吾尔族庭院，跨达坂冰川，寻森林木屋。难言的美之极，总在长途跋涉、身心劳顿后才豁然而出，炼狱与天堂相邻，美与绝望毗居，极尽暗示与象征之味。这果断的土地，这大结构的景区，还有着一种初创感，流露着某种神秘的意志，具备一种未染的诗意，显得那么纯粹。这使我想起俄罗斯原野的那种“整体性”与俄罗斯文学的那种气质与结构的关系，那种始终不渝的情愫多少令人感到不同寻常，那种神圣感、淡淡的雾霭与忧郁，那种辽阔、博大的气息如同目击了创造、自然和人的有力组合。联系到西部文学，源于自然的暗示而生的文学创造，自然不在少数。甚至可以说，西部文学作为一个流派而得以成立的最初特征，先是从这里被肯定的。但是，严格地说，到目前为止我们的领悟还是轻浮和矫情的，表面性的“有意为之”常常败坏大家的阅读胃口。对存在的缺乏痛楚的领悟，对自然意义的妄加推测与自以为是，妨碍我们树立敬畏、谨慎和简约的写作态度。我总是感到对土地的思考是最初的也是最后的，它和作品全部的人文内容铸为一体，互为阐释，应是“互文”的，而非孤立、分裂和零散的。“我的罗斯，我的生命，我们为什么会同受煎熬”（里尔克语），人和他的自然环境的关系如同静物的杯盘与餐布，是一同被“摄取的”，处在同一个“画框”中，不分主从，不分“施体”与“受体”。

西部文化是诗性的、浪漫的、神秘的，仅就一般印象而言也似乎是如此。这“印象”有一个并不算大、也并非很科学的参照，亦即中原内地的汉文化。但是，作为“边疆”而言，这又几乎是一种普遍的感觉。在世界各国，特别是在经济、政治非均衡发展的幅员较大的国家里，“边疆”，特别是年代较近的陆地边域，似乎总是与“浪漫主义”和“诗性”联系在一起。这是个奇怪的、非同寻常的现象，它里面包含着一系列很有意思的潜台词：政治的、经济的、文化的、基本生活形态的。其中，人们思维结构的那种固定范式起着很大的作用，认为一国一族作为种群的、人文的、历史与政治的分布有一个中心，有一个向心结构。作为一种组织或结构的形态，处于边疆或边缘的地区，受控力相对较弱，主流文化、政治、经济等等在这里较为稀疏，所谓“天高皇帝远”是也。也因此，在一个有序结构中，外部的、边缘的“偶然因素”更多一些，“非理性”的色彩更强一些，不可知的、非定数的特点更突出一些。“边疆”是“混杂”“混淆”“混乱”的，它因远离“中心”而处于不断解魅的状态。同时，它又与“忽视”“遗忘”和“不惹人注意”相同义，与“规范”“规定”“规律”“规整”方向相反，处在“理性”的侧面，处在“异质”“陌生”和“边远”的控制里。而所谓“神秘”“原始”“野性”等等之类印象式判断，更是“主流文化”的居高临下的优越心理的表露。在文学创作中，“边疆文学”很容易以一种讨巧的、迎合“主流文化”审美和心理趣味的方式出现，在择题上、叙述上、语码的定位和安排上，价值判断与审美判断上受其影响——因为这类作品特别容易获得“主流文化”的赏识而轰动。这种状况与新时期电影创作中某些探索性影片所呈现的那些表征相类似：文本的写作与完成受控于和创作者相异的阅读群体。在西部文学中，对神秘现象的着意渲染，对“野性”“原始性”和民间文化残存的某些怪诞因素的猎奇式描写，对自然景物的“推销式”叙述，对“雄性”“男子汉”“阳刚之气”的超常热衷……都可以认作或多或少受这一观念的影响。

于是就出现这样的创作局面：在“主流文化”观念制约下创作出的“边疆文学作品”获得反响，文学的边疆意识又放大为固定化的地域符号，成为一种概念性的东西，越来越抽空对这片土地的真实感受，创作过程成为“空心化”的过程，人们得意或得计于此，并沾沾自喜。一个有特点的创作群落也因此走向狭隘、保守、僵化的目标，直到付出代价，一部分作家重新觉醒、重新思考土地的性质。

在西部文学的创作中，一直存在着这样一种并不可取的创作思路：什么是“别人”最感兴趣的，什么是我们有而别人没有的东西，什么最能引起“别人”的关注。这种思路导致关于“特色”的思考，被认为是“出奇制胜”的法宝，其实恰恰容易进入一个误区，西部文学现代意识的缺乏也与此有关。应当承认，边疆的生活和文化与内地有所不同，文化的诗性色彩更浓郁一些，传统观念的沉积相对稀薄，人文精神有更多的感性与经验的特点，文化结构的整一性更弱一些，民间文化的内容更为丰厚，浪漫主义、自然主义的倾向更强旺一些，这些特点之于文学创作，应该有更高的自由度，不存在一个给定的模式。那种因身处“边域”“边缘”而产生的焦虑，那种因远离“中心”、远离“主流文化”而产生的不平衡心态，特别有害于文学自身的健康发展。在这种思考模式的影响下，先定了自己与“内地”不处在同一个水平线上，于是乎有成绩先用“内地”的反响程度来衡量，叫“陕军东征”，叫“‘西部诗歌’的崛起”，叫“好诗寄边疆、孬诗寄中央”。似乎定位权在别处，潜意识里把自己“排除”掉了，殊不知文学创作是无中心的，不同于商品和政治，没什么“走向内地”或“走向世界”一说。

西部文化的诗性不是一种轻飘飘的伪浪漫主义，而是有着痛楚感、牺牲意识和内在忧伤，倾重理想，信仰执著。也就是说，这里面有很严格的限定，世俗的快乐与浪漫被蒙上一层神圣的色彩。昌耀写于1957年的一首短诗《边城》是这样的：

边城。夜从城楼跳将下来，
踯躅原野。

——拜噶法，拜噶法，
你手帕上绣着什么花？

（小哥哥，我绣着鸳鸯蝴蝶花。）

——拜噶法，拜噶法，
别忙躲进屋，我有一件
美极的披风！

夜从城垛跳将下来。
跳将下来跳将下来踯躅原野。

这里有民歌的味道（民间），有异质（“拜噶法”，奇怪的名字），有“披风”（这种既古老又现代的衣饰）。读诗可知，小城极小，且城外即为荒野，城内摇曳的灯的微光与无限的墨汁样的夜色。“夜从城垛跳将下来”，这动词有古意（“跳将”），有瞬间的姿态，“城”与“原野”边界清晰，没有“过渡”的矮房与四郊。这一切很有浪漫性，又很严格，且感觉完全是西部的，写作是随意的。句子的安排、切断、节奏、连贯很有跳跃性，如匆匆临下的夜色，读起来“口感”很好。这首诗写于1957年是个奇迹，早就有人这么做了，但后来的西部诗似乎完全没有注意到这一点。周涛的《哈拉沙尔随笔》的第一节《北方的嘴唇》，写到一条车祸频繁的干沟“卧虎不拉沟”：

悲惨的嘴唇，无水的山沟。在北方，这类山沟到处都是，两山相叠，像两片因干燥而张开的皮肤粗糙的嘴唇。半世纪前，尕司令马仲英的回族兵和霍加·尼牙孜的维吾尔人在这沟里打了一仗，死者上千，尸体横陈沟底，血把干沟染了个红。

现在什么都没有了，连个死人骨头也不见，除了山石泛着仿佛血水染过之后又被烈日晒旧的褐红之外，所有曾经发生过的惊心动魄的往事遗迹都被这干渴的北方之唇给吃光了，骨头渣儿也不剩。

残忍的北方。

没有古迹、墓碑的失去记忆的北方。

北方的嘴唇，就像这条卧虎不拉沟一样，毫无表情也毫不留情地噘着，一副干燥而又麻木，焦渴而又冷漠，愚蠢而又傲慢的样子。

周涛对人与景的把握是入木三分的，准确的联想，浸透思绪的意象，一下子兜底而出的本领，使他干净地“处理”了描写对象——在这个方向上，已极尽能事，除非“重写者”换一个相反的角度。同时，在这里也可以看到，西部的文化、人的生存故事、山川景物有一种“诱导”人“升华”的倾向，也似乎为作家提供了大量的现成、便利、轻而易举的“升华”机会，说这是自然与文化固有的诗性也行。总之，笔之所触，总有一种禁不住要“升华”一下的写作欲望，高明的作家总是对此很谨慎，甚至很避讳，怕落入俗套，同时亦有一种“绝望感”——如果你超不出“现成”可能，反不如以朴实待之。“极高明而道中庸”，聪明的写家面对这诗性的土地，总是在写作上克制辞藻、提防“文胜”的，不当的、饶舌的议论反而讨嫌，因文害意。

上帝的染房

中国社会的深层结构有一个引人注目的特点：以放大的血缘关系所编

织的宗族网络直接构筑了社会的基础框架，聚族而居的村落从这个东方民族的曙光时期一直延续到今天，比一切国家和阶级的统治更为持久和稳固。三代以上的血亲成员组成了结构的基本细胞，血缘的自然流向所串起的严密而繁杂的“血亲链”是这个结构的基本脉络，从而交集成一个个庞大而笨重的宗族集团。基本的情况是：一个宗族集团就形成一个或数个自然村，甚至覆盖了更大的地区。在中国，宗族集团一定意义上很大程度地执行了国家的职能，阶级的统治和压迫往往转为宗族集团内部这个“小社会”里族长或家长式的统治与压迫，从而带有很大的隐蔽性和蒙骗性。

中国最好的小说都与家族模式有关，《红楼梦》如此，《水浒传》的“排座次”和“一百单八将”之间的关系也似乎是这一模式的“变体”，《西游记》本来是个“无法无天”的故事，但师徒四人稳定的关系与“顺序感”同样有家族模式的嫌疑。“国一家”这种组词方式直接泄露了这一秘密，新文学最好的小说也与家族有关：《家》《祝福》《边城》《阿 Q 正传》《孔乙己》《四世同堂》《茶馆》《雷雨》等。在新时期，也不乏以描写家族生活见长的小说家：莫言之于“红高粱家族”、范小青之于《顾代传人》、苏童之于《妻妾成群》、霍达之于《穆斯林的葬礼》、铁凝之于《玫瑰门》、刘恒之于《伏羲伏羲》、王安忆之于《纪实与虚构》、韩东之于《团圆》、陈忠实之于《白鹿原》、贾平凹之于《废都》、成一之于《真迹》、李锐之于《旧址》等。这些小说里面都有一个或隐或现的家族原型。先锋色彩的小说和“新写实”小说，一个以漂泊色彩见长，一个以生存琐事取胜，但仍脱不了这个底子，例如余华的《活着》和《呼喊与细雨》，苏童的《罂粟之家》《米》，刘震云的《故乡天下黄花》《故乡相处流传》《单位》，苗长水的《染坊之子》，刘恒的《狗日的粮食》，王朔的《我是你爸爸》，洪峰的《东八时区》，北村的《玛卓的爱情》《谐振》，池莉的《太阳出世》《不谈爱情》等。中国小说的“家族情结”，毫无疑问与中国的社会结构有关，所谓“故事”，正沉浸在“家族”的海洋之中，而“叙述”也似乎正可以从中得到一个天然的结构。可以这么说，农业社会的小说，即便是描写城市生活，也总是习惯以此作背景。它很少将“故事”置于饭店、地铁、厂房、广场、街区、采石场、城堡之类的物象环境之中，性、爱情、欲望、金钱、冒险、变乱之类的“事件”往往就在家族的内部，以家族的面目出现。

自然的秩序代替了社会的秩序：封建的宗法政治，说到底不过是生产力发展到一定水平上，生产关系的格局以伪装的、放大的、强制的血缘关系形式重新出笼而已。这种以血缘关系为依据的族制系统，构成了中国传统文化典型的后喻传递机制——文化的变迁意识薄弱，后辈无疑地学习与接受长辈的行为规范、价值准则和礼仪形式。社会成员的“历史感觉”（推衍之的“家族意识”）发育得十分成熟和完善，有一种强烈的文化认同感、归属感，对自己的文化传统有一种终身保持的、排外的心理倾向，缺乏对自身状态与传统文化的批判性反思。

我们有完备的“历法”（农历），有关于时间的一整套“价值判断”（吉凶冲和），什么时间干什么，出门远足、动土盖房、婚丧嫁娶都有特定的日子，在这里，存在着“行动”与“时间”的严格定位。这种关于时间的文化观念，正是“历史意识”和“先后秩序”特别强烈的一个标志。不仅精神、心理上如此，就是肉体上也充满着血缘上的归属性，讲究身体发肤“受之父母”，洁身自好，“不污其体，不辱其行”。修身、齐家、治国、平天下，“修身”是第一位的，就是首先要调整好自己与宗族、与传统文化的关系，其次才谈得上别的。而“家”在中国文化中是个十分宽泛、十分丰富的概念，家治——天下治。处在这条比万里长城更为坚固、现实和漫长的“血亲链”中的中国人，一切都要向后看齐，向祖宗的法度看齐。这方面因“家”而“国”的“典范”不胜枚举，曾国藩的“湘军”，李鸿章的“淮军”，“田横五百士”，一直到民国的“四大家族”，莫不如此。这种后喻文化，赋予祖训、祖规、祖产以无可比拟的权威性，祖先崇拜和由此而来的保种求存式的忧患意识，形成一道颠扑不破的民族感情的堡垒，一方面促成“大一统”思想的早熟和“大一统”国家的产生；另一方面则是系统的封闭性与保守性。

中国人注重现世的幸福，一开始就是以“肯定”的态度介入世俗生活，他们注重秩序，注重从日常生活的细枝末节中完成人生价值的修炼。

在世俗生活之外，没有超出实在的信仰系统，没有什么否定式的“原罪”之说，没有灵与肉的那种激烈的分裂与对抗冲突。中国人的尘世观念与来世观念是一致的、统一的，从生到死都讲究祖宗的庇荫，生葬必用其极。中国的祖坟很有名，上至皇亲国戚，下至黎民百姓，死后都恨不得把生前的一切享受搬到坟墓里，他们相信这仍是有用的（在西方，生命的诞生的礼仪在教堂，死后的归宿亦在教堂的公墓），祖坟成为保存和传递东方文明的一大奇迹——这是和“血亲链”相对应的另一条潜在的传递机制。

西部与此不同。家族与宗法在西部是衰微的或破碎的。“故乡在远方。”这生存之地的血缘联系更多地让位给横向的人际关系。西部小说中的“独立房子”，聚散无常，孤立无援的小镇小城，漂泊的旅者与商贾、亡命之旅，兵患与冲突，驿站和迁徙的人流……这一切都标志着血缘控制的衰微。而多极化的民族构成，语言与信仰，风俗与禁忌，不同的文化与物象，混血的浪漫与热情……又构成文化传递上的同喻机制。西部小说中的人物不是“完整”的，“他”的“身体”仿佛预先假定到一种“伤害”、一种“畸零”，“他们”对身体的态度是“满不在乎”的，仿佛存在着一种自戕倾向。关于西部小说中的“独立房子”与人物身体的“畸零性”，家族主题在西部小说中也有呈现，如陆天明《泥日》中的肖家父子，但“人物”的“来路”与“去向”的阐述完全是神秘的（变成蛇，含水汽的云朵）、偶然的（押解犯人）、中断的（缺更前和更后的交代），似乎是被打乱、打散和插入，而缺乏漫长的血缘延续性。西部，这个“上帝的染房”，并不只有一种固定的基色，它的民族、文化、语言、信仰上的混杂与多元性质处于支配的地位，偶发性的色彩更强，非理性的因素更多，经验的、感性的、冲撞的东西有更多的流溢，相异与差别是主要的，同喻性的传递与交往是主要的，而归属性、认同性则较差。

西部小说的故事往往有一种突发性，推动情节的力量往往是一些极易被忽视的细节，所谓“风乍起，吹皱一池春水”，而结局也相对突兀，意义的传达是匆忙的、抽空的，有一种“无聊感”。譬如杨争光的《黑风景》《赌徒》《棺材铺》，张弛的《甲光》《汗血马》，张承志的《大坂》《三岔戈壁》《九座宫殿》，赵光鸣的《郎库山那个鬼地方》《石板屋》，时培华的《各姿各雅的雪》，高建群的《遥远的白房子》，张宝发的《浪迹丝路》，刘岸的《诗人出走》《湮》，胡尔朴的《蝶之灰》，尹德朝的《腥草》等，这些小说家的小说，在设计故事和选择叙述时，往往有一个相对独立的单元，文本的突兀感较强。而内地小说家的作品，总让人感到文本是渐渐从一个更大的“背景”上浮现出来，还与这种背景有着密如蛛网的隐性联系。西部的小说文本，先假定一个“无”，一种“空白”，一个“虚空”，它突然来到，又杳然而去，扬起一阵狂尘，尘埃落定，又是一个“无”，一种“空白”，一个“虚空”，而且比文本出现之前更强烈——仿佛文本不曾存在，如枯寂的长途遇一哨陌生的队伍，突袭而来，又骤然“住手”离去，

"消失"得无影无踪。这种有关西部文本的体验，可能和文化上的偶发性、感性冲撞、断续感、多种基色缺乏归一的认同、非理性特点有关吧。

在张承志的《九座宫殿》里，"蓬头发"是孤身进入小村的陌生客，"他"来路可疑，对"小村"而言是个微不足道但却不常见的"细节"，"蓬头发"的举动（在韩三十八看来）是奇怪的、反常的，"他"一无所获的"归去"说成"消失"更贴切一些。"他"与"小村"擦肩而过，有一种淡淡的淡漠感，没有太多的骚动，两者之间自始至终也说不上一次成功的沟通，互不"理解"，但似乎也无须"理解"——因为偶发、即兴和相异与淡漠是这里的常态。如果一个拼命"解释"，一个逐渐"听懂"，那这个故事的内涵与诗意就全部消失了，只能是蹩脚的。现在，有一种"浪漫"的东西流溢出来，但这"浪漫"又绝对属于西部，没有丝毫的世俗色彩和"人间性"。既然大家都是分散的，既然这里已偏僻到不能再偏僻（"官道以南，沙漠以北，上下几百里只有这么一个小村庄"），既然枯燥与耐心、处惊不乱和淡淡的疏离已经是这里的常态，既然这一切都带有"被遗忘"和"遗忘外界"的性质，那么，"蓬头发"与"韩三十八"只能以这种形式建立如此程度的"联系"——不可能更深，也不可能再浅。

这"上帝的染坊"，正发生最纯粹、最简单，也最本质的故事。各种"色块"之间若即若离，有大片的晕染、重叠、混杂，也有相距遥遥的"问讯"。文化的接触在这里远非全面的：它们之间还没有被上帝之手经过充分的搅拌均匀，它们的接触有“前哨”性的“打探”，也有小规模的“短兵相接”，它们还保持着一种既陌生又熟悉的性质，彼此还各留了一些神秘，但的确又有断断续续的沟通。“异”在这里不是“对立”“对抗”“不相容”，而是一种不知深浅的差别，它们互相所知不多，但又足以使它们习惯彼此相处的方式和打交道的仪式，它们似乎没有更进一步相识的欲望，这地域太广大了，各种“色块”太斑驳了，但也绝非画地为牢、老死不相往来。这里各种文化的接触与影响都呈现一种自然的状态，“人为”的痕迹较少，而且“人为”的可能性与所收成效也的确不大。

这种文化的分散性、差异性，人文分布的分散性、差异性，人的居行与生存的分散性、差异性，使西部小说的故事总是围绕着“一个人”“几个人”在运转，这“一个人”“几个人”本来就与外界联系不多，“他们”被凑在一起，也似乎是刚刚“相识”，彼此之间关系是淡漠的，勉强的，随机的，也不需要被牢牢地“焊接”在一起，“戏”散之后，或“戏”还没散，“他们”就开始“消失”“中途退场”或“意外死亡”。西部小说构思一个故事，无须用“减法”，去消除额外的“旁逸斜出”——相反，高明的小说家只需直接“提取”便行了，而蹩脚的小说家才会“添油加醋”“欲罢不能”。

张贤亮写《肖尔布拉克》，就是准确的“提取”过程，“一个司机”遇到一个“妇女”，匆匆千里行程必须有几个“落脚点”，就又“拉出”另一些“随机”但却“必要”的临时人物，似乎“未添未减”也做成了一件令人叹为观止的锦衣。赵天山的《坠情》和《西圣地》也是如此，简约到极致，但这“简约”与其说是艺术的，不如说是西部现存的一种“本真”。只是在通常情况下，人们或小说家自己有一种错觉，以为要表现才情、展示实力，或者作为“艺术”，应该有一种更“高明”的结构，才可以“升华”存在。其实，这反害其实、反害其意——至少，在西部是如此。最好的“立场”可能是放弃“立场”，艺术仅仅是一种“还原”，是用不加“伤害”的态度来对待纸上的“故事”，高明的作家发现“存在”已经做出的“归纳”，二流的作家自作主张、满怀自信地破坏“存在”的橘瓣结构，把它拼得乱七八糟，并沾沾自喜地说：“瞧！这就是事物原来的样子。”

自者和他者

母语、母语写作被当成一个“问题”提出来，是文学写作对“语言事实”的觉悟，是叙述体验上的对语言的可能与局限的觉悟。没有什么人像文学家这样更为深刻地感受到他与母语的关系，写作的第一个可能不是社会的、政治的、经济的，而是母语的存在。写作的深度标志也可以认定为“他”对母语的介入程度，写作的最后贡献也可以归结为对母语的贡献。研究现代俄语的人，不会忘记普希金对俄语的杰出贡献，而新文化运动的最终成果也可以认作是极大地丰富和改变了现代汉语的面貌。在国内，文学范围内的对母语问题的提出，得益于张承志等一批民族作家对汉语的敏感，他在一些小说（如《金牧场》）、论文和散文中，不止一次地涉及这个问题。在《心灵史》《热什哈尔》《白泉》《美文的沙漠》《历史与心史》等一系列小说、译作、论文、散文中，都有一个隐在的“结”——母语问题。对这个问题的思考，直接影响到他的写作方向、叙述形式和内容深度。在他大量的涉及蒙古族、维吾尔族、回族、哈萨克族生活的作品里，他对难言的美、特别的地名和汉语难以周全与企及的特别的精神现象，总是几近常例地中断和暂停一下叙述，以注音符号加以标出，或感到一种语言的深深的绝望与孤立心情——他被卡住了，为内心的东西找不到语言上的适当表达而难过，语言的克服问题变成对自身的考验。而这时，也往往正是作品中的极致、对社会阅读的水准提出一种测试。他那种有时显得磕磕巴巴、重复断续、不够顺畅和连贯的句式，似乎已经成为一种习惯，需要特别地细心阅读，也显示语言的“存在”。母语问题、失语问题、语言的存在状况越来越引起人们的注意，它和文本一起，成为文学写作需要不断加以关注和深化的主题之一。母语问题的提出，还有一个更为宏大的控制性背景，这就是文化的开放与交流、比较文学的兴盛和民族文学与世界文学的讨论。也就是说，这里有一个开放环境中的定位问题，对写作的定位首先从语种开始，从定位的不同文化标准开始，从主流与民间、中心与边缘、自者与他者开始。也因此，母语、母语写作问题的提出，实际上是个文化的接触与影响的问题。

在西部文学的创造中，这个问题更为突出一些。也就是说，对于西部作家而言，母语的意义有一个更为明确和更引人注目的存在：这绝不应该狭隘地理解为一个民族的作家在表现另一个民族的生活题材时的对语言自身的敏感，它还有更为纯粹的文化与审美上的深意。西部多元的文化存在，多元文化的接触与影响，肯定会在母语的运用上形成自然而然的投射，会在作家对文学写作的性质上有所启迪——而且，优秀的西部作家，也总是能够较为深刻地领悟到这一点。赵光鸣在文学写作上的觉悟，可以用《郎库山那个鬼地方》这部作品来标志，对语言的控制，对语言（小说语言）所涉及的所指——西部“户儿家”的生活与口语的展示，实际上影响到这部小说的故事结构、故事进度和故事内涵。杨争光在这方面无疑是个令人尊敬的高手。

杨争光的小说中的人物的语言习惯在进入和完成为文本时，是特定的、创造性的、独特的。在他的两部重要的小说《老旦是一棵树》和《赌徒》中，都以一种“吐唾沫”的习惯为开题：在《赌徒》中，“骆驼”独自一人牵着骆驼在戈壁滩上走，他不断“呸、呸”地吐掉吹进牙缝的沙子，他在固执而凝滞地想事，想“天就是个瓦盆”，想他的情敌“八墩”。他不断自言自语地重复着三句话“呸”“天就是瓦盆”“八墩是个㞗毛”。在这里，“呸”有一种震撼性的无聊感，不单是映衬戈壁的干燥，不单是为吐掉嘴里的沙子。在空寂燥热的戈壁上独自行走，“呸”似乎在“提醒”什么，告诉这里还有个活人，还在想事。同时，似乎也是表明“骆驼”与环境的那种满不在乎又着意强调这种不在乎的关系。一声“呸”（不断吹进牙缝的沙子像持续的“伤害”，而“呸”声不断有一种无力摆脱的无奈感。可以借指“八墩”将会对他的伤害，亦可以作为他与“甘草”关系性质的表征。这里面有一种奇妙的熨帖性）与自言自语的“天就是个瓦盆”（这句话的宿命感是显然的，它直指人物的命运，和整部作品的寓意有一种并不难理解的内在关系。它可以隐示环境的封闭性与单元性，也可指“骆驼”“八墩”和“甘草”之间固执的、无法逃脱的宿命性联系与结局，也为作品的形态印象提供一种完成性）和“八墩是个㞞毛”有一种相互暗示的关系，这种态度和关系又与故事的发展和结局完全合为一体。在《老旦是一棵树》中，天在下雨（事物在霉变，一种深隐不露的东西开始活动），老旦蹲在院门在“看雨”（雨小。雨天特别的心情。酝酿），也是在想一些无聊但他认为很重要的事。

“啐——”老旦朝天上吐了一口。唾沫切断绵长的雨丝，在空中划出一道弧线，啪哒一声，落在水洼里，散成了一朵萝卜花。他吐得很不经意。

同样在看雨、想心事的“大旦”也“啐”了一口，且与老旦“啐”的唾沫落到了一起。之后，小说中父子俩有这样一段对话：

“我真想在犁铧上敲一下。”他突然说。

老旦好像没听见。大旦感到他的自尊心又遭到了一次伤害。

“当！”他真敲了一下，犁铧发出一声短促的钝响。他爸被吓了一跳，头飞快地向他扭过来。这回，他到底看见了他爸的脸，他爸不说话，只是瞅着他。

“当！”又一声。

大旦迎着他爸的目光，一脸挑衅的神情。

“你能不能不敲？”老旦终于开口了。

“不能。”大旦说。

“要敲你提到街道上敲去，甭让我听见，我不想听。”老旦说。

“我敲我的犁铧，你看你的雨，井水不犯河水。”

“敲吧敲吧。”老旦说，“爱敲就敲。”

“敲就敲。”大旦说。他一下一下敲起来，不紧不慢，而且摆出一副要不断敲下去的架势。他仰着头，偶尔朝他爸斜瞟一眼。

“当——当——当——当——”

这里面同样有一种无聊感，有一种“要惹事的意思”，但“吐唾沫”声响由“呸”变为“啐”，故事的人物与面貌完全不同了。由“呸”变为“啐”(雨天和戈壁。呸与啐。对位感)，故事就有了完全不同的形态与结局，“老旦”“大旦”所发出的吐唾沫的声音不大，是那种从牙缝滋出的声音，含着轻蔑、满不在乎和压抑已久的某种心事(复仇)。且向天一滋，不同于“骆驼”为吐沙子朝地而“呸”。“老旦”和“大旦”前后一“啐”，“复仇”的决心达成共识，之后的故事急转直下，标志“老旦”与“大旦”的行动的能力问题。这两部以“吐唾沫”为开题的小说，应该说处理得都挺“西部的”，而且似乎都对故事的发展起到某种控制的作用，而杨争光对语言(母语)的那种领悟也由此可见一斑。“吐唾沫”可能是一种特有的、不卫生的、普遍的、农民化的陋习，但“吐”出特点，“吐”出个性，“吐”出地域特色，我仅从杨争光小说中见到这样的表达。一个以母语写作的作家，在文学写作中，始终面临着自者与他者、能指与所指的矛盾，而处理得准确与否，标志着一个作家的写作能力和写作深度。对母语的强调，意味着对“他者”的承认，对母语的强调越深入、越内在，对“他者”的相知相识也越本质。表面上看来，文学写作的母语意识的深化是与“他者”拉开距离的，但实际上“他者”作为一种因素，已被母语叙述仔细地吸收进来了。

昌耀的诗歌写作，突出地表明一个高明的作家对母语的抚摸和深入可以达到怎样的深度。在他的诗里，有一些自创的词与句法，但古意盎然，甚至有点生僻和拗口，但又再贴切不过，浑然天成。如这首《庄语》：

我必庄重。
黄昏予我苍莽。

烟，守住漂木。
不朽的制陶时代。
不朽的黏土造人。
石脑
体胴

酋，——或执酒人
沿阶梯起伏
与黄昏苍莽之蜡
同在流溢

我之愀然是为心作，声闻旷远。
舒卷的眉间，踏一串白驹蹄迹。

我必庄重。

在这首诗中，昌耀找到了一条通往母语的道路，母语的诗性被发挥到极致，一些字句脱离日常的解释，如“庄重”等，有了新的体验，被赋予新的意义。但这样一种获得，同样得益于昌耀对“他者”的深入：长期的高原边地生活和对民族文化非常内在的理解，使他对母语的理解跃上一个很高的层面。他在《寻找黄河正源卡日曲：铜色河》这首诗里，有这样几节：

雪风
烤得我们浑身绀紫了。
而我们的心肠好热。
我们美似二十世纪浇铸的青铜人。
我们手执酥油浸泡的火把，从碉房出发，告别庭院除夕的篝火，一路度过了沐浴节、吃酸奶节、望果节……直向着云间堂奥莫测的化境。
而看到黄河是一株盘龙虬枝的水晶树。
而看到黄河树的第一个曲茎就有我们鸟窠般的家室……
河曲马……游荡的裸鲤……

看哪，那些守护神，名号熠熠生辉，何其令人敬畏：

是牛角虎峰。

是犏母牛黑山。

是黑蛇状独岗。

是形如羱羊之山。

是九座百石崖。……

那些侏儒植物在灵光之下一片感动。

而我们的脚踵已从大地经纬触及了这片腾飞的水系。

铜色河河边有美如铜色的肃穆。

如果换一个诗人来写黄河源，从其大致的语义指向可以隐约感觉得到是怎样一种东西，而由昌耀写去，他意识到的是“他者”，是不同于汉文明的那些内容。正是在“他者”的映衬下，关于“卡日曲”的母语写作，被提到另一个层面。周涛常自谓“胡儿周老涛”，他的散文创作有一种精绝的古典味儿，有春秋战国时中国散文的语势与质感，但又融入了完整的对边地民族文化的思考——以“他者”为参照，他的母语写作反而愈显一种古典味儿。特别是《游牧长城》，写作的立场、精神姿态、别开生面、大出意料之外的议论，都可以感受到他对“他者”的相知程度（如陕北人，如鲁臭小、云冈的佛、户儿家等）。在这里，文化的影响与接触对文学写作的母语意识的深入起到了十分关键的作用。应该说，多元的民族文化并非一定就会激起作家的母语意识，但高明的作家总是以在这一层面上的领悟与收获为艺术上的快事。而且，在这一层面上的收获就不仅局限于题材和内容的拓展，它更多的是影响到作品的叙述形态、语言自身的状况和对结构的驾驭。也就是说，更多地趋于纯粹的、审美的和艺术质量这个目标。在这里，文化的僭越，对“他者”的敏感，形成了作家对母语、对运用母语的文学写作有一种特别的注意，从而加重文本的分量。讨论西部多元的文化状态对西部文学创作的有利影响，应该朝这样的方面来归结，而不是仅仅停在“质料”的层次上，停在题材独特、风俗迥异、有猎奇的可能这个表面。

忧伤的漂泊与荒野恐惧

“根”或“家园”在西部文学中应该有更趋于哲学性、神性的沉思。这是一个相反的命题，是因“缺乏”而“强调”的命题，正因为汉文化在这里的分布更漂移、更破碎、更缺乏稳固性和持久力，但又源远流长不绝如缕，“根”或“家园”才显得更为迫切一些；正因为宗法家族的辎重在这里脱离和销蚀为一根白净的指骨，那种对“根”和“家园”的追念才变得如此炽烈。于文学创作而言，这种汉族生存表征的递减是可以反拨为艺术优势的，那种“心乱如麻”的写作状态被存在和所指的减法更正为幽深的话语专注，不做不必要的交代和旁逸斜出使语言露出黄金的质地。在这逼近存在、逼近本质、逼近元素与内核的世界里，有什么必要再流连于现象的浅表呢？干净而纯粹的语言甚至不是写作的文学要求，而是把它本象地写作出来就可以了。但做到这一点，对于一些忙碌、多事、头昏脑涨的作家而言，竟也变得这样困难。我要说，把恶劣的“文学本能”还给存在吧，你还得越彻底就越接受神性的谕示。从哪个层面来看待“根”和“家园”呢？是世俗的、血脉的、方言风俗乃至习惯与传统的，还是人的、生命的、灵魂与信仰的——应该说，在这个问题上，在这个可以“提前”得到“最后”答案的问题上，西部作家理应占有一些优势的。但是，“小人怀土”，怀土之风洋溢于作家的农民话语之中，并构成了大量小说文本的中心之意。这不能不说是一种遗憾。他从存在的“提问”上后退一步，使这个高质量的问题退化，变得俗里俗气，使内在的问题蒙上媚俗的色彩。

西迁之流决绝，本来意味着生命的“大限”与“背水一战”，意味着文化上的“弑父”行为，是一种“成人”的仪式，是“自我”完成的表征。这里有一种撕裂感，有一种放逐意味，有一种很残忍又很悲绝的东西，恐惧、快乐、惊慌、疑问接踵而来。西部的特点是“差异之路”，是“切断”全部的神圣联系，是漂泊，是“亡命”与“探寻”的变奏，西部对文学是“诱导”的，正确抓住这种“诱导”反而变得这样困难。最初，人们把这种“诱导”归为“开拓”，归于一种物质力量，归于人与自然的对抗、挑衅关系，归于器物，归于技术和人肢体的延长，归于科学与理性，归于战胜、拥有、实利和工具。后来，人们又把这种“诱导”归于温情，归于浪漫主义，归于心理的层次，归于媚俗的“家园意识”，归于“叶落归根”式的“唱晚”，归于无奈和退让，归于狭隘的保守主义，归于“传统”。在这里，要么“占领”，要么“退让”，要么与“自然作对”，发挥“主观能动性”，要么“追忆来路”，想起“老家”。恰恰缺乏“漂泊”，缺乏离土怀“德”，缺乏形而上的沉思和真正的终极关怀。

所谓漂泊当然不仅仅是指肉体上的无所归依，或那种“天边外·在路上”的叙述模式，还应该有一种精神与灵魂的颤动，应该熔铸了丰富的生命内涵。如果站在小农意识的立场上观照漂泊，得到的仅是传统的感伤，而立于当代的精神文化背景来考察，可能更多地指向生存的出路问题。在市场化、技术化、实证化日益强大的今天，心灵的能力与心灵的世界、爱的能力与爱的世界、信仰的能力与信仰的世界、美的能力与美的世界、真实的能力与真实的世界，日益作为一个终极性的问题被提出来了。漂泊应该作为它的表征而出现，完全不同于小农意识控制下的保守理解。《百年孤独》直接写到的是一个小镇的历史，但它内在的漂泊十分强烈；福克纳的《喧哗与骚动》讲的也是美国南方小城的故事，但内部的心灵的变易动荡不已。漂泊甚至不是个标志空间的概念，它更多地指向时间，指向一种精神的寿命。因此而言，外在的漂泊以丧失方向感为特征，有方向的努力就不再是“问题”了，漂泊以漂泊为方向，漂泊指向漂泊，没有结论。

在王蒙的小说《杂色》里，“曹千里”和他的孱弱的杂色马在共同经历着一种“漂泊”，他们丧失了“存在”的依据但又“存在”着，方向感销蚀了，连方向感丧失后的焦虑也不存在，但他们又是最敏于思考的，敏于无结果、无答案的思考。西绪福斯被判罚从山下向山上推动一块巨石，每当巨石要到达山顶，就会滚落下来，于是又开始第二次。如此的循环往复、永无止境，使之带有一丝荒诞和无聊感，但又似乎百味俱生。在这里，它所惩罚的是“希望”，但“希望”又成为“负惩罚”，用它来制造“希望”。它是既非希望也非绝望，但希望和绝望又都登峰造极，登峰造极又极度无聊和荒诞。在杨争光的小说中，人物与结构的“无聊感”是很明显的，但又用一个精彩的、环环相扣的故事来表现，很有“逻辑”，很完满。他的人物多在一个封闭、孤立、遗弃于旷野中的小城或小镇，说准确些是一些废墟，但弥塞于其中的无聊感又是津津有味的、仔细认真的和精心设计的。

在张承志的小说、散文那里，这种漂泊感是激烈的、对抗式的、冲突的和批判的。他把极端性和漂泊感结合在一起，他早期的作品有一种对民间性、边疆性的认可，乡土的东西抽象为唯美主义、浪漫主义、自由主义吟唱。在《黑骏马》《游牧的校园》《绿夜》《阿勒克足球》《骑手为什么歌唱母亲》等作品中，他只是不喜欢城市、城市人，不信任城市、城市人，但总的说来他仍停在乡村的立场上——不同的是他的乡村、草原过于不同寻常，且与汉文化传统的乡村意识拉开距离罢了。他的乡村、草原是民间的，而非主流文化的孕养滋生地，他的乡村、草原的生活是“异端”的、非局限的和革命的。也正是在这一点上，人们宽宥或忽视了这一“缺陷”，容许因过于激烈而产生的“片面”或“失礼”。在他后期的作品中，这种倾向被悄然和有力地修正，他依然不信任物质主义和技术世界，依然不信任物欲、专业分工、虚伪、开放、国际化、功利、享受和消费的焦点——城市。但是作为对立面的不再是温情主义、浪漫主义、自由主义的乡村，而是通过非城市化的生活去找到一种更有力的对抗力量。譬如与非理性的结盟，与信仰主义的结盟（这种结盟在价值判断上是可以异议的），与民族主义的结盟，与清贫但有志气的底层劳动者的结盟，等等，尽管这种结盟是松散的、有选择的、挑剔的。在《错开的花》《心灵史》《辉煌的波马》和大量的散文中，这一点表现得很明显。但不能据此而认定张承志小说的漂泊有一个确定的方向与目标，他是经常转移的，他把两种力量同级放大，因而他的漂泊有一种激烈的成分，有一种尖锐而不相容的效果。

在杨牧的长诗《边魂》里，漂泊实际上是这首长诗的主题之一，而且是不含杂质、趋于纯净的，达到一个很高的层次。但与这个主题相似的传记叙述却称不上什么精绝之作，特别是《天狼星下》，很明显它从《边魂》的思考高度滑落下来，有一种媚俗的心理，再加上气味过浓的商业化炒作和“衣锦还乡”心理的驱使，使作者在运用自己的岁月时，把漂泊的主题蒙上了一层隐约的炫耀性色彩。与漂泊相关联的另一个要素是荒野恐惧、文化的变异、当代技术与商品的强大与异化、存在与信仰等等，可能是漂泊的发动力量，但漂泊的体验深度在西部可能更有赖于荒野恐惧。无人之境和缺乏交流、废墟与孤立无援、旷野无际和月明星稀……这都像是一次洗礼、一种诱导，使这个主题走向终极性的阐释。在张弛的《村谚》（“火烧云”部分）、《甲光》（环境）和《汗血马》（祁连山）中，在赵光鸣的《远巢》《黄昏行旅》《西边的太阳》等作品里，在杨志军的《环湖崩溃》里，在高建群的《遥远的白房子》里，在杨争光的一系列小说中，在张承志的《大坂》《三岔戈壁》《黄泥小屋》《金牧场》中，荒野都作为一个“净化”的力量，使思考冲出尘世与传统文化的笼罩而跃上一个更高的层次。叶舟的长诗《大敦煌》也是如此，其中的一个大背景就是以此来建立的，也可以说这是一个必要的元素，它可以被曲解，也可以被提升，可以是腐朽的，也可以是神奇的，但却不是可有可无的。

“独处”是西部文化与西部文学的一个带有很强体验色彩的字眼，“独处”处在“出现”与“消失”的边缘，处在临界的状态。“独处”是西部文学特有的描写单元，“独处”当然是漂泊和荒野恐惧双重交织的产物，同时它也有很强的文化特点，也可以认为是西部多元的文化存在的一个表征。郑义的《远村》、张承志的《黄泥小屋》、赵光鸣的《西边的太阳》中的“波斯坦”、柏原的《天桥崾岘》、陆天明的《桑那高地的太阳》中的“骆驼圈子”、高建群的《遥远的白房子》中的“白房子”、张冀雪《石头城堡》中的“石头城堡”、邓九刚《驼村》中的“驼村”、刘岸《湮》中的废墟，等等，都是一种“独处”的状态。这些小说都有很强的文化味，有很强烈的漂泊意识，尽管它们所达到的层次各不相同。

剩余和不足

弗雷德里克·杰姆逊在《后现代主义与文化理论》一书中有这样一段话：

> 剩余意味着什么呢？在阿拉伯地区，人们发现最早的文字是用来记载谷仓储存食物的符号。剩余在某种意义上意味着文字的出现，知识的出现。同时剩余也带来寄生阶层，带来国家和权力，私有财产也跟着出现了。私有财产出现以后，必然就会出现遗产继承的问题，“我死后谁来继

承我的财产?”家庭关系也随之出现，人们必须弄清楚自己的血缘。[1]

“剩余”意味着文化，意味着知识与权力，而“不足”、绝对的“不足”则可能是一种相反的力量，它使权力减弱或退出，使权力趋于瓦解，使家庭的规模日益缩小，使文字的形式感减弱。这一点是重要的，如果把“剩余”的含义推广——不仅仅看作是物质的剩余，而不足也不仅仅是财富的不足，那么，可以讨论的范围就相当广泛了。西部相对贫弱的生活，使人群的分布这样稀疏和孤立，血缘（家庭）的意义也相对降低。特别是西部文化更多的民间色彩和主流文化的淡出，也标明权力的递减和文化程度的降低。而各民族的聚居的分散状态，显示的亦不是“剩余”而是“不足”。这些倾向，使西部文学更多地趋于零散和不足而非社会的倾向，对个别的介入多于对社会组织化程度的流连。在写作倾向上，社会的问题与组织结构的问题、权力圈与家族圈的问题不是那么明显，相反，个人化的、生存的、自然的、民间的东西能引起较多关注。

这种“剩余”和“不足”，还使西部文学的创作出现了一种“对技巧的限制”，形式感较差，那种精确的、迷宫般的、隐约幽微的、繁复多变

1 ［美］弗雷德里克 · 杰姆逊：《后现代主义与文化理论——弗 · 杰姆逊教授讲演录》，唐小兵译，陕西师范大学出版社 1987 年版，第 14 页。

的、钩心斗角的叙述策略不占主流。也就是说，写作的形式策略的意识较淡，处于“忽视”和“省略”的状态。这可能与“剩余”的可能性较小有关，不单是地域的闭塞和交流的不便问题。这一点，与南方青年先锋小说群体的实验倾向相反，也与北京京畿之地高度的社会化、组织化、政治化，主流文化过于强旺之下的那种写作倾向上的社会、历史倾向不同。如果把文学当成“剩余”的产物，西部文学是以“不足”为基点和背景的，人与人的关系、人与自然的关系、人与民族的关系、人与家庭的关系、人与存在的关系、人与自身精神和灵魂信仰的关系，其内容和指向都经过这片土地的“选择”与“诱导”。

贾平凹是个文化味很重的小说家，但传统的文化、主流性的文化呈弱态，而民间性的文化、隐秘的风俗性的遗留则呈扩张的态势。特别是他的小说与散文里的那种颓败意识（《废都》等），都表明一种社会化、历史化、组织化的旁落，亦即权力、中心、主流超符码的颓势。他的“优柔”，他轻微的取阴、取静，他对玄学和神秘主义的贴近，他的谈狐论禅，都显示了这一点。对民间性的贴近比较典型的还有张弛，虽然在强度上他不乏激烈的地方，但总的说来他更体现一种沉迷，如《天书》《唐塔》等作品。小说家王蒙的小说有很强的社会欲念、历史欲念和要展示组织化整体存在的倾向。但他的有关新疆题材的小说作品，如《杂色》《夜的眼》《队长·书记·野猫和半截筷子的故事》《淡灰色的眼珠》《临街的窗》《羊拐》

画家谷雨配图

等，显然迥异于《蝴蝶》《坚硬的稀粥》《活动变人形》等作品。这种差别不仅仅是内容上的、写法上的，似乎还有一种更大的东西在背后遥控着、约束着。

罗兰·巴特在他的名著《符号帝国》中，通过对日本人的“礼仪”（鞠躬）、“汤水与薄片”（吃食）、“筷子”、“文具店”、“菜肴”、“地图”、“眼睑”、“弹球戏”、“包装”等生活与存在的散片的分析，建立了日本文化的符码系统。其实，通过对西部土路边的小规模的废墟、独立房子、独处、旅途、行人、歌与沙、果与舞、残缺与边余、荒野、性感的牛羊肉食物、热烈的服饰、刀子、单元性的街市、动物、陌路人相遇时的关系与态度等细节的分析，也不难找到一个西部的符码与表征系统，找到一种文学写作的叙述出路，找到关于“剩余”和“不足”的话题。其实，文本的修辞永远依赖于存在对自身的规定，西部的存在对西部文学写作上的“技巧的限制”并不是说我们已经解开了存在的密码，相反，关于叙述的形态问题，恰恰是西部文学写作应该特别留意的地方。否则，很难说我们的作家们拥有关于西部写作的“叙述权利”。在这里，“不足”不能理解为可以用简陋的、粗糙的形式来展开叙述，而“剩余”也不仅仅是物质的、技术的、社会的、组织化的、中心化的匮乏。其实，多元的文化与多民族的构成，相互的影响与接触，可能是一种“众声喧哗”的话语，是“剩余”的话语，是繁复的语言状态，是各式各样的写作可能——当然这种可能存在着一个更大的规范，但决非是消极的、无力的、萎缩的。这里面有一种有待“唤醒”的东西，有一种“期待”的结构，是“太初有言”的。

一种文本系统，就是一种文化的符码系统。文学写作当然不是从文化出发的结果，但它与文化的确是殊途同归的、一起成熟的，直指存在而永生。它是活的标本，表达存在的高度，正如 11 世纪黑汗王朝文学的代表者玉素甫·哈斯·哈吉甫在他不朽的《福乐智慧》中的诗句“我说了话，写了书，伸手抓住了世界”。

1998 年定稿

价值或意识模型

价值·意识形态·文学批评

“价值”一词,《辞海》中这样解释:“指事物的用途或积极作用。”这是一种“人类中心主义”的说法,人是自然的目的,以人的需要、人的尺度为原则,如同把人的恶归于“兽行”和“蛇蝎心肠”。在“价值”(有用、有益、善或好的)的反面,是“撒旦”“魔鬼”和“炼狱”,是虚妄但强烈的意义世界。你可以这样说,“价值”是有利于人的一切事物,而它的反面尽管仍是人的世界的一部分,但却被人毫不犹豫地推给了“非人”世界。在今天,我们用这样的观点覆盖了人所知道的全部存在,“我说出”“我看到”“我发现”同时意味着我们已经形成了自以为是的价值判断。

这已经是一片被人千万次耕耘过的熟地:这种欲望如此强烈,即使用高倍数天文望远镜搜寻到一颗离我们日常生活已经差不多“毫无关系”的小行星，我们也会自动地予以命名，给它指定一种意义。一切都是熟稔的、得心应手的，再也没有真正“陌生”的事物，没有我们不知道的事物——除非你愿意陷入这样的游戏：臆造一个被预先假定无法弄清的神秘主义世界，譬如灵魂学、心灵感应、彼岸、来世，等等，它超出人的能力之外，被默认为是上帝或其他“全能者”才可以通晓的领域。

简单地说，“价值”意味着人的话语的权力，它构成人的观念世界，而神学是超价值的，它无法被人衡量，如同虔心和信仰，千金难买。文学作品被认为是有价值的，这种不证自明的说法并非十分牢靠，仅仅是千古相循的一种稀薄的观念，深究起来仍是茫然。文学作品的用途或功能真的像有些人宣扬的那么巨大和明显吗？严格地说来，在教育、知识、文化仅仅垄断在有闲阶层中时，关于文学功能的神话是庙堂优越感的一条注释，它的另一面是以鄙夷的目光注视着那些粗鲁、目不识丁、满身臭汗的“力巴”，他们没有文字权、缺乏教养、堕落和忙碌——而这一切似乎都被解释成与不读文学作品相关。也因此，当我们从这个传统见解中接过如是的观念时，百感交集，我们必须十分小心、谨慎。我们曾度过一段把文学作品的功能与“无产阶级的政治工具”相联系的岁月，又经历了把文学作品的功能降低到纯属抽象审美愉悦、“为艺术而艺术”的技术主义阶段，而当商潮袭来，金钱甚嚣尘上，物欲日重的今天，正可以有一个“正、反、合”的认识，既不把它与治安领域的犯罪状况生拉硬扯，又不要采取“取消主义”的态度。作为人类精神花朵的文学作品，无疑是有价值的，不仅在美，也在心灵的震撼，但这个作用距形成可靠的大众行为模式又是那样的渺茫难寻：没有可靠的证据说明一个人的具体品行与常读文学作品直接有关。相反，事情往往是这样，动乱、堕落、物欲横流的历史年份恰恰有杰作问世，譬如历史上的春秋战国、晚清、民国初年，譬如西方市民阶层的崛兴与文艺复兴，譬如二次大战与现代主义、后现代主义的滥觞，等等。但是，谁又能否定冥冥之中人的文明与进步从未离开过文学作品的烛照与鼓舞呢？文学作品对于社会进步的作用，或许更像隐秘于历史内核的基因，我们只能从更为长久的历史发展窥探到它缓慢、有力的作用。

其实，讨论文学作品的价值始终无法脱离具体的社会影响，尽管由于社会地位、利益需求的不同人们很难客观地看待一部作品的内在价值，但总体而言，这种上下波动仍有一个大致的轴向：当代的普遍误解会留到后世来更正，历史会把迟到的礼遇追加到那些已没入蛮荒的冷僻作品身上。我们的评价是如此不同，但更重要的是评价本身从未中止过，我们还有“再来一次”的机会。我们的信心并未因梵高在当世所遭受的打击而减弱，相反，我们更相信历史会作出自己的更正。出现如此“笔误”的原因，是当世的价值标准，譬如“文革”时期的价值标准高度垄断在狭窄的极左权力结构之中，或者以过分的商业眼光或世俗原则去挑剔一部探索性作品的阅读市场，更有可能的是当时的知识阶层普遍的精神倾向所形成的遮蔽。但是无论如何，即使找不到一个公认的统一性法则，不能让人人都满意，也应该试图以开放、宽容的态度容许异见的存在——听凭一两个政治家的智慧来管理国家是危险的，让一两个批评大腕左右人们的阅读视线同样十分蛮横。我们保持生物的多样性，更应该追求开放多样的文学观念。

“郁郁乎文哉”，评价一个时代的文学成就，丰富多彩本身就是一个重要的价值标准。正是由于在东西方，社会性的考虑过于左右对文学作品的评价，特别是在社会自身不够正常的年份，传统的社会学的批评原则与权力相结合，造成对优秀作品的误判，基于这样一种经验，近现代西方文论家主张“新批评”，主张把文本的边缘限制到文本自身，割断作品的社会联系。也由此，判定作品的价值标准在晚近更多以纯粹的审美和人文启示为原则，或者更为极端地从策略和技术的角度予以介入，譬如结构主义、原型批评、符号学、叙述学、“回到语言”等等，都有这种倾向。作品产生的社会背景、作者的精神趋向、作品的社会内涵等等，被驱逐出评论领域。我以为，对作品的价值分析，应有一种综合的方法，形式主义的或社会学、历史学、文化学的方法，应该有适度的结合。

在这里不能不涉及另一个概念——意识形态。这个字眼因极左思想在文学领域里的横行而变得不那么讨人喜欢，人们心有余悸，敬而远之。似乎它影响文学作品的“清洁性”，似乎一有人使用这个字眼就居心叵测，似乎作家的真实性和理论的真实性与这个概念拉开的距离成正比，似乎越是“反对”这个概念越能引起一些人的亢奋、激动，从而带有一点“殉道”或“文学烈士”的色彩。但是，文学真的与意识形态风马牛不相及吗？文学果真有永远给定、经久不变的独立公平的“客观性”吗？是否真的有与“我们生存的利害关系”毫无一丝牵扯的“纯文学”？我们的感觉、评价、认知和信仰，我们那些经常是根深蒂固、经常是无意识的信念真的与文学创作和阅读毫无关系吗？我们为什么对一些作品大加赞赏（尽管不能有实际的好处）而对另一些作品充满厌恶之情呢？仅仅因为它符合抽象的、一般的、匀质的、永恒的所谓人类心理和审美范式吗？我们承认文学是我们这个世界的一部分——在有些人看来可能是微不足道的一部分，不能解决粮食歉收和饥馑，无法消除足以千百次地反复摧毁人类的核问题，与投票或住房没有直接关系，不能用来遏制通货膨胀或者解决大中型国有企业的难题——但是，我不相信作家或读者面对这样的世界会无动于衷。他们与这个世界的关系当然不像某些哲学教员宣扬的那样，硬要从喜马拉雅山的一块石头“普遍联系”到长江下游的某一朵浪花。但他们的确生活在这个星球转动中的某个瞬间，他们拥有他们自己的关于生活的判断，他们非常独特，甚至怪异，超出常人，但他们仍不可能在写作时变成另一种好像是与这个世界毫无关系的“外星人”。

意识形态当然不是关于文学批评的一个禁忌，意识形态本身也绝非像某些僵枯虚寂的观念所注释的那样仅仅是一套阶级斗争的分析方法。如果就本意而言，把它们拆解开来读“意识—形态”也许会更正确一些。这个世界是这样的：每个人的想法都与他人非常严格地不同，个人意识仅仅是作为有意识的个体来使用，但它们所表现出的内容总能区分出大致类似的几种或几十种不同的类型。在这普遍的欲念背后，当然包容着十分丰富的东西：权力、利益、两性的爱、严肃与冷嘲、悲哀和怀疑、生活与职业的艰难或欢愉、伤与飞、信与来世、恐惧和追忆、文化与信仰的不安、死亡与爱、繁复和牺牲、至上性、灵魂问题……这种存在的境遇需要一个“说话者”，需要以较为稳定和成型的方式“显现”出来，文学无法回避这样的领域，相反，它是浸入的，它不可能“独立自主”到像有些人宣扬的那样缺乏对这个世界起码的悲悯与同情，那不是文学，而是连它的主人也不需要的怪物——一个精神错乱者偶尔失手打碎的梦症。

对西部文学的价值分析和文化的意识形态研究，无论以技术的立场或者以社会的立场来看都十分不足，特别在面对具体作家和具体作品时，细察都是不够的。我们常常陶醉于大而不当的宏观纵论中，对细节常有疏漏，缺乏缓慢的心境，缺乏考古者田野作业般的现场效果，而是像误入瓷器店的蛮牛，不能奉献精致的见解。从一定程度上讲，这种缺乏学术精神和心境的批评作业，降低了批评的权威性和真实性，使它从一门世界范围内的显学，变成庸俗的、不伦不类的但却颇具淫威的“文术”：野心、虚荣、傲慢与偏见、操刀手的快感、判官式的权欲时常混入其间，从而使它在一部分读者和作者眼中变得讨嫌，有“伪”的色彩，有与“文学”和“理论”的热情与严谨相异相对的色彩，有缺乏中肯与洁正的、多余无用但又令人生畏的味道。

小说的城市血缘·关键词：乡村·弃·底层意识

20世纪以来，中国的现代城市社会兴起，这不仅标志着一个全新的经济单元、政治单元、生存方式的单元，也是一个相当重要的文化单元。20世纪初中国小说开始走向繁兴，这两个过程的吻合相当有意味，它暗示着中国小说的城市血缘。小说最早曾是市井艺术，“说话”的发达得益于古典城镇的中兴，这种口耳相传的艺术，受制于古典城镇的人文性质，譬如它的重叙述而少描绘，重动态而轻静态，重故事而轻心理，譬如它的章回性、口语化和夸张的演剧性质，譬如它的“活动性”“娱乐性”“直接性”和易于“记忆”的结构等等，无不与城市处境相关。城镇文人麇集、游民众多，城镇有较为发达的娱乐业，城镇掌握印刷和传播的技巧，城镇又是外来文化登陆的地方，城镇的不可捉摸的隐约性质与意味似乎也与小说的个性相一致——如同用诗歌来隐喻游牧，散文来隐喻农村，小说似乎也只好与城市相匹配。“城市是人类欲望的象征，也是人类欲望的结果。”[1] 在文学家族中，小说文体正有这样的“肉体”色彩，仿佛是文学家族中的一个更有“欲望”特征的器官，一朵“肉之花”。

这是一个很奇怪的感觉。从诗到散文到小说，似乎是从一神论到宽松的泛神论，再到人本主义的过程。中国小说尽管拥有它的城市血缘，但现代城市之于中国广大的乡村始终是一些焦灼、脆弱、守望与等待中的“小岛”，城市怪兽在田野里左突右冲，一点点地吞噬和涨大，但始终无法撼动乡村的根基。

中国一直是个农民国家，这一事实对中国人的生活具有显著的影响，由此形成了典型的农民心理和农民的种种反应模式，它们是中国历史一再显现的特征。这一点在中国的智慧及其社会组织中（两者不断地相互作用）得到了明晰的确证。[2]

这种状况是否也暗示中国“城市小说”始终无法居于主流，中国小说

1 李书磊：《都市的迁徙——现代小说与城市文化》，时代文艺出版社 1993 年版，第 67 页。

2 ［法］路易·加迪等：《文化与时间》，郑乐平、胡建平译，浙江人民出版社 1988 年版，第 55 页。

的最优秀的成员塞满乡村的泥土与稻草，它鄙薄单零弱小的城市生活，它鄙薄马路、工厂、管道、“水泥盆子”、舞厅和发屋，它说：“那有什么深度！”奇怪的是即使是城市人，在他无意识的选择中，也更爱看农村题材的东西。当然，在消费色彩日重的今天，在乡镇企业和城镇化日益兴盛的今天，大众口味已经有相当多的转移，通俗文学有更好的市场占有率，通俗文学才是城市生活的宠儿，中国小说的城市血缘直到这时才得到某种“入赘”式确证。城市拥有今天的传奇（而在过去它属于乡村），城市左右人心与风俗（弃田进城者在黎明或夜晚涌上车站、码头），城市与性开放、模特女郎、淘金、瞬间暴富、机会和时来运转相联系，城市又是个隐匿身份、危机四伏、弱肉强食、占码头打天下的好地方……这样一些似是而非、稀奇古怪的意念挑拨着人们的念头，通俗小说乘兴而生，人们选择这类读物是把“读物”当成印证自己现实观念的一面镜子，在消遣性的挑拣当中，相当准确地反射出现实的意动。

但是，直到今天，在严肃的文学领域，在文人圈内，他们更愿意把小说和乡村内容联系在一起。在他们稀薄、普泛的意识中，在他们阅读经验的深层，小说（中国小说）离“消化掉”城市这个“怪物”还相当遥远。他们觉得，距城市形态进入小说世界的日子还相当遥远，他们愿意相信就目前中国大多数小说家而言还不具备描写城市的那种能力，小说家面对城市束手无策，小说家尽管大多生活在城市，但城市远不是他们最感兴趣的部分。

如果说在沿海开放地区是这种状况，那么在中西部地区，小说的文化类型就与乡村有更多的机缘。西部文学的创作者也的确有更多的“乡村意识”或“底层意识”，这一点不仅与京畿文人的优越感相区别（即使是略嫌土味的京味小说或王朔式的调侃），也与沪上文人的市井形态不同，甚至与江南水乡的情调性叙唱也拉开距离。在这里，“底层意识”包括着“弃”的观念，一个“弃”字远不是“偏僻”“落后”和“愚昧”所能概括的。这个“弃”是形态上的凋残感、畸零感，是胸臆上“无所谓”“不自觉”或者人所共言的什么“旷达”之类，在生存本象上，更近于“无”“消失”和“临时的记忆”。在肖亦农的《红橄榄》、赵光鸣的“流民系列”、柏原的《天桥崾岘》、张曼菱的《唱着来唱着去》、胡尔朴的《蝶之灰》、张弛的《村谚》、王观胜的《放马天山》、高建群的《遥远的白房子》、邵振国的《麦客》、杨争光的《黑风景》、王家达的农家小说、邓九刚的“驼道系列”、张承志的《三岔戈壁》等一大批作品里，都有一种“历史的最后一幕”的感觉。尽管这远不能构成学者、文人所谓的那种“历史”，但它的确像是一种正在风蚀的生活、一种即将消失的生活、一种最后的痕迹、一种农业社会转型中渐被遗弃的东西。这种“村志”“县志”般的堆垒（非指技术形态），非常薄脆易碎，非常贫弱残缺，它就要“过去”，就要成为被记忆剔除的小渣子。“社会发展是需要很长时间的，你不能看到历史，只能在大变动时代偶然地感到历史的发展。”[1]在西部小说家那里，轰然而过的“历史”离他们很遥远，他们只发现“一条尘土飞扬的村路”，表明驰过某种东西。他们关怀消失的东西胜过关怀新生的东西，他们的敏感点在这里，而对于一个多年前流落小村、已完全被改造成“当地特色”的“上海鸭子”偶然一次探亲带回来的“发油”则留意不够。他们是静止的，在熟悉的老屋中呆坐，无意间寻不到得心应手的农具，恐惧、感慨、惋伤和莫名的兴奋，如同少收一季麦子般空空落落。黄河上的船工、久远的牵驼人、山旮旯里的贫汉、怀有疑心和戒备的流民、介于匪与侠之间的无聊游戏、牧马人、在城郊徘徊的“多余者”、独立房子的守灵人、废都中的潦倒文人、麦客、暖春仍穿破棉衣的淘金汉……都可能是他们首先要“猎获”的描写对象，触发他们的叙述神经。他们不太擅长写现代城市，他们以简陋的县城为上界；他们也不太擅长写农村改革，那种巨变时常把他们搞得晕头转向；对“异化”题材他们也很生疏，在西部物的力量不是强制于人，而是太稀缺；他们讨论不了“终极关怀”的问题，或者这个问题还没有迫切到首位；他们也加入不了“寻根”的大合唱，尽管有部分作品有某种类似的倾向，但这种倾向是一种假象——他们缺乏“寻根”所需要的

1 ［美］弗雷德里克·杰姆逊：《后现代主义与文化理论——弗·杰姆逊教授讲演录》，唐小兵译，陕西师范大学出版社 1987 年版，第 24 页。

现代文化背景；对流行的“叙述圈套”和“死亡”与“性”，他们同样比较隔膜，“死亡”是自然的，而非形而上的暗示，并不显示特别的哲学意味。这种选择肯定受到什么暗示，天边滚过闷雷，身边的树叶仍是静止的，他们直觉般地去收拾晾晒的衣服，结果他们的预感并没有得到确证。他们肯定是有现代意识的，而且越是这样就越留意被“现代”放逐到远方的事物，似乎只有这样才会引起关注，才会得到“现代”的认同，而夸饰装扮往往隐盖距离，也隐盖真实的存在。

西部作家的“底层意识”，并非插入一个“他者”，并非以文人意识的调整和转移来托出，例如健康的“悯农”或某种“社会立场”。这种底层意识是自身身份的一种自然兴趣，是生存经验和自者的根性，是一种属性类型的东西：他们都有较长时间的底层经验，他们不是牢固的“城里人”，不是推及三代的知识分子。当然，在这个群体中，也有一些并不完全一致的地方，比如张承志、王蒙、周涛、陆天明、章德益、路遥、杨志军、杨争光、马丽华、张贤亮等，他们或被时代抛入底层，或源于学院又入底层。

在路遥那里，底层意识与关注社会发展相联系，在“高加林”身上有两种文明的冲突，这是“城郊”空地上的冲突，作者的立场介于城乡之间。路遥的底层意识有意识形态的色彩，他关注农民源于对“时代”的兴趣，他由此也更多地看到农民身上的新素质。路遥给自己出了一道难题，他想在缓慢的、类于静止的生活流程中揭示出巨变，因而有更多的价值欲念。他选择的是“桥”，不是个地方，是连接两个地方的地方，是过渡，因而也是暧昧的、摇晃的、缺乏稳定性的。有时候，我们会觉得他是在“自作主张”地安排一种生活、一种命运，使它符合自己的观念。路遥的贡献在于这种“用力”（在大家都不“用力”的时候），他的缺陷也可能有时因焦虑而“用力”过猛。张承志的“人民母亲”是抽象的，为理想的光晕所渲染，是杂合后的新构形：额吉、回族母亲、哈萨克妇女，等等。这里面有一个“弃儿原型”，如同史诗或圣迹中英雄的生母的真实身份被掩盖，生养者以复数来出现，同时也就具有“拯领万民”的基础。传奇在这里起作用，意味着“非同寻常”，意味着“已汲取土地的整体精华”，意味着“他的归属不是局部的，他的发展也将走向整体”。特别在信仰主义的支配下，张承志的“弃儿原型”发展到暗示“非人身”“非肉体”的状态，是人神的混合型。这一点与“史诗”中的英雄降生的结构原型相似，总在弱子时期就得到底层百姓的普遍扶助，因而他的成长目标就是“回报”，就是率领，有“指引”的味道。周涛站在底层的立场上，但那种智慧上的优越又是文人化的，这当然不仅是一种写作策略，更是双重身份的耦合，他腻歪甜腻、孱弱、病态的死文人形象，又不甘心归于“氓”，他有丰厚的底层经验，但又始终未下沉到那样的生存层次。他存在一种欣赏的态度，弱于“赞美”也弱于“批判”，尽管他不乏激烈，但却不陷入极端。

他的《游牧长城》《哈拉沙尔随笔》《坂坡村》《吉木萨尔纪事》都有一种提纯的效果，他忘不了“议论”，他热爱并善于“议论”（这是他表明态度、直指价值立场和阐说个人世界观的通常惯例），而底层是无言的、寂默的，缺乏“说话”的能力。周涛有惊人的“说话”能力，像冲浪板上的惊险动作，熟悉水性而又能始终浮于波涛之上。张贤亮的底层意识有更多的自恋主义色彩，是站在知识分子（知识 / 权力、知识、优裕者）的立场“说话”的，这一点被他反复强调，他骨子里并没有把自己认同于底层的一员，相反，他十分清醒并得意于自己的身份。《绿化树》《男人的一半是女人》，都是一个落难知识者对于无私帮助过他的底层者的感恩式的写作。他有这样一种欲念：他应该得到这种“帮助”，他当之无愧，因为他是“知识者”，比一般底层的人更有“价值”、更值得“救助”。尽管如此，张贤亮的底层世界仍然令我们深深地感动，因为其中不乏真诚与思辨。杨争光、杨志军的底层意识受现代思想和学院传统的控制，他们营造自己的世界，有客观的立场，少情感的牵连，陆天明也有类似的走向。

20 世纪中国文学的一个重要特点是“民间社会”日益据有一个突出的位置，“‘五四’就是知识分了在庙堂之外自建的一所‘广场’，它构成了一个介于国家政权与民间社会之间的知识分子的领域”[1]。不管是毛泽东《在

1　蔡翔：《民间的沉浮》，《上海文学》1994 年第 1 期。

延安文艺座谈会上的讲话》，还是关于“民族形式”的讨论，都存在这样一种指向，就是在中心意识形态之外建立底层人民的文化世界。一些在文学史中占有重要位置的作品，如《李有才板话》《三里湾》《山乡巨变》《荷花淀》《林海雪原》《烈火金钢》《小二黑结婚》《红旗谱》《铁道游击队》《创业史》《艳阳天》乃至秧歌剧、评剧、样板戏、说唱艺术的中兴，无不与此有关，无不打上民间社会的深刻烙印，这片以前处于知识分子光圈之外漆黑一团的天地突然变成文学的沃野。这样一种情形与中西文化的撞击，与中国历史的变迁，与中国革命（农村包围城市）的轨迹不无关系。而西部文学的底层意识或对民间社会的重视，则是一种本象性的启示，一种根源性的东西：他们身处的环境没有沿海地域变化得那样迅疾（也缺乏这样的迅疾变化的历史传统，中国政治与经济重心的东移、南移，使西部的历史变动处于旁落和尾随于后的境地，使大家的目光向东、向南，有置身于局外的欢乐或失落），他们所接受的观念也不像沿海地域那样密集、直接，那样具有“初次性”。但是，那种迅疾然而遥远的变化总给人一种将至未至的感觉，不断有消息传来，不断有轻微然而持续的晃动，似催眠，又似惊醒，一种沉醉、一种晕眩、一种暗示和繁复构成了缓慢的倾斜。这样一种状态，本身就具有底层的性质。

美国人斯蒂芬·欧文有一册讨论中国古典文学的书——《追忆》。这书虽是讨论文学的，其实也可以看作探讨中国人心灵模式的一部很有启示性的著作。中国人，汉族，似乎特别容易陷入“回忆”，追忆往事、抚今追昔、感旧怀古，无论在日常生活中，还是在文学作品中，这种回溯式的思情方式都相当顽固。中国人是天生的“史学家”，“史”的意识相当发达，庙堂之上有深厚的修史传统，蓬门荜户有固执的续谱欲念，而这一切都与敏若琴弦的时间观念相关。中国的艺术，诗歌、绘画、瓷器、音乐，具有热烈而细腻的印象主义风格，实际上它也是一种关于时间的品味方式。柳絮、竹枝、枫叶、松针的时间；灰雁尖叫、黄鹂鸣啭、秋虫声疾的时间；霜与月色、杯与菊瓣、锈镞与荒碑、黍稷与废墟、闲情与长旅、洞箫与欢宴的时间……它们被无数的作品复制下来，在这些作品背后，有一只手鹅项般伸过来，伸过来，要抓住什么，要挽留什么，生恐那流逝的瞬间为记忆所销蚀。他们关于彼岸的世界是信非两可的态度，他们确认实有在现世这一边，另一边是虚无的深渊、绝对的昏暗，它唤醒人们焦虑的情绪，使人感伤或悚惧。这样一种习惯当然与农业社会有关、与宗法制度有关、与亚细亚生活方式有关，它形成了中国文化后喻式的传递机制，使叶落归根成为一种象征。

这种情状在今天的东部沿海多少已经有了一些变化，或者在文人层已经敏感到新世纪的生长，但在付诸文学创作时，仍然会有历史主义的感伤。譬如“寻根写作”，譬如新历史主义——在苏童、余华、孙甘露、北村、格非、叶兆言、刘震云等人的一些代表性作品里，颓败的历史写作一度成为无法抗拒的诱惑。《妻妾成群》《1934 年的逃亡》《罂粟之家》《呼喊与细雨》《米》《枣树的故事》《信使之函》《活着》《故乡相处流传》《头人》《追月楼》《披甲者说》《我的帝王生涯》等等一些在文坛扯起波澜的作品无不与对历史情境的感觉主义描写有关。

在西部文学中，时间中的历史或历史中的时间，有更多的写实风格。在《白鹿原》这部优秀的作品中，作者的感觉之流始终受到大的文化寓意的控制，繁盛与衰落、断片、复现和解谜的心切掩盖了过分个人化的主观主义写作情欲。陈忠实有一种严肃的念头，他透过历史烟云想去找到一种答案。他关注农民，关注农民的心灵世界，他感到农民实在是太复杂了，他想找到一种本性和根源的东西，并认为抓住了这一点就抓住了历史变迁的关键。这部作品的惊险之处是作者强烈的目的色彩与娴熟的艺术控制有一个完整的结合。这是个文化、性、历史、底层人、漫长的时序、不可捉摸的变迁、黄土、革命与传统、神话和寓言、寻找与适当神秘主义杂糅一炉的文本，它被称为“史诗性”的写作是有道理的，它在结构上像支离破碎但结实浑厚的“塬”，一如此地的景观。与此同时的另一部引起更大争议的作品是《废都》，从贾平凹的写作经历上看，《废都》如同意外的变故，它跳出作者的写作脉络，如一个老实人一次突然的艳遇，但是可以肯定这在贾平凹那里早已预谋已久。骤然的颓败情绪重重地击倒了作者，这次写作成了放肆的、纵情的“堕落”，有一种绝望牢牢地攫住了他，写作速度加快，笔尖匆匆划过纸面，发出“S”音。这是一种“悲哀的文本”，是“死过一次”的东西，如同最后的挥霍，有深深的无聊感。它过于世俗化，过于沉溺到自我欲念之中，它剥离了文人写作的常规面纱，如同“手抄本性质”的文字。雅的趣味追求、洁净性、修饰和遮掩、身份的坠落、纲常崩坏、文字写作的禁忌、坍塌与自陷、惯例……均被剔除到考虑之外，一种“写完再说”的想法变得非常疯狂，从而使文本和内容形态带有倾斜，带有挣脱性。《废都》的“颓败”完全不同于南方青年先锋作家群体“颓败式历史写作”，这里有更多的世俗形态，有实录的一面，市井的尘瘴直接弥漫于文字的肌理。在这里，上节的“弃”的意识仍很显，“他弃”与“自弃”并溶，完全丧失了知识分子意识形态的约束。

《废都》是社会文化转型期的产物，它为“语言杂多、众声喧哗”的当代提供了一份独特的“文本”，它在话语形态上形成对知识分子话语的暗嘲，它在价值形态和意欲心绪上同样有惊世骇俗的一面：它的“□□”不过是加重地显示这一点而已。《废都》是狂欢的文体，《废都》中的民谣、庄之蝶的怪异（嘴对牛乳吸奶、埙、贵妃的坟泥与异花等等）、混乱的性关系、权力、半文半白（古典的残余）与极近市井（俗、民间）的文体、神秘主义与赤裸的日常表达……所有这一切都体现一种杂糅的效果。在贾平凹那里，严重的解构倾向消解了一切权威的可能，这里面有对人文价值系统的深深失望，有对文化的幻灭感和颓废意识，是绝望的大溃败。这部小说受到社会严厉批评是有道理的，从社会层面而言它唤起的不是那种健康或建设性的怀疑，它对一个肩负重大转型责任的社会而言是消极的——尽管它拥有较高的然而是狭窄范围内的认识价值。《废都》的写作尽管是现实题材，但它在价值定位和形式运用上有着明显的“历史意图”——有人将之和《金瓶梅》相联系不是没有道理，它有一种故意“做旧”的倾向，如同时髦青年对待一件故意弄旧的牛仔服那样，贾平凹力图给人造成这样的感觉：他选择了众多王朝的故都为背景，文中不断提及这种神秘的历史影响，它加重了主人公（“四大名士”）身上的传统个性——无论在心态上还是在文化技能上，甚至在性关系和家庭模式上也有这种遗留，当然，吃食、物件、流动于故事中的气氛都有这样的特性。之所以这般设置，是因作者在传达的意欲上要说明的题旨有这样的规定，而不简单是个人传统修养和历史趣味使然。在世纪交替之际，许多人提及“世纪末”这个话题，这样一种时间刻记是否对贾平凹写作这部小说形成暗示就不得而知了。

张承志从《黄泥小屋》《心火》《西省暗杀考》《海骚》《错开的花》一直

到《心灵史》，一直从事“准历史”的写作，他乐意寻求隐秘的一面，喜欢接近贫穷的事物，他把大量的精力消耗在不为一般汉族知识分子所注意的贫瘠的边疆底层地区。张承志是世俗观念激烈的反对者，他以理想和信念为生，彼岸的世界在他那里有更为主要的位置——如果他一定要介入对现实的考察，也更多地使用批判的尺度。张承志的历史写作到目前为止一直是成功的，他弃世而去，深入边僻与异质，深入为时光所荒芜的民间遗存。这样的历史写作，一般而言它的隐晦和难言阻止了普通民众的接近，而只是存留于知识界的思考又为他的作品形成“保护层”：使它既具有“自由撰稿人”的严肃姿态，又获得社会意识形态和大众阅读的宽容或者忽视。但是，张承志作品的心与姿的异端性是明显的：稗史的写作本身就挑明了对正统的态度。

从湟水到六盘山，从藏区北缘到沙漠南线，这片文化教育落后而民间的文化却如此发达的世界里藏着真实——昔日统治者的历史充满谎言，真实的历史藏在这些流血的心灵之间。[1]

悄无声息的大规模调查开始了，近一百六十份家史和宗教资料送到了

1　张承志：《回民的黄土高原》，青海人民出版社 1993 年版，第 3 页。

我手里。一切秘密向我洞开。无数村庄等着我去居住。清真寺里的学生（满拉）争当我的秘书，撇下年轻的妻子陪我寻觅古迹。困难时，尤其是当我退职成为一支笔后，德高望重、八方闻名的大阿訇（礼拜寺教长）们破天荒地用汉文写信，给我寄来安慰鼓励。[1]

他是这样看待他心中和笔下的历史：那还没有诉诸文字或被官史歪曲的民间心灵的传递，是一种重大秘密，它的隐秘使时间也忽视了它，而没有完全湮灭。

陆天明最好的小说都留在西部了（《我住郭鲁郭》《桑那高地的太阳》《白木栀》）。知青生活不仅在时间上与今天拉开了距离，而且在价值形态上也再无重复的可能与机遇。这段新中国的插曲，在今天看来已经相当遥远——特别是大规模的返城，似乎意味时间收回了它的承诺：它中止和消解了它可能的活的“记忆者”与作为内容环境的直接联系，对农村的农民而言这群陌生者像风的消失，再没有留下痕迹，是真正的“他者”；对知青群落而言，生存的最后的选择像是对过去的反悔。也因此，知青生活注定只能以民间形态存在下去，而非正史所关注的重点区域。特别是在今天人们对这段历史本身评价不一或有意疏忽时，知青的存在显得特别富有意

1　张承志：《回民的黄土高原》，青海人民出版社 1993 年版，第 244 页。

味，然而，陆天明小说的意欲却仿佛不是知青小说类型的可能呈示，特别在长篇小说《泥日》中，不断加入的思考使这部小说脱离知青小说的价值模式：既不是站在虚妄的知青立场批评农村或农民的愚昧，也非青春感恩式的回报性写作，当然那种多少有点布尔乔亚的生存感伤也不复出现。他是用更大的价值背景把握这一切：有心灵的问题、神性、种的衍生与退化、历史权力话语、个人的可能、时间的循环往复与生命的短暂、文化冲突、意志与命运、存在主义和神秘倾向，等等。赵光鸣写的是“流民”，是社会“卡里斯马”结构甩脱者，是边缘人，是规范和秩序的“余者”。这种民间形式本身就带有稗史的味道，不同的是它并非边缘集团的叛逆化的稗史，它与正史的关系并未构成直接的对抗，仅仅作为身临存在的散乱无序的补充而未编入主流社会的方阵。赵光鸣是经验主义的写作者，与民间相投是这种格式的规定，但他选择“流民”却另有意义：用极端的现象来补充和平衡经验主义写作常常缺乏的方向性。这一方面是靠直觉，另一方面也可能出于自身散漫的个性，于浮萍般的微芥生存中发掘某种沉重。邵振国的《麦客》所注重的是乡村的“打工者”，他在被土地钉牢的农民身上寻找流动无羁的游魂，这亦可看作一种乡俗，一种季节性很强但很稳固的传奇，青麦的生长决定他们的命运，他们成为麦田的一道风景，留下臭汗和风流韵事。邓九刚的“驼道系列”仍游弋于久古的民间传统，“牵驼人”的权威是经验与技术使他们掌握认识路径的神秘法门，如同一件久传而隐秘的手艺，消失或者存在被个体过程的偶然性决定，时间在这里变得相当凶险，一不留神就可能抹去精绘的沙痕。

这种历史写作的民间性和风俗感给人一种这样的判断：许多价值的存在、压抑、尊重、同情和疏远系于一丝，它并不牢靠，几乎在一转眼时就物是人非了。如果南方青年先锋作家群体的历史写作是变、霉变、感染和泥泞，是时间持续的腐败的浓郁气味，那么在这里是消失，是时间的焦虑，是紧张于面对虚空和无，是最后的“根本不存在”和“无记忆”，是不存在的在者。西部作家的历史主义写作与南方青年先锋群体的写作的另一个重要区别是：在南方青年先锋群体那里，颓败的历史写作有严重的消解欲念，在一般认为是应该存有意识深度的地方相反地使用消解的方法予以处理，它化解了我们通常存在的那种价值期待——透过历史变迁的表征，回答深层的秘密，回答实在的“推动者”和群体内心的行动始因。在北村的《披甲者说》、吕新（山西）的《南方旧梦》、苏童的《妻妾成群》及《我的帝王生涯》、叶兆言的《枣树的故事》、余华的《活着》、潘军的《风》等小说中，都或轻或重地存在着这种倾向。西部作家与此相反，历史写作的本身还包容着对时间的敬畏，包含着中心化的可能。在这里，新与旧、内与外、本质与现象、时间与传统、风俗和现实、主体、内在的引导、整体的权威、有机性、文化和寓言、同情、憎恨等等观念还是控制他们的写作方向的重要因素，甚至可以说，那种历史写作的叙述选择本身也源于这样一种兴趣：关于生存境况的焦虑，关于时间和地域风貌的差异，关于往事和变迁的纠缠，关于繁复不已的结构性重复，等等。这里面无论是以欣赏的态度玩味所谓“西部的特殊审美价值”，还是沉湎其中的悲壮化写作，或者把西部当作神话和寓言滋生之域，都可以认为是对当代的回答：这个地域的问题正是他们个人经验和价值设定的内容，他们为此而忧心，而生，而死。它像一位严峻的父亲，存在强制性因素，使人呕心沥血或忧心忡忡。

在散文和诗歌那里，西部作家的价值设定从未达到过像朦胧诗及之后的各种流派那样表现出高程度的“个人化的心理紧张”，这一点在北岛、江河、顾城、杨炼、海子、骆一禾等人那里十分明显，无论是偏重极端的形式实验，还是追随内心的疯狂世界，其紧张化的形态一直未能得以缓解。西部诗的传统有一种亚意识形态化的积留，在周涛、杨牧、章德益《西部太阳》那里是明显的，与主流化的社会意识从未拉开过较大的距离，轻微的抵牾和摩擦虽然也是存在的，但在重要方面是以“代言者”的复数形式而出现：他们背后有一个群体，有一个支撑者，有一种力量化的权力结构，而内在的引导和通往个人的道路则一再被延宕（昌耀的意义之所以在西部诗的观念中有一种突兀感，也正因为与此的不似）。这一点到杨牧的《边魂》、周涛的《山岳山岳，丛林丛林》、章德益的《卜居》之后的写作有了一些变化，这种变化尽管明显，但不能认为是强有力的和彻底的。

相比之下，后一代的青年人则走得更远一些，譬如叶舟、杨子、伊沙、沈苇、刘亮程、黄毅、秦巴子、军成等，内心的自觉力量更充沛一些，他们在将来会或多或少地改变人们习惯的那种西部诗的风貌。在西部文学的散文成就中，则没有这种缓慢转变的钝角，在周涛的散文（《稀世之鸟》《游牧长城》）、张承志的散文（《绿风土》《清洁的精神》）、贾平凹的散文及马丽华的散文（《藏北游历》《灵魂像风》）中，那种因时代转折所给予人的外在、外部的暗示与诱导相对较少，尽管他们也面临这样的问题，但隐含在叙述之中的提出问题和解决问题的角度与方法、判断与分析有更大的内心因素。当然，西部的散文相较于某种普遍的散文风习而言，侧重的并不是人的日常生活的形态，不是情趣和情调性的东西，不是玄幽的小型美文，甚至于私人性质的个人遭际也比较疏离。它有一种文化的欲念、大的企图和超重的负载，它是尖锐的而非顺应、顺从的，它是激烈忿然的而非恬淡冲和的，它有人文性质的责任感、社会关怀和对灵魂与信仰的非常关注，但又不失之于世俗化的嘈杂和伦理性的叮咛。在当代中国的散文格局中，西部散文有大的器质，在这之外，也许只有余秋雨、张炜、史铁生、韩少功等与此相近。

在当代这文事凋零、“千山鸟飞绝”的恓惶时刻，严肃的文人和作品愈来愈像是过去时的遗物，几乎一下子具有了古典的意义。法兰克福学派的重要人物阿多诺说过这样一句话：商品已经成为它自己的意识形态。商品改变了人们对自身、对生活、对文字的态度，今天的生活性质已经迥异于过去的时代，日常诗意的消失改变了文本的社会共享性，纯粹精神陷入一个充满威胁意味的“去势”时空。在消费社会的众声喧哗中，严肃的文人与作品已经像一种小范围内的节日与庆典，不能指望分享世俗的神恩。精神与灵魂的形势十分严峻，充满决绝的悲壮与凄怆。这种状况暗示“写作”这一古老的个人职业已经成为“传统”的一部分，无可挽回地带有历史性质，无论作家是驰骋于现实的阔地、采撷飞扬的新鲜浪花，还是揳入一个生命的旧事、沉浸在过去的时光。在这样的时刻，写作和阅读仅仅是漫漫白昼中的一个烛光摇曳的象征。作品的研读就是从日常遮蔽中发掘，并停留在一个无法与众人分享的时空，而批评则成为诚恳的居所：批评先是恢复一个文学爱好者的心情。无形的封逼，使创作者和认识家、使无数形形色色的“对垒者”放弃内部的“械斗”，变成“大家族”最后一群遗孤。轮回的世纪之水漫过远眺的人间城郭和回眸的古老乡村，留在山顶的人把自己固定在山顶。又一次：写作从写作开始，阅读从阅读开始，有始祖的静穆，有创立的庄重。

在人烟稀少、远离浮华的大西北，在稀稀拉拉的土著和三三两两的游客偶尔闯入的新疆，周涛像溃败的帝裔误入荒野的那一支余脉。偏僻省份的写作和缺少相当交流者的困难使他的喜悦与心碎都成为不为人知的隐秘。相对封闭的环境更有利于沉思而不利于对话。周涛是古典的。生活性质的变化使严肃精神的创造自动变成反消费的心灵力量，从而被现实甄别出来，变成异样的存在。在这个意义上，全部的严肃艺术，不管奉行怎样的创作手法和争取怎样的现实态度，都有一种幻觉的性质，成为浪漫的晶体。在消费主义相对薄弱的西北和新疆，周涛是一个巨大的存在——孤立、决绝、不为所动。诗的激情消退了，虚拟故事的繁殖消退了，剩下沉思的随笔和散文，如同时间的滤纸留住最后的积存，艺术为它的强度找到了适当的表达形式。周涛散漫、草率的古典气息，被流转的现实甄别出来，成为见证。阅读周涛，需要一种封闭的“剧场环境”，如同触动“善本”需要某种“接触”的仪式。在文学不再是现实的“露天演出”之后，文学的阅读被安排到一个与现实暂时隔离的情境之中才仿佛是真实的。这一点也如同现实与历史、当下与往事的关系，月明星稀之后，那个“回忆”者在回忆往事的同时也被现实“回忆”着：他的姿态是这样古怪，他需要一个暂时分离的孤寂环境，仿佛只有这样才能以自身喂饲那些不敢靠近、小心翼翼、安静至极的无形小鸟。在这个历史化的写作环境里，一切额外的、哪怕轻微的插语都被当成无礼的、冒失的举动，都可以放在“剧场”之外或“散场”之后。当消费主义不见容于严肃的诘问的时候，严肃精神从消费的观点来看就变成一种“表演”，一种似乎是不真实的东西，一种实际上被消费主义遮蔽和歪曲的东西。语境的错乱，已经使它带有悲剧的微笑。《稀世之鸟》是周涛进入散文后的第一部散文集。周涛以“稀世之鸟”为书题是大有深意的，这里含有严格的隐喻，可以认为这“稀世之鸟”是当代的隐忧之鸟：在白炽的天空孤零零尖叫几声斜飞而去。可以联想到周涛那有时恼人有时颇受追慕的自负，可以观照“古典”在当代的处境，可以想见灵魂孤旅的内在坚守与心碎之物，可以触摸到稀有的优裕与闲适——或者，就是直指一种经久不见、匿于城郭与乡村的诗性本质。

1992 年我在一篇关于周涛的短论中这样写道：

周涛是人格意志很强烈的诗人，表现出现代社会稀有的品质和超前的古典。这种强大的平衡能力一定有某种精神作为支持，就像许多孤军奋战的人那样，企图扳回顽固的陈腐势力而自己不被歪曲。在这里，我们看到绿色和平组织的橡皮艇固执地阻挡工业大国庞然大物的垃圾船和载有核武库的航母。

在周涛的散文作品里，洒脱而激烈的周涛又多了一份中年人的庄重与忧伤。他肯定感到了时间的力量，感到生命在后半场时段里那“嘀嘀嗒嗒”的暗示。暑气退尽，高爽之气从罡天泄下，一种收获的悲悯与感恩之情流露出来，死亡像个尾随你半生的老伴儿，直到这一刻才能平静相处、恩爱有加。格斗的骑士牵马散步，进入还乡与沉思。他发现还乡之路是如此的沉寂与孤单，大队人马在身后的山冈上越离越远，生死与共的战友连问讯也十分困难，只有晚光与星辰隐隐相随。散文周涛，愈显怆然之色，无聊地吹起口哨，惊醒一池波光与夜鸟。周涛说："一个人一辈子只能做一件事。"[1]他在强调什么，又在回避什么。周涛说："一个人只要没有个死去的亲人埋在地下，那他就不是这地方的人。"[2]他在寻找什么，若有所思的感获在肯定的口吻中又流露出叹息。周涛忆起昌耀多年前记在他本子上的一句话："前方灶头 / 有你的黄铜茶炊"[3]，整理旧物，积累旧账，进入回忆的碎石与阳光之径，烈酒般纯净和极端的周涛突然神清气平，复现和蔼的神色。他写出温厚、忧伤、饱含智性微笑的《吉木萨尔纪事》《伊犁秋天的札记》《哈拉沙尔随笔》和《蠕动的屋脊》等等这样一些散漫与神游的篇什，过去的挑战之物变成后院里和善的对视。经历诗歌的枪林弹雨，回乡的骑士发现了岁月的幸存之物——他自己，他哈哈大笑，复又停住。周涛由诗歌进入散文，至少在当代作家的文体转换中，没有如他这样经过如此完美提升的。梨树开花了，天堂在下雪。在周涛的写作生涯里，生命的季节性是个相当重要的因素，历史写作在这里是身份和年岁上的呈示，如同一场剪除。

1　周涛：《稀世之鸟》，解放军文艺出版社 1990 年版，第 125 页。

2　周涛：《稀世之鸟》，解放军文艺出版社 1990 年版，第 80 页。

3　周涛：《稀世之鸟》，解放军文艺出版社 1990 年版，第 54 页。

籍属·四种册封形式·长子权·《心灵史》

个人史（特别是童年）、籍属和地域、民族与当代、文化与语言……对一个作家而言都是相当重要的精神侧面。你可以讨论一个诗人有哮喘病史的童年，或者研究偏僻省份对作家固执的怪异风格的影响，也可以通过民族间的眺望发现形成于文本中的、包含意识形态内容和“待客之道”般的装饰性效果，可以通过句式和词汇以及思维上的微小偏差认识方言和一种生活……总之，那种物理的或心理的在社会看来可以忽略的如草芥般的差别，都可能是决定性的因素：在平衡的关系中，不平衡的开始是统计上数量甚小的异质的介入。

籍属对一个作家精神与心理的影响远比人们想见的要大。从通常的含义上人们以“置身异乡”来观察它：

置身异乡的体验非常独特。乍一看，置身异乡所接触的全是陌生的东西，原先的自我一定会越来越脆弱，甚至会被异乡同化掉，其实事情远非如此简单。异己的一分子会从反面、侧面诱发出有关自己的思想……我想，诸般人生况味中非常重要的一项就是异乡体验与故乡意识的深刻交糅，漂泊欲念与回归意识的相辅相成。[1]

籍属意味着一个人的完成，故乡不仅仅是一个被情感价值泡透的意象，它还是一种判断、一种意识模型和通常人们评断事物不易觉察的隐性干扰（或决定）力量。特别在家乡观念深重的中国，故乡是一种立场，一种批判武器和生硬难化的意识之核。在一个人群混杂的关系内，人们的实践、倾向和使用思维的方式很可能并不像他所标榜的那样具有“中立性”或“客观性”，相反，即使在“理屈词穷”时他也仍然坚守着一个从理性看来很无聊的尺度。在这里，意识模型不是以真理价值来体现的，它更多地表现在“说服别人”和“不被别人说服”的顽固态度上。这里面有一种“无争辩性”，它狭促、戒备、紧张，混杂着错误、尊严、热诚、信仰、潜意识、地域主义、情感和象征等等一大堆稀奇古怪的内容。如同一种风俗那样，它更多地体验为禁忌、仪式、秘密和狂欢化的局面。

在北方和南方之间，在东部和西部之间，在城市与乡村之间，在普通话和方言之间，在智识者和村夫之间，在省籍族别之间……笼盖着许多经久的偏见和含混着判断、固定的联想与暗示、意气用事、攻击性的言辞和

1　余秋雨：《乡关何处》，载《文明的碎片》，春风文艺出版社 1994 年版，第 171—172 页。

戏谑的玩笑。那么，关于西部呢？它可能的生活与世俗之间又是怎样一种状况呢？一个作家在多大的程度上可以清醒地认识到这一点呢？这种隐性的干扰（或者判断）是怎样进入作品并发生普遍的影响的呢？这些都是我们需要特别留意的地方——通常人们所认定的作品价值往往在这里纠结，并放入他们可能接受的意识模型之中。

在很多情况下，一个作家有籍属或地域意识并不是一件绝对的坏事，我们关于民族文学、有地域特点的文学以及深受民间文化和传统精神影响的文学思想或多或少地都与此相关，在特别情况下，这种东西还具有相当激进和开放的色彩：在僵枯的观念堡垒很难攻破而形成中心化的控制局面时，这种趋向可能起到一种迂回的，从边缘开始的解冻、解构、解魅的作用。新时期文学发轫期的一些情况就说明这一点，乡土文学、方言方志化的写作、新边塞诗、京味小说、海派文化、寻根思潮等等就是如此。在这些文学动向中，作家的叙述身份的“亮出”实际上是对惯见熟闻的极左政治“代言者”角色的解魅。在这里，别样的、陌生的、“地方化”的叙述指向靠近具体的、远离中心的、又初具稳定形态的边缘生活与民间生活，对意识形态强制介入的文学超符码起到了转移视线和分解冷落的作用：当邓友梅的《那五》、陆文夫的《美食家》、郑义的《远村》、高晓声的《陈奂生上城》、戴厚英的《人啊，人》、张弦的《被爱情遗忘的角落》、王蒙的《杂色》……出现的时候，那种作为具体政治产物的小说制作就被人们撇在了脑后。这种情况也说明，只有当先进的心灵与籍属意识相结合时，它才是有益的、开放的、前进的，而且，越是在文学处于被禁锢的状况就越是可能形成这种良性的趋动。相反，在相对宽松和温馨的环境里，在开放和信息社会中，籍属意识是个需要小心处理的变体，它可能被更大的境界掌握，开辟一条铺花的、无尽的路，也可能被疏懒、塞听、偏安和生硬的“地方主义者”运用，当成偷闲、省事和讨巧的伪装——以表面化的地域点缀来显示自身具有“特别的价值”，是“别具特色”的存在。

在讨论西部文学时，对其意义的探寻特别需要警惕这样的托词：把“地域特色”和“文学价值”生拉硬扯，用文学的鸵鸟政策来掩饰日趋陈旧的危机，获得小国寡民式的自高自大和沾沾自喜。偏远省份的文学创作所面临的主要危险正来自这里，它缺乏统一的尺度力量，就自立一些别人所稀缺的东西为尺度，它获得承认的机会相对较少，就把这种不公平的竞争转化为另一种不公平的自我想象的成功，用别人不懂不会的“地方项目”来对付另一种普遍流行的“花拳绣腿”。面对文学的“中央帝国”，偏远省份的文学写作有“外省人”的羡慕、追随、反抗、憎恨与焦灼，这一点所衍生的投射于文学写作中的策略和倾向是那样的复杂，以至于我们很难一一确认和指明。

在中国当代文学的“势力关系”中，京、沪、穗、陕是通常力量的交汇点。北京作为首都，政治、意识形态、文化与文学写作的优势十分明显，又是文学领域最高机关（作协、文联等）的所在地，掌握着当代最主要的评奖与传媒权。这种“亚权力册封”的“文学贵族”无疑是最具中心化能力的结构力量（即使它在某些层次上表现为地域册封形式，这种“自动”的“屈尊”姿态也得到权力背景的放大，如京味小说、京剧，曲艺的演出或民俗性很强的创作）。上海作为市民社会最发达的城市，向有与京畿文坛地位分庭而立的传统，作为“自由主义”的重要力量，它在文学解冻期成为消解“卡里斯马”的带头羊[1]——近百年的文化风习和西风东渐，使这里成为始终与京畿文坛保持距离的“分离势力”。它的册封能力来源于历史形成的两级结构的根深蒂固，体现为市民社会的册封能力，这种册封是从市民社会的趣味出发，并得到舶来的经过改造的西方文化的支持与鼓励，从而体现出大都市的特点，有着某种“洋味”和杂交后的暧昧，有着观念与器物层的时髦与流行倾向。广州作为消费主义的“小人物”，本来缺乏政治的、世俗的和文学的决定“行动能力”，但其经济上的开放的象征和灵活的文字价格已经使它具有呼风唤雨的能力——它把对文字的价值评判与实际的经济好处结合起来，吸引大批作家为其服务，如同靠出卖土地发家的乡镇企业雇佣内陆打工仔、打工妹一样，文学的“雇佣劳动”

1 1979 年第 4 期《上海文学》发表了一篇评论员文章《为文艺正名——驳“文艺是阶级斗争的工具”说》，揭开了 20 世纪 80 年代文论巨变的序幕。

在这里得以形成。“文稿拍卖”、“收购作家”、利用经济优势策动和借用京畿力量举办各种“全国性”活动，等等。这种消费主义的册封势力在可以预见的将来将日趋活跃。陕西作为传统的故都的象征，远离政治与经济的中心，完全是“空白地带”和“真空状况”，使之理所当然地形成了补充性的册封源地。在这里，大国文学的平衡意识起了非常重要的作用，距离产生“中心”，延安的传统和西安的文化积蕴交织在一处，它奉献过自己的代表人物，它有效地组织了“陕军东征”，作为被废黜的“长子”，“复辟”成为行为和梦想的“力比多”，它表现为“流放”的“藩王”式的“册封权”。在上面提到的这几种价值上的和事实上的册封形式中，人们所觊觎的是处于支配地位的“长子权”——挑战、野心、策划、密谋、竞争由此展开，无可挽回地成为隐秘的文学推动力量。

在西部文学的发展中，所借重的力量或价值风格必须与京、沪、穗所固有的优势区分出来，它必须表现出自己的“与众不同”和“非同凡响”，它应该是有“说服力”的，标明自身存在价值。西部文学在其发展中所依靠的是这样一些元素：经典的边塞诗、独特的民间文化、自然精神、作为处女地的神话寓言和惊喜感、奇迹、英雄主义、荒野、神秘主义、民族生活类型，等等。在这里，西部诗以新边塞诗的策略成功地登陆；在张贤亮那里，政治寓言与纯朴民情糅合一处；张弛以夸张的笔触表达民俗与自然的惊奇感，并佐以适当的神秘主义；陆天明是权力话语、寓言和荒野恐怖的混合叙述；杨争光提供不动声色、紧张惊险的西部故事；贾平凹把传统积蕴发挥得淋漓尽致；张承志、马原、马建、马丽华、高建群、王蒙等深入民族生活内核，甚至不惜以犯忌的方式取得某种意外效果……他们准确地瞄准了某种“稀有价值”，或长或短地领有中国文坛的“长子权”。周涛是个成功的辞章家、文体家，在他的散文创作里采取了在形式和内容上的定向爆破，特别在其《游牧长城》中有独到的运用。周涛对这土地有一种“长子式”的认同：

“伊犁河是我的河”，“我是一个各民族文化的杂交和浮浅融会的产物”，“从九岁起，我就被长城关在了门外……始终有一种门外汉的乡愁和怅惘，有一种‘臣不敢望酒泉郡，但愿能入玉门关’式的牵念。但我同时又是一个习惯于毡房和羊肉、热爱着草原和纵马的半游牧者，是一个即便万里归来，亦将故土难容的失却家园的人，一个人面羊身怪”。[1]

马丽华的散文亦是如此：它告诉我们开掘一个民族的文化所可能获得的成功是怎样的不同凡响，是怎样具有不可比拟性和不可重复性，她深知“初次权”的意义所可能显示的价值感。他们深知籍属的局限和优势，他

1 杨牧等著，郑兴富等编：《边塞三人集》，新疆人民出版社 1993 年版，第 225 页。

们沿着主动强化的轨迹发展初始的成功，他们重复“这里”所给他们的暗示，他们说：“我与你们是不同的。”他们或多或少地懂得一些双语，自认掌握着打开另一个民族的钥匙，如张承志、周涛、王蒙、昌耀、马丽华等。他们欣赏并得意于自己在这种环境里的得宠。张承志把“北方的河”当作“我的河”，张承志说：“我有草原——你们懂吗？”张承志在作品集《北方的河》的《后记》中写道：

在一个辽阔广袤的北方，在许许多多人们中间，我已经快要被宠惯成一个骄子。我能一点活儿也不干地在乌珠穆沁草原的蒙古包里支着二郎腿一躺二十天；我能在六盘山下的回民庄院里天天睡到日上三竿；我习惯了在天山南北，在昌吉和焉耆的饱经沧桑的长者跟前发浑耍赖。我甚至——写到这里我感到恐怖——在烦躁的时候对妻子、对我最宝贵的母亲大发脾气……然而他们却神秘地对我宽容着。为什么呢？难道我真的配做他们的“独生子女”么？[1]

在作品集《回民的黄土高原》的《自序》里，张承志写道：

1　张承志：《北方的河》，北京十月文艺出版社 1987 年版，第 314—315 页。

我在甘肃东乡的大山里走路时，曾经看见了一幅传说中的景象：远远山路上走来了一对婆媳，发现我之后，年轻的媳妇背过脸，对着山崖，年老的婆婆叉手站在前面，恭敬地对我们行礼。再走了一程，迎面有一人骑着自行车驶来，那人为了下车让路，险些摔倒在山路上。心里怀着感动和惊奇朝前走着，一路上遇到的农民毫无例外地让路——荒山中严守着淳朴的礼节，宽宽的大路一次次地被“让”给了你一个人。“让路”——在中文尽管还有这个词汇存在，但除了在这片黄土世界里，你在哪里也难找到这个词汇产生时的古老景象了。[1]

其长篇《心灵史》中，张承志在《走进大西北之前》(代前言)里写道：

我又一次出名——这一次是任何人都不可能想象，而我却竭力追逐的出名；从西海固到青铜峡，从甘肃到新疆，山区川地里的农民们半准不准地传说着我的故事，我尝到了从未有过的快活、自豪的幸福。[2]

---

1 张承志:《回民的黄土高原》，青海人民出版社 1993 年版，第 4 页。

2 张承志:《回民的黄土高原》，青海人民出版社 1993 年版，第 244 页。

这种“自我表明”中，含着“长子权”和“首次性”，更含着易于被“激怒”或称之为“寻衅”的“反叛力量”，重复的经验使人产生“动辄翻脸”的严峻和紧张，这种异乎寻常的“坏脾气”同时暗示“资格”和“能力”的承认，显示“批判的”和“不合作”的态度。

张承志的《心灵史》在我们这座首府城市只有一家个体经文书店有售，和《古兰经》等伊斯兰教印刷品摆放在一起。这家小店的旁边是金碧辉煌装修漂亮的汗腾格里清真寺，那里人来人往、熙熙攘攘，是中外宾客来乌鲁木齐后常去的一个景点，大寺底层的摊铺货档摆满英吉沙小刀、艾德莱斯绸和巴基斯坦杂货。除了信奉真主的信徒和三五成群的游客之外，隔三岔五会有一些如我一样的异教徒穿过谜一样的土巷光临这家经文小店，掏钱购书，匆匆离去，消失在人涌如蚁的大街上。

这种景色似乎在暗示：和它的行销特点相一致，消费文化怎样和宗教精神同时发达起来，震惊和失语相同步，难言的感受日益尖锐也日益孤独。每个人都只和自己心智相当的朋友议论它，但又似乎不愿诉诸文字，就这样暗守着一个内心的轩然大波。以我的孤陋寡闻，鲜见专门的讨论文章，零星的触及更显出不经意的躲避和掩饰，这本书不仅带来享受，还夹杂着伤害和隐约的惊慌失措，讨论它实在过于严峻了。

张承志是一点一点把自己与汉文化、汉族知识分子区别开来的，这个过程有相当的隐蔽性，直到显露出结果才令人吃了一惊。整个北中国、北中国的边疆、北中国的边疆民族和他们的精神信仰构成他写作的基础，他的文化姿态使他把黄河以南抛在一边，并以此树立了自己的价值尺度，在地域选择上，或许没有哪一个当代作家像他这样孤注一掷、旗帜鲜明。尔后，他进一步聚焦，把笔对准心中的精神板块，这就是西北边域的伊斯兰区域。他使沙沟、金积堡、波马这样一些各类地图上均不会出现的荒僻小镇成为精神的圣地和首都。他觉察到北方旷野原始的包容性或含混性影响了胸中日益尖锐的批判欲望，以往的写作成为铺陈，他越过最后的隘口进入蓄谋已久的无人之境，变得更加狂暴和难以相处。不能要求激烈或极端的张承志能够解决自己的矛盾，他的博大总是以倾斜的方式得以显现，因此，在理性焦灼的最后一刻，血管中残存的波斯人血液俘获了他。他变得敏感异常，潜伏的伤害和轻慢突然变得无法忍受，孤立成为现实，而内心正经历一次洗礼，他一定感到灵魂变得洁净和健康了，卓尔不群，与众不同。

这是一个排除的过程，透析的过程，他发现四周围满对手。失去母语和属地对于他肯定是一种绝大的无奈和痛苦，混居杂处和汉语写作变得险象环生。他反复强调民族语言（主要是突厥语系）与汉语在表述上的不同，这种强调已经脱离习惯的写作速率，把他拉到另一种文明，而对汉语知识体系的不信任和对汉族知识分子传统品性的诘问，则构成一个持续不断的话题。张承志对妥协、求同存异、包容、同化和语焉不详的混杂极端厌恶，他喜欢纯粹、明净而不丧失挑衅色彩的事物。清真，清净无染，不光是宗教训言，而且是他绝对的精神操守，至上性是重要的，与智性相比意志是重要的，这些都是无法另立、比肩的神圣之物。信仰主义的精神定位既可以看作他退却中的发展，也可以看作对日益强大的世俗文化的仓促抗争——尽管这结局使人愕然，但又的确是欣然的悲怆之举。

汉文化与伊斯兰文明的差异太大了，你会发现自己根本从来不曾拥有过的东西在对方那里是那么充盈，而且成为支配性的力量。由此而言，张承志和他的《心灵史》就成为一个恒久的刺激，一个倒立的坐标，比较之中不乏震惊与启迪，但要求一方放弃自己无论在理智还是在情感都极端为难，因为这一切是那么严肃。

《心灵史》刺激而难言，它使两种不可能相遇的东西相遇到一起，谁也不敢轻言对方，尽管满腹心事。张承志在后来多少引起点争议的短文《诗人你为什么不愤怒》中写道：

我之所以拼了命写《心灵史》，是因为我发现在中国这片田土上，居然有这样一群（哲合忍耶）哪怕死光了也要追求心灵信仰的人，这对中国文化的意义实在太大了。中国人现在最可怕的就是缺乏信仰，我不是要求每个人都信仰宗教，但人总要信一点什么，哪怕搞甲骨文的信仰甲骨文，搞语言实验的信仰语言实验，都要纯一点，不能什么都是假的，什么都像旧衣服一样随时可以扔掉，现在的知识分子太脏了，甚至以清洁为可耻，以肮脏为光荣，以庸俗为时髦；“洁”这个字只有在公共厕所、垃圾站才能见到，然而在古代中国，它却是关于一个人该怎样活着的重要观念。[1]

他呼唤当代文坛鲁迅那样的文化重镇的出现，使无耻者有所忌惮。他曾寄希望于某几位在文坛上有相当影响和地位的人物担当此任，但后来都深感失望：

这都是一些相当中庸、圆滑的人，他们自己也随时准备同流合污，看时机去捞一把，指望他们能做什么呢？……到文化崩溃的时候，今天的知识分子都将被追究罪责。我希望我不成为罪人，我现在所做的一切是为将自己从他们之中划出。

在这里，他批判的导向相当广泛而又具体，人们不禁会猜测：他所言的“有地位有影响力的人”是哪几位呢？张承志过分强烈的责任伦理，来源于深深的“长子意识”，不仅指在回族等边疆少数民族中，也在更为厚重的汉文化、汉族知识分子中。

1　张承志：《诗人你为什么不愤怒》，《文艺报》1994年8月7日。

张承志越来越狭窄的立场使他的文字更像一座悬崖乐园。如我这样熟悉他写作的读者，更怀念的可能是他《黑骏马》时期的博大、包容、健康与艰忍，而不是跳来跳去、阴郁好斗、日益紧张的精神姿态。

民族批评与政治批评

在中国这样一个幅员广阔、历史悠久的国度，评价一部文学作品的标准是这样的纷繁复杂、因素众多，含有很大的矛盾性。人们的素养、阶层、文化趣味、民族、利益、观念、愿望和要求、思考问题的着重点、价值观念……是这样的千差万别，几乎不可能得到十分一致的认识。然而，归纳起来看，在社会批评中来自两个领域里的批评是最主要和最有代表性的，这就是民族批评和政治批评。新时期文学的是是非非、家长里短主要在这两个方面得到反映（“文革”期间另有一套阶级分析的方法）。关于人性、自我、异化和人道主义的纷争，关于朦胧诗的纷争，关于现代派、“伪现代派”和先锋文学的纷争，关于以张艺谋为核心的第三代导演群的纷争，关于王朔小说的纷争，关于新写实主义的纷争，关于新时期文学诺贝尔情结的议论，关于性格组合论的纷争，关于传统与现代化的争议……莫不与此相关。联系到西部文学的自身状况和社会评价，主要有以下作家、作品和问题：

张贤亮：《绿化树》《男人的一半是女人》《习惯死亡》；

新边塞诗或西部诗的现代性问题；

张承志：《心灵史》；

贾平凹：《废都》；

陈忠实：《白鹿原》；

高建群：《遥远的白房子》；

陆天明：《桑那高地的太阳》《泥日》；

文乐然：《荒漠与人》，异化问题；

马建：《亮出你的舌苔或空空荡荡》；

周涛：《山岳山岳，丛林丛林》；

董立勃：《黑土红土》；

王蒙：《杂色》；

丰收、尹平：《来自生产建设兵团的内部报告》；

……

这些作家或作品或隐或明、或大或小地在一定范围内引起过争议，这些争议有些超出西部文学的范畴成为全国文学界的话题，有些在一省或数省范围内成为焦点。今天来看，它们所存在的问题有些已得到解决，而有些当时的某些评断被今天的人们认为是过时的，是观念流变过程中的摩擦；有些至今仍很敏感，成为一种禁忌。从那些已经被认定是过时了的问题上看，人们自然而然地怀疑政治批评或民族批评的“有效性”与“真实性”。

每个人都知道，我们所生活的世界处境并不是终极的……与以前那些时代的人相比较，今天的人类可以说是连根拔起；他们意识到自己不过存在于一个其历史已被决定而且继续变动的处境中。这种处境，就仿佛存有的基础已经瓦解。[1]

处于转型期的中国人，正有一个对当代的如此认识，而文学界普遍的认知更觉得：他们可以有一种期待，对政治批评的缓慢然而决定性的“修正”。不能正确认识政治批评的含义是这样的普遍，一方面出于历史的经验，另一方面来源于现实的积存，他们把政治批评置于一个与自己的观念相对立的基础，惯性般地加以排斥。他们认为：文学是文学界的事，文学与政治无涉，文学作为传统的秩序的解构力量是先锋的、前瞻的——因而来源于现时政治的批评是“保守的”“守旧的”和“暂时的”……这种文学与政治关系的紧张化使新时期文学充满戏剧性的色彩。然而，这如果不

---

1 ［德］卡尔 · 雅斯贝尔斯:《当代的精神处境》，黄藿译，生活 · 读书 · 新知三联书店 1992 年版，第 1—2 页。

是幼稚的、书生气的、无知的、缺乏责任感的态度的话，也至少是一种永远无法实现的一厢情愿。无论在东方还是在西方，也无论在哪种社会制度下，文学的可为总要受到整个社会状况的限制，这是事实，但是不加分析地把这种限制看作消极的力量，并没有充分的根据。

实际上，不必把政治拉进文学理论，就像在南非的体育运动中一样，政治从一开始就在那里……文学理论不应因其政治性而受到谴责，应该谴责的是它对自己的政治性的掩盖或无知，是它们假定自己为“技术的”“自明的”“科学的”或“普遍的”真理原则时那种盲目性。[1]

对政治批评的态度不应是一种本能性的过激反应和抵制，相反，应积极地看待这个问题，分析它内部的实质性含义，以粗暴的态度来对待可能是“粗暴的”政治批评，这本身就是一种政治，一种当代某些文化人的精神状态。

在有关西部文学的政治批评中，它自身的价值册封方式不同于京畿文坛或沪上文坛的方式，一般而言在这里更多地是一种“连带性影响”——

1 ［英］特雷·伊格尔顿：《二十世纪西方文学理论》，伍晓明译，陕西师范大学出版社 1987 年版，第 213 页。

它基本不是作为“西部文学的问题”而提出，更多地是整体的、普遍的问题的一部分。如文乐然的《荒漠与人》这部小说，与当时盛行的异化与人道主义写作有关，对于这部小说的政治批评，其“口径”和“思想渊源”也是从外辐射而来的（如胡乔木的文章等）。在今天看来，这部小说自然有它的认识价值，但它在西部文学中的位置是可疑的，有额外的影响，作为一个“纯问题”的提出，它缺乏更为内在的驱动力和覆盖面——它的深度与其说是“文学的深度”，不如说是“概念的深度”，是另一种形式的概念写作。这部作品与他的小说体报告文学作品《沉重的崇高》相比，缺乏社会和历史的厚重感。也正因为它是“嫁接”和“植入”的，它作为带有地方色彩的政治批评的一个“问题”才显得相当醒目，直接引起行业部门（石油）权力话语的“注意”。并且，由于这种“注意”，为它蒙上了一层“殉道式”的色彩，唤醒某种风俗性的“同情”。这里，文学作品遵循一种奇怪的价值显现模式：压力产生价值，压力的消失与价值的消失相一致，纯粹的真理性的争论和对错的判断倒显得不那么重要，而处于伴生、从属的位置了。而且，这种压力愈是不正常、愈是缺乏社会实践理性和纯粹理性，作品自身的价值就越是升值，越是具有重大性，而不管它是否真的是这样。也因此，当这种“压力”消失或转移时，它所针对的作品的“价值”也就消失了，被疏忽和遗忘了。这不是很可疑吗？人们不禁要问，作品自身的价值在哪里？那种关于文学作品永恒性的启示在哪里？

总之，政治批评作为社会批评的一种的介入——不管这种介入是适当的、准确的、有益的，还是带有片面的权力化理解的粗暴性——它总是使作品处于非常的状态，得到格外的意义呼应。从这里可以看政治批评与文学作品之间的扭曲关系，这种扭曲除了来自政治批评上操作性的误判外，也来自文学界内部不甚正常的气氛——我不相信在政治批评与文学作品之间，文学总是无辜的“受害者”，而处于对政治批评“起诉”的位置。其实在现实生活中，有人愿意自动成为这种“受害者”，愿意从中谋取奇怪的“资本”与“好处”。很有一些人得计于此，正如同一幅漫画里表述的那样：“你们批呀！你们一批——我就出名了。”

一种普遍的情况是，一些作家以某种可疑的“清高”姿态反复传达这样一种意思：我和我的写作是超制度、超党派、超意识形态、超民族的，我不接受任何“敲诈”，相反，我尽可能与社会的主流意识形态唱对台戏，来表明我的“勇气”与“行动能力”。但是，不要忘记同样的这些人，在涉及机构评奖、荣誉、晋升机会、工资、社会待遇、权力和一大堆具体的物质利益时，就忘记了他的超制度、超意识形态的清高承诺，而变得很积极、寸土必争、斤斤计较了。他变成一个“很合作”“很实际”“很世俗化”的人。

在西部文学的政治批评中，除了普遍的“连带性”政治批评外，地域的、地方利益集团的、部门或专业的政治批评在这里也时有呈现。如对陆天明的《桑那高地的太阳》、丰收和尹平的《来自生产建设兵团的内部报告》(《荒漠与人》部分原因也在于此)、董立勃的《红土黑土》、周涛的《山岳山岳，丛林丛林》等作品的政治批评，就有这种因素。发生于西部文学的这一类型的政治批评，可能有更为实际和具体的社会功能要求。人们出于情感和对某个社会群体的归属性，不能忍受哪怕是“动机”很好但仍有偏激的事实描述，这在某些写作领域构成禁忌。从某种角度来说，这种批评当中是部分地存在着狭隘的、地方主义的和缺乏普遍理性规范的因素，但它仍存在部分的合理性，它所指出的某些描写事实的偏差可能也是存在的，纠正这种偏差肯定有比政治批评更好、更有效的办法，而不必借用权力化的话语压力来实现，因为这样往往适得其反，掩盖和转移了问题的性质与规模。政治批评不是需要不需要的问题，而是它可能具备的形式与实现途径完全可以有更好的表现。

这里所指的民族批评被限定为实际的政治批评的一部分，这一部分在社会环境日益宽松的今天，所表现出的文化与政治、与社会的关系更加错综复杂。从“舌苔事件”到《心灵史》，它所引起的社会震动虽有趋减的倾向，但在精神文化层面却呈现加重的态势。因一个民族的作家在其作品中对另一个民族的描写失当而引起的过激反应，即使在世界范围内也是屡见不鲜的。数年前，英国作家萨尔曼·拉什迪因出版小说《撒旦诗篇》得罪了穆斯林世界，被霍梅尼教长“判处”死刑。一时间拉什迪本人被穆斯林世界“全球通缉”，东躲西藏。西方世界大哗，为作家拉什迪叫屈，认为不应干涉他人的言论出版自由，有悖法理，同时不应拘泥于字面意义去理解。其实，所谓言论出版自由从来都是相对的，英国法律条款中也有明文规定，言论出版不可亵渎基督教神灵。判处拉什迪“死刑”自然是过激的，但认为一个人可能拥有无限制的写作自由更是一种虚伪的神话。文学作品的文本不是一个独立超然的主体，不管是作为它自身的历史文化倾向还是从受众群体来看，不可能不包容着丰富的情智判断。这里面有一种极其微妙的尺度与平衡，民族情感、民族宗教与民族生活是一个相当有力的砝码，它可能包含着某种狭隘、守旧和自闭主义的因素，但作为文学写作，考虑和充分认识民族文化心理的承受力应该是一个不能回避的侧面。在这里，不存在纯客观主义、自然主义的理由：写作意味着选择，既然存在着民族文化心理的和宗教信仰上的差别，当你介入对另一个民族的文学表述时，当然不仅仅是纯粹个人的行为，当然会引发社会性的效果。从另一方面看，正确地看待一部作品可能存在的失误——即使是本不应成为失误的那些侧面，也是一件亟待解决的事。否则，“民族”这个字眼在文学写作上的含义，也就同时意味着禁忌和僭越了。

汉语作为中国区域内的强势语言，在中国当代文学中的地位自然有相当强的中心化结构能力，当它试图以少数民族生活为所指对象时必须时刻留意其“字面意义”的社会效果，它作为文学表达的自由度也一定会受到社会性的限制：民族心理的、民族文化的、民族自尊心及这个民族的自我评价能力，等等。因为你传达的内容的接受面受到这个民族双语程度的规定，你的文本对于文本的“社会当事人”而言有一种“不在场”的效果，缺乏充分的“证词”，这距离和差距可能引起的误解当然要比正常情况大得多。同时，作为被普遍接受的强势语言，操持双语的读者会格外“看重”和“关注”你可能流露的任何叙述语态，包括任何蛛丝马迹的心意企图——这种过于敏感的情况使文本的社会接受过程变成一种戏剧性的历险。也因此，民族批评不能指望它是一种纯价值纯美学的审视过程，它必然携带着庞杂的辎重，把文本的阅读弄成严峻的对视，显得很不轻松。一方面，汉语作家在涉及民族题材时必须有一份更为阔大的社会关怀，但同时，过于紧张的族际阅读并不总是有利于文学的交流的，它应该获得哪怕是短暂的轻松环境。否则，就会出现交叉写作的“梗阻”，出现叙述的“冷战”，出现难捱的寂寞。而后一种情况在西部文学中的确有这样的苗头，它的困难不仅仅来自文学，更多地掺杂着难言的社会历史、文化的因素。

性别神话与现代性

在当代文学中，没有哪一种流派像西部文学这样凸现着人类话语的男性特征——它在某个时期被推向极致，被这样一些名词所盖定：雄性、野性、悲怆、粗犷、粗陋、豪迈、张力、穿透、强悍、雄阔、血性、沉雄、男子汉、西部汉子，等等。婉约一脉在这里遭到鄙视或不予重视，力量的美学在这里受到很好的安排，直到今天也不能说这个问题已经得到很好的解决，你不能设想西部文学的“叙述者”是个除了“征服者”和“开拓者”之外的什么女性类型。这一方面是基于对西部文学的传统之一——“边塞诗”的认识，同时也有大量的生存经验作基础，而从自然境况那里得到的暗示更是加重着这一判断。这土地，“这滋长了开国帝王 / 东伐征战雄心的土地 / 这盛产大宛汗血马 / 和西域伟男子的土地”[1] 似乎有一种形而上的寓意。周涛还有一首诗这样写道：

若干世纪以来所发生的事情
都在证明这家族的分配不均
多山的北方多高原的北方多雪的北方
用脚掌暖化冰雪却无奈它向东倾注的北方
眼见那河流在南方养育三角洲

1　周涛：《我属于北方》，载杨牧等著，郑兴富等编《边塞三人集》，新疆人民出版社 1993 年版，第 275 页。

却在北方在中原菌生群雄并起的纠争

北方坐在马鞍上透过风扬的黑鬃俯视河水
听远行的商旅带来的秦淮河传说
满地珠宝城郭，十万富贵人家
楼头有红衣女倚栏拨琴低唱
便对这偏心的版图产生妒恨和野心
黄河粗野的浪头就从血脉中腾起

饮马长江从来是一句诱人的口号
游牧者的劳动是战争，追逐水草是天性
奴役人如同役使畜生
发起一次战争像围猎一支兽群
但是南方却用一个宫女就解了围
用一曲幽怨的琵琶引去遍地铁骑

在南方水池里依旧游动着红鲤
亭台畔假山旁青翠的竹林不生荒草
凭一江天险守富庶的和平

等五十年后冲动的马蹄又叩响长城
三千年不息的内战证明这版图的偏心
——偌大的中国东南倾斜而失去平衡[1]

周涛接着说：

我，中原文化一脉相传的嫡亲，同时又是天山山麓的游牧人的养子，当我丧失了狭隘的民族立场，我是多么自由又是多么痛苦啊……[2]

昌耀是这样写的：

一百头雄牛低悬的睾丸阴囊投影大地
一百头雄牛低悬的睾丸阴囊垂布天宇
午夜，一百种雄性荷尔蒙穆穆地渗透泥土
血洒一样悲壮。[3]

---

1 杨牧等著，郑兴富等编：《边塞三人集》，新疆人民出版社 1993 年版，第 287 页。

2 周涛：《游牧长城》，作家出版社 1992 年版，第 10 页。

3 昌耀：《命运之书——昌耀四十年诗作精品》，青海人民出版社 1994 年版，第 168 页。

这里，自然的暗示与诗人的心态取向互相纠绕、较量而又亲昵相偎。诗人极端的抒写甚至造成了感觉上的痛楚。

牛王沉默
牛王其实默然无语
牛王默默地倾听大地的城
听到了世纪初的强鼓动
大地在鼓动中起伏，趋向邈远、寥廓……静穆。[1]

西部文学至少在它的肇始期，在它起初的几个代表性的人物身上，有一种顺势的强调，有一种突出男性话语的努力，而且，也应该说是成功的和有价值的。因为它的经验是充实的而非虚伪和造作的，它是自然和健康的而非文饰和表演的，它是质朴和原创的而非时髦和跟风的。但是，后来不断的复制和赝品的混入，使人感到乏味和无力，强刺激的维持要靠更强刺激加入，暗中的鼓励变成恶作剧。它逐渐“空壳化”，逐渐失去热力而有机械的冷漠与重复；它逐渐变成一种策略、一种手段、一种包装、一种无聊而空虚的东西，使人讨厌、腻歪。

1　昌耀：《命运之书——昌耀四十年诗作精品》，青海人民出版社 1994 年版，第 168 页。

西部文学的发展正经历“性别神话”的消退期，“好色之徒”突然变得开始爱惜自己的身体，时间开始显示它的严厉和无情，它羞愧于往日的“纵欲过度”和“用力过度”，它的腰板酸疼、额间爬上细纹，它开始“用心写作”而不是靠“肌肉运动”。性别当然是有价值的，不仅在物理，也在美学和诗意，在文化观念和意识形态，在我们内心和对身体的看法。西部文学曾经流行的“性别写作”，表达一种行动的能力和结构取势，它源于对落后的焦灼和潜意识的自卑心态，源于对弱小生存和粗鄙生活的创造力冲动，源于阉割恐惧和确立“自我”，它可能是草率的、鲁莽的、即兴的和粗疏的，但并不是可笑的、可鄙的，相反，它有一种讨人喜欢的劲头，有青春活力在里面。西部文学一个时期的性别写作始终受到两种观念的控制：理性主义（或理想主义的浪漫热情）与原始主义（或野性主义的非理性扩张），前者在极度时期失之于贫乏和直白，失之于简单和虚泛，后者在极度时期失之于混乱、怪诞、搜野寻奇、缺乏可信性和说服力。当它们共同被强调成“放之四海而皆准”的写作原则时不过是在表明：想要如此，而非已经真实的、确凿的如此。性别神话的消退和回归几乎是必然的，人，维持不了那么长时间的冲动，文学亦是如此。这种由“肌肉”到“灵魂”叙述态度的转变，虽以丧失“自然的性征”为代价，但却赢得人的、人文和人性的立场，无疑是极富价值和深度的。

另一个时常为人所诟病的话题是西部文学的“现代性”的问题，这里面不能不说包容着某种正确性和合理性。当它是针对一度存在的力量型选手、针对不同范围内的自然狂热和“性别展示”、针对逼近原始主义的“野性大合唱”时，是适应的，不乏发现的眼光；当它作为普遍的评价时，则需要考虑其存在的立场的性质与状态。如果你所理解的“现代性”仅仅是一种世俗化的表征，或者开放程度与物质规模、水平，如果你所理解的“现代性”是时髦的亚文化潮流、舶来的生活方式和时尚消费，或者某种城市人的困惑、无力感、疲惫、失眠，那么，在这块区域生长的文学的确缺乏如此的含量——这是没有办法的事，人们只能面对现实提出的问题，而无法热衷于一些虚构的但同样重要的问题。东西部的落差不仅是物质的形态，还有心灵学的含义，“现代性”并不是一个可以均匀分布、平均播插的观念，如同“现代性”本身是一个模糊的、粗估的、可以感觉却很难定量的问题一样，它有各式各样的表现形态。张贤亮的《习惯死亡》也许可算某些文评家心里的“现代性”、“后现代性”、“畸形的、肿瘤般的现代性”，但无论“他”与怎样肤色的女人从事动物式的生理勾当，“他”脑中过电影般地闪动的仍是他在西部的“苦役场”中的生活情景。张承志的“穷人的宗教”“哲合忍耶”不现代吗？他爆发的怒不可遏的批判欲念在质地上也肯定不同于市民小说或沪上文人人文精神重建的惯性思路——这种差别是存在的制约，而非某种“公用理论”的控制。周涛的《读〈古诗源〉》不“现代性”？杨争光别具一格的小说构造不“现代性”？杨志军的

《大悲原》不“现代性”？陆天明的《泥日》不“现代性”？贾平凹的《废都》甚至被断定为“世纪末情绪”呢，张弛、赵光鸣、叶舟、马丽华、时培华、王观胜不“现代性”？存在的差别不能成为某种立场的当然拥有者，现代性不是一个可以垄断的概念：以为只有新生活、新思潮、新市民、新文化最先登陆的地方才有资格谈这个问题。这里面不是有一种文化霸权的味道吗？不是混杂着某种优越的自得和傲慢与偏见吗？特别是把这种势力和对西学的献媚态度结合起来，反可以看出一种特别“不现代”的味道来。严格地说，“现代”或“现代性”是一种无法摆脱的元素，它与存在的尺度相一致。在一个南太平洋小岛上的土著人看来，白人游客遗落的饮料瓶或遮阳帽是“现代性”的，但金发碧眼的人类学者可能会从土人曲里拐弯的发音中找到先锋和超前的概括力度呢——也许一方将要丢弃的东西正是另一方追求不得的东西，丢弃者以为追求者为“现代性”，而追求者却把实际的牙慧当作梦中的宝贝呢？文学的现代性，干脆是一个不要讨论的话题，这里面存有太多的歧义和误解，认识一种立场只有在你真实地从存在上拥有它时才可以理解——理解失去的东西和现存的东西的关系。在此之前，只能是群岛上的对话。

1998年定稿

西部：偏远省份的文学写作

影响的焦虑

哈罗德·布鲁姆在其《影响的焦虑》一书中，引述了马尔罗的一句话：

每一个年轻人的心都是一块墓地，上边铭刻一千位已故艺术家的姓名。但其中有正式户口的仅仅是少数强有力的而且是水火不相容的鬼魂。[1]

---

1 ［美］哈罗德·布鲁姆：《影响的焦虑》，徐文博译，生活·读书·新知三联书店 1989 年版，第 26 页。

哈罗德·布鲁姆用五种“修正比”来表明文学写作这条漫长血脉上大家族里后辈对前代人艺术影响的反抗形式：“克里纳门”（偏移）、“苔瑟拉”（续完和对偶）、“克诺西斯”（粉碎它物）、“魔鬼化”（逆崇高或解魅）、“阿斯克西斯”（死者的回归）。[1]“修正比”是哈罗德·布鲁姆从弗洛伊德那里借来并改换的一个词，意即“修正的里比多”——修正的冲动。这册书详细地讨论了上代的文学典范对后代人创作上的压抑，以及这种压抑下的修正、反抗与突破。这本将才华、奇谈和无端推测杂糅一处的著作，可以为我们观察当代西部偏僻省份的文学写作的某些情况提供一些在我看来至少是有益的启示，尽管我不相信代际之间的、连续性的文学写作的关系真的如他所描述的那样，是这么的严峻、紧张，充满对抗、阴谋与颠覆，但至少这种看法是对那种艰难困苦然而总的说来在大师与新人的关系上风和日丽、温情脉脉的发展观的一种补充。就偏僻省份的文学写作而言，我们当然可以在拉开距离的情况下（这是否也是“影响的焦虑”呢？），讨论一下类似的话题，比如这种类于严父般的情况也可以用来隐喻中心化的写作与偏僻省份的文学写作的关系，等等。

在我们这样一个历史悠久、传统深厚、幅员辽阔的国度里，政治、经

---

1 ［美］哈罗德·布鲁姆：《影响的焦虑》，徐文博译，生活·读书·新知三联书店 1989 年版，第 13—14 页。

济、文化的分布是这样的不平衡，几乎没有对称性。在历史上，经济、文化、商业、军事等等的社会重心经历了一个从西（陕西，特别是西安）向东（京、津）再向南（沪、宁、穗）的转移，新中国成立后当然又有新的调整与分布。但总的说来，中国社会是一种纵深型的结构，这是没有异议的。当一部分城市人为子女的肥胖症而焦虑的时候，还有相当一部分偏远地区的儿童可能因营养不足而发育不良。同样是中国的“小皇帝”，一部分孩子正逃离钢琴，另一部分孩子则可能因很小的经济原因而上不起学。我们这个国家实在是太大了，但比起内部发展上的差别而言，这种“大”的概念又几乎可以放大许多倍，要完整地了解它的细节几乎需要惊人的洞察力，泛泛地概括没有实际的意义——每一种简单的归纳都可以导致几何倍数的相反归纳，而且这也仅是就物质、经济的指数而言的。如果说到心理的和认知的状况，可能更为复杂。在今天，即使是处在大致相同的环境内，比如同一座城市或同一个家庭，人们所使用的概念也是如此的不同。一家之中，父母认为非常重要、牢固可靠的观念，可能根本不在他们心爱的子女的考虑范围之内，而父母几乎从来没有认真想过的东西，他们的子女可能早已按这种想法习以为常地生活着。你可能从没有去过高档的夜总会、歌厅，但有些人——不是一个、两个，而是一支有相当规模的小群体——早已离不开那个灯红酒绿的欢乐窝了（不要忘记，这种反差是在我们打破平均主义才仅仅十几年的时间内发生的，因此也显得格外醒目）。

我们只能在想象中了解对方，即使住在同一个单元，我们也只能眺望。如果处在一个完全透明或完全不透明的环境里，影响的焦虑还不至于这么严重，关键是目前这种半透明状态，我们似乎看到了什么、感觉到了什么，又不完全清晰、不完全了解，好像一架焦距不对、镜片配错的单筒望远镜，那才真是焦虑万分呢。

说到“影响的焦虑”，在今天这个特定的时刻，中国的作家们所面临的首先是职业的焦虑——如果写作也可以算作一项职业的话。本雅明曾把波德莱尔时期的作家们——当然指的是他所认定的穷困潦倒而不识时务地挽留传统习性的作家们——称为拾荒者、波希米亚人和游手好闲者。

一个拾垃圾的不会是波希米亚人的一部分。但每一个属于波希米亚人的人，从文学家到职业密谋家，都可以在拾垃圾的身上看到自己的影子。他们都或多或少地处在一种反抗社会的低贱地位上，并或多或少地过着一种朝不保夕的生活。在适当的时候，拾垃圾的会同情那些动摇着这个社会的根基的人们。他在他的梦中不是孤独的，他有许多同志相伴，他们同样浑身散发出难闻的气味，同样尸冷战场。他的胡子垂着像一面破旧的旗帜。[1]

---

1 ［德］本雅明：《发达资本主义时代的抒情诗人：论波德莱尔》，张旭东、魏文生译，生活·读书·新知三联书店1989年版，第38页。

发达资本主义时期的抒情诗人，失去了伯爵和贵夫人这一传统的“艺术保护人”的庇护，已经从过去的精神贵族的位置上跌落下来，进入漫长的失意时代，如同珠光宝气的工业社会内部的废墟，留下一份忧郁的和伤感主义的遗产。他们中的一部分加入文化工业的行列，加入专栏作家、广告人、通俗文艺生产、出卖影视剧本、撰写流行歌词等热门市场中的文学交易中（波德莱尔所言的“为钱而干的缪斯”），“这些作品轻松自如的描写风格，投合在柏油马路上拾拣花草的游手好闲者的风格”[1]，但无论是哪一种人，都在事实上被呼啸而来的机器冲击到社会的边缘，成了真正的闲人和多余者。我们今天的情况和19世纪中叶的巴黎当然不同，尽管在现象上有一定的相似之处。我们的文人一向是被“养”起来的（据说专业作家制度在今天只存于中国和朝鲜），他们在经济上远没有跌落到社会的最底层，不要说与大部分农村里的农民相比较，即使与城市里的工人、机关里的小职员和大量事业单位里的工作人员相比较，如果说不是更优裕一些的话，至少也不会更差。在这个基本事实的判断上，许多文人一脸悲切地“诉苦”是一种夸张的文学风格。其实即使与他们自己的过去相比较，也决不是变得更坏。那么，这种普遍的职业感情的失落的背后包含了些什么

1 ［德］本雅明：《发达资本主义时代的抒情诗人：论波德莱尔》，张旭东、魏文生译，生活·读书·新知三联书店1989年版，第54页。

内容呢？主要是两个方面：一是这个社会有了“先富起来”的一群，这个小群体在十二亿人当中在统计学上简直不成比例，但在社会学上却有着非凡的能量。它使相当一部分人感到生活还不如意，特别是对于一向感觉良好、习惯于把自己凌驾于大家之上、敏感自尊而又自视甚高的人而言，特别具有冲击力，使作家们处于强刺激的威胁与焦灼之中，感到自身生活的经济指数如雪地里的水银柱急速下降。二是因为在以经济为重心的社会里，特别是在市场喧嚣的窄街中，文人被摩肩接踵的人流推搡，疾速的物流使他们陷入惊慌，穷于应付扼杀了他们沉思中的美梦。他们头上的光环消失了，被“降格”在一个平等的位置上，不再是如过去那样长期处于社会的“发言席”和“代言人”的位置上。特别是回忆起 20 世纪 80 年代初期的文学轰动，今天的人们很容易把非常的情况当作长期的适用性加以期待。这样一种物质的和心理的因素，造成对写作职业的严重焦虑，使文人队伍迅速分化。有关文人下海的沸沸扬扬的话题始终停留在“话语”阶段，成为文学故事的一个“情节”：我要下海了！我就要下海了！！我真的要下海了！！当这种焦虑之中的“要挟”丧失了它的悬念性质之后，就平息为既定的按部就班。一部分人在绝望地述说了大堆的理由之后战战兢兢地“下海”了，其实果真下海者并不多。当时的一个字眼很有意思：“逼良为娼。”在这个字眼里，潜含着这样一个判断：除了为文之外，外部世界是不洁的。这种扭捏作态之中很难说不包含封建的心态。另一部分人迅速领悟新形势的实质，马上和大众传媒联姻，左搂右抱地闯进专栏作家的行列，或杀向影视圈，在真正的制作速度中赶制着肥皂剧，文学市场从无到有，“他们像游手好闲之徒逛进市场，似乎只为四处瞧瞧，实际上却是想找一个买主”[1]。正是在这个背景之中，我们有了人文精神的大讨论，有了关于“抵抗”和“投降”的说法，甚至有了更极端的对大众和当代的抱怨与敌意或者表情下作的谄媚。

对于偏僻省份的文学写作而言，这种职业的焦虑也是同样存在的。理论上讲，由于地区差距这个重要因素，焦灼的压力应该更大一些，但是由于环境的封闭和商品化程度的相对不足，情况反而要好一点。在这里，“次一等”的存在反而使写作职业保持了尚未褪尽的余晖，因为它从来也没有像中心地区那样曾经辉煌过。当然，写作队伍的分化也是存在的，一部分人向京畿和沿海地区流失，在这个现象背后，更多的因素是为寻找更好的发展机会，如同许多自认为既有样子也有嗓子的青年男女流窜北京和广州一样，去那里是为了摆脱缓慢的自然的成长过程，找到一个加速的、人工的“孵化器”——但求速荣速死。这样，在北京和广州就形成了一支真正的流浪作家队伍。他们更像是本雅明所言的游手好闲者、波希米亚人

1 ［德］本雅明：《发达资本主义时代的抒情诗人：论波德莱尔》，张旭东、魏文生译，生活·读书·新知三联书店 1989 年版，第 51 页。

和大城市的“拾荒者”：租居于低矮狭小的四合院民房里，白天流窜于各类严肃或通俗的文艺、生活类报刊所在地，偶然作为补充的力量混迹于当地人组织的沙龙，在城市居民酣沉睡乡时孤寂地操持自己的行当，“仔细地审查纵欲的编年史，挥霍的日积月累”[1]。在一些偏僻省份的中等城市里，也或多或少地聚集着一支流浪的队伍，他们是从更偏僻的小城和乡镇出来的，如同建筑工地上的打工者、街巷里的修鞋人、秋天田野里的“麦客”，是一支真正的“游牧者”。他们白天为报纸打工，是受人尊敬的“无冕之王”，不知底细的人很难看出他们与正式人员的区别，在夜晚他们则继续开始已经中断的写作。他们在远方有一个真正的家，那里还存放着他们过去的东西，包括户口、档案、工资关系。但他们已经无法回去了，既然已经待在了城里，乡村就再也无法忍受。他们离家出走，进入市场，第一个企图是为自己确定一个方向——生存策略在这里高于对缪斯的忠诚。这里的一切对他们来说如同“西洋景”，他们如同长期滞留在这里的观光客，始终停留在表层，在拥挤不堪的人流里“张望”，“张望”决定了他们的思维方式和意识形态。新的环境中断了写作者以往的写作，但对这些真正的“波希米亚人”来说，写作是中断之后的再次中断，是众多“张望者”之

1 ［德］本雅明：《发达资本主义时代的抒情诗人：论波德莱尔》，张旭东、魏文生译，生活·读书·新知三联书店1989年版，第9页。

中最为严重的“张望者”——他们无法回到过去，但未来也不见得有可靠的指望，他们浮于半空，无法得到安宁的沉思，他们生存的节奏由无数根无形的小绳操纵着，如同一个傀儡，停下来就意味着散架和收进木箱。他们也无法拥有自己的体验，是“体验的无能者”，在当代浮光掠影的生活中，他们最为典型。在两百多年的历史中，机器造成的类同化生活抽空了作家们所要求的细腻的个人体验，使得回忆和寓言类性质的作品更容易成为经典：如普鲁斯特的《追忆似水年华》、艾略特的《荒原》、福克纳的《喧哗与骚动》、卡夫卡的《变形记》、马尔克斯的《百年孤独》，等等。在当代中国文学中，后新时期文学写作中“新历史主义”的流行似乎也预示着体验的缺失。如苏童的《妻妾成群》《米》《我的帝王生涯》、“红粉”系列，余华的《在细雨中呼喊》《活着》，残雪的小说，北村的“××者说”系列，莫言的“红高粱”系列、《丰乳肥臀》，贾平凹的《废都》，张承志的《心灵史》，韩少功的《爸爸爸》，王安忆的《小鲍庄》《纪实与虚构》，等等，在更新一些的小说家中，像海男、韩东、毕飞宇、鲁羊等，也表现出这一点，那种透明、恍惚、心不在焉、飘忽即逝的“拣拾花草”的风格，表明体验的社会物质基础流失得相当严重。

万有引力之虹

我越来越相信这样一种见解：知识、权力、金钱、职业、名誉、爱情等等这样一些看起来十分重要、值得人用一辈子去追求的东西，其实并不能真正改变一个人的个性、心灵状态和他原来的形象——这些东西至多能起到一种修饰、遮掩的作用。使一个人成为这个样子，而非他本人愿望和周围环境所要求的那种样子的神秘力量，其实就是他的经历——特别是童年、少年和青年时期的经历。一个人 20 岁以后就难有朋友了——我所说的朋友是那种一同分享生命的秘密、渗入骨髓、后半夜突然醒来在心底浮现又烛焰般隐去的面孔。你是什么时候定型的，如同一个热铁块从橘黄色变得暗红再变得冰冷灰暗，再也渗不进一点东西。你的过程就在此时似乎已经中断了，你的内部已经塞满了无法理清的各种东西，环境再也无法从根本上改变你，之后的一切作用只能使你看起来像那么回事。

现在的生活性质的迅速变化，已经使“过去”有世纪之遥，好像一棵大树被连根拔起，我们已经中断了和记忆、经验及经历的联系。这使我们看起来像自己的“外乡人”，被定义为两个不相同的部分，一半沉睡于黑暗的往事，一半被密密麻麻的人潮裹挟而去。“深处是人群”，人群成为最后的“家”，成为最后的“庇护所”，只有在人群中我们才感到安全。对于西部偏僻省份而言，人群仿佛是溃散后越来越稀少的那种样子，在更偏僻的乡村，人终于裸露出来，这远方流放者充满命运感的过去，还使自己保持了一个大致连续的过程，不至于被外力一刀斩断。这种基本经验的区别，使偏僻的西部省份的文学写作在风格和性质上，明显与大国的中心地区和沿海地区拉开距离。比如那种现代派、先锋小说、新历史主义、新感觉与新体验以及新状态、后现代等等，从来没有在这里形成风气、占据主流。马克思所言的经济基础与上层建筑的关系，在这里也可以变通为生活方式和文学写作的关系，而文学写作上的某些差别，当然也与生活方式上的差别有关系，尽管这仅仅是一个侧面。

韩少功在《夜行者梦语》中说：

> 蹩脚的理论家最常见的错误，就是不懂得哲学差不多不是研究出来的，而是从生命深处涌现出来的。[1]

其实，这句话用在文学写作上更贴切一些。一个作家、诗人、散文家，无论他多么伟大，写出了多少传世之作，一旦你熟悉了他的身世、他的生长环境，你就会隐隐地形成这样一种看法：似乎已经可以模模糊糊地感觉到他的发展极限。他不可能完全超出你的意料之外，他的潜力、他的

1　韩少功:《夜行者梦语——韩少功随笔》，知识出版社 1994 年版，第 104 页。

作品只能出现在怎样一个大致的范围之内，好像亦为你所掌握。这种经验常常使人们低估我们所熟悉的作家和作品，而对域外的作家和作品又不惜激赏之词。越是对于偏僻省份的文学写作，这种情况就越是明显。个人之间经历、体验的差别是个深刻的秘密，其原因多到无以复加，但群体之间的这种差别则主要与生存环境有关，区别生存环境有多种方法，但地域的划分无疑是非常简便的。个人经验作为影响文学写作的最重要的因素，当然与地域有关。沈从文尽管在他开始文学写作的大部分时间里，一直处在大国核心的文人圈和政治文化中心区域，但他在文学写作的工作内部，却生活在与此相反的往事与经验之中，你也可以说他的心灵从没有离开湘西凤凰城那个边远偏僻的小镇，鲁迅等其他伟大的作家们也大致如此。一个人“文学的出身”往往与他后来在文学上的地位构成如此有趣的对比，他们的“血地”是这样的荒僻，他们的文学又是这样的繁华。他们身处于闹市有显赫的名声，但内心安居于经验的黑暗之中，如同远方的穷乡僻壤，在更加低矮的生活之中一点点销蚀。

在一个发展极不平衡的大国的文学中，我们可以发现一种类似于植物群落的垂直分布，各地生活性质的千差万别，使得空间也具有了时间上的特性，人们仿佛是在不同的时间写作，语言的性质、风俗与习惯、个性与概念是这样的不同，像是不同年代（时代）的伏案者被可笑地安排在同一个考场。一些作者在苦苦思考并揭示现代人精神、情感与心理的困惑的时候，另一些人把最简陋的生存苦难和盘托出。当张欣把都市白领丽人的心理梦境惟妙惟肖地叙述出来的时候，这一“中产阶级”的叙述语境当然与西部偏僻省份的写作有很大不同。张欣小说的背后是那座被称为“窗口”的城市，那座城市在今天普通人的心目中已经成为一个语义混乱的象征。无数的知识者、淘金客、打工者、浓妆艳抹的女人和机会主义者涌向那里，十余年的大众传媒、参观学习和千奇百怪的小道消息为它编织出复杂的色彩：改革开放的前哨与实验区、未来的表征、富人与流浪汉聚集的地方、物欲和色情的符号、现行体制和观念的临界点、各种新花样的带头羊、消费主义的小伙计……这一切勾起了今天依然封闭但开始转型的人们的强烈的窥视欲。一个消息接着一个消息，一个判断推翻另一个判断，越是搞不清楚就越是要看个究竟。它的今天可能是我们的明天，这种直接的实证关系使得它变成巨大的信息源，随便在路上捉住一个人，他都可能滔滔不绝地说出关于那座城市亦真亦幻的传闻，尽管他可能从未去过那里，尽管他可能说不出父母的生辰八字。在这样一个时刻，张欣出场了，我们迎来了一位权威的、“在场”的说话人。张欣小说的语境有着“中产阶级”的合理性，在人们今天的心态下，它显得是那么可靠和值得信赖的：不乖张、不恶俗、不提供煽情性的言辞和血淋淋的描述。她的小说强烈地显示着“中产阶级”的“身份”特点，有着那种讨人喜欢的诚实、可靠和不慌不忙，有着一种闲适、优裕和教养在里面，似乎有不薄不厚的“物质基础”在为这种品牌化的信誉作保障：“你可以信任这一切，我不想失掉什么，我过得挺好。”这种适度的满足感、宽厚劲和得意神情与那个正在上升的阶层一样，有一种“向前性”。一般而言，张欣小说中的人物没有什么大问题，他们是这个环境的主体和主人，已经站稳了脚跟，是一群既得利益者。他们是有机会、有技能的专业人士，在生存、家庭、职业、灵魂等方面没有什么大问题，在这个动荡的环境里，这一切是多么不容易呀。当然他们也有一些小麻烦：与老板的关系、感情上的小纠缠、在物质的泥坑里挣扎得太久有点心理上的疲惫，等等。他们不是沦落他乡的打工者，不是明火执仗或若隐若现的黑道“商人”，尽管他们谙熟获取暴利的各式各样的法门。他们是一群走运的人，对目前的一切感到满意，所讲求的只是一种舒适度，是大局落定后的小调整。这种“中产阶级”的都市梦境与西部小说的人文性质有很大不同，几乎没有可比性，它们在语言的性质、涉及的问题、文化类型、作品的概念、经验与个性等方面都像是不同时间的写作。

找一个与此相反的极端的例子，比如马丽华的长篇纪实散文《藏北游历》《西行阿里》和《灵魂像风》与张欣小说的差别就是非常巨大的。相同之处在于，广州也好，西藏也好，对于大多数中国人来说都是神秘的，尽管这是方向相反的神秘，一个因为发达，一个因为原始，处在大国的两极，因而对于大多数中国人来说都有一种窥视的欲望。这两者都有一种不清晰的效果，但原因也刚好相反，人们对广州感到眼花缭乱、说法不一是因为器物层、观念层、体制层的变化太迅疾，或者说是由于新，由于信息过于密集，如同眼前疾驰而过的物体，反而有一种朦胧感，而西藏的不清晰则是由于消息和交流的缺乏，因为其“旧”、其原始，但这二者无疑都是非常诱人的地名符码。马丽华在《藏北游历》中写道：

你若打听一个山名或湖名，被问者立即又搭上一个传说，即使对于刚刚发生的事，人们也多凭想象说话，真是感情用事。那些古代的、当代的神话劈头盖脸而来，令人应接不暇。结果使你都怀疑自己是否真实存在，是否传说。[1]

稍微深入一下藏北，便会强烈地感到这里并存着两个世界：现实的物质世界和非现实、超现实的精神世界。在后一个世界里，至今仍活跃着不亚于人间的种群、神鬼、半神半人、半魔半人、水底生物……也争斗也杀戮，也爱情也生育，高尚的、卑微的、冷漠的、哀怨的……总之凡人间所可能有的全部情绪。[2]

1　马丽华：《走过西藏》，作家出版社 1994 年版，第 37 页。

2　马丽华：《走过西藏》，作家出版社 1994 年版，第 37 页。

这个民族的精神领域永远值得惊异地注视。那些非此地莫属的心理素质、思维方式和表达方式如此地引人入胜。人们注意到甚至在那些正史和学术著作里他们也是如此这般煞有介事地胡言乱语——史实与神话混为一谈、科学与荒诞水乳交融、客观现实与主观臆想相得益彰……读藏族一本正宗史书，也如读马尔克斯。[1]

从这种对比中我们可以看到，东南沿海和西部中国的两种不同的关于“真实”的概念：在张欣小说的主人公内心的情感与心理波澜中，在故事和情节的每一条细缝里，在词的内部，都有“物”的痕迹，都经过“物”的装饰。“物”才是最有说服力的潜台词，人物的关系、故事的发展、内在的逻辑、合理性的说明，都有“物”的参与、注释和“在场”的证明。“成功是一个现代人得以拯救的外在标志”，公司的经理、高级职员、形形色色生活稳定有钱又有闲的“中产阶级”主人公们，他们出现在小说里的身份，都经过“物”的佐证。“商业册封贵族”，这些经过市场洗礼而成精的人物，他们所操纵的财富之中凝聚着他们全部的故事、经验、态度、情感与心情。宝时捷车、龙虾、路易十三酒、豪华歌厅、摩托罗拉的手机、名贵服饰等等，这些东西是这样熨帖地渗透到皮肤里，赋予他们在这个社

1 马丽华:《走过西藏》，作家出版社 1994 年版，第 139—140 页。

会里一种特别醒目的真实性——成为人们注视和羡慕的中心。而在西藏，充沛的想象力是一种真实，人与自然的神秘接触是一种真实，宗教和心灵是一种真实，贫困而不自知是一种真实，等身距的转山与长头是一种真实。想象与通灵的能力可能是个人身份的一种有效的证明，那种过于炫目的生命感性才能使一个人在这种环境里流光溢彩，成为这个精神群体的聚焦点。

马丽华和张欣同为女作家，她们的差别不在语言风格上的不同，而是语境上的根本差异，是文本之外的"上下文"处于两种不同的时空里。这都是我们所需要的，两种相反的经验，两种不同的文学的"血地"。那片高原的真实，不管是以马丽华纪实风格的散文反映出来，还是以马原的"叙述圈套"反映出来，都是一样的。马丽华在《走过西藏》一书的序文中写道：

我是一个怎样的形象呢？是一个逗留得太久，热情也持续得太久的行吟诗人吧，是一个喜欢张望人家的生活情景、喜欢打探人家的人生之秘的好奇的旅人吧。[1]

1 马丽华:《走过西藏》，作家出版社 1994 年版，第 1 页。

马丽华是“滞留的观光者”，是以一种“他者”的心情来描述这里的一切，在体验上有一种人为的主动性，但即使这样她也抓住了这块偏僻地区的主要的东西，马原的小说对这里的一切进行了成功的改写。促成马原“叙述圈套”得以完成的隐秘，来源于对这里“真实性”范畴的深入思考。他的一个又一个叙述的迷阵，让人想起埃舍尔的奇怪的构画、哥德尔神秘的编码和巴赫音乐中的“卡农”。如果说在马丽华那里，奇妙的边地体验是以粗糙的然而更直接更强烈的纪实方式表现出来，那么在马原那里，体验已经被智慧篡改，因而显得更精致、更复杂一些：他的小说人物已经与当地土著没有多大关系，他的故事发生在拉萨的“波希米亚”式的汉人中间——他使他们当地化，使他们变成“在场”的见证人。马原在一部小说的创作谈中仔细地讲了一个表面看来扑朔迷离的故事：一个关于野人的半信半疑的传说，被想象夸大，又被想象吞噬，连一点骨头都没有留下。奇怪的是所有参与这个故事“制作”的老实人都以一种自然的、若无其事的、完全具有日常生活的那种漫不经心的语调重现出来，而事后又以同样的方式加以否认，或者准确地说是遗忘。马原小说的技术形态在西部小说中是个例外，但这种例外似乎也和内地泛滥的技术主义相区别，在马原那里，形式中的体验性是那么强烈和直接，是从内心产生、涌现出来的。

偏僻省份的文学写作与大国中心区域和沿海地区的文学写作的差异，从创作者的情况看，就在生存体验上的差异。思想、观念、知识、体系、学问等等可以通过学习、借鉴、交流而获得，可以像钱币那样流通，像流疫那样传染，但体验无法偷换、抹杀和替代，而且无法重复和模仿。关于体验、经历和感受，如同弯曲的空间，如同万有引力，如同绚烂的极光，折射出自身生命的存在方向。在这里，大国经济、文化发展的不平衡性使得偏僻省份的文学写作有了另一种情状。无论从哪个方面看，偏僻省份的文学写作者都像是时间上的移民，处在人们所熟悉的环境之外，被置放在这册漫长巨著的末页。这真是一次耐心和毅力的考验，先入为主在所难免，书的封面、标题与目录不会有丝毫的暗示，它们甚至不是正文，仅仅作为注释而存在，是被省略和简化的一部分，有待确证和辨认。

沉闷忧郁中的写作者

一个第三世界或发展中国家已经像是这个世界的“边疆省份”，在这个“边疆省份”里，汉语这个突兀的表征使这个国家的文化保持了强烈然而神秘的个性，同时也时常生发关于汉语的、不为外界所知的严重焦虑。方块字，这个鲜明的徽章和符记，使人人都知道它，人人又不能完全弄懂它，它有多么公开就有多么神秘，它几乎是世上最难的文字，也是世上最有个性的文字，它最简单也最复杂，它可能是这个民族最内在的一个特征，没有哪一种文字像它这样完整地体量了一种文化。

在今天，那种渴望“走出去”的想法使写作中的语言选择变成绝望的抵抗。这些年来对诺贝尔文学奖的持续性议论正说明这一点：对母语的焦虑，对国力的认识，对强势文化的羡慕与忌恨。撇开这些不谈，我们可以看到，在这个“边疆省份”的边疆省份里，也面临类似的情况。边疆省份，并不仅仅是指沿边地区，在今天它的真实含义压缩在这样一个范围内：你左边是一个穷省，翻过国界，你的右边是一个穷国，你的上下左右都是一些穷邻居。这种区分是重要的，“沿海”在今天被单独从“边疆”这个词中剔出来，沿海是开放政策的前沿，是“窗口”和“焦点”，是“活力”和“繁荣”的代名词。而边疆是隐匿的、神秘的、被动的、向后的，被认为是荒疏和空白之地，缺乏册封的能力和自我确证的基础，处在极度的影响的焦虑之中。写作是已经开始的写作，上溯久远的、以各种文字显现的大师们的作品，如同挥之不去的亡灵，吸食新人的魂魄，使他们在重复中变成侏儒。优先权的丧失，漫长积累的文化规则，使他们如同失去法术的萨满，再也无法和缪斯直接见面。他们被判定为事先经历了神秘的剥夺的后来者，预言和想象的能力已经大打折扣，只能在给定的道路上左突右冲，只有很少的强者能够成为新时代的巨人。对于偏僻省份的文学写作，写作是已经开始的写作的写作，他们不仅受到久远亡灵的吸食，在通往缪斯的道路上，他们还要遭受文化中心这一“遮护天使”的无形的狙击。

“中心”是我们知道的那种地方，“中心”的一切都被允诺以“全国性”的名义来冠称，它的传媒、杂志、活动、花絮、人物都似乎是“超重量级”的，都像是有着全国式的代表性和正统性——尽管很可能那里聚集着许多三脚猫式的人物和把戏。当然，更严重的是它对已有成绩的放大作用，在传媒资源有限和相对恒定的时间内，这种几乎不加限制地贪婪占用已经构成一种对偏僻省份文学写作的剥夺，特别是在一个刚刚进入传媒时代的国度，一边是沉默，是受众，另一边是音质很杂但音量很大的“说话者”，信息的散出并未经过有效的过滤。

近水楼台先得月，对资格的认定已失去公正，仿佛是谁离“话筒”最近谁就拥有更大的权威。这些人已经习惯了这个宝贝，如同安慰孩子的奶嘴，已经构成一道密密麻麻的“遮护天使”，不许别人靠近。这种沙文作风和霸权主义，已经成为对偏僻省份文学写作的遮蔽。你是一种有待证实、填充和肯定的假设，你不可能像了解人家那样要求人家也同样了解你，你只有踮起脚尖才能理解一个祖宗八辈居住在京畿之地的文坛阔少。不是这样吗？你是这里的一流似乎只能是这里的一流，而他即使是三流那也是全国的三流，也有理由在你房间里颐指气使。在这里，优先权是丧失后的再度丧失，不存在什么共享性的原则。

当然应该认为，最终的文学写作，作为终极的文学目标，写作从哪里、在何时开始都是平等的。在缪斯面前，起作用的是作者的素质、才华、能力、耐心和努力，与所处的地方和时间并没有决定性的关系。但这只是一种纯理论的状态，在世俗化的过程中，一些外在的东西反而变得更重要、更强大了。祖上的荫庇，与杂志社的人事关系，和大众传媒的亲疏，是否在一个被认为是文化中心的环境里等等，就变成很重要的因素了，它有时甚至构成写作策略中的一个相当主要的侧面。

文坛或文学，有了一种无意中被人操纵过的痕迹：它对一些身边的、可能并不重要的作品和人物恩宠有加、起劲奉迎，而对另一些身处僻远、默默苦干的优秀者却少有眷顾。这些没入历史荒野的珍宝，要到来世才可能得到公正的评定。这种情况使得偏僻省份的文学写作消失在一片沉闷忧郁的暗影中。在一个大国的文学里，有了一片这样的夜景：在中心区域和沿海地区，文学的星空如同无数星辰组成旋转燃烧的银河系，群星璀璨、相互辉映，炽热的光源和良好的反射能力，使得那里如同白昼。而在这个庞大的银河系外，在更为广阔、神秘的夜幕里，那些流落偏远的星子稀稀拉拉地点缀着，显得有些冷清。其实在这广阔的夜幕中，可能有更多的石头和火焰在运行，如果说在数量上不是更多的话，那也决不会更少，但他们是一群“哑存在”，是一群处在遗忘和隐匿中的倒霉蛋。

在我们这个大国内，过去的格局和传统的习惯是每个省都有大致差不多数量的文学刊物，它们每月都需要差不多同样数量的文学作品来填充，也就是说有大致相同数量的作者露面。这些年无论各地的经济状况如何，真正使刊物因经济原因而停刊的可以说是极少的，也就是说这种状况还要维持一段时间，五年？十年？十五年……具体发展到哪一步至少在目前是不清晰的。不过我想，市场法则在这里的完全运用恐怕很难。据说全国能自负盈亏的文学刊物目前还很少，印象中不会超过十家，而且大多集中在两三个中心城市，很难想象全国正式出版的纯文学期刊只有这几家的情况真正出现。纯文学书籍的出版情况也大致如此，出版之后能赚钱或持平的只是极少数，而且集中在为数不多的著名作家和著名出版社上，形势不容乐观，但也绝不是更悲观，而且根据读书人自身的体验，这些年来出版的纯文学书籍是激增的，至少要比80年代初期文学处于轰动之中的时候多得多。这是一种奇怪的现象，在文学的社会评价和社会地位一落千丈的时候，文学的生产不仅没有减少，反而更多、更广泛、更起劲了，文学的生产似乎并不完全受市场法则的调控，那只经济学上著名的看不见的手管不住这个逾规的精怪。

之所以拉拉杂杂说这些，是为了提供一个背景，说明偏僻省份的写作者在数量上的概念，是为了给人们提供一个这样的想象：在银河系的中心之外，密密麻麻地堆垒着数不清的沉闷忧郁中的石头。他们也如那些星光闪耀的人物一样，在稠人广众之中年复一年日复一日地埋头于孤独中的写作、思考，观察自己哪怕是一丁点的变化，如同那个背运过时的手艺匠人，看着货柜里琳琅满目的时髦商品而为自己后院里堆积如山的手工艺品心酸发愁。他们对世俗的前程已不存指望，他们越来越陈旧，也越来越勤奋，他们对缪斯还抱有不切实际的忠诚，他们没有别的技艺和出路，准备就这样过下去，真正应了那句老话：“只管耕耘，不问收获。”他们在日复一日的孤寂写作中离世界越来越远，他们看不清周围的环境，在不知不觉当中，他们成了这个环境中的陌生人，他们也无法左右自己在写作中的位置，在这一日益冷落的行当之中，仍然有新手不断加入，而且出手就不错，就赢得了他们一生才得到的掌声。他们正因空虚和心力衰竭而死亡，这无力的果实，这阴影中的命运，使他们的身份始终无法真正清晰起来，如同一些半成品，如同窑场的那些一片狼藉的没有烧透的砖头，不被重视和利用。在西部偏僻省份的写作中，的确有大量这样的“半成品”，他们一生勤奋，名声不大，作品多发表在一些不重要的刊物上，即使站在地方主义的立场上看，他们也容易被遗忘。在这个本来就机会稀少的偏僻环境里，他们与机会绝缘，过高过快的淘汰率和内地过于热闹的文事使他们显得更老、更旧、更加沉闷和忧郁。这种情况构成了偏僻省份文学写作中的一种普遍的、基调性的背景。我们可以把这种写作的性质定义为动荡时期内的“停滞的写作”。这为评论家们留下了牢固的印象，使他们很难再鼓起信心挖掘这种情况下真正有价值的作家和作品，所以也可以说，对偏僻省份文学写作的遮蔽首先来自自身，来自自身过于庞大的、笨重的辎重。

青年诗人刘亮程有一首名为《一生的麦地》的诗：

有人走过你一生的麦地
面影模糊　是你曾见过的某人
又像不是　早年的矮棚里
一条白狗含含糊糊
梦见你的脊背爬满绿虫
醒来他的狗皮不见了
大片黄熟的麦子洒落在地
没有人收割
生命是越摊越薄的麦垛
生命是一次解散
有人走过你的一生没遇到你
老鼠偷食你剩下的日子
一群红蚂蚁　打算用五年时间
搬空你后墙根的沙土
你得走了　村里有许多人卧床不起
许多人开始感到家不在这里
他们被自己的狗咬伤
在麦子快长熟时发现
种子错撒在别人的地里

自己的那片荒在野外
一个早晨你醒来四周已成空房子
人们在远迁的另一个村庄
注销你的名姓地址
而你还惦念着他们
扔下一生的麦地去远方寻问

年代那头的破墙下面
一个很像你的人
正结算你一生的收成
你要顺路去看看。离他不远
另一些人表情麻木
大捆大捆的麦子扔进火堆[1]

这首挺不错的诗，也可以用来隐喻西部偏僻省份的文学写作，甚至诗中流露的那种淡淡的情绪和味道都很相似，陈旧、忧郁、寂静、孤立、迷蒙，很实在、很琐碎、很日常化但又虚无缥缈、了无踪迹。

1　张功臣编:《边地快车》，新疆人民出版社 1994 年版，第 9 页。

新疆，特别是坐落在天山以北广大的山前平原中的村庄，是一种很有意思的人文景观。目前这片已经连为一体的耕地和房屋，在百年前还只是马帮驼队的驿站和游民们的乐园，最早在这里点燃生活的是沿着丝绸之路北道去的中原商人，这些疲惫不堪的跋涉者日出而行，日落后就在荒野中的羊圈、卵石小屋和芦苇棚中栖身，渐渐地，由职业的习惯应运而生的摊铺一个个出现后，一些规模不大的村庄也就在西部背景上定格了。[1]

刘亮程就生活在这样一些很荒僻、很不连贯的村子里，没有受过什么正规的教育和文学训练，他的文学创作还保留了一些直接体验的特点，他有些与世隔绝，落后、文化的稀少、交流的缺乏，又几乎造成一种原始的然而也是“无菌”的环境，仅仅由于不错的悟性和透彻的概括使他接近写作的本质。他没有离开那座村子，除了当乡农机管理员和种地之外，就是在白纸上写作，他的写作也像种田，意象、范围、节奏、心绪、语言、习气都像。他读书不多，但思考的精确和深度使他更像个乡村哲学家，也同样逼近一些要命的问题。他有一种偏僻之地写作者的焦虑，他感到一些危机、一些不便，过度的清闲、孤立、散漫和淡淡的绝望使他迷惑，他的想法变得很简单，就是要把自己的经验类型告诉大家：

---

1 张功臣编:《边地快车》，新疆人民出版社 1994 年版，第 3 页。

我像个特务
多少年来一直偷窥着村子
记下了许多重要的事情
却传递不出去
再过几年我和父亲一样彻底老掉了
外面的人还不知道我和我们村里发生的一切。[1]

在“停滞的写作”的背景里，在沉闷、忧郁的烟雾与气息当中，有许多这样的孤独的灵魂的辉光，他们因重重的遮蔽始终深陷在无法自拔、不为人知的偏僻之境，而没有为更为广大的人群所了解。对他们而言，这种缺乏联系，仿佛是孤立、自在的环境是要命的。他们仿佛是被动的，是一个“物”，是一片等待发现的寂静的风景。他们想冲出去，但这实在是太困难了，无数次的尝试后发现收效不大。当然，他们中的一些人会撑下来，以自己的实力和持续的努力来证实自己的价值，获得应有的重视。但是这种过度的孤寂已经变成对写作的毒害，使他们显得过于固定，很难再渗进另外的东西，同时也使他们变得更加内向、倔强、偏执而缺乏灵活的写作策略。由于地广人稀和缺乏联系，他们之间似乎也缺乏凝聚的力量，分散

1　张功臣编：《边地快车》，新疆人民出版社 1994 年版，第 52 页。

主义的各行其是，也使他们丧失了以群体和团队的优势来弥补这种不足的机会。

在西部偏僻省份的写作当中，也只有陕西凭借传统的文学地位和相对较好的地缘优势发动过几次像样的团队出击，如 1993 年、1994 年的“陕军东征”等等，更早一些的影响较大的“西部文学”或“新边塞诗”并不是一次“有组织”“有计划”的文学举动，至少开始不是如此，与其说他们在文学上互相影响，不如说他们的生活性质太有一种诗化的“一致性”，特别是当这种“一致性”体现在作品里时，写作风习和审美个性与当时的“朦胧诗”和渐兴的现代主义呈现出较大的反差，很容易地被理论家们概括出来，从而带有“策划”过的痕迹。当然，一哄而起的理论对“后来的写作者”肯定是有影响的，但我以为在这种影响当中，负面的东西更多一点，它激起了偏僻省份写作者前所未有的浮泛情绪，形成一种“口惠而实不至”的虚假繁荣。

在西部偏僻省份的文学写作当中，也有一些“成功之士”已经在全国产生了或大或小的影响，站稳了脚根。他们像寥寂星空里为数不多的星子，标志着一个特别的文学方位。尽管如此，他们也是被魔法固定在半空中的精怪：和与他们有同样水准的“内地人士”相比，他们的“活动半径”仍然很小，很少有大报记者光顾，很少参加全国性的活动，很少能有非常主动的出书机会，在各类评奖、出国和荣誉性的场面之中，他们基本处于不利的位置。他们中一部分是属于呕心沥血型的，文学的才能加苦干使之保有一份应得的领地，另一部分既有才能又有“经营意识”，只可惜鞭长莫及，事倍功半。在我们所说的话题当中，还有一些虽不生活在这里，但和这里大有干系，他们居于文化的中心，但如彗星一般，拖着长长的光焰，划过西部沉寂的天空，一度或者经常使这里亮如白昼，如张承志、陆天明、王蒙，还有大量的“大师”级的人物留给中国文坛或西部文坛一大堆周游西部后的“观光作品”。

这里，我们观察的范围主要是生活在这里的西部作家，但即使是这些已经“显山露水”或雷霆万钧的当地作家，也同样有着偏僻省份文学写作的艰难命运。比如青海的昌耀，尽管今天中国诗坛的正直之士已经深知他在新诗中的位置，但实际所给予的关注仍然是那样少。1995年，诗人自费印刷了自己的第二本诗集《命运之书》，邵燕祥在这本书的序文中不得不用这样一个似乎是介绍新人的怪题目《有个诗人叫昌耀》(这个题目使人想起一句流行歌词：“有个女孩名叫婉君”)：

有个诗人叫昌耀。他大半生居于青海，役于青海……昌耀是以自己的语言、韵律唱自己的歌的为数不多的诗人之一。关于昌耀的诗的评论，印象中却出奇地少……直到1986年，青海人民出版社才出版了《昌耀抒情诗集》，1988年增订再版。迄今为止，昌耀还是只曾出版过一本诗集的诗人……昌耀不是那种善于推销自己的人。他甘于寂寞，远离官场和尘世。[1]

昌耀的《慈航》一诗，至少可以说是没有得到足够评价和充分重视的作品。如果我们对这样的诗依然保持沉默而不给以应有的肯定，让岁月的尘垢掩没了它的艺术光彩，或者是在若干年之后再让人们重新发掘它，对于我们这一代人来说，起码不是一件光荣的事，或者应该说是一种批评的失职和审美的失误。[2]

昌耀先生的作品，如从1956年的《鹰雪牧人》算起，创作期已有32年了。他迄今只出版了一本诗集，即青海人民出版社1986年出版的《昌耀抒情诗集》，而关于他的评论研究也极为稀少……希望有更多的关注者，本着新诗事业这一更高的原则，切合作品实际地，予这位默然劳动的中国诗人以正直的评价……昌耀先生的诗歌作品是中国新诗运动里那些最主要的实绩和财富之一。目前这位大诗人并没有得到公正的认识和评价。但这些并不是主要的，早在“艺术”和“手艺”还用同一词汇来称谓的时候，

1　昌耀：《命运之书——昌耀四十年诗作精品》，青海人民出版1994年版，第1—2页。

2　叶橹：《杜鹃啼血与精卫填海——论昌耀的诗》，载昌耀《命运之书——昌耀四十年诗作精品》，青海人民出版社1994年版，第336页。

这一点就被诗歌的砍柴人和背柴人所懂得了。重要的是中国诗学和批评出现了判断力上的毛病：看不清创造。[1]

为了出版这本诗集，诗人倾其家存，有爱诗的朋友实在不忍心，曾携诗稿去京游说，寻找出版机会，但无获而归，令人心碎。在文字垃圾四处弥漫的今天，在一批批辉煌的书系和丛书不断出笼的今天，在一些名人、大家“洗扑克”一样把自己的零散作品出了又出的今天，留给真正的诗的出版机会却完全塞绝了，昌耀这个居于偏僻之地的倒霉鬼只能自己救自己。昌耀身上发生的一切，很典型地说明了偏僻省份文学写作的遭遇，而这，还是出现在一名有广泛影响的诗人身上，更遑论其他新锐了。

在这里，公正、道义、正派、艺术良心仍然显得那么缺乏，其实，难以理解的不是偏僻，而是对偏僻的无形的轻视和歧视。

共享性·遮护天使

写书是为了给人看的。一件事情只有在讲给别人听的时候才显得完

1 骆一禾、张扶：《太阳说，来，朝前走——评“一首长诗和三首短诗”》，载昌耀《命运之书——昌耀四十年诗作精品》，青海人民出版社 1994 年版，第 367 页。

整：也许这就是发表行为的意义。传播与交流是人类根深蒂固的文化秉性，也是人类区别于动物的重要标志之一。最为原始的传播方式是从嘴巴到耳朵，这种方式往往以熟识和必要为前提，很少要求接受方面的主动性——如果说需要主动性的话，那也只能由说书艺人和民间史诗传唱者的走南闯北、穿街过巷、漂泊四方来体现。随着世纪的推移，印刷术首先使传播业成为可能，在这时，“对话”的两极之间出现了批量重复、很难进行随机修正的中介物——书籍。这个过程是神奇的，语言被固定下来，并脱离它的主人，开始与众多的目光会面，“说”变成了“写”，“听”变成了“读”和“看”，思想第一次大规模地在大脑之外得以延续。它的神奇还表现在书籍的珍贵、稀有和风俗化的使用仪式上。由于文盲的大量存在和书籍的严重不足，文化仍然是少数人的专利品，写与读都局限在狭小的圈子内，享受阅读是绝大多数社会成员奢侈而难得的消费，那是“食肉者”和“读书人”的事。我们可以看到，直到资本主义社会以前，文化的交流与传播始终囿于一个封闭的链条内，书籍的生产、阅读、评论、判断是背着百分之九十九的公众而完成的。在那样一个社会里，书籍有它无法抹杀的“经典性”，最伟大的思想体系印刷成文也只有薄薄几册，绝没有著作等身的巨人，今天随便一个末流作家的文字量也会超过那时的孔子。但是，那样一种“压缩”的形式，却有着今天任何一个文人所没有的、有形无形的社会占有率——一个完全不识字的老农可以一辈子没有见过书本是什么样子，但却不妨碍他身体力行地浸泡在一种严格笼罩的观念之中。一直到资本主义工业化确立之前，社会所共享的东西不是物，不是产品，不是五花八门的流行色和品牌世界，而是一种文化观念，一种体系和思想，一种箴言、劝喻、禁忌、习俗和心理方式。

在那时，一个京畿之地的秀才和穷乡僻壤的乡绅在获得知识、观念、精神、信息的机会方面虽不能说是完全一样的，但差异绝不会比今天更大。因为他们终其一生所对付的可能就是几十册书（当然“闲书”除外），用一个不大的书箱就可以装下，而空间距离也并不十分重要，一个千里之外赴京赶考的穷秀才和一个京城阔公子所使用的是同一个版本的“经典”，所面临的也是同一个格式的答卷。在这个文本稀缺的社会里，文本似乎是无法稀释的、不可译的，有着天然的原著性质和无可争议的优先权，文章的阐释权掌握在少数贵族、官吏、神职人员、读书人手里（中世纪的宗教经典、中国的文言文都存在一种不可译和古奥难懂的性质）。在这个社会里，现实受过去支配，日常的“发表”行为降低在一个非常次要的位置上，它们大多是篇幅狭小的训录、注释性文字、札记、家书、游记、诗词、日记等，题于墙院、亭台楼阁、驿站、风景名胜、山崖，或手书丁纸绢传送知音朋友，或于友人欢宴之中即兴诵颂，能够大量印刷的其实寥寥。这种景况在大机器到来之前没有多少改变，生产和生活都是封闭的、分离的，只有文本和文本所催化的浓烈气息弥漫于中央王朝辽阔的疆域。

商业、大机器、海运、铁路、邮政和大众传媒等改变了一切，文化工业和大众文化把芸芸众生卷入到文化的消费中来，形象文化还把妇女、儿童、底层劳动者、文盲也纳入文化的消费队伍。社会的有机化力量不再是文化，而是生产方式，是商品，是统一的市场，是流行色和时尚，是品牌和物流，是一切有体积、有分量、可以称量的实在物，是经济活动和资本的运转和流通。“发表”的行为日益普遍，在这时，全社会一天所出版的文字量也许要超过过去几十年，甚至上百年，但这个过程却更多地表现为生产和消费的分化：经济发达、人口集中、传媒聚集的中心地区成为开足马力的文化工厂，而广阔的偏僻省份成为文化产品的倾销地，现在的文化辐射源不再是过去时代的经典，而是制造业、金融、娱乐业集中的地区和大型传媒所在地，是在决定性地取得优先权的巨型化的都市。

在我国还有一个不能不提的细节，这就是计划经济时代和市场经济时代的区别。在计划经济时代，社会所共享的是一种高度组织化、意识形态化的文本，即严格压缩的语录性、标语性文本，这种情况到了“文革”时期就变成语言钳制和因言获罪。当人们的语言被极左政治牢牢控制，变成一种不折不扣的意识形态之后，语言——包括最普通平常的日常语言——变成了凌驾于“说话者”之上的超符码。这种超符码可以成为证件、车票、路条、思想的保证，可以改变你的生活——使你获得权力或者把你投入监狱，这样的语言的枪林弹雨，有着极其巨大的杀伤力，有着异乎寻常的“权威性”和“神圣性”，有着远比物质的覆盖要迅速百倍的彻底性和均匀性，它渗透到大国的每一个角落和千差万别的大众之中。在当时，语言和文本的极端形式和超级表象是标语。

与这种政治文本作为社会共享性的标志相一致，在计划经济的时代，由于意识形态上的组织化水平、整体意识和一代领导者的农村感情与基层倾向，还可能对偏僻省份的文学投入某种热情的支持。这种热情作为一种“传统”，与如下因素有关：革命的依靠力量是社会最底层的劳动者和无产阶级，革命是从偏僻贫穷的乡村开始的，是走农村包围城市的道路，即使是在 1949 年以后，许多政治运动也是以农村为背景而展开的，如合作化与人民公社、知识青年上山下乡、“四清”与“社教”、“大跃进”、“学大寨”等。毛泽东在其著名的《在延安文艺座谈会上的讲话》中确立的无产阶级文艺的方针，也是要求文艺工作者走与工农兵相结合的道路，眼睛向下，深入生活。之后出现的文艺创作的典型也都反映了这一点，如《高玉宝》《林海雪原》《山乡巨变》《李有才板话》《王贵与李香香》《创业史》《艳阳天》《烈火金钢》《播火记》《红旗谱》《敌后武工队》《虹南作战史》《金光大道》《暴风骤雨》等，都带有强烈的民间化色彩，是战士作家、泥腿子作家、乡村文化人、自学成才者、与劳动者相结合的知识分子创作出来的。这种倾向一直延续到“文革”期间的小靳庄诗赛、民歌体的诗歌创作、曲艺形式的过度繁荣（如快板书、数来宝、评弹、二人转、山东快书、相声、对口词、评书等）。

在那时，偏僻的、基层的文艺创作的重要性即使不能和中心区域对等，至少也是不可轻视的一极，尽管在这种格局里有着某些政治化和非文学的因素。在市场经济时代，社会的有机化力量被日益开放和活跃的经济生活替代，政治的文本社会让位给世俗的经济社会，语言附丽于物质、商品、股票、高架桥、大哥大、奔驰车、面额不断扩大的纸币、机器与速度，而文学写作也似乎与经济发达程度、城市化水平和规模、信息与传媒资源的多寡相联系，偏僻省份的文学写作似乎缺乏这种“现代性”，缺乏经济环境的支持力量，缺乏典型化和形象化的可能。在这时，意识形态的色彩大大淡化了，文学写作日益活跃和自由，文学思潮日益开放和多元，平民色彩日浓，文学的娱乐作用日益明显。与此同时，文坛上也有了愈见浓厚的世俗化甚至江湖化的味道，一些旧的习气浮泛起来。大腕、侃文学、各式各样的小圈子、商品化与吹拍之风、一波一波的可疑的人为造势、东一坨西一簇、山头化、小宗派、排座次、党同伐异、十几个人来七八条枪……一片分田分地真忙的热闹景象。在这时，偏僻省份的文学写作似乎处于遗忘之中，如同经济上逐渐拉大的东西部差距，偏僻省份的文学写作有了一种沉闷、忧郁、陈旧的性质。

影响乃是不折不扣的个性转让，是抛弃自我之最珍贵物的一种形式。

影响的作用会产生失落感，甚至导致事实上的失落。[1]

在计划经济时代或“文革”时期，影响的焦虑来自革命的激情和狂飙般的新的社会的变化与时尚，来自极左政治，来自把文学当作“阶级斗争的工具”的那种强烈的意识，来自“高大全”式的创作方法。如此强烈的非文学的影响甚至改造了我们一大批卓有学识和创造才能的文学大师，连郭沫若、老舍这样的文学巨擘也不能幸免。这种影响的性质是非文学的、普遍的、强制的，它对中心区域和偏僻省份的作用是平均的，甚至中心区域还要更严重一些，由于那里聚集了更多的谙熟文学写作之道的写作者，因而其打击和破坏也就大一些。在这个时期，我们有一个并非“同道”的“遮护天使”，使我们改变自我的认识和个性，无法靠近“伊甸园”中心的那棵“可明目”“知荣耻”的智慧之树。在市场经济时代，这种影响来自文学的内部，来自死去或活着的大师，来自文学批评，来自中心区域所借重的那种经济文化上的优势，来自“江湖化”的文坛恶习和宗派作风，来自商品化的广告式宣传和促销策略。由此，中心区域的文学写作和偏僻省份的文学写作拉开了距离。每一种被好事的批评家顺势归纳或硬性抽出的所

1　王尔德语，转引自［美］哈罗德 · 布鲁姆《影响的焦虑》，徐文博译，生活 · 读书 · 新知三联书店 1989 年版，第 4 页。

谓的思潮流派都成为一个或小或大影响偏僻省份文学写作的“遮护天使”。当“现代主义”热兴的时候，你不会有“现代主义”的幸运，当“先锋文学”热兴的时候，你不会有“先锋文学”的幸运，当“新写实小说”热兴的时候，你不会有“新写实小说”的幸运，当“新状态”“新体验”“新市民”“后现代”一股脑儿地冒出来之后，你同样被排除在外——你的写作根本不在这些“大腕”批评家的视野之内——如果你不改变自己、不克服那倔强的个性、不学会闻风而动随波逐流，你就丧失了流行的机会，你就“新不起来”，你就只能是陈旧的、缺乏生气的、跟不上形势的和将要被抛弃的。现在的情况是，即使你“加入”了这种“大合唱”，与诸种风起云涌的写作潮流打得火热，你也不一定能分享到这世俗的“神恩”：你在“学习”的速度上根本比不过那些“近水楼台”的写作者，你在距离上也要比他们离“大腕”们更远，你缺乏参加有各式各样的名家、大报大刊的记者以及各路“大腕”们出席的活动、会议和沙龙的机会，你几乎没有公开地站出来宣传自己的可能。在这个“乱花渐欲迷人眼”的热闹景象的映衬下，那些不成“气候”、缺乏规模、少有新奇刺激的偏僻省份的文学写作，处于重重的遮蔽之中。

对一个人施加影响等于把你的灵魂给了他。（一旦受到影响）他的思想就不再按照原有的天生思路而思维，他的胸中燃烧着不再是他自己原有的天生激情，他的美德也不再属于他自己，甚至他的罪孽——如果世界上存在罪孽的话——也是剽窃来的。他完全成了另一个人奏出的音乐的回声，一位扮演着为他人而设计的角色的演员。[1]

实际情况也的确如此，对于一个偏僻省份的写作者而言，保持中立的态度实在是太难了——特别是你处于可能是正确的，然而正因为如此也特别“危险”的写作思潮的笼罩之下时，你无法不向那个“遮护天使”调情，从而加入一个于你来说可能并不适宜的合唱，而且往往并不成功。

我们看到，当社会的共享性是一种意识形态化的压缩性文本的时候，偏僻省份的文学写作虽未受到中心区域的轻视，但它也和中心区域一样，在文学写作的原则上遭到空前的扭曲。而在社会和经济的开放时代，当社会所共享的是一种市场语境的时候，文学写作本身陷入焦虑，文学写作的成功与否更多地和市场规模、工业化程度、制造业的辐射能力、大众传媒与文化工业的发育程度有关，世俗化甚至江湖化的文坛有了一种从中心扩张、类于市场占有率和覆盖面的沙文主义风格。而此时偏僻省份的文学写作，如同一个缺乏关税壁垒的第三世界地区，成为大众文化的倾销地，而

1 王尔德语，转引自［美］哈罗德 · 布鲁姆《影响的焦虑》，徐文博译，生活 · 读书 · 新知三联书店 1989 年版，第 4 页。

它自身所谓的严肃作品积压在一些行销量很小的地方杂志之中，日益陷入一种半死不活的境地——其中也不乏一些真正有价值的东西。优异的写作人才日益外流，以图更好的发展机会，留下来的拔尖者也更愿意将自己最好的作品交内地“中心刊物”和能支付高稿酬的沿海地区刊物发表，本地的刊物日益陷入困窘。处于内外交困的偏僻省份的文学写作，最严重的问题是信心的动摇，是普遍的低落情绪和那种无形的被压抑感，而要发现自己，先要自己“发现自己”，确立一种正确的写作原则，不为世俗的浮名所诱惑，进行持久的努力和跋涉——也许只有这样，才是偏僻省份文学写作应有的心态。

当代的耐心

当代的“美学”只有一种，那就是关于“速度”的美学。一切与速度相关的事物都受到特别的宠爱，速度成为美的事物必备的性能。速度被赞颂、被崇拜、被当作非人的驾驭力量使我们感到敬畏与震撼。速度成为时代的美学，成为超符码，成为向四周弥漫渗透的中心话语，成为垄断性的“暴力语言”。

工艺的速度，科技唤醒的物的速度，心理的速度，浮光掠影走马观花的感觉的速度，新潮的速度，捉摸不定的流行的速度，消费的速度，充满挥霍感与吞纳力的官能速度，名片的速度，浮萍般游离聚合的人际速度，女人的速度，青春与性的流通速度，经济的速度，货币与想象同时贬值的速度，速度的速度，靠加力维持的坠落的速度……速度在时间的腹腔呼啸而过，利刃所过之处布下灾难与荒凉。刺激、生殖、喜新厌旧与反复无常，速度的君王需要全部的存在作为供养与献祭。但是速度无影无踪，不留下任何痕迹，它像旋风一样收集你多年的积蓄并转移到谁也找不到的地方。速度并非贡献，而是纯粹的剥夺，速度并非保持，而是纯粹的消解，速度只为更快的速度而活着，通过速度你什么也别想得到。世界因速度而早熟、早衰，童年的诗意被压缩进胚胎，压缩进性与生殖，它首先消灭了儿童和少年，使人从成人开始。优美的过程被省略，爱情缩减为性、工作缩减为挣钱、沉思缩减为念头、阅读缩减为浏览、理想缩减为需要、信仰缩减为满足……人们希望结果尽快到手，精于“计算”的人流，善于“省略”的人流，“程序”之外所有旁逸斜出的细节均被扣除。速度之王邪恶、荒凉、蛮横，它迅捷如风，要抛弃人类这个讨厌的辎重。

和“速度”这个当代的“美学”背道而驰，真正的美只存在于“艰难的艺术”之中，今天严肃艺术的存在理由，正包含着与速度的抗衡、对速度的提醒与牵制，包含着基本而深刻的怀疑精神。这样，今天的艺术仿佛是对人的考验、测定与判断，耐心成为稀缺而高贵的能力，耐心与诗性相联系，耐心把你从机械的、消费的高速世界甄别出来。当你还能细读托尔斯泰的时候，当你还能体悟普鲁斯特的《追忆似水年华》中词句之间的细微差别的时候，当你仍然能用一天时间什么也不干完全沉溺于想象的时候，你就可能是与诗性在一起，你就仍然具有退出社会的能力和权利，你就可能感到灵魂的实在，感到终极的存在。

和速度这个当代美学相比，真正的艺术是缓慢的，都有充沛的人类存在的细节和永恒的终极关注，都仿佛是一种“后退”。也因为这样，今天的严肃艺术无论采取怎样的先锋姿态，都无可挽回地带有“古典”的悲壮和决绝，都像是一种“保守”的力量。它不再与当代的“速度美学”相同步，它从表象芜杂的现实中脱离出来，从社会的“露天演出”中脱离出来，变成纯粹的精神力量、心灵力量，变成“灵魂学”的重大构成。和刺激、生殖与速度相比，和消费、复制与巨型化的物质膨胀相比，真正的美与诗性是“困难”的、孤绝的，也是缓慢和严峻的。它代表当代的耐心，泄露机器世界之外的人心的仁慈、悲悯和善意，显示着信仰与灵魂的“孤本”与“绝产”的性质。可以从各个侧面来界定现代艺术，但现代艺术留给我们的最基本的东西是怀疑，有耐心、有说服力的怀疑。它不肯臣服于疯狂的速度从而把这种怀疑坚持下来，坚持成一种隐喻和暗示。

和实际与功利构成的拥挤的愿望世界相比，没有目的的日子是好的，是善的。而散漫就可能和智慧相结合，就可能和诗意相结合，就可能是艺术诞生的基本环境。当市场像合不拢的鱼吻，忙碌成为苦难，工作为官能服务，穷困与清贫就可能与充实的内心沉思结合在一起，就可能和信仰与德行结合在一起。有什么理由要求一个严肃而认真的人与速度一同前进，人们应该待在不同的位置来测定存在，过火的环境里需要一部分人保持耐心和好脾气。充满挥霍感的世纪末，求快求变的心情是这样急切，早已失去了耐心与秩序，仿佛要赶在最后一幕完成匆忙的表达与宣泄。在这样的时刻，细节为粗陋所淹没，纯粹为混杂所淹没，界线动摇，本质暧昧，混沌的热情冲击一切。而美是遮蔽的，美是一种隐秘。在这个日益“公开”的当代，美存留于民间，它传统的“发言席”已经被商品化占据，被复制与类同生活占据。形象化、包装化、电子传媒和程序语言正以越来越快的速度分享着当代的恩典，诗意大片死亡，如风雪绞杀蝴蝶，每一个新的有诗意的词汇立刻被重复为商业性的陈词滥调。今天的文学实际上是一种回避，对消费社会大众文化的回避，当代难堪于差异中的真实，难堪于诗意，我们无法面对难言的美，我们承受不起纯粹。似乎只有半真半假才是适当的，似乎只有用戏谑的态度才能讲述最严肃的话题，似乎只有在封闭的、隐匿的环境里才能保持对美的感动和耐心。美的能力的丧失是这样严重，两人之上就好像只能采取满不在乎的态度，而今天的“潇洒”极为可疑，笨拙的、失语的、初学者的、羞涩的心境才更为可靠，更能判断美的过程与状态。

对于美的耐心，在当代需要用一生来完成，需要在日常生活中就做出

画家谷雨配图

准备。你再也不能稍作调整就进入昆德拉的世界，进入梭罗的世界，进入里尔克的世界，进入唐诗宋词的世界……你必须放弃现实的诱惑，从物的挤压中抽身而出，时刻保持一种沉思的、形而上的生活才可能与美相遇。速度之王在你眼前快速地拉动幻象的胶片，晕眩与麻醉造成嗜睡，大众之梦变幻它杂乱的色彩。当代在考验你的耐心，在最薄弱的地方俘获你：是加入速度之舞，还是等待灵魂之美的降临。这犹如谜语和魔术的生活在四周展开，堂·吉诃德走出家门认不出这个世界。真正的诗意浪漫成了“时代的移民”，它带有“土里土气的乡下作风”和“保守”的观念，它无法与世界达成谅解，精神的漂泊和文化的嬗变成为深刻的宿命——要么就与风车作战，要么就以“怪异”装束来传达当代的疑问，而这样的交流与对话也不是没有意义。因为在今天，美是失常的、分裂的，它正遭受最严重的伤害。而文学，越来越像一种古老的、神秘的仪式，正面临失传的危险，它在孤立中操作，在孤立中诞生，孤立而缓慢地传递于人间。在今天它和人性与善牢牢地站在一起，与商品化、机械化、技术主义相抗衡，挽留诗性的智慧。

在今天，对写作的性质认识，越来越影响到写作本身的质地、方向和形态。偏僻省份的文学写作的那种分散、孤立的特点，更要求写作者不断深化对写作性质的认识，认识到写作的必要、可能和自己的位置，加深对环境的了解，对世俗语境的了解，对文坛沙文主义的了解，也只有这样，才能缓释和克服“影响的焦虑”，保持一种积极有益的心态。19 世纪美国伟大的诗人沃尔特·惠特曼相信通向西部的旅程最终将是抵达全人类的精神之家。梭罗也把充满活力的原始状态与死气沉沉的文明社会相比较，他陷入了文化上的原始主义。

在历史上，美国西部曾是美国人集体想象中的一个乌托邦，大自然和自然界的万物是好的，而文明，特别是城市文明，美国东海岸和欧洲的文明则是腐朽的或正在变得腐朽。美国历史学著名的“边疆学派”的代表人物特纳更是认为，边疆经验创造了独特的美国精神，“边疆提供了新的机会，逃出了过去的约束之门，同时也提供了新鲜、信心和对旧社会的漠视，对旧社会诸多限制和观念的不耐心以及对它的教训的漠视”[1]。19 世纪的美国与我们今天的情况当然不同，在我们这里，原始主义的唯美倾向、牧歌式的赞美词显然是无力的，让诗意与机械联姻当然是拙劣的，但是用诗意来批判机械也同样显得幼稚。“速度的美学”在西部还没有取得决定性的胜利，在偏僻的乡村更只是一种间接的影响，但是大国的统一性和内部发展的不平衡性为我们提前认清它对心灵经验的侵蚀提供了机会。正确地使用这里的经验、想象和细节，在更广大和更深远的精神空间考虑问

---

1 ［美］HENRY NASH SMITH：《处女地——作为象征和神话的美国西部》，薛蕃康、费翰章译，上海外语教育出版社 1991 年版，第 3 页。

画家谷雨配图

题，深究源于此地的文化根性和它真正的价值，可能是正确的写作途径。五十年的时间可以彻底改变一个地方的物质风貌，但文化精神与性格的嬗变要缓慢得多，文学写作所关注的是人的心灵存在与历史，从这个意义上说，写作从哪里开始、在何时开始都是一样的，都是平等的，中心区域的写作是这样，偏僻省份的写作也是这样。偏僻省份的文学写作不应被“偏僻省份”定义，偏僻省份文学写作迟滞的原因，除了非文学的因素外，更多地应在写作自身中寻找，偏僻不应成为一个逃遁性的托词和借口，不应成为照顾和保护落后的理由——文学不会自动地“向西倾斜”，文学写作是最彻底的“自然经济”，是灵魂的“手工作坊”和心灵的“刀耕火种”，不管生活性质和外部条件发生了多么大的变化，文学最终的成功是心灵的成功。

中国艺术研究院
基本科研业务费项目

行走，观想与表达

第四辑　瀚海焚风

韩子勇　著

文化艺术出版社
Culture and Art Publishing House

目录

第四辑　瀚海焚风

行走，观想与表达

人生四季，景色殊异。生命有限，读再多书、学再多知识，也不能代替生命哪怕是一瞬间的体验和感受——少年不知愁滋味，谁也无法提前到达，更遑论提前预演和获得。人生有共相、殊相，落实在个体生命的此在体验，只可忆、不可逆，只可期冀、无法加速。这一次射出的箭镞，从虚无来、向虚无去，生以死证、死以生存，他的尖，刺破一层层的膜，一层层的有，如波如粒，如虚如实，闪烁存在的美和意义的光，直到销蚀了整支的箭，融入虚无里。人群是万箭齐发，是生死大场，是社会的布朗运动或排空长云，发射、坠落，发射、坠落，人间红尘无穷已，使茫茫虚无和荒诞好像不存在、好像个笑话。但它不是笑话，只需看看，看看这弥天的、无法躲闪的箭，生命的千洞百孔，就该细读无意间挥霍掉的、细小短暂无法存留的，时时刻刻从细胞、骨血、神经、发丝、指缝、意念、情感、行动的罅隙流失的体验。婴儿意识不到自己，童年、少年对世界充满好奇，青年情绪饱满、随时自我爆炸，中年属于家庭、事业——直到老年，微息轻拂渊面，树木钻进深秋——不是森林钻进深秋，是一棵棵的树，独自钻进深秋，终于意识到——我到了一个地方，那支箭，他锋利的尖，穿破春、夏、秋，在深秋这层膜上，迟疑一下，凝出霜星，觉察到自己，他说：我这是到哪儿了呢？

深秋的痛苦，不在冬必来。是忽然发现这世界，错骤多。那饱满的、随秋风飘舞的酡红果实，个个有酸涩难咽的汁水。关键是，想不出对，改不了错，束手无奈，无从收拾，只能叹息一重重春江花月、江水东流。受想行识，受已漫漶、想多谬幻、行得悖反、识陷疑丛，那就在无妄的追忆中复盘、观想吧，言辞返回景象，判断哑于体味，符号化作水墨。退离之间，我越发感到，水墨的表达比文字之类，多一些轻松和欢愉。仿佛水墨一途，如那最后箭镞，铜铁的尖棱，悄然换上了毛笔的笔头，不再寒光凛凛闪进，而是柔软、灵性、屈服又倔强的毛簇，是水墨、宣纸上自由缓慢的濡染描摹，不用去理会主题、题材、形式之类，跟随自性心象的沉淀隐浮、随意而行就好。

这二十年来，我最喜读的，是有关考古的书、文章。在这类书、文章中，又最喜和文明起源有关的内容，只要有机会也愿意到这样的地方——比如考古工地、古村故城、沙漠遗址、博物馆或文物库房之类的地方转

林渠哗啦啦开进荒野

韩子勇

纸本水墨　30 厘米 × 45 厘米　2019

转、看看。人老了，就更念旧，偏爱古早之物，或许这也是人性或生命自有的倾向吧。

吐峪沟麻扎村是个古村落。最早出现在这里的，应该是车师人。车师人以牧为主、半牧半耕，后来逐渐以耕为主。车师人毛发微黄，信萨满，操印欧语，喜弹箜篌。在新疆各地，出土不少箜篌。箜篌是从西域传到内地的乐器，它应该和地中海区域的竖琴有些源流关系，这种在文献、诗歌、洞窟壁画中大量出现的乐器，后来怎么就失传了呢？每一种消失的乐器，比如箜篌和筚篥，都有神秘的归处。从两河流域东来的小麦，曾在此处歇脚，一路远行伊州、河西走廊，进入“口里”，改变了中国北方的种植结构。戈壁上的洋海墓地，曾出土2500年前的萨满干尸。这干尸看上去惊艳脱俗又衣衫褴褛，头戴毛束翻卷的羊羔皮帽子，额围彩色毛绦带，毛制的大氅、斗篷、裤裙，里三层外三层毛麻织物，样式复杂，棕红黄黑，缀以海贝、铜扣、铜铃之类的饰品，像个集万千爱好于一身的破烂王，胸口放有大麻的籽、枝、叶，用以致幻、癫狂、通神，微蜷的腿旁有石斧，是作法之器。

这里曾是从波斯而来的祆教（拜火教）最靠近东方的、最后的圣坛。离此不远的另一处阿斯塔那古墓群，墓多有室，不再是草草掩埋。我记得一祆教信徒墓室的壁画，有一棵光明树，煞是奇怪、好看。树下围坐的家人，如日常行色，又像在光明中冥想和沐浴。这片墓葬的主人多为汉人，鞠氏高昌的名将张雄就埋在这里。张雄可能是这里出土的干尸中最著名的汉人。这里也是佛教重地，柏孜克里克千佛洞就分布在这条沟里，虽经严重破坏，佛像面容特别是双眼，多被铲割挖毁，但其盛大繁密，仍压抑不住地铺陈于天地。再后来直到今日，是伊斯兰文化的覆盖，也因传教士（圣徒）的拱北（墓地），此村得名麻扎村（麻扎意即墓地）。伊斯兰教10世纪进入新疆阿图什，用了近六百年打打杀杀，占叶城、和田、阿克苏、库车、伊犁……一路向北、向东，最后到吐鲁番、哈密。西域的文化沉淀，是打破、中断、变迁之剧裂，分层之鲜明，犹如一杯鸡尾酒，没有过多的搅拌、融合，显得突兀、异常。这与本土的人文社会力量相对稀薄、孤立、势单力薄有关系，一击之下，即刻倾覆，这种变幻无常更增加了神秘和感性，如同多义的、纵横交错的现代画，不知从何读起，到哪结束。

吐鲁番的人、田舍、植物、动物……都藏在沟里呢。木头沟、葡萄沟、吐峪沟……有水的沟里就有生命、生活、记忆、人——活着的人以及埋在地下数量众多的干尸、月饼、水饺、课本、文书等。我曾为吐峪沟这个外焦里绿的小山沟著有小文《一沟文明》。西域空旷，视线一览无余，自然的大本质从天而降，无遮无拦裸呈于世，衬出人的渺小虚淡，使人陷入终极、神学、人与自然之类的玄秘之思，但同时又特别感性、冲创、缺乏节制，抒情多于记述，表现多于沉潜。看看那歌山舞海、热情沉醉、心思多变的人群吧，他们在以怒放之姿对抗茫无际涯的铅色戈壁呢。这里太少能藏得住人、自我、心思、生活、情感的地方和方法，似乎一切随时都在重复一个动作：敞开、喧哗、解散、流失、虚无，向着逃、藏、空、无的方向消遁。阳光、高温，一模一样、连绵不息的沙漠戈壁，是最好的消毒、脱干、掩埋和保鲜，使一切烟消云散又新鲜如初。新疆是国内有机质文物比较多的地方，干尸、蚕丝及羊毛织物、文献、植物、食物历经千年、栩栩如生。我为西域取象，一个“空”，一个“藏”。“空”和“藏”互搏，没有结果，你把我打倒、我把你按住，一个无形的裁判在深处大声喊：1、2、3、4、5、6、7、8、9 —— 快喊到 10 的时候，倒地的一方摇摇晃晃、又站起来，反身把对方按下，于是再重新来过。“易”有“连山”“归藏”，这里是“归藏”，是“开始”的“消失”之处。

画中这面墙，取自德裔探险家阿尔伯特·冯·勒柯克（1860—1930）20 世纪初叶闯入吐峪沟、用克虏伯匕首盗掘佛教壁画时住过的房子。西域土墙的窗户很小，这里阳光强烈，风沙弥漫，冬季干冷，开小窗为的是夏天防沙防晒，拢住一屋的幽凉，冬天能捂住热气，不使外散。麻扎村的许多房子，时间久远，老旧有味。村里绿地宝贵，虽然是土坯房，也密密麻麻挤成一堆，核心处房子摞房子，形成两三层。我记得，麻扎村的圣徒麻扎，在一个显眼、阳光嘹亮、不大不小的山丘上。有土墙围着大半个小山，里面夹杂着其他信众的墓，七拐八转地爬上去，圣徒墓的墓室狭窄神秘。这处麻扎，在信徒心中大大地有名，被认作“小麦加”，常有陕甘宁

吐峪沟麻扎村的墙

韩子勇
纸本水墨　50 厘米 × 50 厘米　2020

青之回民，千里迢迢赶来此处朝觐。

第二幅画中这条麻扎村的小路，是一道弧，抛起又落下。来新疆的朋友如果有心，可以在麻扎村住一周，把自己抛起又落下，细觅弥散在词与物、生与死、沙与叶、寂静和喧嚣细缝里的文明与生活，用不着开车一路狂奔，大呼小叫。停住脚、静下来、融进去，才能呼吸到新疆深处翻涌出来的复杂、神秘、浓烈的味道。

楼兰的名气，在西域三十六国中当数第一。楼兰的位置，在西域三十六国最靠东，如果把塔里木盆地看成巨大的叶子，楼兰则在叶柄的位置——罗布淖尔区域。从叶柄往北，沿叶子北缘的波线，是天山山脉南麓的雪水河发育出的点点绿洲，由此串起丝绸之路西域段的中道；沿叶子南缘的波线，是昆仑山脉北麓的雪水河发育出的点点绿洲，由此串起丝绸之路南道，而塔里木河，就像连着叶柄的中间的那条主叶脉。进入西域早期路线，是从河西走廊，进敦煌，下一站，常走的沙碛之道，就是直去楼兰，再由此进入丝绸之路的中道和南道，这是主线。楼兰湮灭后，过去走的北道副线，更加活跃起来，伊州、高昌，特别是高昌，可以通北道，亦可通中道，高昌就逐渐接替了楼兰的这个作用，好像这个叶子的柄，长着长着歪了一点。楼兰、高昌，就像进入茫茫沙漠绿洲之路上的三岔口。楼兰、高昌、于阗、龟兹，是西域史的底片上，最早最多显影出来的地方。

这样的顺序和关系，是中央王朝视角。一生二、二生三、三生无限。

中国最早成熟的是道家思想。世界史上最大、最久远、最根本、最经典的两股历史力量，是以中原为代表的农耕集团和以漠北为代表，与农耕集团毗邻而居、犬牙交错的游牧集团。这两大集团，如太极的阴阳两仪，一实一虚，一动一静，你来我往，冲决融合，最后铸成“多元一体”的共同体。即使今天在她周围，比如蒙古国、韩国，最重要的图案也是这太极图。这一世界史中最壮观的演化景象，如宇宙星云一般，“征服者被征服”，高文明无形的引力，是无为、虚静的“阴索”，使外部撞击看上去更像侵入、更像主动有为的“阳索”，但更深的本质和最终的结果，是加入、融入，是从“和”到“合”。这“多元一体”，是从“一”“中”“天下”对“边缘”“化外”“多元”，到不断纳入“一”“中”“天下”这个“一体”。结果就是农耕线日益向北、向西地扩展。匈奴袭河西走廊，使大月氏远徙今天的阿富汗一带，张骞出使西域，是为联络大月氏断匈奴右臂，最终使中央王朝据有河西走廊，化游牧为农耕，从而牢牢扼住西域的咽喉。典籍中把张骞出使西域叫“凿空”，“凿空”是打通。一个“凿”字，火花四溅，我像听到看到两千多年前的一哨人马，面对壁立千仞的前路，叮叮当当发出凿击之声，随着千锤万锤的凿击，那些像岩屑的“空”“无”“乌无”之物，一点点剥落、飞溅在张骞身上，虚无茫茫、晦暗不明，通向亚欧大陆腹地的天涯之路，渐渐露出曙色，点点滴滴洒落在历史的典籍文献上，变成观念、想象和持续不断的行动。凿空，是一个伟大文明的斫凿进击，从而打通向西之“塞”。这一凿，就凿出丝绸之路，推动更大范围的东西方文明演化的大历史。

中央王朝经略西域，楼兰是先入为主的第一站，战略位置最为关键，与匈奴的争夺最烈，记载最多，声名最大、最早，因此渐渐成为代表西域的诸多想象之地，这想象经久不息，一路颠簸流沛于诗词歌赋里。19世纪末20世纪初，心思各异的所谓西方探险家，摩肩接踵进入西域，一遍遍洗劫这些早已废弃、孤陷大漠的荒城。比如，那个因楼兰而成名的斯坦因，连楼兰人的垃圾堆也没放过，细细翻他个底朝天。20世纪80年代，彭加木失踪于罗布泊地区，经报纸广播的传播，激起一圈圈好奇的涟漪。同一时期新疆考古所又在楼兰挖掘出土一具女尸，女尸被人唤作“楼兰美女”，坊间又一番添油加醋。再加上罗布泊地区是“核爆区”，我脑子里经常无端由升起一朵“黑武器”的蘑菇云（小时候一直把“核”误为“黑”）……围绕着楼兰的各种八卦和严肃知识络绎不绝。这片干涸、荒芜、难以接近的遥远之地，被各种传闻、心思和目光一次次浇灌，迷幻一层层的浪漫、敬畏、向往和神秘。

楼兰星散。一部分楼兰人迁徙到吐鲁番的鄯善县。《汉书·西域传》记载“鄯善国，本名楼兰”，他们携带着地名一起迁徙。地名搬家不仅搬来了楼兰，也搬来了罗布泊。鄯善县有个辟展乡，“辟展”即“蒲昌”，“蒲昌海”“牢兰海”，即罗布淖尔。鄯善县有个迪坎乡，是进入楼兰的入口。这个乡，加上和田地区民丰县孤悬沙漠的安迪尔牧场，有沙漠拨踪之术的向导最多。19 世纪末 20 世纪初，西方探险家进入楼兰和精绝，要靠有经验的当地人做向导才不会被困死在沙海中。

我去过楼兰两次，都是从迪坎上路。楼兰古城有一个文物保护站，保护站有两人、两排地窝子、一杆国旗、一只狗、几只鸡。这是大地上最细小、孤零的人烟。保护站长年靠两个月从若羌送一趟水、油、米面、蔬菜、肉食之类，才能维持存在，生活、工作无比地寂寞无聊。保护站的人，半年轮换一次，时间长了语言能力会退化，突遇访者反应迟钝。我们拉了一车生活之用，外加一箱酒，一箱从市场上收缴的、乱七八糟的盗版碟子，兴奋地驰向罗布泊这片浩瀚阒寂的无人区，体会地球上人类生活过的最荒凉的地方。

那真是令人震撼的往日云烟，最饱满地定义了“废墟”这个词。废墟处处皆有，但楼兰给我的感觉是这废墟特别新鲜，无人惊扰的新鲜，保存着完整的时光遗骸。伫立其间，会觉得时光像电焊枪耀眼的弧光，永不停息地从天上溅落下来，嘶嘶作响，万物一点点剥落、堆积，似乎看见形成这尘埃、沙漠世界的自然力量，默不作声又大得吓人。楼兰有开释之能，一些想不开、看不透、斤斤计较、经久缠绕的烦恼，慢慢烟消云散了，放下背负太久的包袱，身心变得无比轻松。楼兰是隐于沙海的伟大的老师，它无言的教诲，镌刻在脑回路里，经常想想，会滋养一生。楼兰，足以改变人对生命、生活的理解，它用亘古的、无边无际的荒凉，碰碎短暂的价值和意义的世界。

时间是真正的破烂王，是终极的废墟收集者。所有崭新之物，最后都被它收去，一样不剩。“阴阳割昏晓。”和新、晨相比，旧和昏更庞大。如同昼夜等分，那些向前看最远、最深的目光，是因为向后看最远、最深。有个向后看的职业与时间这个破烂王相似，就是考古、文物保护、收藏、历史和传统文化的研习者，这些天性恋旧的人，跳进时间的大忘川，不再回头上岸，一干就是一辈子。樊锦诗从小姑娘，变成老太太，紧抱荒凉大域中耀眼寂寞的敦煌，“择一事，干一生”，她听到洞窟、壁画在嘀嗒嘀嗒时间中的销蚀，她选了最难的对手，她与时间干上了，在平凡守护中显影非凡的存在。

人的心眼，长在人身上。人类中心主义源于自我意识，但同样是自我意识的扩展、深化，又会超越此在，走向悖反，从宇宙看待自己，滋养清彻与平静，也暗生焦虑和不安。人类对废墟的炽热情感，源于对自身终局的同理心。现实如花盛开，迎面撞来，气味浓烈，争奇斗艳。这诸般香香臭臭、苦苦乐乐、喜喜恼恼，逶迤天边，排着队、加着塞儿，一股脑儿堆在你的怀里，满满当当、严严实实，没得挑、无法扔，胡乱堆满你的心里，通过你的身体，你吐出来的、吐不出来的，盈天接地，身后堆成一座山，一座时间的废墟。那是另一种黯然之花，虚幻庞大，成为背景或背

楼兰土垠所见

韩子勇

纸本水墨　50 厘米× 50 厘米　2020

影。时间使人看到越来越多的破绽、错误和失败，它风化油彩、消解顽石、混淆是非，它有另一种气味——虚无的气味。艺术是对时间、对遗忘的抵抗，它想越过遗忘的鸿沟，但谁又能干过时间呢？这首苏菲派的诗与歌是非凡的。但那是讲对真主的爱。伊朗的细密画中表现这类题材的作品汗牛充栋，国人多误读为两性之爱。波斯的传统和伊斯兰教的碰撞，使宗教情感精致化、艺术化、神秘化，但它仍会风化、剥落、随风而逝。

塔里木盆地核心区，是世界第二大沙漠、中国第一大沙漠——塔克拉玛干沙漠。这个生命禁区、死亡之海，曾是“过去的家园”，埋藏着楼兰、精绝、圆沙古城、米兰戍堡、小河墓地、太阳墓地等文化遗迹。塔克拉玛干沙漠腹地是罗布荒原，卫星图片上神秘的、被称为“地球之耳”的“大耳隆”，是整个塔里木盆地的汇水中心，罗布泊被认为是“盈亏湖”，不同气候时期反复地涨水退水，深描出一道道的耳廓线。源于天山、昆仑山的雪水河从四面八方流入塔里木盆地，汇出中国最大的内陆河，最后流入罗布泊。沿着这些大大小小的河流，发育出星星点点的条状绿洲。塔里木盆地的绿洲人文分布和时间关系，是河流尾闾的比较早，当然也更脆弱。当人口增长、社会活动超过绿洲的荷载限度，或者气候明显变化时，文明之舟就开始向中游、上游退缩、迁移，一直退到天山、昆仑山的山麓平地。这是个几千年的过程，但在20世纪六七十年代加快，大量的屯垦和水利建设，最终使罗布泊完全干涸。

塔克拉玛干这片大沙土，有的是流动沙丘，有的是固定“沙包”。与流动沙丘不同，每个大大小小的“沙包”里，都有个由密密麻麻盘根错节的红柳根组成的“宫殿”。红柳一生与风沙作战，它挡住流沙也被流沙埋住，红柳越长越高，沙包也越来越大。渐渐地，红柳根再也抓不住沙土深处的水分，它完成一株沙漠植物应有的使命，慢慢干死，沙包也停止成长——无数的沙包就是无数的红柳坟。过去绿洲边上的百姓，赶着驴车进沙漠，挖开一个沙包能打一驴车柴火，顺便还在红柳根边捡几块土盐。红柳吸收了地下含盐的水，滤出清水养活自己，析出盐分凝住了沙土，结成含盐的土块。老乡取了土块，泡在水缸里，澄清后用咸水和面、打馕、拉拉条子。土盐咸香——怎么比喻呢？如果用冷热阴阳、升浮沉降、生硬熟软之类的观念来说明，它是热香、阳香、浮香、熟香、软香。想想看，和海盐、井盐、盐湖的盐、盐矿的盐相比，土盐经过红柳的转化，混在沙土里，又经过人烟罕至的洁净的沙土的转化，再经由塔里木的太阳和月亮的暴晒与抚爱——这种盐是不是纵浪大化、饱经沧桑，被驯化得更人性、亲和、淳厚了呢？

新疆的馕，为啥热香之气扑鼻？我觉得和土盐有关。打馕的师傅打馕时，不时把手浸入盛了盐水的盆里，把手上的土盐水淋到火烫的坑壁和面饼上，然后迅速贴上去……馕要热吃，刚出坑的最好，掰开一瞬，咸香之气爆散。过去即使在乌鲁木齐，大街小巷到处都有馕坑，稍大些家属院里

罗布荒原印象之红柳坟

韩子勇
纸本水墨　50 厘米×50 厘米　2020

也多有馕坑，随买随吃。20世纪80年代，从粮店买的面，就放在馕铺子里，只需交一点加工费，随时都可以领到热馕。土盐的缺点是不含碘，过去南疆有一种地方病——大脖子病，皆因缺碘所致。现在有了煤、天然气、加碘盐，挖沙包、打柴火、挖土盐的少了，大脖子病也已绝迹。我觉得，可以以土盐为原料，让沙漠贡献财富，生产一种高级塔里木盐，使它成为调味品中的奢侈品。

二十年前，国家推动塔里木河流域生态修复工程，每年调水、输水，塔里木河尾间干枯的胡杨又活过来了，阻止了南北沙漠的合拢。沙漠中的塔里木河流域，有世界上最大的原始胡杨林，这里曾是塔里木虎出没的地方，这种虎似乎在20世纪初叶消亡，真希望胡杨林里虎影也能再现。

画画是画心象，不灭的心象。人一生经历许多，看到许多，大多风流云散了，能沉淀于心的并不多，而且并不都适合画出来。有些很简单，一闪而过、无法忘怀的景象，没什么前因后果、起承转合，甚至不可再现、无法解释的异象，萦绕于心、不可磨灭、难以言说，只有画而后快。

2006年7月，为少数民族文艺会演选看节目，我带主创团队上帕米尔高原班迪尔乡，访《花儿为什么这样红》原民歌《古丽碧塔》的源流地。车过一处，停车歇息，吃些干粮果子之类。忽见身后不起眼的干山褶皱灿然，断岩起伏一线突兀迭出，大块岩影若佛首前探，沿褶皱流泻下来的细沙，若佛衣飘飘。我惊得说不出话，一时间观想澄明、欢喜无限。此等大慧缘，自忖不敢与人妄言。之后常念想此山，我若比丘，必在此山发愿起像。然俗务累身，只能凿心为窟，挥墨点染，绘出心象，庄严国土，护佑苍生，祈愿祖国西陲安宁。

能看到什么，与文化结构、心念沉淀有关，也与那一刹那的空明心境有关，换个时间可能就完全不是那么回事了。高原的颠簸、缺氧和思维迟钝，不断倾倒多余之物，脑子一片空白，忽见那干山，就不再是干山，不再是岩块，而是涌动出万千高僧大德的列阵行走。那一刻奇妙感受，落在心里，像埋个种子，这种子时不时冒出些芽叶，仿佛在问——你没忘了吧——我没忘，我的年纪足够大，记忆开始流失，我怕有一天不知不觉忘掉了，我得画出来，完成这件应许之事。

和此相仿的奇事还有一件。2010 年 9 月，作为一名考察团的成员，我去看普陀山“文旅融合”这个典型（那时，尚无“文旅融合”这个概念，现在想，浙江的大胆探索和实践早已走在前面），刚走进普陀山的山口，接一匿名电话，是文物商店的一名女士打来的，说单位正在卖店里的一尊菩萨像，正往车上搬，希望我制止此事。我见过这菩萨像，一米的样子，铜制，胸部有几个据说是“文革”时“破四旧”打出的枪眼。我去文物商店检查工作时曾告诉经理，这件文物不许卖。估计是那位女士也知道此事，就打电话给我。

西域是佛教进入内地的通道，佛教入华，西域僧人是“二传手”，贡

帕米尔坂地乡（班迪尔乡）岩影似万千佛首

韩子勇

纸本水墨　50 厘米×50 厘米　2020

献甚伟，历史上的西天取经，有一些就是到西域取经。中华文化多元一体，首先是儒释道相互濡染。佛教虽外来，但能在华夏扎根，经过华夏文明的洗礼、改造、发扬光大，从根本上说，也是华夏即有文明在完形结构上缺一块，补上佛教，犹如补天，才严丝合缝，成安稳轩昂之美器。我常想，历史上沿丝绸之路而来的诸文明多矣，有些能扎根、转化、落地生根、开花结果、广为流布，有些则昙花一现、烟消云散。其中的奥秘是什么？还是文明文化在功能结构上的自我完善。

接到电话后，我即向经理询问情况，告诉他菩萨不许卖，日子难过可由博物馆用收藏经费购入。新疆曾是佛教盛土，后多遭毁坏，命运多舛，不能把仅存的一息释迹佛香吹灭。打完电话，旁行的一位大领导说："子勇，你又冲谁吼啊？"我道出原委，说刚进普陀山门，新疆就有求救的电话传来。这件菩萨铜像，现存于新疆博物馆。那一天，在普陀山，奇事不止一件。下山时，一路无人，三辆考斯特沿下山窄路兜转徐行，车上人拉了窗帏避光小睡，一时寂静无话，神使鬼差，我此刻拉开窗帏，就看见海上有两道龙吸水的盛景，于是大家下车一通拍摄，兴奋不已，啧啧称奇。那天晚间央视《新闻联播》快结束时，还播报了普陀山出现龙吸水的花絮。

帕米尔，古代汉文典籍叫葱岭。帕米尔是世界屋脊，地球最高的台地，天山、喀喇昆仑和兴都库什挽臂而立，好像兄弟见面，亲热拥抱。这是山的邀约，也是文明流布和族群迁徙的十字大道，如连接了南亚、西亚与中亚，左右印度文明命运的开伯尔山口，就在帕米尔东南方的台沿谷地，西域三十六国——罽宾国也在此处，身影声名广播内地的西域僧人鸠摩罗什、佛图澄均曾在罽宾研习佛法。佛教也是翻越了世界屋脊进入西域，沿丝绸之路再传内地，“轴心时代”的孔子、老子和佛陀在华夏的见面，是在此推门而入，完成儒释道的大结构。在人人、天人的关系上，补上人心这一块：形成三足鼎立、共襄一体的格局。道、儒、释，好像是人生三段式：少年无为，天性活泼，道法自然最妙，且不可对其斧凿；成年时渐与社会相深，处理群己关系，当以仁善之念入世，奋发有为；及至暮岁，回到内心，度人度己，宽谅为怀，得解脱法门。鸠摩罗什是天竺和龟兹的混血儿，童年时曾在帕米尔的罽宾国修习佛法。这样神秘、复杂和传奇的根根脉脉，堪比时光机、虫洞，贯通了不同的时间、空间和文明，这也许暗合了佛家所讲的缘吧。

成住坏空，受想行识。人在世上走一遭，忙于观察外部世界，为欲所累，争攘不已，其实该经常看看自己的内心。人与动物的不同，人的一切皆由心生。

辽阔的孤独，领我到心里

人可能真是由猿进化而来的。想到这点，多少有些扫兴和沮丧。但和神话、宗教或文化上其他令人兴奋的说法相比，达尔文可能更靠谱一些。时至今日，人类起源或地外文明仍然是最能激发想象或科学探索的主题，有大量文学、影视作品、科学装置不断问世。人类的文明文化，是个不断自我封圣又被打回原形的过程。有两派人——“淘气鬼”和“裱糊匠”，缠斗不已，不亦乐乎。

人是万物灵长、自然之子，是有限、卑微的动物，又是地球上唯一从无机界、有机界挣脱出来，建立自我意识、生发文明系统，极大地改变地球，又始终追问自我来处的物种。人在极度的自尊自卑间荡秋千，悲喜同奏，朝夕往复，情绪很不稳定。人类永远无法看清自己，已有的只是碎片，无法建构完整、细致、能充分解释和深度证实的经验图景，有许多广阔的不明区域难以窥测、涉足和理解，不安、好奇、冒险、艰辛劳作、醉生梦死、创造守护毁灭，难以自已。

据说从猿到人的过程，因为灾变，反复走出非洲，历经多次灭绝和复苏。最近一次，现代人类的直系祖先，迈过尼安德特人生活的区域，点亮古埃及、两河流域和地中海沿岸、南亚次大陆，沿欧亚草原带、东南亚海岸线，南下、北上，掀开红山文化和良渚文化面纱，最终在黄河中下游汇聚激荡、升级迭代，迸发华夏文明的巨澜，生成中心化的力量，涟漪般扩散回荡。

为什么是黄河中下游，后来居上，最早冲破蒙昧？是因为这个区域发生农业革命的温床足够大，地处东西南北力量的锋面，辽阔宽广，丰腴而多情，居中而受多，积健为雄，最早怀育出健硕早慧的宁馨儿，出现文字系统。人类今天的活动，从跨国公司、金融寡头，过渡到科技霸权，特别是数字霸权的时代，进入信息为王、数据为王的时代。这些信息、数据、算法、人工智能……是人类语言文字出现后的又一套语言系统，使机器有了“发言”的能力。这些芯片和程序，要说些什么呢？人类今天的力量，已然又到生存或毁灭的十字路口，这次不是自然灾变，而是由人类活动的深化引起的。这些给人鼓舞或令人忧惧的技术和思想，加速抵进到临界点，基因技术、人工智能、新材料和新能源、量子科技、脑科学、信息、人文、社会制度和国际政治——人类在四面八方实现“凿空”的同时，又发现前路陷阱密布。

“在山泉水清，出山泉水浊。”猿和其他动物相比，性情、样貌都显得稍微混浊、复杂了点，身份、来历可疑。好像它的原始性，被另外的什么感染过，被污染了，有着某种久远不明的堕落痕迹，被降格和罢黜，又暗怀复辟野心。“潜龙勿用”，只好手脚不分，多疑、扎堆地躲在雨林里，潜伏在强烈含混的欲望里。这些经久不息的欲望，像猛烈的睡眠，不知不觉从浑身覆盖的浓密的黑乎乎的体毛里，缓慢渗出来，和虱子、臭汗、体液、脓血混在一起，结出星星点点的意识碎屑。“见龙在田，天下文明。”日积月累，它再也无法伪装，只好从树上下来了，直立行走在稀树草原。按普遍标准，人不算美，和鸟、马、鹿、鲸鱼等没法比。动物中最美的是马。马是力与美的典范，自由而忠诚，合群而独立。马眼一汪清泓，幽澈含羞，但又有令人想象不到的决绝和勇敢。马的性格敏感多情，如二八少女，信任就永远依恋，不信任谁也甭想驯服——它择人呢，如士、君子和侠，不含奴性，不取悦人，但愿为知己者死。马综合了仁、义、礼、智、信，忠、贞、烈、勇、洁。它的四肢、脖颈、耳朵、鬃毛、尾巴，它各方面的比例结构、起承转合，分配衔接组合得恰到好处，干干净净，宛若天成。它的体量、质感、姿态、速度、起伏的曲线，站立、奔跑、交颈亲昵、昂首嘶鸣——多么美、多么激动人心呀！马不吃其他动物，更不吃同类，只吃草，这算不算稀世之德呢？如果马不吃草，草会不会有失落感？马把嘴伸进青草里，它长长的脸，刚好适合伸进草里。马吃草，草尖、野花一遍遍颤动着，抚摸马的嘴唇。马长长的脸，谦卑地轻轻伸到草丛里，怕扎坏了草和野花——马的嘴唇变成柔软的半月形状。想想野猪的嘴，一直哼哼着在土里乱拱。想想鸟儿又尖又长的喙，光是刺、扎、啄还不够，有的还带着凶狠的倒钩呢。想想大象的鼻子、河马的嘴，天哪！多么粗鲁、滑稽、不成样子。有些动物也很棒，比如狮子、虎、豹、狼，奔跑捕猎时矫健敏捷，但猎物到手就狼吞虎咽、满面血污、争抢号叫。猫、狐狸之类，也是不错的。但要么小了点，要么过于妖娆和神秘了。它们背后还藏着什么，随时准备翻脸不认人。还有一些，显得过于原始、难看、凶残、蠢蠢欲动，是一些设计简陋、加工粗糙、尚未完成、有缺陷的零件儿，处在反复试验阶段，弥漫着失败和沮丧，天厌之，被随意散落一地。保持了原始的洁净和美、兼具力量和灵性的动物，就是马了。关键是马还不知道自己的非凡优点，不像有些动物，虚荣过了头，那些个多余而突出的漂亮，显得刻意而功利。马要是知道自己这么美，会骄傲成啥样子？马成为人类的朋友，是人的福气。说明人性中有一部分还有救，灵性未泯。相比起来，人不算造得有多好。特别是直立行走以后，和袋鼠一样，总显得有些不对劲，手足无措。奇怪、下垂、无所事事、莫名其妙的双臂，显得尴尬、多余，两手空空，无着无落。画室里赤身裸体的模特儿，没有了衣服掩护，又不能自由活动，最是手足无措了。手没处放，总要装模作样

庚子

韩子勇
纸本水墨　33 厘米 × 133 厘米　2020

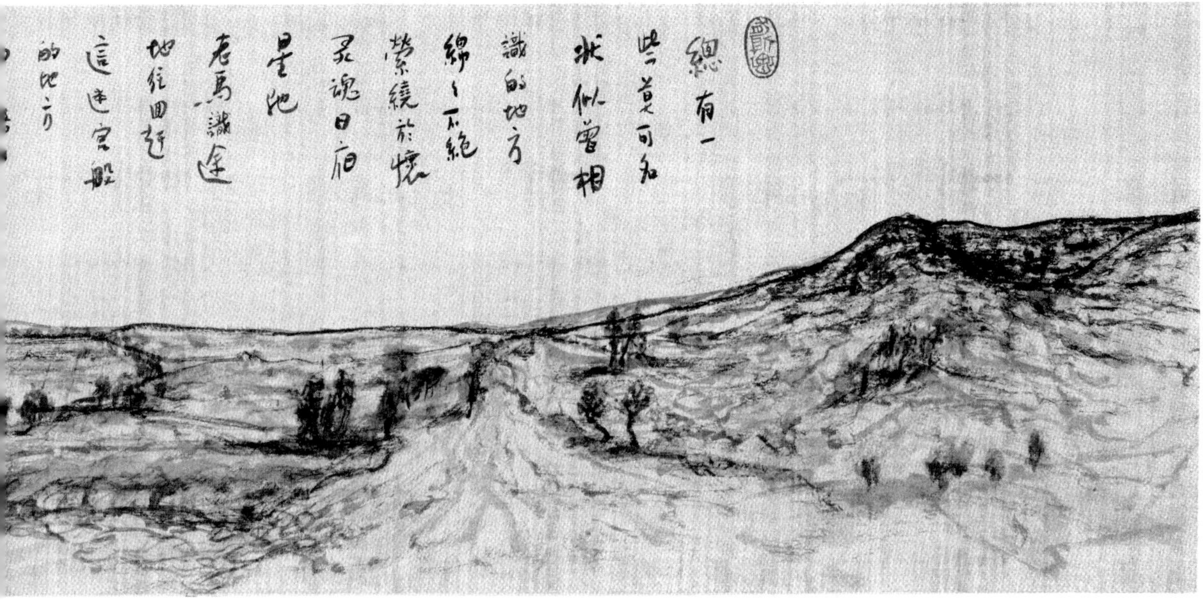
總有一
些莫可名
狀似曾相
識的地方
綿綿不絕
縈繞於懷
灵魂日夜
是地
老馬識途
地往回趕
這迷宮般
的地方

摆个姿势才好，特别是要安排好双臂的动作，才显得正常些。尤其是男模特，躺着不成样，站着也傻，实在没办法，让他拄个棍吧。但光天化日、赤身裸体拄个棍，显得更奇怪，可怜无助，像个乞丐。西方多有油画家和女模特，孤男寡女、旷日持久、耳鬓厮磨、生情有染的。他们裸女画得好，是因为情。画家和女模特，灵肉相融，画家、模特和创作的关系，发生内部结构性变化。自然而然，作品有了情、有了魂、有了美，有生命流过的痕迹。对动物的审美和评价，有强烈的主观性和意识形态特点，暗含人与动物的性质，与生产生活方式有关，与信仰、观念和习俗有关。不同人群、不同时代差异很大。同一人群、同一时代在代际、区域和个体间，差异也很大。多样而自我，有泾渭分明、激烈冲突的情况，也有模糊、含混、变通、重叠的过渡地带。标准强制、标准不一、标准混乱、没有标准的情况同时存在。吃喝拉撒、饮食男女、衣食住行，是本能使然，但也最文化，是变迁最烈的领域之一。动物、植物若有知，是不是也这样？能看到、感受到多层错动的人类态度？

城市远离自然，远离自然的动物、植物和土地，改变了人、畜、植物、土地同居模式。自然之子，被城市囚禁起来，被现代文明格式化了。畜牧越来越集中圈养，像牲畜的城市。种植分门别类，单一化、巨量化、自动化，那是植物的城市。大海中的鱼、贝类，也网箱养殖，是鱼的城市。这些都是人类定居模式的变种，是科技和生产力的结果。有些动物脱离动物界，混迹人间社会，成为家庭成员，变成纯粹的玩物和慰藉，猞猁、隼、鹦鹉、猫、狗、马、羊驼、鱼、鸟、龟、虫……五花八门。现在的一些宠物，闻所未闻，比如蜥蜴、蛇、狮子、虎、熊等，比较另类、酷，好像是人类要吸食自然界最后的原始气息，从陌生、异样的洪荒世界，获得来源、能量、刺激或灵性。植物就更是如此，一城树花，满院芳草，靡费巨资，让隐居在深山僻野的老树搬家，长在自己近处。

刚来北京的时候，我见宋庄有个画家，把猪养在画室里了。那猪很大，与人相处久了，神情忧郁，猪性有些泯灭，见人不哼哼上前讨食，而是愣愣怔怔地看着你，神情中好像涌动散发着迷蒙的意识。人猪相见，如坠雾里、不知今夕何夕。西方有个画家，画一金发裸体女郎，丰乳肥臀，穿夸张的高跟鞋，叼着烟，昂首挺胸牵一头大猪。是甚嚣尘上的欲望之旗？是对消费社会和传统价值的调戏或挑衅？有部火过一把的电视剧《春光灿烂猪八戒》，“猪八戒”的当代价值在转换、升高，贪吃、自私、好色的古典形象，有了当下阐释，可爱、直率的一面在放大。一些女孩不介意以猪喻己、打趣，并引为人设。猪由中国人首先驯化，是农耕族群最重要的动物蛋白来源，也是祭祀所用的“五牢”之一，在民间文化中是丰裕的象征，这相对高级的消费食品，是几千年日子清苦的墨面黔首日思夜想的美味，但从来不是合乎儒释道标准的人格神。猪性贪吃，食性杂，蠢懒脏，不自知、失礼无序、肉身肥厚沉重难当载道大任，像个活的、现成的欲望符号。以猪喻人，多是一种贬损羞辱。“不吃不美不洁的动物”，也是一些地域或族群的习性和观念。但现在，猪的形象，有了更多样、可以接受，甚而艳羡的含义。

四十多年前，由此上溯三皇五帝，中国人以牛喻人。牛是“五牢”之首，是勤劳、奉献、忍耐和低调的动物。吃的是草，挤出的是奶。任劳任怨，力大无穷而性格温驯。牛是农人之友，在农耕社会地位崇高。“天下太平无闲田。”牛、马、象，这样大的动物，能听人使唤，真是奇迹。特别是牛，日用而亲昵，人牛相依，说不清是人依偎着牛，还是牛依偎着人，关系牢靠、单纯，总之几千年谁也离不开谁。有牛耕地、人牛合作，才能实现耕读传家的理想，古往今来以画牛名世的画家很多。20 世纪 70 年代末，我随父母初回河南老家，到宿鸭湖畔看望年长的姑母。早上被断断续续的呻吟惊醒，起来发现薄雾中姑父坐着马扎在院里剥麻。事后，我问老娘他怎么了，老娘说姑父有宰牛手艺，给人宰牛能落些杂碎之类，是不错的回报。年轻时宰牛太多，现在老了，那些牛寻他来了，抵他的胸口，睡不着就早早起来剥麻。我忘不了这个解释，一说到牛，就浮现薄雾中剥麻的姑父，似乎听到住在“七仙女沐浴处”宿鸭湖畔姑父的呻吟，听到牛郎织女鹊桥会和银河清浅渺渺的水花声。机耕时代，牛的地位迅速下降，它的那些优良品格，好像也在急剧变化的潮流中落伍、风化了。现代的人性急，梦想一夜暴富。投机心重，势利眼多，总想走捷径。慢吞吞的老犟牛，适应不了当代活泛的心思。就是吃牛肉，也是吃不用干活、肉嫩多汁、丰润弹牙的雪花牛肉。百年变局，自庚子年春上以来，世界疫情汹汹，风景这边独好。2021年是牛年，天下归心，国人都盼着“牛转乾坤”，解决“卡脖子”问题。2020年12月31日，聆听习近平总书记在全国政协新年茶话会上，讲孺子牛、拓荒牛、老黄牛精神。牛不能忘，忘牛是忘本，牛在才本厚，本厚则继长。不用牛耕地了，但那股一往无前、脚踏实地的恒心、韧劲，那刺向虚无的铜壁的角，再锋利坚劲些，就能突破重围、实现复兴。

和猪、牛相比，狗是今天的超符码，凝结最多民间意识形态。农耕文明对狗感情稀薄，狗是看门工具，狗肉性热，是秋冬大补的美味，但对狗的文化评价不高。汉民族是经典的农耕民族，对狗的评价总体比较负面：疯狗、落水狗、狗腿子、狗奴才、狗仗人势、狗眼看人低、挂羊头卖狗肉、狗改不了吃屎、狗拿耗子多管闲事……汉族最早也是由采集、狩猎、游牧而来，由那个广义的“羌”而来，狗可能也曾很重要，是后来早早消散、稀薄。中国的农耕文明深厚而早熟，“华夏”以后，狗位降低。狗费粮食，认主护主，见生人则汪汪狂吠，狗在人烟稠密、人际复杂、礼序密构的熟人社会，难适其勾连关窍，若非还有看门护院之余用，不知狗剩凡几。采集、狩猎、游牧、草原、森林和山地人群，人烟稀薄、聚少散多。独处日久、经年迁徙不定。漫长岁月一人一狗，相随相伴，共对天地和生死，人狗情深义重。本来重狗轻狗、褒狗贬狗，两不相关、各行其是。忽然城市化、信息化、全球化、地球村了，急慌慌对标接轨。文化有势、相激相碰，前有韩国奥运会，后有中国奥运会，民间又对吃狗肉风习合围，狗肉节、狗肉美食，一触即溃。今天，在大城市，狗位显赫，狗格神圣不可侵犯，骂狗、踢狗、吃狗肉、杀狗者，是对狗主人和爱狗人士精神情感的严重伤害，网上真真假假，常有伤人狗者，被逼到磕头、忏悔、求饶的骇人场面。这景象，我过去只在宣传类的书中才读到：旧社会恶霸地主、流氓地痞放养恶犬，欺负穷人，穷人打伤打死地主老财的狗，被逼不过给狗披麻戴孝，这一幕现在竟在眼前。一日晚饭后，在小区散步消食，猛听一女厉言呵斥，又忽转怜爱忧切之语。回头一看，原来是一妇人，先是呵斥同行的家中长辈，忽而转怜，却是担心小狗走脱。这一瞬，令人震骇不已。短短十几年，中国人狗态陡转，也算是世纪大变。几千年低位之犬，时来运转，以狗速胜宣告结束。樊哙等屠狗之辈，活到今天，难以立足，若非失业，必定十恶不赦。今天，以狗为中心的宠物消费，据说相当可观，很难想象这是刚完成脱贫攻坚、全面建成小康社会的发展阶段。这和城市化、老龄化、单亲家庭日多、少子无子趋向带来的变迁有关吗？狗、女权、同性婚姻、绿党或极端环保主义……这些话题，翻来覆去，在世界各处，喷射着民间意识形态冲突的烈焰。看到电梯间角落狗尿的渍迹和小区散落的狗便，我常想，在初级发展阶段，一些大城市，应该诸如给宠物店、宠物医院、小区养狗者，课更多税，为欠发达的乡村和城市弱势人群多些哺育。毕竟，乡村还有许多因贫病自杀的老人，毕竟连烟酒都课奢侈品税。

当代艺术的特点是触目惊心。最好有事件般经久不息的冲击力，形成观念的震动、位移、坍塌和重构。一切皆是当代艺术家的创作材料，他们开始对动物下手。风水轮流转，人是万物灵长，自信满满，但可能亡于病毒或网络病毒的反噬。病毒进化太快了，病毒繁殖不用交配，分分钟自我分裂、刻录和变异，转换攻击策略，对人精准打击。百年巨变和世纪之疫，激出意识形态巨战。一些西方政客咆哮、挣扎、非理性、反科学的样子，也像病毒的隐喻。文化的东风西风、河东河西，一时之作品，难以定义、框定、镶嵌。变化如此之快，攻守易位如此迅速，有些作品，彼时有效，反映那时的社会心态。此时此刻，遥想那只印了英文的公猪，或许被新冠病毒强行去势，打再多激素，也只能发出狂悖虚妄的号叫。徐冰到底是有概括力的艺术家，不断深化、调整、丰富、改变已有思路，在汉字和英文字母中，在裂隙和缝合的悖论中，寻找介入、错动、冲突、对话和混淆的关系。他创作“天书”，发明“文字”，建立隐喻关系和态势的符号系统。这些熟悉又陌生的符号，成为不错的 logo，进入文化商品的生产系统，成为现实语境的点缀和装饰。

猿在树上的时间，远远超过人在地上的时间。每个人心里，都伏着一个猿。猿被安排在树上。猿体大而居高，俯视众生，伸手摘果，躲避猛兽，狮虎其奈我何？可谓无忧快乐。但猿遇到蛇，也就是“小龙”。一种悄然无声、深藏至毒，用肚子爬行，可上树、入地、凫水的三栖冷血动物。据说还能腾飞，名曰“螣蛇”。它细细一股，却能吃下庞大的动物。估计猿们曾经是巨蟒腹中之物，留下轰鸣不已的记忆刻痕。许多族群有一种风俗，用小孩出生后、第一眼看到的东西来命名。人在树上，看到了蛇，人喻龙蛇，中国人是龙的传人。西人是《旧约》里引诱夏娃吃苹果的蛇的传人。苹果是蛇果，也是人果，人蛇共享。苹果惹事不少，它在《荷马史诗》中引来纠纷。今天的苹果手机，是时尚霸权，有人卖肾也要拥有，苹果手机掌握着世界最多的信息和秘密。苹果最先从水果中抽象出来，成为一般水果，代表水果的普遍价值。对苹果的记忆，就是对水果的记忆。放过苹果的木头箱子，盛着记忆，很长时间都散出苹果的香气。现在各种国产或进口的苹果，汁少无香气，大小一致，颜色均匀，皮壳如塑料，也如塑料耐久不坏，只能削皮啃食。苹果堕落了，生命基因被改造，命贱如芥，量大价低，早已失去魔力，失去宗主地位和代表性。据说现在被榴梿、山竹、牛油果之类取而代之。

因为蛇，猿从树上下来，失乐园。开始想象、自我意识、制作石器，出现分工、聚落、复杂化的社会。自古人蛇相拥、人首蛇尾、人蛇不离不弃，红山文化、二里头的龙，伏羲女娲交尾帛画，一手持规、一手持矩。“人心惟危、道心惟微。”人之为人，隐隐蠕蠕，毒牙蛇影相随，一言难尽。从小到大，我梦到最多的，就是蛇。蛇出没不定，蛇总是忽然浮现于梦境，滑动腾跳，让我无处立足，恶心恐惧到浑身颤抖，缩在一团，恨不能腋生双翅，直到一身大汗地惊醒。我生活在干旱少树、植被稀疏的环境里，很少遇蛇，原来它们都在梦里冬眠呢，如幽暗不明的潜意识，本能、非理性，间歇发作、翻滚涌动，让人为自己担心，为无法自已的心性担心。《小王子》中，第一幅画，画的是吃了一只大象的蟒蛇。拿给大人们看，大人无趣，认为是顶帽子。按中国的说法，小王子是小龙，王子小时候总是好的。但一定会被蛇盯上、过蛇这一关，人对蛇更留意、印象深刻。他的长大，多半要染些蛇毒，或者转性为蟒蛇，想着吞一只大象呢？圣－埃克苏佩里也有这种担忧，他干脆安排小王子借着蛇毒，永远留在童年。他写不下去了——只能让小王子重新回到仅容一人、一棵玫瑰、有三座需要经常打扫的死火山的小小星球。

猿在树上，看到鸟。鸟在地上吃食、树上安家、天上飞翔。鸟是天空的主人，无远弗届，自由高远不可及，孰不心向往之？常见乡野土狗，无聊至极追鸟逐雀。几次三番，每扑不获，于是停住，呆望且羡慕之。鸟除了其他猛禽或蛇，没有天敌。人也是鸟人，鸟的传人，是玄鸟、金乌、青鸟、鹰鹫、凤凰的传人。天命玄鸟，降而生商。古蜀的王，均以鸟名。羽衣霓裳，羽冠纶巾，中原人、越人、百越人曾以羽冠为美。塞克人的尖帽

归藏

韩子勇
纸本水墨　29 厘米 × 45 厘米　2021

艮

韩子勇
纸本水墨　29 厘米 × 45 厘米　2021

一侧，插着羽毛。今天哈萨克族姑娘的帽子上，也插一簇羽毛。西王母头上的装饰，是用玉做出戴胜的样子。戴胜像凤凰一样，头上也有一撮向上散开的毛，像个王冠。印第安人、非洲土酋，也有类似的羽冠。回纥上表唐皇请改族名为“回鹘”，取“回旋轻捷如鹘”之义，鹘即猎隼。鹤鸣鹤舞，鹤姿飘飘，出落凡尘、长寿吉祥，为道家所推崇，老百姓也喜欢。农家柜门画鹤，现在殡仪馆大厅壁画画鹤。人生而伴鹤，死而驾鹤西归。舞阳贾湖出土的骨笛，是用鹤的腿骨做成，距今八九千年之久，是已知世上最早的吹奏乐器。能做吹管的材料亦多，为何是鹤骨？是鹤鸣鹤姿启发了人的音乐天赋？帕米尔高原无鹤而多鹰，高原上的塔吉克人，有“汉日天种”的族源传说，至今跳鹰舞、吹鹰笛，鹰笛由鹰的翅骨做成。

以树为家的猿，嫌自己待的地方还不够高，心心念念想着飞呢。什么人玩什么鸟。中国人自喻朱雀、凤凰、玄鸟，多彩、性温、有礼仪，和顺、合群而善鸣，餐风饮露喜食蔬果和籽实，偶食小虫。中国人也是多吃菜、吃谷麦、吃熟食，以木为屋、以木为箸、以木为书，和为贵、群为上，多神、泛神、敬天法祖，死了以木为棺。西方人多以鹰为徽记，黑白两色，二元对立、否定之否定。西人的鸟，是悬崖上的鹰鹫，虽也有以大树枯梢为窝的，但更多是在岩缝安家，以山风硬石为伴，寡言、独处、单飞，盘旋不已、鹰眼膦膦、虎视眈眈，挥翅如挥棒，喙爪如钩刃，自由、神勇、嗜血，喜食鸟类鸡兔羊狼等，也食猴和猿。闪米特人、苏美尔人、雅利安人、哥特人……以石为家，留下金字塔、巨石阵、雅典卫城、庞贝古城、罗马万神殿……以羊皮为书、喝冰水、用刀叉、食腥食生、争勇斗狠、一神论、个人英雄主义。卡梅隆电影《阿凡达》，大树、巨鸟、奇花、飞瀑，可通灵、皆为神，生生不息、长生不老。殖民者的星舰来了，火、机器，恶意汹汹，烧毁可栖一族的通天巨树，真是好电影。

猿、蛇、鸟、果、虫，共居一树，以树为家，结成一体，形成群落。一棵棵枝杈相握、如伞如盖的树，是家、路、屏障，是大地的高处、植物的王，指向天，接着地，通向天。猿攀到树梢，看到天、太阳、月亮和星星。那些常在树梢呆坐的，是最初的巫、王、首领，被风雨雷电裹挟，内心激荡，闷着心事。天人合一，人还是太阳、月亮、星星的传人。天、太阳、月亮、星星，是更高处的主宰。“大哉乾元，万物资始”，云行雨施，光阴如织，掌握生死宿命。上古之世，人民少而木兽众。许多族群都有以树为母的树生传说，经历森林时期，有树居的集体无意识。有巢氏感于鸟窝之妙，构木为巢、集叶为衣。这个巢，是最早的宫室形制。燧人氏钻木取火，驱散蒙昧。《山海经》的扶桑、建木，在三星堆出土的青铜大树上得到印证。释迦牟尼在菩提树下觉悟。中国人对树有古老的感情，以树为神。今天那些生生不息于人烟之中的百年千年古树，常被游客系满红布条。

年近50后，所有植物中，我最喜树。尤其看见老树、野树、孤树，心头一热，似见亲人，好像起源性的古老基因，开始复活、发挥作用。千万年的冷灰，被时光微风吹散，忽见里面竟还有几粒火星。我最早的记忆，是跟着邻居老头到林带里捡柴火，还记得他背一捆干树枝在前面走的样子。榆树叶子亮而黏，用舌头舔舔是甜的，后来知道是虫子屎。很多叶子都有洞，一种叫“吊死鬼”的小虫，吐出一道道丝，悬下来，挂满树荫斑驳的小路。丝和虫不断荡过来，粘在头上、脸上，有点痒痒。路过一个小水渠时，水渠边有只死喜鹊，没有伤、没有血。我蹲下摸摸，蓬松羽毛里还有一丝余温。四五岁的时候，随一群孩子，懵懵懂懂，兴奋地围着吊死在沙枣树上的马医助疯跳喊叫：抓一把稻草！抓一把稻草！马医助脸上什么样子不记得了，只记得离地的腿悬荡着，像要飞的样子。再一次是上初中了，不知道为什么一个人就躺在林带里，树间洒落的光斑在他脸上游动，眼皮里的血红红一片，忽然就想到：有我之前是什么样子？无我之后又怎样？生和死是什么？越想越害怕，越想越激动，不敢想又偏偏入迷，无结论就想尝试，好像突然发现天大的秘密，进入陌生、神秘而危险的体验。西域水少，树也少，只在条田、路边、水渠边有些林带。如果荒野中忽见一棵野树，或者没有条田、水渠、土路的地方，冒出一行歪七扭八的林带，就比较奇怪，忍不住要多看一会儿。在“五七”干校的时候，离家不远，就有一行奇怪的树。“五七”干校沿着路，只有长长一溜的房子。那林带在远处斜斜的一行，与这一溜的房子远远断开，不平行、不垂直、不相交，也无小路相连。当初种树的人是怎么想的？这格局风水，显得奇怪。我常会多看它几眼，说不上为什么，只是觉得这是多么奇怪的一行树呀。《水浒传》常有“猛恶林子”的说法和描写，这荒天野地、稀稀一行、有头无尾、少有人去的林带，就是我心中的“猛恶林子”。终于有一日，我看到有棵树的树干稍微粗些，好像有个人，背靠树，一动不动。我继续玩，快天黑了，那人还不动。我指给大人们看，大人恍悟过来，急急蹚着衰草，跑去验证。果然有人吊死在那里了。人这辈子，生也好，死也罢，总得找棵树。树不跑，人也走不远，真走远了，不是已成精，就是失了魂。记得在边城策划以“虹”为名的当代艺术展时，有人推荐一作品，是个从新疆出去的“北漂”，拟背一棵小树回家乡参展。人说他一直背着这棵树，转了好几年了，除了睡觉，人不离树。我不解其意，但记住了这个奇怪想法。人不能在一棵树上吊死，也不必在一棵树上活着，但总要有棵树，自己的树，但要扎下根，长成大树，又太难了。各类光怪陆离的梦境，除了突然出现的蛇，就是飞、无尽跌落、浸透心底的荒凉、挥之不去的鬼、失忆般彻底的陌生感和漫漫迷途。这些景象、印记，都是我的老朋友，如此熟稔，不请自来或随时召唤它们，每次醒来都有重生的庆幸。童年、少年时，它们是这样频繁地出现，形成双重时空，混淆错乱，真幻难分，有庄生梦蝶之感。那段时间，我成了“夜游神”，常常悄然夜出或被魇住。我不知道别人如何，飞行是我梦的主题之一。好像一段零乱、凝滞、难以进行的梦里，突然涌出飞的热望，羽化浮升，飞不高，似暗暗觉出高的危险，于是就控制在树梢之上，静观地上的人、房子、家园。

从树居到穴居，是一大步。山、浅山、丘陵、台地、沟峁墚塬，多有天然洞穴。这样的地方，食物资源也较多样，可猎可牧，可采可耕。安全性好，可藏可出，可出可避，曲折有据。这样一些进出、过渡、转折的场景和台口，也如子宫，如玄牝之门，构成胚芽、发育、诞出的血地。从密林、浅山、稀树丘陵，到沿河台地、三角洲、冲积扇平原，这个诞降、怀育和日益打开的臂弯，引发居落、复杂社会和大规模农业革命，是早期文明有迹可循的路径模式。地平线上，山之物象和视知觉，引发连绵不断的暗示、想象和精神，在诸文明中如此普遍。仁者乐山，神山圣域，神的居所，也是人的祖地。在华夏，山是擎天之柱，天地之中，帝之下都，绝天地通。中国创世诸神出自昆仑，共工怒触不周山，天倾地斜。天如圆盖，地似棋盘。“天似穹庐，笼盖四野。”“昆仑”“穹隆”“苍穹”的原始形意，即是头顶那个周而不殆、旋转不已的神秘主宰力量——天。“昆仑”的地望，具体所指云笼雾罩，神龙见首不见尾。“天地玄黄，宇宙洪荒”，昆仑最初在黄河中下游，在黄河冲出第二级地阶、文明登场亮相的区域。随着文明壮大、辐射、扩展，特别是秦的大一统和汉武帝据有河西走廊、张骞开通西域，“昆仑”名讳，也从中岳嵩山一路向西，变为祁连、天山、葱岭。“登昆仑兮食玉英。”天命所及，域内的尺度的想象撑到极致。中华文明一开始，即是一个大尺度、大结构、大场域，神完气足，体量恢宏。远在丝绸之路开通前，就有连接葱岭、于阗的玉石之路，妇好墓出土的玉器，大量来自昆仑玉。神出昆冈、玉出昆冈、河出昆冈，昆仑绝域变成精神制高点。在昭苏草原，第一次看见汗腾格里峰，就永怀难忘。天山颤动不已的锯齿折线，犹如一部绵延跌宕的旋律，到此处，先抑后扬，突然一跃而起，形成陡峭锥体的高潮，晶莹锐利，直插云霄。多少无所畏惧、纵横亚欧的游牧部众，一见此山，匍匐在地，呢喃不已。在帕米尔，公路转过一个急弯，好像天宇转动，“冰山之父”慕士塔格，满面冰霜，喷出凛冽寒气，扑面而来，这是又一个众山之上、兀立世界屋脊的完美锥体。它比汗腾格里峰更缓一些，沿峰顶向下，有三条扩展的裂隙。冰雪山体的这三道纵向断岩，描出显著的阴影，好像悲戚威严的劈面，又如三条阳爻，卜天问地。冈仁波齐是四壁对称的锥体，坚固伟岸，和慕士塔格的三条纵向断裂不同，冈仁波齐是在基座上平垒三条横向岩层，又被一条纵向裂隙果断断开，构成三条阴爻。南迦巴瓦峰、梅里雪山也都是著名的锥体，博格达峰是梯形的碑体，石峁、陶寺、王屋山、嵩山、泰山、华山、武当山、衡山、恒山……这些高处，这些伟大的山岳、高台，这些观天象、立圭表、封禅诏告的地方，就是求中建极、太初有言，形成文明最初的地方。

华夏主要是亲陆的文明，与地中海沿岸、两河流域、埃及、南亚、北欧等地多多少少的亲海性稍有不同。中国较少海神、海里的神话、与海相关的英雄史诗和观念传统，只在蓬莱、东瀛散布些仙话。仙话与神话比，是闲话和絮语，亲切闲聊和八卦，差着一个量级。海上丝绸之路兴起，终于诞出妈祖崇拜。总体上，中国人是标准的“山人”，是有“靠山”的人。如果没有山，远离了山，那就造一个，在自家庭院里精心布构些假山石，作为山水的纪念。中国庭院的亭台楼阁、轩榭廊舫、山石林泉、花树盆景，把山水带回家里，是最早、最悠久的大型装置艺术。展望的不锈铜假山石作品，一经推出，大受欢迎，是借传统灵光而乍现，有了陌生又熟稔的质感和锐度。中国人基础性的文化心理结构，如磁石不移，野火又生，总会反复萌生出来，不断衍化流变。山水即天下，中国人发展出山水画、花鸟画，表现出深沉的文化眷恋和心理模式。中国的山水画，是文化观念的山水、心灵生活的山水，和西方建立在观察、透视、形态上，相对客观的自然概念、风景概念有所不同。中国的山水在心中，从心里长出来。山水是中国人的家，中国人的家在山水里，不是什么外在的、客观的、二元的对应物。自孔子始，中国人多向后看，是几千年的后喻文化，近代后方有改观。中国的山水画，是“失乐园”的表征，有盛大不息的往昔情结，是心灵的溯源、神游和怀念，是去一个生命流逝、无从涉渡的地方。因此，画面不是迎面地对视、冲过来、逼向你，不是强调、突出、夸张，它背对你，影影绰绰，反复地、幽微地、草蛇灰线地，在前面走走停停，叫魂般一路引导你、等着你，这一路千山万水、重峦叠嶂如此曲折漫长、悠远空寂。想想看，家不会动，不能动，到处乱搬还是家吗？它有根呢，它能自己跑过来、抱住你吗？家都是越来越远，远到你再也回不去了，只能魂伤神游，无限怅惘。有些地方，你从没有去过，但一见之下就有家的感觉。山水画即是这样，让你想进去，成为它的一部分。有时那画面无比荒寒寂寥，了无生机的样子，带着荒凉苦涩的气息，但一见之下，竟有家的温热、祖先的气息，知道自己原是从这里走出来，再繁华的人世，都是暂住、借住的，都是过客、羁旅、漂泊者。“夫天地者万物之逆旅，光阴者百代之过客。而浮生若梦，为欢几何。”人都是出门在外走一遭，少小离家，早晚还是要回到家里的。我做梦，梦境中最凄凉的景象，是忽然不知在什么地方，四下无人，光线昏昧，怎么也记不起家在哪里、找不到路，那种迷途感、陌生感，常使我梦中惊醒、泪流满面。能梦到生活过的地方，是多么幸福。我的经验是，到一个新地方生活，得十年的时间，这地方才可能出现在梦里。如果它出现在梦里了，即是魂念留歇处，即是扎下了根。

人是天然的地域主义者。生命经验堆放何处，在何处即是中心。家，出生、成长的地方，即是中心，最初的中心。一人、一家、一群、一族、一国，这经验合成一处、代代相承相增，堆垒出沸反盈天的巨大心念，这最为久早、最为稠密集中的核心区域，构成族群中心、社会中心、文明中心，成为边缘、外围的向往之地。一人、一族、一国家、一文明，有根也有翅，有真身亦有分身，有主念也有分念，就这样立足、成长和扩展。班超说："臣不敢望酒泉郡，但愿生入玉门关。"十六七岁那年，我第一次回汝南老家。县城有个无影塔（悟颖塔），相传冬至正午塔无影，是个国宝级文物。在一个天中园里还有个"天中山"，也就是个小土丘，立着颜真卿手书"天中山"石碑。"禹分九州，豫为九州之中，汝又为豫州之中，故曰天中。"这个天中山，只有十几米高，是世上最小的山，据传完全是在平地上堆出来的，是置圭测影之台，从春秋战国就有了，每年还会封些土，肯定还有个什么久远相传的仪式。泉未涸，弱流滴濡，残魂未销尽。我在山上，全没有小天下的豪气，只想躬身给它加抔土，抵消一点岁月风化。此类行为和物象，像个源远流长的行为艺术或艺术装置。中国关于"天下"的想象，即是"海内"，四海之内。"海内存知己，天涯若比邻。"四海之内皆兄弟。《易经》据说是先有"连山"，"连山"以艮卦始。应是茹毛饮血、砸制石器，狩猎、采集和使用火的"洞穴人"阶段的观念。后有"归藏"，以坤卦始，厚德载物，蓬勃而收敛，应该是新石器阶段，开始向台地、平原、定居发展，植物、动物得以驯化，农耕大周期的循环生产的观念确立，聚落扩大，人烟稠密，制陶冶铜，储存食物，生活稳定，社会组织复杂化阶段的观念。最后是周易，周易以乾卦始，地上江山一统，有了更多仰观天文、究天人之际的时间。于是，天人合一，天道落定，天命不凡。艺术家是经验主义者。那些宏大瑰丽的作品上，生满了经验的细芽。蔡国强的火药作品，只能是他那一代人的感受。现在的小孩子，生在禁燃鞭炮的城里，就是乡村，小孩也少有放炮的兴趣了。他们没有未等硝烟散尽、在一地碎红纸屑里找寻哑炮的经历。火药是中国人的发明。爆竹声声除旧岁，在循环和宿命的渊面，那一串清脆短促的冲击，荡漾着挣脱的激动。当代艺术总在阐释实际上脱胎于西方的国际化，表面好像很普世的样子，但真正成功的案例，多是和传统、地域、经验有深入的联系。

法国哲学家笛卡尔有句在中国流传很广的名言——“我思故我在”。最早的中国之思是什么？我以为是《易经》。“易”这个字，上“日”下“月”，是日月合体、阴阳合体，本身即是交往、交流、交融的意思。《易经》是阐述天地人世万象变化的经典，上古之人游目骋怀，仰观天文、俯察地理，细览品类之盛；近取诸身、远取诸物，究天人之际，通古今之变，以图像、文字总结、演绎的上古之思，是中国古代思想的第一缕曙光，也是中国观念的最早范式。它塑造了中国人的思维方式，体现中国人最初的价值选择。《易经》是一本讲交流、变化、发展的书，它把宇宙、天地人看成一个整体，“孤阴不长、独阳不生”，要生长发展，必须相亲相激。四十多年来中国的现代化举世瞩目，关键的一招是改革开放，与世界的交流、交往、交融。全球化是人类大势，但不会一帆风顺，目下逆风不止，但也从来没有像今天这样相依为命。也因此，习近平总书记提出“文明互鉴”和“人类命运共同体”的倡议。

中国还有一本比《易经》稍晚但影响更大的书，就是儒家学说的首创者孔子的《论语》，这本书的重点是关于仁、和合、中庸的思想观念。这和“孤阴不长、独阳不生”“相生相克”的整体观是一致的。可以看到，中国最早的思想和今天中国的主张，是一以贯之、一脉相承的。《易经》讲交流变化，有一个重要的价值选择和自我设计，就是在双方、多方、全方位的交流关系中，作为己方的“我”应该处在什么位置、遵守什么原则、采取什么行动？老子说“上善若水”，就是以水为师，水是生命之源，最体现交流、交往、交融的自然物象。中国人从水的柔弱、活泼、包容、浩大，处其下、乘其势的物性中，看到弱德之美。老子说：“知其雄，守其雌，为天下溪。”这样的思想，滋养出中国人爱好和平、谦逊好学、平等待人的品格。新冠疫情席卷全球，人类活动按下暂停键，但忧思如无声惊雷，从没有像现在这样渴望交流、分享智慧、彼此抚慰与鼓励。霸权必败，弱会胜强，这需要时间，但阴阳交替不会停止，百年变局必将带来人类文明和思想的大冲决、大激荡，汇阴阳、促交流、启生机，形成新结构。

《易经》的思想、老庄思想，对中国传统艺术影响最深。音乐作为艺术中最直接又最抽象的样式，在中国人对文学、音乐、绘画、戏曲、社会交往、人格理想的理解里，有许多有趣的地方，比如道家认为“大音希声”“无声胜有声”。在许多中国的古典名曲中，乐曲高潮点不在繁管急弦的强烈激昂的乐段里，而可能是在乐曲中瞬间停顿、逗留的地方，所谓“引而不发，跃如也”。那些旷古之音，从琴、埙、钟、磬、笛、箫、鼓之类乐器中流出，天籁地籁人籁，相合相应，相困相激，我们听到，就觉得是祖先的声音，“有物混成，先天地生，寂兮寥兮”，天地、道、人，日月星辰、山山水水，融在一起了，悠远神秘，漫无际涯。中国画也如此，不是画家用肉眼看，不是从一个焦点扩展而出的视线，是以道的精神，用心看、用天眼看，四面八方、前后左右，是复数、是散射，有大量省略和留白，白也是画、是色、是有，也参与营造和组织，阴阳贯通，虚实相应，共同呈现心象变幻。

人文领域、人文科学，难有“唯一不二”、一律、绝对的。天鹅尚有黑天鹅，人类更是一人一样。文明、民族、社会，这些难以更改、无法置换、一次性通过的长期历史的复杂产物，更是形形色色。今天的中国，是五千年文明发展延续的结果，历经劫难、千锤百炼，每次的升级升华，从另一面看，又都是历劫后的结果，是神魂欲裂、神躯破碎、神血淋漓的惨烈过程，如凤凰涅槃、集枝自焚、浴火重生，突破大限，推陈出新，其羽更丰，其音更清，其神更髓。没有春秋战国何来秦汉，没有魏晋南北朝何来隋唐，没有近代两千年未有之变局，何来新中国……这是大文明稀有

一树可也

韩子勇
纸本水墨　29 厘米 × 45 厘米　2021

之象、青春永驻的稀有之法。在大时光的内部，似乎深藏着一口文明的坩埚，那些真正的智慧原创，经历罡风嘶鸣、外力摧打，以为要碎为齑粉、风流云散了，但结果却另有清水淬锋，使那些伟大久远的心念更为精粹醇厚、浑然一体了。许多一时间轰然倒地，看上去万劫不复的典范，云烟消散后，重返神州。

大地的筑居者

一、经验

从巢居、穴居、早期聚落，到建筑、城市、城市群，人类创造出改变了地球面貌的第二自然——那些由水泥、钢铁、玻璃、管道、沥青、塑料、电力、电磁波、计算机……构成的世界。我小时候，“伸手不见五指”不是一种修辞上的形容用法。漆黑的夜，真能淹没掉手臂。深夜莫名其妙醒来时，脉涌如浪，能听见心跳声。满月时候，月华如水，天空澄明。孩子们半夜还在不知疲倦地野跑、嬉闹和怪叫，月色中回荡着大人高一声、低一声喊他们回家的声音。刚通电的时候，我看过那台油乎乎吐着黑烟、有节奏咆哮的柴油发电机。神气的电工，把刚剥了树皮的电线杆一一栽在连队成排的土房前。我们用弹弓打瓷瓶，把漆包线窝个钩，用长杆挑

去楼兰之路

韩子勇

纸本水墨　50 厘米 × 50 厘米　2020

着挂在电线上，再扯到家里接上个铁皮盒子，就能在早晚听到音质很差的广播。电线的电压很低，我乐意被电一下，那种电流瞬间穿过手臂的刺麻感，难以形容。有时似乎是怕忘了这感受，还会再摸一下。电、电灯、有线广播、极少的书籍，就像《百年孤独》里的那块冰，照亮偏僻的童年和远方。新疆是露天的，一股一股地喷薄蛮荒原始的气息，苍茫辽阔到让人失神。阿尔泰山、天山、昆仑山，这些逾越几千里、终年积雪的山脉，就像亘古的伟大建筑，逶迤起伏，在寂静中轰鸣而去。在超过 160 万平方公里的土地上，无论身在何处，总有一线连绵不绝的山脉，眯着冰蓝的眼睛，注视你。我体验过滑入吐鲁番盆地时那细腻的颤动的弧，迷恋慕士塔格裂隙里的雪崩，沐浴过如血的楼兰日出，出没于瀚海、白杨、条田和葡萄架下，徜徉过准噶尔盆地、塔里木盆地、吐鲁番哈密盆地每一处孤独的绿洲市镇。一切尘埃落定，落入胸底，赐我以美的尺度和关于一切的比例关系。这是一种无法言喻的经验理性，不从教育习得，而是生生不息飘落、沉淀和蚀刻在血液里的绝对尺度。古人云："人法地、地法天、天法道、道法自然。"诚不诬也。记不得谁说过，我们惊异于宇宙，不在于它是这样，而在于它竟然是可以理解的——如此神秘，又如此井然有序，让人由衷感叹：这是谁设计的？优秀的建筑也是这样，好看、好用，恰当、得体而无限生机，仿若天成。建筑由用而起、由心设计，它的诞生和成长像生命一样，是活的有机体，即使死去很久，变成断壁残垣，时间也并非中止，而是开启持续的缅怀和追忆的历程，成为精神性的形而上建筑。1981年夏天的一个黄昏，我第一次来到博格达脚下的乌鲁木齐，上学、工作和生活，开始对城市、对建筑有了一些印象和思考。十年后，在红山观景平台上，面对电视镜头，参加一个有关城市景观话题的对谈，我又想起第一次走进乌鲁木齐的那个夏日黄昏。我说，乌鲁木齐是个雪山脚下的城市，我希望它永远在雪山的回光中，它的额头、它的天际线，永远是如碑耸立的博格达。而新疆，是故城最多的地方，几乎每个现代城市的附近，都有它过去的故城遗迹，如同父子、祖孙，昭示起源和成长，这是多么幸福的时间关系。那些淹没在时间洪流中的遗骨，褪尽繁华而本质灿然。城市也是活的有机体，是一个生态，犹如植物群落，有起伏的土地、水泽、林干、枝蔓、花叶，与更高的阳光、云流和飞鸟，有循环不已的风土和宿命。人亦如是，一个人迁入犹如移植，要在一个城市扎下根，也需十年以上——当城市开始出现在你的梦里，就有了生命走过的印痕，有了根，有了神游。十年里，我对这个城市的印象，是纳格拉鼓、烤肉香气、冰山、夏荫和夏荫里突然爆发的笑声。我批评了胜利路尽头那根新起的、挡住了通向雪山视觉走廊的大烟囱；我对水泥板砌成的水渠和围栏有意见；我建议光明路中间的行道树改种沙枣树，而不是呆若木鸡、永远长不大、被冬日的汽车尾气熏黑的松树。再后来，当我有机会参与决策一些具体的建筑项目时——我算不上专业的设计者——我还是改变了一些细节。在文化厅系统老艺术家住宅楼项目上，我让设计师在每个单元，都更换一部那种可容担架、医院才用的大电梯，为的是便于“埋体”的上下——穆斯林讲究速葬，人过世，会先把遗体从医院取回放在家里停放，然后送清真寺，小电梯放不下抬尸架。这可能是这个城市的住宅楼，第一次安装上这样的电梯。在新疆艺术剧院建设项目上，我带队到北京、上海等地调研，提出功能需求，比选设计团队，决定概念设计方案特别是剧场正立面形象。最重要的，是突破了领导定下的只为接待之用的300座席方案。我们的舞台，是“品”字形标准舞台，若只有供接待之用的300座席，太奢侈了。为便于日后的经营，我忍不住自作主张，要求二层大厅调整到可用于观赏的高度和视角，方便安置可推拉收放的活动座席，拉开时可增加500座席，收起后亦可当多功能厅使用。在新疆木卡姆团新址迁建项目上，我故技重演，把领导审定过的合成剧场，生生建成有1200个座席的正规剧场。这些改动，避免了日后的遗憾，事后领导也是满意的，皆大欢喜。我总觉得，大领导们日理万机，处于关键决策的顶端，但我等专责此事，经年累月思考专门具体的问题，或许总归还有些长处，理应在贯彻执行时优化细节，不能唯唯诺诺，把领导的一时之思之语当圣旨。大而言之，这得益于我们在制度上的高效率、优越性和实事求是、宽松灵活的体制。当文化产业和旅游演艺勃兴时，自选动作更多些，我越发入迷地介入项目创意和设计。一个是受喀纳斯景区管委会约请的景区演艺硬体及演出内容项目。我忍不住画出一沓硬体概念设计草图，请新疆建筑科学研究院的青年设计师进行技术上的细化落实，也列出剧目内容提纲。此项目终因投资问题，无疾而终。但之后受阿勒泰行政公署所托，组织创作舞剧《阿嘎加依》大获成功，总算半续前缘。第二个是在喀什噶尔高台民居区域，打造演艺硬体及演出剧目项目。为此我带设计和主创到美国看环球影城、百老汇音乐剧，拉斯维加斯的*O*秀、*KA*秀，以及国内的实景演出项目。回来后，我对硬体部分的概念设计，提出了外观融入高台民居的“超级酒吧”设计思路，包括高低错落观演区、分块向舞台中心围拢的氛围图，剧目内容也形成一个叫《悬崖乐园》的本子。但终因诸多因素，胎死腹中。我介入创意设计最深的是新疆艺术中心项目。这个地块的路对面，是新疆赫赫有名的昆仑宾馆，也就是刀郎歌里唱的“停靠在八楼的二路汽车”中的“八楼”。右面是新疆人民会堂，已经是新时期新疆建筑的典范之作。这个地块上的原建筑，是文化厅下属的新疆展览馆，一座60年代建设的砖混结构的具有历史价值的苏式地标性建筑。1992年，新疆要召开“首届乌鲁木齐边境地方经济贸易洽谈会”，新疆展览馆一夜之间划归当时新疆外经贸厅，成为一年一度的“乌洽会”专用场馆。对此，一些文化人心意难平，但也服从经济建设这个中心大局。斗转星移、时来运转，二十年后的某一天早晨，我在上班的车里，听到新的新疆国际会展中心破土动工的消息，马上意识到“收复失地”的机会来了。一到单位，就草拟专函报自治区党委，建议将老馆重新划归文化厅，改扩建为新疆艺术中心。自治区党委通情达理、从善如流，很快决定改扩建包括新疆美术馆、文化馆、画院、艺术研究所等诸功能于一体的新疆艺术中心。面对这样一个城市中心位置的重大项目，重点是解决新旧建筑之间的衔接问题。我提出，改扩建后的新疆艺术中心，应该成为中亚范围内丝绸之路上的艺术标志性建筑，新旧建筑要拉开距离，形成一个超高、超长、超宽的公共空间，围合出“丝绸之路上的艺术大街”概念，成为诸多功能单元交汇的公共空间。在西域和中亚、西亚、北非的沙漠绿洲社会里，在阿姆河与锡尔河、幼发拉底河和底格里斯河之间，在安纳托利亚高原和波斯高原，在阿拉伯半岛和死海沿岸，巴扎（芭莎）是最醒目的、延续千年的光怪陆离、活色生香的古典公共空间——我想象着在这个洒满天光的艺术巴扎里，人群熙熙攘攘，不断涌现艺术奇观，即兴的活动和宏大的场面，个人的和群体的天才想象，激出一圈圈涟漪般令人赞叹的浪花。设计团队按这个思路，结构出设计方案，我也按这个项目设计思路，向自治区党委财经领导小组做汇报，领导们一致同意了这个设计方案和项目预算。这是我离开新疆前完成的最后一个项目的前期工作。

2012 年年底调入北京后，我先在中国对外文化集团工作，其间友情主持了新疆大剧院演艺内容咨询会议。半年后，被组织调去筹组国家艺术基金管理中心。在文化部和基金理事会的领导下，主持国家艺术基金的制度理念、资助结构、运行程序的设计、论证和运行管理，开辟了一项有挑战性、创新性的事业。五年之后，2018 年 5 月，又被组织调到中国艺术研究院主持党政工作，修复政治生态，推动事业发展。这期间，一项重要任务，是作为项目法人，完成中国工艺美术馆项目（暂定名）——2022 年正式定名为中国工艺美术馆（中国非物质文化遗产馆）的工程建设和开馆运行工作。生命是什么？生命就是从生到死的历世经验。生命经验是中性的，没有高低贵贱之别，传奇也好，平庸也罢，都是一辈子，无法复刻、独一无二，是唯一的、一次性的、不可逆，深具大因缘。我在退休前的这几年里，面对每一次的挑战或机遇，都充满感激之情。我在想，这是大有深意的安排，所有的吃苦受累，化为满心欢喜。

二、优越性

中国工艺美术馆成立于 1990 年，2006 年划归文化部，由中国艺术研究院代为管理。2008 年搬离原馆址后，中国工艺美术馆一直处于有馆无舍状态，业务基本停滞。2007 年常沙娜先生致信当时的国务院领导，呼吁重建中国工艺美术馆。许多文化界的政协委员、人大代表，也提议建设一座包括工艺美术在内的非物质文化遗产馆。中华文明是礼乐文明，中华民族是礼仪之邦，历来有慎终追远、记俗采风、赓续传统的历史特征。中国第一部诗歌总集《诗经》，反映的正是弦歌时代朝野流传的礼俗和情感。中华文化在工艺方面的特点特色也十分突出，文以载道、经世致用，器以载道、道器合一，取象喻理、技近乎道，是我们原始思维中的最重要方面。上古之人游目骋怀，仰观天文、俯察地理，细览品类之盛，近取诸身、远取诸物，究天人之际、通古今之变，以阴阳、五行、易经等符号、文字，总结上古之思，演绎阐述天地万物、人世万象的变易变化，这是中国古代思想的第一缕曙光，也是中国观念的最早范式。它塑造了中国人的思维方式，体现了中国人最初的价值选择。劳动创造人，早在新石器时代，勤劳智慧的中华先民，用自己的双手，创造了世界诸文明中独树一帜、冠绝天下的玉文化。玉器是礼器，君子以玉比德，玉成为君子人格的精神象征。上下五千年，包括传统手工艺在内的中国民族民间文化，华滋繁茂、灿若星海，是中华文明生生不息、厚德载物的历史见证。中华民族有着文化上的优越性，它辽阔、丰富、源远流长、博大精深，常常使我们日用而不觉、欲言难尽述。我们党历来十分重视民族民间文化和传统手工艺。百年党史和革命文艺，早已把理想、信念、奋斗、牺牲和滋生于人民生活中的民族民间文艺，牢牢熔铸在一起，开辟了中华民族文化的新途，成为中国革命、建设、改革开放和新时代的重要精神力量。2000 年以后，伴随全球化进程和世界文化交流的深化，我国的民族民间文化传承、保护、利用事业，进入非物质文化遗产保护、传承、弘扬的新阶段。2001 年联合国通过了《世界文化多样性宣言》、2003 年通过了《保护非物质文化遗产公约》、2005 年通过了《保护和促进文化表现形式多样性公约》，中国作为宣言、公约的发起国、缔约国，一直致力于包括传统手工艺在内的非物质文化遗产保护、传承和利用。中国是列入“人类非物质文化遗产代表作名录”项目最多的国家，中国已经建立了国家、省、市、县四级非物质文化遗产代表作保护名录。2011 年，全国人大通过了《中华人民共和国非物质文化遗产法》。“非物质文化遗产”成为近二十年来中国社会的一个“热词”，成为助力脱贫攻坚、全面建成小康社会、乡村振兴和传承弘扬中华优秀传统文化的重要内容。为了统筹非物质文化遗产和工艺美术事业发展，原文化部向国务院上报了融合非物质文化遗产及工艺美术两种功能的收藏、陈列、传播、研究场馆建设项目。党中央、国务院十分重视支持这个利国利民的文化建设项目。2011 年，经国务院批准，国家发展和改革委员会批复同意立项“两馆”项目。2018 年 8 月，国家发改委批复了可行性研究报告。“两馆”建设项目建筑面积 91126 平方米，建设经费 153592 万元，列入了国家“十三五”重点文化建设工程。中国工艺美术馆（中国非物质文化遗产馆），生逢其时，体现新时代新征程的优越性，填补国家级工艺美术和非物质文化场馆的空白，是文化建设新收获，在全面建设社会主义现代化国家中承担着建设文化强国的使命，也必将迎来中华民族的伟大复兴。“两馆”建设工程与中国共产党历史展览馆建设工程，处于同一地块，共享一个广场，相呼相应，是一个整体景观。按照中央领导同志的指示与文化和旅游部的要求，“两馆”工程建设须与中国共产党历史展览馆的建设相同步，“两馆”的建筑尺度和风格要与中国共产党历史展览馆相协调，为配合中国共产党历史展览馆在 2021 年 7 月举行建党百年重大展览活动，“两馆”工程建设节点，必须在 2021 年 6 月前完成建筑外立面及周边环境整治。也因此，“两馆”工程建设有服务大局的政治要求，也是一项政治任务。时间紧、任务重，体量、尺度的调整增加了工作量，特别是施工期间经历两年多的疫情，面临诸多困难。但因为“两馆”工程建设项目，与中国共产党历史展览馆同步建设，为推进“两馆”建设提供了强有力的组织保证，得到中央宣传部、国家发展和改革委员会、文化和旅游部、北京市政府的格外重视，提升了协调解决问题、克服困难的力度。我深深感到，我们政治上、体制机制上的优越性，在这个具体项目上得到了体现，使不可能成为可能。能和中国共产党历史展览馆建设项目相同步，是“两馆”建设的荣幸，是它不到三年就高效完成的重要原因之一。在一开始经手推进这项工作时，我隐隐感受到这点，但同时也为我们是否有能力完成“跟跑”而惶惑，因此在一开始的计划安排上，强调了一些困难，为此，我的上级领导在电话里狠狠批评了我十分钟。老实说，领导的批评让我心悦诚服，甚至感到释然、高兴，扫除我最后一丝的惶惑退却，激发出背水一战的信心。我知道，我们中最具优势的因素开始起作用了：领导支持在任何时候都是非常重要的因素。无论是古代还是今天，也无论是何种制度、何种体制机制下，一项大型公共建筑的建设，都不会仅仅是工程上的专业问题，都有远超建筑项目本身的社会复杂性。一个建筑完成了，就是一件不得不发表的作品（也有个别过于低劣、一发表即被删除的），有无限的外部性，尽可任人评说。在这些外部性的评价里，一般情形下，不会过多考虑到工程本身的内部性问题。就像平时，我们不会对大街上一掠而过的美人，赞叹之余又追上去上推三代，询问她父母的基因、孕育过程、长在怎样的家庭、发育时营养是否足够、受过什么教育、藏了哪些隐私或故事……其实，这些内部性的话题相当重要，甚至就是起到决定性作用的那些核心因素。就像遗址考古所追求的那样，一层层剥开的，其实是尘封的社会面貌、结构和观念。

面对庞贝古城、万神庙、斗兽场、露天剧场、吴哥窟、金字塔、圣家族大教堂……面对那些由巨石块铺成的光滑街道、石柱，我们会想到支撑它的信仰、观念、审美、社会现状、生产组织……因何而筑？为啥这样？怎么完成？在胡志明市或者东京的一些重要街道，我看到许多建筑是逼窄一条，临街一面多是一屋的尺度，楼梯如蚯蚓般叠升上去，通向明显是后加的二层、三层、四层……当地人告诉我，这和土地分配、家庭财力和私有制有关。我也想到东南沿海城市的城郊，比较即兴、急就章式的“城中村”。毫无疑问，改革开放以来，中国城市化速度和质量，在人类现代化史上，无疑是规模最大、质量最好的，也最为人性和干净。我们几乎把中国重新建设一遍，目之所见的每块砖石，都是新的，出于己心己手。我们的制度优势、规划能力、生产模式和杰出效率，体现在城市景观和建筑风格上，是正大光明、波澜壮阔的现代形象——不管有多少可供检讨和改进的地方，就总体而言，是一部宏阔有序、起伏生动、富于才华的交响曲，洋溢理性光辉和灿烂感性。特别是在城市的核心区域、在大尺度的空间布局和精心规划的建筑群上，是力与美、自由和理性、蓬勃生动的大手笔。在城市和建筑的背后，在规划和设计之外，在物质的、有形的、被定格下来的质料、结构、功能和外观形式之上，有一个关于国家、民族、社会、时代、文化和人民的上层建筑——正是中国特色社会主义现代化思想、制度、体制和机制，才是创造了这一切的终极设计师、项目组、工程队。文如其人，建筑也总是酷肖它的时代，中国的城市和建筑体现了我们这个时代独一无二的优越性。

三、共筑

中国工艺美术馆（中国非物质文化遗产馆），其建筑三段式造型取意自传统建筑，巧妙地与建筑内部功能对应，细节设计更摒弃了直白的符号，创造性地使用了错落石材、镂空花格等处理，充满韵味，引人联想，与博物馆工艺美术和非物质文化遗产的性质及内涵做了呼应。项目造型的整体设计构思借鉴了中国传统殿堂建筑的比例关系，建筑三段式造型由下至上分为坚实的石材基座、通透的平台层和飘浮的藏宝阁。建筑的基座层，采用石材幕墙，不同规格错缝分格，具有较大的凹凸，强调了雕塑感和厚重感。利用不同的石材分格模数，设置了必要的出入口、采光窗。在坚实的基座和轻灵的屋顶之间，设有一个外表透明的平台层，功能上作为临时展陈区，承上启下、连通内外，有大型露台供人们休憩、观赏北京奥林匹克公园的美景。建筑上部的体量，以“凌空的藏宝阁”形态“飘浮”在空中，是对中国传统工艺的现代阐释。其内部功能空间呼应了“藏宝阁”内的“百宝箱”的理念，布置静态、动态展陈空间，展示中国非物质文化遗产和工艺美术珍品，其寓意内外一致、形象鲜明。其外表面肌理采用了暖铜色的幕墙材质，图案借鉴了中国传统建筑中的花窗构图，经过抽象而成，并以现代金属工艺加以表达。宝阁幕墙对室内空间在起到有效的遮阳作用的同时，还通过镂空形成生动的光影变化，使整个建筑显得灵动多姿、活力四射。飘浮空中、晶莹剔透的藏宝阁与北京奥林匹克公园形成了鲜明的视觉互动。新时代是奋斗者的时代。面对这项工期紧、任务重、要求高的工程建设任务，文化和旅游部高度重视，成立“两馆”工程建设领导小组和办公室。中国艺术研究院作为工程项目主体单位，全力以赴，也成立了相应的工程建设领导小组和办公室。“两馆”工程建设项目，于

2019年3月30日奠基，2020年1月13日举行地下结构封顶仪式，2020年7月31日举行主体结构封顶仪式，2021年6月完成建筑外立面及周边环境整治，很好地落实了中央领导的指示，配合了建党百年党史展览的重大活动。从2019年3月30日“两馆”建设工程破土奠基，到2022年1月5日工程竣工验收，先后参与其中的建设者有八千余人，工程历时1012天。近三年来，在上上下下的共同努力下，“两馆”工程建设，不超概算、不超面积、不超工期，安全、绿色、高效、廉洁地完成了建设目标。回望近三年的工程建设历程，我作为亲历者，百感交集。近三年来，为研究推进“两馆”工程、解决工程建设中的重大问题，文化和旅游部召开了4次党组会议、58次部长办公会议。每到关键时刻，部长、分管副部长和相关司局的同志们，总是亲赴施工现场，解决实际问题。我深深感到，没有中共中央宣传部、北京市政府的支持关心，没有文化和旅游部坚强有力的直接领导和靠前指挥，不可能完成这一重大艰巨的工程建设项目。近三年来，作为工程项目法人，我感到沉重的责任和压力。中国艺术研究院为推进工程建设，近三年来共召开院党政联席会议、党委会议、院务会议174次，涉及议题共计400项；中国艺术研究院的“工程办”召开工程例会128次。“两馆”工程破土动工不久，新冠肆虐、疫情袭来，又增加了统筹疫情防控和工程建设双重责任，本来很紧的工期变得更加严峻。设计变动、社交隔离、用工紧张、原料涨价、运输困难、重大活动交通封控和工程停工……面对重重困难，在文化和旅游部的直接领导下，我们没有退缩，而是迎难而上、担当作为。回望过去的三年，中国工艺美术馆（中国非物质文化遗产馆）能够顺利完工并投入使用，要归功于党中央的坚强领导，归功于中共中央宣传部、国家发展和改革委员会、财政部、中央编办、北京市政府的关心支持，归功于文化和旅游部的直接领导和全力推动，归功于先后参加建设的八千多名工人兄弟。我要感谢工程设计方德国GMP国际建筑设计有限公司和中国建筑科学研究院，感谢建设施工总承包单位北京城建集团和各分包公司，感谢工程监理方北京双圆工程咨询监理有限公司和项目管理顾问公司与全过程造价咨询团队，感谢在各阶段参与项目论证、建筑设计论证的中国艺术研究院的专家学者，感谢参与开馆大展“中华瑰宝”展的中国艺术研究院艺文馆、工美馆、音研所、戏研所、美研所、工笔画院、篆刻院等所有为展览付出过心血和努力的同志们，感谢向“两馆”捐赠了木建筑传统戏台、迎宾文脉石、贵宾室家具的江西省乐平市人民政府和戏台制作单位江西中乐古建公司、河北省曲阳陈氏定窑瓷业有限公司和庞永辉先生、福建四君子古典家具（集团）有限公司和陈玉树先生。作为通常意义的业主或甲方，这次的经历和我个人过去极其有限的相关经验相比，我更多地体会到在今天的社会，要做成一件社会意义较大的事，真是有赖各方面巨大的进步：制度、规则、程序更清晰，工作更深入，对专业的尊重和管理严谨性有了很大提升，上上下下的责任担当、解决问题的能力和落实推进的有效性更为突出。我想到一个能描述这三年新体验的词：共筑。在复杂关系、责任结构和功能角色中，我们是一种均衡的共筑关系，如同建筑本身的设计和组织，它的连接、受力、支撑、呼应也必须是合理的、均衡的、优美和恰当的……我忘不了中国艺术研究院“工程办”在一线的拼搏，忘不了与设计团队自由愉快的探讨，忘不了前后两位分管部领导和司局同志在更高层面的统筹协调，忘不了总承包单位为克服疫情影响付出的种种努力，还有我们的监理公司、顾问团队富有成效的工作。至于我个人，除了项目管理者的角色，在功能安排和空间结构上，更多的是审视、提问、改进者的角色。现在想来，我的审视和提问，主要围绕三个尺度。一是内容、属性的尺度。这涉及对工艺美术和非物质文化遗产的理解，属性决定功能、功能决定结构。工艺美术和非物质文化遗产，涉及实物一面，有一些年代比较久远的，自然贴近文物的属性。但更多的，可能是传统的当下性，是继承之中的活的创造，没有那么稀缺和脆弱。因此不必处处是黑匣子式的幽暗、封闭，当然温湿和外光要有适当的控制和考虑。同时，非遗内容的展示演示和传播交流的理念方法一直在探索中。作为口头传统和无形文化遗产，更突出的是在地活态传承，往往是在开放的社会文化生态场域，而展馆的空间结构有封闭性，但考虑到城市化趋势和传承传播交流的效能，在大城市建设这样的场馆也是必然的选择。2020 年年末，全国常住人口城镇化率是 63.89%。按照乡村振兴规划，到2025年全国常住人口城镇化率将达到67%，2035年基本实现新型城镇化，农业转移人口市民化进程总体完成。这样一个趋势，决定了工艺美术和非物质文化遗产的传承保护和发展的重要场域是城市。特别是工艺美术和非物质文化遗产的传承链条和形态，越来越呈现从传统的以熟人社会、家族内部、师徒、班社、作坊的代际为主模式向以城市社区、社会组织、企业社团和教育机构转移的横向为主模式。今天的工艺美术和非物质文化从业人员，可能越来越多的是一些接受过正规高等教育的青年人。这些情形，都涉及对“馆”这个范畴的重新阐释和认知问题。因此，在4、5、6层外围空间安排上，我倾向于让更多的外光进来，体现通透开放的可能性，形成“金边银角”。在未来的使用中，这些更加灵动的空间，可以安排更多生活文化的活动内容；作为由外向内的“过渡”，最后包绕着一个个沉静、幽明、回溯和观赏深思性的核心空间。现在的5、6层边缘，是贯通的光廊，使用上有了更多的可能性，一定会成为比较自由轻松的赏物观景的打卡地。特别是4层的环绕露台，让我想到卞之琳的一首诗：“你站在桥上看风景，看风景的人在楼上看你。明月装饰了你的窗子，你装饰了别人的梦。”若沿着工美馆（非遗馆）四层露台转一圈，可以观赏党史馆、鸟巢、科技馆、历史研究院、奥森公园龙形水系、亚投行、奥林匹克塔……同样地，这些露台上的观赏者，也会成为建筑里流动的风景，与室外空间形成互动。在一层的多功能厅，我提议引入一个木结构传统戏台，它是一件大尺度的“展品”——木建筑营造技艺是被列入世界非物质文化遗产的代表性项目，同时它也为适合演示的项目——如传统戏曲、民俗、学术报告及培训等提供平台。二是关于特色的尺度。从人的视角看，没有绝对中立的建筑。即使宇宙万物，只要能被“识别”，就靠近“特色”一词的意涵。也许，如《道德经》所言：“有物混成，先天地生，寂兮寥兮，独立而不改，周行而不殆，可以为天地母。”曰大曰远曰逝的“道”，是中立的，但它又是老子的、中国的，是有特色的。只要“特色”，就会“具体”；只要“具体”，就有取舍、选择、偏向，也就有局限。少即多，一座建筑的生命周期，需要用更大的尺度来观察和取舍“特色”，要靠近那个恍兮惚兮、杳冥无迹的“道”。只有这样，才耐看、恒久，才有持续的解读性，才接近大美大象，才是牢靠和恰当的。不能太工美、太非遗，不能太满、太直白、太强烈；在过去和未来、特色和普遍之间，有一种微妙的灰度。在涉及一些可供选择的处理时，我脑海中常会闪现不同的人，当代的、过去的、未来的，他们可能会怎么看。我想找到那个幽微不明但确实存在的平均数，我觉得这个建筑的美，应给平均最多的人、最多的时间。三是形式的尺度。最终，在所有的线条、块面、结构和空间的尺寸上，体现人性，体现肉眼观察和人居其中的舒适度，当然也包括物、展品、活动。这会带来不失庄敬的亲切、轻松和自由。围绕这三个尺度，费思最多，虽收效微薄，但却是我在这项工作中最热爱的那一部分。建成中国工艺美术馆（中国非物质文化遗产馆）十分不易，用好、管好中国工艺美术馆（中国非物质文化遗产馆），讲好中国非物质文化遗产故事、工艺美术故事，满足人民群众对美好生活的新期待，更为关键。按照中央领导的指示、文化和旅游部的要求，“两馆”在壬寅虎年春节开馆。为配合北京冬奥会和冬残奥会，作为北京冬奥会和冬残奥会文化活动的重点文化项目，在文化和旅游部的领导下，几乎与工程建设收尾、验收相同步，我们马不停蹄，依托中国艺术研究院强大的学术力量和丰富的藏品资源，同步推进“中华瑰宝——中国非物质文化遗产和工艺美术展”的展陈论证、设计与布展工作。2022 年 2 月 4 日，北京冬奥会盛大开幕。第二天，即 2 月 5 日（农历壬寅年正月初五），“两馆”正式亮相。“中华瑰宝”展是开馆大展，共分八个板块，涵盖了工艺美术、古琴、传统乐器、传统美术、戏曲、金石篆刻与拓本、传统年画、戏曲演出，以及学术报告，共展出 1298 件珍品，其中 80% 是第一次面向社会公众展出，大部分展品是中国艺术研究院七十年积累的珍藏。展览还设计了精彩的互动环节，每件展品均可扫描二维码听看展品的讲解。“千里之行，始于足下。”作为一个在新时代建设落成的国家级展馆，我们决心在习近平新时代中国特色社会主义思想指引下，在文化和旅游部的领导下，打造世界一流的国家文化展馆，让中国工艺美术馆（中国非物质文化遗产馆）助力文化强国的建设。

卷入现场的当代艺术

一、闲逛与深机

与一件作品相遇，有许多情形。

有些是无意的，有些是有意的。细究起来，无意并非无意，有意也许不那么明确具体。指出这点，是想说每件作品面对的都是具体的人，生活在具体的历史、文化、社会和时代，有自己的经历、想法、趣味和习惯，不是经验白板，不会被动“写入”。他们看作品，其实是看自己，是在交换、确认、深化、丰富自己的经验和愿望。就像市场上的闲逛、漫游，但更多是有意而来。不管是闲逛，还是有意而来，他只看见需要的东西，这些东西似乎也看见他，从一大堆“背景”中跳出来。这些东西也有目标，为人生产，但永远不知道谁才会满意，它的命运被悬置、被一次次延宕，惊心动魄又悄然无息。这是多么尴尬——生死攸关但又无法言说的关系呀。一直到他停下，仔细端详，和拥有者交流，并想把它带走……正是一个个匿名而具体的人，使艺术成为可能，成为所理解和所需要的作品。

如果一个时代里，很多人都中意某件作品，那么这件作品就红起来。如果很多时代过去了，这件作品仍有抓人的魔力，那它可能是件杰作。想想看，在一个似乎无始无终、无边无际的“大市场”中，人潮起起落落，但人们始终聚集在个别商品上，那只能说人类已经离不开这些东西了。在这些作品里面，最大限度地保留着人性和灵魂，被人享用不尽，如同那些耕耘千年依然肥沃，值得信赖、依靠和厮守的田畴，那就是一代代生命蕃息的灵壤。

美术是典型的空间艺术。现在一些画家喜欢画大画，但像兑了水，比较寡淡无味，没法趴近细读。这些不恰当的大画，占据宝贵的展览空间，以为画前可以站更多的人，想在有限的展期内形成“共享”，但结果往往是“路过”。好的观看近乎“独享”，好的作品在合适的尺幅内，满眼刚好罩住，能打破空间艺术的魔咒，带人进入时间的河流，体味不断闪烁增殖的丰富性与可能性。

美术馆的人群不都是为作品而来。游客是观看行为中的人群假象。在达·芬奇的《蒙娜丽莎》面前，为传言、猎奇、装饰身份所驱使，熙熙攘攘的人流在这里挤成堆，刻画“到此一游”的意识形态。美术馆的人群也是“作品”，是社会的“作品”。任何社会，注意力都是稀缺资源，特别是还想从中分一杯羹的艺术，要想从被互联网、自媒体搅动得更加涣散的心神里，吸到一缕社会的视线，非有火眼金睛不可。哪些是普遍、持久、不易觉察，像人所未闻的珍稀矿脉，牢牢镶嵌在千米之下的历史文化和社会存在的深处，哪些是简单、短暂、浅表、肥皂泡似的浮光掠影、过眼烟云……关键是对这种资源的分类、估量、发现、捕捉和兑现的能力。这需要两种能力：一种是超出艺术知识范围的人文能力以及对社会结构，特别是心理、思维、情感、愿望、矛盾、压力、焦点的直觉把握能力；另一种则是通过艺术的方式完成杰出的、干净的、震撼人心的非凡概括。因此，我们看到，天才的“厨师”会经常从烟熏火燎的“后厨”跑到人群深处的“大堂”，他不仅是看“菜品”，更多是看“食客”，因为“食客”也是一道五光十色的“菜品”。美术馆中，暗哑的画面面对观者，像个从深处浮现的“吸血鬼”，它要攫住理想的观者，它有话要说，努力想蹦出一个个词来。但谁会接住这些词并一路传递下去？这里悬置着所有艺术都伴随终身的疑问。

一件作品，先要被看到。作品被看到的机会不是无限的，甚至非常稀缺。特别是在古典社会，所谓的“发表”“展示”和“传播”，可能就点缀在交游、雅集、宴食……甚至青楼的听歌买笑之间。这样的沉醉空间，短暂而虚无，很难被捡拾和固定下来。有些了不起的作品，因为机会稀缺，湮灭在时间的灰溪。但也有一些，经历了这么长的时间，竟然会被找到、唤醒、起死回生。

美术作品最好的呈现空间是展厅，是面对面地观看。它无法像书一样大量复制、供人随时分享。展厅的空间不是无限的，进去的人和可看的作品都很有限。无论是作品还是观者，这样的交流和传播，相对于书籍、广播、影视、互联网、移动客户端等，是边缘的、零星的、时断时续的、成本较高的选择。人们至今迷信作品的唯一性，强调细读原作，认为再完美的印刷品，都是“替身”“二手货”，是“失真”或“失贞”的，即使复制技术的进步让内行人也经常蒙圈，但他们仍认为复制品缺乏“灵光”的神秘魅惑，根本无法与原作相比。这种情形对传播不利，使共识分散，迟滞了判断，无法形成大致统一的审美尺度。对寂寂无名的新人而言，尤其如此。这一切，在影像时代、信息社会虽有改变，但多少又变成炒作和闹剧，成为更严重的干扰或遮蔽。

今天，美的分蘖、繁殖、对立和夭亡，如此严重。特别是当代艺术的现场，打破了人们对艺术整体性的默认。这是什么？何为艺术？哗变、“出圈”和颠覆……平地而起的变故，引起悄悄的骚动，无须挑动，无法清理，也无法复原。关于美的中心化结构不复存在，“册封”的多源、多元和多变，影响、效用、界线的分散、对冲与流失，日益深重。生机和毁坏、保守和激进、吁请和抵制、暧昧和极化、一日千里和风流云散……同时呈现。作品的渊面之下，涌动的是社会结构、体制机制、市场、技术、全球化、多样性、文化变迁的无限渊薮。从各种角度看，从单一到复杂，从整齐划一到千姿百态，转型中的社会结构、体制机制远比改革开放前复杂千倍，各种元素、维度、力量同时在发力、牵制和平衡。特别是市场、金融、技术、全球化和多样性的全面渗透，几乎影响到一切方面……所有这些，加入和塑造着人们的动机、心思、言辞、偏好和态度。童真岁月荡然无存，万物碎裂和成熟。这些力量颠簸流离地落到一件件作品的命运里，它的出生、籍属、性状、评价、册封和归宿，被严重复杂化了。当人们再与一件件作品相遇，可能不再是画面、形式、构图、线条、色彩……不再是这些重重深机折射出的令人晕眩的镜像，观看不再悦目，感性、直觉、经验中含有了越来越多艺术之外的艰难之思，言语变得困难，作品越过定义，它与观者和社会的关系难以析明。

二、镶嵌或炸裂

比如下图的作品。2016年10月，我在今日美术馆的“第三届今日文献展”上看到它。看这个展览，有两个原因：一则它是当代艺术展。当代艺术众说纷纭，人们态度矛盾，时有作品带出风波；二则它是由民营美术馆操办。今日美术馆是最早最有影响的民营美术馆，主打当代艺术，它的

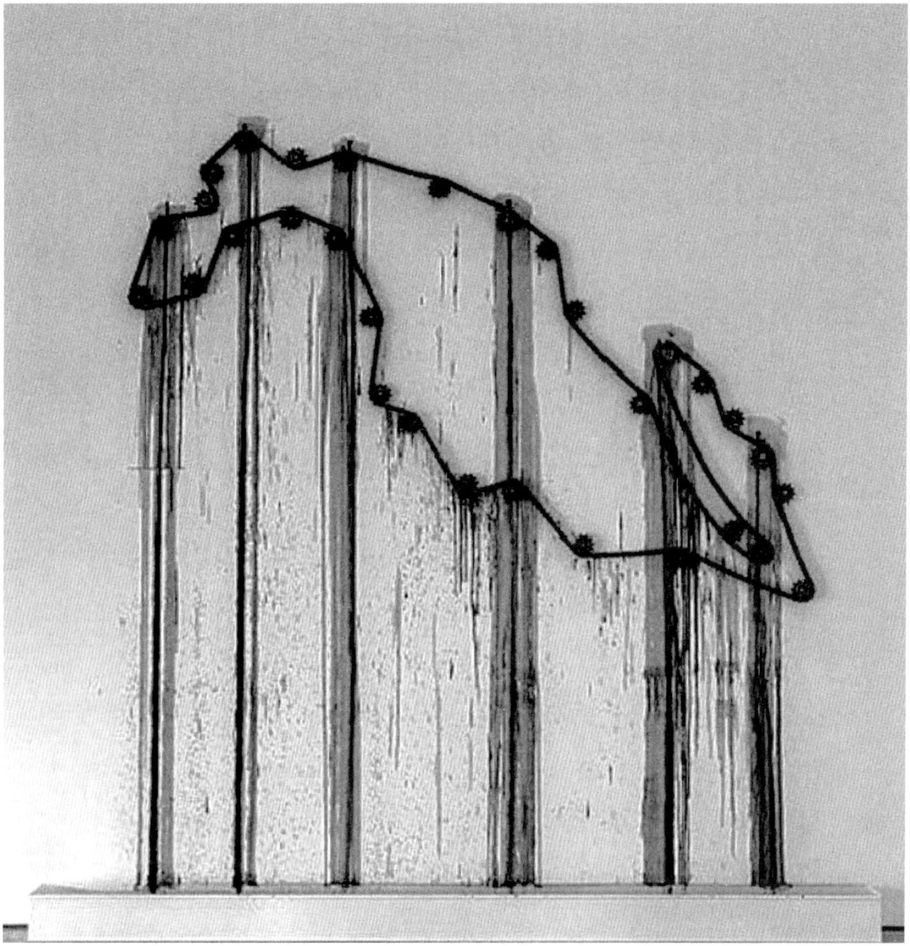

马塞拉 · 阿马斯（Marcela Armas）《自我机器》（*I–Machinarius*）

综合材料（Mixed Media）
工业用链条和齿轮，1/2 大功率电机，
润滑系统，原油，铁质容器，
尺寸可变，2008

策展策略和入展标准是我所感兴趣的。当我还在一个偏远省区工作时，曾指导策动把一个图书馆的地下空间改造成体现当代艺术的平台，给它命名"图书馆魅影"。2007 年 12 月，大雪纷飞中，我策划的一个名字叫"虹"的首展登场了。我希望它能为一派的原始凝滞带来现代开放的气息，希望它是和解的约定，是那只用喙拧下橄榄枝的鸽子。事后的效果使我松一口气，这可能是我曾长期生活的那个地方第一次由体制内主导推动这样一件事。

每个人都是"当地人"，是当地生产的一部分。我曾说过一句无聊的话："你在什么地方、什么时间，你就是什么。"但也不仅于此，他的丝丝蔓蔓，无时无刻不在兜兜转转，可以伸到很远，不断地漂移、抽离和移植，"当地"扩大到"他乡"，"家乡"渐成"故乡"或"原乡"。但他总有一个或几个开始时的"主根"，他无法生在所有的时间、所有的地方。人生不过百年，这个尺度决定经验、情感、可获得知识与人生深度，有个永远无法克服的局限，也因此，单个人的情感或理性又总是片面的、相对的。人在认知，个人在认知，但人群的深处或深处的人群，这些认知是不是也如夏夜的萤火虫，微小盲目地漫飞呢？每个人天然以自我为中心来建构经验和观念的世界。童年一圈圈扩展，融入辽阔社会，形成身份与认同，又不断消解或加强着身份和认同，如同古人常说的那团"气"，形状、结构、方向变化万端，难以确定和言述。人类正经历前所未有的全球化，从各方面连成整体，注定要相依为命。但这不是均质的整体，结构就充满对立冲突，注定要相依为命、相惜相怜又你死我活、无法共处，这一切，理解起来如此之难，又如此盲目而决绝。每个人、社会、文明、民族和国家，在必然的联系和接触中，是自者和他者的镶嵌与炸裂、隔离或调适、再加固与再修正。我们总是先找到差异最大的部分，找到尖锐之处，磨平它、伪装它、搁置它、刻意地忽略它，或者夸大陌生、震惊、焦虑、伤害、屈辱和憎恨，试图击碎、掩饰、吞下这难咽之物。

挑这件作品来分析，是因为时下强烈的语境，使它凸显出来。这场疫情扩大、分化了不同的应激反应，人群焦灼，注意力聚集，零碎的、个别的意识，隐藏于日常的各种意识形态之间，都被新冠病毒套牢、镶嵌和炸裂，在家庭、阶层、代际、地域，在朋友圈、闲聊时光和一点一滴的生活细节中，地震波般辐射扩展，它造成的震动不仅在目前不可知的自然、科学知识方面，更主要的是引发了人造的、有形无形的设施的裂痕。

当代艺术需要“入戏”的观众。这件作品，从我四年前看见它，便偶然想到它，它就扎了根、在记忆的暗房一点点长大，又在当下语境破土而出，一下子显影出来。它自然而然地浮出幽暗的水面，适当的语境和我的意识结构给了它浮力和位置，刚好镶嵌上当下景象的某个部分，不那么严丝合缝，却很真实。2016 年，今日美术馆的“第三届今日文献展”，有100 多件国内外的作品，我只记住了这一件：锈褐色的、缓慢转动的链条构成闭合的线条轮廓，描出墨西哥地图的形状，从转动的链条上，特别是转角齿轮咬合的地方，一条条浓稠凝滞的机油，不断滴在白墙上，它又黑又红又脏，像从一张大嘴的牙缝里流出来……我感到震惊，随即在心里给它命名“墨西哥”。我想到了什么？想到了大航海、殖民史、种族屠杀、对女性土著的普遍强暴，想到墨西哥人的面孔和血缘，想到白人种族主义对美洲拉丁裔的“一滴血原则”……

人类历史是一部同化史。主要是自然同化和强制同化。自然同化是双向的、主动的，和平、缓慢、日常。历史上的强制同化给人留下更多的印象，往往伴随战争，虽然也是从人、物、文明上的掠夺和占有，但因为年代久远，特别是地缘、文缘、血缘的相邻相近，或者百十年的、拉锯似的相互施加带来的某种平衡感，已被消平、谅解、释怀和坦然面对。而且，如恩格斯所言的“征服者被征服”，在古代中国，在中华民族的融合发育和中华文化“多元一体”的格局铸造中，更为规律和典型。这里有世界史中最早、最大、最鲜明的农耕集团和游牧集团，沿黄河、长城、丝绸之路这三条自然、军事和文化之线分布、串演，农耕与游牧的分野、相处与运动，是两种生产生活方式密切接触时必然发生的反应，特别是它们的规模体量相近时，就会发生犹如太极生两仪、两仪生四象的效果……在生产生活、族群、社会、文化诸方面，冲突、融合、交换，如同历史的“搅拌器”和“大碾盘”，生生不息、旋转千年，是不断整体化、有机化的智慧与力量。在共同的“天下观”和“大一统”观念的笼罩下，文明程度更高的农耕生活，更多地扮演着守雌、母性、保守的一面，“地势坤，厚德载物”“万物并育不悖”，具有更内在、更持久的容受力、驯化力、继承性，而不断涌现的新鲜的游牧力量，天行健，屡屡扮演主动一方，生生不息又扩展消散，成为转化和加入的力量。小的例子是，出塞和亲的到游牧集团的汉家“阏支”，在草原社会的两性关系中，反而高于她在农耕社会的性别地位，能够扮演更重要的社会角色。同时，母亲的哺育是血缘的，也是文化的，大帐之下，那些跨血缘、跨文化的混血儿，犹如旧世界中的“新人”，在情感和文化方面，更倾重于母亲的一边，往往几代之后，殊途同归。即使今天，在边疆的民间，在多民族家庭的后代中，作为母亲一方的文化传递性也更为明显。在普遍的文明里，母亲是“来处”和“归处”，地、土地、母亲、繁衍、族群、文化、社会、传续……往往被并置和一同看待。2004 年 10 月，我在巴黎街头看到聚合了许多少女笑脸头像的招贴，我问翻译这是在说什么？翻译说是一项法兰西之母的评选活动。看来高卢人也有此喻，特别是经由启蒙运动和法国革命的加敕，赋予女性以自由、祖国的象征义涵，德拉克洛瓦著名的《自由引导人民》这幅资产阶级上升时期的政治抒情油画，正是镶嵌了这一观念的经典。从人类早期普遍的生殖崇拜、丰饶女神，到中世纪的禁欲、压制和女性、母亲象征的消遁，再到近代的重新唤醒和政治化，有一只历史之手，参与到对性别的选择、装饰和使用中。

近代西方列强残酷的大规模殖民和强制同化，超出人类以往历史的想象。它以工业、资本和巨炮的碾轧，把启蒙精神推到反面。这些从神权、君权重压下刚刚走出来的，自以为获得了人性、理性的人群，把除己之外的“他者”“他处”，当成狩猎之域，跨越大洋和半球，侵入全然陌生的未知文明和族群，以压倒性的优势直接掠夺、消灭和同化。这一历史景观在美洲大陆最为典型，那里的文明和原住民很大程度上被突然中断和意外死亡了。这幅滴着机油的墨西哥地图作品，如此醒目，在白色的展墙上默默转动，链条、齿轮像工业武装起来的牙齿，铁是脏的，霸道、蛮横、凶相毕露。我看到它，立刻恍然大悟，我的记忆和知识一直建构在这样的理解上。为了弄清作者姓名，我向今日美术馆的高鹏、晏燕索要画册和作者信息，从他们寄来的画册、发来的作者信息里，我突然发现，我把作品名称和作者想表达的意思搞错了。

原来，作者马塞拉·阿马斯是位女性。我记忆里一直想当然假定作者是男性。作品的名称也不叫什么“墨西哥”，而是《自我机器》。最重要的，是作者认为她的作品想要表达的是：“它是一个以墨西哥领土为形的机器，上面装有控制原油流量的电子润滑系统。《自我机器》是一个过度运转，且象征受损的机器，阐述了在全球化背景下关于主权问题及能源依赖的议题。这台机器的意义源于将其作为全球化能源流动的载体，涉及资源的提取和消耗。其功能性与社会想象之间形成对比，又被根深蒂固却毫无用处的想法所扰乱。”同时我发现，今日美术馆的作品远没“原作”强烈，它油量不够多，机油、生铁的气味不够大，不足以溅到、弥散到观展者的头发丝里、白衬衫上。

我感兴趣的是，这件作品在不同国家、民族、文化和社会“旅行”时，会发生什么？反正它在我心里发生了根深蒂固的“误读”。我为什么一眼看见它，就叫它“墨西哥”？为什么一开始就直接认定它所表达的意思，是关于殖民、种族灭绝、强制同化的控诉性作品？这种深信不疑是从哪里来的？类似的情况是不是在我身上经常发生？我是个什么样的人呢？面对这件作品还有多少人发生同样的误读……我们这代 20 世纪 60 年代生人，经历的是新中国的两个历史阶段，但在我的知识观念结构里，一切要从 1840 年开始的中国近代史讲起，这是个整体性的大逻辑，也因此，远方的那些“他时”“他者”“他处”，那些我从未经验的、类似的历史，似乎有整体的现场性，这些翻山越海、连成一体的庞大结构，坚不可摧，是一整段相互连接的、颤动的、如山岳般跌宕起伏的命运线，它太明显了，无法忽视，无法释怀，也甭想解构。这样的经验和认知结构不断吸附、镶嵌新的碎片，使它强化、加固、巍峨如山。即使得到新的作品信息后，潜意识里仍会追根溯源，自动连缀成上下文：“自我机器”，资本是它自己的意识形态，机器、能源、工业、全球化、过度运转与受损，对应着自然、和平、绿色、轻量、舒缓，也可同构、套用、镶嵌到殖民地人民及其命运中，这个顺势延伸的复调——他们（人群和自然）都曾被机器（资本、殖民）冷冰冰地强力污染、侮辱和损害过，而且至今隐隐作痛、无法安眠。疫情重压下的美国，乔治·弗洛伊德之死和那句“我无法呼吸了”，通过影像和网络的巨量深描，牢牢锚定社会的结构矛盾，在西方回荡串演，积累的张力最终产生炸裂效果，街道人群汹涌，火光四现。这一切在时代镜像的聚焦下，极像一件不断“改写”和“完成”的社会“作品”，一件庞大的、以城市空间为展示现场的当代行为艺术，一个瞬间发生链式反应的“自我机器”。我们看到，不再是一般的闲逛和隐晦的深机，“作品”对抗“作品”，消灭和清除直接呈现，一座座雕像被推倒，观念价值上的自我清算，回溯燃烧到资本的上游——他们殖民时代的精神遗产。

黄河，一部中华民族的伟大史诗

大河作为文明的温床

《易经·贲卦·彖辞》有“观乎天文，以察时变；观乎人文，以化成天下”之语。天人关系，是中国文化的重要起点之一。大河文明是文明古国共有的故事模式，但大河不同的特征和个性，又使文明的故事和命运截然不同。让我们先来一番山河判断。

自然地理是人类历史活动的基础。黄河是中华文明的温床，是中华民族的母亲河。她孕育和流过的，其实是一个伟大文明的命运。观察这条河，要把她放在整个东方文明的大背景下。从采集到农耕、从狩猎到游牧，这是人类早期历史的基本线索。人类第一次革命是农业革命，农业革命使“游荡的人”变成“聚落的人”，发展出定居模式和复杂社会。哪些地方最适合农业革命的展开呢？答案是河流泛滥所形成的冲积扇平原。早期的刀耕火种只适合这些比较疏松的土质。在漫长的地质年代，黄河的不断泛滥和改道，为黄河两岸和整个华北塑造了这个大型的冲积扇平原，从而为农业革命提供了得天独厚的条件。

和其他大河相比，黄河为什么有这么大的塑造力？这要感谢黄土高原。黄土高原曾经是一片汪洋，西起青海日月山，东到河南洛阳，南至陕西秦岭，北到陕北长城，湖面辽阔，面积有如今的六个渤海之大，可称其为黄土原湖。大约 1500 万年前，由于地壳运动，湖区推升，渐渐形成了高原，最终形成今天黄土高坡的地貌。

黄土高原的土层厚度普遍达到 50 米至 80 米之间，最厚的地区可达 250 米以上，这么厚的黄土层是怎么来的？目前比较流行的学说是“风成说”。在距今 300 万—200 万年前的第四纪冰期，气候干冷，西北风携带黄土高原以西广阔地区的沙漠和戈壁地区（包括新疆、内蒙古、中亚等地）的黄土往东南方向吹，到了黄土高原地区，风力减弱，黄土沉积，年复一年最终形成黄土高原。

“黄河之水天上来，奔流到海不复回。”西高东低的台地，为她提供巨大的势能和冲击力。咆哮不息的黄河在流过黄土高原时，狠狠地切入黄土高原疏松的土质，黄土高原为她注入大量的泥沙，使得黄河成了一条泥河，也成了世界大河中含沙量最高的河，这也可以理解为大河之中最为猛烈的受孕。黄河有着世界大河中最为伟大的塑造平原的能力。

在中国古人的观念中，“风水”“气数”“时运”这些词，是上自帝王下到黎庶，常常挂在嘴边的词。中国的三级台地所带来的伟大势能、不息的西北季风和地球板块撞击所创造的黄土高原，加上从天而降、九曲十八弯、永不言败、莽莽写出一个“几”字的黄河，这“风”与“水”的杰作、“天文”与“地理”的合谋，如同阴阳、如同父母，一起为中华文明的诞生、壮大，提供了一个大河文明的形成与农业革命开始的最大的场域。

大场域必有大结构，大结构必出大功能，从而构成大命运。我们除了有人类农业革命最大的场域，还有一个更大的结构，支撑着这个大场域、大结构、大功能不至于碎裂坍塌。中华文明是“天降玄鸟”的“卵生”，之所以一次次凤凰涅槃般不断新生、壮大，绵延五千年而不曾中断，是因为我们有一个天造地设的保护性“蛋壳”。中国的东面是碧波万里的大海，北面是少有人烟的冻土带，南面是难以穿越的雨林，西北和西南有一系列巨大的沙漠、山系、高原和冰山作为屏障。它们合围出一个保护壳，如同上天派来的保姆，如同护佑的天使，在文明诞生、发展、壮大中起到保护作用。中华文明的大场域、大结构，带来大体量、大功能、大气数、大命运。它内部的贯通性，形成幅员辽阔大尺度和大型人类社会，大型人类社会必然推动中心化组织结构的形成。从三皇五帝到夏商周，这个中心化组织结构不断升级，从由血缘组织起来的封建万邦到归于一统的郡县制，最终在秦汉之际形成稳定的中央集权、大一统的天下观，使中国成为世界上最早确立文官制度的国家。在这个过程中，黄河的周期性泛滥、改道带来的社会治理需求，推动早期国家发育升级和治理能力的向上集中。大禹治水、禹划九州，就是这样一个隐喻。马克思所言的亚细亚生产方式，也含有这层意思。

中华文明之所以不曾中断、气韵悠长，也是由于这个文明的尺度、场域、体量、结构和功能，给了她强大的生命力，使她在各种危难和挑战中，拥有足够的韧性，使她很难被扳倒、打败，使她始终保有一口绵绵不绝的元气，向死而生、反败为胜，渡过重重劫难。中华文明之所以青春永驻、长生不老，也是因为这个巨型文明的尺度、场域、体量、结构和功能，使她始终处在内部和外部能量的交换当中，多元多样、风激云荡、相辅相成，儒释道、大运河、农耕与游牧、陆地和海上的丝绸之路……大海生巨鲸，高天起鲲鹏！这大尺度、大场域、大体量、大结构、大功能，带来云蒸霞蔚、气象万千的文明大景象。

黄河、黄土地、炎黄子孙，这就是中华民族日夜不息、波澜壮阔的流动史诗和中国故事。

大体量、大质量带来大温度和大的向心力与辐射力。如同太阳，它的引力会俘获一系列行星，它的高温高热和不竭燃烧，穿透黑暗和距离，散播光明。文明、历史和民族，是一个活体，也有它的高温区域，有它聚变燃烧中最早、最多、最激烈的地方，有它冶炼、结晶、成型、壮大的原点和坩埚。黄河、黄河文明就是这样的坩埚、区域和锋面。

费孝通先生使用了“多元一体”来阐释中华民族结构格局和历史发展进程。“多元”指的是中华民族所包括的56个民族单元，“一体”指的是中华民族。他认为：“中华民族作为一个自觉的民族实体，是近百年来中国和西方列强对抗中出现的，但作为一个自在的民族实体则是几千年的历史过程所形成的。”回溯中华民族多元一体格局的形成过程，“它的主流是由许许多多分散孤立存在的民族单位，经过接触、混杂、联结和融合，同时也有分裂和消亡，形成一个你来我去、我来你去，我中有你、你中有我，而又各具个性的多元统一体”。

习近平总书记曾以“中华民族多元一体”的理论来阐释中华民族的各民族从多元（源）到一体、从自在走向自觉的历史发展进程。他指出：“我国历史演进的这个特点，造就了我国各民族在分布上的交错杂居、文化上的兼收并蓄、经济上的相互依存、情感上的相互亲近，形成了你中有我、我中有你，谁也离不开谁的多元一体格局。”可以说，维系统一、各族一家的思想是中华民族的精神基因。在此基础上，共同构成了你中有我、我中有你，谁也离不开谁的中华民族命运共同体。

多元聚为一体，一体容纳多元。“多元一体”既体现了充分尊重“多元”，坚持平等和谐，又凸显了高度认同“一体”，不断同心聚力。推动“一体”的力量，是自然地理基础、天下大势、历史力量所构成的力的“平行四边形”。这个“平行四边形”的锐角、方向、势能、锋面在哪里？在黄河、长城、丝绸之路这三条横贯东西的平行线上。

黄河曾独享一个字——“河”。黄河不仅是一条河流，也是一条精神之河、象征之河。“黄河之水天上来”——这不仅是浪漫的诗句，也是漫长的文化想象。在《史记·大宛列传》里，张骞的“凿空”，不仅在联络大月氏以断匈奴右臂，也是为寻找河源。在历朝历代的志书中，在中国古人的观念里，认为黄河源于昆仑绝域，源于中华民族的神话之山、精神之山——昆仑，她与发源于昆仑的中国最长的内流河——塔里木河连为一体，在塔克拉玛干大沙漠的最低点——罗布淖尔，汇成文献典籍所言的“盐泽”“泑泽”“蒲昌海”“牢兰海”，之后伏流于沙下，浸通出黄河。这种观念直到清康熙、乾隆年间，朝廷不断派出寻找河源使，他们一路上溯、风餐露宿，确定了青海卡日曲这个地方，才得以澄清。黄河百折不挠、一往无前、气吞山河的自然伟力，从来都是我们这个民族生生不息、绵延不绝的象征。

中国历史，包括整个亚欧大陆的历史，有一个基本的模式，就是农耕文明与游牧文明的碰撞、迁徙、交流与融合。这一点在欧亚大陆的东部，表现得最为明显和突出。因为在东部，有着欧亚大陆成熟、典型和庞大的农耕集团和游牧集团。农耕文明和游牧文明的分野，由自然地理决定。在中国，以 400 毫米等降水量线为分界线，大致区分了湿润和干旱，区分了农耕生活和游牧生活。在北方，万里长城大致就在这条 400 毫米等降水量线上。农耕文明和游牧文明的撞击、交流和融合，使黄河、长城区域成为中国历史上的高温区，成为中华民族这个历史大熔炉中火力最旺、受热最多的坩埚的埚底。也因为这一点，历朝历代的都城，基本都分布在黄河一线。“天子守国门”，似乎只有押上一个国家最核心的分量，才能最大限度地集中资源、树立决心、应对游牧集团的挑战，从而取得平衡稳定。正是在黄河、长城一线，我们看到中华民族大融合中的那些最先、最快、最结实、最美妙的结晶体。因此，可以说，万里长城自构筑的那天起，就成为中华民族大一统的象征。2000 多年来，任何人都没有能从认识上割裂万里长城，因而也就无法割裂中华民族。长城对中国人来说，是意志、勇气和力量的标志，象征着中华民族伟大的意志和力量。从胸腔中唱出的《义勇军进行曲》，使长城在人们心目中已升华为勤劳、智慧、百折不挠、众志成城、坚不可摧的民族精神和意志，增强了中国人民的自豪感、自信心和爱国热情。

如果说黄河、长城是搅动中华文明诞生、发育、成长、壮大的两根叶臂，那么，丝绸之路则不失时机地为这架伟大的搅拌器增添了又一根叶臂，使它转动得更加平稳、均匀和细腻。在神话时代，中原就和西域发生了联系，中国神话系统中的创世神话，以昆仑为旷神出场的基座、高台；玉出昆岗，玉是神之食，是礼天重器。在商王武丁妻子妇好的墓中，出土了大量来自昆仑山的和田玉所雕琢的玉器；世界诸文明皆有石器时代，但只有中华文明有玉文化，玉文化是中华文明在石器时代特有的一个结晶点。而中国的玉文化，至少在商代，就与昆仑山、与和阗（今和田）发生了深刻的联系。在张骞开通丝绸之路之前，早有一条沟通中西、密如蛛网的玉石之路。在丝绸之路的帷幕打开之前，玉石之路早已散射出晶润的光芒。而张骞的“凿空”，凿开的是“边塞”，也就是凿开保护性蛋壳最西边的那一层，凿开了隔绝亚欧大陆的东西之塞——葱岭、昆仑，帕米尔被打开了，丝绸之路越过世界屋脊，逶迤西去。神爵二年（前 60），中央王朝设立西域都护府，有力补全了中华文明和中华地理最西边的这个重要的单元。

古代丝绸之路使中国连接世界，跨越埃及文明、巴比伦文明、印度文明，跨越不同国度和肤色，见证了东西方物质文明和精神文明的交流与交融。从历史经验看，古丝绸之路正是人类历史上文明交流、互鉴、共存的成功典范。

总之，黄河、长城、丝绸之路，这三条平行又相融的线，是中华文明的三个恢宏象征，是历史温度最高，历史力量最集中，民族与文化融合得最多最快，文明与精神的结晶最早、最大、最瑰丽的区域。

打造中华民族的新史诗

文艺走过的，是历史的道路。在黄河文化的保护、传承、弘扬中，离不开文艺、文艺作品、文艺精神的激励和辉映。历史上，以黄河区域为中线，以万里长城和丝绸之路为两翼，形成了中国古典文艺史中，在主题、题材、形式、作品质量和社会影响等方面最早、最多、最大、持续时间最长、最为辉煌的富集区。黄河就是一部打开的大书，以黄河为隆起的书脊，以万里长城、丝绸之路为延展的两页，书写了中国古典文艺最为华美深刻的不朽篇章。从中国最早、最系统的文字——甲骨文最早出现“中国”二字（“宅兹中国”的何尊），到《黄河大合唱》《白毛女》《义勇军进行曲》《东方红》……它们有一个共同的规律：在最肥沃的土壤上长出最茁壮的花朵。真正伟大的文艺作品，总是更多更好地诞生于历史温度最高、精神结晶最美的“第一现场”，总是和历史文化的基因和当下的时代精神同频共振。

以黄河为主题和题材的文艺创作，要想具有史诗的品质，必须架起通往历史和文化的长桥，思接千载、视通万里，接住这样一个主题和题材所天然具有的沉甸甸的分量。习近平总书记指出："在几千年的历史流变中，中华民族从来不是一帆风顺的，遇到了无数艰难困苦，但我们都挺过来、走过来了，其中一个很重要的原因就是世世代代的中华儿女培育和发展了独具特色、博大精深的中华文化，为中华民族克服困难、生生不息提供了强大精神支撑。"

以黄河文化精神为支撑，才能为作品灌注厚重的历史力量。以黄河为主题和题材的文艺创作，要想具有史诗的品质，还必须架起通往现实和时代的长桥。习近平总书记指出："我国作家艺术家应该成为时代风气的先觉者、先行者、先倡者，通过更多有筋骨、有道德、有温度的文艺作品，书写和记录人民的伟大实践、时代的进步要求，彰显信仰之美、崇高之美。"与以往相比，我们今天所处的时代生活，在一个更快、更大、更深、更复杂、更辽阔、更激动人心的尺度上展开，要想从整体上认识、理解它，用全部的心灵情感去体验它，用完美的艺术形式去表现它，是更加艰辛的创造。今天的文艺工作者，特别是专业文艺工作者，其工作和生活的范围、人生经历和心灵体验，因为专业、行业的局限，往往是比较狭窄的，和辽阔的社会生活、浩荡的时代洪流多少有点距离。只有横下心、不浮躁，深入生活、扎根人民，不断丰富和提高自己的脚力、眼力、脑力、笔力，板凳甘坐十年冷，扎扎实实架起通往现实和时代的长桥，才能为作品注入强大的时代力量。

打造中华民族新史诗，更是一条从“高原”向“高峰”冲刺的艰难之路。美是艰难的，少走一步，都可能是半途而废。历史上，以黄河为中心的区域，包括长城和丝绸之路，是民族、文明和历史的高温区，文化结晶、民族精神的结晶、文艺作品的结晶最多、最集中。也就是说，在古典时代，这个区域文化和文艺的高峰最多。今天，所有想要冲击文艺高峰的人们，必须栏杆拍遍，站在前人的肩头，披沥俯察波澜壮阔的现实生活，才能捧出配得上中华民族伟大复兴这一历史进程的心血之作。

以中为中，多元一体

我以为，理解长江，要放在黄河、长城、大运河、长征这个大架构、大系统中。黄河、长江、长城、大运河、长征，都是最重要的中华文化标识，是超级符码，如同中华民族的族徽、门楣、梁柱。黄河、长江、长城、大运河、长征，横到边、纵到底，横平、竖直、弯折钩，贯通我们辽阔的疆域和历史，是我们伟大文明的深沉足迹，每一步、每一画都光耀万里，写出一个大大的“国”字。习近平总书记在2023年6月2日召开的文化传承发展座谈会上，高度凝练概括了中华文明的“五个突出特性”，即连续性、创新性、统一性、包容性、和平性。“五个突出特性”不是孤立的，而是有着深刻联系和内在逻辑。黄河、长江、长城、大运河、长征所体现的主要价值，集中彰显了这“五个突出特性”。

我们常讲，中国是统一的多民族国家，中华文化、中华民族具有“多元一体”的结构。我体会，这个“多元一体”，重点是“一体”。“多元”蕴含“一体”，“多元”汇成“一体”，“多元”推动和壮大“一体”。无“一体”无所谓“多元”，离开“一体”何谈“多元”！人类历史上，有过许多璀璨的、多元多样的区域文明，有些还相当久远和重要，但生生不息、不曾中断、传承至今、不断发展壮大的，是中华文明。

为什么这样？原因众多。一个关键的因素，是这些早已烟消云散的古老文明在漫漫历史长河中，没能凝结成足以应对各种挑战的一体化结构，没能形成足够庞大、持久、升级迭代的一体性力量。“多元”虽“多元”矣，但“一体”不存，“多元”焉附？正是“其兴也勃焉，其亡也忽焉”，在大时光的激荡搏击中，如彗星划过历史的天空，最终倾覆、断裂、消失、湮灭，成为考古学家们孜孜打捞、探寻和拼接的文明碎片。

从对比可以看到，“多元”并非必然形成“一体”。在中华文明“多元一体”中，“一体”力量占主导。即便在分崩离析的乱世，在各种力量竞相角逐、昏天黑地的时刻，仍有不灭的曙光，始终闪现在历史的地平线上，追求“一体”“大一统”“江山一统”。最终总是“一体”胜出，并且新的“一体”，体质更刚健、血脉更澎湃，出现耀眼的“历史补偿”现象。

中华文明“多元一体”，不仅是历时结构，还是共时结构。它在时间和空间上，是统一的、一致的，是同时加强的。这一点，从中华文明起源初期，就已显现出来。比如中华玉文明。中华大地皆有玉，北至黑龙江小南山遗址，西至昆仑，南至岭南以远，而在黄河、长江流域，更不消说。再比如黍、陶器、青铜器等的发展。在新疆阿勒泰吉木乃通天洞遗址，考古学者用浮选法发现了距今4万多年旧石器时代的碳化黍。而黄河流域仰韶文化的代表性彩陶，在上游的河湟谷地，在天山南北，也广泛分布着。西来的青铜冶炼技术，在中华先进的制陶技术加持下，在黄河、长江流域，最终成就了中华文明的重器……随着中华文明探源工程的深入，一个越来越清晰的事实是：早在广域王权出现之前，中华大地存在的、发展水平相近的众多文明如“满天星斗”同时闪烁，共同标记出了“一体化”的范围，已经是中华天宇、“一体”征象、“中国相互作用圈”。这样的征象，被黄河、长江、长城、大运河、丝绸之路反复加固。它最近一次的加固，是中国共产党领导的长征——中国革命的象征。中国新民主主义革命的胜利，终结了近代中国半殖民地半封建的历史，开创了社会主义新中国这个全新的共同体。

黄河、长江、长城、大运河、长征，体现出“一体化”的主导力量。自然地理是人类活动的基础。黄河和长江是中华民族的母亲河、中华文明的摇篮，孕育了人类大河文明中最大的农耕区域。但这两条大河，从来都不是单一族群、单一生产方式的生息空间——除了农耕集团，也是游牧、渔猎集团的重要空间。黄河和长江，是农耕、游牧和渔猎交织共生的江河，是多元族群、文化和生产方式共流同生的江河，是多元汇聚、混血融合、融为一体的江河。黄河、长江，从头至尾，均在中国宇内。这两大完整水系形成的伟大文明空间，标定了中国地形的三级阶梯。这三级阶梯，从青藏高原到浩瀚大海，一阶都不能少，一步都不能少。逝者如斯夫，不舍昼夜。黄河和长江，日夜奔腾流过的，是不断“一体化”的历史过程。

“黄河之水天上来，奔流到海不复回。”中国古人一直在探索江河的源头。诗人昌耀的组诗《青藏高原的形体》中，有一首《寻找黄河正源卡日曲：铜色河》。诗人写道：

从碉房出发。沿着黄河
我们寻找铜色河。寻找卡日曲。寻找那条根。

是以对于亲父、亲祖、亲土的神圣崇拜，
我们的前人很早就寻找那条铜色河。寻找铜色河大沼泽。寻找铜色河的紫色三岔口。
寻找河的根。

我们一代代走着。
走向五色光与十二道白虹流照的西界。
在我们前方很远很远——荣禄公都实佩戴着金虎符，楚尔沁藏布喇嘛手捧《皇舆全览图》，乾清门侍卫阿弥达身著河源专使的华衮……
我们一代代寻找那条脐带。
我们一代代朝觐那条根。

历史太古老：草场移牧——
西羌人的营地之上已栽种了土蕃人的火种，而在吐谷浑人的水罐旁边留下了蒙古骑士们的侧影……
看哪，西风带下，一枚探空气球箭翎般飘落。
而各姿各雅美丽山的泉水
依然在晨昏蒙影中为那段天籁之章添一串儿冰山珠玉，遥与大荒铜铃相呼，遥与铁锚海月相呼，
牵动了华夏九州五千个纪年的悬念。

雪风
烤得我们浑身绀紫了。
而我们的心肠好热。
我们美似二十世纪浇铸的青铜人。
我们手执酥油浸泡的火把，从碉房出发，告别庭院除夕的篝火，一路度过了沐浴节、吃酸奶节、望果节……直向着云间堂奥莫测的

化境。

而看到黄河是一株盘龙虬枝的水晶树。
而看到黄河树的第一个曲茎就有我们鸟窠般的家室……河曲马……游荡的裸鲤……

看哪，那些守护神，名号熠熠生辉，何其令人敬畏：
是牛角虎峰。
是犏母牛黑山。
是黑蛇状独岗。
是形如羱羊之山。
是九座白石崖……
那些侏儒植物在灵光之下一片感动。
而我们的脚踵已从大地经纬触及到了这片腾飞的水系。
铜色河边有铜色的肃穆。

今天的人们，最终确定黄河正源是青藏高原巴颜喀拉山北麓的约古宗列盆地。但从这首写于20世纪80年代的诗，我们读到不同朝代、不同民族、不同身份的队伍，逶迤向河源的掘进；读到斗转星移、时光变迁中，文明的耕耘和移牧，“西羌人的营地之上已栽种了土蕃人的火种，而在吐谷浑人的水罐旁边留下了蒙古骑士的侧影”；读到“是以对于亲父、亲祖、亲土的神圣崇拜”“牵动了华夏九州五千个纪年的悬念”，寻找的那条根，是“多元一体”的根。这盘龙虬枝的根脉，深扎于地球最伟大的盆地，比高原更厚、更深，与天地同生共长。

黄河源的寻找，也是长江源的寻找。古人早有“江河同源”说，事实上，黄河、长江同源青海昆仑，的确相距不远。黄河流出青藏高原，掉头向北，走出龙腾虎跃的“几”字弯，孕育出石峁、陶寺、双槐树、龙山、仰韶、二里头、河洛古国、夏商周……长江流出青藏高原，则臂弯南伸，生发三星堆、彭头山、屈家岭、河姆渡、崧泽、良渚等，造就一片片中华膏腴之地。命运早被前定，江河互济、江河一体——这向北、向南的文明双弓，拉满中华文明“一体化”的核心张力。隋唐以后，应运而生的大运河，是中华民族的大运之河，又使这文明的双弓，更加同根连枝、同声相呼、同气相求，深描出中华古典文明的农耕本色。因此，我们说，黄河、长江是多姿多彩、丰沛激荡的中华文明基因链的“双螺旋”，形成中华文明“一体化”进程的双重驱动模式。

黄河、长江，犹如孪生姐妹，都是中华民族的母亲河。携手从青藏高原走来，浩荡流过的，是生生不息的文明血脉。山高水长，山河相依，山河不可分，山有多高，水就有多长。黄河、长江皆源于昆仑，屈原《九章·涉江》云："登昆仑兮食玉英，与天地兮同寿，与日月兮同光。""昆仑信仰"，曾是黄河、长江流域的农耕集团、游牧和渔猎集团的共同信仰。作为文化喻体的"昆仑"，其地理方位因文化的扩展而不断位移——从石峁皇城台、陶寺崇山、中州嵩山、齐鲁泰山、太行山、秦岭华山，再向西至河西祁连山，至青藏高原昆仑山，直抵西域天山、于阗南山。《史记·大宛列传》记载："汉使穷河源，河源出于阗，其山多玉石，采来，天子案古图书，名河所出山曰昆仑云。"张骞开通西域，黄河被汉武帝钦定为源于于阗南山，这是"昆仑"名讳的再次西移。山河构成中华的心理谱系、文化喻体和精神象征。历史上，昆仑是天命所归、王权所至的地方，是万水之源、通天之柱。山河一体，山通天，水泽地。中华民族上善若水，以水为师；中华民族以山为天，以天为山。于右任便曾在诗中云：

葬我于高山之上兮，望我故乡。
故乡不可见兮，永不能忘。
葬我于高山之上兮，望我大陆。
大陆不可见兮，只有痛哭！
天苍苍，野茫茫；
山之上，国有殇！

于右任衰年依然炽热的爱国之情和家国思念，正是安放在中华的高山之上。山河皆喻体，中国人敬天法祖、崇山敬水，离不开山水，因而有山水精神、山水画、山水诗，有渔夫樵夫、隐士高士，有桃花源、昆仑神话。中国人的山和水，一直浸泡在中国文化里。这就是中国人的家园，中国人的乡愁。哪有什么无水之山、无山之水呢？山水是一体，黄河、长江、昆仑，是一体。黄河、长江、昆仑，量度出中华民族、中华文化恢宏的结构和体量。山高水长，江山永固，黄河、长江、昆仑，不可割、不可分，它们是整体，是共同体。

恩格斯曾借用自然科学“力的平行四边形法则”，阐述历史力量的发展运动。“河出图，洛出书，圣人则之。”河图、洛书、阴阳、五行、易的观念，是最早的中国之思、东方范式之一。它们和“力的平行四边形法则”有某些相似之处。纵观中华地理、人文形势，这个“力的平行四边形”，在夏商周，以东西为主；秦汉后，更多的是南北力量角逐，你来我往、我来你往。中华山河有象，四圄叵罗，形势完整，是一个整体的地理单元。从“天地之中”的中原，向东南西北四方望去：向西，沿着丝绸之路，穿过河西走廊，是西域的沙漠、绿洲、雪山、高原、天山、喀喇昆仑；黄河以北，则有长城，是漠北、游牧社会、无尽寒林和冻土带；向南是长江，是后来居上、日益富庶的江南社会和亚热带密林；向东是纵贯南北的大运河和大海的万顷波涛……这片四围如屏、广袤多样、融会贯通的大场域，为“多元一体”的大尺度、大结构、大体量，奠定了文明衍生蕃息得天独厚的自然基础。四围之中，只有向北，是明显的扇形敞口。黄土高原与蒙古高原相连贯通，黄河中上游的两岸密布着最为活跃、交织互动的农耕集团和游牧集团，决定主要的力量结构大致呈南北分布。总括而言，“多元一体”之“多元”，农耕和游牧，是最大的“两元”——譬如太极，犹如阴阳，是中国历史上的两大力量集团，是“力的平行四边形”最重要的两边、两角。于是，沿长城一线，类似太极的阴阳线，成就这个对立统一体的矛盾运动。以黄河、长江为主体，人类最大的农耕集团和最大的游牧集团这两支力量，上演了威武雄壮的历史长剧。开阔、曲折、相通相连的黄河、长城一线，成为历史力量最活跃密集的织体，成为历史这口大坩埚的埚底——风最大、柴最多、火最旺，受热最多，融合结晶也最多。

我们可以设想，如果没有一波一波、季风般深广不息的游牧力量，历史或许略显平淡；如果没有长江、长江以南日益稠密的农耕力量，维持着对立统一体的平衡，这坩埚或会倾覆——如同古罗马、古印度、古埃及、古巴比伦，变成另一种景象、另一个故事。因此，我们看到，大历史的演化中，在黄河、长城以北，几千年来的农耕线不断向北延伸，直到人力不可为为止。这样的人类景象，犹如辉煌旋转的星云，没有撕裂、坍塌、崩散，反而越旋转质量越大，越旋转尺度越大，形成团结统一、生生不息、青春永驻的共同体。我们甚至可以描述，这个以南北为旋臂的星云，其旋转的轨迹，是顺时针的方向。我以为，可以在这样的结构中，理解黄河、长江、长城、大运河。甚至连长征，也是顺时针的旋转，危急存亡时刻，由东南向西北汇聚，完成中国革命的战略大转折，促成了抗日民族统一战线，而黄河、长江、长城、大运河，随着命运的长旅，一跃而起，同仇敌忾，共御外侮。

中华文明，以中为中。以中为中，才能形成强大的引力场；以中为中，才能不管盛世乱世，“引力”始终大于“斥力”。这是中华文明作为原生文明，生生不息、不曾中断的秘密。“力的平行四边形”也好，“太极生两仪”的范式也好，并非绝对的平分、对称和守恒，关键是“主要矛盾的主要方面”。中华为一体，中华是一家，不再以族群血缘为界，而以文化认同为主导、主要。主要矛盾的主要方面决定事物的性质，主要矛盾的主要方面，即是“核”、即是“中”，矛盾双方共同推动“中”的演化、壮大和发展，推动着共同体的演化、壮大和发展。

这个“中”，是人文地理、历史力量辐辏之“中”，也是文化、观念、制度、政治统绪的“中”——是地理之“中”，也是观念秩序之“中”。人文地理、历史力量的辐辏之“中”，在哪里？是黄河中下游的先民们，最早奠定时空秩序和底层逻辑，把天下、周遭环境、脚下之地，作为观察、沉思、推演的中心与起点。“金木水火土”，四方四象，“土”居中。“天地玄黄，宇宙洪荒；日月盈昃，辰宿列张。”先民抬眼看到的天地，看到的这个“土”，最先对应的，是黄河中下游区域，是脚下的“黄土”。于是，黄土、黄帝、皇天后土，成为最早的“天地之中”。黄河先民“五行”说，一出手即是大文章，取象明理，睃巡天下，思无际涯，最大限度概括了中华故园核心区域的时间、方位、颜色、尺度、材料、结构和样貌。中华先民，把中国之“中”、天下之“中”，留给黄色、黄土、黄河的中下游。黄河冲出禹门，跃出第二地阶，进入肥沃平原的核心区域。鱼化龙、鱼跃龙门，那些彩陶上连绵不断的神秘水纹、人面鱼纹，那些繁杂神秘、形而上的花鸟鱼龙，汇聚、映现、旋转，融汇出天下之“中”。

“万物负阴而抱阳，冲气以为和。”这个“和”，是“中和”。有“中”才有“和”，能“和”方为“中”。“宅兹中国”，中原、中庸、中和、大一统……中华先民为自己确定了一个地理和心理的原点、坐标、演化的渊薮，萌发衍生出族群和文化的“多元一体”，形成休戚与共的凝聚力、向心力、命运共同体。这个“中”，成为大道、神灵、信仰，成为升腾在中国人心灵深处的“万有引力之虹”，成为群己合一、家国同构、和谐团结、爱国主义的深沉基础。中州方言里便有一个高频字“中”，关键时刻，人们会问一句“中不中”。这个“中”，真是源远流长、意味深长，是肯定、允诺、一言九鼎。

如果为黄河、长江、长城、大运河、长征，求一个最大公约数，找一个共同价值，而且只能用一个字来代表，那就是“中”。这是“天地之中”“建中立极”的“中”，是“宅兹中国”“居中而治”的“中”，是“天下一统”“世界大同”的“中”，是“允执厥中”“极高明而道中庸”的“中”。中华民族、中华文明“多元一体”的结构，抗震性最好，结构最佳，功能作用最强大，因为有不断生成壮大、连接延伸、协调灵活的“榫卯结构”。这个天造地设的“榫卯结构”，是因“中”而生，为“中”而立，求“中”而成。泰山不颓，梁木不坏，哲人不萎，皆因其丰沛激荡的中正气象。

中华文明是大文明，历史悠久，广土巨族。这个“大”，不是古埃及尼罗河下游的绿洲狭长逼仄、易断易折的一绺，不是被沙漠分割包绕、难聚难拢的古巴比伦绿洲，不是离散杂多、缺乏一体化力量的南亚次大陆文明。中华文明的核心腹地，足够肥沃广大，很早就稠人广众、交流频繁，走上“月明星稀”的中心化结构。“秦王扫六合，虎视何雄哉！挥剑决浮云，诸侯尽西来。”秦朝结束分封制，推行郡县制，建立第一个中央集权的大一统王朝。汉随秦制，农耕集团内部的中心化结构得到升级加固。之后，经历三国两晋南北朝的震荡、嬗变、融合，到了隋唐，包括农耕和游牧两大集团在内的中心化结构得以升级扩容，中原皇帝也是草原的天可汗。元，特别是清，以中为中，巩固西南联系。中国大一统的中心化结构，迭代升级，继续推动中华民族共同体和中华文明共同体的有机统一。

宇宙星辰，因“大”而“中”，因“中”而“大”，“中”“大”圆融而光明四射。其演变运行，有稳定的轨迹、规律。小物体形容破碎，无所谓“中”，譬如尘埃只有布朗运动，离散飘移，终被捕获。文明现象，亦可作如是观。小文明无所谓“中”，难成中心化结构；大文明则具有类似宇宙天体般的“万有引力之虹”，如星云的结体壮大，如银河的周天旋动。中华五千年治乱分合、各种力量竞争碰撞，殊途同归的，是“中”、是“和”、是“中和”。从大历史看，所有力量的竞争，皆是在竞“中”、在竞“和”。因此，所有的碰撞，最终变成一道道金光闪闪的焊缝。长城就是这样的焊缝，一次焊不住，就再焊一次，从虎山长城到山海关，再到西域烽燧、帕米尔的石头城——这貌似分开的墙，在一次次电光石火后，结晶出更坚强的融合力、连接力，成为中华民族牢不可破的象征。大运河也是如此，连接江河，沟通南北，是一条水的焊缝。黄河、长江、长城、大运河、长征等国家文化公园，是“中”，是共同体，是我们共有的家园。在世界百年未有之大变局、国际局势震荡的今天，在中国式现代化已到中流击水的今天，我们更要以中为中：增强“四个意识”、坚定“四个自信”、做到“两个维护”、践行“两个结合”，同心同向跟党走。

习近平总书记说：“一部中国史，就是一部各民族交融汇聚成多元一体中华民族的历史，就是各民族共同缔造、发展、巩固统一的伟大祖国的历史。”“我们辽阔的疆域是各民族共同开拓的，我们悠久的历史是各民族共同书写的，我们灿烂的文化是各民族共同创造的，我们伟大的精神是各民族共同培育的。”深思漫想黄河、长江、长城、大运河、长征，加深了我对习近平总书记关于“四个共同”“五个突出特性”“铸牢中华民族共同体意识”的认识。

建设国家文化公园，是习近平文化思想的重要内容，是新时代伟大的文化工程，是国家战略性文化工程。在建设国家文化公园的过程中，要始终贯彻习近平文化思想，把握好国家文化公园的文化属性和价值定位，在“四个共同”“五个突出特性”“铸牢中华民族共同体意识”上下功夫，不停航、不迷航、不偏航，守正创新、行稳致远，为推进中国式现代化、为建设中华民族现代文明、为中华民族伟大复兴贡献文化力量。

昆仑文化及其时代价值

一、昆仑文化的内涵外延与传承流变

昆仑文化的内涵与外延，有一个漫长的不断层累、扩展迁移、融合转化的过程。历史上，人们关于昆仑的观念不尽相同，对其属性、形态、功能、边界的认识有很大差异，在使用、阐释这一概念和形象时，比较宽泛自由。

从古代典籍文献、诗词、图像及后人研究文章看，对“何为昆仑”众说纷纭。归纳自《禹贡》《山海经》以来与昆仑有关的内容和相关研究成果，按大致时序和分类，关于“何为昆仑”，主要有以下几点。

（一）“昆仑”指“天”“昆仑天形”

“昆仑”最初的内涵的层累流变，如羚羊挂角，然有迹可循。

郭沫若主编《甲骨文合集》一期（武丁时期，距今3300年左右），还未出现“昆仑”意义上的“昆”字，借用的是“双虫”的读音：蚰，kun→蜫、昆，会意很多虫。《说文》“蚰，虫之总名也，从二虫。凡蚰之属从蚰。读若昆。”《集韵》：“蚰，亦作蜫”，本义指众虫。很多虫挤在一起。后蚰、蜫废而不用。《韵会》“蚰，通昆。”郑玄曰：“昆虫，明虫也。明虫得阳则生，得阴则藏。”

金文的“昆”字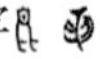，有一义：“飞鸟负日。”

甲骨文的“蚰”字，给人很多想象。如太阳的天文图片火虫密布。古人虽不能看到这样的景象，但古人发现了太阳黑子，这个典籍多有记载。“日中有踆乌”（《淮南子》）；“成帝河平元年三月，日出黄，有黑气，大如钱，居日中央”（《汉书・五行志》）。中国古代典籍记载太阳黑子的有百余处，西方到伽利略才在天文观测中观测到太阳黑子。另外，太阳与蚰的关系，古人裸心于洪荒大境，有比今人更多的切身感受。“虫”在古人那里，有非常多的意思，所有动物，皆可称虫，认为人和虫都是阴阳二气交合而生。

河姆渡遗址一期遗存出土了距今7000年的双鸟连体共负一日的骨匕，陕西华县泉护村遗址出土了距今5500年的仰韶文化庙底沟类型鸟纹彩陶盆“金乌负日图”，安徽凌家滩遗址出土的距今5000年的玉鹰，成都金沙出土的距今3000年的“太阳神鸟”金饰（此图案2005年选为中国文化遗产标志），三星堆出土的青铜神树，汉画像石有许多金乌负日图案，都是这一观念的流变和反映。这些出土文物的年代要早很多。成书于战汉的《山海经》“金乌负日”“十日”“扶桑”“若木”“建木”“旸谷”等神话传说，是对这古老观念的文字记载。《说文》释“昆”：“昆，从日从比，同也。日日比之是同也。”比日为昆。“昆，兄也。后也。同也。”（《广韵》）表示时间或顺序上的后，特指子孙、后裔。“昆”的本义是比日同行。“仑”：“仑，思也。从亼从册。”（《说文》）本义指条理、次序。“昆仑”连在一起，指太阳每天轮转运行的规律和秩序，凝练出的核心语义是“天”——“天似穹庐，笼盖四野”（北朝民歌《敕勒歌》），平原、高原的远古先民，仰观天文、立圭测影、观象授时，天道运行一览无余。“昆仑”指“天”，反映远古先民的宇宙观和天崇拜。“穹苍，苍天也。”（《尔雅》释“天”）“昆仑旁薄，幽。昆，浑也；仑，沦也。天之象也。”“天穹隆而周乎下，地旁薄而向乎上。”（扬雄《太玄经》）“天形穹隆，其色苍苍。”（郭璞）“昆仑，天形。”（《集韵》）“昆仑者，天象之大也。”（司马光《集注太玄经》）《康熙字典》：“凡物之圜浑者曰昆仑。”由“昆仑”“圜浑”“混沌”“穹隆”“圆”，引申出元、起源、原初、团圆、天不可分、天圆地方、盖天等含义。

人类在漫长经验中，头顶的天空，无边无际又千变万化的浩渺宇宙，最让人感到神秘莫测而无法抵达。人是万物灵长，可以战胜许多凶猛的动物，发展出多样生业，但无力撼天，感到卑微渺小，对“天”充满恐惧、敬畏和无力感。“天”的超验性，令人战栗的神秘、敬畏、向往与欢欣，成为最早被赋予神性的文化符号。“天”在中国传统的政治、文化、哲学、文学和社会观念中，是终极范畴、最高主宰、广大自然和最高原理。古人直观认为，天生万物、至高无上、主宰万物，天人感应、君权神授，由此形成“天神”“天下”“天命”“天道”“天意”“天志”“天惩”等观念。墨子认为天有意志，应践行天意，主张“兼爱”“非攻”“尚贤”。“我有天志，譬若轮人之有规，匠人之有矩。轮、匠执其规矩，以度天下之方圆，曰‘中者是也，不中者非也’。”“天子为善，天能赏之；天子为恶，天能罚之。”（《墨子·天志》）

（二）我国古代游牧族群的天崇拜

我国操阿尔泰语系诸民族，也有久远而普遍的天崇拜、天神崇拜（腾格里）。阿尔泰语系包括突厥语族民族、蒙古语族民族、满—通古斯语族民族。一般认为，阿尔泰语族民族近 40 个，主要分布在亚洲北部草原带。我国是阿尔泰语族民族最集中的国家。我国古代典籍记载的匈奴、丁零、铁勒、袁纥、高车、突厥、回鹘、东胡、乌桓、鲜卑、柔然、室韦、蒙古等，都信奉“腾格里”（“撑犁”“登疑犁”“登里”“登利”“天哥里”等）。

匈奴称“单于”为“撑犁孤涂单于”(司马迁《史记·索隐》)。“撑犁”是“天”，“孤涂”是“儿子、子女”的意思，“单于”为广大、浩大，言其像天，“撑犁孤涂”即“天子”，这和中原的习惯相同，都宣称自己“受命于天 既寿永昌”(秦始皇传国玉玺)。李世民被当时的游牧人群称为“天可汗”。“匈奴俗，岁有三龙祠，常以正月、五月、九月戊日祭天神。”(《后汉书》)“(突厥)于五月中旬，集他人水，拜祭天神。”(《周书》)“高宗时，五部高车合聚祭天，众至数万。”(《魏书》《北史》)成书于喀喇汗王朝时的《突厥语大词典》，是用阿拉伯语注释突厥语词的词典，其中释“腾格里”：“上苍，尊贵而伟大的上苍”，释中引了一首诗：“日夜向上苍膜拜、莫妄自尊大，对他要诚恐诚惶、莫嬉戏玩耍。”《磨延啜碑》《阙特勤碑》记载了可汗祭天的内容。希罗多德的《历史》，称斯基泰人(“塞种”“塞克”)信仰天神。今天，我国操阿尔泰语系的维吾尔族、哈萨克族、乌孜别克族、塔塔尔族、柯尔克孜族、撒拉族、裕固族、蒙古族、达斡尔族、土族、东乡族、保安族、满族、锡伯族、鄂温克族、鄂伦春族、赫哲族等，有些虽然后来改信伊斯兰教或藏传佛教，但其风俗、神话、民间文学中，仍留下大量“腾格里”信仰的痕迹。比如因崇天而普遍崇尚青蓝色，伊宁、喀什的传统民居，习惯刷青蓝色的石灰水。我曾出过一本有关新疆美术的随笔集，书名叫《蓝靛金箔——西域观画记》，就是以蓝天和黄沙取象，介绍这种习惯色。我工作过的新疆文化厅在乌鲁木齐市南门，南门有一个有名的清真寺，叫“汗腾格里清真寺”。“天山脚下是我可爱的家乡”，“天山”“天尔塔格”，是“以天命山”，是天崇拜的产物。乌鲁木齐在天山脚下，每天都可以看到天山山脉东段的最高峰——碑石般耸立的“博格达峰”（“博格达”：“神山”“圣山”“灵山”“贪汗山”“折罗漫山”“金岭”“阴山”等）。康熙皇帝有个名号：“博格达汗”。清代官方在博格达山下还搞过山川祭祀。清朝平定准噶尔贵族叛乱和大小和卓叛乱，统一新疆，乾隆两发告祭博格达祭文，“惟神作镇西域。效灵中土。”“建标西域”“永镇西域”“是宜登之祭奠”，告祭金瓯无缺。将博格达祭祀“置于祀典”，牧人过之下马，行者叩首，官员顶礼膜拜，并列为国家层面的山川祭祀，规格等同五岳。现存有魏光焘撰书的“修建博格达山神庙记石碑”。清廷颁山神庙额“复畴遐陬”。天、昆仑、腾格里、长生天等天崇拜，在中国文化中具有起源性、神圣性、广泛性、广谱性，是早期农耕、游牧、狩猎人群的共同信仰。

（三）“天倾西北”，向西开拓

甲骨文的“西”为。《说文》释“西”：“鸟在巢上，象形”“日在西方而鸟栖”。汉代官方“太一礼仪”四首古歌《青阳》《朱明》《西颢》《玄冥》中，《西颢》：“西颢沆砀，秋气肃杀。含秀垂颖，续旧不废。奸伪不萌，妖孽伏息。隅辟越远，四貉咸服。既畏兹威，惟慕纯德。附而不骄，

正心翊翊。"(《汉书·礼乐志》) 东阳西阴，在中国的五方观念中，西主刑杀。昼夜交替，日落西方是“太阳之死”。秋位在西，色白属金，秋日渐凉，万物萧索，是收获季节、“植物之死”。牧人多在深秋屠宰牲畜，是“动物之死”。“万里悲秋常作客，百年多病独登台”(杜甫《登高》)，“西出阳关无故人”(王维《送元二使安西》)，“悲秋”的感时伤怀，是古今相袭的生命况味，也是古典文学重要抒写母题。总之，西、秋、死亡，是一个悲剧叙述程式。“英雄”总是以“英雄之死”来确证，因此也是一个英雄叙述程式。太阳不死，每天升起，英雄不死，英名传世，“夜光何德，死则又育”(屈原《天问》)，又是一个“复活”“不朽”“不死”的叙述程式。中国的东面是万里波涛，中国的地理环境和古典时代的生产力水平，决定了向西开拓成为主要的发展模式。中国古典诗歌中最具豪放风格和英雄主义的“边塞诗”，抒写的也主要是西北天地。

《山海经》是一本旷世奇书，沉淀着远古先民最初的、斑驳陆离的宇宙印象、山川地理、神祇英雄、奇珍异兽，是至今热读不尽的“奥义书”。比如共工怒触不周山，“天柱折，地维绝。天倾西北，故日月星辰移焉；地不满东南，故水潦尘埃归焉”(西汉《淮南子》)，诗意然而准确地揭示解释了中华地理西高东低的样貌。神、神话也有“地理”，中华先民顺理成章地把中华神祇、英雄们，集中安置在山与天齐、天地相接的高地：昆仑、不周山、天柱，地球“第三极”。

（四）山河起昆仑

“昆仑”有一个由虚到实、由天到山、由东到西的过程。“祭如在，祭神如神在。”“吾不与祭，如不祭。”（《论语·八佾》）上古先民的天崇拜，必诉诸一定的仪式、设施和实践活动。目前所见较早的祭天之所——三层圜丘，是河南濮阳西水坡 45 号墓的四神、北斗、盖天墓形，距今 7000 年左右。辽宁牛河梁红山遗址坛、冢、庙中的坛——三园文化圜丘，距今 5500 年左右……一直到现在的北京天坛。象天而祭，祭祀设施形制的模拟天形，都是天崇拜观念的反映。山东莒县大汶口文化出土大口陶尊刻符，距今 6000 年至 4200 年。一般认为是“日火山”，我觉得更像“日月山”。青海的昆仑山区，有一个日月山景区。象天而祭、近天而祭，圜丘祭天和登山祭天，具有观念和行为上的一致性。

大自然是神秘的，无限的浩渺天宇更加神秘。人类最为宝贵者，是有强烈的好奇心，人类的探索和意识活动由此而来。大自然是有“气场”的，自然精神、自然的隐喻和暗示，随处流泻，给人无言的深意。古人直观认为，高耸入云、直插云霄的山，是大地之上最接近天的壮丽景象，具有“通天”“地天通”的功能，和人工的象天圜丘相比，山岳更接近天，登山祭天就成为当然的选择，从而把昆仑、崇天、通天的观念，投射到山上，演化出山川祭祀，形成“以天名山”的路径。

山河起昆仑。由自然之天，到天下、天道、天命的义理之天，天圆地方的中华天宇和中华大地，严丝合缝，牢牢焊在一起。“昆仑者，高山皆得名之。”（毕沅注《山海经》）昆仑→崑崙、崐崘，自然加入了表意的“山”字。中华文明满天星斗，这样有“昆仑”含义的山，在早期遍布中华各地，“神州无处不昆仑”。随着中华疆域拓展，特别是秦汉“大一统”中央集权国家的形成、壮大和发展，山西石峁、陶寺崇山、太行山、河南嵩山、王屋山、山东泰山、陕西华山、四川岷山、甘肃祁连山、新疆天山、昆仑山等，中国地理三级台阶，实实在在显露出来，拾阶而上，一山高过一山、一天高过一天，不断拉远、落实、聚焦，变得清晰。这种“以天名山”的情况，使“昆仑”由虚到实、由天到山、从东到西，逐渐和自然山川融为一体。彝、羌、普米、纳西、景颇、哈尼等民族，有以“昆仑”为母题的族源神圣叙事、迁徙传说，其“指路经”和长江流域出土墓葬T型帛画中指示灵魂飞升路径的观念是一致的。古代和今天很多北方民族有“以山祭天”的习俗。“昆仑，山名也，在西北，元气所出。其巅曰悬圃，乃上通于天。”（王逸《楚辞章句》）

在新疆昭苏草原，天山锯齿般的银色折线，逶迤天际，其间突然跃起陡峭锥体直插云霄的，是“汗腾格里峰”。仿佛一串跳跃音符，努力向上，终于唱出最高音，而四野匍匐、万物低垂，只有鹰在苍穹盘旋。在帕米尔高原，车过沙湖，拐过一个急弯，扑面而来的“冰山之父”（慕士塔格阿塔），挪动的庞然大象，如须眉皆白的天父，从天而降，蹲守路前，裹一身罡天寒气，欲言又止。三道直贯山顶的大裂隙，如额顶深刻出乾卦☰瘙檇的三条阳爻——这就是喀喇昆仑。“天”“昆仑”，落定为山。“海内昆仑之墟，在西北……高万仞。”影响甚大的《山海经》，把寻找“昆仑”的目光引向中国西部连绵不绝的崇高山岳。

随着中国疆域向西的不断拓展，特别是大一统国家的形成和巩固，“昆仑”沿着愈益明确的中华大地三级台阶，拾阶而上，逐渐西移。张骞凿空西域，极大拓展了中原对西域的认知。“于阗之西，则水皆西流，注西海；其东，水东流，注盐泽。盐泽潜行地下，其南则河源出焉。多玉石，河注中国。”（《史记》）“汉使穷河源，河源出于阗，其山多玉石，采来，天子案古图书，名河所出山曰昆仑。”（《史记·大宛列传》）。司马迁认可河源出于阗，但对把于阗南山定为昆仑，则有保留。他较为相信《尚书》的山川地理，“至于《禹本纪》《山海经》所有怪物，余不敢言之也”（《史记》）。其中原因，或是对汉武帝连年用兵、钱粮靡费过甚有意见，或者与“子不语怪力乱神”的观念有关。郭璞注《山海经》“泑泽”：“河南出昆仑，潜行地下，至葱岭，出于阗国，复分流歧出，合而东流注泑泽。已复潜行，南出于积石山而为中国河也。名泑泽，即蒲泽，一名蒲昌海，广三四百里，其水停，冬夏不增减，去玉门关三百余里，即河之重源，所谓潜行也。浑浑泡泡，水渍涌之声也。”公元前60年，中央王朝在西域设“西域都护府”，西域正式纳入中央王朝大一统的版图，“昆仑”在汉代被钦定为于阗南山和葱岭，与秦岭（汉南山）连成一体，成为舆地学上彰显国脉的“干龙”，深入参与统一的多民族国家政治、疆域、社会、文化的建构。

中华文明是大河文明。“黄河之水天上来”，这条“善淤善徙善决”、哺育中华民族，也滋养出中华民族深重忧患意识的命运长河，几千年来始终流淌在民族的心上。“有昆仑山，广万里，高万一千里，神物之所生，圣人、仙人之所集也。出五色云气，五色流水，其白水南流入中国，名曰河。”(《河图括地象》)“树有根，河有源”，这样的充满民族命运感的黄河，在古人那里，很早就形成了河源与昆仑、与天连在一起的牢固观念。“积高于乾，昆仑攸居”(柳宗元《天对》)，山河一体，天地交泰。夏禹以治水始，《尚书·禹贡》有“导河积石”记载。治理之“治”，始于治水。“河出昆仑墟。”(《尔雅》)“河出昆仑。昆仑其高二千五百余里，日月所相避隐为光明也。”(《史记·禹本纪》)“河水出昆仑东北陬，贯渤海，入禹所导积石山。”(《淮南子·地形》)“河水出敦煌塞外昆仑山。”(《说文》)“葱岭之水，分流东西。西入大海，东为河源。《禹记》所云昆仑者焉。”(郦道元《水经注》)

中华民族慎终追远，饮水思源，对黄河源的探索从未中断，探索河源的新发现，也使昆仑的地理认知不断迁移、层累，形成今天地图上的昆仑山脉走向及范围。隋炀帝在河源区域设西海、河源、鄯善、且末四郡。唐大理寺卿刘元鼎吐蕃会盟“发现”或听闻“古所谓昆仑者也，虏曰闷摩黎山，东距长安五千里，河源其间，流澄缓下，稍合众流，色赤，行益远，它水并注则浊，故世举谓西戎地曰河湟”(欧阳修《新唐书》)，唐太宗时，大将侯君集、李道宗曾寻访河源，“北望积石，观河源之所出焉”。文成公主入藏和亲，松赞干布率部迎亲于河源，在青海日月山举行盛大仪式。刘元鼎河源新说，为后世寻找河源昆仑指出新的方向，不复是去西域，而选择溯河而上，这与隋、唐，特别是元代对青藏高原的政治经略相同步。从汉到清，一部河源史，也是一部政治史，大一统国家疆域脉络的发展史。一个个河源探索的高潮点，也勾勒出国家强盛、四海一统的王朝名单，这也是一份各民族共同抒写中国历史的不朽见证。

元代疆域辽阔，“四海混一”，纳青藏于一统，可以上溯河源，对河源昆仑的探索也远较前世。“至元十七年，命都实佩金虎符往求之始得。按河源在土蕃朵甘思西鄙，有泉百余，泓洳散涣，弗可逼视，方七八十里，灿若列星，以故名火敦脑儿，译言‘星宿’也……朵甘思东北有大雪山，名亦耳麻不莫剌，其山最高，译言腾乞里塔，即昆仑也。”(《元史》)以探寻河源为目的进行地理勘察的第一个君主是元世祖，“黄河自昔为中国患，《河渠书》述之详矣。探厥本源，则博望之说，犹为未也。大元至元二十七年，我世祖皇帝命学士蒲察笃实西穷河源，始得其详。今西蕃朵甘思南鄙曰星宿海者，其源也。四山之间，有泉近百泓，汇而为海，登高望之，若星宿布列，故名”（脱脱《宋史》）。元世祖忽必烈认为“汉唐所不能悉其源。今为吾地，朕欲极其源之所出”（潘昂霄《河源记》），都实探寻河源，潘昂霄从都实之弟阔阔处获得都实考察河源情况，撰成第一部《河源记》。但关于都实所探河源处认定所谓昆仑，当时也争讼不已，主要是缺乏“群玉”证据。明太祖朱元璋派邓愈、沐英“西略川藏，耀兵昆仑”（《明史·列传卷十四》）。

清代对河源和昆仑的关注，达到高潮，朝廷将河源、昆仑的溯清，作为大一统建构象征和民族联系纽带。康熙“平准”班师途中，在河溯临河作《黄河》诗“期令归化意，来者如河源。昼夜入沧海，包括弥乾坤”。清廷多次派出大队人马考察河源，“屡遣使臣，往穷河源，测量地度，绘入舆图”。康熙派拉锡、舒兰探河源，谕曰：“尔等务须直穷河源，明白视察其河流自何处入雪山边内。凡经流等处，宜详阅之。”（《清实录》）乾隆派乾清门侍卫阿弥达再探河源。《水道提纲》《河源纪略》《皇舆全览图》等文献著述，汇集了有关河源的丰富记载，“一山一水，悉入图志”，乾隆表示“疆理西极殊域一家，自昆仑以下既已尽载图经”，最大限度弄清了河源所在。

1947年，毛泽东主席在陕西佳县说：“没有黄河就没有我们这个民族。”1948年，他又说：“这个世界上什么都可以藐视，就是不可以藐视黄河，藐视黄河，就是藐视我们这个民族啊！”新中国成立后，毛泽东第一次考察，就是到河南考察黄河，他说：“要把黄河的事情办好。”毛泽东主席多次表达的一个愿望，就是沿河溯源、走马昆仑。几千年来，黄河、昆仑、天下、家国，总是生发中国人的无限牵念。

从汉代命名于阗南山、葱岭为“昆仑”，为昆仑山脉的西端确定一个点，到隋、唐、元、明、清持续不断的河源探索，再定青海昆仑，在昆仑山脉的东端画出一个点，砥定了今天中国地图上昆仑山脉的东西两端的地理位置，也实证了“我国辽阔的疆域是各民族共同开拓的”的论断。“昆仑”“山河”“江山”是国家的喻体，昆仑、黄河所在，就是中华天下所至。

山河的命名，从来不是单纯的地理问题。中华山川不仅是自然之山川，也是人化之山川，“四渎”“五岳”，山川祭祀，由此建构出一套牢不可破的与民族、国家、政治、经济、社会、文化的对应体系。作为中华民族母亲河、中华文化发祥地、民族精神根与魂的黄河，在古人那里，必须源于昆仑，必须与天、天命、天道连在一起。也因此，两千多年来，从汉武帝到康熙、乾隆，把河之所出之山，定为昆仑。康熙、乾隆对河源所在考察很具体，这在《清实录》《乾隆朝上谕档》《清高宗实录》中有详细记载，但其仍沿用汉武帝河源在于阗、伏流重源、出青海、导积石的旧说，是大有深意的。“凡水发源处，多是伏流，常问蒙古人，言之甚详。”(《清实录》）一方面，“伏流”“潜流”之说，以当时的地学知识的手段，无法证实亦无法证伪，另一方面是“大一统”的考虑，连绵的群山，奔腾的长河，不只是山是河，更是江山、疆域。康熙谕旨中说："朕于地理，从幼留心""凡古今山川名号，无论边徼遐荒，必详考图籍，广询方言，务得其正。故遣使臣至昆仑、西番诸处，凡大江，黄河、黑水、金沙、澜沧诸水发源之地，皆目击详求，载入舆图""今大兵得藏，边外诸番悉归王化，三藏、阿里之地，俱入版图"(《清实录》)。乾隆在用心甚多、至今最大的《大禹治水》玉山重器上题铭，以"神禹敷土定九州"作引，大篇幅地讨论河源位置，论述昆仑、河源与中华民族之间的关系："汉武所定河源出昆仑且多玉石，足为证……又汉书谓，河有两源，一出葱岭，一出于阗，于阗即今和阗，实产玉也正与此合，此玉采自密勒塔山……汉武之言有见哉，昆仑产玉千古美，兹得密勒塔巨材。"康熙、乾隆念兹在兹的，小而言之是对自己用兵青海、西藏、川西……收复失地、一统江山的自许，大而言之是出于建构江山一统、万年永固的意识形态需要，其着眼之处，言近旨远，周心深长，对标的是天下、天命、天道、玉出昆冈、大禹治水这样的中华超级符号。

（五）神出昆冈，玉出昆冈

神话是现实的反映，神话是一个民族的元叙述，绝非完全的虚无缥缈，是文明早期强烈而悠远的意识形态遗迹。昆仑神话反映了中华民族共同体的早期景象。盘古开天辟地、女娲补天造人、伏羲画卦、夸父逐日、大禹治水、共工怒触不周山、后羿射日、西王母、三皇五帝等中华创世神话、祖脉之地、神话传说与昆仑联系在一起，成为中国代表性文化符号。“赫赫我祖名轩辕，降自昆仑山”，顾颉刚说：“战国秦汉之间，造成了两个大偶像：种族的偶像是黄帝，疆域的偶像是禹。”“地中央曰昆仑。昆仑东南，地方五千里，名曰神州。”(《河图括地象》) 华夏之所以曰“神州”，与昆仑神话息息相关。中华神话，特别是创世神话，有一个“百神之所在”的高旷舞台，这个舞台就是最接近天宇的昆仑绝域——昆仑是中华民族的“神山圣域”。

习近平总书记说：“中国人民是具有伟大梦想精神的人民。在几千年历史长河中，中国人民始终心怀梦想、不懈追求，我们不仅形成了小康生活的理念，而且秉持天下为公的情怀，盘古开天、女娲补天、伏羲画卦、神农尝草、夸父追日、精卫填海、愚公移山等我国古代神话深刻反映了中国人民勇于追求和实现梦想的执着精神。”（习近平在十三届全国人大一次会议上的讲话）中华神话，不同于西方神话体系的一个显著特征，是其具有强烈的人文色彩，具有关系天下、关系苍生的人格特点。特别是创世神话，张扬的是开天辟地、不甘命运摆布、敢于抗争、敢于创造、敢于胜利大无畏精神，这和建党精神、长征精神、改革开放的时代精神、中国梦等，一脉相承。

《山海经》《穆天子传》《尚书·禹贡》《楚辞·离骚》《列子》《庄子》《竹

书纪年》《周礼》《史记》《汉书》《后汉书》《论衡》《灵宪》《太玄经》《齐民要术》《河图括地象》《集韵》《太平广记》《太平御览》等，认为“昆仑”是“天地之中”“地首”“地轴”“天柱”“天梯”，是“帝之下都”“百神之所在”“万物尽有”，是“群玉之山”。“石之美者为玉”，中国是玉的故乡，中国先民在新石器时代的最大创造，是产生了近万年的独特鲜明、源远流长的玉文化，并且把玉和信仰连在一起。在琳琅满目的诸多中华美玉中，古人很早就认为，玉中最贵重者莫过于阗玉，早在丝绸之路开通前，于阗玉就传到内地，形成了玉石之路。妇好墓出土的玉器经检测，大量是于阗玉。认定昆仑的一个重要特征，一为河源，一为美玉，“帝之下都”可谓“玉都”。石峁遗址城垣砌石中镶嵌大量玉器，简直是《山海经》“帝之下都”的翻版。“西北之美者，有昆仑虚之璆琳琅玕”（《尔雅注疏》），白玉、玄玉、文玉树、琅玕树、珠树、玉英、玉膏、玉槛、玉井……“登昆仑兮食玉英，与天地兮同寿，与日月兮同光。”（屈原）“天上白玉京，十二楼五城。”（李白）玉文化是昆仑文化的重要内容。玉呈中华，目前所见的最早的用玉遗迹，是距今9000多年的黑龙江小南山遗址。在早期中国的各处遗址中，皆可见煌煌玉器。中华民族可谓“衔玉而生”，玉可谓中华民族的精神徽记、心灵符号，玉有五德“仁义智勇洁”，君子“以玉比德”，玉文化是中华文明的共相。昆仑、昆仑玉、昆仑神话，深度参与了中华文明的塑造，在中华文明探源中发挥重要作用。北京奥运会奖牌，创造性地选用青海昆仑玉料，中国人“宁为玉碎，不为瓦全”，向来重气节，忠贞不二。玉文化具有突出“连续性、创新性、统一性、包容性、和平性”，昆仑文化的一个重要方面，是与中华玉文化息息相关、互为表里。

（六）儒释道混一

昆仑文化的另一个特点是儒释道混一。昆仑神话、昆仑玉文化、昆仑，体现的家国、天下，具有儒家入世、进取、忧国忧民，天下兴亡、匹夫有责的家国情怀，“天行健、君子以自强不息，地势坤、君子以厚德载物”的奋斗精神。“天子升于昆仑之丘，以观黄帝之宫。”（《穆天子传》）昆仑是道教的“洞天福地”，和道家的关系自不待言，如果为天地、阴阳、五行、易取象，昆仑可也。古代堪舆术大量融入对昆仑文化的阐释。上帝、元始天尊、紫微大帝在昆仑。佛教入中国后，昆仑参与佛教的本土化、中国化，对应须弥山。“昆仑山者，西方曰须弥山。”（王嘉《拾遗记》）“阿耨达大山，其上有大渊水，宫殿楼观甚大焉。山即昆仑山也。”（道安《释氏西域记》）“阎浮洲中有大香山，即昆仑之别名也。”（道宣《释迦氏谱》）玄奘在《大唐西域记》中亦有类似的长篇叙述。“盖阿耨达之与昆仑为儒释之异名，而昆仑之与冈底斯又古今之易号矣。”（徐松《西域水道记》）总之，在佛教在地化、中国化过程中，昆仑、昆仑文化起到重要的导引、媒介作用。时至今天，横亘两千五百多千米的昆仑山域，仍是中国宗教信仰阈值最高的区域。昆仑文化起到整合儒释道和对冲、平衡浓郁的宗教氛围的微妙作用。

（七）作为意象的昆仑

昆仑文化的丰富内涵，昆仑山的崇高形态，使其成为中国文学的重要意象。自先秦以来，中国古典诗词歌赋中昆仑意象不绝如缕。

屈原开浪漫主义先河，把昆仑作为核心意象。“邅吾道夫昆仑兮，路修远以周流。”“登昆仑兮四望，心飞扬兮浩荡。”“昆仑悬圃，其尻安在？增城九重，其高几里？四方之门，其谁从焉？ 西北辟启，何气通焉？”“登昆仑兮食玉英，与天地兮同寿，与日月兮同光。”（屈原《离骚》《九歌》《天问》《九章》）“驾虹霓，乘赤云，登彼九嶷历玉门。济天汉，至昆仑，见西王母谒东君。交赤松，及羡门，受要秘道爱精神。食芝英，饮醴泉，拄杖桂枝佩秋兰。绝人事，游浑元，若疾风游欻翩翩。景未移，行数千，寿如南山不忘愆。”（曹操《陌上桑》）“大人先生盖老人也，不知姓字。陈天地之始，言神农黄帝之事，昭然也；莫知其生年之数……大人先生披发飞鬓，衣方离之衣，绕绂阳之带。含奇芝，嚼甘华，吸浮雾，餐霄霞，兴朝云，飏春风。奋乎太极之东，游乎昆仑之西，遗辔颓策，流盼乎唐、虞之都……若先生者，以天地为卵耳。”（阮籍《大人先生传》）“精卫衔微木，将以填沧海，刑天舞干戚，猛志固常在。同物既无虑，化去不复悔，徒设在昔心，良辰讵可待。”（陶渊明《读山海经·其十》）“黄河西来决昆仑，咆哮万里触龙门。波滔天，尧咨嗟。大禹理百川，儿啼不窥家。杀湍湮洪水，九州始蚕麻。其害乃去，茫然风沙……”（李白《公无渡河》）“云气接昆仑，涔涔塞雨繁。羌童看渭水，使客向河源。烟火军中幕，牛羊岭上村。所居秋草净，正闭小蓬门。”（杜甫《秦州杂诗》）“昆仑使者无消息，茂陵烟树生愁色。金盘玉露自淋漓，元气茫茫收不得。麒麟背上石文裂，虬龙鳞下红枝折。何处偏伤万国心，中天夜久高明月。”（李贺《昆仑使者》）“派出昆仑五色流，一支黄浊贯中州。吹沙走浪几千里，转侧屋闾无处求。”（王安石《黄河》）“昆仑黄流泻浩浩，太华巨掌摩穹穹。”（陆游《醉书秦望山石碧》）“我自横刀向天笑，去留肝胆两昆仑。”（谭嗣同《狱中题壁》）“忆昔我祖名轩辕，发祥根据在昆仑。”（秋瑾《宝刀歌》）“皎皎昆仑山顶月，有人长啸，看囊底宝刀如雪，恩仇多少。只手裂开鼷鼠胆，寸金铸出民权脑。算此生，不负是男儿，头颅好。荆轲墓，咸阳道；聂政死，尸骸暴。尽大江东去，余情还绕。魂魄化作精卫鸟，血花溅作红心草。看从今，一担好河山，英雄造！”（李叔同《满江红·皎皎昆仑》）“回首西陲势渺茫，东迁种族几星霜？何当踏破双芒屐，却向昆仑望故乡。”（王国维《读史二十首其一》）……一直到毛泽东的《念奴娇·昆仑》，昆仑意象不仅是中华文化的核心意象之一，也是中国文学的核心意象之一。

二、昆仑文化及其时代价值

（一）“中国产生了共产党，这是开天辟地的大事变”

“没有中国共产党，就没有新中国，就没有中华民族伟大复兴。”（习近平在纪念辛亥革命110周年大会上的讲话）昆仑文化承载中华民族的共同记忆，是体现国家统一的重要标识。近代以来，中国积贫积弱，面临两千年未有之变局。如同长城、黄河一样，昆仑的形象横空出世，昆仑万里入梦来，昆仑文化融入中国革命的大熔炉，成为振奋民族精神的文化象征。毛泽东在早期名文《心之力》中，有“德化昆仑”。昆仑文化蕴含的自强不息的奋斗精神、敢于牺牲的奉献精神，激励着一代又一代中国共产党人为民族解放、国家独立、人民幸福前仆后继，续写昆仑文化新篇章。1949年9月16日，新中国成立前夕，毛泽东在《唯心历史观的破产》一文中，用昆仑神话盘古开天辟地，评价中国共产党诞生的意义：“中国产生了共产党，这是开天辟地的大事变。”在庆祝中国共产党成立95周年大会上，习近平总书记指出：“中国产生了共产党，这是开天辟地的大事变，深刻改变了近代以后中华民族发展的方向和进程，深刻改变了中国人民和中华民族的前途和命运，深刻改变了世界发展的趋势和格局。”中国共产党的成立，如同开天辟地、再造昆仑。

1935年9月，中央红军走完了长征最后一段行程，即将到达陕北，毛泽东登上昆仑山支脉岷山，远眺青海苍茫昆仑，触发其作《念奴娇·昆仑》“横空出世，莽昆仑，阅尽人间春色。飞起玉龙三百万，搅得周天寒彻。夏日消溶，江河横溢，人或为鱼鳖。千秋功罪，谁人曾与评说？而今我谓昆仑，不要这高，不要这多雪。安得倚天抽宝剑，把汝裁为三截？一截遗欧，一截赠美，一截还东国。太平世界，环球同此凉热”的奇文。人类相依为命，命运与共。即使在中国革命最艰难的岁月，毛泽东想到的依然是昆仑、天下、人类命运、大同世界。

1944 年，毛泽东在党的七大作了《愚公移山》的闭幕词，把帝国主义、封建主义比作两座大山，以人民比喻昆仑山的上帝，把昆仑文化中“天命观”转化为“人民史观”，表达了党领导的革命事业必将感天动地、必将得到最广大人民群众的支持。在国民党发动内战、中央撤离延安、毛泽东转战陕北时，中央军委化名“昆仑纵队”，毛泽东化名“李德胜”，意喻中国革命必将取得胜利。1947 年 10 月 18 日，毛泽东为佳县县委题词“站在最大多数劳动人民的一面”。

在 20 世纪 60 年代初的新中国艰难岁月里，面对美苏核威慑、原子弹研发实验是“下马”还是“上马”争议时，陈毅喊出“中国人就是要把裤子当了，也要把原子弹搞出来”，张爱萍说“中国人就是再穷也要有一根打狗棍”。1964 年 10 月 16 日，死亡之海一声惊天巨响，中国的原子弹“横空出世”，震动世界，改变了中国受核讹诈的命运，给中国人民极大的鼓舞。罗布泊原爆点、和硕“马兰基地”和“青海原子城”，成为昆仑精神新的历史见证。是共产党人，激活昆仑文化、创新昆仑文化，赋予其革命文化、社会主义先进文化内容，谱写了昆仑文化崭新的时代价值。

（二）江山就是人民，人民就是江山

“老百姓是天，老百姓是地。忘记了人民，脱离了人民，我们就会成为无源之水、无本之木，就会一事无成。我们要坚持党的群众路线，始终保持党同人民群众的血肉联系，始终接受人民群众批评和监督，心中常思百姓疾苦，脑中常谋富民之策，使我们党永远赢得人民群众信任和拥护，使我们的事业始终拥有不竭的力量源泉。”（习近平在纪念红军长征胜利 80 周年大会上的讲话）我们党在革命、社会主义建设、改革开放、新时代，领导新疆、西藏、青海、甘肃、四川、云南等区域各族人民，开天辟地，创造新世界，使处在原始状态、农奴制、半农奴制的边疆社会，过渡到社会主义时代，翻身解放当家做主人，中华人民共和国 75 年的辉煌历程，“站起来、富起来、强起来”的波澜壮阔的历史进程中创造的物质财富与精神财富，汇流到古老的昆仑文化中，深刻改变了昆仑文化的内涵、外延和面貌，昆仑文化有了质的飞跃。“百万农奴解放日”“老西藏精神”“生在井冈山，长在南泥湾。转战数万里，屯垦在天山”的新疆生产建设兵团，“艰苦奋斗干惊天动地事，无私奉献做隐姓埋名人”的“两弹一星”

精神，川藏公路、青藏公路建设谱写的“两路”精神，青藏铁路精神、丝路精神，“西部大开发”、17省市对口援藏、19省市对口援疆，东西部扶贫协作脱贫攻坚同步实现小康，“五个认同”、“四个与共”、“铸牢中华民族共同体意识”、“一路一带”倡仪和中国式现代化成就在昆仑区域的徐徐展开，古老的昆仑文化焕发时代光彩。拉齐尼·巴依卡一家三代的“护边事迹”，“清澈的爱、只为中国”的陈祥榕烈士，是昆仑魂的最新见证。

新疆和田、喀什的农民，千百年来一直喝涝坝水。新疆是干旱地区，涝坝水经常是一潭死水，卫生差、传播疾病，和田曾暴发震惊全国的“非甲非乙型”肝炎。党和政府从20世纪80年代开始在南疆农村打井改水。1994年，时任全国政协主席的李瑞环视察和田，看到涝坝里漂浮的都是小虫子，人畜共饮，污染非常严重，心情沉重。他当即表示回到北京后将通过全国政协发动捐款，为南疆农民改水，他带头捐款数万元，并向党中央、国务院汇报南疆吃水状况。在他的呼吁下，新疆改水进程加快，很快告别了世代饮用的涝坝。新疆话剧团曾创排话剧《罗布村情祭》，讲的就是南疆改水故事和农民观念的转变。

（三）传承弘扬昆仑文化，铸牢中华民族共同体意识

西北边陲，特别是新疆、西藏、青海等地，区情社情复杂，受境内

外“三股势力”和西方影响，“疆独”“藏独”恶流时隐时浮，这场事关国家前途命运的斗争是长期的，在“文”和“武”两方面都有体现，维护稳定、发展经济、铸牢中华民族共同体意识、实现中国式现代化的任务十分繁重。昆仑文化作为统一的多民族国家的重要文化符号，包含丰富的“国土不可分、国家不可乱、民族不可散、文明不可断”（习近平在文化传承发展座谈会上的讲话）的文化内容。在辽阔的西部边疆，传承弘扬昆仑文化，铺陈中华文化底色，夯实文化安全基础，续写新时代昆仑精神，推动文化润疆、润藏，对整合西部文化资源，推动“五个认同”和中华文化一体化，具有重大现实意义。

黄河、长江源于青藏高原，与青藏高原是一个整体。昆仑、青藏高原，无论在古代还是在今天，都是十分复杂、具有战略意义的重要板块。昆仑从帕米尔高原的喀喇昆仑到昆仑山脉，续接阿尔金山、祁连山、秦岭、大别山，直抵中华腹地黄淮海大平原，是地理学上的“中央山系”，文化上的“中华龙脉”。

昆仑山系与喜马拉雅山脉，构成青藏高原的北缘和南缘，围合出中国地理第一级台阶——平均海拔 4000 米的青藏高原。昆仑区域处于黄土高原、青藏高原、内蒙古高原、云贵高原的中心地带，连接中华地理的第三和第二级台阶，无论历史还是今天，都是中国民族、社会、经济、文化交往交流交融、向内凝聚的关键所在。从地缘政治、民族宗教、经济文化等方面综合考虑，传承弘扬昆仑文化，补强弱板，至关重要。

（四）山宗、水源、路冲的昆仑，是“世界岛”的十字路口，具有世界意义

昆仑、青藏高原250万平方千米，约为中国陆地面积四分之一。昆仑、青藏高原，是“万山之祖”“万水之源”，是世界屋脊、地球第三极，是山宗、水源、路之冲。从这里发源，流淌出了辐射东亚、东南亚、南亚、中亚的重要河流：向东是长江、黄河；向东南亚方是澜—湄水系，澜—湄水系干流全长4909千米，流经中缅老泰柬越六国，注入中国南海，是东南亚最大的国际河流；向南发源出怒江—萨尔温江，全长3240千米，中国境内2013千米，流经中国、缅甸，注入印度洋安达曼海；雅鲁藏布江是藏族人民的母亲河，平均海拔3000米以上，是世界上海拔最高的高原河流之一，在中国境内呈东西流向，汇入印度为布拉马普特拉河，是恒河两大支流水系之一，流入孟加拉国叫贾木纳河，最终注入孟加拉湾；在青藏高原西端、“世界屋脊”中的“屋脊”，由喜马拉雅山脉、喀喇昆仑山脉、天山山脉、兴都库什山脉交会出巨大山结，构成帕米尔高原。“帕米尔”波斯语意为“平顶屋”，中国古称葱岭，是历史上亚欧民族迁徙的十字路口，从这里发源出印度河的上游——西藏阿里的狮泉河，流经巴基斯坦和印度；发源出向西流淌、辐射中亚的阿姆河（中国古称妫水、乌浒水）、锡尔河（中国古称药杀水）；包括从喀喇昆仑山流出、向北汇入中

国最长内陆河、新疆人民的母亲河——塔里木河。历史上塔里木河的尾闾罗布泊，就是史书中的“泑泽”“盐泽”“蒲昌海”，被认为是黄河“伏流重源”之地。

所有和昆仑、青藏高原相关的河流，都源远流长，发育出独特的历史文化，蕴藏巨大水能和综合价值，在中下游分别发育出中华文明（黄河文化和长江文化）、古印度文明、中亚的两河文明。人类未来的危机，是水危机。昆仑所在青藏高原，不仅是中国水塔，也是世界水塔。人类相依为命，是命运共同体。上善若水，水和文明的起源兴衰，息息相关。这样一片区域地理、社会、人文的分量，怎样估量都不过分。同时，这一区域的地缘政治、地缘文化复杂敏感。冈底斯山等，也是印度教、耆那教的神山。传承弘扬昆仑文化，维护国家文化安全，强化中华文化辐射力，建设好边疆文化长廊，十分紧迫、必要。长城、长征、黄河、长江与昆仑皆有联系，是一个整体，要强化长城、长征、黄河、长江与昆仑文化的联系。黄河、长江源于昆仑所在的青藏高原，红军长征穿越青藏高原边缘的雪山草地，长城西端在喀喇昆仑有“葱岭守捉”，传承弘扬、转化创新昆仑文化，要建构和强化昆仑与长城、黄河、长江、长征的历史联系，将之打造成一整套中华文化符号系统。

传承弘扬昆仑文化，重点要放在昆仑文化的时代价值上，系统梳理和整合体现中华民族共同体的历史文化内容，系统梳理和整合党在这一区域领导革命、建设、改革开放、新时代的历史足迹，突显革命文化、社会主义先进文化和中国式现代化物质与精神成果，把古老的昆仑文化与建设中华民族现代文明对接起来，彰显爱国主义精神主线。

本文系作者 2024 年 12 月 10 日在全国政协文史馆文史讲座上的同名讲稿修订而成